Harun Candan, 1987 yılında İzmir'de doğdu. İlk romanı *Hayalname* 2014'te, ikinci romanı *Yağmur Dinecek Kimse Bilmeyecek* 2016'da yayımlandı. Bu kitapları Doğan Kitap'tan yayımlanan *Yarım Ay* ve *Yarınsız* takip etti. Evli ve bir çocuk babası. İstanbul'da yaşıyor.

Sonsuzluğun İlk Günü

DOĞAN KİTAP TARAFINDAN YAYIMLANAN DİĞER KİTAPLARI

Yarım Ay
Yarınsız

SONSUZLUĞUN İLK GÜNÜ

Yazan: Harun Candan
Editör: Aslı Güneş

1. baskı / Haziran 2021 / ISBN 978-605-09-8350-0
Sertifika no: 11940

Kapak tasarımı: Feyza Filiz
Baskı: Yıkılmazlar Basın Yayın Prom. ve Kağıt San. Tic. Ltd. Şti.
15 Temmuz Mah. Gülbahar Cad. No: 62/B Güneşli - Bağcılar - İSTANBUL
Tel: (212) 515 49 47
Sertifika no: 45464

Doğan Egmont Yayıncılık ve Yapımcılık Tic. A.Ş.
19 Mayıs Cad. Golden Plaza No. 3 Kat 10, 34360 Şişli - İSTANBUL
Tel. (212) 373 77 00 / Faks (212) 355 83 16
www.dogankitap.com.tr / editor@dogankitap.com.tr / satis@dogankitap.com.tr

Sonsuzluğun İlk Günü

Harun Candan

Doğan Kitap

Hak sûretidir âlem-i imkân ile âdem,
Bundan güzeli nerde ki cennette mi sandın

Kenan Rifâî

Uzun Mızrak Efsanesi

Lidya-MÖ 536

Zamanın aynı amforanın içine katıp çalkaladığı efsaneler ve hakikatler, çağlar boyu yer değiştirip nihayet en kutsal rahiplerin, en maharetli simyagerlerin dahi bir daha ayrıştıramayacağı biçimde birbirine karışmıştır. Bu yüzden, söyleyeceklerimin ne kadarının hakikat, ne kadarının efsane olduğunu ölçecek bir tartıdan mahrumuz. Bir kısmını şahitlerden dinleyenlerden dinleyenlerden dinleyenlerden dinledim. Bir kısmını İyonyalı tarihçilerin parşömenlerinden okudum. Ben Kapadokyalı Harunas, Kaystros ve Hermos nehirleri arasında kalan coğrafyayı bir uçtan bir uca kat ettim. Tmolos Dağı'nın elimi uzatsam güneşe dokunacakmışım gibi hissettiren en yüksek tepesine tırmanarak, Aytad, Heraklesoğulları ve Mermnad sülalelerinin krallarının asırlarca hüküm sürdüğü bu diyarı bir kartalın bakışıyla seyrettim. Kairos Dağı'nın eteklerindeki Hypaipa kentini ziyaret ettim. Torrhebia Gölü kıyısında konakladığım geceler boyunca yıldızlı göğe bakıp bu anlatacaklarımı tefekkür ettim. Paktolos Çayı'nda yüzerken nemfleri göremesem de karanlık çökünce yaktığım ateşin kayalara vuran ışığında dans eden çiçek gölgeleri bana onlar hakkında fikir verdi. Sfard'ın akropolüne ise yorgun argın iki kere çıktım. Gözlerim onların gördüğü yerlere baktı. Ayaklarım onların bastığı yerlere bastı. İçim onların soluduğu havayla doldu. Onlar ki, bu dünyadan göçüp gittikten sonra arkalarından hayırla yâd edecek kimseleri kalmayıp unutulanlar... Onlar ki bir mezara bile sahip olmayanlar... Haydi, hatırlayalım onları ve unutmayalım yaşananları.

* * *

Bir zamanlar Lidya ismiyle anılan bir ülke vardı. Altında alevlerin kaynadığı "yanık ülke" Katakekaumene'den, kahrından kayaya dönüşüp o haliyle dahi gözyaşı döken Niobe'nin memleketi Magnesia'ya; dokumadaki maharetiyle Athena'yı mağlup eden ve sonra bir örümceğe dönüştürülen zavallı Arakne'nin köyü Hypaipa'dan, şölenleriyle meşhur Philadelphia'ya kadar son derece mamur şehirleri olan; kuzeyini Hermos, güneyini Kaÿstros ırmaklarının bereketlendirdiği güzide bir ülkeydi burası. Küçük Asya topraklarının batısındaki bu memleketin başşehri ise, gölgeli vadilerinde nice yiğitlerin yaşadığı Tmolos Dağı'na sırtını yaslayan, sefahat ve zenginliğiyle nam salmış, Homeros zamanında Hyde adıyla bilinen Sfard'dı.

Altın kent Sfard, denizin öte yakasındaki Atinalı fanilerin bile rüyalarını süsleyecek kadar meşhurdu. Yan yana dizilmiş on erin el ele tutuşacağı uzunluktaki muhkem ve yüksek surlarının bazı yerleri, düşman kuşatmasında seyyar kule yanaştırılamasın diye bir tepe misali eğimli yapılmıştı. Fakat ola ki düşman aşağı şehre girse bile, yukarıdaki akropolün fethi asla mümkün değildi. Zira efsane Kral Meles bir aslanı surların etrafında gezdirip şehri kutsamıştı. Yalnızca akropolün Tmolos tarafında, aslanın geçemediği bir kısımda sur inşa edilmemişti ancak burası da –gizli geçidin yeri bilinmezse– tırmanılamayacak kadar sarptı ve düz bir duvarı andırıyordu. Tarih anlatıcılarının da yazdığı gibi barbar Kimmerlerin istilasında tıpkı böyle olmuştu. Aşağı şehir talan edilirken yukarıdaki hisara erişememişlerdi. Kartal yuvasını andıran dimdik bir tepeydi burası. Görkemli kraliyet sarayı ve kuşların şakıdığı büyüleyici bahçelerle beraber, sekileri süsleyen soylulara ait villalar, işte arkası Tmolos Dağı'na, yüzü Gygian Gölü'ne bakan bu yukarı şehirdeydi.

Duvarları rengârenk resimlerle bezeli, zemini taş döşeli, çatıları pişmiş kiremitle örülü, mutfağında kuzu eti, Frig peyniri, dereotu ve ekmek ihtiva eden *kandaulos* aşının eksik olmadığı villalarıyla, zengin *kapeleoi* (tüccar) zümresinin ve kralın akrabalarının yaşadığı akropolün, dik, ancak mermer taşlarla bayındır edilmiş yollarından aşağı şehre inildikçe, hanelerin küçüldüğü, tabanın topraktan ibaret olduğu, çatıların kiremit yerine sazlarla örtüldüğü, mutfaklarda daha ziyade nohut, fasulye ve mercimeğin kaynadığı görülürdü. Yine de iç içe girmiş avlulardan yükselen sirinks ve kitara melodilerine kulak verilirse Sfardlıların mesut insanlar oldukları aşikârdı. Zamanlarının çoğunu el değirmenleriyle hububat öğütmeye harcasalar bile Lidyalı kadınlar kendilerine bakmasını bilirlerdi ve buna değecek ölçüde de güzellerdi. İşlemeli *lydion* kutuları boşaldı mı derhal yeniden merhemle doldurur, şişelerinden ve tenlerinden en güzel kokuları eksik etmezlerdi. Fenike işi cam boncuklar ve neceftaşından takılar zaten revaçtaydı; gerdanlarını, bileklerini, kulaklarını süsleyen esas ziynet eşyaları ise elbette altındandı. Zira Sfard'da her kadın ömrü boyunca albenili olmalıydı; evlenene kadar genelevde çalışıp çeyiz parası biriktirdiği için, evlendikten sonra da kocası için... Paranın ne olduğunu ilk kez duyanlar varsa, birazdan onu da anlatacağım.

Sfard'ın nekropolünde, bu şehrin suyundan içmiş nice fani yatardı, ancak şehrin dışında bir gömü alanı daha vardı ki, burası Kral Yolu boyunca ta Urartu diyarından gelen kervanları bile ihtişamıyla ötelerden karşılar, görenleri kendine hayran bırakırdı. İşte, Gygian Gölü kıyısındaki bu sıra sıra tepelerde Lidya'nın evvelki kralları ebedi istirahatgâhlarında yatarlardı. İsmini pek muhtemeldir ki Kral Giges'ten almış, balığı bol bu gölün kıyısında Artemis'e adanmış bir tapınma alanı olsa da, ana tanrıça Kuvava'nın aslan heykelleriyle süslenmiş görkemli sunağı elbette şehrin içindeydi. Bir başka tanrıça Bakire Kore ise olgun yaştaki haliyle paranın üzerine resmedilmişti. Paranın ne olduğunu ilk kez duyanlar varsa, şimdi onu anlatıyorum.

Kentin agorası bambaşka bir âlemdi. Mor kayalıklarını suların dövdüğü Arşipel (Ege) kıyısındaki İyon şehirlerinden bereketli Kilikya'ya, dünyanın tüm zenginliği Kral Yolu vasıtasıyla işte bu agoraya akıyordu. Bir tezgâhtan Chios Adası'nın meşhur sakızını, yanındakinden Asur işi sırlı çanak çömlekleri, yanındakinden yaylalardan taze toplanmış kabağı, yanındakinden tadından çatlamış ballı inciri, yanındakinden yeni avlanmış bir yaban tavşanını, yanındakinden ayağınızı rahat ettirecek sığır derisinden bir sandalı, yanındakinden canlı bir sülünü, yanındakinden mis kokulu bulanık zeytinyağını, yanındakinden şarap ve suyu karıştırmak için kullanacağınız üzerine kahramanlık hikâyeleri resmedilmiş lebes kabını, yanındakinden kökboyasıyla renklendirilmiş zarif dokumaları, yanındakinden leziz kestaneleri alabilirdiniz; yeter ki avucunuzun içinde ışıl ışıl parlayan, aslanla boğanın yüz yüze darbedildiği bir Kroisos sikkesi olsun! İşte bu, Lidyalıların ticarette kullanmaya başladıkları yeni bir alışveriş metoduydu, yani paraydı. Yarısından biraz fazlası gümüş, kalan kısmı altındı ve ticareti kolaylaştırmak için daha küçük birimleri de mevcuttu.

Her ne kadar kuzeydeki Pergamon ve Atarneus kentleri arasında Lidyalıların işlettiği altın madenleri olsa da, krallık esas zenginliğini Paktolos Çayı'ndan almaktaydı. Tmolos Dağı'nın derin yarları arasında kendine yol bulup çağlaya çağlaya dökülen Paktolos Çayı, yüzlerce yıl boyunca Sfard'a altın taşımıştı. Rivayet odur ki bu çay aynı zamanda dokunduğu her şey altın olan, bu yüzden yemek bile yiyemeyen Kral Midas'ın tanrıların buyruğuyla yıkandığı ve bu zulümden kurtulduğu çaydır ve suları o yüzden altınlıdır. Lidyalılar çaya koyun postu serip altın zerrelerini yakalar, daha sonra bunları surun hemen dışındaki kerpiç ocaklarda tuzla döverek ince sac haline getirirlerdi. Altından sikke bastıkları gibi, hünerli sanatkârların maharetiyle görenleri büyüleyen ziynet eşyaları da yaparlardı. Kendilerine bahşedilen altın nimeti yetmezmiş gibi nefis heykeller yontmaları için mermer ocakları, kereste ihtiyacını gideren çam ormanları, her türlü nebatın yetiştiği mümbit toprakları ile Lidya, zamanının en güçlü ülkesi olmuştu. Kandil ışığının rüyalara şekil verdiği o çağda, bir masal diyarı gibiydi Sfard. Orayı görmek, o şehri solumak herkesin düşüydü. Bu uğurda dağları tepeleri denizleri aşıp, eğer talihliyse kaplanlara, haydutlara, hastalıklara yem olmayıp kendisine erişebilen nicesine kucak açmıştı. En yetenekli ozanlar şiirlerini Sfard agorasında haykırmak istediler. En iyi tiyatrocular oyunlarını Sfard tiyatrosunda oynamak istediler. En güzel fahişeler bedenlerini Sfard'ın genelevlerinde satmak istediler. Diyar diyar gezen *kapeleoiler* (seyyar satıcı) Sfard'a gelince bir daha ayrılmadılar. Başka memleketlerin rahipleri kendi tanrılarını bırakıp Sfard altarlarına adadılar ömürlerini. Uzun mızraklar taşıyan, kulakları küpeli yiğitlerinin yanı sıra, civar memleketlerden para karşılığı tutulan askerlerden müteşekkil şanlı ordusunu yeryüzünde kim bozguna uğratabilirdi? Hele de başında Kroisos gibi bir kral varken!

Yüceler yücesi, denizin her iki yakasındaki mavi göğün altında yaşayanların en kudretlisi, Frigya, Misya, İyonya memleketlerinin fatihi, Halys kıyısının beri yakasında yaşayan tüm insanların koruyucusu, tahtın sahibi, Alyattes oğlu Kroisos, gücünü tanrılardan mı, yoksa altından mı alıyordu, burası hâlâ ihtilaflıdır. Hoş, altın da pek çok fani tarafından farkında bile olunmadan tapınılan bir tanrı değil midir?

Kroisos'un otuz beş yaşında Lidya tahtına oturmasının üzerinden on dört yıl geçmişti. Tıpkı Mermnad hanedanının ilk kralı büyük büyük dedesi Giges gibi, o da tahtı kan dökerek elde etmişti. Heraklesoğulları soyundan gelen o zamanki Lidya Kralı Meles'in oğlu Kandaules, karısının güzelliğiyle aklını yitirmiş olacak ki, onu komutanlarından Giges'e çıplak vaziyette göstermek istedi. Giges bunu bir imtihan sanıp yanaşmayınca, kral onu kendisini imtihan etmediğine ikna etti. Gece olup da herkes uykuya dalarken, Kandaules Giges'i odasına gizledi. Kraliçe gelip yatağına girmeden evvel soyundu, Giges gizlendiği yerden kandil ışığı altında onu seyretti. Ne var ki sessizce kapıdan süzülüp çıkarken kraliçe onu fark etti. Bunu habis kocasının tertiplediği aşikârdı. Kraliçenin gururu incinmişti. Ertesi gün Giges'in yanına gidip ona iki seçenek sundu: "Ya kralı öldürür benimle evlenirsin, ya da ben seni öldürtürüm. Namusum ancak bu iki ölümden biriyle temizlenir. Karar ver." Yaşam ölümden ağır bastı elbette. Giges bir başka gece Kandaules uyurken tekrar odasına girdi, uykusundaki kralı hançerleyerek öldürdü, kraliçeyle evlenip tahtın sahibi oldu. Lidya'da Mermnad hanedanının hükmü işte böyle başladı. Asur boyunduruğuna girmeyip savaşan Giges kırk yıla yakın tahtta kaldıktan sonra krallığı oğlu Ardis'e bırakarak öldü. Elli yıla yakın krallık yapan Ardis zamanında barbar Kimmerler Sfard'ı talan ettiler. Ardis bu işgali tepedeki akropolden gözyaşları içinde seyretse de krallık yıkılmadı ve yeniden toparlandı. Ardis'ten sonra oğlu Sadyattes, daha sonra da onun oğlu Alyattes Lidya'nın diğer kralları oldular. Rivayet olunur ki Alyattes'in iki karısı vardı. Kroisos, Karyalı karısından doğmuştu. Kral ölünce İyonyalı karısı kendi oğlu Pantaleon'u tahta geçirmek için Kroisos'a suikast tertipledi. Bir fırıncıya zehirli bir ekmek pişirtti. Ancak fırıncının yüreği el vermeyince gidip durumu Kroisos'a anlattı. Henüz ekmeği yememiş olan Kroisos da kanlı bir kalkışmayla üvey kardeşini saf dışı bırakarak tahta oturdu.

Kroisos kılıcı keskin bir kraldı. İyonyalıları, Aiolisleri, Dorları haraca bağladı. Kilikya ve Likya hariç civardaki tüm memleketleri fethetti. Lidya onun zamanında iyiden iyiye zenginleşti. Kral, zengin olduğu kadar âlicenaptı da; Ephesos'taki Artemis Tapınağı'nın inşası için bahşettiği altının haddi hesabı yoktu. Hududu olmayan bir diğer şey de sarayındaki sefahatti. Tanyeri ağarana kadar süren çılgın eğlenceler günlerce, haftalarca devam eder, şölenin biri biter, biri başlardı. Maiyetindekiler ve misafirlerle dolu yüksek tavanlı süslü salonundan müzik sesi eksik olmazdı. En maharetli çalgıcıların harplarından ve deflerinden dökülen melodiler, resimlerle süslü duvarlara çarpa çarpa yankılanırdı. Upuzun masanın üzerinde geyik, geyik yemeyenler için balık, balık yemeyenler için kuzu, kuzu yemeyenler için domuz, domuz yemeyenler için keklik, keklik yemeyenler için sığır eti ve en âlâ meyveler, en leziz şaraplarla biralar, altından kaplar içinde ikram edilirdi. Kraliyetin dört bir yanından getirilmiş en güzel kadınlar, meşalelerin aydınlığındaki kıvrak danslarıyla erkekleri meftun ederdi. Başında altın tacıyla, altın işlemeli elbiselerinin içinde, som altından tahtına kurulup altın kadehinden şarap yudumlarken dünyaya bazen gururla, bazen kibirle, bazen de neşeyle bakardı Kroisos. Nasıl bakmasındı ki? Sarayının terasına çıktığında ayaklarının altına serilen, gözünün gördüğü ve göremediği tüm topraklar kendisine aitti. Uzak diyarlarda yaşayan sayısız insanın hayatı onun dudaklarından dökülecek sözlerle şekilleniyordu. Şehre indiği vakit geçeceği sokaklara çiçekler serpiştiriliyor, onu gören tebaası yüzüne bakmak şöyle dursun, derhal yere kapaklanıp secde ediyordu. Fakat iki yıl evvel yaşanan elim hadisenin ardından tüm o debdebe durulmuş, kralın yüzündeki mutluluk silinmişti. Kroisos'u bu denli inciten şey, çok sevdiği oğlu

Atis'in zamansız ölümüydü. Üzerinden onca zaman geçmesine rağmen hâlâ tesirinden kurtulamamıştı.

* * *

Nöbetçiler hariç saraydaki ve şehirdeki herkes derin uykudaydı, ancak Kroisos yalınayak halde sarayının terasına çıkmış, dalgın gözlerle karanlık göğü seyrediyordu. Şafak vakti olduğundan, uzaktaki atalarının yattığı tümülüsleri göremiyordu. Süs havuzunda şırıldayan suyu ya da ötüşen kuşları duymasına mani yokken, algısı onlara da kapalıydı. Hatta çiçek kokuları dahi gelmiyordu burnuna. Böylesine düşünceli olmasına neden olan şey, az evvel gördüğü bir rüyaydı. Nöbetçilere seslenip başveziri Sandanis'in derhal getirilmesini emretti. Kâhinlere de itimat ederdi elbette, fakat rüya yorumlatmaktan çok, içini döküp rahatlamak istiyordu. Bunun içinse en uygun kişi Sandanis'ti. Oğlu Atis'in ölümünün ardından rüyalar onu korkutur olmuştu. Her şey o uğursuz Solon'un iki yıl evvel kente gelmesiyle başlamıştı belki de. Henüz ak düşmemiş sivri sakalını sıvazlarken o günleri düşündü.

Solon Atinalı bir bilgeydi. Sahip olduğu erdemlere güvenip kendisinden Atina halkı için yasalar icat etmesini istemişlerdi. Solon da ömründeki tecrübelerin, gördüğü ülkelerde yaptığı gözlemlerin ve kadim bilginlerin işaret ettiği hakikatlerin ışığında yasalar yazmıştı. Bu yasaların kurumsallaşması içinse Atinalılardan onları on yıl boyunca değiştirmeyeceklerine dair yemin almıştı. Fakat yasa koyucu olarak kendisi bunları değiştirmeye muktedirdi. Buna zorlamamaları içinse "dünyayı gezeceğim" diyerek Atina'dan ayrıldı, yollara vurdu kendini. Diyar diyar dolaştıktan sonra da nihayet yolu Sfard'a düştü. Kroisos, krallığını böyle mühim bir bilgeye övecek olmanın hevesiyle şaşaalı bir şölen düzenledi. Hazinesinin kapılarını açıp ihtiyar Atinalıya zahirde altınlarını, batında dünyanın en güçlü hükümdarını takdim etti. İkinci gün sarayının damak çatlatan yiyeceklerini konuğunun önüne yığdı, gönlünü hoş etmek için köleleri etrafında pervane etti. Üçüncü gün su gibi akan şarapla beraber sohbet de koyulaşmıştı. Nihayet bir ara Kroisos, Solon şehre geldiğinden beri aklının içinde dönüp duran soruyu soruverdi.

"Söyle bakalım Atinalı bilge, gezip gördüğün tüm diyarlarda karşına çıkan en mutlu insan kimdi?"

İhtiyar adam kralın duymak istediği cevabı pekâlâ bilse de, bir süre düşündükten sonra bambaşka bir yanıt verdi bu soruya.

"Atinalı Tellus'tu. En mutlusu o olmalı, evet."

Kral şaşkınlık ve hayal kırıklığını aynı anda hissetti, üstelik salonu dolduran kalabalığa karşı da küçük düşmüştü. "Neden?" diye gürledi, içinden "Neden ben değilim" diye düşünerek. Solon omuz silkerek "Tellus ne zengin ne fakirdi. Mutluydu, çünkü etrafında iyi yetiştirdiği evlatları vardı. Vatanını savunurken canını teslim etmişti. Ölürken mütebessimdi. İşte mutlu bir adam. Yetmez mi?" Sonra da esas demek istediğini ekledi: "Bir kimse ölmeden evvel mutlu olup olmadığını söyleyemeyiz." Kroisos ihtiyar Atinalıyı hakir görmüş, verdiği yanıt üzerinde ise düşünmemişti bile. Ta ki evladı Atis'in vefatına kadar.

Solon Sfard'dan ayrıldıktan kısa süre sonra bir rüya gördü Kroisos. Yoksa kâbus mu demeli? Tahtın varisi, ordu komutanı, yakışıklı ve şen oğlu Atis, bir mızrağın ucunda canını teslim ediyordu. Dehşet içinde uyandı, bir süre kendine gelemedi, terasa çıkıp uzun uzun göğü seyretti ve nihayet bir dizi önlem almaya karar verdi. Tabii bunları uygulamaya koyarken korkup üzülmesin diye rüyasından oğluna hiç söz etmedi. İlk iş olarak oğlunun ordudaki görevine son verdi. Tez zamanda münasip bir gelin adayı bulup veliahdını nişanladı. Hatta rüya gerçekten de bir kara yazgıya işaret ediyorsa diye, bunu bozmak için sarayındaki mızrakları bile ortadan kaldırttı, nöbetçilere kılıçlar verildi. Halbuki başrahip "Tanrılar bile yazgıyı bozamaz kralım" demişti. Atis ise olan bitene anlam verememekle beraber kılıç kalkan şangırtısıyla askeri talimlerde, sürek avlarında geçen neşeli günlerini özlüyordu. Uçarı ruhu kafese tıkılan bir atmaca gibi adeta saraya hapsedilince çok geçmeden bunaldı. Veliahdın ortalardan kaybolması şehirde dedikodulara da neden olmuyor değildi. Atis, günün birinde dostlarının yine bir ava gideceğini duyunca dayanamayıp babasına yakardı. Kral da nihayet gördüğü rüyayı oğluna anlatıp tüm bu tedbirlerin sebebini açığa kavuşturdu.

"Sana bir şey olursa ben ne yaparım? Ya yurdumuzun geleceği ne olur? Dilsiz kardeşin mi geçecek tahta?"

Kroisos'un diğer oğlu özürlü olduğundan onun üzerine gelecek planı inşa etmesi mümkün değildi. Fakat veliahdın ağzı iyi laf yapıyordu. "Baba" dedi, "bana mızrak attılar rüyanda, öyle mi? İyi de biz domuzla savaşmaya gidiyoruz, insanla değil. Domuz mızrak tutamaz ki? İçin rahat olsun, izin ver de gideyim." Kral bu sözler üzerine oğlunu geri çeviremedi, izin verdi.

Nasıl ki her günün sonunda güneş batar ve kimse buna engel olamaz ise, bir şey olacağı varsa şayet, tedbirlerin de manası yoktur. Dostunun attığı, ancak domuzu ıskalayan bir mızrak, oğlunu Kroisos'tan koparıp aldı. Herodot'a göre bu mızrağı atan Frigya Kralı Gordias oğlu Adrastos'tu ve Kroisos kendisini affetmesine rağmen Atis'in mezarı başında kahrından kendi canına kıydı. Pek çok hikâye söylense de bu elim hadise ile alakalı tek bir hakikat vardı, o da Kroisos'un evlat acısıyla yanan yüreğiydi. İşte, Kroisos oğlunu mezara koyunca Solon'un dünyanın en mutlu adamı hakkında dediklerini hatırladı:

"Mutluydu, çünkü etrafında iyi yetiştirdiği evlatları vardı..."

Böylece kral dünyanın en mutlu insanından en mutsuz olanına doğru karanlık bir dönüşüm geçirmeye başladı. Yüzünün ışıltısı soldu. Bakışları donuklaştı. Üstelik oğlunun yası devam ederken, doğudan gelen kara haberlerle derin bir çukura itildi Kroisos'un ruhu. Şimdi de batıdan gelecek bir diğer haberdeydi kulağı. Fırtınanın yaklaştığını hissedebiliyordu...

"Beni istemişsiniz yüce kralım."

Sandanis'in sözleriyle düşünceleri yarıda kaldı. Vezirin karanlıkta zar zor seçilen yüzünde uykudan yeni uyanmış bir adamın mahmurluğu değil, şaşkınlık vardı yalnızca. Ona doğru birkaç adım atınca burnuna kesif bir kadın kokusu geldi ve vezirini zevkten mahrum bıraktığını anlayıp hafifçe güldü. Sandanis karanlıkta bu ince tebessümü göremedi. Horozların ötmeye başladığı bu vakitte çağırıldığına göre mühim bir şey olmasından endişe ediyordu. Tabii aklı az evvel koynundaki iki taze dilberde de kalmamış değildi.

"Bir rüya gördüm Sandanis" dedi kral. Sanki gördüğü şey oradaymış gibi yeniden göğe çevirdi başını. "Beni derinden etkileyen bir rüya. Hani öyle kâbuslar vardır ya, uyanınca meğer gerçek değilmiş deyip tekrar huzurla uyursun. Bu onlardan değildi. Tekrar uyuyamadım. Atis'i benden alan mızrağı da rüyamda görmüştüm, biliyorsun. Ondan beridir rüya deyip geçemiyorum."

Sandanis rüyayı duymak için bir hayli heveslense de usul gereği kralın lafını bölüp soramıyordu. Kroisos konuşmaya devam etti.

"Beni endişelendirense bu gece gördüğüm rüyanın ola ki doğu seferine işaret etmesi. Öyle midir sahiden? Bugün yarın Delfi'den haber gelecek. Muhtemelen savaşın kıyısındayız. Şimdi de böyle bir rüya gördüm. Endişelenmekte haksız sayılmam."

Vezirin merakı iyiden iyiye artmıştı. Daha fenası ise kötü bir rüyanın kötü geleceği işaret etmesine herkesten çok inanmaya hazırdı, zira kralın bahsettiği savaş için en başından beri muhalifti. Neyse ki Kroisos lafı daha fazla uzatmadan rüyasını anlatmaya başladı.

"Burada, tam da şu an bulunduğum yerde duruyordum. Böyle gece değil, gündüzdü. Işıl ışıl, güneşli bir gün. Fakat garip olan şey şu ki, etrafta benden başka hiç kimse yoktu. Şu bahçelerde çalışan köleler, hizmetçiler, koşuşturan çocuklar, aile efradım, hatta cıvıldayan kuşlar bile yoktu. Daha aşağıda, sokaklarda, agorada, yine kimse yoktu. Havuzun şırıltısı bile kesilmişti. Şehrimde bir başıma kalmış gibiydim. Herkes nereye kaybolmuştu, hiçbir fikrim yoktu. Bir korku düştü içime. Sahip olduğum tüm servet ve sarayım yerli yerinde dursa da, hiç kimse kalmayınca onların da kıymetsizleştiğini, bir işe yaramayacağını düşündüm. Bunu düşününce daha da korktum Sandanis. Halkı olmayan bir kral, ailesi olmayan bir adam, kimsesi olmayan bir insan düşün, aklın alıyor mu? Fakat sonra bir şey oldu, beni asıl korkutan da buydu. Uzakta, tümülüslerin de ötesinde, gökyüzüne doğru bir şey yükselmeye başladı. Bir yıldız gibiydi, bir ateş topu belki. Tarif etmek zor. Yükseldi, yükseldi, ta ki göğün derinliklerinde gözden kaybolana kadar yükseldi ve ufacık kaldıktan sonra da yitip gitti. İşte hepsi bundan ibaret. Ne dersin bu işe Sandanis? Tüm bunlar ne demek?"

Tanyeri ağarmaya başlamıştı. Vezir artık seçmeye başladığı yüzüne bakarken, krala ne yanıt vermesi gerektiğini düşünüyordu. Ömrü boyunca tecrübe ettiği şeylerden biri de, mühim bir karar vermeden önce çok iyi düşünmek ve tüm şartları enine boyuna irdelemek gerektiğiydi. Tmolos eteklerindeki kaplıcalara gidecekken bile havayı iyice yoklar, dönüş yolunda soğuk yemeyeceğinden emin olmak isterdi Sandanis. Yanıtı da bu minvalde oldu.

"Sabah ilk işimiz sunağa hediyeler göndermek olsun kralım. Rüyanıza gelecek olursak; arzu ederseniz kâhinlere de danışalım. Ben rüyalardan anlamam. Fakat şu var... Sizin de az önce buyurduğunuz gibi, çok yakında Delfi tapınağından gelecek bir haber bekliyoruz. Gönderdiğimiz heyet dönmek üzeredir. Şayet oranın kâhinleri bize zafer muştularlarsa, bu rüya da o haberi perçinleyecek, yükselişe işaret edecek demektir. Ancak bize mağlup olacağımızı işaret eden sözler söylerlerse, demek ki bu kötü bir rüyadır, yalnızlaşacağınızı, hatta halkınızı kaybedeceğinizi göstermiştir size. Tabii ki en doğrusunu siz bilirsiniz."

Sandanis'in sözleri kralın hoşuna gitti.

"Güzel söyledin. Bakalım Delfi'den ne haberler gelecek. Ona göre rüya da açıklığa kavuşmuş olur. Tabii tüm bunlar olup biterken, benim kederlerim de yerli yerinde Sandanis. İçime oturan taş hareket etmiyor. Atinalıların tanrısı Atlas'ın, sırtında taşıdığı dünyadan daha ağır sanki. Atis'in acısını hâlâ dindiremedim. Farkındasın değil mi, hayattan lezzet almayı unuttum. Önceden şu tümülüsleri seyrederken atalarımla, hanedanımın gücüyle, ülkemin esenliğiyle gurur duyardım. Artık sadece ölüm geliyor aklıma. Babam da bu terasa çıkıp mezar tepelerini seyrederdi, şimdi onlardan birinde yatıyor. Bir gün ben de orada olacağım, değil mi? Tüm bu toprakların, kadınların, hazinelerin uzağında... Evladım ölünce böyle bir adama dönüştüm işte. Nar yiyorum, narın tadı yok. Şarap içiyorum, sarhoş etmiyor. Bunun için de söyleyeceğin bir söz var mı Sandanis? Yaşama sevincimi ne bana geri verir?"

Bu soru ilkinden daha çetrefilli gelmişti vezire. Düşünmeden söyleyeceği sözler yerine etraflıca akıl yürütüp makul bir cevap vermesi daha doğru olurdu. Aşağı bahçedeki bir horozun uzun uzun ötüşünü bitirmesini bekledikten sonra, "Müsaade buyurursanız kralım" dedi, "bir süre tefekkür etmek isterim. Kralımızın hüznünü silecek şey neymiş, elbette buluruz."

Fakat bunun kolay olmadığını biliyordu. İki yıldır başaramamıştı. Dünyanın en zengin adamını mutlu etmenin yolunu en bilge vezirler dahi bulabilir miydi ki? Zaten her şeye sahipti. Onu bu hale getirip üzen şeyi tekrar yerine koymak adına, bir erkek evlat fikri başlarda vezirin aklına yatsa da, kraliçe bir türlü gebe kalamamıştı. Sandanis, tanrılar krala sağlıklı bir oğul daha versin diye gizli gizli pek çok adak sunmuştu sunaklara ama Kroisos'un kraliçeye dokunduğu şüpheliydi.

"Pekâlâ Sandanis, düşün bakalım. Aklına itimat ediyorum. Düşün de beni bu düşünceler labirentinden çıkarmanın bir yolunu bul."

* * *

Vezir Sandanis üç gün boyunca Sfard sokaklarında gezip kralın yüzünü güldürecek şeyi aradı. Her tabakadan insanla konuşup onlara kendilerini neyin mutlu ettiğini sordu. Genelevdeki kızların çoğu "para" diye yanıtladı bu soruyu. Birkaçı şuh kahkahalar eşliğinde "heykellerinki gibi diri erkek bedenleri de mutlu eder" diye ekledi. Çiftçiler "bereketli bir hasat için bol bol yağmur" dediler. Uzun mızraklı askerlerin mutluluk kaynağı düşmanı mağlup edince gelen zafer duygusuydu. Sokaklarda koşuşturan çocukların mutlu olması için oyun oynamaları yeterliydi. Zengin bir tüccar, "daha fazla mal mülk" olarak tanımladı mutluluğu. Zar sallayan kumarbazlar "iyi talih" dediler vezirin sorusuna. Agorada bağıra bağıra şiir okuyan bir ozan "şöhret" diye yanıtladı, "namım herkesçe bilinsin isterim." Köle pazarında alıcısını bekleyen bir zavallı "hürriyet" dedi doğal olarak. Kör bir dilenci dünyanın güzelliklerini yeniden görmeyi diledi. Kralın aslanlarına bile gitti Sandanis. Terbiyecisi kafese şöyle bir bakıp "En çok taze et mutlu ediyor onları" dedi. Kroisos bu yanıtların hepsine sahipti. Para, kadınlar, zafer duygusu, şöhret, sıhhat, hürriyet, talih, mal mülk... Vezir, bütün gün gezip dolaşmaktan yorulmuş, saraya dönmeye niyetlenmişti ki tiyatrodan gelen uğultuları işitip biraz soluklanıp istirahat etmek için o tarafa yöneldi. Boş bir yer bulup oturdu ve sahnedeki trajediyi seyretmeye koyuldu. Anlaşılan o ki oyunda bir prens kötü kalpli üvey anasının kumpası neticesinde babası tarafından ölüme mahkûm edilmişti. Kral, karısının güzelliği ile gerçekleri göremeyecek kadar kör olmuş, suçsuz oğlunu idama yollamıştı. Seyirciler sahnedeki kralı kararından vazgeçmesi için ikna etmeye çalışıyor, abartılı tepkiler verip bu haksızlık karşısında haykırıyorlardı. Bazıları daha ileri gidip sahneyi taşlamaya kalkışınca vazifeliler tarafından derdest edilip yaka paça dışarı atıldılar. Sandanis de öylesine girdiği oyuna kendini kaptırmış, neler olacağını merakla bekliyordu. Nihayet sabık prensin hayatına son vermek için cellat sahneye çıktı ve zehir dolu kadehi ona uzattı. Prens seyircilerden gelen "Durdurun onu! Sakın içme! Kıymayın ona!" nidaları eşliğinde kadehi alıp kaldırdı. O esnada cellat prense son arzusunu sordu. Prens yerden doğrulup sahnenin önüne yaklaştı, seyircileri şöyle bir süzdükten sonra tiradına başladı.

"Son arzumu sorarsın, öyle mi? Hangi birini sayayım sana ey zalim! Benim halime düşen bir kimse için gözünün gördüğü her şey son arzusudur. Bir kerecik daha günbatımını seyretmek isterim, elimde bir kadeh şarapla. Ama sonra gündoğumunun ne denli nefes kesici olduğu düşer hatırıma. Onu da görmeyi isterim. O sıcak güneşin altında ermiş taptaze meyvelerden tatmak isterim. Bunu isteyip de bahçe aralarında kadınlarla cilveleştiğim günleri istememek olur mu! Doru atımı bozkırlarda hürce koşturmak isterim. Yağmurda ıslanmak isterim; ondan kaçar mıydım hiç, bir daha göremeyeceğimi bilsem mor bulutları. Dünyanın son günü gelince, insan her şeyi istemekten, hiçbir şeyi isteyemezmiş meğer. Viran kabrimin başına bir ağaç dikin yeter. Hiç olmazsa gölgesinde soluklanmak için biri yanıma oturur da mezarımda yalnızlık çekmem."

Seyircilerin alkışları ve gözyaşları birbirine karışmıştı. Sandanis nihayet aradığı yanıtı bulmanın huzuruyla tiyatrodan çıkıp şehrin en namlı kuyumcularından Masnes'in kapısına dayandı. Sofradaki ihtiyarı alet edevat heybesiyle birlikte apar topar evinden alıp kendi villasına götürdü. Yolda ne istediğini anlattı. Villaya varınca sandıkları döküp vezirin şahsi servetine ait altınları incelemeye koyuldular. Aradıkları parçayı bulunca Masnes tüm hüneriyle onu işledi, bir hamur gibi yoğurup titizlikle şekil verdi. Epey vakit sonra da üzerine özene bezene Sandanis'in söylediği sözcükleri kazıdı. En nihayetinde yine altından zarif bir zincir takarak eseri tamam hale getirdi. Akabinde vezir vakit kaybetmeden sarayın yolunu tuttu. Salondakiler büyülenmiş gözlerle, kralsa bir elini çenesine destek etmiş, diğer elinde altından kadehi, yüzünde hiçbir heyecan emaresi olmadan, alevleri yalayıp yutan bir ateşbazın gösterisini seyrediyorlardı. Öteden kendisine bakan Sandanis'in nasıl da heyecanlı olduğunu fark edince el edip yanına çağırdı. Vezir içerideki gürültüden ötürü kralın kulağına yanaşıp "Kralım müsaade buyurursa ona takdim etmek istediğim bir hediye var" dedi. Kroisos'un işaretiyle hem müzik hem de gürültü bıçakla kesilmiş gibi durdu. Ateşbaz saygıyla eğilip gerisingeriye yürüyerek huzurdan çıktı. Kalabalığın meraklı gözleri tahttan tarafa kaymıştı.

"Nedir?" diye sordu Kroisos, altın kadehini tahtın yanındaki altın sehpanın üzerine bırakıp altın tabaktan aldığı iri bir üzüm tanesini ağzına atarken.

"Bir madalyon kralım. Sizin sahip olduğunuz hazinelerin yanında bir hiçtir elbette, fakat onu değerli kılan şey, ihtiva ettiği manadır."

Kroisos Sandanis'in koynundan çıkardığı madalyonu alıp

meşalelerin aydınlığında incelerken "Neymiş o mana?" diye sordu bu kez.

"Siz ki kralım, dünyanın en zengin, en talihli, en güçlü insanısınız. Fakat bir süredir hiçbir şeyin sizi mutlu etmemesinden mustaripsiniz. Bir düşünün kralım, bugün hayattaki son gününüz olduğunu bilseydiniz ne yapardınız?"

Sanki kendilerine sorulmuş gibi salondakiler de bu sorunun muhasebesine girişti. Sandanis kralın yanıt vermesine fırsat vermeden konuşmaya devam etti:

"Öylece son nefesinizi vermeyi mi beklerdiniz, yoksa hayatın tadını mı çıkarırdınız? Elinizin altında olup da tamah etmediğiniz her şey bir anda kıymete binmez miydi? Düşündüm ki, eğer her gününüzü son gününüzmüş gibi yaşarsanız, yeniden hayattan lezzet almaya başlarsınız. Şarap yeniden tatlı gelir, yahniler, meyveler, bahçedeki çiçekler, yağan yağmurlar, ocakta yanan ateş, kitaradan dökülen melodiler de öyle..."

Kral bu yaklaşımı ilginç bulmuştu. Vezir haksız sayılmazdı. Bir gün öleceğim diye elini sürmez olduğu tüm o şeyler, yokluktaki diğer insanlar için büyük bir haz kaynağıydı. Hâlâ vakti varken dünyanın tadını çıkarma fikri, çok basit olmakla beraber nasıl olmuştu da aklına gelmemişti? Salondakiler de kendi aralarında fısıltıyla Sandanis'in sözlerini tartışmaya başlamışlardı. Vezir hediyesinin takdimini tamamladı.

"Bu madalyonu boynunuza asın kralım. Üzerinde 'bugün dünyanın son günü' yazıyor. Her sabah uyandığınızda aynada madalyonu görüp bu sözlerin manasını düşünün. Ve o gününüzü son gününüzmüş gibi yaşayın. Henüz zamanınız varken hayatın tadını çıkarıp mutlu olmaya bakın. Çünkü o gün bir daha asla yaşanmayacak."

Kroisos boynuna asması için madalyonu yeniden Sandanis'e uzattı. Vezir kralın arkasına geçip zinciri bağlayınca, salondakiler kralın uzun bir aradan sonra ilk defa içtenlikle gülümsediğini gördüler. Sonra da eliyle müzisyenlere işaret etti kral ve "En neşeli ezgileri çalın" dedi.

* * *

Kroisos'un yüzüne kan, canına can gelmişti. Vezirinin tavsiyesine uyuyor, sabahları aynada kendisini mağrur gözlerle seyrederken boynundaki madalyonun üzerinde yazanı düşünüyor ve o güne, sanki dünyadaki son günüymüş gibi iştahla başlıyordu. Bu iştah kralın sofrasından yatağına, düzenlediği eğlencelerden av partilerine kadar tüm hayatına sirayet etmişti. Kuzu butlarını kemiğine kadar sıyırıyor, kaşık kaşık bal yiyor, dudaklarından taşan şaraplar sakallarından süzülüyordu. Yalnızca kraliçeyle cilveleşmiyor, saraydaki kızları da sırayla elden geçiriyordu. Öyle ki bir piç peyda olmasın diye Sandanis, kralın koynuna giren tüm kızların çetelesini tutmak, peşlerine gözcüler takmak zorunda kalmıştı. Saraydaki hayat, eski ihtişamlı günlerine dönmüştü. Mütemadiyen tertip edilen şölenlerden birinde Kroisos salondaki dansözlerin hepsini birden üzerine çıkartınca o muhkem çam masa dayanamayıp çatırdamış ve çökmüştü. Kral, beraberinde kalabalık bir dalkavuk güruhuyla sık sık ava çıkıyor, Tmolos eteğindeki kaplıcaya gidiyor, aslanlarıyla oynaşıyor, sarayındaki havuzunda keyif çatıyor, hasılı, hayatı hiç olmadığı kadar dolu dolu yaşıyordu.

Yine o günlerin birinde, sıcak bir öğle vakti, havuzun içine doldurduğu taze kızlarla oynaşırken, gözcülerden biri müsaade isteyip Delfi'ye gönderdikleri kervanın batıda göründüğünü, pek muhtemeldir ki akşama kalmadan şehre varacağını krala haber verdi. Havuzdan çıkıp beline doladığı örtüyle terasa koştu Kroisos. Söylenenleri kendi gözleriyle görmek istedi. Aylardır bugünü bekliyordu. Heyecanlanmıştı. Akşama bir ziyafet tertip edilmesini buyurdu. Sonra da Sandanis ve diğer vezirleri toplatıp tapınmak için tanrıça Kuvava'nın sunağının yolunu tuttu.

Dört gözle beklediği o kervanın hikâyesi, aslında bundan seneler evveline uzanıyordu. Kroisos o zamanlar at binmeyi daha yeni yeni öğrenen on yaşında bir prensti. Babası Alyattes, Med Kralı Kyaxares ile her iki devletin hükümdarlık sınırını belirleyen Halys Nehri kıyısında bitmek bilmeyen bir savaşa tutuşmuştu. Beş yıl boyunca aralıklarla devam eden savaşta kâh Lidyalılar Medlere, kâh Medler Lidyalılara üstünlük kursa da ordular bir türlü yenişememişti. Altıncı yıl, iki ordu yine ölesiye vuruşurken, birden gökler karardı. Güneş sönüverdi ve savaş meydanı karanlığa gömüldü. Az evvel birbirlerini boğazlayan askerler bu olay karşısında kılıçlarını indirip efsunlanmış gibi kalakaldılar. Atlardan inip secdeye kapananlar oldu. Alyattes ve Kyaxares bunun tanrılardan gelen bir işaret olduğunu anlamışlardı. Az sonra güneş yeniden belirince kimse bir daha kılıcına davranmadı. Ordular talimat almış gibi geri çekildi. Krallar birbirlerine elçi göndererek ateşkes ilan ettiler. Fakat gündüzü geceye çeviren tanrıların kalıcı bir sulh istediği aşikârdı. Bunun içinse bir antlaşma yapılması gerekiyordu. Her iki kral da Kilikya hükümdarı Syennesis ve Babil hükümdarı Nabonidus'un hakemliğine razı oldular. Hakemler en sağlam barışın iki krallığı birbirine akraba yapmaktan geçtiğini söylediler. Böylece Lidya hükümdarı Alyattes kızı Aryenis'i, Med hükümdarı Kyaxares'in oğlu Astyages'e verdi. Krallar kollarını hançerle çizip birbirlerinin kanını yaladılar. Kaç kere sürüldü ekinler, kaç kere kar yağdı Tmolos'a, kaç kervan geçti Sfard önlerinden bilinmez; onca zamanın ardından Kroisos Lidya tahtına kral olmuştu, ablası Aryenis ise Med kraliçesi. Ne var ki iki yıl evvel gelen haberler Kroisos'u aç bırakılmış bir aslan gibi kudurtmuştu. Pers hükümdarı Kiros Medlere açtığı savaşta galip gelmiş, ülkelerini kendi ülkesine katmış, Kroisos'un ablası Aryenis ve kocası Astyages'i ise esir edip zindana hapsetmişti. Hem ablasını kurtarmak hem de serpilip daha ciddi bir tehdit haline gelmeden evvel Perslerin tepesine yumruğunu indirmek için bir an evvel kılıç kuşanmaya niyetlendi. Fakat gerek o sıralar oğlunun ölümü gerekse rahipler ve vezirlerin ihtiyat telkinleri, kralın öfkesini dizginledi. Böylece meşhur kehanet ocaklarına danışmaya, olası bir seferin kendisi için hayırlı olup olmayacağını tanrılardan öğrenmeye karar verdi. Ancak hangi tapınağın kâhinlerine itimat edeceğini de kestiremiyordu. Bunun içinse Abai, Dodona, Amphiaraos ve Delfi'deki tüm namlı kâhinlere elçiler gönderdi. Elçiler Sfard'dan ayrıldıktan sonra yüz gün sayıp, yüzüncü gün tapınaklara gidecek, kâhinlere o gün Lidya Kralı Kroisos'un ne yaptığını soracaklardı. Nice zaman sonra dört bir yana giden elçiler yanıtlarıyla beraber Sfard'a döndüler. Kroisos kâhinlerin mektuplarını heyecanla okudu. Sorduğu sorunun yanıtını bilen tek kehanet ocağı Parnassos Dağı yamaçlarındaki Delfi olmuştu. Kral Delfi'den gelen yanıt karşısında hayretini ve hayranlığını gizleyemedi, zira tahmin etmesi zor olsun diye, yüzüncü gün kaplumbağa ve kuzu etini tunç bir tasta pişirmişti. Mektupta ise tam olarak böyle yaptığı yazılıydı. Bunun üzerine eşi benzeri görülmemiş bir hediye kervanı hazırlatmaya koyuldu. Delfi tanrılarına üç bin kurban kestirdi. Her Lidyalıdan hediyeler toplattı. Kendi hazinesini de açıp altından heykelleri, silahları, işlemeli kıyafetleri, ziynet eşyalarını ve külçeleri bir araya yığdı. Yine şaşaalı bir törenle bu kervanı Delfi'ye uğurladı ve sabırsızlıkla beklemeye koyuldu. Gönderdiği heyet aylar süren çetin yolculuğun ardından nihayet dönüyordu. Ve kâhinlere sorduğu sorunun yanıtı geliyordu: "Kroisos Perslerle savaşa girsin mi, girmesin mi?"

Kral, görkemli salonunu o akşam sadece vezirlerine, rahiplerine ve komutanlarına açtı. Dalgın vaziyette şarabını yudumluyor, devletinin geleceğini tayin edecek haberin ulaşmasını suskunlukla bekliyordu. İçerideki asap bozucu sükût, nihayet habercilerin kapıdan girmesiyle yerini bir heyecan dalgasına bıraktı.

"Yaklaşın" dedi Kroisos. Yollarda geçen onca zamanın ardından bitap düşen ulaklar tahtın önüne gelip sırayla kralın ayaklarını öptüler. Sonra da kralın "Anlatın" buyruğuyla içlerinden birisi konuşmaya başladı.

"Yeryüzünün hâkimi, halkların koruyucusu yüce kralıma selam olsun. Emrettiğiniz üzere hediyelerinizi tastamam Delfi tapınağına ulaştırdık. Daha evvel böylesine büyük bir hazine görmemiş şehir ahalisi hayret etti ve sizi çokça yüceledi. Aslan heykelleri tapınağın en güzel yerlerine koyuldu. Kâhinler ziyadesiyle memnun oldular. Öyle ki Lidya halkına bir imtiyaz armağan ettiler. Bundan böyle bir Lidyalı dilediği zaman gidip Delfi yurttaşı olabilecek. Sualinizin yanıtına gelecek olursak... Kâhinlere 'Lidya Kralı Kroisos Perslerle savaşa girsin mi' diye sorulmuştur. Onlarsa ayinlerinin ardından istişare edip 'Eğer Kroisos Perslerle savaşa girerse bir büyük devlet yıkılacak' diye cevap vermişlerdir. Ne fazla ne noksan, kelimesi kelimesine dedikleri budur."

Kroisos tahtından doğrulup masadakilerin yüzlerine baktı. Kral kalkınca herkes apar topar ayaklanmıştı. İşitilen cevap karşısında ne mutlu olmuş ne de yeise kapılmışa benziyorlardı. "Bir daha söyle" diye buyurdu kral ulağa hitaben.

"Eğer Kroisos Perslerle savaşa girerse bir büyük devlet yıkılacak."

Kral komutanlara, vezirlere, rahiplere döndü. "Benim kaplumbağayla kuzuyu bir kapta pişirdiğimi bilen kâhinlerin savaşın neticesini bilmeme ihtimalleri var mı? Şayet en büyük devlet yıkılacak deselerdi, bu Lidya olurdu. Biz Perslerden büyüğüz. Kâhinler yalnızca büyük devlet demişler, zira

Medleri kendilerine katan Persler bu deyişe münasip düşüyor. Hem gönderdiğimiz hediyelerle Delfi tanrılarını hoşnut etmedik mi? Mağlup edileceğimizi görseler bunu kati suretle dillendirip bizi ikaz etmezler miydi? O halde görünen o ki biz muzaffer olacağız!"

Kral kadehini coşkuyla kaldırınca masa başındaki kabalıktan da bir sevinç uğultusu yükseldi. Şarapları kafalara diktikten sonra kaplar yeniden doldurulurken kral tahtına oturup sırayla herkese söz vererek düşüncelerini sordu. Vezirler komşu memleketlerle ilişkileri, savaşın maliyetini ve devlet hazinesinin durumunu, yakın zamanda hasattan, madenlerden ve ticaretten beklenen gelirleri, halkın moral durumunu anlattılar. Rahipler Delfi'den gelen cevaba binaen kralın söylediği sözleri tasdik ettiler. Komutanlar da bilgileri dahilinde Pers ordusunun kuvvetini, sefer için mevsim şartlarını, askerlerin ikmali için gereken hayvan gücünü, yiyeceği, civar memleketlerden ne kadar paralı asker ve müttefik toparlamak lazım geleceğini değerlendirdiler. Gecenin ilerleyen vakitlerine kadar süren bu görüşme neticesinde salondaki herkes Lidya'nın savaşa girmek için hazır olduğunda hemfikir oldu. Bir kişi hariç. Kroisos âdeti olduğu üzere son sözü başveziri Sandanis'e verdi.

"Görünen o ki yüce kralım, kılıç kınından çıkmış bir kere. Fakat tesiri olmasa da mademki sordunuz, sözlerimi söyleyeceğim. Herkes bilir ki ben bir adım atacaksam iki kere düşünürüm. Zaten siz de bana bu yüzden itimat edersiniz. Hatırlayınız, İyon şehirlerini haraca bağladıktan sonra bu defa adalarına göz dikmiştiniz. Mytileneli Pittakos'a adalardaki durumu sormuştunuz. O da niyetinizi bildiği için nükte yapar gibi konuşmuş ama aslında son derece hikmetli bir söz söylemişti. 'Adalıların her biri birer at ediniyor, Sfard'a karşı sefere çıkmaya hazırlanıyorlar' demişti. Siz bundan ziyadesiyle hoşnut olmuştunuz. 'Adalılar at binmeyi ne bilir, gelsinler de onları tarumar edelim' diye yanıt vermiştiniz. Pittakos da buna karşılık 'Kralım beni hoşgörün ama onlar da aynı böyle düşünüyor, Kroisos gemilere binsin de adalarımıza gelsin diye ellerini ovuşturuyorlar. Zira siz denizci bir millet değilsiniz, gemi savaşından anlamazsınız' demişti. Böylece adalara sefere çıkmaktan vazgeçmiştiniz. İşte bu aklın sesiydi. O ses şimdi bana Perslere karşı savaşmamamız gerektiğini söylüyor."

Kral itiraz etti.

"Aynı şey değil Sandanis! Yiğitlerimizin savaş meydanındaki marifetlerini bilmez misin? Ya atlarımızın cihana yayılan şöhretini? Düzlükte hangi ordu durabilir karşımızda?"

"Hayır kralım, sözlerimi yanlış anladınız. Benim hesabım başka türlü. Savaşı değil, savaşın akıbetini düşünüyorum. Haydi akıl terazisine koyup beraberce tartalım. Lidya'ya bakın... Bereketli topraklarımız, meyve bahçelerimiz, üzüm bağlarımız, gürbüz hayvanlarımız, tarlalarımızı sulayan nehirlerimiz, madenlerimiz, süslü kıyafetlerimiz, güzel kadınlarımız, gani gani altınımız var! Peki ya Perslerin nesi var? Vahşiler gibi gezinirler. Bedenlerini hayvan derileriyle örterler. Onları savaştıran şey karınlarını doyurma güdüsüdür. Şu masadaki lezzetli incirlerden bir kez olsun tatmışlar mıdır ömürlerinde? Şu Sfard'ın bağları gibi bağ görmüşler midir? Toprakları kuraktır, şehirleri çirkindir, halkı fukaradır. İşte ben bunu söylüyorum kralım, onların zaten kaybedecek bir şeyleri yok. Fakat Lidya'nın çok şeyi var. Ve bizim onlarda olan bir şeye ihtiyacımız yok. Vaziyet buyken, ben bu savaşı gereksiz görürüm."

Başvezirin bu sözleri masada tartışma yaratmış, bir anda kendine taraftar toplamıştı. Kral sessiz olmalarını emredip herkesi susturduktan sonra Sandanis'e döndü.

"Yine bilgece laflar ettin. Ancak senin de dediğin gibi bu barbarlar karınları ve gözleri doyana kadar durmayacaktır.

Bugün sefere çıkıp onları orada yenmezsek, yarın Sfard kapılarına dayanmayacakları ne malum? Hepsi bir yana ablam Aryenis zindanda tutsak yatıyor. Hiçbir kral kendi kanından birinin esir düşmesine göz yumamaz."

Sandanis, kralı kararından vazgeçirmenin mümkün olmadığını anlamıştı. Daha ileri giderse mecliste bulunanlar tarafından kancıklıkla itham edilebilirdi.

"Siz nasıl emredersiniz kralım" dedi gönülsüzce, "hüküm sizindir."

Gecenin ilerleyen vakitlerine kadar kadehler Lidya ve kralın şerefine defalarca dolup boşaldı. Sfardlılar sabah uyandıklarında yukarı hisarın şehre bakan kulelerinden birine savaş bayrağı çekildiğini gördüler. Kentte pek çok memleketin casusları da vardı elbette. Bunlar da savaşın hangi ülkeye ilan edildiğini öğrenmek için dedikoduların döndüğü meyhanelere, agoraya koştular. Nihayet tellalların sesi sokakları inletince Lidya'nın uzun mızrağının kime saplanacağı belli oldu.

Öğleden sonra şehrin kuzey kapısından iki atın çektiği, sözde zeytinyağı küpleriyle yüklü bir araba çıktı. Sfard'dan yaklaşık on stadion uzaklaştıktan sonra tüccar görünümlü iki casus hayvanlarını çözüp arabayı terk ettiler. Atlarını dörtnala doğuya sürüp Pers sarayının yolunu tuttular.

Sfard'da da tez vakitte hazırlıklara başlandı. Altın ocağındaki işçi sayısı üç katına çıkarıldı. Ordu talimlerini sıklaştırdı. Tüm Lidya şehirlerinden ve köylerinden acemi askerler devşirildi. Paralı asker yollayacak İyon, Karya, Frigya kentlerine ulaklar yollandı. Lidyalı kızlar gece gündüz demeden dikimhanede çalışıyordu. Dökümhanenin bacasından yükselen dumanlar yeni zırhların, miğferlerin, kalkanların, mızrak uçlarının ve kılıçların yapıldığını haber veriyordu. Marangozhaneye giren keresteler savaş arabası olarak çıkıyordu. Orduyu doyurmak için etler kurutuluyor, çobanlar hayvanları semirtmek için sürülerini çayırın en lezzetli yerlerine çıkarıyor, fıçılar şarapla dolduruluyor, zahire ambarlarında ne varsa çuvallara ve küplere basılıyordu. Yazın son sıcak günlerinde, kuzey ve güneydeki memleketlerden şehre gelip dahil olan paralı askerlerle beraber Lidya ordusunun gücü on binlerce yayaya, binlerce süvariye erişmişti. Yolda dahil olacak doğudaki diyarların askerleriyle bu sayı daha da artacaktı.

Nihayet sefer sabahı gelip çattığında Kroisos sarayının terasından şehri ve surların dışındaki orduyu seyretti uzun uzun. Mağrurdu. Şanına şan ekleyecek, bir kez daha muzaffer bir kral olarak dönecekti memleketine. Tüm ailesiyle ve akrabalarıyla tek tek vedalaştı. Zırhını giyip kılıcını kuşandıktan sonra beyaz atına bindi, vezirler ve kâhinlerle beraber saraydan ayrılıp tapınağın yolunu tuttular. Önlerinde yürüyen müzisyen takımı zafer şarkıları söylüyor, halkı coşturuyordu. Sokaklara dökülen kalabalık krala tezahürat ediyordu. Başrahibin yönettiği ayinden sonra kral ve beraberindekiler halkı selamlayarak şehirden çıktılar. Lidya ordusu her adımda arzı sarsarak büyük bir haşmetle doğuya doğru ilerlemeye başladı.

* * *

Kroisos'un ordusuyla sefere çıkmasıyla beraber, eğlence ve ziyafetler bitmiş, müzik ve kahkaha seslerinin çınladığı saraya bir sükûnet çökmüştü. Erkeklerin savaşta olması ve misafir kabul edilecek şölenlerin neticelenmesiyle nüfus iyiden iyiye azalmış, kala kala kralın ailesi, yakın akrabaları, köleler ve hizmetçiler kalmıştı. Akropolün en tepesinde, kartal yuvasını andıran bu sarayın çeşitli amaçlara yönelik kırk odası, biri taht odası olarak kullanılan iki büyük salonu, aralarında yeraltından gizli bir geçit bulunan iki uçta iki kulesi, kırk hizmetçinin çalıştığı büyük bir mutfağı, ambarları, mahzenleri ve ağzına kadar altınla dolu bir hazine odası vardı. Ön yüzündeki terasın hemen altındaki küçük bahçenin bir ucunda ahırlar, bir diğer ucunda Kroisos'un üç aslanının kafesi bulunurdu ki, geceleri bu kafes açılır, aslanlar bahçeye salınırdı. Elbette yüksek duvarlar örmek suretiyle hayvanların bu bahçeden başka bir alana geçmelerini engelleyecek tedbirler alınmıştı. Zaten aslanlar da diğer alanlara geçmeye çalışmıyorlardı, onların işi saraya yabancıların girmesini engellemekti. Terastan merdivenle inilen bu bahçenin altında bir bahçe daha vardı ki burası arıları bile sarhoş eden çeşit çeşit çiçekleri, yazın gölgesinde keyifle uyunan meyve ağaçları ve yüzme havuzuyla sarayın seyir terası mahiyetindeydi. Bunun da altında artık krala yakın kimselerin villaları başlıyordu ve bu görkemli evler küçük bir mahalle oluşturarak tepenin yamaçlarına doğru kat kat dizilmişti. Ardından bu mahallenin ve pek tabii akropolün sınırını çizen içkale surlarını geçince, nihayet aşağı şehrin yüksek mahallerine geliniyordu. Sarayın ön yüzü işte bu manzaraya; şehre, Hermos Nehri'nin suladığı ovaya, Gygian Gölü'nün etrafına serpiştirilmiş gibi duran kral mezarlarına ve sıcak günlerde dalgalanan uzak ufka bakıyordu. Arka yüzü ise yerden neredeyse iki stadion yükselen sarp tepeyle yekpare gibiydi. Pencereden bakanın başı dönerdi ve bünyesi dayanıklı değilse derhal kusardı. Tüm şehri kuşatan aşağı surlar, sıra tepenin bu tarafına gelince kesiliyordu, zira burası dümdüz ve tabii bir duvardı. Kral Meles buraya yüzyıllar önce gizli bir geçit oydurmuştu. Yan yana iki insanın geçemeyeceği kadar dar ve dimdik bir tüneldi bu. Geçit bittikten sonra, kral orada çalışan kölelerin hepsini öldürtmüştü. Yani farklı hanedanların hüküm sürdüğü zamanlar boyunca, krallar, kraliçeler, başvezirler ve başrahiplerden başka hiç kimse bu tünelin mevcudiyetinden haberdar değildi. Hayati bir tehlike durumunda kral bu geçit vasıtasıyla çok kısa sürede aşağıya inebilir, bir anda şehrin ve surların dışına çıkabilirdi. Bu tahliye kapısının açıldığı yer akropolün ve Sfard'ın arka yüzünde bulunması sebebiyle ıssız bir ormandı üstelik. Tmolos Dağı'yla akropol tepesi arasındaki bu küçük vadi aynı zamanda Paktolos Çayı'nın yatağıydı ve tanrılar burayı özene bezene yarattıklarından bir cenneti andırıyordu.

Kroisos'un ölen evladı Atis'ten başka üç çocuğu daha vardı. Bunların en küçüğü, kralın tahta oturduğu yıl doğan on dört yaşındaki oğlu Tmolis'ti. Ne yazık ki özürlüydü ve konuşamazdı. Duyduğunu anlayıp anlamadığı da meçhuldü. Ağzından akan salyaları silsin diye daima yanında bir hizmetçi bulunurdu. Manasız iniltiler çıkarabilirdi, bunun haricinde bir şey dediğine şahit olan yoktu. Ağır aksak yürüse de koşamazdı. Ata binmek şöyle dursun, ağzına kaşığı götürmekten âcizdi ve karnını doyuran olmasa açlıktan ölüp giderdi. Hacetini giderirken hizmetçisi mani olmazsa kendi dışkısıyla oynardı.

Bu çocukların en büyüğü, yirmi yaşındaki kızı Nyssia'ydı. Asalette bir emsali daha yoktu. Henüz küçük bir çocukken bile damarlarında gezen kanın gerektirdiği gibi her hareketi ölçülüydü. Kız büyüdükçe içine kapanıp yalnızlaşmıştı. Ailesiyle dahi çok az görüşür, yalnızca işlerini gören hizmetçisiyle konuşur, kimseyle muhatap olmazdı. Bahçelerde ya da salonda onunla karşılaşmak olası değildi. Çocukluk çağını geride bırakınca hisarın batısındaki kuleye taşınmıştı, orada yaşıyor, mümkün mertebe dışarı çıkmıyordu. Penceresine konan güvercinlerden ötürü başka bir memleketin yakışıklı prensiyle mektuplaştığı, günün birinde ona kaçacağı gibi dedikodular yayılırdı saraydaki hizmetçiler arasında. Aşağı şehirde yaşayanlar için de bir esrardı Nyssia. Zira maaile katıldıkları ve mecburen iştirak ettiği ayinlerde, prensesi görebilmek için Lidyalılar tapınağa hücum ederlerdi, ancak orada da yüzünü altın işlemeli bir örtüyle örttüğü için gizemini korurdu. Sfardlılardan onun kara büyüyle uğraştığına, suratının çirkinliğini saklamak için yahut tam tersi güzelliğini görenler düşüp bayılmasın diye örtündüğüne, hatta aslında bir erkek olduğuna inananlar vardı. Esasen halası Aryenis'in makûs talihini yaşamaktan korkuyor, günün birinde babasının kendisini uzak bir diyarın çirkin bir kralına gelin vereceğini düşünüp tedbirini alıyordu. Yalnızlığı kibrinden değil, yüreğini saran tarifsiz hüzündendi. Zamanının çoğunu penceresine oturup hülyalı bir halde uzakları seyrederek ve lir çalarak geçirirdi.

Bu çocukların ortancası, kralın on yedi yaşındaki kızı Arippe'ydi. Görenin bir daha dönüp baktığı çarpıcı bir güzelliği vardı. Hem çekikliği hem de rengiyle gözleri bir zeytin yaprağını andırırdı. Teni bulut gibi beyaz, saçları siyah ve kıvırcık, burnu küçük ve biçimli, dudakları vişne gibi kırmızı ve dolgundu. Ablası Nyssia'nın tam zıddı bir kişiliğe sahipti. Prensesten çok yaramaz bir kız çocuğu gibiydi. Okuma yazması vardı. Bir köleyle bile şakalaşır, ata binmeyi sever, dokumacılığı bilir ancak uğraşmaz, aslanları besler, şehirde gezmekten çekinmez, tiyatroya gidip halkın arasına karışır, çat kapı meyhanelere girip içeridekilere içki ısmarlar, kimsenin cüret edemeyeceği şeyi yaparak babasının tahtına oturup kralcılık oynardı. Bu tavırlarından ötürü Lidyalıların en sevdiği hanedan mensubu haline gelmişti. Kraliçe kimi zaman aşırıya kaçan davranışlarından ötürü kızının kulağını çekmeye yeltense de kız babasına nazı geçtiği için hiç kimseden ve hiçbir şeyden çekinmezdi. Buna rağmen kendi sınırlarını çizerdi Arippe. Bir köleye şaka yapabilirdi, ancak bir köle ne kadar yüz bulsa da ona şaka yapamayacağını bilirdi. Bir defasında buna yeltenen bir tanesini aslanlara parçalatmaya karar vermiş, kölenin betinin benzinin attığını görünce de "Şaka yaptım" demişti gülerek, "cezan ömrün boyunca mermer ocağında taş kırmak."

Prenses Arippe'nin, sarayda vazifeli müşterek kölelerden gayrı, yalnızca kendi hizmetine bakan bir de şahsi kölesi vardı. On dokuz yaşındaki bu erkek kölenin adı Pelopis'ti. Biçarenin esas yurdu Knidos'tu. Anasızdı. Ozan olan babası oğlunu da alıp Knidos'tan ayrılmış, yollara düşmüştü. Karya kentlerini gezerler, nerede şölen varsa oraya giderlerdi. Babası Pelopis'e aulos çalmayı öğretmişti. Oğlu sazını üfler, baba şiirlerini okur, böylece geçimlerini temin ederler, mutlu ve tasasız bir yaşam sürerlerdi. Ta ki bu güzel günler, köy hanında konakladıkları bir gece etrafı saran alevler tarafından yutulana değin. Pelopis kendisini dışarı atmayı başarmıştı, ancak babası o kadar talihli değildi. Oğlan Kroisos'un ordusu tarafından esir alınmış, üç gün boyunca yürütülerek Sfard'a getirilmişti. O zamanlar on yaşında olan Pelopis yorgunluktan bitap düşmüş ve babasının acısından defalarca bayılmıştı. Nihayet Sfard kapılarından girdikleri vakit zincirlenmiş koca adamların arasındaki bu küçücük oğlan, herkesin dikkatini çekmişti. Elinde sıkı sıkıya tuttuğu aulosu, yaşlı gözleri, korku dolu bakışlarıyla sokaklarda yürütülürken onu gösterip alay edenler de vardı, haline acıyıp üzülenler de. Sefer dönüşü toplanan ganimetler agoraya yığılmış, köleler tek sıra halinde dizilmişti. Kroisos'un ailesi de, kralı karşılamak için bu merasimi teşrif etmişlerdi. Meydanı saran Lidyalılar coşkuyla tezahürat yapıyor, kral halkı selamlıyordu. Kraliçe, ganimet yığınından beğendiği parçaları seçip ayırıyor, vazifeli vezir de gözüne kestirdiği köleleri uygun işlere yollamak üzere istifliyordu. Heybetli bir vücuda sahip olmak pazardaki köle için kötü talihti, zira ağır beden gücü gerektiren bir işe mahkûm olunacağı anlamına geliyordu. Daha çelimsizler ise her türlü gündelik iş için istihdam edilebilirdi. Saray için seçilen kölelerden artakalanlar da satışa sunuluyordu. O zamanlar henüz sekiz yaşında olan Arippe, bu can pazarının ortasında kaderini bekleyen Pelopis'i görüp çığlığı basmıştı: "Onu istiyorum! Onu istiyorum!" Kraliçe şımarık kızını vazgeçirmeye çalışsa da küçük prensesi yatıştırmak mümkün olmamıştı. Nihayet uzun zamandır kızından uzak kalan ve onu özleyen babası, Arippe'nin yakarışa varan ısrarlarına karşı koyamayıp gönlünü yapmak için "Peki" deyiverdi, "al senin olsun." Ne de olsa prenses çok geçmeden oyuncağından sıkılırdı da çocuğu gönderirlerdi. Pelopis'in Lidya sarayına girmesi işte bu şekilde olmuştu.

Hizmetçiler tarafından yıkanıp paklanmış, üstüne başına temiz kıyafetler giydirilmiş, yatacağı oda gösterilmişti. Tuhaf olansa bu küçük kölenin herhangi bir işe koşulmayışıydı. Prenses ne zaman onunla oynamak isterse yanına çağırtır, canı sıkılana kadar oyun oynarlar, sonra da yerine gönderirdi. Çoğu zaman köleden aulos çalmasını ister, bazen de babasından ezberlediği şiirleri okuturdu. Oğlansa babasının acısını hâlâ en derininde yaşamakla birlikte, hiçbir köleye nasip olmayacak bu imtiyazlı hayat karşısında, talihli olduğunu düşünmeye başlamıştı. Bu talihin ellerinden yitip gitmesine izin vermemeyi de yine o zamanlar kafasına koydu. Zira o kadar ağlayıp gözyaşı dökmüştü ki, herhalde haline acıyan tanrılar ona bir fırsat sunmuşlardı. Bu fırsat, intikam imkânıydı. Böylece Pelopis babasını ondan alan Kroisos'un canını yakmak, ona ait olan bir şeyi almak için yemin etti. Üstelik yeminini gerçekleştirsin diye kralın kızını ona yakın kılmıştı tanrılar.

Tüm hayatı uzun vadeli bir planın kısa bölümlerinden oluşuyordu artık. Mesela günlerden bir gün Arippe salonda koştururken annesinin çok sevdiği bir kantharosu devirip paramparça etmişti. Hizmetçilerin haber vermesiyle koşa koşa gelen kraliçe, annesinden yadigâr zarif kabın halini görünce öfkeden kıpkırmızı kesildi, "Kim yaptı bunu" diye gürledi. Arippe'nin parmağıyla Pelopis'i işaret etmesi oğlanın saraydan sürülmesi için yeterliydi. Fakat prenses ne hakikati itiraf ediyor ne yalan söyleyebiliyordu, zira anasının bu öfkesi karşısında o da korkmuştu. Derken beklenmedik bir şey oldu ve Pelopis, efendisini kurtarmak için her şeyi göze alarak zar zor duyulan mahcup bir sesle "Ben yaptım" deyiverdi. Kraliçe küçük köleyi pataklamak üzere üstüne yürürken Arippe araya girip suçunu itiraf etti. Annesi bir kızına bir kölesine bakıyor, kime inanacağına karar veremiyordu. Nihayet prenses ısrar ederek kabahati kendisinin işlediğine kraliçeyi ikna etti. Kraliçeyse kırılan kantharosu bile unutuvermiş, küçük kölenin niçin böyle cesur bir davranış sergilediğini düşünüyordu. Bunu dillendirince de Pelopis'ten "Çünkü o benim efendim, köleler efendileri için her koşulda her işi yapmaz mı?" yanıtını aldı. Pelopis böylece kraliçenin gözüne girmeyi başarmıştı. Arippe de bu fedakârlığından ötürü, aslında oyun arkadaşından, hatta oyuncaktan gayrı bir şey olmayan kölesine, daha fazla muhabbet beslemeye başladı. Zaman akıp giderken buna benzer pek çok şey yaşandı ancak bir tanesi hayli dehşetliydi. Sıcak bir yaz günü aşağı bahçede çiçeklerin arasında koştururlarken, Arippe kara bir yılan tarafından kıstırıldı. Oğlan bir an bile tereddüt etmedi, bilek kadar kalın yılanı kuyruğundan tuttu, kafasını taşlara vura vura oracıkta gebertti. Her prensesin gönlünde kendisini kurtaracak kahraman bir prens yatardı; Arippe'nin prensi ise şu talihin işine bakın ki emri altındaki kölesiydi adeta. Akşam olan biteni babasına anlatınca Kroisos oğlanı takdir etti, kızının böyle sadık ve gözü pek bir kölesi var diye de gayet memnun oldu.

Yıllar böyle böyle geçti. Pelopis'le beraber o gün şehre getirilen kölelerin çoğu ağır yaşam koşullarından ötürü bir bir ölüp giderken, oğlan Kroisos'un sarayında sıhhatle ve afiyetle büyüdü, bir delikanlı oldu çıktı. Arippe ne denli cazibeli hale geldiyse, esaret altında olmak güzelliğe mani değil ya, Pelopis de o denli yakışıklıydı. Boylu boslu, tüysüz, kara kaşlı, kara gözlü bu genç adama sadece hizmetçiler değil, asil kadınlar bile iç geçiriyor, ancak Arippe'den ötürü yanına yaklaşamıyorlardı. Tabii yaşları ilerledikçe ikisinin oyun oynadığı günler geride kalmıştı. Arippe neredeyse tüm hayatını bilen kölesine hemen her konuda fikir danışır, onunla sohbet eder, bir yere giderken mutlaka yanına refakatçi olarak alırdı. Prenses olması hasebiyle de her şeyi çekinmeden konuşur, aklına eseni sorardı.

Yine günlerden bir gün, "Baksana Pelopis" deyiverdi damdan düşer gibi, "bir bedeni sevmek, anlarsın ya, yatakta geçen o anlar, nasıl bir his? Bilmek istiyorum, anlat bana." Pelopis kızarıp bozardı, ne diyeceğini bilemeyerek kem küm etti. Arippe gülerek üsteledi.

"Çekinmene gerek yok, konuş hadi. Biliyorsun Lidyalı kızlar çeyiz parası biriktirmek için evlenene kadar genelevde çalışırlar. Ama benim buna ihtiyacım yok. Senin anlayacağın bakireyim. Öğrenmek istiyorum, anlat." Bunun üzerine Pelopis boynunu büküp "Bağışlayın beni prensesim, size vereceğim cevabım yok" dedi, "henüz bir kadına dokunmuş değilim" diye de ekledi. Arippe bu cevabı ilk önce yadırgadı ama sonra "Doğru ya" dedi, "çocukluğundan beri buradasın." Sonra da kölesine ihsanda bulundu, bir Kroisos sikkesi armağan edip "al" dedi, "bir fahişeye git de o hazzı yaşa." Bir süre sonra Arippe yine aynı hususta kölesini yokladı.

"Evet Pelopis, bana anlatacakların var mı? Geneleve gittin değil mi?"

"Gitmedim prensesim."

"Sana verdiğim altını ne yaptın peki?"

"Duruyor, işte burada."

"Neden gitmedin?"

"Bilmiyorum prensesim. İçimden gelmedi."

"Ya... Beni şaşırttın. Peki öyle olsun."

"Buyurun, paranız prensesim."

"Sende kalsın. O senin, dilediğin gibi harca."

Pelopis geneleve gitmemişti, bu doğruydu, çünkü yıllar içinde kendisini yemininden bile saptıran bir şey gelmişti başına. Efendisi Arippe'ye âşık olmuştu.

* * *

O günlerin birinde Arippe bir öğle vakti Pelopis'i odasına çağırttı. Delikanlı içeriye girdiğinde prensesi pencerenin önündeki *kline*ye sağ yanının üzerine sere serpe uzanmış halde buldu. Elbisesinden sıyrılmış halhallı ince ayak bilekleri ve baldırları, pencereden süzülen altuni gün ışığı marifetiyle ilahi bir renge boyanmış gibiydi. Göğüsleri arasındaki çizgi ise içine düşülesi bir uçurumdu. Dalgın bir halde Homeros'un *Odysseia*'sını okuyor, arada bir önündeki salkımdan kopardığı iri bir üzüm tanesini dudakları arasında tadını çıkara çıkara ağır ağır emiyor, kabuğunu ise yemeyip kâseye bırakıyordu. Kabarık saçlarına zar zor tutturduğu bir defne tacı ile Lidya'nın değil de bir masal ülkesinin prensesiydi sanki. Pelopis hiç ses etmeden bu manzarayı seyre dalmıştı ki Arippe bir ara kölesinin, karşısında dikildiğini fark etti. Keyfini bozmaya lüzum görmeden, "Geldin mi Pelopis?" dedi, "Atımı hazırlat da ortalık böyle tenhayken Paktolos'a gidelim. Yüzmek istiyorum. Sıcak günler yavaş yavaş geride kalıyor."

Arippe, kral seferdeyken prenses keyif çatıyor demesinler diye tebdili kıyafet gitmeye karar vermişti. Başına geçirdiği kukuleta gözlerine kadar iniyordu. Önde yürüyen Pelopis atı yularından sıkı sıkıya tutmuştu. Akropolün dik yokuşlarından aşağıya tıngır mıngır indiler. Erkek nüfusun hatırı sayılır kısmı savaşa gittiği, kalanlar da bağbozumunda yahut kendi işlerinde olduklarından, şehir hiç olmadığı kadar tenhaydı. İşsiz güçsüz üç beş berduş, asayişten sorumlu askerler, çeşme başlarında laflayan kadınlar, koşuşturan çocuklardan gayrı kimseler yoktu. Nihayet doğu kapısından çıkıp şehri arkalarında bıraktıktan bir süre sonra Arippe kukuletasını sıyırdı. Güneşli, güzel bir gündü. Kuş cıvıltıları eşliğinde Paktolos kıyısına ulaştılar, fakat nehrin bu kısmı yüzülemeyecek kadar sığdı. Gidecekleri esas yerde ise küçük bir göl, bir çağlayan, çağlayanın altında suyun kayalara oyduğu tabii küvetler ve küçük havuzlar vardı.

Hemen hemen on stadion çeken Sfard ve Tmolos Dağı'nın yamaçları arasındaki vadi boyunca biraz havadan sudan, biraz da savaştan konuştular. Zeytin ağaçlarının gölgelediği patikalardan, tarla kıyılarından, fundalıklardan, keçiyollarından geçip nihayet dağın eteklerine eriştiler. Burası Paktolos'un düz aktığı son yerdi. Bundan sonra eğim başlıyor, olanca heybetiyle Tmolos dikiliyordu. Kralın havuzundan bile küçük bu şirin gölde de yüzebilirlerdi elbette fakat tepedeki köprüden geçecek bir çiftçi onları görürdü. Zira civarda bostanlar vardı. Pelopis prensesin inmesine yardım ettikten sonra atı bir ağaca bağladı. Gölün kenarındaki dik kayalara tırmanıp şelaleyi aşacak, sonra nehirde yürüyerek köprünün altından kanyona geçeceklerdi. Bundan sonrası sanki tanrılar ikiye yarmış gibi gittikçe yükselen baş döndürücü, dar bir koyaktı. Öğle vakti hariç içine güneş girmez, yüzünü kaldırıp sağlı sollu tepelere bakarken insanın algılarını bozup başını döndürürdü.

Şelaleden uçuşan su zerreleri nedeniyle yosun bağlamış kayalar bir hayli kaygandı. Prenses önünde yürüyen kölesinin elinden tuttu ve tırmanmaya başladılar. Çağıldayan suyun gürültüsü nedeniyle birbirlerini dahi duyamıyorlardı. Şelaleden yayılan ferahlık ve çiçek kokularına, avucunun içindeki elin sıcaklığı da eklenince, Pelopis tuhaf bir sarhoşluğa tutulmuştu. Nihayet şelalenin tepesine eriştiler. Paktolos burada yeniden düz bir nehre dönüşüyordu. Suya girip kaçışan kaplumbağalar ve balıklar arasında aheste aheste yürürlerken Arippe kaygan bir kayaya basıp düşmemek için kölesinin elini bırakmıyordu. Nihayet köprünün altından geçtiler ve kimsenin onları göremeyeceği yerlere geldiler. Her adımda su derinleşiyor, iki yanlarındaki kayalıklar da gitgide yükseliyordu. Yer yer kökleri nehre uzanmış koca koca ağaçların gölgelediği, yer yer kayalıklardan fışkıran yabani çiçeklerin içmek için eğildiği su, alabildiğinde berrak, bir o kadar da serindi. Nehrin artık dizlerine kadar geldiği aşamada, Arippe kenardaki kayalarda küçük bir balkonu andıran çıkılabilir alanı işaret etti. Elbisesi ıslanmasın diye dizlerinin üstüne kadar çekmişti. Pelopis destek olup kayalığa çıkmasına yardım ederken prensesin vücudunun açıkta kalan yerlerine kayıyordu gözleri. Arippe çıktıktan sonra yukarıdan elini uzatıp kölesinin de yanına gelmesini sağladı. Gökyüzüne değecekmiş gibi uzanan kayaların arasında, herkesin uzağında ve pırıl pırıl nehrin şırıl şırıl sesinden başka hiçbir sedanın işitilmediği yerdeydiler. Biçimsiz kayalıkların arasında bulup tırmandıkları bu müsait boşluk ise ancak iki kişinin yan yana ayakta durabileceği kadar genişti.

"Arkanı dön" dedi Arippe.

Pelopis kayalardan tarafa dönüp delişmen çiçeklerdeki bir örümcek ağı desenini incelerken hemen arkasındaki prensesin elbisesinin vücudundan kayarken çıkardığı sesi duydu. Bunu takip eden su sesiyle beraber yüzünü yeniden nehirden tarafa dönünce Arippe'nin kaybolduğunu ve suda yayılan halkaları gördü. Ayaklarının ucundaki boş kıyafete, sanki az evvel içindeki prensesin sıcaklığı yayılıyormuş gibi iç geçirerek baktı. Derken Arippe ötede bir yerlerden suyu yarıp gösterdi kendini. Boynuna kadar suyun içindeydi ve ötesi gözükmüyordu elbette, fakat çıplak olduğunu bilmek Pelopis'in kalp atışlarının hızlanması için kâfiydi. Her daim kabarık olan saçları suyun tesiriyle ehlileşmişti şimdi. Sonra da nehre defalarca gelmelerine rağmen o güne kadar yapmadığı bir şey yaptı prenses. "Hadi Pelopis" diye seslendi, "sen de gel."

Oğlan apışıp kalmış, ne yapacağını bilmez halde kayanın başında dikiliyordu. Tereddüt ettiğini gören Arippe "Hadisene" dedi, "neyi bekliyorsun?"

Pelopis kızarmıştı. Çekingen bir sesle "Utanıyorum prensesim" diyebildi, "arkanızı döner misiniz?"

Arippe'nin yüzüne kölesinin fark edemeyeceği ince bir tebessüm yayıldı. "Ben senin sahibinim" dedi muzipçe, "kölelerin efendilerinden saklayacağı bir şey olamaz." Bu, prensesin ardına dönmeyeceği manasına geliyordu. Sadakatini çoktan ispat etmiş on yıllık kölesine duyduğu güvenle mi, efendilik ve dilediğini yaptırma güdüsüyle mi, yoksa daha başka dürtülerle mi bilinmez, anlaşılan Arippe Pelopis'i çıplak görmek istiyordu.

Nice emri tereddütsüz yerine getiren Pelopis, kısa süren bir tereddüdün ardından umarsızca kıyafetini sıyırıp anadan üryan kaldı. Arippe nefesini tutup nehre biraz daha gömülmüştü, yalnızca elmacıkkemiklerinden yukarısı su üstündeydi ve ıslak gözlerle bakıyordu kölesine. Dudakları gözükmediği için gülümsüyor muydu, meçhuldü. Bu haliyle, gözlerindeki manayı kestirebilmek mümkün değildi Pelopis için. Bu bakışların ağırlığı altında daha fazla ezilmemek için kendini suya bırakıverdi. Nehir bedenini saklayınca bir nebze rahatlamıştı ancak yine de kafasının içinde uçuşan düşüncelerden ötürü allak bullak olmuştu. Öyle ki, daha evvel hiçbir kadını sarmamış ruhu, hayaller kadar güzel Arippe karşısında, hem de çıplakken, hem de bu kadar yakınken, bedenine sığmayıp taşacak gibi oluyor, içinde bir volkanın yükseldiğini hissediyordu. Öte yandan birkaç kulaç ötedeki prensesi şuracıkta boğup öldürerek babasının ruhunu huzura eriştirme şansına da sahipti. Hatta önce bedenine zorla sahip olup sonra öldürebilir, iki taşkın duygusunu da tatmin edebilirdi böylece. Öfkeden hazza, itaatten isyana, hüzünden aşka pek çok farklı duyguyu aynı anda deneyimlemenin kargaşasıyla başı döndü. Kirpiklerinden akan damlalar bakışlarını buğulandırmıştı, Arippe'yi tozpembe görüyor, sanki hayali bir tülün ardından seyrediyordu. Prenses bu suskunluğu, bir avuç suyu kölesinin suratına serperek bozdu: "Hadi yüzme yarışı yapalım!"

İki denizin birleştiği Knidos'ta doğan Pelopis elbette yüzmede Arippe'den ustaydı, yine de efendisine bilerek yenildi. Akıntıya karşı birkaç kere gidip geldiler, iyice serinlediler, hatta üşümeye başlamışlardı. Bir süre daha yüzüp yorgun düştükten sonra prenses bu kadarını kâfi görmüş olacak ki çıkmak istedi. Elbiselerinin bulunduğu kayaya dönerlerken suyun derinliği azalmaya başlamıştı. İki büklüm eğilmesine rağmen göğüslerini saklamakta zorlandığını fark edince "Gözlerini kapat" dedi kölesine. Pelopis gözlerini yumdu ancak bu sefer de yönünü şaşıracağı için Arippe onun elinden tutup kılavuzluk etti. Kıyıya vardılar. Arippe'nin Pelopis'ten destek almadan yukarı çıkması mümkün değildi. Ardına dönüp gözleri kapalı mı diye oğlanı kontrol etti. Sonra da eliyle bacağını tuttu, dizini kırdırıp bir basamak misali şekil verdi. Bu desteğe ayağını bastı. Bir eliyle kayalığa tutundu, diğeriyle de kölesinin omzuna. Pelopis gözkapaklarını aralasa neler göreceğini bilmenin kavuruculuğuyla yutkundu. Arippe nihayet yukarı çıkmıştı. Az sonra "Tamam" dedi "artık açabilirsin." Prenses yukarıda, kıyafeti içerisinde saçlarının suyunu sıkıyordu. Pelopis de yukarı tırmandı, Arippe'nin bakışları önünde çarçabuk giyindi. Ardından ıslanmamak için tekrar elbiselerini dizlerinin üstüne çekip dikkatle suya indiler ve geldikleri yolları gerisingeri yürüdüler. Atı bağladıkları yere vardıklarında güneşin akropolün üzerine eğildiğini gördüler. Yüzmek her ikisini de acıktırmıştı. Bir ara bir meyve bahçesinin kıyısında durdular, Pelopis bir ağaca yöneldi ve dalından kopardığı elmalarla Arippe'nin yanına döndü. Arippe elmasını kütür kütür dişlerken "Bazen ne düşünüyorum biliyor musun" dedi atının önünde yürüyen kölesine, "Acaba evlenince seni de kendi sarayıma götürmeli miyim?"

Pelopis o gece başını yastığa koyunca, gün boyu yürüyüp yüzmekten bir hayli bitap düşmesine rağmen bir türlü uykuya dalamadı. Onu uyutmayan şeyse gündüz hissettiği gibi öfke, haz, hüzün ya da aşk değil, prensesin evleneceği gerçeği ile duyduğu, boynunda bir damarın peyda olmasının müsebbibi, tarifsiz kıskançlık duygusuydu.

* * *

Sonu yokmuş gibi uzanan çorak topraklardan, bereketli ovalardan, yalçın kayaların aralarındaki dar geçitlerden, tepeleri karlı dağların eteklerinden, nehir kıyılarından, köylerden ve kentlerden geçti Lidya ordusu. Yolda eklemlenen birliklerle mevcudu arttıkça arttı, öfkeli bir adamın sıktığı yumruğa dönüştü. Pers diyarına girip, düşman henüz ordularını toparlayamadan yurtlarını başlarına yıkmak için sabırsızlanan askerler, birbirlerini galeyana getirdiler. Günler süren bu açlığın ardından ateşlerini nasıl söndüreceklerini, hırçın ve esmer kadınlara nasıl sahip olacaklarını ballandıra ballandıra anlattılar. Gece oldu mu yaktıkları ateşleri, şehirleri ateşe vermenin hayaliyle besleyip harladılar. Ay ışığında sarhoş olup hep bir ağızdan zafer şarkıları söylediler. Bir zamanlar Lidya ve Med krallarının iki devlet arasında sınır kabul ettiği Halys Irmağı'nı aştıklarında, artık kendi yurtlarını geride bırakmışlardı. Ortada bir Med devleti kalmadığından, bu topraklar hedeflerindeki Perslerin hâkimiyet alanıydı ve Lidya ordusu ilerledikçe ülkesinin sınırı da genişliyordu. Karşılarına çıkan köyleri ve şehirleri bir yangın gibi yutup talan ettikten sonra Pteria kentine yaklaşıyorlardı ki, önlerindeki tepede kara bir çizgi göründü. Orduya derhal "dur" emri verildi. Kroisos sanki bir şeylerden huzursuzlanmış gibi sürekli hareket eden atını dizginlemekte güçlük çekerek "Nedir bu gördüğümüz?" diye sordu yanındaki Sandanis'e. Başvezir gözlerini kısmış bakıyor ve tepeden aşağıya, peşi sıra bir toz bulutu kaldırarak inen karaltıyı tanımlamaya çalışıyor, aklına gelenin başına gelmesinden korkarak düşündüğü şeyi bir türlü dillendiremiyordu. Kısa bir sessizlik anından sonra derhal öncü gönderilmesini teklif etti krala. Bir süvari atını dörtnala ufka doğru sürdü. Güneşin batmasına pek fazla vakit kalmamıştı ancak Kroisos karşıdan yaklaşan bu tehdit karşısında ne gecelemek için çadırların kurulmasını söyleyebilmiş, ne de taarruz düzenine geçilmesini emredebilmişti. Onu böyle şaşkınlıkta bırakan, hiç beklemediği bir zamanda ve yerde Pers ordusuyla karşılaşmaktı. Yüzünün sararmasına neden olan şeyse, görünen o ki Perslerin kendi ordusundan çok daha kalabalık oluşuydu. Sinir bozucu bekleyişin ardından, Lidyalı süvari yüzünde acı ve dehşetle, omzunda da bir okla geri döndü.

Pers ordusu tepeyi aştıktan sonra düzlükte daha fazla ilerlemeyip durmuştu. Ateşler yakıyor, konaklamaya hazırlanıyorlardı. Lidya ordusu da aynı şekilde çadırları kurmaya başladı. Görünen o ki ertesi sabah büyük bir savaş olacaktı. Sayıca kendilerinden çok daha kalabalık bir orduyla, hem de hiç beklemedikleri bir anda karşılaşmak, askerlerin moralini bozmuştu. Yol boyunca hâkim olan neşeden, söylenen şarkılardan eser kalmamış, herkese suskunluk çökmüştü. Kroisos ise vezirleri ve komutanları ile hararetli bir tartışma içerisindeydi. Karşılarında bir ordu, hem de böylesine kalabalık bir ordu beklemediklerinden tüm planları altüst olmuştu.

"Artık geri dönüş yok" dedi Kroisos, bazı vezirlerinin gözlerindeki endişeye meydan okurcasına. "Görünen o ki haberler uçmuş. Düşman boş durmamış. Bundan sonra yapılacak tek şey onları tarumar etmek. Kalabalık olabilirler, fakat bizler daha maharetliyiz."

Gecenin ilerleyen vakitlerine kadar süren istişare neticesinde kral ve komuta kademesi bir hareket planı oluşturdular. Nöbetçiler hariç, yol yorgunluğundan devrilen askerlerin hepsi uyuyor, pek çoğu ise son rüyalarını görüyordu. Kroisos çadırına geçmeden evvel düşman saflarına bakıp geceyi gündüze çeviren alevleri sorguladı.

"Neden bu kadar çok ateş yakıyorlar, bize gözdağı vermek için mi?"

"Onlar ateşe taparlar efendim" dedi Sandanis.

"Öyleyse krallarını esir alınca ateşte yakacağım! Tanrısına kavuşsun bakalım."

Ertesi sabah tan yeri ağarırken her iki ordu da sözleşmiş gibi harp düzenine geçmiş, taarruz emrini bekliyordu. Lidya saflarına kadar gelen ürkütücü boru sesleri ile beraber Pers askerleri ilerlemeye başladı. Kroisos'un emriyle Lidyalılar da harekete geçti. Ovanın ortasında birbirlerine yaklaştıkça orduların adımları hızlandı. Nihayet karşıdaki düşmanın yüzü seçilecek mesafeye erişince her iki tarafın askerleri de var güçleriyle koşmaya başladı. Kroisos çadırının bulunduğu tepeden savaşı seyrederken on binlerce askerin birbirine girdiği bu anı dalgaların çarpışmasına benzetti. İlk çarpışmadan sonra artık herkes birbirine girmiş, her şey birbirine karışmış ve geriye iki olasılık kalmıştı; ölmek ve yaşamak.

Bazen bir okun ıslığıyla geliyordu ölüm, bazen şahdamarına inen bir baltayla. Karnını kontrol edip zırh giydiği için ölümden kurtulduğuna sevinen bir asker, aynı anda ensesinden giren bir hançerle yüzündeki tebessüm silinmeden gözlerini kapıyordu dünyaya. Atların nalları altında ezilirken istemsizce cenin pozisyonu alan bir civan, anasının kucağındaki güvenli günleri düşünüyordu belki son nefesinde. Sanki yerine koyacakmış gibi şaşkınlıkla yerde gözünü ararken kafasına inen bir gürzle acısı diniyordu ötekinin. Düşmana sallamak için kılıcını kaldırmaya davranınca kolunun yerinde olmadığını fark edense oracığa düşüp bayılıyor, uykusunda ölüyordu. Lidyalıların uzun mızrakları, düşmanın böğrüne saplanıyordu saplanmasına, lakin ardı arkası kesilmeyen Pers askerleri kum gibi kalabalıktı. Hasılı, çok çetin bir savaş oldu, binlerce yiğit yitip gitti.

Öğleden sonra, işlerin ters gittiğini gören Kroisos askerlerine geri çekilmelerini emretti. Böyle devam ederse hepsi telef olacaktı. Ağır kayıplar veren Persler de kendi saflarına döndüler. Zaiyat tespiti, ölülerin gömülmesi ve yaralıların tımarı için hummalı bir çalışma başlarken, Kroisos çadırında öfkeden dört dönüyordu. Sandanis şayet yatıştırılmazsa bu öfkenin kendilerini yakıp kül edeceğini anlamıştı. Bazen lafı dolandırmadan söylemek gerekirdi. Tüm cesaretini toplayıp kralın karşısına geçti.

"Bu savaşı asla kazanamayacağız efendim. Bunu görmek için kâhin olmaya gerek yok. Hoş, anlaşılan onlar bile yanıldılar. Yapılması gereken şey belli, geri çekileceğiz."

"Bütün gücümüzü topladık, buralara kadar geldik Sandanis! Neden böyle oldu?"

"Bir aslan bir köpeği paramparça eder. İki, üç, dört, beş, altı, yedi... Şüphesiz hepsini yer. Ancak etrafını saran köpek sürüleri haddinden fazlaysa, onlarla baş edemez. Başımıza gelen de bu. Çok kalabalıklar. Bir Lidyalının aynı anda iki düşmanla vuruşması, ikisini de haklaması lazım ki onları kıralım. Mümkün değil. Yarın bugünden daha kötü olacak. Zira askerin morali bozuldu. Bizim ordumuzun yarısı paralı askerlerden oluşuyor. Yurt sevgisi, kral sevgisi, memleketlerinin selameti, aileleri, tanrıları için değil, para için kılıç sallıyorlar. Fakat öleceklerini anladıkları anda paranın bir kıymeti kalmıyor."

Mağlubiyeti kabul etmek bir kral için kolay değildi hiç

şüphesiz fakat bunları başkasından işitmek içini biraz da olsa rahatlatmıştı Kroisos'un. Düşmanın mukavemetini görmüşlerdi işte. Eğer içindeki intikam ateşi sönmezse bir sonraki sefer mevsiminde daha güçlü bir orduyla tekrar gelebilirlerdi.

"Varsın bu bir mağlubiyet olsun" diye devam etti Sandanis. "Ne olmuş yenildiysek? Bugün geri çekilirsek, Lidya payidar kalacak. Tahtta yine siz oturacaksınız. Bu mağlubiyet bizden bir şey götürmeyecek. Ama savaşa devam edersek, işte o zaman yok oluruz."

Bir yanda ölmek ya da bir daha günışığı göremeyeceği bir zindana tıkılmak, diğer yanda ise tahtı ve ülkesi varken, Sandanis'in teklifine çoktan razı olmuştu Kroisos. Sabah gün doğmadan yola çıkılacağı ve hızla geri dönüleceği duyuruldu. Buruk bir sevinç yayıldı askerler arasında. Memleketinden ve sevdiklerinden çok uzakta, bu kıraç topraklarda ölüp gitmeyi kimse istemiyordu.

Ertesi sabah Lidya ordusu savaş meydanına sırtını dönüp kaçarcasına uzaklaşmaya başladı. Gözcüler sık sık arkalarını kolaçan ediyor, Perslerin kendilerini takip etmediğinden emin oluyorlardı. Halys Irmağı'nı tekrar aşana kadar geceleri dahi durmadan var güçleriyle ilerlediler. Artık Lidya topraklarında olmak gönüllerine bir nebze su serpmişti ancak yine de yavaşlamadılar. Batıya yaklaştıkça, ordunun nüfusu da azalmaya başladı. Orduya yolda dahil olan askerler kendi yurtlarına dönmek için ayrılıyorlardı. Nihayet meşakkatli bir yolculuğun ardından başkente ulaştılar. Kroisos sefere çıkarken, muzaffer bir komutan olarak girmeyi hayal ettiği şehrin kapısından halkına karşı mahcup bir halde girse de Sfard ordusunu bağrına bastı. Tapınağı dahi es geçip doğruca sarayına çıkan kral odasına kapandı ve üç gün boyunca kraliçe dahil hiç kimseyle görüşmedi.

Lidya devleti için hiçbir şeyin bir daha eskisi gibi olmadığı günlerin miladı, işte bu Pteria muharebesiydi. Kara bulutlar Sfard'ın üstünü gölgelemiş, müzik sesi ve kahkahalar dinmiş, halka bir yeis çökmüştü. Kroisos Delfi kâhinlerinin kehanetini yanlış yorumladığını anlamıştı. Fakat bu durumda kehanet henüz tamama ermemişti. "Kroisos savaşa girerse büyük bir devlet yıkılacak" demişlerdi. Bu sözlerin verdiği huzursuzlukla, sarayının terasından ufku seyrediyor, ucu bucağı olmayan düşüncelere dalıyordu. Nitekim dördüncü gün bu huzursuzluğun içine boşuna çöreklenmediğini ispat eden bir şey oldu. Nöbetçiler gece yarısı uykusundan uyandırdılar Kroisos'u. Oysa, ölüm kalım meselesi hariç kimsenin buna yetkisi yoktu. Yorgunluktan ve korkudan aklını yitirmiş bir Lidya köylüsü, atı çatladığı için son on stadionluk mesafeyi yaya olarak kat etmiş, Sfard kapılarından kendisini içeri güç bela atmıştı. "Geliyorlar" diye sayıklıyordu. "Her yeri yakıp yıkarak geliyorlar!"

Pers kralı Kiros, Lidyalıların harp meydanına arkalarını dönüp gitmelerine izin vererek aslında kurduğu bir planı uygulamıştı. Kroisos'un ordusu yolda eksilecek, az sayıda askeriyle Sfard'ın içinde köşeye sıkışacaktı.

Tellallar gecenin bir yarısı tüm şehri ayağa kaldırdı. Eli silah tutan herkes cepheye çağırıldı. Komşu şehirlere derhal yardım istenen mektuplar yazılıp güvercinler uçuruldu. Komutanlar arasında ise ihtilaf vardı. Çoğunluk düşmanı şehirde karşılamak gerektiğini, Sfard'ın sağlam surlarının asla aşılamayacağını, kuşatma aylar sürse bile mevcut erzakın halkı doyurmaya yetmeyeceğini, zaten bir süre sonra aç kalan Pers ordusunun defolup gideceğini düşünüyordu. Ancak kral emsali görülmemiş hediyelere boğduğu Delfi tapınağının kâhinlerine inanmıştı bir kere. Kehaneti gerçekleştirmek için bir fırsat daha geçmişti eline. Lidya ordusu dört gün boyunca dinlenmiş, askerler dinçleşmişti. Perslerse günlerdir dur durak bilmeden yürüyorlardı. Güçlerini toplamaya fırsat vermeden karşılarına dikilirlerse bu defa onları dümdüz edebilirlerdi. O kadar yol yürüyen bir askerin kılıç sallamaya mecali olmazdı.

Neticede Kroisos'un dediği oldu ve Lidya birlikleri güneş doğarken Sfard'ın önündeki ovada konuşlandı. Güneş tepeye erişirken düşman da karşıda gözüktü. Bu defa şaşırma sırası onlardaydı, zira böyle bir direniş beklemiyorlardı. Gerçekten de yol yorgunuydular ve henüz harp nizamı bile almadan Lidya süvarileri taarruza geçti. Kroisos'un planı tutmuş gözüküyordu. Lidya atlıları uzun mızraklarıyla Persleri çok geçmeden kırıp geçirmeye başladılar. Öyle ki bir süre sonra Pers askerleri direnemeyip tabanları yağlamaya başlamışlardı. Düşmana kıyasla sayıları çok az olmasına rağmen Lidya ordusu zafere yakındı. Derken Kiros savaşın gidişatını değiştirecek hamlesini yaptı. Pers ordusunun tüm yükünü çeken, en arkadaki develeri ileri sürdü. Daha evvel böyle bir yaratıkla karşılaşmamış Lidya atları develerden ürkmüştü. Kendilerinin iki katı büyüklüğündeki bu heybetli hayvanı gören atlar süvarilerini üzerlerinden atıyor, dizginlenemiyor, çılgınca sağa sola kaçışıyordu. Hamlesinin işe yaradığını gören Kiros tekrar hücum emri verince bu defa rüzgâr tersine döndü. Lidya ordusunun safları dağılmıştı bir kere. Ok yağmuru da başlayınca Kroisos derhal çekilme emri verdi. Lidyalılar vuruşa vuruşa geri döndüler. Son askerin de şehre girmesiyle beraber Sfard kapıları kapatıldı.

Adını tarihe yazdıranların yanında savaşların bir de isimsiz kahramanları vardır. Sfard kuşatmasının gizli kahramanı hiç şüphe yok ki şehir halkıydı. İhtiyarından çocuğuna, erkeğinden kadınına herkes büyük bir fedakârlık örneği sergiliyor, canını dişine, gecesini gündüzüne katarak yurdunu savunuyordu. Surların dışı aşağı doğru uzanan bir tepe gibi eğimliydi, bu yüzden düşman çıkartma yapacak seyyar kulelerini yanaştıramıyordu. Mazgallara yerleştirilen Lidya okçuları da düşmanın yaklaşmasına mani oluyordu, fakat engelleyemedikleri bir şey vardı; Perslerin gelişigüzel savurduğu alevli oklar. Karanlık çöktü mü Kroisos, sarayının terasından, kimine göre hayranlık uyandıracak bu manzarayı dehşetle seyrediyordu. Hava kararır kararmaz bir alev yağmuru başlıyordu. Sönmeyen ve surları aşmayı başarabilen okların ise nereye düşeceği meçhuldü. Bir ahıra, bir evin sazlarla kaplı damına, hatta bir masumun böğrüne... Yangın büyüyüp felakete neden olmadan ahali seferber oluyor, ateşi söndürüyordu. Hasılı kelam, Sfard savunması sadece fiziksel değil, aynı zamanda zihinsel bir harp olarak sürüyordu. Persler sabaha kadar çığlıklar atıyor, davullara vuruyor, borulara üflüyor, böylece Lidyalıların maneviyatını ve mukavemetini yıpratmayı amaçlıyorlardı. Çocuklar evlerine kadar ulaşan bu korkunç sesler karşısında ağlıyor, analarına sarılıyorlardı. Okçularsa mazgallardan nişan alıp öldürdükleri her Persli için zafer narası atıyordu.

Kroisos'un Sfard surlarına itimadı tamdı. Persler ölümü göze alıp Lidya askerlerinin ok yağmuruna rağmen cümle kapısını koçbaşıyla kırmayı deniyor, ikinci darbeyi vurmaya fırsat bulamadan kuru yapraklar gibi surun önünde yere seriliyorlardı. Tek yapabildikleri duvarları aşacak rastgele oklar savurmaktı. Kuşatma aylar sürse dahi kentin yeterli erzakı vardı. Buna rağmen kralın bir gözü ufku gözlüyor, yardım çağrısına yanıt bekliyordu. Batıdan gelecek bir ordu, Perslerin iki ateş arasında kalıp kırılması demekti. İşte o zaman kehanet nihayete erecekti.

Pers kralı Kiros ise işlerin umduğu gibi gitmediğinin farkındaydı. On binlerce askerin istihkakını karşılamayı daha ne kadar sürdürebilirdi? Her gün yüzlerce deveyle Hermos Nehri'nden su çekiyorlardı ancak develeri ordunun karnını doyurabilmek için üçer beşer kesmeye başlamışlardı. Surları aşmanın yolunu bulacak ere akıl almaz zenginlikler ve mevkiler ihsan edeceğini ilan etti. Zira böyle devam ederse çekilmek zorunda kalacaklardı.

Akropolde ise moralleri yüksek tutmak için Kroisos taht salonunu her gece asillere ve akrabalarına açıyordu. Çalgılı çengili eğlenceler tertip edilmese de herkes bir arada duruyor, birbirinden kuvvet alıyordu. Ketum prenses Nyssia dahi kulesinden çıkmış, salonda ailesiyle vakit geçiriyordu. Arippe ise kölesi Pelopis'i yanından ayırmıyor, salona onunla geliyordu.

Kuşatmanın on dördüncü gecesiydi. Taht salonu yine alabildiğine kalabalıktı. Arippe bir ara babasına düşmanın kralını ele geçirirlerse akıbetinin ne olacağını sordu. "Leşini köpeklere yedireceğim" dedi Kroisos hiddetle. "Ama" diye devam etti prenses, "aslanlara yedirmen gerekmez mi? Hep öyle yaparsın." Kral, "Aslanlara yem olacak kadar şerefli değil" diye cevap verdi, "o ancak köpeklere layık." Arippe, "O halde" dedi, "eğer onu esir edersek, ölümü benim elimden olsun. Kimseyi öldürmüş değilim, ama bunu yapacağım." Kroisos şarabın da tesiriyle kızının cesaretinden çok memnun olup ona bir şeyler armağan etmek istedi. Ne istediğini sordu. Dünyanın en zengin adamının kızı da doğal olarak babası gibi her şeye sahipti. Biraz düşündü fakat ne isteyeceğini bilemedi. Sonra babasına ait bir şeyi istemenin yalnızca maddi değil, manevi anlamda da kıymetli olacağını akıl edip kralın göğsünde sallanan madalyonu işaret etti. "Onu isterim, böylece her gördüğümde seni düşünürüm." Kroisos hiç düşünmeden, başveziri Sandanis'in armağan ettiği madalyonu çıkarıp zinciri kızının boynuna taktı.

Gecenin ilerleyen vakitlerinde, uykusu gelmeye başlayan kral yavaş yavaş odasına çekilmeye niyetlenirken, taht odasının kapısı saygısız bir gümbürtüyle ardına kadar açıldı ve herkesin şaşkın bakışları arasında içeriye yalın kılıç bir Pers askeri girdi. Koca salon bir anda sessizliğe gömülmüştü. Asker de en az içeridekiler kadar şaşkındı. Derken peşi sıra bir, iki, üç; onlarca Pers askeri salona doluştu. Birkaç mızraklı muhafız hariç, taht odasında hiç Lidya askeri olmadığı gibi, onlar da bu kalabalık karşısında hem âcizdi hem de herkes gibi kalakalmışlardı.

Perslerin sarayın içine kadar nasıl tırmandıklarına gelirsek... Kiros'un Sfard'ın duvarlarını aşabilene vaat ettiklerinin ardından bir asker sur boyunca kentin arkasına kadar yürümüş, nihayet surların bittiği yere gelmişti. Hisarın noktalandığı yerde ise dimdik uzanan ve zirvesinde saray bulunan tepe başlıyordu. Hatta surlar bu tepeyle yekpare gibiydi. Duvarın bitimindeki en son Lidya nöbetçisi, ay ışığı altında yaklaşan Pers askerini görmüş, bir yayı bile bulunmadığını fark edince kendisine zarar vermesi mümkün olmadığından mazgalın üstüne çıkmış, kendi lisanında küfür ve alay etmiş, daha da yaklaşması için meydan okumuştu. Pers askeri de aniden oklanma tehlikesine karşı kalkanını göğsüne siper edip yaklaşmıştı. Bir ara kantarın topuzunu kaçıran Lidyalı, hasmının üzerine işemek için aletini çıkarmış, aşağıdaki adama nişan almak için yüzünü eğmişti ki, miğferi başından kayıp düştü. Lidyalı yeni bir miğfer edinmek için çekildi ancak Pers askeri şaşkınlıkla hemen ötesindeki miğfere bakıyordu. Zira miğfer yere vurunca doğal olmayan, tok bir ses işitilmişti. Asker ince toprak tabakasını eliyle sıyırınca zeminde ahşap bir kapakla karşılaştı. Heyecandan titreyen elleriyle kapağı kaldırıp zifiri karanlık basamaklardan el yordamıyla aşağıya indi. Bu sekiz on basamaklık inişten sonra merdivenin bu defa yukarıya yöneldiğini anladı. Derhal geri çıkıp kapağı örttüğü gibi takviye getirmek için koşmaya başladı. Az sonra, suru açıktan dolaşıp karanlıkta gözcülere gözükmeyen yüzlerce Pers askeri aynı yere geldi. Biraz evvelki Lidya muhafızı da başına yeni bir miğfer takıp nöbet mahalline dönmüştü. Yaklaşan Persleri görünce, kapaktan ve olan bitenden habersiz olmasına rağmen işkillenip komutanlarına haber vermek için koşa koşa gitti. Persler ise onu keşfeden askerin kapağı kaldırmasının ardından tek sıra halinde Sfard akropolünün yüzlerce yıllık gizli tüneline girmeye başlamışlardı çoktan. Karanlık merdivenleri düşe kalka tırmandıktan sonra nihayet önlerine bir kapak çıktı. Kapağı araladıklarında, kendilerini Kroisos'un sarayında buldular ve ellerinde kılıçlarıyla etrafa dağıldılar. Geniş bir koridorun sonundaki ihtişamlı kapının ardından gelen sesleri işitince onlarcası o tarafa seğirtti. İçlerinden en irikıyım olanı bir tekmeyle taht odasının kapılarını ardına kadar açtı.

Hem Kroisos ve şürekâsı hem de Pers askerleri, efsunlanmış gibi birbirlerini seyrediyorlardı. Sanki zaman durmuştu, ne işgalciler ne de Lidyalılar herhangi bir hamlede bulunmuyordu. Derken her şeyin bittiğini anlayan, tecavüze yahut esarete maruz kalmayı ise reddeden asil prenses Nyssia, herkesin şaşkın bakışları arasında, salonun doğu cephesine koşup tereddüt dahi etmeden kendini bir pencereden boşluğa bıraktı ve kimsecikler göremese de paramparça oldu. Bu dehşet verici intihar, fitili ateşlemişti, kadınlar feryat figan bağrışmaya, kaçışmaya başladılar. Ortalık bir anda karışınca kapının ağzına yığılan Pers askerleri salona hücum edip kılıçlarını çekerek kalabalığı zapt ettiler. Kimisi ağlıyor, kimisi bayılıyordu, fakat kılıçların gölgesinde duvarların önüne tek sıra dizilen hiçbir Lidyalı, artık hareket edemiyordu. Kroisos ise kısa bir akıl yürütmenin ardından düşmanın gizli geçidi keşfettiğini anlamıştı. Fakat bu keşfin tabii yollardan olmasını aklı almadığından o an kendisi hariç sırrı bilen kraliçe, başrahip ve başvezirden hangisinin ülkesini satabileceğini düşünüyordu. Daha fazla düşünecek imkânı olmadı, zira Pers komutanlarından birisi, askerlerin kılıç zoruyla zapt edip sıraya soktuğu Lidyalıların karşısına geçmiş, tek tek tüm erkekleri inceliyor, hangisinin kral olduğunu anlamaya çalışıyordu. Kroisos'un gözü bir umut hâlâ kapıdan girecek Lidya askerlerini ararken, incelenme sırası kendisine gelmişti. Sinir bozucu bu sessizlik anında kimse Kroisos'tan taraf bakamıyordu. Pers komutanı kralın gözlerine dik dik bakıp derinlerinde bir şeyler görmeye çalışırken salonun diğer köşesinden bir inilti işitildi. Kralın ömrü boyunca konuşamayan özürlü oğlu Tmolis, ilk defa dile geldi. Babasını koruma içgüdüsüyle ağzından salyalarıyla beraber dökülen sözcükler ise her şeyin sonu olacaktı.

"Kroisos'a dokunmayın!"

"Kroisos" lafzını duymak komutana yetmişti. Bir anda kralın üzerine çullandı. Salondaki Lidyalılar da can havliyle tekrar kaçışmaya yeltenince içerisi yeniden ana baba gününe döndü. Yolun sonuna gelindiğini anlayan Arippe korkudan bayılmak üzereydi ki bir el onu belinden kavrayıp sütunun arkasındaki karanlık kapıya çekti. Bir tecavüzcünün elinde olduğunu zannederken Pelopis'i görünce rahatladı. "Koş" dedi Pelopis, elinden tutup koridorda Arippe'yi sürüklerken. Prensesin ne başka bir şansı ne de itiraz edecek hali vardı. Taht salonunun paralelindeki karanlık koridorda var güçleriyle, ancak nereye gittiklerini bilmeden koşmaya başladılar.

Herhangi bir planları yoktu, ayaklarına kuvvet veren ve yönlerini tayin ettiren şey yalnızca hayatta kalma içgüdüsüydü. Fakat bunu küçümsememek gerekir; nice narin filizler gün ışığına erişmek için kayaları delmez mi? Arippe ve Pelopis de bir çiçeğin, hedefteki bir tavşanın, bir idam mahkûmunun ve buna benzer pek çok varlığın hisleriyle sanki asırlar süren bir koşunun ardından koridorun sonuna geldiler. Sol taraf taht odasına gidiyordu, sağa döndüler. Meşalelerin aydınlattığı koridorda var güçleriyle koşarlarken yanlarından geçtikleri odalardan çığlıklar yükseliyordu. Bu koridoru da aşıp yeniden yol ayrımına geldiklerinde, ileride, sağda, elindeki kılıcı kanla sulamak için aranan bir Pers askeri gördüler. Pelopis Arippe'yi geri çekmeye yeltenmişti ki asker onları fark edip üzerlerine koşmaya başladı. Böylece geldikleri yere dönmemek için sola yönelip askerden kaçmaya başladılar. Koridorun bitmesine çok az bir mesafe kalmıştı ki Arippe'nin ayakları kendi eteğine dolanınca yüzükoyun yere kapaklandı. Pelopis prensesi yerden kaldırırken önlerindeki dönemeçten bir anda peyda olan bir başka düşman askeriyle göz göze geldi. Üstelik bu Persli ile aralarında taş çatlasa sekiz on adım vardı. Koridorun iki ucundan yaklaşan iki düşman karşısında tek çıkar yol odalardan birine girmekti. Derhal sağdaki en yakın kapıdan içeriye attılar kendilerini. Bu odanın terasa açılan bir kapısı daha vardı. Pelopis omzunu kapıya verip "koş" diye bağırdı Arippe'ye. Arippe nereye koşması gerektiğini anlamış, çığlık çığlığa terasa yönelmişti. Pelopis'in, var güçleriyle yüklenen iki Pers askerine karşı kapıyı daha fazla tutması mümkün değildi. Arippe'nin teras duvarına çıkmış korkuyla beklediğini görünce kapıyı bırakıp o da dışarıya doğru koşmaya başladı. Persler ise kapıya yüklenip bu defa bir dirençle karşılaşmayınca paldır küldür odanın içine yuvarlandılar. Derhal toparlanıp Pelopis'in peşi sıra terasa yöneldiler. Arippe ise kölesini beklediğinden değil, neredeyse üç adam boyu yükseklikteki teras duvarından atlamaya korktuğu için çaresizce dikeliyor, yaşlı gözleriyle bir aşağıya bir yaklaşan tehlikeye bakıyordu. Pelopis duvara erişince bir an bile duraksamayıp aşağıyı dahi kolaçan etmeden önce Arippe'yi boşluğa itti, sonra da sırtını yalayan bir kılıç darbesinden kıl payı kurtulup kendi atladı. Üzerine düştükleri güllerin dikenlerinden her yanları kan içinde kalmıştı. Pelopis aldırış etmeden yerden doğruldu ve Arippe'nin koltuğunun altına girip prensesi kaldırdı. Düşmenin tesiri ile topallaya topallaya daha birkaç adım ilerlemişlerdi ki Pers askerlerinden birinin peşlerinden atladığını işittiler. Pelopis bir kolunda prenses olduğu halde geriye dönüp bakınca düşmanın kılıcını kaldırıp koşmaya başladığını gördü ve yaklaşan ölüm karşısında gayriihtiyari gözlerini yumdu. Aralarında birkaç adım kalmıştı ki karanlıklar içerisinden gök gürültüsünü andıran bir gümbürtüyle fırlayan bir aslan Pers askerini boğazından kaptığı gibi yere serdi. Prensesin sık sık beslediği, hatta konuştuğu hayvan, o iyiliklerin karşılığını öder gibi şimdi canını kurtarmıştı. Bir iki pençe darbesiyle arkadaşının paramparça olduğunu gören terastaki diğer asker atlamak üzereyken vazgeçip dehşetle geri çekildi. Aslan altına aldığı askeri canlı canlı yerken dumanı tüten sıcak kana bulanmış yüzünü Arippe'ye çevirdi. Bu kısa bakışmadan prensesin yüreğine cesaret, ayaklarına da takat geldi ve bu defa o Pelopis'i yerden kaldırıp koşmaya teşvik etti.

Karanlık gecede Pers askerleri her yerden önlerine çıkabilirdi elbette, fakat hareket etmek zorundaydılar. Aslanlı bahçenin merdivenlerinden, çocukken oyun oynadıkları alt bahçeye, bu defa hayatla ölüm arasında gidip gelen bir başka oyun için apar topar indiler. Meyve ağaçları altında koşarak Kroisos'un devasa havuzunun bulunduğu açıklığa erişince, havuzun diğer ucundaki iki karaltıyı görüp derhal bir heykelin arkasına saklandılar. Bu kadar sakin olduklarına göre bunlar da Pers askerleriydi ve heykelden tarafa doğru etrafı kolaçan ederek yaklaşıyorlardı. Pelopis korkudan hızlı hızlı soluyan Arippe'nin nefesinin sıcaklığını yüzünde hissetti. Görülmeden heykelin ardına sığışabilmek için kucak kucağaydılar. Pelopis yerden iri bir taş aldı, prensese taşı havuza atacağını, hemen ardından da yokuşa doğru koşmaya başlayacaklarını el hareketleriyle izah etti. Arippe onu gözkapaklarıyla onayladıktan sonra da taşı havuzun diğer ucuna, askerler nereden geldiğini görmesin diye bir hayli yüksekten savurdu. Arkalarından gelen su sesiyle derhal kılıçlarına davranan Persler, heykele pek bir mesafe kalmamışken gerisingeri koşmaya başladılar. Pelopis ve Arippe de el ele tutuşup yokuş aşağı koşarak havuzdan uzaklaşmaya başladılar. Sık sık arkalarını kolaçan ederek ilerlerken gözleri tepedeki saraya ilişiyordu, fakat kendi canlarının derdinden yukarıda olan biteni düşünecek halde değillerdi. Sonunda bahçenin hududuna vardılar fakat aşağıdaki soylulara ait villalara inmek mümkün değildi, zira buradaki duvar atlanamayacak kadar yüksekti. Duvarı takip ederek sarayın bahçe kapısına ve akropolün anayoluna ulaşmaktan başka şansları kalmamıştı. Onları düşündürense işgaldeki garipliklerdi. Gizli geçitten haberdar olmadıklarından, Perslerin şehre aşağıdan girdiklerini sanıyorlardı. Bu durumda saraya kadar ulaştıklarına göre, şimdi varmak istedikleri çıkış yolu çoktan düşman askerleriyle dolmuş demekti. Ancak şehre yukarıdan bakınca aşağıda herhangi bir işgal emaresi gözükmüyordu. Perslerin geceyi aydınlatan alevli okları sur dışından yağmaya devam ediyordu ki bu, kapıların kapalı olduğunun deliliydi. Böylece en tepeden başlayan işgali anlamlandıramamakla beraber, saraydan ve tehlikeden uzaklaşmak için bahçe çıkışına doğru ilerlemekten gayrı çareleri yoktu. Arippe'nin aklına, Homeros'un kitabında okuduğu Truva Savaşı'ndaki tahta at hilesi gelmişti. Belki de düşman ona benzer bir oyunla aşağı şehirden evvel akropole sızmıştı. Olan biteni anlama gayretinin yanı sıra dehşetli bir korkuyla beraber duvar boyu yürüyüp sarayın bahçe kapısına vardılar. Her ne olursa olsun yol boyunca yürüyüp şehre inmek güvenilir değildi. Villalar seki düzeniyle tepeden aşağıya doğru alt alta inşa edildiğinden, evlerin bahçelerini kullanıp inmek daha evlaydı. Etraf zaten huzursuzluk verecek kadar tenhaydı, bir de buna çok da uzaktan gelmeyen çığlıklar eklenince daha fazla oyalanmadan yeniden yokuş aşağı koşmaya başladılar. Sağlı sollu dizilen ilk villa sırasını aşıp ikinci sıraya inmişlerdi ki arkalarından bir haykırış duyuldu. Dönüp baktıkları zaman yukarıda, biraz evvel çıktıkları sarayın bahçe kapısında dikilen iki karaltıyı gördüler. Bunlar belki de demin havuz başında karşılaştıkları iki karaltıydı. Karaltılar bir anlık duraksamanın ardından yokuş aşağı peşleri sıra koşmaya başladılar. Aradaki mesafeye rağmen Arippe bir askerden kaçabilecek kadar hızlı koşamıyordu. Pelopis onu derhal soldaki bahçeye yönlendirdi.

Askerler hangi eve girdiklerini görmeden bir tanesine saklanmaları gerekiyordu. Pelopis kapıya yönelecekken Arippe ilk eve girmeyip yanındakine girmeyi daha mantıklı buldu ve kölesine ikinci villayı işaret etti. Böylece ilk villanın bahçesini aşıp bitişiğindekine ulaştılar. Kapıdan kendilerini içeriye attıklarındaysa Pers askerleri sokağın ucunu dönmüşlerdi. Kovaladıkları Lidyalıların bir anda ortadan kaybolduğunu görünce evlere saklandıklarını anladılar. Akılsız değillerdi, biri ilk villaya, diğeri ise Arippe ve Pelopis'in saklandığı komşu villaya yöneldi. Prenses ve kölesinin girdiği evin sahipleri o gece saraydaydılar, bununla birlikte içerisi boş değildi, her şeyden habersiz odalarında uyuyan altı hizmetçi vardı. Arippe ve Pelopis giriş kapısının açıldığı geniş holün karşısındaki ikinci kat merdivenlerini karanlıkta el yordamıyla korkuluklara tutunarak çıktılar. Üst kata eriştiklerinde evin kapısının arkalarından açıldığını işitip sindiler. Bu zifiri karanlıkta görülmeleri mümkün değilse de içeride mutlak bir sessizlik hâkimdi ve çıkaracakları en ufak ses varlıklarını aşikâr etmeye yeteceğinden emekleye emekleye ilerlemeye başladılar. Hemen aşağıdaki Pers askerinin holdeki kararsız ayak seslerini duyabiliyorlardı. Nereye gittiklerini bilmeden bu şekilde bir salyangoz gibi ağır ağır ilerlerken Arippe'nin omzu karanlıkta göremediği bir sehpaya çarptı. Bu sarsıntıyla beraber sehpanın üzerindeki vazo yere düşünce kopan şangırtıyla akılları başlarından gitti. Pers askerinin merdivenleri tırmanan ayak seslerini işitip derhal yerden doğruldular ve koşmaya başladılar. Önlerine çıkan ilk kapıdan içeriye, geniş bir salona girdiler. Pelopis'in karanlığa bir nebze alışan gözleri, salonda saklanacak tek yerin perdelerin arkası olduğunu keşfetti. Arippe'yi çekti, en yakın perdenin arkasına gizlendiler. Perdenin kıpırtısını elleriyle durdurup nefeslerini tuttukları anda peşlerindeki asker de elinde kılıcıyla odaya girmiş bulunuyordu. Gözleriyle içeriyi tarayınca onların nereye gizlendiğini anlamakta gecikmedi. Kılıcını kaldırıp bir kedi misali sessiz adımlarla perdeye doğru yaklaşırken prensesle kölesi bundan habersiz birbirlerine sarılmışlardı. Kalpleri perdeyi hareket ettirecek kadar hızlı çarpıyordu. Derken ses çıkarmaktan çekinmeden merdiveni tırmanan telaşlı birinin ayak sesleri işitildi. Asker kılıcı perdeye saplamak üzereyken vazgeçip ardına döndü. Kapıya doğru karanlığı yara yara bir ışık yaklaşıyordu. Elindeki kandilin aydınlığında odaya bakan hizmetçinin uykulu gözleri, salonun orta yerindeki yalınkılıç yabancıyı görünce bir anda irileşti. Geri dönüp çığlık çığlığa kaçmaya başlayınca Pers askeri de kadının peşine düştü. Perdeyi aralayıp odanın boşaldığını görünce "Hadi" diye fısıldadı Pelopis. Salonu boylu boyunca kat ettikten sonra pencereye vardılar. Bir kez daha atlamaktan başka çareleri yoktu. Pelopis Arippe'nin pencereden sarkmasına yardım ederken sık sık salonu gözlüyordu. Aşağı kattan gelen çığlıkların sayısı arttığına göre diğer hizmetçiler de uyanmışlardı. Arippe kendini boşluğa bırakıp yerde yuvarlandıktan sonra kölesi de aynısını yaptı. Uzaklaşmadan evvel gözleri zemin katın penceresine ilişince loş aydınlıkta beş hizmetçi kadının düşmanı mutfakta köşeye sıkıştırıp üzerine kap kacak, ellerine ne geçerse fırlattıklarını gördüler. Daha fazla vakit kaybetmeden bir bahçeden diğerine atlaya atlaya koşmaya devam ettiler. Çığlıklar ve gürültüler artık her yeri sarmıştı. Şehir uyandığına göre Perslerin sayısı da artıyor demekti. Bir süre villaların bahçeleri boyunca paralel devam ettikten sonra aşağı sıradaki evlere inmeye karar verdiler. İki seki arasındaki erişimi sağlayan bir merdivenden indikleri bahçede gürültülere uyanıp elinde tırpanıyla kendince tedbir almış bir adamla karşılaştılar. Nihayet soru sorabileceği birilerini görünce, "Bu sesler de ne?" dedi adam, "şehir düştü mü yoksa?" Sonra cevap vermelerini beklemeden parmağıyla arkalarındaki tepeyi işaret etti. Arippe ve Pelopis adamın gösterdiği yere bakınca saraydan yükselen alevleri gördüler. Bir kez daha kahroldu Arippe, iki büklüm olup ağlamaya başladı. Mülk sahibi adam da karşısındaki kızın prenses olduğunu o zaman fark etti. Gördükleri, her şeyin sonunun geldiğini anlamasına yetmişti. Tırpanı bir kenara fırlatıp var gücüyle aşağılara inen yola doğru koşmaya başladı. Hayatta kalmak istiyorlarsa prensesle Pelopis'in de aynısını yapıp Lidya askerlerinin olduğu yere, aşağı şehre ulaşmaları gerekiyordu. Pelopis Arippe'yi teselli edecek sözleri düşündüyse de bulamadı. "Zaten tesellinin sırası değil" diye geçirdi içinden. Prensesin yüzünü eliyle kaldırıp kendine çevirdi. Sıcak gözyaşlarını sildi. Hâlâ prenses miydi? Besbelli, ortada hanedan falan kalmamıştı. Arippe'yi oracıkta bırakıp yola tek başına devam etse, bir yükten kurtulduğu için kaçma şansı artacaktı. Hem artık onun kölesi de değildi. Babasını kaybetmiş bir çocuk gibi içli içli ağlayan prensese bakarken, kendi babasını, kendi çocukluğunu hatırladı bir an. Bu yoğun duygu seline daha fazla direnemeyince onun da gözleri doldu. Yeryüzünün en güçlü adamı Kral Kroisos'un şımarık kızı Prenses Arippe, hayatta tutunacak tek dalı oymuş gibi merhamet ve şefkat bulma umuduyla sarılmıştı kölesine. Pelopis artık takati kalmadığından sarsıla sarsıla değil de sessiz sessiz ağlayan Arippe'nin, göğsüne yaslanmış başını okşayıp saçlarını kokladı. Sonra da kızı omuzlarından tutup yüzüne bakarak "Bu kadar yeter" dedi kararlılıkla, "devam etmemiz gerekiyor." Böylece biraz evvel adamın koştuğu yola doğru ilerlediler.

Selamete erişeceklerini zannediyorlardı, ne var ki Sfard'ın dar sokaklarına ve geçitlerine ulaşınca, düşmanın buralara kadar indiğini ve amansız bir mücadelenin başladığını gördüler. Bir sokakta, yere yatırdıkları bir düşman askerinin boğazını kesen Lidyalıların yanından çabuk adımlarla geçerlerken Pelopis Arippe'nin bu manzarayı görmemesi için vücudunu ona siper etti. Evlerin iç içe girmiş avlularından ve damlarından atlayıp dar bir geçide indiklerinde üzerine çullandığı düşmanın gözlerini oyan bir Lidya askeriyle karşılaşmak onlara umut vermişti. Halkın ve askerlerin bu direnişine bakılırsa belki de Sfard için her şey bitmiş değildi. Fakat bir sokağın başında nefret dolu gözleriyle aranan iki düşmanla karşılaşınca umutları yerini yeniden korkuya bıraktı. Askerlerden biri yanındakine kılıcının ucuyla Arippe ve Pelopis'i işaret etti ve onlara doğru hızla koşmaya başladılar. Fakat sokağı diklemesine kesen diğer yoldan bir gümbürtü kopunca her iki taraf da gelenin ne olduğunu anlamak için o yöne baktı. İçlerinden bazılarının alev alev yanarak korkunç çığlıklar attığı bir domuz sürüsü düşman askerleriyle aralarına girince Pelopis bunu fırsat bilip en yakındaki eve sürükledi prensesi. İçeriden yükselen çığlıkları ise kapıyı aralarken fark etti. Duvardaki kandilin aydınlığında dehşet verici bir manzarayla karşılaştılar. Bir Pers askeri odanın orta yerinde altına aldığı kadına tecavüz ediyor, hemen kenardaki beşiğinde ise bir bebek yırtına yırtına ağlıyordu. Kapının açılmasıyla tecavüzcü kalakalmış, kadının çığlıkları da nihayet kurtarıcılarının geldiği umuduyla kesilmişti. Mütemadiyen ağlayan bebek hariç herkes olduğu yerde çivilenmiş gibi sessizce birbirini seyrediyordu. Pelopis Pers askerinin uzak duvara dayadığı kılıca baktı göz ucuyla. Asker de silahının fark edildiğini anlamıştı. Yerden toparlanma payı olsa da kılıca Pelopis'ten daha yakındı. Fakat silahına uzanmaya davranırsa Pelopis adamın sırtına çullanabilirdi. Bir anlık bu açmazın ardından Pelopis daha yakınında silah olarak kullanabileceği başka bir şey fark etti. Kafasına inerse düşmanı bayıltmasa da adamakıllı sersemletecek iri bir küptü bu. Mütecaviz bir yandan kurtulmasın diye altındaki kadına tüm ağırlığıyla abanıp boğazını da var gücüyle sıkarken, Pelopis'in küpü gördüğünü anladı. Tüm bunlar çok kısa bir süre içerisinde olup bitmişti elbette. Asker daha fazla düşünmeyip kılıcın olduğu duvara doğru ileri atılırken Pelopis de yerdeki küpü kucakladı. Düşman tam da kılıcının kabzasını kavramış geri dönecekken Pelopis bir hayli ağır küpü tüm gücüyle herifin kafasına çaldı. Adam yere yığılmış, kırılan küpten yayılan zeytinyağı tüm odaya yayılmıştı. Zavallı kadın çarçabuk bebeğine uzanıp onu koynuna bastı. Sonra da odanın diğer duvarındaki kapıyı gösterip "Bu taraftan gelin" dedi. Pers askeri iniltiyle kıvranıyordu. Hep beraber öteki kapıdan gireceklerdi ki, evin dış kapısı açıldı. Az evvel kendilerine hücum eden, ancak araya giren domuzlar sebebiyle geç kalan askerlerdi bunlar. Yerde yatan arkadaşları ve kaçmak üzere olan Lidyalıları görüp bir an şaşkınlıkla duraksadıktan sonra kılıçlarıyla içeriye atıldılar. Ev sahibesi kadın bir eliyle bebeğine sıkı sıkı sarıldığı halde diğer eliyle duvardaki kandile uzandı. Adamlar odanın orta yerine varmışlardı, birkaç adım sonra kendisine ulaşacaklardı ki kandili yere çaldı. Zemine yayılan zeytinyağı bir anda parlayınca üç düşman askeri de alevlerin ortasında kaldı. Çığlıklar atarak cayır cayır yanıyorlardı. Pelopis kapının ağzında durup nutku tutulmuş gibi bu dehşetli manzarayı seyreden kadınları diğer odanın içine çekti. Buradan diğer evlerle müşterek kullanılan geniş bir avluya çıktılar. Kadın bahçenin bir köşesindeki kapıyı gösterdi. "Oradan sokağa çıkabilirsiniz. Ben şu eve saklanacağım, babamın evi. Dilerseniz gelin." Pelopis, "Biz başımızın çaresine bakarız" diye karşılık verdi, buna kendisinin bile inanıp inanmadığını bilmeden. Sokağa açılan kapıyı başını çıkaracak kadar aralayıp etrafı kolaçan ettikten sonra "Gel" dedi Arippe'ye. Bir süre dar sokakta, aşağı doğru el ele yürüdüler fakat sonra yokuşun başından duyulan nal sesleri ve kişnemelerle sekiz on atlının hızla yaklaştığını gördüler. Bunlar Lidyalılardı ama yine de dar sokakta atların altında ezilmemek için bir başka kapıdan içeriye attılar kendilerini. Küçük avlusundaki sunağının başında ağlayarak tanrılarına yakaran yaşlı bir kadın bahçesine giren yabancıları görünce evvela duraksadı, Lidyalı olduklarını fark edince de tapınma ritüeline geri döndü. "Bir sürü tanrımız var" diye yakardı Arippe, "neden hiçbirisi bize yardım etmiyor?" "Herhalde Perslerin tanrıları Lidyalılarınkinden daha güçlü" diye yanıtladı bu soruyu köle. Sessizce yollarına devam edip bir aşağıdaki bahçeye indiler. Burada da yaşlı bir adam kazdığı çukura sahip olduğu altınları gömmekle meşguldü. Sırrının başkalarınca görülmesi üzerine yüzünü buruşturan adamın bir şey söylemesine fırsat vermeden o avluyu da geride bırakıp tekrar sokağa çıktılar.

Agoraya yaklaşırlarken etraf da daha kalabalıklaşmıştı. Mızraklı Lidya askerleri düşman arıyor, Sfardlılar ellerine geçirdikleri sopalar, hançerler ve oraklarla sağa sola koşturuyorlardı. Dolunayın verdiği imkân dahilinde gördüğü bu manzara Arippe'nin umutlarını bir kez daha tazeledi. Küçük bir meydana ulaştıklarında iki Lidya muhafızı iki düşman askeriyle bir süs havuzunun başında yiğitçe vuruşuyordu. "Yardım edelim" diye ileri atıldı Arippe. O esnada meydanın diğer ucundan bağırarak peyda olan halktan kadınlı erkekli bir grup, Perslerin üzerine atıldı. Düşmanı canlı canlı doğramaya başladıklarında, hırsla yüklü bir sevinç çığlığı attı Arippe. Pelopis de artık güvende olduklarına inanmaya başlamıştı, daha fazla kaçmaktansa şehrin her yerinde süren direnişe iştirak etmeye karar vermek üzereydi. Meydana açılan batıdaki sokaklardan birinden az öncekinden çok daha kalabalık bir grup Lidyalı belirdi. Ancak bu insanlar can havliyle bir şeylerden kaçıyor gibiydiler. Nitekim uğultular arasında işittikleri bir cümle olan biteni anlamalarına yetti. "Kapılar açıldı! Şehre giriyorlar!" Böylece azıcık filizlenen son umutları da sönüp gitti. Anlaşmışlar gibi kalabalığın gelmekte olduğu yönün zıddına doğru aynı anda koşmaya başladılar. Akropolden başlayan işgalde öncü Persler surlara kadar inmiş ve dışarıda bekleyen on binlerce düşman askerine Sfard kapılarını ardına kadar açmayı başarmışlardı. Başından beri bir yol haritasından yoksun olan Pelopis nihayet nereye kaçmaları gerektiğini biliyordu artık; şehrin dışına. Lidyalılar doğudan geldiklerine göre batı kapısına koşmak en mantıklı hareketti. Şehrin batısındaki Pers askerleri de doğudaki kapının açıldığını öğrenince oraya intikal etmiş olmalıydılar.

Agoranın kıyısından, tiyatrodan, son mahallelerden ve nihayet nekropolden geçtiler soluk soluğa. Ciğerleri artık bu kadar koşmanın yükünü çekmekte zorlanıyordu. İleride surlar gözükünce bir nebze rahatlamışlardı. Etraf alabildiğine tenhaydı, surlarda hiç Lidyalı muhafız olmayışı, duvarın arkasında bir tehdit kalmadığını düşündürüyordu. Kaldı ki surun öte tarafında bir Pers kuvvetinin bulunduğuna işaret eden herhangi bir gürültü de işitilmiyordu. Kapıya yaklaşınca şehirden çıkma teşebbüslerinde yalnız olmadıklarını fark ettiler. Sfardlı bir adam, üç küçük çocuğu, karısı ve atıyla kapıyı aşmaya çalışıyordu. Aniden beliren iki yabancı karşısında irkilse de gelenlerin dost olduğunu görünce el etti: "Şu kütüğü kaldırmama yardım edin." Çocuklar ağlıyor, zavallı anneleri çaresizce onları yatıştırmaya çalışıyordu. Pelopis ve Sfardlı, heybetli kapıyı tutan güzelce budanmış dev kızılçama omuz verseler de, belki on askerin indirip kaldırdığı kütüğü hareket ettirmeleri mümkün olmadı. Var güçleriyle bir teşebbüste daha bulunuyorlardı ki ıslıktan da ince tiz bir ses işittiler. Adam elini boynuna atıp boğazına saplanan oku nafile yere kavramaya çalıştı. Sonra da ne olup bittiğini anlamadan oracığa yığıldı. Karısının çığlıkları, çocuklarının ağlamasını bastırmıştı artık. Pelopis hemen hareket etmezlerse ikinci okun hedefinde olduklarını bildiğinden Arippe'yi kapının yanındaki dar geçide sürükledi. Surun üstüne çıkan spiral merdiveni bir solukta tırmandılar. Fakat burada da oklara karşı açık hedeftiler. Menzilden çıkmak için eğilerek duvarın kıyısından ilerlediler. Kadının çığlıkları devam ettiğine göre okçu onu öldürmektense tecavüz etmeyi daha keyifli bulmuş olmalıydı. Gözüyle göremese de az ötelerinde neler yaşandığının farkında olan Arippe aklını yitirecek raddeye gelmişti. Eli silahlı düşman karşısında kadına yardım edemeyeceklerini bilen Pelopis, nafile yere prensesi sakinleştirmeye çalıştı. Düşmanın sayısını bilmiyorlardı, kadına tecavüz eden bir tanesi olabilirdi ama bir diğeri her an arkalarındaki tünelden belirebilirdi. Kadının göğü inleten feryadına daha fazla kayıtsız kalamayan Arippe kolunu çekiştirip kendini Pelopis'ten kurtardı. Duvarın içeri bakan tarafına koştu. Pers askeri hemen aşağıda, kocasının cesedinin yanında kadını sıkıştırmış, üstünü yırtmaya çalışıyor, üzerinde tehdit hissetmediği için işini ağırdan alıp kedinin fareyle oynadığı gibi zavallıyla dalga geçiyordu. Arippe adamın kafasına atacak bir şeyler bakındı. Kapının her iki yanına hizalanmış iki kartal heykelinden başka görünürde hiçbir şey yoktu. Heykeli işaret ederek "Onu" dedi heyecandan titreyen sesiyle, "aşağıya at!" Pelopis önce düşmanın geldiği yönü tarayıp başkaları var mı diye etrafı kolaçan etti. Sonra da mermerden kartalı duvarın üstünde güç bela sürükleyerek aşağıdakilerin hizasına getirdi. Fakat asıl sorun şimdi başlıyordu. "Ya kadına gelirse?" diye fısıldadı Pelopis. Arippe bir kez daha aşağı bakıp "Ziyanı yok" dedi bu defa soğukkanlılıkla, "acısı dinmiş olur." Fakat bu aynı zamanda askerin onların peşine düşeceği anlamına gelirdi. Tek arzusu şehirden uzaklaşmak olan köle, sorumluluğu kendi vicdanında prensese havale edip daha fazla düşünmeden heykeli itti. Heykel boşlukta süzülüp avının üstüne yıldırım gibi inen sahici bir kartal misali düşmanın kafasına kondu. Kafatası parçalanan asker kadının kollarına yığılınca zavallı onu hem tiksinti hem de korkuyla üzerinden itip yere yuvarladı. Ardından çığlıkları devam ettiği halde yukarı baktı. Arippe ise bu kadar yardımı yeterli görmüştü, bir arabaları olsa onları da alabilirlerdi elbette fakat bu şartlarda yolları ayrılmalıydı. "Kaçın" diye seslendi kadına, "kurtarın kendinizi." Sonra da Pelopis'e dönüp "Gidelim buradan" dedi.Âciz durumda dahi olsa bir prenses, her halükârda prensesti. Pelopis onun bu mağrur edası karşısında bir kez daha duygusal bir gelgit yaşayıp zihin terazisinde yeniden kölelikten tarafa kaydı. Daha fazla oyalanmayıp duvarın diğer tarafına yöneldiler. İki adam boyu düz inen duvarın ardından zemine kadar son derece dik bir eğim başlıyordu. "Önce ben atlayayım" dedi Pelopis, böylece yuvarlanan prensesi aşağıda karşılayabilirdi. Kendini boşluğa bıraktı. Eğime inince bir süre dengesini koruyup yokuş aşağı koşmayı denese de birkaç adımdan sonra yoluna taklalar atarak devam etti. Yere ulaşınca doğrulup elini yüzünü silkeledi ve Arippe'yi beklemeye başladı. Prenses düşmede onun kadar hünerli değildi. Eğimin başından aşağıya kadar bir fıçı gibi savrularak çığlık çığlığa yuvarlandı. Narin teninde oluşan çiziklerden ince ince kan sızıyordu ve güzel yüzü toprağa belenmişti.

Nihayet şehirden çıkmışlardı, yine de ölümle aralarındaki tek şey sur duvarlarıydı ve bir an evvel oradan uzaklaşmak istiyorlardı. Bir süre konuşmadan yürüdüler. Arada hem gelen var mı diye, hem de Sfard'ın ahvalini görmek için geri dönüp bakıyorlardı. Karşılaştıkları tek şey, karanlık gecedeki yangınlardı. Alevler artık neredeyse tüm akropolü sarmıştı. Bu da, dillendirmekten çekiniyorlardı ama yüksek ihtimal şehrin düştüğünü işaret ediyordu. Yine de güneş doğmadan hiçbir şeyden emin olamazlardı. Güvenli mesafeyi sağlamak ancak çok da fazla uzaklaşmamak, en mantıklı hareket olurdu. Kent arkalarında gitgide küçülüyordu. Korkular geride kaldıkça yeniden insan olduklarını ve dolayısıyla ihtiyaçlarını fark ettiler; acıkmışlardı ve üşüyorlardı. Bir ara Arippe güneyi, geceyle bütünleşmiş mutlak bir karanlıktan ibaret dağı işaret etti.

"Tmolos tarafına mı gitsek?"

Ancak düz yolda zar zor ilerlerken yokuşu tırmanacak takati kendilerinde göremediler. Üstelik dağın havası buz gibiydi ve kurtlarla karşılaşma ihtimalleri çok yüksekti. Başka zamanda huzur veren Lidya kırsalı artık tekinsizdi. Ta Ephesos'a uzanan meşhur Kral Yolu'nda huzursuzca yürürlerken Arippe yeni bir ağlama nöbetine tutuldu. Bir önceki gün prensesti, şimdi ise yurtsuz bir göçebe. Belki köle pazarlarına düşecek, belki zindanlara tıkılacaktı. Yolun ilerisi karanlık ve meçhuldü evet, ancak gerisi daha fenaydı. Babasına, annesine ne olduğunu bilmiyordu. Çoktan ölmüş olabilirlerdi. Sahip olduğu tüm hayat yitip gitmişti. İşte bunlara ağlıyordu Arippe. Pelopis Arippe'nin iniltileri ve çok da uzakta olmayan Hermos Nehri'nin çağıltısı nedeniyle, arkalarından yaklaşan sesleri fark etmekte çok geç kaldı. Üç at ve sırtlarındaki altı binici, hızla onlara doğru geliyorlardı. Arippe'yi yolun kıyısına sürükleyip neler olacağını beklemeye koyuldu. Atların ikisi durmaksızın devam ederken bir tanesi yanlarında yavaşladı. Atın terkisindeki adam onların Lidyalı olduğunu anlayınca bir nasihat verdi ve hemen yola devam etti.

"Canınızı seviyorsanız kaçın."

Böylece ıstırap yüklü yürüyüşlerine devam ettiler. Tanyeri ağarırken epey uzakta kalan Sfard artık zar zor seçilir olmuştu, ne var ki göğe yükselen kara dumanlar şehrin akıbetini anlatmaya yetiyordu. Güneşin ilk ışıkları doğuda yükselirken önlerinde bir koyun sürüsü belirdi. İkisinin de ilk aklına gelen, yiyecek bir şeyler istemek oldu. Koyunların ortasında kalmış, geriden yürüyen iki çobanı beklediler. Kavuştukları vakit onlar daha bir şey diyemeden çobanlardan genç olanı şehri kastedip "O dumanlar da ne öyle?" diye sordu. Sabahın bu vaktinde arazide karşılaştığı iki genci arkalarındaki manzaraya dahil edince şehirde ters giden bir şeyler olduğunu anlaması zor olmamıştı. "Sfard düştü" dedi Pelopis. Çobanların kuşatmadan dahi haberleri olmadığı gibi, genç olan bu durumda en son akla gelecek şeyi dillendirerek nasıl bir kalın kafalı olduğunu aşikâr etti.

"Nasıl düştü? Koyunları satacaktık!"

Asabı bozulan Arippe çobanlarla daha fazla muhatap olmamak için "Karnımız çok aç" dedi, "bize biraz yiyecek verin de yolumuza gidelim." Genç çoban Arippe'yi rahatsız edici bakışlarla baştan ayağa şöyle bir süzüp "Siz kimsiniz peki?" diye bir soru yöneltti. Arippe tek cümleyle karşısındaki çapulcuyu mum edeceğini bilmenin özgüveniyle "Ben Kral Kroisos'un kızı Lidya prensesi Arippe, yanımdaki ise kölem" dedi ve tehditkâr bir tonla ekledi, "bana hemen yiyecek bir şeyler ver, emrediyorum." Eğer şüpheleri varsa parmağındaki kraliyet yüzüğünü görsünler diye elini onlara doğru uzatmıştı. Başından beri hiç konuşmamış olan ihtiyar çoban bu sözleri işitir işitmez yere kapanıp Arippe'ye secde etti. Fakat genç olan oralı değildi.

"Şehir düştü, öyle mi?"

Bir akbaba gibi Arippe'nin etrafını turlayıp inceledi. Başından beri Pelopis'i bir tehdit olarak görmemiş olacak ki sanki orada değilmiş gibi varlığından çekinmiyordu. "Şu işe bak" diye devam etti, "bunca zamandır koyun beceren bu zavallıya tanrıların bir prenses göndereceği kimin aklına gelirdi?" Sonra da beline tutturduğu orağı çıkarıp yüzüne bile bakmadan

Pelopis'i uyardı: "Uzaklaş köle, git de kurtar kendini." Pelopis teslim olmuş gibi ellerini kaldırarak "Canın ne istiyorsa yap" dedi umursamaz bir tavırla, "ben artık onun kölesi değilim." Arippe bu ihanet karşısında neye uğradığını şaşırmış, üstüne yaklaşan adamdan geri geri uzaklaşıyordu. İhtiyar çobansa gücünün olan bitene mani olmaya yetmeyeceğini bildiğinden yere kapaklanmış ağlıyor, "Yapma" diye inliyordu. Genç çoban daha fazla sabredemeyip bir elinde orak olduğu halde diğer eliyle prensesin boğazına yapıştı. İri kemikli elleriyle boğmak ister gibi sıkarak Arippe'yi yere çökertti. Sonra da iki elini de kullanmak için orağı bir kenara bırakıp prensesin üstüne abandı. Arippe çırpınıyor, çığlıklar atıyor, hayal kırıklığı ve korkuyu aynı anda hissetmenin ağırlığı altında eziliyordu. Çoban elbisesini sıyırmış, prensesin tepinen bacaklarının arasına girmeye çalışıyordu. Pelopis adamın kendinden geçtiğinden emin olunca kararlı adımlarla bir anda o tarafa yöneldi. Herifin hemen yanındaki orağı aldı, başının üstüne kadar kaldırdı ve var gücüyle sırtına sapladı. Çobanın gözleri yuvalarından fırlayacakmış gibi irileşmişti. Bununla yetinmeyen Pelopis öfkeden deliye döndüğünü gösteren korkunç bir haykırışla adamın sırtındaki orağı beline kadar aşağı çekti. Kaburgaların kırılma sesini takiben açılan derin yarıktan kanlar fışkırdı. Arippe kendini cesedin altından kurtarmış, kıçüstü geri geri sürünerek ve çığlıklar atarak uzaklaşmaya çalışıyordu. Pelopis durmadı. Bir gece önce Arippe'nin esir düşerse Pers kralına ne olacağı hakkındaki sorusu üzerine Kroisos'tan işittiği şeyi yapacaktı. Ellerini hiç tereddüt etmeden adamın sırtındaki yarığa soktu ve karıştırdı. Dirseklerine kadar kana bulanmış avuçlarında, herifin organları vardı şimdi. Bunları az ötedeki köpeğin önüne fırlattı. Köpek kanlı yığını şöyle bir koklayıp yaladıktan sonra yemeye koyuldu. Sadece elleri değil tüm vücudu titriyordu Pelopis'in. İhtiyar çobanın kendinden geçtiğini ve ondan bir zarar gelmeyeceğini anlayınca herifin pis kanından arınmak için Hermos Nehri'ne doğru yürümeye başladı. Arippe ise yolun kıyısında öğürerek kusuyordu. Güç bela temizlenmesine rağmen nehrin kıyısından ayrılmamış, kendi de ne hissettiğini bilmeden dalgın gözlerle suyu seyrediyordu. Nice zaman sonra ihtiyar çoban çekine çekine yanına geldi.

"Tanrılar o zorbanın layığını verdi. Ben son nefesimi teslim edene kadar kralıma sadığım. Lütfen bunları kabul edin, sizin için kurutulmuş et, ekmek ve şarap hazırladım."

Pelopis ötedeki Arippe'ye baktı. Hâlâ kendine gelememiş, ağlıyordu. İhtiyarın uzattığı heybeyi alıp yere bıraktıktan sonra "Bu şekilde ilerleyemeyiz" dedi, "çok yorgunuz. Atınız yok mu?" İhtiyar mahcup bir sesle, "Maalesef" dedi, "atımız yok." Fakat sonra aklına parlak bir fikir geldi. Nehir kenarından fışkıran sazlığı gösterip "Bir sal yapabiliriz" dedi, "Hermos'ta çokça kullanılır." Bu teklif Pelopis'in aklına yatmıştı. İhtiyar urgan ve orak getirmek için dengine doğru ilerledi, Pelopis de heybeyi omuzlayıp Arippe'ye doğru yürüdü. Prenses yaşadıklarının tesiriyle oturduğu yerde boş gözlerle toprağı seyrediyordu. Sanki bir kabahati varmış gibi kölesinin yüzüne dahi bakmadı. Pelopis karnını doyursun diye heybeyi Arippe'nin yanına bıraktıktan sonra halini anlayışla karşılayıp konuşmaya lüzum görmeden nehrin kıyısına döndü.

Öğle vaktine kadar ihtiyar çobanla beraber çalışıp çabalamış, sonuçta iki kişiyi selametle taşıyacak sağlam bir sal yapmışlardı. Arippe'yi getirmek için yanına gidince yiyeceklere elini sürmediğini gördü. Heybeyi omuzlayıp prensesin yerden kalkmasına yardım etti. İhtiyarla vedalaştıktan sonra sala bindiler. Hâlâ konuşmuş değillerdi. Arippe felaket gecesi ve sabahında devam eden tüm korkunç şeylerin ardından yorgunluğa daha fazla dayanamayıp kâbuslarla dolu rahatsız bir uykunun kollarına bıraktı kendini. Pelopis de uykusuzlukta ondan geri kalır halde değildi, ancak salı idare etmek için dayanmak zorundaydı. Prensesin o halde yatmasına gönlü el vermeyince başucuna yanaşıp bağdaş kurdu. Uyandırmaktan çekinerek başını yavaşça kaldırıp kucağına aldı ve dizlerini ona yastık yaptı. Bir ara gözlerini aralayan Arippe Pelopis'in tepesinde onu seyrettiğini gördü. Herhangi bir tepki vermeden yeniden gözlerini yumdu ve derin bir uykuya daldı.

Akıntı salı sürüklerken, uykuyla uyanıklık arasında, düşünecek çok vakti oldu Pelopis'in. Artık Sfard'ın tamamen işgal edildiğinden, kralınsa en iyi ihtimalle esir düştüğünden, belki de öldüğünden şüphesi kalmamıştı. Canını kurtarmanın buruk sevinci ile bundan sonra ne olacağını düşünüyordu. Yanında sabık bir prensesle, işgal ordularının güzergâhı boyunca nerelere kaçmalıydı? Pek muhtemel ki Persler durmayacak, güçlerini topladıktan sonra İyon şehirlerine de yürüyeceklerdi. Hermos Nehri onları denize eriştirince Karya ülkesine kalkan bir gemi bulabilirlerdi. Böylece tüm kötülüklerin ve düşmanların uzağındaki anayurdu Knidos'a varabilirlerdi. Tabii bunlar kendi düşünceleriydi ve Arippe'nin bu teklife ne diyeceğini bilmiyordu. Nehrin üstünü ören ağaç yaprakları arasından süzülen gün ışığı prensesin güzel yüzünde dans ediyordu. Kuş cıvıltıları da eklenince, bu manzara Pelopis'i yeniden aynı şeyi düşünmeye itti; prensese duyduğu aşk. On yıl süren köleliğin ardından bir günde başına gelenler ne de garipti. Zavallı babasının intikamını almak için yakaladığı pek çok fırsatın ardından, işte şimdi fırsatların en büyüğüne sahipti. Bizzat öldürmese bile bu şartlarda Arippe'yi terk etmesi kızın zaten öleceği anlamına geliyordu. Buna rağmen öldürmek fikri şöyle dursun, bir gecede defalarca hayatını kurtarmıştı. Bunu ona yaptıran aşktı elbette. Peki bundan sonra ne olacaktı? Acıları bu kadar tazeyken ona aşkını itiraf edemezdi. Hayatlarını emniyete aldıktan sonra konuşup hislerini anlatsa, Arippe sözlerini küstahça, hatta komikçe bulup onu terslese ne olacaktı? Herhalde arkasını dönüp bir başına yoluna devam ederdi. Ortada kölelik falan kalmamıştı. Hatta kendini ilk defa bu kadar hür hissediyordu. Buna rağmen Arippe onu hâlâ kölesi olarak görüyordu. Çobanlara öyle tanıtmıştı. Belki bu konu hakkında da konuşmalıydı. Onu zorunlu olduğu için değil, kendi iradesiyle koruyup kolluyordu. Bunu anlamamış mıydı? Anlatmalı mıydı?

Arippe akşamüzeri nazlı nazlı gerinerek uyandı, fakat sarayında değil de salda olduğunu anlayınca yaşadığı tüm dehşeti bir anda hatırlayıp yeniden somurttu. Pelopis'inse uykudan başka hiçbir şey umurunda değildi artık. "Hava kararmadan beni uyandır" dedi Arippe'ye, "karanlıkta devam edemeyiz." Sonra da olduğu yere kıvrılıp rüyalar âlemine savruldu.

Prenses oturduğu yerden rahatını hiç bozmadan ayağıyla böğrünü dürtene değin bir ölü gibi uyudu. Gözlerini aralayınca uykuya doyamamanın keyifsizliğiyle yüzünü buruşturdu. Salı kıyıya bağlayıp vakit kaybetmeden yeniden uyumak istiyordu fakat Arippe eliyle uzaktaki ev siluetlerini işaret etti.

"Köyü gördün mü? Neredeyiz bilmiyorum ama Lidya toprağında olduğumuz aşikâr. Geceyi orada geçirebiliriz."

Rahat bir yatağın yanı sıra köylülerden bir at edinebilir ve ne yöne gitmeleri gerektiği konusunda yardım alabilirlerdi. "Öyle yapalım" dedi Pelopis. Ancak köye doğru yürürlerken aklına başka şeyler geldi.

"Kendini prenses olarak tanıtman doğru olmaz. Başımıza neler geldiğini gördün. Ne yazık ki herkes kralına sadık değil. Bence kim olduğumuzu gizlemeliyiz."

Arippe biraz düşününce ona hak verdi. Devrik bir kralın kızı olmak faydadan çok zarar getirebilirdi. Köye vardıklarında halkın yolculuk hazırlığında olduğunu gördüler. Anlaşılan haberler buraya kadar ulaşmıştı. İnsanlar taşımaya değer eşyalarını evlerinin önüne yığıyor, öküz arabalarına yüklüyorlardı. Bir köylü "Siz de mi Sfard'dan kaçtınız?" diye sordu yanlarından geçerken. "Evet" dedi Pelopis.

"Şansınız varmış. Tüm şehri yakıp yıkmışlar ha? Neler oldu, neler gördü bu gözleriniz?"

Arippe'nin boynunu büktüğünü gören Pelopis yutkundu, "Bir şey göremedik" dedi isteksizce, "işgalden evvel kaçtık." Sonra da hanın yerini öğrenip o tarafa yollandılar. İçerisi ağzına kadar doluydu. Sfard ve civar yerleşim yerlerinden kaçanlar gecelemek için hana sığınmışlardı. Anlaşılan insanlar dehşeti unutmak istediklerinden kadehler dolup boşalıyor, içki su gibi akıyordu. Hancı yeni müşterilerini görünce ellerini ovuşturdu. "Çok şanslısınız, bir tanecik yatağım kalmıştı. İkiniz sığışırsınız herhalde."

"Sığışırız" dedi Pelopis, sonra da tüm cesaretini toplayıp Arippe'nin küçük elini avucunun içine aldı. Prenses tepki vermedi.

"Bu gece içki bedava! Çok çok için de bitsin. Yarın sabah köyü ateşe verip batıya göçüyoruz."

Aklı prensesin elinden yayılıp içine akan sıcaklıkta olduğu halde "Nereye?" diye sordu.

"Düşmanın olmadığı bir yere" dedi hancı, "pek çok kimse denizi aşmanın derdinde. Delfi'yi bilir misin? O kent Lidyalılara yurttaşlık imtiyazı tanımıştı. Benim gayem oraya ulaşmak. Bunun için de ilk hedefim Fokaia. Yani en yakın liman."

"Nehir bizi oraya götürür mü?"

"Ne demek bu?"

"Biz salla geldik buraya. Atımız yok."

"Üzgünüm. Çok geçmeden Hermos bir deltaya dönüşecek."

"Delta mı?" Pelopis bunu ilk defa duyuyordu. Hancı izah etti.

"Evet, adeta bir labirent gibi pek çok küçük kollara ayrılacak, girerseniz yolunuzu zor bulursunuz. Her yer bataklık, su ve sazlık. Hem zaten denize döküldüğü yer Smyrna ve Fokaia'nın arasında. Oradan o şehirlere nasıl gideceksiniz?"

"O halde bize bir at lazım."

Pelopis üzerlerindeki tek parayı kuşağının derinliklerinden arayıp çıkardı. Arippe'nin kendisine verdiği altındı bu. Geneleve gitmesi için verdiği parayla bir kez daha onun hayatını kurtarıyordu. Hancı parayı görünce yüzüne bir tebessüm yayıldı.

"Sabaha atınızı hazırlarım. Yiyecek de götürebilirsiniz, bu para bunu hak eder."

Yaşananların ardından ziyadesiyle keyifsiz bir yemek olduğu yetmezmiş gibi, içkiyi fazla kaçıran salondaki bazı Lidyalıların sözlerini işitmek Arippe'yi öfkelendirmiş, beyaz yüzü kıpkırmızı kesilmişti.

"Ah Kroisos! Bizi ateşin içine attın, seni ahmak!"

"O sefere çıktığın güne lanet olsun!"

"Yurdumuzdan olduk! Ekinlerimi ellerimle ateşe verdim!"

"Senin toprağın gitmiş, benimse evladım gitti, ne yapayım? Sfard'da muhafızdı."

"Kralı agoranın orta yerine yaktıkları koca bir ateşe atmışlar diye duydum."

Arippe daha fazla dayanamayıp dışarı çıktı. Pelopis de peşi sıra gidince prensesi hüngür hüngür ağlarken buldu. Yeryüzünde kendisine ondan kalan son şeyi, "Her baktığımda seni hatırlarım" dediği boynundaki madalyonu, sanki babasını öper gibi öpüyordu. Pelopis'i fark edince teselli bulmak ve acısını paylaşmak için boynuna atıldı. "Hiçbir şeyim kalmadı Pelopis. Bunun ne demek olduğunu biliyor musun?" Bunun ne demek olduğunu en iyi bilen Pelopis'ti. Baba acısını, şimdi baba acısı yaşayan bu kadının babasının elinden, hem de acıya karşı koymanın çok daha zor olduğu bir yaşta tatmıştı. Ve bir köle olarak şu hayatta hiçbir şeye sahip değildi. Ancak bu düşüncelerini dillendirmedi. Onun yerine, "Hiçbir şey değil" dedi, "hâlâ bir kölen var."

Pelopis o gece, dip dibe dizilmiş yatakların birinde, onlarca yabancıyla aynı çatı altında, çok garip hislerle koydu yastığa başını. Arippe bedenine sarılmış, tüm varlığını ona emanet etmişti. Uzun süre uyuyamadı. Prensesin sıcak nefesini doya doya içine çekti. Yorgunluğa yenik düşünce de başlarına gelen tüm o felaketlere rağmen içinde deniz olan huzurlu rüyalara savruldu.

Ertesi sabah kahvaltılarının ardından ayrılık vakti gelip de hancıdan atı teslim aldıklarında, hesapta olmayan bir durum yaşandı.

"Ne bekliyorsun?" diye sordu Arippe, Pelopis'in ata binmeyip boş boş baktığını görünce.

"Ben at sürmeyi bilmem ki!"

"Sahiden mi?"

"Çocukken babamın arkasında binerdim. Sonra da bir daha binmedim hiç."

"Prenses sürecek ve kölesi de arkada oturacak öyle mi? Şu işe bak!" deyip güldü Arippe.

Böylece Arippe önde, Pelopis atın terkisinde, batıya doğru yol almaya başladılar. Bu defa sarılma sırası kendisine geçen Pelopis başlarda çekinse de bir süre sonra kendini bıraktı. Kâbuslardan da beter bir günün içinde, hayallerden de güzel şeyler yaşamaktan afallamıştı. Bir ara aklındakileri konuşmanın vakti geldi diye düşündü.

"Nereye gideceğiz? Ne olacak bundan sonra?"

"Hancıyı duydun. Hem babam Delfi'ye eşi görülmemiş hazineler armağan etmişti."

"Knidos'a ne dersin? Benim şehrim. Her türlü tehlikenin uzağında."

"Ne düşünüyorsun Pelopis? Sünger mi avlayacaksın? Ne yiyip içeriz orada? Delfi'de ömrüm boyunca bana Lidya prensesi muamelesi gösterip layıkıyla bakacaklardır."

"Peki ya gelmezsem?"

Arippe atı dizginleyip omzunun üzerinden şöyle bir geriye baktı.

"Ne demek bu?"

"Yollarımız şuracıkta ayrılabilir. Attan inip uzaklaşmaya başlasam beni durdurabilir misin?"

Prenses hiç beklemediği bu sözler karşısında neye uğradığını şaşırdı.

"Sen benim kölemsin!"

"Gerçekten öyle miyim?"

Arippe otoritesinin sarsıldığını hissedince yüksek perdeden, babasını andıran bir tavırla "Haddini aşma Pelopis" diye gürledi. Fakat köle sakindi.

"Etrafına bir bak. Ne artık burası Lidya yurdu, ne de sen bu toprakların prensesisin. Beni yedireceğin aslanların da yok."

Prenses hadsizliğe, hatta asiliğe karşı yapacak hiçbir şeyi olmadığının farkındaydı. Ancak o güne değin hiçbir itaatsizliğini görmediği Pelopis'ten bunları işitmek hayal kırıklığına uğramasına neden olmuştu. Bu defa sesi ağlamaklıydı.

"Neden bunları konuşup beni üzüyorsun?"

Onun böyle dudak büktüğünü görünce Pelopis geri adım attı.

"Hayır, hayır... Beni yanlış anladın. Üzmek istemedim. Ben sadece..."

Prenses gözyaşlarına daha fazla hâkim olamadı. "Sen sadece ne? Madem kölem değilsin, niye kurtardın beni?"

Dilinin ucuna kadar gelen sözleri yuttu Pelopis. "Ben... Bilmiyorum."

Arippe korkmuştu. Hayatta tutunacağı tek dal kölesiydi. Onu yitirirse yeryüzünde bir başına kalacaktı. Kötülükler karşısında elinden hiçbir şey gelmeyecekti. Sonra aklınca bir çözüm buldu. Gözyaşlarını silip ilginç bir teklifte bulundu.

"Seni azat etmeye karar verdim" dedi damdan düşercesine, "ama bir şartım var."

Şaşırma sırası kendisine geçen köle hiç olmadığı kadar şaşkındı. Arippe devam etti:

"Hayatın boyunca beni asla bırakmayacaksın."

Pelopis'in bir ömür isteyeceği şey de tam olarak buydu, fakat Arippe'nin sözleri bir müjde tesiri oluşturmamıştı. Çünkü bu sözler, sevgiyle oluşan bir bağlılığı değil, gitmesini engellemek için önerilen gönüllü köleliği kastediyor gibiydi. Yani prenses kendini düşünüyordu. Bunu sezince yüreğinde bir boşluk doğdu Pelopis'in, hüzünle dolan bir boşluk. Belki de prenses, kölesiyle arasındaki hukuku ve konumlarını öyle özümsemişti ki, dünyada yalnızca ikisi de kalsa, aralarındaki katı soyluluk duvarı Pelopis'i sevilecek bir adam olarak görmesine mani olacak, bu ihtimal aklının ucundan dahi geçmeyecekti. Sesindeki hayal kırıklığını gizlemeye çalışarak "Sür şu atı da varacağımız yere varalım" dedi, "yarın hayatta olup olmayacağımızı bilmezken bunlar nafile sözler."

Böylece her ikisi de daha ziyade kendi düşünceleriyle meşgul, yolun kalanını sükûnetle kat ettiler. Akşamüzeri Fokaia surları ve ardındaki deniz önlerine serilince Pelopis her şeyi unutup büyülenmiş gibi bu manzarayı seyre daldı. On yılın ardından ilk defa denizle karşılaşınca, artık silikleşmeye yüz tutan çocukluk anıları depreşmişti. İyot kokusunu doya doya çekti içine. Arippe ve onun söylediklerinden bağımsız olarak, kendini hiç olmadığı kadar hür hissediyordu.

Şehre eriştikleri vakit, Lidya kırsalındaki göç dalgasının buraya da tesir ettiğini anlamaları zor olmadı. İskeleler yetmemiş olacak ki denizin açıkları da gemilerle doluydu. Halk telaş içerisinde yükleriyle beraber denize inen sokaklardan rıhtıma akıyordu. Onlar da öyle yaptılar. Soylular kayıklarla gemilere taşınıyor, köleler sırtlarında çuvallarla sağa sola koşuyor, muhafızlar kargaşa çıkmasını engellemek için asayişi sağlıyorlardı. Limandaki hengâme karşısında Arippe tedirgin olmuş, bir an evvel bir gemiye binmenin derdine düşmüştü. Pelopis'i bir köşeye çekip konuştu.

"Yolda aramızda geçen konuşmayı unutmuş değilim. Zamanı gelince bunu seninle yeniden konuşacağız. Üzerini örttüğümü sanma sakın. Fakat bunun için evvela Delfi'ye giden bir gemi soruşturacağız. Tamam mı? Kararını verdin mi? Benimle misin?"

Prenses yine yapmıştı yapacağını. Ne demekti tüm bunlar? Olumlu anlamda mı demişti, olumsuz mu, onu bile anlayamamıştı. Asiliğinden ötürü hesap mı soracaktı, yoksa düşünüp taşınmış ve onu hayatında daha farklı bir yere mi koymaya karar vermişti? Pelopis bir an Arippe'nin güzel gözlerine dalıp ikisi için geleceğin nasıl olacağını görmeye çalıştı. Bir ömre sığmayacak acıyı bir günde yaşamıştı, belki zaman yaralarını sarınca kendisi hakkındaki hisleri farklılaşacaktı. "Ne konuşacaksan şimdi konuş" diyemedi. Bunu öğrenmenin tek yolu Arippe'ye "evet" demekti. Aksi halde onu hayatı boyunca bir daha asla göremeyecekti. Ve nasıl ki Arippe'nin kendisinden başka hayatta kimsesi kalmamışsa, Pelopis'in de uzun yıllardır Arippe'den başka kimsesi yoktu.

"Tamam" dedi zar zor duyulan bir sesle, "beraberiz."

Ve Arippe hayatı boyunca yapmadığı bir şeyi yapıp Pelopis'in aklını başından aldı; usulca yanaşıp yanağına, hem de dudağına çok da uzak olmayan bir yere, küçük bir öpücük bıraktı. Ardından "Beni bırakmayacağını biliyordum" dedi gözlerinin içine bakarak. Pelopis avazı çıktığı kadar bağırmak istedi ama zor dizginledi kendini. Dünyanın en güçlü ordularının karşısına bir başına dikilmek istiyordu. Hepsine, her şeye yetecek gücü vardı artık. Zamanında onu köle yapan hayat, şimdi bir prensesle evlendirip kral yapacaktı belki de. İçine sığmayan coşku ise yine Arippe'nin sözleriyle dizginlendi.

"Haydi, bize bir gemi bul artık."

Kraliyet donanması soylular içindi. Diğer gemilerdeki boşluklar ise hızla doluyordu. Bir kayığa şanslı yolcuları bindirip kıyıya yenisini yanaştıran bir kayıkçıya yaklaştılar.

"Bizi Delfi'ye götürecek bir gemi bulunur mu?"

Kayıkçı Pelopis'in yüzüne bile bakmadan "Unut bunu" dedi.

"Peki ya Karya?" Arippe bunu duyunca kızıp dirseği ile dürtmüştü Pelopis'i, fakat delikanlı sormuş bulunmuştu. Zaten cevap bir kez daha olumsuzdu.

"Şu gördüğün gemilerin hepsi de bizim denizaşırı memleketlerdeki kolonilerimize kalkacak."

"Smyrna'ya gitsek, oradan Delfi'ye bir gemi bulur muyuz?" diye sordu Arippe araya girip.

Kadın sesi duymak, kayıkçının bakışlarını Arippe'ye çevirdi. Ne var ki söylediği şeyler iç açıcı değildi.

"Onu bilmiyorum ama bildiğim bir şey varsa Smryna'ya ulaşamadan bu güzel kadının öleceği. Haberiniz yok mu? Pers birlikleri çoktan yola koyuldu. Geliyorlar. Bu kadar insan niçin telaşla kendini gemilere atıyor sanıyorsunuz?"

Prenses sanki yaklaşan düşmanı görecekmiş gibi korkuyla baktı arkasına. Sonra da Pelopis'in kulağına yanaşıp "Bir an önce buradan ayrılmamız lazım" dedi, "gittiğimiz kentlerden Delfi'ye ulaşmanın bir yolunu buluruz elbette." Vakit kaybetmeden nereye olursa olsun kaçma fikri artık Pelopis'e de tek çıkar yol olarak görünüyordu.

"Pekâlâ" diye seslendi kayıkçıya, "gelmek istiyoruz."

"İyi" dedi kayıkçı sırıtarak, "umarım çok paranız vardır."

Prenses ve köle birbirlerine umutsuzca baktılar.

"Atımız var" dedi Pelopis.

"At mı? Atı ne yapayım? Gidip satmayı dene, birileri alırsa bana verecek paran olur. Ama ben sana söyleyeyim, kimse almayacak."

Sonra da Arippe'nin boynundan sarkan madalyonu işaret etti bakışlarıyla. "Bana onun altın olduğunu söyle, sizi gemiye alayım."

Ani bir hareketle iki adım geri çekildi Arippe. Babasından kalan tek hatırayı ne pahasına olursa olsun vermeyecekti. Pelopis de anlamıştı bunu. Sonra prenses bir şeyler düşünmüş olacak ki Pelopis'i kolundan çektiği gibi ileride etrafı seyreden iki Fokaia muhafızına doğru hızlı hızlı ilerledi.

"Ben Lidya Kralı Kroisos'un kızı prenses Arippe. Beni derhal bir komutanla görüştürün."

Askerler şaşkınlıkla birbirlerine baktılar. Sabah gelen haberlere göre Kroisos ve ailesinden geriye kimse kalmamıştı. Karşılarındaki bu pasaklı kızsa prenses olduğunu iddia ediyordu. Bir tanesi kahkaha atmaya yeltenmişti ki Arippe gözüne sokmak istercesine adamın yüzüne doğru elini uzattı ve üzerine kraliyet mührü darbedilmiş yüzüğünü gösterdi.

"İyice bak. Güleceksen ondan sonra gül."

Yüzüğü gören askerlerin rengi değişti. Hiçbir şey demeden koşa koşa gittiler. Baş başa kaldıklarında "Ne yapıyorsun?" diye çıkıştı Pelopis. Ancak Arippe ne yaptığından son derece emindi.

"Senin aklın ermez. Hasım devlete mensup olsa bile bir kraliyet mensubu, sığındığı bir başka krallıkta ona göre muamele görür. Güven bana. Bize kimse zarar veremez, bunlar yolda gördüğümüz çapulcular değil, asker. Hem başka çaremiz kalmadı."

Askerler az sonra yanlarında bir atlı ile geri döndüler. Komutan atından inip Arippe'yi saygıyla selamladı.

"Duyduklarım doğru mu prenses?"

Arippe bir şey demeden yüzüğünü gösterdi. Komutan göreceğini görmüştü. Kendisine haber getiren askerlerden birinin yüzüne şiddetli bir tokat savurdu. Zavallı ne olduğunu anlayamadan yere kapaklanmıştı. Sonra da yeniden Arippe'ye dönüp "Umarım bir saygısızlık yapmamışlardır" diye sordu.

"Kölem ve ben sadece bir gemiye binmek istiyoruz" dedi Arippe.

"Elbette güvenliğiniz sağlanacak ancak ben kendi başıma karar verip sizi bir gemiye yerleştiremem. Şimdi derhal gidip bir vezire durumu arz edeceğim. Bütün komuta kademesi kralla toplantıda. Düşman hızla yaklaşıyor. Ancak Lidya prensesi için en uygun kararı vereceklerdir. Lütfen bekleyin."

Sonra da korkuyla ayakta dikilen diğer askere dönüp, "Prenses ne emrederse yapın, ihtiyaçlarını giderin" diye emir verdi ve atına atladığı gibi uzaklaştı.

Pelopis şaşkın, Arippe ise mağrurdu. Sahilde yürüyüp denizde batmaya hazırlanan güneşi seyrederlerken asker bir şey emretmek isterlerse diye peşlerinden bir an olsun ayrılmadı.

"Seninle hep kuytu nehirlerde yüzdük Pelopis. Bundan sonra uzak denizlerde yüzeceğiz, ne tuhaf değil mi?"

Köle anbean suya gömülen güneşi işaret edip mutluluktan uçarak "Oraya gideceğiz" dedi.

"Uzak yerlere" diye onu tasdik etti prenses. Sonra Pelopis'in yüreğini eriten içten bir tebessümle ekledi, "Hiçbir şey olmazsa, iki kişilik bir krallığımız olur."

Komutan nihayet dönmüştü fakat bir hayli telaşlı gözüküyordu. Bunun sebebi ağzından çıkan ilk cümleyle anlaşıldı.

"Düşman göründü bile. Acele edin. Prenses, sizi şu gemiye alıyoruz. Ancak bu gemi yalnızca soylular içindir. Köleniz bir başka gemiyle gelecek. Vezirlerimizin emri bu şekilde."

Pelopis afallamıştı. Bu durum Arippe'nin de hoşuna gitmemişti. "Bir kişilik daha yer yok mu yani? Kölem yanımda olsun istiyorum."

"Bağışlayın beni. O gemide nice soylular var, ancak hiç kimsenin kölesi yanında değil. Gemide hizmetinize bakılacağından şüpheniz olmasın. Şimdi lütfen kayığa binin."

Arippe Pelopis'in mutsuzluk akan gözlerine baktı. "Aynı zamanda aynı limana ineceğiz" dedi teselli etmek için, "merak etme." Sonra da kendisini bekleyen kayığa bindi. Denizde uzaklaşırken iskelede dikilen Pelopis'e el salladı uzun uzun. Nihayet gemiye erişip gözden kayboldu. Komutan bundan emin olduktan sonra Pelopis'in yanına yaklaştı.

"Hadi köle, oyalanma."

"Hangi gemiye bineceğim?"

"Gemiye binmeyeceksin. Prensese elbette gideceği yerde yeni köleler tahsis edilecektir. Bize şimdi asker lazım. Beni takip et. Düşman kapılara dayanmak üzere."

Yüzü bir ölünün yüzü gibi bembeyaz oldu Pelopis'in. Kollarına giren iki asker, komutanın peşi sıra onu ite kaka yürütmeye başladı. Yaşlar süzülen gözleriyle bir kez daha denize baktığında Arippe'nin bindiği geminin yelken açtığını gördü.

İnsan Ruhunun Hastalıkları ve Çareleri

Korsika-1698

İhtiyar Johanne, boğazına kadar çektiği kirli çulun altından damının su damlatan yerlerini gözleriyle sayıyordu fakat o denli çok sızıntı vardı ki asabını bozmaktan başka bir şeye yaramadı bu yaptığı. Saman dolu şiltesinden doğrulduktan sonra hışırtıların tesiriyle mi, yoksa gerçekten kaşındığı için mi bilinmez, bir süre sırtının erişebildiği yerlerini kaşıdı. Tırnaklarının arasına dolan ölü deri parçalarını ve bilumum pislikleri, diğer elinin tırnağıyla sıyırıp şiltesinin kenarına attı. Ayağa kalkmasına kalkmıştı ancak dik duramıyor, başı tavana değiyordu, zira tek göz barakasının içindeki bir asma kattaydı yatağı. Bastığı tahtalar her an çökecekmiş gibi gıcırdıyordu. İki büklüm vaziyette bu iç balkonun kenarındaki merdivene kadar yürüyüp odasına şöyle bir baktı. Karşı cephedeki ocak, duvarı tavana kadar isten karartmıştı. Su ısıttığı kazanı, birkaç bakraç, bir eğreti tabure, duvara asılı kurutulmuş mısırlar, küçük bir küp zeytin ve yarım çuval patatesle burası fakirhanesinin mutfağıydı. Asma katın altında kalan diğer cephe ise ahırdı. Düşmemeye gayret ederek merdivenlerden inerken, basamakların arasındaki boşluktan kendisi gibi ihtiyar katırıyla göz göze geldi, ancak Johanne için şu an barakada daha önemli bir hayvan vardı. Yere ayak basar basmaz, katırın kıç tarafındaki köşesinde uyuklayan tavuğunun yanına koştu. Ayağıyla dürterek yerinden ettiği hayvancağızın altının boş olduğunu görünce büyük bir hüsrana uğradı. Hayatındaki her şey gibi tavuğu da yaşlıydı ve bereketi kesilmişti. Belki de eline üç beş şilin geçince yeni ve genç bir tavuk alıp bu soysuzdan kurtulmalıydı artık. Duvarın dibindeki banyo fıçısının arkasına geçti. Senede mutlaka üç dört kere banyo yapmayı ihmal etmezdi. İçi uzun zamandır samanla dolu fıçının kuytusunda donunu sıyırıp hacetini giderdi. Sonra da duvardaki küçük eğreti kapağı açıp pisliğini dışarıya küredi. Dışarıda biriken boku haftada bir el arabasıyla çekip yakındaki dereye dökmesine rağmen katırın pisliğini barakada muhafaza etmesinin, hatta neredeyse hemen üstünde yatmasının nedeni elbette içeriyi ısıtmasıydı. Zemini çamurlaştıran birikintilere basmamaya gayret edip ocağın yanına gitti. Külleri karıştırıp akşamdan kalma közlenmiş bir patates buldu. Yarım yamalak soyduğu buz gibi patatesi dişlerken fareler musallat olmasın diye tavandan sarkan bir ipe astığı çuvalı açıp içindeki ekmekten biraz böldü. Zaten ağzında üç beş tane diş kalmışken bu tabut kapağı gibi ekmeği çiğnemesi iyice zordu. Ekmeği ibrikten döktüğü suyla ıslatırken de ensesinden içeri kocaman bir su damlası girdi. Homurdanarak tavana bakarken umarım bunca fırtınaya değer diye düşündü.

İhtiyar Johanne mütevazı kahvaltısının ardından katırıyla beraber yola düşüp kıyıya indi. Fırtınalı gecelerin sabahında dalgaların sahile savurduğu, para edecek deniz süprüntülerini arardı. Gemilerin ve denizcilerin talihsizliği, Johanne ve bir dünya fukaranın talihiydi. Pek çok kereler şansı yaver gitmiş; şarap, zeytinyağı, hatta barut fıçısı bulduğu bile olmuştu. Hiçbir şey bulamazsa nice parçalanmış gemiden geriye kalan ahşabı katırına yükler, kış geceleri yakıp ısınırdı.

Bütün bir öğleden sonrasını kıyıyı dolaşmaya ayıran Johanne'nin eli yüzü, acımasız poyrazın tesiriyle morarmıştı artık. Umudunu yitirip geri dönmeye niyetlenmişken az ötede, beyaz köpüklerin arasında bir karaltı fark etti. Gözleri uzağı iyi seçemediğinden bunun ne olduğunu anlaması için epey yaklaşması gerekti. İhtiyar adam katırdan inip dehşetle istavroz çıkardı. Bir zencinin cansız bedeniydi bu. Gözlerinin olması gereken yerdeki iki çukur, dalgalar vurdukça suyla doluyordu. Aklına afiyetle yediği balıklar gelince yüzünü buruşturdu. Ölünün üstündeki aba paramparça olmuştu. Besbelli gemide ölen bir köleydi bu. Talihsizliğine yandı Johanne, zira kölelerin ne bir ziynet eşyası, ne de altın yahut gümüş dişleri olurdu. Yine de her ihtimale karşı cesedin ağzını açıp şöyle bir bakındı. Tahmin ettiği gibi umduğunu bulamayınca "Yedi denizlerin laneti üzerine olsun" diye sövdü. Heybeden aldığı urganla zenciyi ayaklarından katıra sıkıca bağladı. Bugünlük denizden payına düşeni alıp kasabanın yolunu tuttu.

* * *

Genç Seamus O'Connell, alnında biriken terleri elbisesinin koluyla sildi. Nefesinin ritmini bir türlü dizginleyemiyordu, daha kötüsü ise heyecanının ellerine de sirayet etmiş olmasıydı. Bir an için testereyi bırakmak, koşa koşa odadan çıkıp kaçmak geçti aklından. Fakat bunu yaparsa, bir daha iltihaplı bir sivilceyi patlatacak dirayeti bile kendinde bulamazdı. Yıllar yılı uykusuz geceler boyunca, gözlerini çürütmek pahasına kandil ışığında hatmettiği kitapları düşündü sonra. Kara banotu bitkisinin uyuşturucu tesiriyle gözleri kaymış vaziyette önünde yatan, kendinden geçmiş adama baktı. Ağzının kenarından taşan salyalar çenesinden süzülüyordu. Her şeyden habersiz kim bilir ne düşlere savrulmuş bu adama hayat da verebilirdi, canını da alabilirdi. Bu hakikatin ağırlığı altında ezilirken, ömrünün yedi yılını verdiği kutlu gayenin ta ilk günlerini anımsadı ister istemez.

Seamus o zamanlar on dört yaşındaydı. Babası yalnızca Wexford'un değil, tüm Leinster'ın en namlı saraçlarından biriydi. Bu aynı zamanda küçük Seamus'ın da saraçhanede çalıştığı anlamına geliyordu. Ne var ki onun ilgisini celbeden hayvan derileri değil, insan derisi, bedeni ve hastalıklarıydı. Tabii bunun da bir sebebi yok değildi. Talihsiz O'Connell ailesi, tam üç evlatlarını, henüz çok küçük yaşlarda toprağa vermişti. Anne ve babasının ilk göz ağrısı Seamus, Tanrı'ya şükür son derece sağlıklı olsa da, ondan sonra doğan iki kız ve bir oğlan ancak iki gün ila iki yıl kadar yaşayabilmişlerdi. Anasının döktüğü gözyaşı, ailesini kahreden keder ve zavallı kardeşlerinin gözünün önündeki vefatlarıyla, daha o yaşta kararını vermişti Seamus, cerrah olacaktı. Babasına kendisini bir berbere çırak versin diye çok yalvarmış fakat bu yakarışları kabul görmemişti. Zira son derece dindar bir zat olan Bay O'Connell, kimselere söylemeden bir adakta bulunmuştu. Eğer Tanrı ona bir evlat daha bahşeder ve çocuğu, Baba-Oğul-Kutsal Ruh aşkına, üç yaşını görürse, Seamus'ı rahip olarak yetiştirecekti.

Yonca hasadı zamanı doğan kızı Erin, filhakika Bay O'Connell'ı kara düşüncelere gark etmişti. Zira tek erkek evladını yuvadan uzaklara yollarsa, dükkânın selameti bir kıza bağlanmış olacaktı. Mamafih Tanrı'ya verdiği sözü de unutmuş değildi. Erin üç yaşını sağ salim geride bırakıp hızla büyürken, Bay O'Connell bir gece rüyasında Aziz Fiacre'yi gördü. Nurlar içindeki zat-ı muhterem, "Sana verdiğimizi misliyle geri almasını da biliriz" diye buyurunca Bay O'Connell rüyasından dehşetle uyanmış, sözünü tutması gerektiğini kesin olarak anlamıştı.

Seamus babasının bu rüyasından iki buçuk ay sonra, talebe toplayan keşişlerin nezaretinde, kendisi gibi iki düzine çocukla, Dublin limanından kalkan bir gemiyle Vatikan'a doğru yola çıktı. Soluk benizli ve zayıf akranları arasında bu kutsal sefer için hevesli olanlar yok değildi, ancak Seamus'ın aklından geçen tek şey bir yolunu bulup gemiden firar etmekti. Zira üç küçük kardeşini öldüren Tanrı'yla arası pek iyi sayılmazdı. Bunu dillendirecek kadar cesur değildi belki ama içinden geçenleri pekâlâ biliyor, kendisini tanıyordu. Bu dünyaya rahip değil, hekim olmak için geldiğine inanıyordu.

Lizbon limanında demirledikleri üç gün boyunca kaçmak için yeterli cesareti bulamadı. Gemiye dahil olan Portekizli çocuklarla beraber bir sonraki durakları olan Malaga'ya vardıklarında, şehrin siluetini yine uzaktan seyretmekle yetindi. Ancak gemi sefere çıktıktan haftalar sonra eriştikleri Korsika'da demir atmışken, bir gece denize atlayıp firar etti.

Keşişlerden kaçan Seamus, buna rağmen küskün olduğu Tanrı'nın evine sığınmıştı. Korsika'nın engebeli arazisinde, kıyıdan hemen sonra yükselen tepelere tırmanmış, tek göz odalı bir şapel bulmuştu. Limanda dolanır yahut kasabalara giderse kendisini bulacaklarından korkuyordu. Sahili yukarıdan gören bu şapelde aç biilaç iki gün boyunca gemiyi gözlemiş, kollarını iki yana açmış Meryem Ana ikonasında kendi annesinin hayalini görüp ona sığınmıştı. Gemi nihayet ikinci günün öğle vakti demir alınca, yemek bulma arzusuyla limana koştu Seamus. Ya yokluğunu fark etmemiş ya da umursamamışlardı. Bu, ufaklığın yeni hayatının ilk günüydü.

Evvela dilendiği bir fırıncının küreğini yedi kafasına, sonra balıkçı tezgâhlarının önünden küfürler eşliğinde kovuldu. Hiç parası olmadığı gibi karnı bu denli açken gururu da yoktu Seamus'ın. Böylece son çare olarak namusunu satmaya karar verip kendine bir müşteri aranırken, gözleri karardı ve açlıktan düşüp bayıldı. Kendine geldiğinde, bilmediği bir mekânda, bir masanın üzerinde boylu boyunca yatıyordu. Doğrulmaya yeltenince ilerideki sedire kurulmuş pipo tüttüren, kucağındaki kalın kitaba gömülmüş ihtiyar adamla göz göze geldiler. İhtiyarın söylediklerini anlamadı Seamus, ancak onun bir hekim olduğundan adı gibi emindi. Etraftaki alet edevat, beherler, ilaç şişeleriyle dolu bir dolap, doğru yere getirildiğini söylüyordu ona. İhtiyar yanına yaklaşıp iki parmağıyla gözkapaklarını iyice açtırıp gözünün içine baktı Seamus'ın. Söylediklerini bir kez daha anlamayınca gayriihtiyari "Anlamıyorum" deyiverdi. İhtiyar bu defa anlayacağı dilden konuşup "Demek İrlandalısın ha?" diye sordu, "Senin ne işin var buralarda bakayım?" İşte Seamus'ın Doktor Byron Hackney ile tanışması bu şekilde oldu.

Önüne koyulan ahşap kâsedeki soğuk *pottage*'ı nefes bile almadan kaşıklarken onu seyreden Cerrah Byron, çocuğun açlıktan bayıldığını anlamıştı. Hal böyleyken muayene yahut yemek ücreti alamayacağını bildiğinden canı sıkılmıştı. Hiç olmazsa zararını bir nebze olsun karşılamak için, yemeğini bitiren Seamus'a iş buyurdu. Denileni yapıp odunları şöminenin başına taşıyan Seamus, cerrahın karşısına geçip "Şimdi ne yapmamı istersiniz efendim?" diye sorduğunda "Cehennem ol!" yanıtını aldı. Ancak hayatında yalnızca bir kere karşılaşacağını bildiği bu fırsatı yitirmeye hiç niyeti yoktu. Irzını pazarlayacak hallere düşmüşken adeta ilahi bir müdaheleyle bayılıp gözünü burada açması bir mucizeydi Seamus için. İhtiyar cerrahın ayaklarına kapanıp yalvarmaya başladı. Hayatını tehlikeye attığı gaye buydu işte, hekim olmak istiyordu. Her sözü dinler, her denileni yapardı, yeter ki bu kapıdan gönderilmesin. Zaten gidecek bir yeri de yoktu.

Bunca feryat figana kayıtsız kalamayan Byron Hackney, yüreği yumuşadığından değil, bedavaya çalıştıracak amele bulduğundan, "Eh peki" dedi yarım ağızla. "Bir bakarız ama dilediğim an seni kovarım. Sadece keyfim bilir."

Cerrah Byron, tabii evvela bu İrlandalı çocuğun hikâyesini dinlemek istiyordu. Seamus, ustası olarak gördüğü ihtiyara yalnızca doğruları söylemeye karar verdi. Zira babası ile saraçhanede geçirdiği yıllarında usta-çırak ilişkisinin ne olduğunu öğrenmişti. Hem şayet yalan söylerse bunu anlayacağını ya da günün birinde hakikatin ortaya çıkacağını biliyordu, hem de kendini tamamen ustasına teslim etmezse muvaffak olamayacağının farkındaydı. Böylece her şeyi ta en başından bir bir anlattı. İhtiyar adam, çocuğun hekimlik konusundaki azmine hayran olsa da bunu belli etmedi ve onu bir bok çuvalını seyreder gibi buruşuk bir suratla dinledi. Hatta şevkini tartmak için hekimlikle iştigal ederse ölümcül hastalıklara yakalanabileceğini, her gün bin türlü pislikle uğraşacağını, bu işin bir oğlana göre olmadığını söyledi. Ayrıca ondan her türlü şeyi isteyebilirdi. Zanaatını öğreteceğine göre bunun bir bedeli olmalıydı. Her şeyi göze alıyor muydu gerçekten?

Seamus'ın gönüllü köleliği işte böyle başladı. Byron'ın mükellef hanesinden payına düşen, örümceklerle beraber uyuduğu, merdiven altındaki karanlık kilerdi. İhtiyar Byron hekimlikte ne denli maharetliyse, insanlıktan da o denli nasipsizdi. Ailesi yoktu, bir hizmetçi kadınla beraber yaşıyorlardı. Seamus eve yerleştikten sonra ilk işi hizmetçiyi göndermek olmuştu. Böylece kadına yalnızca öğlenleri gelip yemek yapması karşılığında az bir para verecekti. Hizmetçiden boşalan diğer yükümlülükler ise Seamus'ın çelimsiz omuzlarına binmişti. Sabah gün doğmadan uyanıp ateşi yakıyor, su kaynatıyor, etrafı süpürüyor, Byron'ın bok dolu kovalarını boşaltıp temizliyor, kahvaltı hazırlıyor, pazara gidiyor, hasılı gerçek bir köle gibi mütemadiyen çalışıyordu. Bununla beraber tıp namına hiçbir şey öğrenmiyordu. Byron, evvela kadim kitapları okuyabilmesi için Latince ve kendisiyle sağlıklı iletişim kurabilmek adına İngilizce öğrenmesini uygun görmüştü Seamus'ın. Oğlan gündüzleri bir sürü angarya işe koştururken Byron da eve gelen hastaları tedavi ediyordu. Akşam yemeğinden sonra ise üç dört saat çocuğa dil öğretiyordu. Üstelik, artık ihtiyarlıktan mı, yoksa fıtratından mı bilinmez, son derece aksiydi ve zavallı çocuğu sille tokat dövmekten hiç çekinmiyordu.

Pek çok kereler kaçmayı düşündü Seamus. Geceleri karanlık odasında, kendisini Vatikan'da sanan çok uzaklardaki ailesinin özlemiyle gözyaşı dökerken, hayatını sorguladı. İhtiyarın ayak tırnaklarını kesmekten lavman yapılan bir hastadan artakalanları temizlemeye kadar her şeyi yapıyor, asli amacı olan tıbba dair ise hiçbir şey öğrenmiyordu. Bu da zavallı çocuğun inancını kırmaya başlamış, direncini düşürmüştü. Üstelik Byron'ın çatısı altında geçen iki koca yıl boyunca tek kuruş para dahi almamıştı. Günde iki öğün yemek karşılığı, ki bunlardan birisi daima yulaf lapasıydı, dünyanın yükünü omuzlarken, sahip olduğu tek şey sırtındaki çuvala benzer kirli urbaydı.

İhtiyar Byron çocuğun mukavemetini mi ölçüyordu, yoksa gerçekten zamanı mı geldi bilinmez, direncinin son raddesindeyken bir gün Seamus'ı karşısına oturtup imtihan etti. Oğlan, nasıl bir umutsuzluğa kapılıp bezdiyse, o kutlu günün geldiğini aklının ucundan dahi geçirmeyip, yalnızca dayak yeme korkusuyla efendisinin bütün suallerini doğru cevapladı. Belli ki bu imtihanı geçemezse, Byron tarafından işe yaramaz diye azledilecekti. Fakat başardı. İhtiyar cerrah gözlerine bakınca ondaki ışıltıyı gördü ve ilmini öğretebileceğini anladı. Hasılı, iki yıllık çilenin ardından Seamus ancak sıfır noktasına erişmişti ve her şey daha yeni başlıyordu.

Bu yeni sayfayla birlikte Seamus'ın gündelik hayatı da eskisiyle kıyaslanmayacak ölçüde değişti. Byron hizmetçiyi yeniden işe aldı. Seamus artık tüm o angaryalardan kurtulmuştu. Gündüzleri tedavi için gelen hastaları karşılıyor, Byron'a asistanlık yapıyor, ihtiyarın tembihlediği gibi tüm cerrahi operasyonları dört gözle izleyip öğrenmeye çalışıyordu. Hastalarla muhatap olacağı için Byron üstüne başına temiz kıyafetler almıştı Seamus'ın. Hatta merdiven altındaki karanlık odasından, penceresi olan hakiki bir odaya terfi etmişti. Akşamları ise harıl harıl tıp kitaplarını okuyor, notlar alıyor, kavrayamadığı yerleri Byron'a soruyordu.

Galen'in kandil ışığında yazdığı satırları asırlar sonra yine kandil ışığında okurken, Seamus yeniden kendine inanmaya başlamıştı. *De Humani Corporis Fabrica*'nın sayfalarına gömülüp *Vesalius*'u anlamaya çalışırken yorgun düşerse, bu defa kafa dağıtmak için tıp yerine edebiyata sığınıyor, John Milton'ın *Kayıp Cenneti*'ni huşu içinde okuyordu. Binlerce sayfa okudu Seamus. İbn Rüşd, İbn Nefis, Râzî, Kindî, İbn-i Heysem gibi Müslüman âlimlerin tercümelerini de okudu, Marcello Malpighi gibi çağdaşları da. Özellikle Byron'ın kendi üstadı olarak görüp derin bir saygı beslediği İbn Rüşd'ün Külliyat'ını hatmetti. Bütün dertlerin vücuttaki dört sıvıdan; kan, balgam, sarı safra ve kara safradan kaynaklı olduğunu belledi. Gezegenlerin hareketlerinin salgınlara nasıl neden olduğunu şaşkınlıkla öğrendi. Kötü koku belasının ehemmiyetini kavrayınca çiçeklere olan saygısı arttı.

Elbette teori işin sadece bir kısmıydı, esas maharet ilmini pratiğe dökebilmekti. Bunun için Byron'ın yaptığı ameliyatları nefes dahi almadan seyrederdi. Görkemli evin giriş katındaki geniş salonda, yani muayenehanede, nice dert sahibinin yürek burkan çığlıklar atarak şifa bulmasına şahitlik etmişti. "Soylu, zengin bir tacir, sanatçı, kahraman bir şövalye, hatta Papa dahi olsan, bir doktorun karşısında, bir parça köpek pisliği kadar değerin yoktur" derdi Byron. Ustasına göre bu hastalık sahiplerinin pek azı şeytanın musallat olduğu masumlardı, geri kalanlar ise işledikleri günahlar nedeniyle hasta oluyorlardı. Bu yüzden hastalara hiç acıması yoktu. Bunu da "Acıyı rahatlatmanın en iyi yolu daha çok acı vermek" diye açıklıyordu. Eğer bir fakir parası olmadığı halde can havliyle cüret edip tedavi olmaya gelmişse, sıcak bir banyo yapıp evde dumanlı ateş yakmasını tembihler, kötülükleri defedeceğini söyleyip bir iki takı verip yollardı. Tabii zenginler için daha farklı bir muamele söz konusuydu. Hele adanın eşrafından biri hastalandı mı, at arabası yollar, hekimi malikânesine getirtirdi. Buralarda yaşayanları görünce nutku tutulmuştu Seamus'ın. Şatafatlı odalar, yaldızlı mobilyalar, duvarları boydan boya kaplayan harikulade tablolar, atlas perdeler, efendilerinin etrafında pervane olan köleler, ihtişamlı sofralar, daha önce hiç görmediği yiyecekler, eksantrik meyveler, doldurulmuş hayvanlar ve elbette baş döndürücü kokular sürmüş memeleri ipek kıyafetlerinden taşan kadınlar...

Hekimliğin inceliklerini öğrenedursun, öte yandan Seamus doludizgin yaşadığı ergenliğin tesiriyle nefsiyle de bir savaşa tutuşuyordu. Byron'ın yanında her şey iyi hoştu ama ustası hâlâ ona para vermiyordu. Kaldı ki öğrettikleri karşılığında belki ücret ödemesi gereken kendisiydi. Fakat hiç olmazsa eline üç beş şilin harçlık geçse geneleve gidecek, nefsini köreltecekti. Kan aldırmaya gelen bir kadının sıvanmış kollarına bakarken dahi aleti kalkıyordu. Hele Korsika'nın en alımlı kadınlarından tiyatrocu Aimee, çok fazla ayakta durduğu için ağrılarından mustarip olup bacaklarına sülük yapıştırtmaya geldiğinde neredeyse düşüp bayılacaktı Seamus.

Bütün bunlar yetmezmiş gibi varlıklı şarap taciri Francesco'nun on yedi yaşındaki kızına düşük yaptırtmak için tüccarın evine gitmişlerdi. Rütbeli bir askerin elinden çıkan bu rezillik duyulmasın ve sağ salim atlatılsın diye tacir kesenin ağzını açmıştı. Byron'ın keyfi yerindeydi. Ancak ustası kızı muayene ederken, ömründe ilk defa yarı çıplak bir kadın vücudu görmenin heyecanıyla kıpkırmızı olmuştu Seamus. Yarpuz, adaçayı ve sedefotundan müteşekkil ilaçla, iki hafta devam eden bu işlem için defalarca Francesco'nun malikânesine gittiler. Genç adam bu süre boyunca adeta bir imtihan verdi ve bu badireyi de atlattı. Güdülerini bastırıp sabredecek, yeniden mesleğine odaklanacaktı. Ne de olsa her şeyin bir zamanı vardı. Çektiği onca çilenin ardından bu fırsatı tepemezdi.

Kişisel yaşamından neredeyse hiç bahsetmeyen Byron, şarabı fazla kaçırdığı bir gece hikâyesini anlatınca gerçekten ne denli talihli olduğunu anlamıştı Seamus. Çok önceleri, basit cerrahi müdahalelerde bulunan bir berberin yanında çıraklığa bile razı olmuşken meğer kraliyet destekli bir hekimin talebesi olma şerefine erişmişti delikanlı. Pek çok diyarda insanlar şifa için rahipler, gezici dişçiler, kocakarılar, attarlar, hatta cadılardan medet umarken, onu yanına kabul eden Byron diplomalı ve maharetli bir cerrahtı. Ustasının serüvenini dinleyince genç çırağın ona olan saygısı daha da artmıştı.

Yağlı domuz pirzolasının tesiriyle tatlı bir ağırlık çökmüş, divanında ayaklarını uzatmış, bir elinde şarap kadehi, bir elinde piposu, "Sen daha beni tanımıyorsun şeytanın oğlu" diye lafa girmişti Byron.

"Ben var ya ben, tabip başı William Harvey'in talebesiyim! Tanrı onu kutsasın. Cenazesine iştirak etmişliğim var. Ha, ne sandın? Şu karşındaki adam saraya bile girdi! Burada böyle diş çekmekle uğraştığıma bakma. Gözlerimin derinine bakabilsen orada sadece ilim değil nice acılar saklı olduğunu da görürdün seni budala. Hiç sormadın mı kendine, böylesine kıymetli bir İngiliz hekiminin Akdeniz'in ortasında ne işi var diye? Bu gözler cehennemi gördü evlat, artık dünyada sıhhatle nefes alınan herhangi bir yer bana cennettir. Tabii sen o zamanlar doğmamıştın. Şayet ailen Londralı olsaydı, belki de hiç doğmazdın. Kızlarımdan biri senin yaşlarındaydı. Biri daha büyüktü, diğeri ise henüz yedisindeydi. Arada sırada benim zalim olduğumu düşünüyorsundur, yanılıyor muyum? Sana esas zalimin kim olduğunu söyleyeyim, hayatın kendisi."

Duraksayan Byron kalan şarabını bitirdikten sonra kadehini tazelemesi için Seamus'a uzattı. Bu esnada sönen piposunu tekrar yakıp körükledikten sonra, bir eline de içkisini alıp anlatmaya devam etti.

"Bazıları gökyüzünde görülen ve hızla uçan bir yıldızın neden olduğunu söylediler, kimileri de baharat yüklü bir gemiyi sorumlu tuttular. İçimizdeki günahkârları da göz ardı etmemek lazım. Sebebi ne olursa olsun, sonuçta öldük evlat. Ateşlenip yataklara düşmenle derinin kararmaya başlaması arasında geçen zaman o kadar kısadır ki, ölüme inanamazsın. Hayatla ölüm arasındaki çizgi bu kadar ince olmamalı diye düşünürsün. Sonra bir gece bir çukura atarlar bedenini. Kaç yaşında olduğunun, makamının, malının, adının, hiçbir şeyin önemi kalmamıştır artık. O çukurda, senin gibi isimiz talihsizlerle sarmaş dolaş, kıyametin kopmasını, cennete kabul edilmeyi beklersin. Tanrı hepsini kutsasın. Sana Kara Ölüm'den bahsediyorum evlat!"

Seamus sandalyesine daha bir yerleşti, Byron birkaç nefes pipo çekip anlatmaya devam etti.

"Evvela kenar mahallelerden geldi haberler. Canavar uykusundan uyanmıştı. Biz vebanın ne olduğunu iyi bilen bir milletiz. Ölümleri duyar duymaz hekimler zümresini bir telaş aldı. Ben o zamanlar St. Bartholomew's Hastanesi'nde çalışıyordum. Bizi Londra'nın kenar mahallelerine yolladılar. Kargaya benzeyen giysilerimiz vardı, bilir misin? Kara Ölüm iki türlü yayılır, lanet olası pirelerle ki onları da sıçanlar her yere taşırlar, öteki de miasma. Havada uçar, gözünle göremezsin. Bu yüzden vücudumuzun her yerini kapatan kıyafetler giydik. Karga maskesinin gagasına da çiçekler doldurduk, ölümün pis kokusunu solumamak, kendimizden uzak tutmak için. Bizi görenler orada ölüm olduğunu bildiklerinden kaçacak delik ararlardı. O sefaleti görmeliydin evlat. O derme çatma mahallelerde sokaklar dışkı doluydu, kaldırımlarda kusup can çekişiyordu insanlar. Derhal emirler verdik. Meydanlarda, sokaklarda ateşler yaktırdık. Gece gündüz durmadan beslenecek ateşler. Havayı yakıp Kara Ölümü öldürmenin yollarından biridir bu. Kedi ve köpeklerin öldürülmesini emrettik. O pire torbaları ayaklı ölüm gibiydi. Fakat ne yaptıysak olmadı. Veba hızla yayıldı. Temmuz ayına eriştiğimizde her gün yüzlerce kişi ölüyordu. Yüzlerce kişi evlat! Belki günde bin kişi! Şehir hızla boşalıyordu. Bir yanda ölenler, bir yanda ölümden kaçanlar... Geriye yalnızca fakirler kalmıştı. Onlar da evlerinden çıkmıyordu. Kral Londra'yı terk ettiği gün kararımı verdim. Karımı ve çocuklarımı York kırsalındaki dedelerimden kalma kır evine yolladım. Bütün zenginler, tacirler, lordlar, köklü esnaflar, aklına kim gelirse Londra'dan kaçtı. Biliyor musun, hekimler ve eczacılar da kaçtı. Ölümün kol gezdiği Londra'da hangi para bir tabibi orada tutabilirdi ki? Peki ben neden kaçmadım? Evladım, bu sorunun cevabı sende saklı. Beni anlıyor musun? Ben bu dünyaya hekim olmak için gelmişim, işte o yüzden kaçmadım. Seni yanıma çırak kabul etmem de işte bu sebeptendir. Sendeki adanmışlığa beni inandırdın. O yüzden buradasın. Her neyse, doldur bakalım şu kadehi. Ne diyordum? Ha, zenginler gitti, fakirler kaldı. Dünyanın düzeni böyle evlat, yapacak bir şey yok. El kadar bebeklerin derin çukurlara gömüldüğünü gördüm, beni hiçbir şey acıtamaz artık. Hatta York'ta küçük bir kızı vebalı diye ahali evine kilitlemiş, biliyor musun? Aç susuz orada ölmüş. Evin penceresinde geceleri hayaletini görürlermiş. York dedim de, benimkiler hiç dönmedi evlat. Veba onları orada da buldu. Ben cehennemin ortasından sağ çıktım, onlar kaçtıkları yerde yakalandılar. Ne kadar alaycı olduğunu görüyor musun hayatın? Mezarlarını bile bilmiyorum. Oraya gittiğimde bana surların dışında bir arazi gösterdiler, hepsi bu. Tabii ben ölüm haberlerini bile çok sonra öğrendim. Sokaklarda hayaletler ve cesetlerden başka birini görürsen, bil ki aklını yitirmiştir, yahut yakınını gömecektir. Kimse ceset gömmeye yanaşmıyordu. Geceleri askerlerle ceset arıyorduk. Bir evde veba görüldü mü, kapıları mühürlemeye kadar giderdi iş. Bir kapıda kırmızı haç varsa, o sokaktan kimse geçmezdi. Tiyatrolar kapatıldı, okullar tatil edildi. Yalnızlık çöktü üstümüze. Günah çıkarmak işe yaramayınca herkes tütüne başladı. Duman iyidir evlat, duman miasmayı sindirir. Fakat güzel koku, işte en önemlisi bu. Parfüm satanlar zengin oldu. Onlar da parayı elden almıyor, sirke dolu küplere atmamızı istiyorlardı. Sonra, artık Tanrı merhamet mi etti, yoksa ölüm meleği yorgun mu düştü bilinmez, veba durulmaya başladı. Kışa doğru ölümler azaldı. Ben de işte o zaman öğrendim acı gerçeği. Ailemi getirmek için gittiğim York'tan tarifsiz kederlerle döndüm. Hayata küstüm evlat. Gözüm hiçbir şey görmez oldu. Hekimliği bıraktım. Eve kapandım. Neden ölmediğimi, onların neden öldüğünü sorguladım. Biliyorum bu duydukların seni bir hayli şaşırttı. Her zaman daha fazlası vardır. Bu hakikati öğrendiğimde takvimler 2 Eylül 1666'yı gösteriyordu. Evet, büyük yangından bahsediyorum. Oradaydım. Sana cehennemi gördüm derken ciddi olduğumu anlamışsındır. Asumana yükselen alevler kadim Gal masallarındaki ejderhalar gibiydi. Karanlık gecede Thames'in üzerine akseden ateş, sanki mümkün olsa nehri de yakacaktı. Uykusu yarıda kalmayanların ömürleri yarıda kaldı. Gözcülere ve tellallara hiç iş düşmedi. Evleri, ahırları, kiliseleri, önüne gelen her şeyi bir çırpıda yiyen canavar hızla büyüdü. Diri diri yanan domuzların çığlıkları bugün bile kulaklarımdadır. Herkes nehre koşuyor, kendini suya atmaya çalışıyordu. Karanlık ve dar sokaklara bir yolunu bulup giren yangın aydınlığı, insan siluetlerini korkunç birer yaratığa dönüştürüyordu. Gölgeleri uzayıp kısalan, başı kesik tavuk gibi etrafa koşuşan insanlar... Dörtnala giden çıldırmış bir at gözümün önünde bir çocuğu çiğnedi. Isının geldiği yönden yüzlerce, binlerce sıçan kaçışıyordu. Genzime çarpan yanık et kokusunun bir insana ait olduğunu bilmek derinden sarsmıştı beni. O talihsizler ki, kemiklerine kadar eriyip yok olacaklar, dünyadan silinip gidecek, asla bulunamayacaklardı. Yangın tam dört gün sürdü. Ailemden geriye yalnızca hatıralarıma şahitlik eden evim kalmıştı, alevler onu dahi çok gördü. Londra'nın bana acıdan gayrı verecek bir şeyi kalmadığını anlayınca, hayat işte beni ta buralara savurdu evlat. Neyse, bu kadar kâfi."

Ustasıyla arasındaki perdelerden birisi daha böylece kalktıktan sonra, Seamus cerrahlığa daha bir sıkı sarıldı. Byron, kendi nezaretinde olmak koşuluyla, usul usul küçük operasyonları yapmasına müsaade ediyordu Seamus'ın. Diş ağrısından mustarip bir talihsiz şişmiş yüzüyle kendini hekim koltuğuna atınca, evvela sarhoş edene kadar şarap içirirlerdi. Birazdan başına geleceklerden habersiz şen şakrak kahkahalar atan, yahut krala söven herifçioğlunun ağzına elini sokup var gücüyle asılan Seamus, kerpetenin ucundaki çürük dişe muzaffer bir kumandanın gözlerindeki ışıltıyla bakardı. Göbeğini taşımak için yanında uşak gezdirmesi gerekecek yağlı bir zenginin, oburluk günahından sebep kan sıçmakla cezalandırılan kıçındaki basuru kızgın demirlerle dağlarken ise içi kalkardı.

On dört yaşında kendini teslim ettiği Byron Hackney'in yanında geçirdiği yedi yılın ardından hekimliğin inceliklerini, mesleki disiplini, kadim ustaların metotlarını, merhemlerin sırrını öğrenen Seamus, artık ayrılık vaktinin yaklaştığını hissediyordu. Oğullarının din adamı değil de hekim olduğunu gören ailesinin ne tepki vereceğini kestiremese de yuvaya dönmek istiyordu. Byron artık titremeye başlayan elleri ve zar zor gören gözleriyle, son zamanlarda, her işini Seamus'a yaptırıyordu ama bunca emeğine rağmen ona hâlâ para vermiyordu. Bu da genç hekimin canını ziyadesiyle sıkıyordu. Dönüş yolculuğu için paraya ihtiyacı vardı. Yalnızca bu da değil, mesleğini icra edebilmesi için alet edevat edinmeli, ilaç yapmak için aktarlardan bir dünya bitki satın almalıydı. Tabii muayenehane açmak için gereken parayı hesaba katmıyordu bile. Diğerlerinden vazgeçebilirdi, onu İrlanda'ya götürecek yol parasına razıydı. Byron'la konuşmaya karar verdi, uzun zamandır aklında o anın provasını yapıyordu. Ustasının kendisini hoşgörüyle karşılayacağını pek sanmıyordu ama hiç olmazsa yolluğunu vermek zorundaydı. Byron ona hekimliği öğrettiği kadar, o da Byron'a yaptığı ameliyatlarla bir sürü para kazandırmıştı.

* * *

"Yaldson!" diye haykırıp ensesine bir tokat patlatınca Byron, Seamus daldığı hülyalardan sıyrılıp kendine geldi. Byron, refakatçilerinin kollarından ve bacaklarından sıkı sıkı kavradığı adamın ağzına bir dal parçası tutuştururken "Hadisene" diye gürledi bir kez daha. Bir meyhane kavgasında paslı bir usturayla kolundan yaralanan ve bunu ihmal eden zavallı adam, ilerleyen yarası nedeniyle ya kolunu ya da canını kaybedecekti. Seamus uzuv kesmenin diş çekmek gibi olmadığını işte o an anladı. Tıkalı bir mesaneyi açmak, katarakt ameliyatı ya da kan almaktan çok farklıydı bu iş ve eğer başarırsa, gönül rahatlığıyla kendi ayakları üzerinde durup hekimlik yapabileceği için dilediği zaman Byron'ın yanından ayrılabileceğine emin oldu. Kemik testeresini, baygın adamın çürümüş cılk yarasının az üstündeki çizili yere koydu. Asla ve asla gözlerini yummamak ve başka yere bakmamak zorundaydı. Bu, hekimliğe ihanet olduğu gibi Byron'dan da herkesin önünde kalayı yerdi. Nefesini tutup testereyi ileri geri hareket ettirmeye başladı. Derhal bitsin diye bir yandan da aşağı doğru bastırıyordu. Adamcağız kara banotunun son derece kuvvetli tesiriyle hayattan çok ölüme yakın gibi bayıldığından, Seamus onun acıyı hissedip hissetmediğini kestiremiyordu. Testere kemiğe dayandığında ise çıkan sesle odadaki herkesin tüyleri diken diken olmuştu. Oluk oluk akan kanı bir an evvel durdurmak için, kolu ivedilikle kesmesi gerektiğini bildiğinden, testereye daha bir abandı Seamus. Yarısı kesilmiş kolun ucundaki parmakların

hayata tutunmak ister gibi hareket ettiğini görünce dehşete kapıldı. Kolun sahibi bunca şiddetli müdahaleye rağmen gıkı çıkmadığına göre ya ölmüştü ya da onu öldürmeyip böyle bayıltacak dozu ayarlayabilen Byron sahiden de muazzam bir hekimdi. Seamus'ın hiç bitmeyecek sandığı çileli zamanın ardından nihayet birkaç testere hamlesiyle daha kol bedenden ayrılıverdi. Tiksinti duyuyormuş gibi hızla uzaklaştı masanın o tarafından. Kesilmiş yeri şarapla ıslatılmış bezlerle sarmaya koyulan ustasına yardım ederken az evvel kopardığı kola gözü kayınca, parmakların hâlâ kıpırdadığını görüp ürperdi Seamus.

Seamus, iştahız geçen akşam yemeğinin ardından armutlu turtasını da zoraki kaşıklıyordu ki kapı çaldı. Byron cebinden çıkardığı *Nuremberg egg*'i masadaki şamdanın altına yaklaştırıp incelerken "Bu vakitte kim ola ki?" diye söylendi. Hizmetçi gitmiş olduğundan Seamus kapıyı açmak için masadan kalktı. Byron ardı sıra "Fukaraysa alma içeriye" diye seslendi. İstirahat etmek istiyordu. Seamus kapıyı açınca ihtiyar bir adam ve yularından tuttuğu bir katırla karşılaşıp şaşırdı.

"Akşamlarınız hayrolsun genç efendi. Sizin için bir şeyim var."

"Biz burada yalnızca safkan atları tedavi ederiz" dedi Seamus, "onu bir kocakarıya götür en iyisi." Kapıyı kapatacakken ihtiyar adam atıldı.

"Hayır genç efendi, katırı değil, onu getirdim."

Seamus, yaşlı adamın eliyle işaret ettiği yöne bakınca, katırın arkasında, yerde duran zenci cesedini karanlıkta zar zor seçebildi. Byron'ın bu saatte bir cesetle uğraşmak isteyeceğinden emin değildi. Yüksek perdeden içeriye seslenip sordu, "Bir ceset getirmişler, alayım mı?" Byron'un "Çocuk değilse alma" yanıtı üzerine ise "zenci" diye karşılık verdi.

"Zenci mi? Getir onu! Buralarda ölü bir zenci bulmak ne kadar zor biliyor musun?"

Seamus ihtiyar adamla giriştiği sıkı pazarlığın ardından cesedi urganından tutup sürüye sürüye güç bela mahzene indirdi. Cesetleri incelemek için kesip biçeceklerinde vakit kaybetmezlerdi. Çürümüş bir bedenden yayılacak miasmadan korktukları gibi organları da mümkün mertebe taze gözlemlemek isterlerdi. Denizin soğuk ve tuzlu suyunun, kokuşmasını önlediği ancak buna karşılık epey yıpranmış zenciyi, heybetinden ötürü zar zor kucaklayıp sarmaş dolaş kaldırarak masanın üzerine yatırdı. Evvela korkularını yenmek ve sağlıklı görüşü sağlamak için duvarlardaki tüm meşaleleri bir bir yaktı. İçerisi aydınlanınca bir nebze rahatlamıştı, yine de gözleri olmayan bu kara cesede baktığı zaman ürpermiyor değildi. Byron'ın bir an önce gelmesini dileyip, zencinin artık bir paçavraya dönüşmüş kıyafetini makasla boydan boya kesti. Mevtanın aletini görünce ise ister istemez hayret etti. Tıpkı cüssesi gibi şeyi de kocamandı. Belki de öldüğü için şiş duruyordur diye kendini teselli edip soğuk bedene dokundu. Daha önce bir zenciyle konuşmuşluğu yoktu, konuşanlar dişlerinin bembeyaz olduğunu söylerdi. Cesedin iri dudaklarını iki eliyle aralayıp bunu doğrulamak için bakındı. Daha derinleri görmek için merakla yaklaşınca da, cesedin boğazında parlayan bir şey fark etti. Parmaklarıyla erişemeyeceğini anlayınca masadaki aletlerin arasından bir cımbızı gözüne kestirdi. Ne de olsa canı yanmayacağından boğazını kanırta kanırta orada takılı duran her neyse, onu çıkartmaya çalıştı Seamus. Ne yazık ki muvaffak olamadı ve nesne daha aşağılara kaydı. Yeniden baktığında artık gözükmüyordu da. Cımbızı bırakıp bu defa keskin bir neşter aldı. Nasıl olsa parçalayacaklardı, ha birazdan ha şimdi diye düşünüp zencinin gırtlağını yarmaya girişti. Katır kutur kestiği soluk borusunu parmaklarıyla zorlaya zorlaya iki yana ayırınca, aradığı sarı, yuvarlak ve yassı şeyi bulup çıkardı. Altın bir madalyondu bu.

Altının parlaklığı adeta yüzüne yayıldı Seamus'ın. Avucundaki madene bakarken gözlerinin içi gülüyor, ayakları yere daha sağlam basıyordu. "Kurtuldum" diye düşündü. Byron'a minnet etmeden istediği an, hatta yarın şafak vakti, buradan öylece çekip gidebilirdi. Altının ağırlığına bakacak olursa sadece seyahat parasını değil, cerrahi aletler ve açacağı muayenehanenin masraflarını da avucunda tutuyordu.

"Ne o elindeki?"

Sessiz sedasız arkasından sokulan Byron'ın sorusuyla ödü patlamıştı Seamus'ın. Derhal avucunu yumup altını gayriihtiyari sakladı. "Hiç" diyebildi titrek bir sesle. Karşısında değil ustası, bir çocuk bile olsa kendisine inanmayacağını anlamıştı. Nitekim ihtiyar, üzerine doğru yürümeye başladı. Seamus da geri geri yürüyordu.

"Seni sinsi yılan! Benden ne saklıyorsun? Derhal aç o elini!"

Bunca yıl tek kuruş almadan Byron'ın her türlü işini görüp bir köle gibi çalışmıştı. Bu altını yılların bedeli olarak kabul edip kendine hak gördü Seamus. Hayır, vermeyecekti.

"Sana aç avucunu dedim! Benden çalmaya cüret edersin ha! Kim bilir bunca zaman neleri neleri aşırdın seni aç köpek!"

İhtiyar kendinden beklenmeyecek şiddetli bir tokat patlatınca yüzüne, feleği şaştı Seamus'ın. Büyüdüğü için olsa gerek uzun zamandır dayak yemiyordu. Lakin bu tokat itaat duygusunu değil, isyan ateşini körükledi. Elini ileriye doğru uzattı, avucunu açtı ve bulduğu şeyi gösterdi. Gözleri irileşen Byron titrek elleriyle altını almak için davranınca Seamus elini geri çekti.

"Onu ben buldum. Sana vermeyeceğim. Burada işim bitti, çekil önümden."

Duydukları Byron'ın kudurmasına yetmişti. Masanın üzerindeki makası kaptığı gibi çırağının üzerine yürüdü. Byron bunun bir blöf olduğunu ve ihtiyarın asla böyle bir şeye kalkışamayacağını biliyordu. Hiç istifini bozmadan yanından geçip gitmek için yürümeye başlayınca, Byron makası bir anda sol omzuna sapladı. Pazısındaki ağrıdan çok, gerçekleşeceğine asla ihtimal vermediği saldırının şaşkınlığıyla şoke olmuştu. Önce makasa, sonra ihtiyara baktı. Sağ yumruğunu sıkıp Byron'ın buruşuk yüzüne bir balyoz gibi nasıl indirdiğini kendisi de anlamadı. Byron'ın ihtiyar bedeni yumruğun şiddetiyle bir ağaç gibi yıkılırken, başı hemen yandaki masaya feci biçimde çarptı. O an bir korku sardı Seamus'ı. Yere eğilip panikle ihtiyarın dönen boynunu doğal şekline getirmeye çalıştı. Gözkapaklarını açtığında ise hekimlik tecrübesine ve daha evvel gördüklerine dayanarak yutkundu. Artık mahzende bir değil iki ölü beden vardı.

Boynuna geçirilen hayali ilmeğin korkusuyla elini boğazına götürmek isteyince, omzundaki müthiş acıyı hissedip irkildi Seamus. Gitgide kızaran elbisesini çıkarıp yarasını incelemeye çalıştı. Çarçabuk bir plan yapması gerektiğini de o zaman anladı. Kazara olmuştu, Byron'ı öldürmek gibi bir niyeti asla yoktu. Kaldı ki makasla kendisine saldırmasa bunlar olmayacaktı. Yine de adanın eşrafından bir hekim ölmüştü, kimsenin onun sözlerine itimat edeceği yoktu. Belki omzundaki yara olmasa insanlara Byron'ın eceliyle öldüğünü yutturabilirdi. Yahut nahoş şeyler yaşandığına işaret eden omzunu saklardı. Hayır, ucunda ölüm varken riske girmeyi göze alamazdı.

Byron'ın cesedine bakarken, olan bitenin ardından ilk defa üzüldüğünü hissetti. Böyle olsun istemezdi. Çoğu zaman kendine zalimce davransa da bildiği her şeyi ona borçluydu. Zaten bir ayağı çukurdaydı, ne diye tamah etmişti ki altına? Hem de makasla saldıracak kadar... Sonra toparlandı Seamus. Bunları düşünmenin vakti değildi. Öyle ya da böyle birini öldürmüştü ve bu, kendi eceline de hiç olmadığı kadar yakın olduğu anlamına geliyordu.

Kararını vermekte zorlanmadı. Her şeyden evvel yarasını tımar edecek, sonra da yolculuk için hazırlanacaktı. Güneş doğmadan limana inip, münasip ilk gemiye atladığı gibi terk-i diyar edecekti.

Çarçabuk yukarıya çıkıp şarapla sildiği yarasını, merhem de sürdükten sonra bir bezle güzelce sardı. Ardından en çok işine yarayacağını düşündüğü cerrahi aletleri seçip Byron'ın çantasına doldurmaya başladı. Aklına ilaçlar gelince çantanın birazını boşaltıp ilaçlara yer açtı. İlaç dolabından gözüne kestirdiği şişeleri toparlarken aklına kitaplar geldi. Kitaplardan da alsa fena olmayacaktı ancak bu kadar yükü taşıması zordu. Zira yürüteceği başka şeyler de vardı. Çantada yer kalmadığına emin olduktan sonra üst kata, Byron'ın odasına çıktı. Cılız kandil ışığında yatağın kenarındaki lazımlığı devirince lanet okudu. Başka çaresi olmadığından nefesini tutarak zemindeki idrar birikintisinin üzerine eğildi ve yatağın altındaki ahşap kutuyu eliyle koymuş gibi çıkardı. Kendisini pazara yollayacağı zamanlarda defalarca şahit olduğu üzere, ihtiyar paralarını burada saklıyordu.

Yeniden aşağı kata inip hazırladığı çantaları son kez kontrol etti. Bir sürü paraya, alet edevata ve ilaca sahip olduğunu görünce işlediği cinayetin üzüntüsü ve korkusu yerini heyecana bıraktı. Ertesi sabah pirü pak bir hüviyetle yepyeni bir yaşama atılacaktı. Derken zencinin gırtlağını deşip çıkardığı, uğruna ustasını öldürdüğü altını hatırlayıp sağa sola bakındı. Telaşla yukarıya çıkarken mahzende unutmuş olmalıydı. İstemeye istemeye yeniden mahzene indi. Meşalelerden pek çoğu sönmüştü, kalanların da alevi cılızlaştığı için aşağısı bir hayli karanlıktı. Cesetleri ne yapacağına karar veremiyordu. Gömüp yok etmekle uğraşsa buna değer miydi? Ne de olsa gemiye bindiği an tüm dertleri bir daha karşısına çıkmamak üzere arkasında kalacaktı. Zaten Byron'ı burada bulmaları kim bilir ne kadar vakit alırdı. Hayır, zahmete girmeyecekti. Tek istediği bir an evvel birkaç kadeh şarap yuvarlayıp gevşemek ve erkenden uyumaktı. Onlara bakmamaya gayret ederek cesetlerin yanına yürüdü. Byron'ın ölüp ölmediğini kontrol ederken yere bıraktığı altın, orada öylece duruyordu.

Yukarı çıktıktan sonra evvela kendine bir kadeh şarap doldurdu. Birkaç yudum içtikten sonra kadehi bırakıp ilaç dolabına yürüdü. Yara dikmekte kullandıkları iplerden alıp boynuna göre ölçüp biçti. İpi kopardıktan sonra altın madalyonun deliğinden geçirip bağlayarak onu bir kolye haline getirdi. Kolyesini boğazına taktı. Masadaki kadehine doğru yürüyordu ki biri çıldırmış gibi şiddetle kapıyı çalmaya başladı.

Olduğu yerde kalakaldı Seamus. Nefesini tutmuş, her yumrukta zangırdayan kapıyı seyrediyor, ne yapması gerektiğini düşünüyordu. Bu vakitte kapıya dayanan birisi feci bir illete tutulmuş olmalıydı. Bu da, kapıdaki her kimse, savuşturmanın zor olacağı anlamına geliyordu. Yaralanma yahut diş ağrısı olabileceği gibi nöbet geçiren bir çocuk veya can çekişen bir ihtiyar da olabilirdi. Keyfi kaçtı Seamus'ın. Dışarıdakinin ısrarından vazgeçmeyeceğini anlayıp nihayet kapıya yürüdü. Aksi gibi yarasını sardıktan sonra giyinecek fırsat bulamamıştı, üstü çıplaktı. Kapıyı kendine siper edecek şekilde açınca, dışarıdaki ızbandut gibi herif, elinde sallanan feneri yüzüne doğru yaklaştırıp bağırdı.

"Cerrah Byron'ı almaya geldik. Derhal hazırlansın. Marki Piers çok rahatsız. Dikilme orada seni sersem! Hadi!"

Seamus kapıda ateş gibi gözlerle kendisine bakan karaltılara bakıp yutkundu, lakin boğazı düğümlendiği için gırtlağına bir ağırlık çöktü. Bunlar Marki'nin adamlarıydı, istediklerini almadan gitmeyeceklerdi ve mahzendeki bir cesedi bekliyorlardı. Şayet Byron'ın bir hastaya gittiğini söylese, gidip oradan almak için nerede olduğunu soracaklardı. Çaresizliğini aşikâr eden bir ses tonuyla "Cerrah Byron çok rahatsız, istirahat ediyor" diyebildi, "size ben yardımcı olurum." Adamlardan biri kapıyı var gücüyle ittiği gibi, ardındaki Seamus'ı duvara yapıştırdı.

"Marki'den daha beter halde olamaz. Bu bir emir."

Heriflerin bir anda içeriye doluşmasıyla Seamus'ın beti benzi attı. İşler sarpa sarıyordu ve nasıl müdahale edeceğini bilmiyordu. Feneri tutan insan azmanı, Seamus'ın omzundaki sargıyı fark edince "Ne oldu sana?" diye adeta azarlayarak sordu. "Hiç" diye karşılık verdi titreyen sesiyle, "alelade bir yaralanma." Ne var ki herif bir kere işkillenmişti. "Byron nerede?" diye bu defa gürleyerek sordu. Nutku tutulan Seamus cevap vermek yerine açık kapıdan koşup çıkarsa onları atlatıp atlatamayacağını düşünüyordu. "Bütün odalara bakın" diye talimat veren ızbandut, aklından geçenleri anlamış gibi kapıyı kapatıp bakışlarıyla Seamus'ı sıkı sıkı tuttuğu halde masanın üzerindeki şarap sürahisine yürüdü. Seamus her şeyin bir anda berbat olması yüzünden suçlayacak birini arıyor lakin bulamıyordu, bu da yönlendiremediği öfkesinin kendi içini yemesine neden oluyordu. Izbandut, sürahiyi dudaklarına dayayıp dikti ancak kalan iki yudum şaraba doyamamıştı.

"Hımm, ne güzel bir şarapmış bu. Başka yok mu?"

Seamus aklına paçasını kurtaracak bir yalan gelmesi için dua ederken, herifin kendisine ilk defa insani bir biçimde yaklaşmasıyla, sanki dost olmuşlar gibi heyecanlandı.

"Tabii var. Mahzende. Getirmemi ister misiniz?"

Sonra cinayet mahallini andığını anlayıp panikle bakışlarını kaçırdı. Izbandudun yüzüne bakamasa da onun kendisini seyrettiğini bilmek, iyice germişti Seamus'ı. Adamlardan biri yanlarına gelip sessizliği bozdu. "Ben bulamadım cerrahı." Derken merdivenlerden inen diğer adam "Yukarıda kimse yok" dedi, sonra da "ama odalardan birinde sidik kabı devrilmiş. Bir şeyler ters gitmiş gibi." Izbandut sakalını sıvazlıyor, bir Seamus'ın güvercin tedirginliğindeki gözlerine, bir omzundaki yaraya bakıyordu. Bir şeyler söylemesi, sessizliği bozması gerektiğini anlayan Seamus, "Aslında siz geldiğinizde uyuyordum" dedi, "herhalde Byron ben uyurken dışarı çıkmış." Fakat ızbandut, genç adamın gözlerinin içine baka baka adeta ölüm fermanını okudu, "Mahzene de bakın. Bir mahzen olmalı."

Boynundaki hayali ilmek nefes almasını güçleştirirken, artık hiçbir yalanın kâr etmeyeceğini bildiği halde yine de düşünüyordu Seamus. Zenci ve Byron'ın kavgaya tutuşup birbirlerini öldürdüklerini, hatta kendisinin de o kavgada omzundan yaralandığını, durumu izah edemeyeceğini bildiğinden idam korkusuyla yalanlara sığındığını söylese...

"Lanet olsun! Aşağıda iki ceset var. Birinin gözleri oyulmuş."

Böylece henüz kurgu aşamasındaki yalanıyla vedalaştı Seamus. Gözleri yoktu zencinin. Başını öne eğdi. Gözlerine hücum eden yaşları dizginlemekte zorluk çekiyordu. Izbandut yanına gelip mengene gibi elleriyle boğazını sıkınca alnında damarlar belirdi.

"Bizimle geliyorsun. Eğer Marki'yi iyileştiremezsen yarın sabah darağacını boylarsın. Şayet sıhhatine kavuşturursan belki seni affeder ve suçunu örtbas ederiz. Anladın mı?" Çarçabuk üstüne bir şeyler geçirdikten sonra zaten çoktan hazır ettiği hekim çantasını aldı Seamus. Hayatta kalmak için, hayatının imtihanını vermek üzere, Marki'nin adamlarıyla beraber karanlık geceye karıştılar. At arabasının içinde gözlerini devirmiş "Aziz Cosmas ve Damian"a dua ederken, ömründe ilk defa din adamı değil hekim olmayı tercih ettiği için hayıflanıyordu.

Güneybatı Afrika-1698

Tau, sabrıyla timsah, keskin bakışlarıyla kartal, sükûnetiyle yılan, avret mahallini örten desenli deriyle de adeta bir leopar gibiydi. Tanyeri ağarırken çıktığı avda tüm gün iz sürmüştü, artık günbatımına pek fazla zaman kalmamıştı. Bu atışında da muvaffak olamazsa köye eli boş dönmek zorunda kalacaktı. Kavurucu güneşin çatlattığı kuru dudaklarını ıslatmak için yalandı. Yeterli menzile girdiğinden emindi fakat avına biraz daha yaklaşmak istiyordu. Bugünden umudunu kesip dönüş yoluna düşmüşken rastladığı impala, etiyle, derisiyle dört ayaklı bir hazineydi Tau için. Hayvan, kokusunu alacak yahut uzakta bir karartının kendisini seyrettiğini sezecek olursa hiç şansı kalmayacağından, tüm varlığıyla avına kilitlenmiş, adeta nefes dahi almıyordu. İmpala ürktüğü an, kıyısında durduğu çalılığa atılacak, sonsuza kadar gözden kaybolacaktı.

Yakınlardan şakıyan bir ateş bülbülünün sesiyle impalanın kulaklarının hareket ettiğini gördü Tau. Kuşun sesine saklanıp çarçabuk iki büyük adım daha ilerledi. Nihayet içine sinecek mesafeye erişmişti. Yayını doğrultmak üzereydi ki, gür çalılığın içerisinden bir hışırtı duyuldu. İmpala hemen yanındaki bu hareketliliğe rağmen istifini bozmamıştı. Çalıların arasından peyda olan yavru impalayı görünce bunun nedenini anladı Tau. Yavru, çarpık bacaklarıyla seke seke, otlayan anasının yanına koşup memesine yapıştı.

Tau'nun gönderdiği ok impalanın boynuna saplandığında, her şeyden habersiz karnını doyuran yavru, bir süre daha anasını emmeye devam etti. Ancak anasına bir titreme gelip, peşi sıra bedeni kaskatı kesilip devrilince, yavru impalanın yüreğine korku hücum etti. Acıyla inleyen, bacakları seğiren, göz pınarlarından yaşlar süzülen anasının başında dört dönüyor, ileriden yaklaşan tehlikeye karşı onu yerden kaldırmaya çalışıyordu. Anasıyla yollarının ayrıldığını anladığında ise Tau ile aralarında fazla mesafe kalmamıştı. Kendisini çalılığa atıp var gücüyle feryat etmeye başladı. Tau, yavrusunun bu çığlıkları eşliğinde önce bıçakla şah damarına girdi anne impalanın. Kanı süzülürken pamuk gibi yumuşak ve beyaz karnını yarıp atılacak organlarından kurtuldu. Nihayetinde saplanmış oku kırmadan, hayvanın boynunu bıçakla kanırta kanırta çıkardıktan sonra, ellerindeki kanı kumla ovuşturdu, hafifleyen avını omuzladı ve köyünün yolunu tuttu.

Afrika güneşi okyanusa doğru eğilmiş, serin sularda sönmeye meylediyordu. Tau'nun aklındaki tek şey karnını doyurduktan sonra güzel bir uyku çekmekti. Bütün gün kavurucu sıcakta iz sürdüğü yetmezmiş gibi şimdi de tepesindeki avın ağırlığıyla eziliyordu. Sarı bir denizi andıran düzlüğü de geride bıraktıktan sonra nihayet ormana vardı, bu ona biraz daha gayret verdi, adımlarını sıklaştırdı. Bir an evvel köye ulaşmak için, yolda karşılaştığı son derece leziz, kol kadar iguanaya bile dönüp bakmadı. İmpalaya gelen, gelmişken onun eline yüzüne de musallat olan sinekleri kovalamak için eliyle boşluğa tokatlar savururken ötelerde bir duman gördü Tau. Olması gerekenden çok daha fazla ve kapkara bir dumandı bu ve öyle görünüyordu ki kaynağı bir köydü.

Korku bacaklarına hücum edince, yorgunluğunu bir kenara bırakıp var gücüyle koşmaya başladı. Buna rağmen bir çakal sürüsüne ya da akbabalara kaptırmamak için sırtındaki impalayı da bırakmış değildi. Ağaçların seyrekleşmesiyle nihayet ilerideki köyü gördü. Böylece dumanın sebebini de anladı. Meğer kerpiç damlar yanalı çok olmuş, sönmeden evvel için için tütmeye başlamışlardı. İşte o an omzundaki impalayı pat diye yere bıraktı Tau. Üstelik bunu yaptığının farkında bile değildi.

Yerle bir edilmiş köyün meydanındaki insan yığınına, kalbine saplanmış hayali bir okun acısıyla devrilecekmiş gibi sendeleye sendeleye yaklaştı. Aba, Keeya, Loba, Tawia, Chikere, Odo, Huba, Nalo, Zula, Biko... Rüzgârın savurduğu yapraklar gibi yere serilmiş, kan revan içindeki köylülerin hepsinin ortak noktasının ihtiyarlıkları olduğunu idrak edince neler yaşandığını anladı. Beyaz adam gelmişti. Beyaz adam ve beraberinde getirdiği ölümden kaçıp zar zor canını kurtaran birtakım uzak kabile mensuplarının başlarına gelenleri, kulaktan kulağa yayılan efsaneler misali işitmişlerdi, ancak bir gün bunun olacağına, sıranın kendi köylerine geleceğine hiç ihtimal vermemişlerdi. Beyaz adam büyük, çok büyük gemilerle geliyordu. Ölüm kusan demir borularla, yanına bile yaklaşamadan yere seriyordu herkesi. Yaşlıları öldürüp evleri yakıyor, ganimetleri yükleniyor, kalan köylüleri gemiye istifleyip bilinmeze yelken açıyordu.

Var gücüyle okyanusa giden yolda koşmaya başladı Tau. Ne yapacağına çoktan karar vermişti. Tek isteği onlara yetişebilmekti. Bunun için bedeninin sınırlarını zorladı. Ciğerleri patlayacak, baldırlarıysa yırtılacak gibiydi. Yine de durmadı. Yerdeki karmakarışık ayak izleri doğru yolda olduğunu gösteriyordu. Ağaçların arasından su gibi kıvrılarak aktı. Ölümden kaçsa bu denli hızlı koşamazdı, ancak ölümü işte böyle hırsla kovaladı Tau. Nihayet ağaçlar seyrekleşti ve yer aşağıya doğru meyil kazandı. Tau durup nefes nefese soluklanırken öfkesi arkasından ona yetişti ve doğrulup hınçla aşağıdaki sahile baktı. Önce açıktaki devasa gemiyi gördü, sonra kıyıdaki köylüleri. İki kayık, yüklendiği insanlarla gemiye doğru yola koyulmuştu bile. Apar topar yokuş aşağı inmeye başladı. Gözleri karısı Nia'yı görebilmek için bir kuş gibi çırpınıyordu. Menzile girince yeniden durdu. Beyaz adamları saydı. On iki. Bütün köylüler birbirlerine boyunlarından zincirle bağlanmışken bir tanesinin beyaz adamların yanında durduğunu, onlarla konuştuğunu ve hür olduğunu fark etti. Daha dikkatli bakınca o alçağın kendi köylüsü olmadığını anladı. Beyaz adamı getiren haindi o. Yeniden, fakat daha sessiz olmaya çalışarak yürüdü. Artık kalabalıkla arasında pek fazla mesafe kalmamıştı. Kadınların feryatlarını, çocukların çığlıklarını açık seçik duyabiliyordu. Birden kalabalığın içinde Nia'yı gördü. Öpüp kokladığı boynuna tasma geçirmişlerdi. Birazdan sıra ona gelecek, gemiye bindirilecekti. Ellerini bebeğini korumak ister gibi karnının üstünde kavuşturduğunu fark edince gözünden iki damla yaş süzüldü Tau'nun. Yalnızca karısını değil, henüz doğmamış çocuğunu da hiç göremeyecekti. Kararını vermek için daha fazla tereddüt etmedi ve ömrünün en zor atışı için sırtından bir ok çekti. Okun üzerindeki kurumuş kana kayınca gözü, bunun impalayı avlarken kullandığı ok olduğunu anlayıp acı acı tebessüm etti. Belki bedenini değil ama ruhunu özgürleştirebilirdi Nia'nın. Okun ucunu öptü, yayı gerdi, nişan aldı ve oku karısına yolladı.

Nia'nın ne olduğunu anlamadan yığılışını, fakat diğerlerine bağlı boynundaki zincirden ötürü yere düşmeyip boşlukta salınışını gördü. Çok fazla vakti yoktu. Derhal yeni bir ok çekip beyaz adamların yanındaki haine yolladı. Kıyamet de işte o an koptu. Ne saklanabileceği bir yer, ne de geriye dönse yokuşu çıkacak takati vardı Tau'nun. Zaten buraya ölmeye gelmişti. Fakat giderken beraberinde götürebildiği kadar beyaz adam götürmeye kararlıydı. Seri atışlara başladı. Oku attıktan sonra hedefini vurup vurmadığına bakmıyordu bile. Asla ıskalamayacağını sadece kendisi değil, sevinç çığlıkları atarak onu seyreden köylüler de biliyordu çünkü. Beyaz adamlar ok yağmurunun nereden geldiğini dahi anlayamamış, teker teker dökülüyorlardı. Birkaç tanesi okyanusa atlamış, can havliyle gemiye yüzüyordu. Nia ve hainin yanı sıra beyaz adamlardan yedisini geberttikten sonra elini sırtına atınca boşluğu kavradı Tau. Nihayet okları tükenmişti. Bunun olacağını biliyordu. Okunu ve yayını yere bıraktı. Belinden bıçağını çekip beklemeye başladı. Bir an herkesi hakladığını sanacak oldu, zira görünürde hiç beyaz adam kalmamış gibiydi. Ancak ok yağmurunun kesildiğini anlayan beyazlar birer ikişer ayaklandılar. Derhal silahlarına sarılmış, tedbiri elden bırakmadan etrafı kolaçan ediyorlardı. Nihayet az ötedeki Tau'yu fark ettiler. Bir kabile dolusu vahşinin gazabına uğradıklarını sanırken bu baskını yalnızca bir zencinin yaptığını anlayınca hayret ettiler.

Gülünç kıyafetler giymiş beyaz adamlardan biri diğerlerine bağırıp çağırmaya başladı. Reisleri olmalı diye düşündü Tau, esas onu vurmadığı için hayıflandı. İki beyaz, ellerindeki boruları doğrultup tedirgin adımlarla kendisine yaklaştı. Zincire vurulmuş köylüler bir an kurtulacaklarına inanmışlardı, ancak ardından uğradıkları hayal kırıklığıyla yeniden feryada başladılar. Beyaz adamlar Tau'ya sekiz on adım kala durdular. Tau bıçağını sıkı sıkıya kavramış, hangisine saldırması gerektiğini düşünüyordu ki adamlardan biri elindeki demir borunun ucuyla bıçağı işaret edip ona bir şeyler söyledi. İstifini bozmadan daha da yaklaşmalarını beklerken, beyaz adam boruyu havaya doğrulttu, aynı anda müthiş bir gümbürtü koptu. Gök gürültüsünü andıran bu gürültüyle beraber bıçağı bir yana, kendini bir yana attı Tau. Büyücü kudretine sahip beyaz adam, havadaki duman dağıldıktan sonra, eğer yanlış bir hareket yaparsa, bu defa kendi üzerinde patlayacağını kastederek demir boruyu Tau'ya doğrultunca çaresizce yerden kalkıp önlerine düştü. Köylülerin yanından geçerken yerde yatan Nia'yı görünce ister istemez o tarafa seğirtti Tau. Boyunlarına bağlı olduğu önündeki ve arkasındaki kadınlar, zavallı Nia'nın cansız bedeninin yanına çökmüş ağıt yakıyorlardı. İçindeki zemberek boşalınca sarsıla sarsıla ağlamaya başlayan dağ gibi Tau, karısının üstüne atılıp karnındaki şişliğe sarıldı. Beyaz adam yerden kalkması için ikaz ediyor, bağırarak bir şeyler söylüyordu. Bu yetmeyince iki kişi kollarına girip çekmek istedi. Sanki asırlardır orada duran kadim bir kayaydı Tau, kımıldatamadılar bile. Arkadaşlarının katiline bu kadar toleransı fazla bulan beyaz adamlardan biri, elindeki demir borunun tersiyle Tau'nun ense köküne şiddetle vurdu. Karanlık her yeri yutarken, bir ışık patladı Tau'nun gözlerinde, bir bebeğin yüzünü görür gibi oldu, ardından bedeni yere yığılıp bilinci karanlıkta kayboldu.

* * *

Kaptan Wyot Bennett, filikasını gemiye çektikten sonra güverteye atlaması için kendine el uzatan denizciyi hışımla itip düşürdü. *Victory*'nin ikinci kaptanı Ralf Beck dahi, kaptanın bu bıçaktan keskin haliyle muhatap olmamak için yolundan çekildi. Kaptan Wyot Bennett, lacivert urbasının eteklerini savura savura kamarasına yürürken, ani bir kararla durup güvertede çıt çıkarmadan kendisini seyreden, düne kadar hür olan kölelere ve adamlarına döndü. Sonra gözleriyle ikinci kaptan Ralf Beck'i bulup "Hepsi burada bekleyecek" dedi köleleri işaret ederek, "sen benimle gel."

Kaptan köşküne girdiklerinde Wyot Bennett sol gözünü örten bandı çıkarıp derhal masasındaki kristal rom şişesine yöneldi. Kadehine doldurduğu romu tek yudumda yuvarladıktan sonra aynını iki kere daha tekrarlardı. Ralf Beck, yüzü bir ölününki gibi bembeyaz kesilmiş kaptanı sessizce seyrederken, kendi heyecanının da hâlâ geçmediğini hissediyordu.

Wyot Bennett üçüncü kadehi dipledikten sonra bardağı kırmak ister gibi masaya vurup altında adeta kaybolduğu devasa şapkasını çıkarıp bir kenara fırlattı. Nihayet ikinci kaptanın varlığını yeni hatırlamış gibi ondan tarafa döndü, ancak kaptanın dudakları konuşmak için değil kahkaha atmak için aralandı. Ralf Beck, kaptanın bu kahkahalarını pek hayra yormayıp Tanrı esirgesin, aklını mı kaçırdı acaba diye anlamaya çalışırken Wyot gülmeyi bırakıp dalgınlaşan gözlerle konuşmaya başladı:

"Aziz Brendan'ın kutsal ruhu! Gördün mü Ralf? Lanet dürbünün elinde miydi? Kıyıda neler olup bittiğini seyrettin mi?"

"Evet kaptan" dedi uysal bir sesle Ralf, "yardım yollamak için emir veriyordum ki azizler imdadınıza yetişti."

"Ölüyordum Ralf. Zenci sağımdaki Audley'i, solumdaki Kendrick'i, kimse ne olduğunu anlamadan indirdi. Ve işte buradayım Ralf. Nasıl oldu bu iş?"

"Siz kutsanmışsınız efendim" dedi Ralf, eğer kaptan ölseydi geminin kendi idaresine geçeceğini düşünerek, "başka izahı yok."

"Karada ölmeyeceğim Ralf. Buna hiç niyetim yok. Lanet olsun."

"Şimdi ne yapacağız efendim? O zenciyi öldürmeyecek misiniz? Denizciler huzursuz olabilir, pek çok arkadaşlarını kaybettiler onun yüzünden."

"Öldürmek mi? Bu gemide onun kadar cesur ve yetenekli bir adam gösterebilir misin bana Ralf? Onunla ne yapacağıma daha sonra karar vereceğim. İyi para edeceği aşikâr ama başka şeyler de düşünebilirim."

"Ama efendim..."

"Denizcileri susturmak, kölelere de yol boyunca uysal olmalarını tembihlemek adına zenciyi kırbaçlatalım. Ama aşırıya kaçmadan. Sırf esir düşmesin diye karısını öldürdü. Bilemiyorum Ralf, ona saygı duyuyorum sanırım."

"Siz nasıl emrederseniz."

Okyanusa değen güneşten göğe saçılan renkler, bütün bir kâinatı eşsiz bir tabloya dönüştürmüş gibiydi. Suyun lacivertinden asumanın derinliklerindeki siyaha, bulutların pembesinden ufuk çizgisindeki kızıla, bu görkemli tablonun orta yerinde aheste aheste raks eden *Victory*'de, ikinci kaptan Ralf'in talimatıyla sefer hazırlığı başladı. Öte yandan kaptan Wyot'un emriyle hâlâ baygın olan Tau'yu ayaklarından bumbaya asıp yarasa gibi sallandırmışlardı. Bir gemici denizden çektiği bir kova suyu Tau'nun suratına çarpınca, zavallı esir kendine gelip gözlerini araladı. Kendileri de acınacak halde olsalar da, hüzünlü gözlerle onu seyreden köylülerinin neden baş aşağı gözüktüğünü anlayacak fırsat bulamadan, bir şaklamayla beraber sırtında tarifsiz bir acı hissetti. Kaptanın elinde zehirli bir yılana dönüşen kırbaç, Tau'nun derisinde bıçak yarasına benzer yaralar açarak birkaç kere daha şakladı. Anneler çocuklarının gözlerini örtüp bu dehşetli gösteriyi seyretmelerini engellemeye çalışırken, erkekler de yolculuğun henüz ilk safhasında böyle bir işkence gerçekleşiyorsa, ilerleyen günlerde başlarına kim bilir neler geleceğini düşünüp yutkunuyorlardı. Denizciler ise kırbacın her şaklamasında, ölen arkadaşlarını intikamlarının alındığını görüp şehvetle çığlıklar atıyorlardı. Kaptan Wyot bu kadar acıyı kâfi görmüş olacak ki bu kanlı gösteriye bir son verip kamarasının yolunu tuttu. İkinci kaptan Ralf, köleleri ambara indirip istiflemekle uğraşırken, *Victory* ufukta yok olan güneşi yakalamak ister gibi yelken basmış, suları köpük köpük yararak hızla ilerliyordu.

O gecenin ilerleyen saatlerinde Kaptan Wyot Bennett, kamarasında rom yudumlayıp piposunu tüttürürken, ölümden kıl payı kurtulma deneyiminin dehşetini hâlâ üzerinden atabilmiş değildi. Henüz on dört yaşında güverteye adım attığından beridir pek çok defa ölümün soğuk nefesini ensesinde hissettiği olaylar yaşamıştı. Bıyığı yeni terlemiş bir delikanlıyken, Dover limanındaki denizci barında karıştığı bıçaklı kavgadan yadigâr, göğsünde hâlâ boydan boya gururla taşıdığı yarası pekâlâ onu öteki tarafa gönderebilecek derinlikteydi. Çok sonraları balina avında, Kuzey Denizi'ndeki bir buzulda üç gün mahsur kaldıklarında, cinnet geçiren denizcilere karşı da postu deldirmemişti. Yahut Biskay Körfezi'ndeki isyanda kendisini alaşağı etmek için ayaklanan namussuz isyancıları çok kanlı bir şekilde bastırmasını bilmişti. Hadi insanların elinden gelen ecel neyse, peki ya deniz? Atadan denizciliği, hatta gemisi *Victory*'nin dede yadigârı olması, fırtınalı bir okyanus için hiçbir şey ifade etmiyordu. Denizin kimseye iltiması olmazdı. Artık gemi parçalanacak derken, defalarca gözleriyle gördüğü *Aziz Elmo'nun Ateşi*, bir şekilde imdadına yetişmiş, nice fırtınaları salimen atlatmıştı. Fakat bugün kıyıda, ölümün nereden geldiğini dahi anlamadan, az daha hayata veda ediyordu. İşte bu Kaptan Wyot'u ziyadesiyle sarsmıştı. Yıllar evvel *Drury Lane*'de seyrettiği *Hamlet*'teki kurukafanın hayali gözlerinin önünde zuhur ededursun, kırbaçladığı köle için de endişelenmiyor değildi. Bu, Afrika'ya düzenlendiği üçüncü köle seferiydi ve daha evvel dönüş yolu boyunca onlarca cesedi okyanusa atmışlardı. Sırtındaki kırbaç yaralarını tımar etmezlerse zenciyi de kaybedebilirlerdi.

Nöbet tutan denizciler haricinde herkesin kamarasına çekildiği gecenin ilerleyen vakitlerinde, ikinci kaptanı Ralfi çağırtıp gereken talimatları verdi. Zenciyi kimselere gözükmeden, geminin cerrahının kamarasına götürüp tedavi ettirmesini buyurdu, zira denizciler bunu öğrenirlerse huzursuzluk çıkarırlardı. Tau gündüzki işkencenin akabinde bu defa tam tersi bir muamele görünce şaşırsa da, karısını kendi elleriyle öldürmenin verdiği dehşet, vücudundaki tüm ağrılardan baskındı ve başka bir şey düşünecek hali olmadığından mütemadiyen içli içli ağlıyordu. Fakat gözyaşlarını idareli akıtması gerekirdi, çünkü yolları çok uzundu.

Kaptan Wyot, ertesi sabah erken kalkacağı için, vakit daha fazla ilerlemeden kamarasını kilitleyip yatağına uzanmıştı. Köleleri gemiye hava kararırken yüklediklerinden, adamakıllı tasnif yapamadan apar topar istiflemişlerdi. Tanrı esirgesin, içlerinde hasta olanlar varsa tüm gemiyi kırıp geçirebilirlerdi. Cerrahın muayenesi ile bazıları okyanusun dibini boylayacaktı şüphesiz. Kadınları ve çocukları ayıracaklar, pirelere karşı herkesi tıraş edip güzelce yıkayacaklardı. Henüz kaç esirleri olduğunu bile sayamamıştı. Akdeniz'e ulaşana kadar çok fazla zayiat vermemek için dua ediyordu. Gerçi zencinin geberttiği denizcilere maaş vermekten kurtulduğunu düşünürse durduk yere kâra geçtiğini bile söyleyebilirdi, ancak esas mesele kölelerin sağ salim karaya ulaştırılıp pazarda satılmasıydı.

Yeni Dünya'ya köle taşıyan Portekizlilerin yahut Hollandalıların devasa gemileriyle rekabet etmesi mümkün değildi, fakat o da pastadan kendine göre pay almasını bilmişti. Orta boy gemisiyle Atlantik'in öte yakasına köle taşısa zarar edeceğinden şüphe yoktu. Wyot bu nedenle Afrika ve Akdeniz arasında çalışıyordu. Köle ticareti sayesinde Londra bankerlerine emanet ettiği küçük çapta bir servet oluşturmuştu, fakat bu Afrika'ya son seferiydi. Elbette gemiyi bırakacak değildi, kıçına bir kere deniz suyu değmiş her denizci gibi o da bu derin sevgilisinden vazgeçemezdi artık, ama Afrika mı, hayır, kalsın. Yırtıcı hayvanlar, adı sanı duyulmamış hastalıklar, olası köle isyanları... Geçen yıl kölelerin başarılı bir isyan neticesinde ele geçirdikleri İspanyol gemisinin hikâyesi ta Liverpool meyhanelerine kadar ulaşmıştı. Asiler, kaptan ve mürettebatı, evvelinde kendilerini zincirledikleri zincirle bağlamış, sonra da okyanusa dökmüşlerdi. Hem kendilerine yemek pişirsin hem de zaferlerini ibret almaları için beyazlara anlatsın diye geminin aşçısını sağ koymuşlardı bir tek.

Kaptan Wyot bu ve buna benzer düşünceler eşliğinde uykuya dalmak üzereydi ki, rüya ile gerçek arasında bir çığlık işittiğini sanıp güç bela gözlerini araladı. Aynı sesi ikinci defa duyunca gerçekliğinden emin olup yatağından doğruldu. Derhal masasının üzerindeki feneri yaktı ve entarisinin eteğini toplayarak güverteye koştu. Kuvvetle muhtemel azgın gemiciler köle kadınlara tecavüz ediyorlardı, buna göz yummak zorundaydı, fakat gündüz arkadaşlarını kaybetmenin hıncıyla kantarın topuzunu kaçırıp kölelerin canına kastedebilirlerdi. Daha sayım bile yapmamışken karanlık denize atılacak bir köle, Wyot'un hiç işine gelmezdi.

Geminin kıçındaki cılız aydınlığa doğru ilerledikçe, karartılar netleşmeye başladı. Onlar da kendilerine yaklaşan feneri görmüş olacaklar ki duraksadılar. Böylece Wyot, çırılçıplak soyulmuş bir köle, kendisini görünce gönülsüzce donunu toplayan bir denizci ve arkadaşına ışık tutup sırasını bekleyen diğer denizciyi ne yapması gerektiğini düşünen gözlerle seyretmeye başladı. Zavallı kadıncağız tecavüzcüler zoraki duraksayınca elleriyle bacak arasını örtmüş, karanlık geceye sığınıp iki büklüm sinmiş, kurtulmayı umut ediyordu. Tayfalar ise kaptanın bir an evvel defolup gitmesini dilediklerini aşikâr eden limon gibi ekşi suratlarıyla bekliyorlardı. Eh, yedikleri haltı öğrendiğine göre, kadının canına kastedemezlerdi artık. Arkasını dönüp gidecekken kadın başını yerden kaldırıp ondan tarafa döndü. Böylece köle ile göz göze geldiler ve Wyot gündüz kurtulduğu oklardan birine sanki bu defa hedef oldu.

Değil siyahi kadınlardan, gördüğü tüm beyaz kadınlardan dahi daha güzel bir varlıktı karşısında duran. Üstelik öylesine tazeydi ki, denizden yeni çıkmış bir balık gibi parlıyordu siyah teni. Olsa olsa on sekiz yaşındaydı. Herhalde kabilesinde bu ayıp karşılanmadığı için vücudunun üstünü örtmeye çalışmıyor, yalnızca kasıklarını saklıyordu. Wyot, Amalfi'nin meşhur limonları gibi diri memeleri olduğunu gördü kızın. Gözlerini ise adeta bir ceylandan almıştı. Feneri kaldırıp kızın yüzüne biraz daha yaklaştırınca, bu zümrüt gibi yemyeşil iri gözler karşısında adeta eridi. Kabarık ve kıvırcık saçları ise onu tastamam vahşi bir çiçek gibi gösteriyordu. Gecenin koynunda, dalga sesleri eşliğindeki bu seyir sonsuza kadar sürse, itiraz etmezdi Wyot, ne var ki daha fazla sabredemeyen heriflerden biri yalandan öksürerek "Biz hâlâ buradayız kaptan, gitmeni bekliyoruz" demeye getirdi. Bunun üzerine kaptan denizcilere dönerek "Gidin eğlenecek başka birini bulun, onu ta gündüz gördüğümde kendim için ayırmıştım. Benimle geliyor" dedi. Sonra da homurdanmalarına aldırış etmeden kıza kafasıyla işaret etti. Yerdeki şalı alıp çarçabuk sarınan kız, iki erkektense bir tanesine yem olacağı için teselli bulmuş gibi kaptanın önüne düştü. Ancak Wyot ona el sürmeyecekti. Evvela aç karnını doyurdu, ardından kamarasına bir hamak gerdirip kıza yatak hazırlattı. Onu gemide kaderine bırakırsa, tayfaların çiğ çiğ yiyeceğini biliyordu. Bu güzellikte genç bir kızı haremine almak için servetlerini feda edecek dükler, kontlar bulabilirdi. Fakat mum ışığında uyuyan kızı seyrederken, asıl kölenin o değil, bu güzellik karşısında teslim olan kendisi olduğunu düşünüyordu.

* * *

Elbette diğer kölelerin hiçbiri bu kadar şanslı değildi. *Victory*'nin haftalar süren yolculuğu boyunca dördü çocuk, altısı kadın ve üçü erkek toplam on üç köle, gemi cerrahının teşhis ve tavsiyesiyle canlı canlı okyanusun dibini boylamıştı. Geçirdikleri ateşli hastalıklar salgına dönüşmesin diye alınan bir tedbirdi bu. Diğer kölelere göstermeden, elini ayağını bağladıkları zavallıları geceleyin geminin kıçından karanlık sulara atarlardı. En çok çırpınansa çocuklar olurdu. Belki de onlarınki ölüm korkusu değil, karanlığa, bilinmezliğe terk edilme korkusuydu. Annelerinden ayrılmanın dehşetiyle çığlık atarak boşlukta süzülürken, okyanusun buz gibi sularına gömüldükleri an, bilinç ve düşünce, yerini hayatta kalma güdüsüne bırakıyordu hiç şüphesiz. Bu defa nefes almak için çırpınıyorlardı fakat küçük ciğerlerine dolan tuzlu su kısa sürede korkularını sonsuza kadar dindiriyordu.

Erkeklerin istiflendiği ambardaki hayat da ölümden pek uzak sayılmazdı. Yüze yakın yetişkin erkeğin alt alta, üst üste zincirlendiği bu karanlık ve havasız dünyada, ter, dışkı, idrar, kan ve gözyaşı kokusu hâkimdi. Sabahları patates lapası, akşamları bir somun kuru ekmekten müteşekkil yemekleri elbette sıhhatleri için pek faydalı olmadığından, beslenmede yaşadıkları kaybı egzersizle telafi ediyorlardı. Öğlen oldu mu ambardan güverteye çıkarılan köleler, bacakları güçlerini kaybetmesin, yürümeyi unutmasınlar diye zorla dans ettiriliyorlardı. Kaptan Wyot ise himayesine aldığı kızı tüm bu olan bitenden soyutlamıştı. Kızın, kölelerin yaşadıklarını görüp kendisine soğuk davranmasından korkuyordu. Halihazırda köyünü yakıp yıktığı, tanıdığı herkesi esir ettiği için ona ölümüne bir kin güdüyor olması gerekirdi, fakat aynı zamanda tecavüzden kurtarıp iyi davrandığı için de kızdaki algısını değiştirmeyi umuyordu. Ona bir kamara tahsis etmiş, kapısına da güvendiği adamlarından birini nöbetçi olarak dikmişti. Gerçi haftalar geçmesine rağmen kız ürkek bir ceylandan farksızdı ve beden diliyle dahi iletişim kuramıyorlardı, fakat kaptan yine de karaya ayak basacakları günleri düşünerek ona ziyadesiyle iyi davranıyordu. Tüm bunları unutturabilir, kıza yepyeni ve mutlu bir hayat sunabilirdi. Öte yandan, diğer köleler ortalardan kaybolan kızın denize atıldığını sanıyorlardı, hoş belki böylesi daha iyiydi, yoksa kendilerinin mahkûm edildiği bu cehennem hayatından onun izole edildiğini öğrendiklerinde tüm öfkelerini kendileri için ulaşılabilir bir hedef olan kıza yöneltebilirlerdi.

Kâh çıldırmış yağmurlarla, kâh sütliman bir seyirle geçen

haftaların ardından, *Victory*'nin iskelesinde Kanarya Adaları gözükünce gemide bir şölen havası esti. Nitekim çok geçmeden Akdeniz'in kapısı Cebelitarık'tan sıcak sulara giriş yaptılar. Kaptan Wyot'un rotası Cenova limanıydı, ancak bundan evvel uğrayacakları bir ada vardı; Korsika.

* * *

Şaşaalı malikânesinin sekisindeki sofrada, Akdeniz'in uysal ama aynı zamanda kışkırtıcı güzelliğine karşı kadehini yudumlayan Marki Piers Bisset, ziyadesiyle keyiflenmiş olacak ki bir hayvan gibi geğirip hazirunun tadını kaçırdı. Gerçi hizmetçileri, adamları ve ailesi onun bu mide bulandırıcı tavırlarına alışkınlardı. Marki hazretleri on tane haşlanmış yumurtayı mideye indirdikten sonra bu kadarla kurtuldukla-rına şükrediyorlardı belki de.

Marki Piers'e kan bağıyla miras kalan şey sadece sahip olduğu soyluluk unvanı ve malı mülkü değil, çirkinliğiydi de. Çopur suratlı, çipil gözlü, kazma dişli bu yürüyen yağ fıçısı, ailenin selameti için asırlardır birbirleriyle evlenen yakın akrabalar neticesinde işte böyle bir hilkat garibesi olarak dünyaya gelmişti.

Belki alicenaplığıyla nam salsa, yüzünün çirkinliği kimsenin umurunda olmazdı, ne var ki herhangi bir erdemden nasibini almamış Marki'nin kimseye karşılıksız bir faydasının dokunduğu vaki değildi, bu sebeptendir ki yakınındaki herkes kendi çıkarı için yahut zorunluluktan onunlaydı. Paralı askerler, hizmetçiler, köleler, ırgatlar ve dahi aile efradı... Öyle ya, kendisinden yirmi yaş küçük güzel karısı Markiz Evelyn onunla unvanı için evlenmişti. Zavallı kadının ciddi ciddi kocasından midesi bulansa da, tek tesellisi şehvetinin esiri Marki'nin çoğu gece yatağı kirletmeye gelmemesi, talihsiz fahişelerle ve hizmetçilerle gönül eğlendirmesiydi.

Sütunları ve duvarları saran hanımellerinin rayihasını derin derin içine çekip önündeki baldan kaşıklayan, böylece kendisini sofradan soyutlamaya çalışan Markiz Evelyn, kocasının bet sesiyle rüyadan uyanmış gibi yüzünü buruşturdu.

"Hanımınıza niçin domuz sosislerinden sunmuyorsunuz! Orada oturmuş öylece bal yiyor!"

Markiz, kocasının bu sözlerini emir telakki ederek sosis tabağını kaptığı gibi kendisine davranan hizmetçi kızı eliyle durdurdu.

"Lütfen! İstemiyorum. Bal kâfi."

Karısını acıyan gözlerle süzüp kendi tabağındaki sosisi iştahla ağzına tıkıştırdı Marki. Sonra da hizmetçiye tabağı kendi önüne koymasını işaret etti. Masanın diğer ucunda oturan oğlu Cortez'in kendisini seyrettiğini görünce de hemen hepsini boşalttığı tabakta kalan iki sosisi onun tabağına koydurdu.

Marki'nin vefat eden ilk karısından olma oğlu Cortez, verilmiş sadakası varmış ki babasına değil de anasına çekmişti. Fakat Marki'nin, beyaz ve pürüzsüz yüzü, kıvır kıvır kahverengi saçları, yeni terlemiş bıyığı ve düzgün fiziğiyle henüz on yedi yaşındaki oğlu hakkında birtakım endişeleri vardı. Malikânedeki en gözde hizmetçileri geceleri odasına yollamasına rağmen, oğlu hiçbirine dokunmamıştı. Kadınlar onu ayartmak için tüm maharetlerini sergilediklerini, ki bu körpe erkek güzelinin koynuna girmek için seve seve yaparlardı, ancak Cortez'in dönüp bakmadığını söylediklerinde Marki'nin dünyası yıkılmıştı. Besbelli oğlu kadınlara değil erkeklere ilgi duyuyordu. Evlilik çağı gelip çatan Cortez, aynı zamanda soyunu da devam ettireceğinden, Marki Piers kara kara bir çıkar yol düşünüyordu. Başka bir oğlu olsa, ailesine leke sürecek Cortez'i belki çoktan ortadan kaldırırdı. Aksi gibi üç yıl evvel evlendiği Evelyn'i de bir türlü gebe bırakamamıştı. Malikâneden taşıp adaya yayılacak dedikoduların korkusuyla son zamanlarda çok tedirgindi. Fahişelerle düşüp kalkmasının bir nedeni de buydu. Bir tanesini dölleyebilse, sorunun kendisinde değil karısında olduğunu anlayıp onu boşayacaktı. Ancak henüz bunda da muvaffak olamamıştı.

Has yaveri Mortimer müsaade isteyip masaya yanaştığında, Marki Piers yemeğe ara vermiş değildi. Adamının maruzatını tıkınırken dinledi.

"Efendim, bir ulak geldi. Kaptan Wyot Bennett Afrika'dan dönmüş. Cenova'ya geçmeden evvel bu gece limanda demirleyecekmiş. Şayet müsaade buyurursanız sizi ziyaret etmek arzusundaymış. Ne emredersiniz?"

Marki bu habere sevinmiş olacak ki yakasındaki ipek mendili çekip aldığı gibi çarçabuk ağzını silerek yaverine döndü.

"Bak sen şu işe! Demek o azgın köpek avdan döndü! Bakalım bu sefer neler getirdi Afrika'dan. Ulağı tez geri yolla, kaptan buyursun gelsin. Limana araba göndermeyi unutma!"

Sonra da masanın berisinde sıralanmış hizmetçilere döndü; "Derhal mutfağa! Mükellef bir sofra kurulsun, kıymetli misafirlerim var."

* * *

"Wyot! Sen daha denizin dibini boylamadın mı ha?"

"Henüz değil Piers. Seni gömmeden olmaz!"

"Şu deniz iblisine bakın! Görmeyeli adeta gençleşmişsin! Nedir bunun sırrı? Balık mı?"

"Kadınsızlık. Sefere çıkıyorsun ve aylarca kadın görmüyorsun! İnan bana, iyi geliyor!"

"Öyleyse seni zevcem Markiz Evelyn'le tanıştırayım!"

"Ah, affedersiniz Madam, Marki'yle uzun zamandır görüşmüyoruz, boşboğazlığımı buna verin."

Wyot kırdığı pottan ötürü kızaran yüzüyle eğilip Markiz'in elini öptü.

"Biz evleneli üç sene oluyor Wyott, demek ki en az üç senedir görüşmedik."

"Dört sene Piers. Korsika'ya dört senenin ardından ayak basıyorum."

İki kadim dost, Markiz Evelyn'den izin isteyip denize nazır çardağa geçtiler, şaraplarını yudumlarlarken koyu bir sohbete daldılar.

"Afrika ha? Eğer hâlâ sizin kral vermediyse ben bizimkine arz edeyim de sana bir cesaret madalyası takdim edelim!"

"Bu sonuncu seferdi. Afrika defterini kapatıyorum."

"Niçin?"

"Yaşlanıyorum Piers. Böyle tehlikeli seferler için insanda epey heyecan olmalı. İçimdeki ateş sönüyor artık."

"Ne yapacaksın?"

"Bilmiyorum. Belki de artık bir aile kurmanın vakti gelmiştir."

"Bunu sen mi diyorsun? Her limanda bir sevgilisi olan Kaptan Wyot'a bakın hele!"

"Ya sana ne demeli? Vakit kaybetmeden yeniden evlenmişsin."

"Benimkisi zaruri bir evlilik, biliyorsun. Soyumun selameti açısından."

"Artık çapkınlık yok mu?"

"Bırak şimdi bu uçkur muhabbetlerini. Sana bir teklifim var."

"Kabul etmiyorum."

"Duymadın bile be adam!"

"Sen birisine bir şey teklif ediyorsan, bundan büyük bir menfaatin vardır Piers. Büyük parçayı sen alırsın, karşındakine de küçük parça kalır."

"Ha ha ha! Beni iyi tanıyorsun!"

"Denizcinin gözleri keskin olmak zorundadır."

"Dinle beni. Seninle iş yapmak istiyorum. Lafı uzatmayacağım. Hindistan diyorum, ne diyorsun?"

“Hindistan mı? Katiyen olmaz.”

“Aptal olma Wyot! Doğuda çok para var. Ticaret yapacağız.”

“Benim paraya ihtiyacım yok Piers, huzura ihtiyacım var. Öylesine uzun bir sefere asla çıkmam. Denizi bırakmayı düşünüyorum diyorum, sen bana Hindistan diyorsun.”

“Çok yazık. Senin gibi aslan yürekli bir kaptan denizi bırakacak öyle mi?”

“Sana bir şey göstereceğim ama önce limana haber yollayalım. Köle istiyor musun? Hepsi güçlü kuvvetli, sağlıklı köleler. İçin rahat olsun.”

“Köle alırım, evet. On erkek, beş de kadın. Seçmeme lüzum var mı?”

“Bana güven, en iyilerini getirteceğimden şüphen olmasın. Peki ganimetlerle ilgilenir misin? Altın takılar var, biraz da elmas.”

“Neden olmasın?”

“Tamam, gemiye bir ulak yollayalım. İkinci kaptanım ne istiyorsak getirir. Şimdi benimle gel, arabaya gidelim.”

“Arabaya mı?”

“Evet, görmeni istediğim bir şey var.”

Marki Piers, yaveri Mortimer'e, ulağa söyleyeceklerini tembihledikten sonra malikânenin ön bahçesindeki arabaya yürüdüler. İki atın koşulduğu arabanın kapısını açmadan evvel, Wyot Piers'e pencereleri işaret etti.

“Madam Evelyn bizi seyretmiyordur umarım.”

Merakı kamçılanan Piers bu gizeme daha fazla dayanamayıp arabanın kapısını açtı. Wyot'un arkadan iteklemesiyle içeri girdi ve gördüğü karşısında istavroz çıkardı.

“Işığın efendisi! Nerden buldun bunu seni deniz şeytanı!”

Wyot gülerek Marki'nin peşi sıra arabaya girdi ve kapıyı kapattı. İçeride oturan kız, Piers'in aklını başından almıştı.

“Nasıl ama? Daha önce böyle bir şey gördün mü?”

Piers efsunlanmış gibi kızı seyrediyor, gerçekliğinden emin olmak ister gibi yakından bakıyordu. Şişko ellerini kızın dudaklarına uzatınca Wyot daha hızlı davranıp onu durdurdu.

"Sakin ol bakalım, dişlerine mi bakacaksın, ben açarım."

Kıza dokunmasına izin vermeyip kendi elleriyle iri dudaklarını narince araladı. "Aman Tanrım" dedi Piers, "dişleri kar gibi." "Nefesi de mis gibi kokuyor" diye ekledi Wyot. Sonra da öldürücü darbeyi vurdu; "Biliyor musun, yüksek ihtimal bakire!" Marki göreceğini görmüş, çoktan kararını vermişti. Hemen bu gece bu kıza sahip olmalıydı. Damarlarındaki kanın akışının hızlandığını hissedebiliyordu. Kız da sanki onu tahrik etmek ister gibi hiçbir utangaçlık emaresi göstermiyor, gözlerini kaçırmak şöyle dursun dik dik suratına bakıyordu. "Bu kadar yeter" dedi Wyot, arabanın kapısını açıp Marki'ye kibarca yol gösterdi. Dışarı çıkınca da gün ışığında Piers'in yüzüne ateş bastığını görüp güldü, "Ne o, etkilenmiş gibisin?" Marki lafı dolandırmadı, "Ne kadar istiyorsun Wyot?" İşte en keyifli kısma geldik diye düşündü Wyot. Yeniden çardağa doğru yürümeye başladılar. Bu sessizlik anında kaptanın kıza paha biçtiğini zanneden Piers ise, çoktan kendisini bekleyen ateşli gecenin hayaline dalmıştı. Wyot'un "Kızı satmıyorum" cevabı üzerine şeytan görmüş gibi irkildi. "Ne demek satmıyorsun? Dalga mı geçiyorsun?" Wyot hem son derece ciddi, hem de bir o kadar sakindi.

"Kendime ayırdım, satılık değil. Doğru duydun, uğruna denizi bırakmayı düşündüğüm şey işte o. Neden yanımda taşıyorum sanıyorsun? Gemideki aç köpeklerin yanına bırakır mıyım sandın? Aylardır özel kamarada tutuyorum onu. Üzgünüm Piers, kız benim."

Marki çardağa dönünce iki kadeh şarabı peş peşe yuvarlayıp sakinleşmeye çalıştı. Elinin altında her istediğinde sahip olabileceği onlarca kadın varken, daha önce görmediği güzellikteki bu el değmemiş kız, diğer hepsinden ağır basmıştı bir anda. Ne yapıp edip Wyot'u bu alışverişe razı etmeliydi. Fakat kaptan bir türlü uzlaşmaya yanaşmadı. Öyle ki, Marki tereddütsüz, kâinatta bir köle için teklif edilen en yüksek meblağları telaffuz etse de, parada gözü olmayan Wyot'u kandıramadı. Hatta kaptan, onun böyle kıvranmasından basbayağı zevk alıyor gözüküyordu. Bu da haliyle Marki'nin asabını daha çok bozuyor, elde etme arzusunu daha çok kamçılıyordu. Kaptan Wyot, Marki'nin artık pazarlık yapmadığını, meseleyi bir rekabete dönüştürdüğünü ve bunu sonlandırmak için bir şeyler yapması gerektiğini anlayınca onu vazgeçirecek şeyi buldu.

"Bak ne diyeceğim Piers. Kızı almak mı istiyorsun? Boynundaki kolyeyi ver ve kızı al. Ne dersin?"

Marki, sanki kimsenin ona söylemeye cüret edemeyeceği bir şeyi söylemiş gibi şaşkınlıkla baktı kaptana.

"Bunu mu kastediyorsun?" diye boynunda ışıl ışıl parlayan altın madalyonu gösterdi.

"Evet, o."

"Sen aklını mı kaçırdın? Onun benim için ne kadar önemli olduğunu biliyor musun?"

"Az evvel bana her şeyin bir fiyatı vardır demiştin, kızın fiyatı da bu işte, kolye."

"Hayır Wyot, bu mümkün değil. Bu kolye benim için onur meselesi."

"Evet, yıllardır boynunda görürüm, önemli olduğu aşikâr. Her neyse, demek ki anlaşamadık, alışverişimiz sonlandı."

"Dur bakalım, başka bir yolu olmalı."

"Üzgünüm dostum, söyleyeceğimi söyledim. Kolyeyi ver kızı al."

Marki Piers kadehini tazeledikten sonra yerinden doğruldu, çardağın korkuluklarına ilerledi, denizin enginliğine bakarken gözleri dalgınlaştı ve sözcükler sanki kendiliğinden dökülmeye başladı dudaklarından.

"Bu madalyon bana babamdan kaldı Wyot, ona da babasından, ona da babasından, ona da babasından ve ona da babasından... Ailem asırlardır bu adada yaşıyor. Ben bu gördüğün malikânede doğdum işte. Nice savaşlara asker yolladık. Atalarım Papa'nın emriyle kutsal seferlere katıldı. Pek çok soylu aile vebadan, zürriyetsizlikten, harpten ötürü kırılıp tarihe karışırken, bak, işte buradayım. Asaletin bedeli çok ağırdır Wyot, dışarıdan göründüğü gibi değil. İnsanların evlatlarına karşı sorumlulukları vardır, hayattalarsa eğer ana babalarına da... Öyle değil mi? Fakat benim gibi bir aileye mensupsan, senden üç yüz yıl evvel yaşamış büyükbabana bile sorumluluğun vardır. İçeride hepsinin resimleri asılı Wyot, sanki seni izliyor gibiler. Her gün onlara hesap veriyorsun sanki. Ailenin mirasına sahip çıkmalısın dostum. Her şeylerini kaybeden, ancak vakarla bomboş şatolarında yaşamaya çalışan kontlar ve dükler tanıdım. Ne bir kâhya ne bir hizmetçi, ne bir bahçıvan... Her şeye rağmen soyuna karşı sorumluluğunu yerine getirmelisin. Nereye varmaya çalıştığımı merak ediyor musun? Açıklayayım. Tarihe ilgin var mıdır Wyot? Söz konusu ailemse, ilk Haçlı Seferi'ne kadar rahatlıkla inebiliyoruz. *Papa Urbanus*'un mührünü taşıyan mektup hâlâ sandıkta muhafaza ediliyor. Peki ya daha evveli? Bunu ne kadar merak etsem de bir yere varamadım. Sonra bir gün Wyot, boynumdaki kolyeyi sorguladım. Babamın vefatıyla on üç yaşından beri taşıyordum ama aile mirası olması haricinde kimse bana manasına dair bir şey söylememişti. Ne kadar güzel olduğunu görüyor musun? Üzerinde ne yazdığını merak ettim. Harfler bildiğimizden farklıydı. Böylesine önem atfedilen bir mirasın ne olduğunu, ne anlattığını bilmek istemez misin? Babam bana buna dair hiçbir şey anlatmamıştı. Şayet bilinseydi eminim nesilden nesle aktarırlardı. Ben de böylece bu sırrı çözme arzusuna kapılıp araştırmaya koyuldum. Korsika'nın bilginlerinin bana verecek cevapları yoktu. Böylece gözü karartıp yollara düştüm. Evvela *la*

Sorbonne'da aldım soluğu. Maalesef buradaki hocalar da alfabeyi çözemediler, ancak *Bologna* mektebine gitmemi salık verdiler. Senin anlayacağın bu uğurda epey zaman ve para harcadım. Bununla beraber *Bologna*'daki tarihçiler bile kolye karşısında aciz kaldılar. Ne kadim Makedonların, ne Etrüsklerin yazıtlarıyla uyuşmadı. Artık umudumu kesip vazgeçmek üzereydim ki, oradaki ilahiyatçılardan biri bunun ne olduğunu bilse bilse ihtiyar Giuseppe bilir dedi. Şansın varsa hayattadır diye de ekledi. Meğer Vatikan kütüphanesinde vazifeli bir rahipten bahsediyormuş ve bu bilge adam uzun yıllar önce bile çok çok yaşlıymış. Takdir edersin ki bunu öğrendikten sonra öylece Korsika'ya dönemezdim Wyot. Küçücük bir ihtimal dahi olsa, görmezden gelemezdim. Neticede kutsal şehrin yollarına düştüm. Arayışımın dördüncü ayında, artık pek fazla bir umudum kalmamışken, Giuseppe'yi buldum. Tıpkı bana söylendiği gibi oldukça yaşlı bir adamdı. Bununla beraber bilgeliği de yaşı gibi çoktu. Meğer tam elli yıl boyunca kâh eşek sırtında, kâh gemiyle, Vatikan kütüphanesi için Halep'ten Yeruşalim'e diyar diyar gezip kitap toplamış. Son yirmi beş yıldır da artık yaşlıdır, yolculuk yapamaz diye kütüphanede tasnifçi yapmışlar. Sen hesap et artık ne kadar ihtiyar olduğunu! Kör olmasına ramak kalmış gözleriyle, bir şeyi görmek için ona iyice yakından bakmak zorundaydı. Madalyonu evirdi çevirdi, uzun uzun baktı, sonra en uzak raflardan sararmış rulolar çıkarıp başka yazılarla kıyas etti. Ne yaptıysa olmadı. Ancak harfler tanıdık gelmişti ihtiyara. Kafasında kalan son birkaç saç telini kopartmaktan çekinmeden başını kaşıyıp düşünüyor, harflerin, belki bir asrı devirmiş ömrünün neresinde ve hangi hatırada saklı kaldığını anımsamaya çalışıyordu. Onu böyle kıvranırken görmek haliyle beni bir hayli heyecanlandırmıştı. Belki bana öğrenmek istediğim şeyi söyleyebilecek dünyadaki tek insandı. Gün öğlene erişmeden evvel yanına vardığım Giuseppe, nihayet hayretle kendi kendine söylenirken artık akşam oluyordu. Yeniden raflara koşup birtakım kadim kitapları kandil ışığında inceledi, masaya bazı haritalar yaydı, düşündü taşındı ve fikrini söyledi. Harfleri hatırlamıştı. Uzun, çok uzun yıllar önce gittiği, Küçük Asya'da, Smyrna yakınlarındaki kadim Sardes kentinde, birtakım kitabelerde görmüştü. Eski dünyanın mühim devletlerinden olan Lidya ülkesiydi burası. İsa Efendimizden dahi önce var olan bu uygarlığa ait bir şey buralara nasıl gelmişti peki? Giuseppe karıştırdığı tarih kitaplarında bulduklarını bana gösterirken tezini öne sürdü. Korsika'nın Alalia şehrinden geldiğime ve atalarım asırlardır burada yaşadığına göre, işte kitapta yazdığı gibi, Alalia, yine bir Küçük Asya kavmi olan Fokaialılar tarafından kurulmuştu. Yine şu kadim Akdeniz haritasında açıkça görüldüğü üzere Fokaia ile alfabeyi gördüğü Sardes kenti neredeyse komşu denecek kadar yakındı. Heredot'un şu diğer ciltte anlattıklarına bakacak olursak, doğudan gelen Persler her yeri yakıp yıkmıştı. Düşen şehirlerden biri Sardes olduğu gibi diğeri de Fokaia idi. Ancak bir liman şehri olan Fokaia'nın halkı, esaret altında yaşamaktansa gemilere binip vatanlarından ayrılmışlardı. Çeşitli kolonilere kalkan bu gemilerden bazıları da Alalia'ya, evet Korsika'ya varmıştı. Yani ihtiyar diyordu ki, bu bir Lidya yazısıdır, Korsika'da zuhur etmesi ise en mantıklı şekliyle Fokaia'dan iltica edenlerle mümkündür. Giuseppe elbette bunun bir varsayım olduğunu söylemeyi de ihmal etmiyordu ancak ihtiyarın bu keşfiyle beraber nasıl da rahatladığını görünce, fikrine inandığını anladım. Ve ben de kadim dostum Wyot, o bilgeye inanmayı tercih ettim. Boynumdaki madalyonun, bir fahişe ile değiştokuş teklifine cüret ettiğin bu kutlu altının hikâyesi budur. Üzgünüm, onu benden alman mümkün değil."

Wyot istifini bozmamaya çalışsa da doğrusu Marki'nin anlattıklarından bir hayli etkilenmişti. Hatta tıpkı Marki'nin

Afrikalı körpe köleyi kafasına takması gibi, bu defa da madalyon Kaptan Wyot için bir arzu nesnesine dönüşmüştü. Kadehinde kalan son yudumu aldıktan sonra yerinden doğruldu ve duvarın dibindeki Marki'nin yanına geldi. Gözleri madalyonda olduğu halde, "Peki üzerinde ne yazıyormuş?" diye sordu. Piers madalyonu dudaklarına götürüp öptükten sonra gülümseyerek "İşte onu asla öğrenemeyeceğiz" dedi. Şeytan da tam o esnada imdadına yetişti Wyot'un.

"Bak ne diyeceğim Piers. Sana bir teklifim var. Sen kızı istiyorsun, ben de altını. Bir düelloya ne dersin? En usta silahşorunu öne sür. Ben de çıplak ve zavallı bir köleyi öne sürüyorum. Senin savaşçın silahıyla ve barutuyla çıkacak meydana, benim köleminse yayı olacak ve sadece tek atımlık oku. Yanlış duymadın, sadece bir ok. Eğer adamını bir seferde vurup öldüremezse, kaybedeceğim. Kızı sen alacaksın, karşılığında da hiçbir şey vermeyeceksin. Ben kazanırsam, kız bende kalır, madalyonunu da alırım. Ne diyorsun? Her şey senden yana."

"Sen aklını mı kaçırdın? En usta silahşorum öyle mi? Tek atışta olmasa ikincide, üçüncüde, dördüncüde illaki senin köleni mıhlayacaktır. Elinde bir tanecik ok olan bir vahşinin silahlı bir adama karşı şansı var mı? Neden kaybedeceğin aşikâr olan bir bahse tutuşmak istiyorsun?"

"Şansımı deniyorum Piers. Sen nasıl ki kızı istiyorsan ben de altını istiyorum. Onu senden almanın başka yolu olmadığı belli. Şartların senden yana olduğu bir düelloyu belki kabul edersin diye düşündüm. Benim de altını elde etmek için küçük de olsa bir şansım olacak. Evet, ne diyorsun?"

"İşte şimdi keyfim yerine geldi! Bunu sen istedin kaptan. Bana o kızı kendi ellerinle ikram ediyorsun ya, bu iyiliğini asla unutmayacağım! Bekle biraz, bakire demiştin, değil mi?"

* * *

Düellonun ilanına binaen, ertesi gün, gerek davetlilerin, gerekse meraklarına yenik düşen davetsiz misafirlerin iştirakleriyle, Marki'nin malikânesi bir şölen yerine dönmüştü. Marki'nin vazifelendirdiği hakem, başlangıçta eşit şartlar söz konusu olmadığını öne sürse de bunun bir onur meselesi değil, bir iddia olduğu telkiniyle düelloyu yönetmeyi zoraki kabul etti. Zira tertip edilen bu müsabaka düello kurallarına uymuyordu.

İddia sahiplerini güneşten korumak için görkemli bir tente kurulmuştu. Tentenin altındaki uzunca masada, şarabını keyifle yudumlayıp arada bir önündeki üzümlerden atıştıran Marki'nin çirkin suratında yılışık bir gülümse hâkimdi, Kaptan Wyot ise bir hayli gergin gözüküyordu. Ok kullanışına hayran olduğu kölesine, gecenin ilerleyen saatlerine kadar, geminin güvertesinde, nefesini boşa harcayarak nutuk çekmişti. İşin kötü tarafı ise ne köle onu anlıyordu ne de o köleyi. Ertesi gün neyle karşılaşacağını bilsin diye silahını gösterince zavallı kölenin korkuları depreşmiş, kendisini zapt eden adamlara rağmen ölüm korkusuyla denize atlamaya kalkışmıştı. Bu iyiye işaretti, zira düello zamanı da kendisine doğrultulacak tabancadan işte böyle sakınmasını umuyordu Wyot. Ardından, eline bir yay tutuşturup el kol hareketleri ve teatral birtakım ifadelerle silahlı adamı okuyla vurması gerektiğini anlatmaya çalıştı. Onca beyazın önünde, içlerinden birini okuyla vurursa idam edileceğinden korkup buna yanaşmaması ihtimali, Wyot'u bir hayli düşündürüyordu. Wyot, kendisini ne kadar anladığından emin olmamakla beraber, gönlünü edip moralini yüksek tutmak için kölesini güzelce yedirip içirdi, iyice dinlensin diye de o gece gerçek bir yatakta uyumasına izin verdi. Kamarasına çekilmeden evvel düello için ortaya sürdüğü diğer kölesinin yanına uğradı, ortada kendisine dair bir şeyler döndüğünü sezmiş gibi içli içli bakan kızı bir süre seyretti, yatağına girmeden önce de onu kaybetmemeyi dileyerek dua etti.

Markiz Evelyn peşinde bir gölge gibi gezen hizmetçisi ile beraber tentenin altına geldi, kocasının yanındaki yerini teşrif etti. Marki Piers, karısının, yüzünden de anlaşılan memnuniyetsizliğine kayıtsız kalamadı. Kulağına eğilip "Neden bu kadar geciktin?" diye fısıldadı. Markiz, kocasına bakmaya tenezzül etmeden "Bu kadar insanın karşısında gururumla oynuyorsun" dedi zehirli bir yılan gibi tıslayarak. "Saçmalama" diye kendini müdafaa etti Piers, "bu sadece bir eğlence." Oysa Evelyn, hâlâ bir çocuk veremediği kocasının ilişkileri hakkında neler düşündüğünü, kendisine karşı neler hissettiğini pekâlâ biliyordu.

İddia sahiplerinin tamamının masadaki yerlerini aldıklarını gören düello hakemi, bahçenin ortasına yürüdü ve kalabalığı selamladıktan sonra toplanma sebeplerini ve düellonun kurallarını yüksek sesle ilan etti. Wyot'un ortaya sürdüğü kız, bahçenin diğer tarafında, tentenin tam karşısındaki bir sandalyede oturmuş, akıbetini bekliyordu. Bu merasimin şerefine beyaz bir kıyafet giydirmişler, kokular sürmüşler, saçına da bir çiçek takmışlardı. Bu iyice alımlı haliyle, kalabalıktan kendisine laf atan ve iç geçirenler de yok değildi. Marki Piers'in ortaya sürdüğü aile yadigârı altın kolye ise, kızın boynunda asılıydı. Kazanan ikisini de alıp gidecekti.

Düello hakeminin işaretiyle silahşorlar meydana doğru yürümeye başladılar. Piers'in silahşoruna, yaveri Mortimer refakat ederken, Wyot'un Afrikalı okçusunu, ikinci kaptanı Ralf Beck getiriyordu. Hakem, silahşorlar için dua ettikten sonra birine tabancasını, diğerine ise okunu ve yayını uzattı. Yerlerini almalarını söylediği ikinci emriyle Piers'in silahşoru ardına dönüp adımlamaya başladı. Afrikalı ise olan biteni anlamadığından, koluna giren Ralf'in sürüklemesiyle ancak yürüdü. Refakatçiler ve hakem silahların menzilinden çıktılar.

Tau, etrafındaki kalabalıktan kendisine yönelen bağırtıların ne olduğunu anlamasa da tahmin edebiliyordu elbette. Neler olup bittiğinin farkındaydı. Oku sımsıkı kavramış, uzaktaki rakibini süzüyordu. Ölüm kusan demir borudan nasıl kaçacağını düşünüyordu. Wyot ise tentenin ardında şarabını sıkıntıyla yudumlarken, tutuştuğu bu bahisten pişman olmuş gibiydi. Yok yere elindeki kızdan olacaktı. Bir anlık heyecanla karar vermişti, bu kadar uzun mesafeden yalnızca tek bir okla, mahir bir silahşora karşı, kölesinin elinden ne gelirdi?

Hakem, birbirlerine aşağı yukarı kırk adım uzaklıktaki silahşorları son kez şöyle bir süzdükten sonra, sağ elini havaya kaldırdı. Nefesler tutulmuştu, bahçeyi hıncahınç dolduran kalabalıktan çıt çıkmıyordu. Hakemin elinin hızla aşağıya inmesiyle, silahın patlaması bir oldu. Aynı anda Tau yüzükoyun yere serildi. Sükûnet kısa bir an daha devam etse de önce birkaç alkış duyuldu, ardından da coşkulu bir uğultu yükseldi. Marki Piers neredeyse önündeki masayı devirecekmişçesine ayağa fırlamış, haykırarak zaferini kutluyordu. Galip silahşor ondan tarafa eğilerek kendisini selamladı. Belini yeniden doğrulttuğu an ise yalnızca dikkatli kulakların duyabildiği bir ıslık havayı yararak hızla ilerledi ve boynuna saplandı. Önce tabancanın kabzasını tutan eli gevşedi silahşorun, silahını yere düşürdü. Ardından diğer elini boğazına götürüp etine saplanan oku nafile yere kavramaya çalıştı fakat beceremedi. Hakemin işaretiyle kendini yere bırakan, sonra da her şey bitti sanılırken doğrulup rakibini sakince mıhlayan Tau, kaptanın yüzündeki şaşkınlığın gülümseyişe döndüğünü görünce, yanlış bir şey yapmadığını ve canına zarar gelmeyeceğini anlayıp derin bir nefes aldı. Marki Piers, bir anda tersine dönen rüzgârın şiddetine dayanamayıp sandalyesine yığılırken gözü öylesine kararmıştı ki yanı başındaki karısının yüzündeki tebessümü görememişti.

* * *

Korsika'yı dümen suyunda bırakan *Victory*, Cenova'ya doğru pupa yelken seyrederken, güvertedeki bocurgata yaslanıp günbatımına karşı piposunu tüttüren Kaptan Wyot'tan keyiflisi yoktu. Elindeki rom şişesinin içinde çırpınan alkol, dalgaların dansa kaldırdığı geminin habire yalpalaması ve tüm bunların üzerine eklenen zafer duygusuyla birlikte hem kafası hem de gönlü sarhoş olmuştu. Değme fahişelerin koynunda uyandığı nice sabahlarda dahi böylesine bir haz duyduğunu hatırlamıyordu. Tek bildiği, Marki Piers'in sadece aile yadigârı altın madalyonunu değil, onurunu da beraberinde götürdüğüydü. Kendi tebaasının önünde onu madara etmişti. Hem de bir silahşora karşı baldırı çıplak bir köle ile... Yüzüne çarpan iyot kokulu ılık rüzgârı doya doya içine çektikten sonra şişede kalan romu dipledi, sönen piposunu urbasının cebine sokuşturdu ve dudaklarına kayıp bir denizkızına yakılmış bir *chantey* kondurup istirahat etmek üzere kamarasının yolunu tuttu.

Gecenin ilerleyen vakitlerinde, hem denizin hem de göğün ayırt edilemez halde birbirine karıştığı bir karanlığın ortasında, varlığını kâinata yalnızca birkaç cılız fener ışığıyla ispat eden *Victory*'deki loş kamaralardan biri de kaptanınkiydi. Deniz, evladı denizcileri uyutmak istercesine gemiyi bir beşiğe çevirmişti. Wyot'un kirişe astığı fener boşlukta aheste aheste salındıkça içerideki gölgeler mütemadiyen yer değiştiriyor, mekân adeta her an kendini yeniden var ediyor, bu dansa gemi ahşabının gıcırtıları da eşlik ediyordu.

Çalışma masasının üzerine yaydığı haritalara gömülmüş olan Wyot, kapının çaldığını üçüncü seferde ancak idrak edebilecek kadar dalgındı.

"Gir!"

İkinci kaptanı Ralf, kapıyı kapatıp masanın yanındaki iskemleye çökerken "Lanet bulutlar göğü yorgan gibi örtmüş" dedi, "rasat yapamadım." Elindeki pergeli masanın üzerine fırlatıp haritayı dürdükten sonra, "Aldırma" dedi Wyot, "Ligurya denizindeyiz, burası denizcilere kötülük etmez." Ardından, masanın üzerindeki deri keseden çıkardığı *plug* tütününü bıçağıyla ince ince kıymaya başladı. Hazırladığı tütünü ceplerinden aranıp bulduğu pipoya basarken "Lanet herifin suratını gördün mü?" diye sordu. Ralf, kaptanın neyi kastettiğini anlamıştı fakat anlamadığı bir şey vardı. "Evet gördüm" dedi ve ekledi: "Acak sizin dost olduğunuzu sanıyordum." Wyot yüksek perdeden kahkaha atınca, kamaranın kuytu köşelerinden birindeki kafesinde uyuklayan papağanı uyanıp sahibine eşlik edercesine güldü.

"Dost mu? Düelloda kaybedince köleleri almaktan vazgeçmesine ne demeli? Ah, hayır. Öyle zengin bir herifle asla dost olamazsın. Etrafındaki dalkavuklar hep duymak istediklerini söylediği için, herkesten bunu bekler. Eğer hükmedemeyeceği biriyle muhatap olursa, kendinden soylu biri yahut benimki gibi bir ticaret ilişkisi düşün, zoraki dostane davranır. Bana ne teklif ettiğini biliyor musun? Hindistan'a sefer yapmamı! Belki tayfa sağlayacak, birazcık sermaye koyacak, malikânesinde gününü gün edip bekleyecek. Bense lanet dünyanın öte yanına geçmeye çalışacağım. İsyanlar, hastalıklar, korsan baskınları, fırtınalar atlatacağım. Hindistan'dan çay ve baharat getireceğim. Piers servetine servet katacak, benim önüme de güzelce sıyırdığı kemiği fırlatacak! Onun canını yakmayı o zaman kafama koydum işte. Kızı o yüzden gösterdim. Nefsine karşı koyamayacağını biliyordum. Bir zengini aşağılamanın en iyi yolu budur işte Ralf. Ona uğruna yanıp tutuşacağı bir şey göster ama asla verme. Bir şeye parasının yetmeyeceğini anlayan zengin kadar zavallı bir yaratık yoktur. Yanlış anlama Ralf, biliyorsun benim de hatırı sayılır bir servetim var ama o namussuzlar gibi fildişi kulemde yaşayıp etrafımdaki köpeklere parayla kıçımı yalatmıyorum. Sana göğsümdeki yarayı göstermiştim değil mi? Bizler, bir mertebeye dişiyle tırnağıyla varanlar, zaten hep orada olanlardan yüksekteyiz. Biz Ralf, biz, bedel ödeyenler. Biz..."

Kamaranın kapısı çalınca pür dikkat kaptanı dinleyen Ralf boş bulunup irkildi.

"Gel!"

Selam verip içeri giren denizcilerden biri, elindeki şeyi kaptana sundu. Ralf, bunun düelloda kazanılan altın madalyon olduğunu anlamakta güçlük çekmedi.

"Buyur kaptan, istediğin yazıyı kazıdım."

"Sağ ol Will! Senin gibi bir zanaatçının denizin ortasında ne işi var, hiç bilmiyorum. Belki de karaya yerleşip bir kuyumcu dükkânı açmayı düşünmelisin."

Tayfasına iltifat ettikten sonra kuşağından çıkardığı bir şilini bahşiş olarak ona fırlattı. Will selam verip çıktıktan sonra gözünün hizasına kaldırdığı madalyonu dikkatle incelerken "Biz" diye yarım kalan sözüne devam etti Wyot, "tutkularının esiri olmayanlar!" Sonra da madalyonu ikinci kaptana uzattı. Pırıl pırıl parlayan altını incitmekten korkarcasına narince kavrayan Ralf, az evvel onu getiren Will'in madalyonun yüzeyini düzleyip evvelki yazıları sildiğini, sonra da dediği gibi başka bir şey kazdığını fark etti: "Tutkularının esiri olma."

"Şimdi Ralf, senden bir isteğim var. Köleyi buraya getirir misin? Uyuyorsa da uyandır. Aç yatmasına müsaade edemem. Bunu hak etti. Kuru et ve şarap var, güzel bir ziyafet olur. Ne de olsa onun sayesinde kazandım. Biliyor musun, onu azat etmek gibi bir düşüncem var. Neyse, bunlar sonraki meseleler. Hadi Ralf, getir de adamın karnını doyuralım."

Ralf gidince kamarasının derinliklerindeki zulasından birkaç aç denizciyi tıka basa doyuracak kadar kuru et kesti Wyot. Yine kişisel mahzeninden bir şişe şarap çıkardı. Eti ve şarap şişesini masanın üzerine yerleştirdikten sonra sandalyesine kuruldu, dinlenen piposunu uyandırdı, elinde evire çevire madalyonun yeni halini incelemeye koyuldu.

Kapıdan yalnız başına çıkan Ralf, biraz sonra köleyi önüne katmış halde geri döndü. Kaptan, köleyi ayakta karşıladı. Hatta Ralf'e ellerindeki ve ayaklarındaki zincirleri çözmesini söyledi. Apar topar uykusundan uyandırılınca bir hayli korkan Tau, hiç beklemediği bunca iyilik karşısında şaşkına dönmüştü. Kaptanın eliyle işaret ettiği sandalyeye çekine çekine oturdu. Yine kaptanın önüne sürdüğü eti yanlış bir şey yapmaktan korkarcasına endişeyle ağzına götürdü. Aslen yiğit bir savaşçı olan bu dağ gibi yabaniyi böyle ürkek görmek kaptanın hoşuna gitmemişti. Elleriyle doldurduğu şarap kadehini de köleye uzatırken "Hadi Ralf" dedi Wyot, "bulutlar dağılmış mı bir bakalım. Bu da yemeğini yesin, belli ki biz seyrederken rahat edemiyor."

Kamarada yalnız kalan Tau, avını parçalayan bir yırtıcı gibi önündeki lezzetli eti dişlemeye koyuldu. Çok uzun zamandır böylesine bir yemek yemediği gibi, zincirlerinden kurtulmasının verdiği haz da göz ardı edilemezdi. Şarap kadehini yüzünü buruştura buruştura kafasına diktikten sonra bir daha doldurdu. Aylardır et yememenin hıncını çıkarmak istercesine dişleriyle iri lokmalar koparırken, bir yandan da meraklı gözlerle etrafına bakınıyordu. Uğruna onlarca kişinin önünde ölümcül bir düelloya çıktığı altın madalyonu da işte o esnada gördü. Ağzındaki lokmayı yutup kadehinde kalan şarabı da yuvarladıktan sonra sağına soluna bakınıp masanın diğer ucundaki altına uzandı. Eliyle şöyle bir tarttı, sanki anlayacakmış gibi önünü ve arkasını inceledi, taze kazınmış yazıya baktı. Belki nasihati okuyabilse, bu deliliğe kalkışmazdı fakat şeytan ne yapması gerektiğini çoktan kulağına fısıldamıştı Tau'nun. Karısını, doğmamış çocuğunu, pek çok köylüsünü ve hatta hürriyeti ile hayatını elinden alan beyaz adama karşı ne yapsa azdı zaten. Eğer içeri sokarsa, elbette bir şekilde dışarı da çıkarabilirdi. Beyaz adam hiçbir şey ispatlamayacaktı, hayır, görünürde masumdu Tau. Düelloda ortaya sürüldüğüne göre, paha biçilemez bir şey olmalıydı besbelli. Tau daha fazla düşünmedi. Altını, araladığı dudaklarının arasından dilinin üzerine bıraktı. Şöyle bir yoklayınca doğrusu işinin pek kolay olmadığını fakat başarabileceğini düşündü. İyice konsantre olduktan sonra ise var gücüyle yutkunup altını boğazından aşağıya gönderdi. Aynı anda boğazı tıkanan zavallı adamın içinden gelen şiddetli öksürük, çıkış yolunun kapalı olduğunu görünce geri döndü. Böylece soluğunun kesildiğini anlayan, gözleri büyüyen, damarları kabaran Tau, panik içerisinde ayağa fırladı. Ne yapacağını bilmiyor, nafile yere sağa sola seğirtiyordu. "Aptal" diye bir ses duydu, ne dendiğini anlamamıştı elbette fakat sesin sahibinden can havliyle yardım dilenmek için ardına dönünce kafesteki papağanı gördü. Kuş kahkahalar atmaya başlamıştı. Bilincinin son anlarında eli şişeye uzandı fakat şarap da tıkalı boğazını açmaya yetmedi. Ağzından saçılan bu kan kırmızı sıvı, patlayacak gibi şişen gözleri ve panik içerisinde tepinmesiyle bir insandan ziyade bir canavara benziyordu artık. Ne yazık ki kendi elleriyle yarattığı bu canavar, kendi sonunu hazırlamıştı. Ne yaptığını bilmez halde kamaranın kapısını açıp güverte boyunca deli gibi koştu Tau. Nöbetçilerden biri bir şeyin denize düştüğünden emin, duyduğu sese doğru bağırsa da, hiçbir şey göremediği karanlık denizden çağrısına cevap gelmedi.

* * *

Aile yadigârı, (hatta çekinmeden daha da ileri gidiyordu bu konuda) kutsallık atfettiği madalyonu kaybetmenin acısı, yüreğine bir kor gibi düşmüştü Marki Piers'in. Zevkusefadan mütevellit dünyasına kara bulutlar çökmüş, yemelerden içmelerden kesilmiş, etrafı çınlatan kahkahalarından eser kalmamıştı. Utancından kimselerle konuşmak istemiyor, yabanıl bir hayvan gibi malikânesinin içinde herkesten köşe bucak kaçıyor, bir tek gurup vakti penceresinden, hazinesini götüren *Victory*'nin hayalini görmek ister gibi engine dalıyor ki bunu da acısını taze tutmak, günbegün kahrolmak için yapıyordu.

Hizmetçileri, yardakçıları ve dahi yaveri şöyle dursun, karısı ve oğlu ile bile görüşmek istemeyen Marki'yi dünyaya döndürmek için, bu huzursuzluk döneminde Markiz Evelyn duruma el koydu. Ağzından girip burnundan çıkarak talihsiz kocasını, malikânede bir balo tertip etmeye razı etti. Güçlü ve güleç gözükmeli, böylece dedikoduları da bertaraf etmeliydi. Kim bilir ne lakırdılar dönüyordu arkasından. Evet, paha biçilemez bir aile yadigârını yitirmişlerdi belki ama elden bir şey gelmezdi, olan olmuştu bir kere. Hayatlarına devam etmek zorundaydılar. Marki'nin huzursuzluğu ve mutsuzluğu kendisiyle sınırlı kalmıyor, bittabi şürekâsına da tesir ediyordu.

Marki'nin üç günlük yasının üzerine, üç gün de balo için hazırlık süreci eklendi. Kocası malikânede bir hayalet gibi gezinirken, ki utancından aile büyüklerinin tablolarının asılı olduğu oda ve koridorlardan geçemiyordu, Markiz Evelyn hâkimiyeti eline almış, süreci titizlikle yönetiyordu. Ailenin namına yaraşır şaşaalı bir davet için müzisyenlerden ikramlara, her şeyin en iyisini seçti. Korsika'nın asillerine, zengin tacirlere, meşhur sanatkârlara ulaklar gönderildi.

Balo günü gelip çatmış, hatta konukları taşıyan arabalar birer ikişer gelmeye başlamıştı, Markiz Evelyn hâlâ kocasını güç bela giydirmekle uğraşıyordu. Tek arzusu kederiyle baş başa kalmak olan Marki Piers ve gayretkeş hanımı kalabalık balo salonunun merdivenlerinden kol kola inerlerken, Evelyn kocasının bu donuk suratını saklamak için baloyu niçin maskeli düzenlemediğine hayıflanıyordu.

Bir husus daha var ki buna da değinmek gerekir. Marki Piers'i hayata küstüren şey madalyonunu kaybetmek olarak gözükse de, kulağına gelen küstah dedikodular, Markiz'in kadınlık gururunu rencide edecek cinstendi. Yüksek sosyetede kulaktan kulağa dolaşıp kendisine kadar gelen bu fısıltılara bakılırsa, böylesine zengin bir adam için madalyon falan hikâyeydi, Marki'yi yataklara düşürecek kadar üzen asıl şey, iddianın diğer tarafındaki Afrikalı köle kıza abayı yakmasıydı. Zaten evlilikleri, bunca yıla rağmen bir çocukları olmadığından soğuk ve şiddetli rüzgârlarla sallanıyordu. Bir de üzerine bu nevi çirkin söylentiler ayyuka çıkarsa, her şey daha da beter hale gelebilirdi. Sözün özü, balo maskeli olmasa da, Evelyn görünmez bir maske takmıştı, misafirleri güler yüz ve tatlı dille karşılıyordu ancak içinden geçenleri kimse bilmiyordu. Yine de söz konusu Markiz Evelyn olunca, bilinmeyenler bunlarla sınırlı değildi.

Balo tüm debdebesiyle devam ederken, gecenin ilerleyen saatlerinde, mesut taklidi yapmaktan bitap düşmüş kocasını zoraki kaldırdığı bir valsın akabinde, Markiz Evelyn, yardım için gelen hizmetçisini gerisingeri yollayarak helaya gitmek için salondan ayrıldı fakat karanlık koridorlardan bir gölge gibi süzülerek başka bir yere, herkesin uzağındaki küçük bir kilere yollandı. Takip edilmediğinden emin olduktan sonra içeriye girip kapıyı kapattı. Karanlık odada kendisini bekleyen birisi vardı. Zamanı konuşarak harcamak istemediklerinden derhal öpüşmeye başladılar. Âşığı, Markiz'i hoyratça çevirip duvara dayadı. Ses çıkarmasın diye ağzını eliyle örtmüştü fakat kendisinin söyleyecek şeyleri vardı. "Çok dikkatli olmalısın. Bu iş bu gece bitecek."

* * *

Seamus, Marki'nin adamları tarafından alıkoyulup malikâneye götürülürken, yolun dönüş istikametindeki arabaların fazlalığı dikkatinden kaçmamıştı, ne var ki sorduğu soruları duymazdan gelen herifler bu meseleyi de yanıtsız bıraktılar. Marki'nin başına ne geldiğine dair hiçbir fikri olmayan genç adamın aklı, gecenin bir vakti tespih gibi dizilmiş bunca arabayla beraber iyice bulandı. Her şey bir yana, daha mühim dertleri vardı Seamus'ın. Ustası Cerrah Byron'ı öldürmüş, kaçış planları yaparken enselenmişti. Eğer darağacından yırtmak istiyorsa, dikkatini vermesi gereken şey etrafında neler olup bittiği değil, ne yapıp edip Marki'yi iyileştirebilmekti. Yedi yıl boyunca tıbba dair öğrendiği her şey bir yandaydı, diğer tarafta ise ölüm vardı.

Gemleri şiddetle çekilen atlar bir hışımla durunca, Seamus arabanın içinde savrulup düştü. Başından beri bu gerilim dolu süreci yöneten hırpani kılıklı adam, "Hadi" diye gürleyip genç adamı arabanın kapısından itekleyerek indirdi. Malikânenin merdivenlerinden koşar adım çıktılar. Geniş salona girdikleri vakit, Seamus gördüğü manzara karşısında yutkunup ne yapacağını düşünmeye başladı.

Davetlilerin çoğunun apar topar gönderilmesine rağmen hatırlı tanıdıklar malikâneyi terk etmiş değildi. Onlara Piers'in has adamlarını, hizmetçileri ve aile efradını da ekleyince içeride hayli kalabalık bir insan topluluğu vardı. Marki Piers, bir yerlerden getirilmiş bir "çarmıhta İsa" heykelinin önünde yarı çıplak secdeye kapanmıştı. Kanından olmayan birisinin yapması uygun görülmediğinden, oğlu Cortez tarafından kırbaçlanıyordu. Karısı ve hizmetçiler başta olmak üzere içerideki kadınlar kırbacın her şaklayışında feryat figan ağlaşıyorlardı. Piers ise hem acıyla inliyor hem de "Affet beni Tanrım" diye yalvarıyordu. Gördüğü manzara, cerrah Byron'dan öğrendiği her şeyle çelişen Seamus, yanındaki hırpani kılıklıya –Mortimer'e– "Neler oluyor?" diye sordu. Birkaç dakika öncesine kadar bir canavarken, sahibinin bu yürek parçalayıcı hali karşısında gözleri dolan koca herif "Günahlarının kefaretini ödüyor" diyebildi hüzünlü bir sesle. Eğer iyileştiremezse canından olacağı hastanın ölümüne kırbaçlandığını gören Seamus dehşete kapıldı. "Bu kadar yeter" diye bağırarak Marki ve oğlundan tarafa yürüdü. Tüm salon sessizliğe gömülüp Cortez de kırbaç şaklatmayı bırakınca geriye yalnızca Piers'in iniltileri kalmıştı. Canını kurtarmak adına otorite kurması gerektiğini anlayan Seamus "Yalnızca meşale tutacak iki adam ve ailesi kalsın, herkes dışarı!" diye yüksek perdeden emir verince, kalabalık söylene söylene kapıya yöneldi. Genç hekim, mevcut hastalığı yetmezmiş gibi bir de sırtındaki kırbaç kesikleriyle uğraşacağından, canı iyice sıkılmış halde, "Neyi var?" diye sordu Cortez'e.

"Aile mirasına ihanet ettiği için gazaba uğradığını söylüyor."

Seamus bu cevabına karşılık yiyecekmiş gibi baktı Marki'nin oğluna. Gözü yaşlı Evelyn de bir anda yanlarında bitmişti. "Kocam iyileşecek mi?" diye sordu hıçkırarak. Yere eğilmiş çantasını karıştırırken "Umarım" diye karşılık verdi Seamus. Sonra da Mortimer'e dönüp "Derhal kazanlarda su ısıtılsın" diye emir verdi. Kısa süre öncesine kadar yanında nefes almaktan dahi korktuğu serseriyle şimdi böyle yüksek perdeden konuşabildiğini idrak edince hekimlik mesleğinin kutsallığını bir kez daha anladı. Koluna girerek yerden kaldırdığı Piers'i daha iyi görebilmek için meşale tutan Mortimer'i yanlarına çağırdıktan sonra hastasını incelemeye koyuldu. Yüzü bir ölününki gibi solmuş, gözleri ise kan çanağına dönmüştü. Takatsiz bacaklarının iri gövdesini taşımakta zorlandığını görünce derhal bir iskemle isteyip Piers'i oturttu. Elinin tersini alnına dayayınca hem soğuk soğuk terlediğini hem de alev alev yandığını gördü. Bu belirtiler hayra alamet değildi. Zannettiği şeyden kesinkes emin olabilmek adına yaver Mortimer'a bir bardak yahut kap getirtmesini söyledi. Az sonra eline tutuşturulan kabı Marki'nin bacak arasına yaklaştırıp donunu sıyırmasına yardım ederken "İşemeniz gerekiyor" dedi. Piers göbeğinden ötürü göremediği aletini kasık kılları arasında el yordamıyla güç bela bulup işemek için kendini zorladı. Bir iki ıkınmanın ardından Seamus'ın elindeki kap epey koyu renkli bir idrarla dolmaya başladı. Kendisi için kâfi bulmuş olacak ki Seamus kabı çekip ayağa kalkınca Marki kendini durduramayıp yere işemeye devam etti. Meşalenin aydınlığına yaklaştırıp idrarı inceledi, bu yetmeyince burnunu yaklaştırıp üzerinde dumanı tüten sıvıyı derin derin kokladı. Bir türlü tatmin olmayınca kaba daldırdığı serçeparmağını yaladı. Yüzünü buruşturup kabı hizmetçiye uzatırken tiksintiyle tükürdü Seamus. Ağzındaki acı tattan ötürü emin olmuştu ki Marki zehirlenmişti.

Hem hastasının moralini yüksek tutmak hem de ortamda kargaşaya sebebiyet vermemek için bulgusunu dillendirmedi. Bunun yerine Marki'nin yaverinden sirke getirtmesini istedi. Yere çömelip çantasını karıştırıyor, bir yandan da Byron'ın öğrettiklerini zihninden hızlı hızlı geçiriyordu. Küçük şişelerdeki tozları, dozlarını dikkatle ayarlayarak bir kapta birleştirdi. Üzerine birtakım yağlar ilave ettikten sonra da macun kıvamına gelene kadar karıştırdı. İlacını hazır ettikten sonra sıra Piers'i kusturmaya gelmişti. İnsan azmanı yaveri, öğürürken salonu çınlatan Marki'nin başını tutuyor, diğerleri ise bu sahneye bakamıyorlardı. Piers'in bir hayvan işkembesini andıran koca midesi boşalmak bilmemiş, şarıl şarıl akarak etrafa saçılan envai çeşit kusmuktan leş gibi bir koku yayılmıştı. Bu iş de tamam olunca Seamus hastasına evvela sirke ile gargara yaptırdı, sonra da yemek yemeyen bir çocuğu zorlarcasına, hazırladığı ilacı kaşık kaşık yedirdi. Yine sirkeli bezlerle alnını ve koltukaltlarını sardıktan sonra, sırtındaki kırbaç yaralarına merhemler sürdü. Bu esnada Marki'ye bol bol su içirdi. Bir an evvel işemesi ve bolca terlemesi gerekiyordu. Reçetesi Byron'a ait ilaç da vücudundaki zehri temizleyecekti. Bereket versin herifin bünyesi bir öküz gibi güçlüydü. Marazlı bir herif, bir kadın, yahut cılız bir çocuk olsa, çoktan nalları dikmişti diye düşündü Seamus.

Ta en başta buyurduğu gibi sular da kaynatılmıştı. Hizmetçilerin salona getirdiği bir fıçıya, kazan kazan sıcak su taşındı. Haşlanmak pahasına can havliyle boğazına kadar suya gömülen Marki, ilaçların da tesiriyle çok geçmeden fıçının içinde uyuyakaldı. Eğer gök gürültüsüne benzer horultusu olmasa belki de öldü sanılacaktı. Çantasını topladıktan sonra kendi ellerini de sirkeli suyla yıkayan Seamus "Şimdilik bu kadar" dedi, "sabaha karşı yine ilaç verir, suyunu tazeleriz. Sıcak suyu eksik etmesinler." Genç hekimin kısa sürede gayet kendinden emin halde durumu kontrol altına alması Mortimer'i memnun etmişti. "Başka yapılacak bir şey yok mu?" diye sordu. Seamus odadakileri şöyle bir süzüp, "İnsanları çıkarabilirsin" dedi, "yalnız müşahede için ben kalacağım, bir de bir şey lazım olursa diye sen." Amacı Mortimer'la yakınlık kurmaktı, zira Marki kefeni yırtsa dahi canını kurtarması bu insan azmanının tutumuna bağlıydı.

Hizmetçi kadınlardan biri etraftaki kusmukları ve idrarı silip temizledikten sonra, loş meşale ışığında salonda üç kişi kalmıştı. Seamus ve Mortimer karşılıklı iki iskemleye oturmuş, meşalenin dalgalanan aydınlığında düşüncelere dalmışlardı. Bir ara fıçıdan fokurtular yükselince kontrole giden Seamus, Piers'in yalnızca gaz çıkardığını görüp rahatladı. Elinden gelen her şeyi doğru şekilde yapmıştı yapmasına ama içinden de dua ediyordu. Arada bir göz göze geldikleri Mortimer'in neler düşündüğünü öğrenebilmeyi ne çok isterdi. Fakat bunu dillendirmeye bir türlü cesaret edemiyordu. Sonra birden aklına Piers'in bu hallere düşmesinin hakiki sebebi geldi. Paylaşacağı bu bilgiyle Mortimer'in gözüne girmeyi umarak iskemlesini ona doğru yanaştırdı, etrafı şöyle bir süzdü ve sesini alçaltıp "Söylemem gereken şeyler var" dedi. Cüssesi ile uyumlu kalın bir kafaya sahip olduğundan, Marki'nin hastalığını denildiği gibi günahlarına ve Tanrı'nın gazabına yoran Mortimer, birazdan duyacağı şeylerin dehşetinden bihaber, "Neymiş?" dedi umursamaz bir tavırla.

"Bunu herkesin yanında dillendirmek istemedim ama besbelli Marki zehirlenmiş."

"Zehirlenmiş mi! Ne diyorsun sen? Nasıl olur bu?"

"Bütün işaretler bunu gösteriyor. Hakikat böyle. Ama endişelenme, kurtulacağını umuyorum."

"Kim böyle bir şeye cüret eder?"

"Onu bilemem. Buraya gelirken gördüğümüz bütün o arabalar da neyin nesiydi?"

"Bu gece burada bir balo vardı."

"Yani ziyadesiyle kalabalıktı?"

"Evet, bir hayli. Şu hale bak, düşmanı çatımızın altına biz davet etmişiz öyle mi?"

"Sen onun sağ kolu musun?"

"Yaveriyim."

"Vazifelerinden biri de onu korumak sanırım?"

"Ne demek istiyorsun!"

"İyileştiği takdirde sana kızmayacak mı?"

"Benim bir suçum yok seni küçük sıçan!"

"Sessiz ol, onu uyandıracaksın. Senin suçun var demedim ama şunu bil ki, onu öldürmeyi kafasına koyan biri bunu tekrar deneyecektir. Bunu nasıl engelleyeceksin?"

"Lanet olsun! İyileşecek, değil mi?"

"Öyle umut ediyorum."

"Bunu ona söylememeliyiz."

"Neyi?"

"Zehirlendiğini. Ben bundan sonrası için gereken önlemleri alırım. Eğer öğrenirse huzursuzluk çıkar."

"Anlıyorum. Kimse için iyi olmaz, değil mi?"

"Hiç iyi olmaz."

"Şey, peki benim akıbetim ne olacak? Bu işten paçamı kurtarmama yardım edeceksin değil mi? Ben vazifemi yaptım, onu kurtardım sayılır."

"Sen cerrahı öldürdün!"

"Kazaydı! Sessiz olur musun? Bana yardım edeceğine söz verdin. Ben de sana yardım edeceğim, kimse zehirlendiğini bilmeyecek."

"Peki sonra ne yapacaksın?"

"Limandan kalkan ilk gemiye binip kaybolacağım. Anlaşmamız böyleydi, canım bağışlanacaktı."

"Anlaşma falan yapmadık."

"İki gün sonra yeniden onu öldürmeye yeltenmeyeceklerini ne biliyorsun? Hayatı tehlike altındayken bunu bilmeye hakkı yok mu?"

"Sessiz ol pislik! Bunu kimse bilmemeli. Lanet olsun! Kim kalkışır böyle bir işe?"

"Her kimse, zehri öğrendiğimizi duyunca önlem alacaktır."

"Duyulmayacak. Pekâlâ, Marki sıhhatine kavuşursa gidersin."

"Senden bir şey isteyeceğim. Eve beraber geldiğin o adamların var ya, onları gönderip cesetleri ortadan kaldırtmaya ne dersin? Bana çok büyük bir iyilik yapmış olursun. Bir de onlara tembih etsen de çenelerini kapalı tutsalar..."

Seamus ve Mortimer'in konuşması tanyeri ağarana değin sürdü. Her ikisi de uykusuzluktan harap olmuştu ancak ömürlerindeki bu en uzun geceyi bir şekilde salimen atlattılar. Yeni günü muştulayan horozlar ötmeye başlarken Marki'nin iyiden iyiye ılıyan suyunu değiştirmenin de vakti gelmişti. Piers'i uyandırıp yeniden ilaç verdiler, bol su içirdiler, işettiler. Sonrasında, Marki'nin renginin biraz düzeldiğini de görünce, uzlaşmayı kabul eden Mortimer, cesetleri yok etmeleri için adamlarını Byron'ın evine yolladı. Seamus ise bu badireden kurtulacağına olan inancıyla dişini sıkıp, uykusuzluktan gebermesine rağmen hastanın başından ayrılmadı. Sabah Markiz Evelyn ve Cortez'e malumat verdi, kendisi için hazırlanan kahvaltıyı da yine Piers'in yanında yaptı.

Geceden beri ter atan Piers, hiç şüphe yok ki büyük ölçüde ilaçların da tesiriyle, öğleye doğru kendine gelip gözlerini açtı. Marki'nin kefeni yırtması tüm hane halkında büyük bir sevinç yaratmıştı. Adamlarının yardımıyla, kabirden dirilir gibi, fıçıdan çıktı.

"Geçmiş olsun efendim" diye iyi dileklerini sundu Seamus. "Hafif bir kahvaltı öneriyorum. Ardından sırtınızdaki yaralara tekrar merhem süreceğim. Gayet sıhhatli gözüküyorsunuz fakat tavsiyem birkaç gün boyunca yataktan çıkmayıp istirahat etmeniz olacaktır. Fakat evvela şu şuruptan bir kaşık için lütfen."

Piers, Seamus'ın ağzına sokuşturduğu ilacı suratını ekşiterek yuttuktan sonra dudaklarını kolunun tersiyle sildi. Salonda hazır bulunan kalabalık, kendine gelen Marki'nin ilk sözünü duymak için pür dikkat ona bakıyordu. Karşısındaki genç tabibi süzerken birden gözleri irileşti Piers'in. Yeniden gücüne kavuşmuş elleriyle Seamus'ı yakasından tutup sarstı.

"Geberteceğim seni pis domuz! Nereden buldun bunu ha?"

Sonra da ne olup bittiğini idrak etmeye çalışan Seamus'ın boynunda sallanan zinciri tuttuğu gibi hışımla kopardı. Salondaki herkes, bir hafta evvel düello neticesinde yitip giden madalyonu biliyordu fakat bu şekilde ortaya çıkacağını kimse ummadığından büyük bir şaşkınlığa düştü. Talihsiz genç hekimse hâlâ anlamaya çalışıyordu. Marki önünü arkasını incelediği madalyonun üstündeki yazıların kazındığını görünce küplere bindi. Elinin tersiyle şiddetli bir şamar indirdiği Seamus'ı yere serdi.

"Şuna bakın! Üzerindeki yazıları silmiş, ne var ki güç bela da olsa hâlâ okunuyor. Bir de utanmadan başka bir lakırdı kazımış!"

Patlayan dudağından süzülen kanı elbisesiyle silmeye çalışan yerdeki Seamus'a bu defa acımasız bir tekme savurdu.

"Nereden buldun bunu, ha?"

Kendi elleriyle hayat verdiği celladının küfürlerini dinlerken yolun sonuna geldiğini düşünüyordu Seamus, ancak hâlâ neler döndüğünü kavrayamamıştı. Bir zenci cesedinin boğazından çıkan bu altın nasıl olur da onu bu hallere koyardı? O esnada Mortimer ortalığın daha da bulanmaması için meseleye müdahil olmak isteyince Piers yaverini de tersledi; "Sen bu işe karışma! Bu piçi götürün ve derhal asın!"

Kollarına giren iki adam sürüyerek onu salondan çıkarırken, hayatla ölüm arasındaki çizginin üzerinde dengede durmaya çalışan Seamus son kozunu oynadı:

"Çok büyük bir hata yapıyorsun ve bu hata senin canına mal olacak! Birini öldürmek diriltmekten çok daha kolaydır! Beni ölüme gönderiyorsun ama çok geçmeden yanımda olacaksın!"

"Durun! Ne diyor bu piç?"

"Altını denizde boğulmuş bir zencinin cesedinden çıkardım. Ustam Byron onu almak için beni yaraladı. Kendimi savunurken ona vurdum ve istemeden de olsa ölümüne sebep oldum. Doğru duydun. Sabah adayı terk etmeye hazırlanıyordum ki adamların gelip beni aldı. Cesetleri de gördüler. Bunun cezasının ölüm olduğunu bildiğimden yaverinle bir anlaşma yaptım. Eğer seni iyileştirirsem kimseye bir şey söylemeyecek, adadan kaçmama yardım edecekti. İşte burada, ona sorabilirsin. Fakat elbette buna güvenemezdim. Ola ki sözünde durmaz, seni kurtarmama rağmen beni darağacına yollar diye kendimi garantiye aldım. Ne yaptığımı merak ediyorsun değil mi? Az evvel sana içirdiğim şurup çok kuvvetli bir zehirdi. Byron tarafından yapıldı. Panzehrini sana verecek tek kişi benim. Tahminim doğru çıktı, iyi ki onu sana içirmişim. Hadi, beni ölüme gönder! Ne duruyorsun, öldürt beni!"

"Yalan söylüyorsun!"

"Zaman aleyhine işliyor. Eğer hemen panzehri içmezsen öleceksin! Şayet beni azat etseydiniz, onu da sana bir başka ilaç olarak sunacaktım. Herkes mutlu mesut yoluna gidecekti. Fakat böyle olmasını sen istedin. Ben ölü bir adamım, senden korkmuyorum, çünkü sen de öylesin!"

Ölümün soğuk nefesini hâlâ ensesinde hissederken hayatını ortaya koyacağı bu kumara cesaret edemedi Piers. Seamus'ın az evvel içirdiği bir kuvvet şurubundan başka bir şey olmasa da, sanki sahiden zehir içmiş gibi yeniden boncuk boncuk terlemeye başladı. İşkence ve zorbalıkla panzehri almaya cüret edemedi, piçin çantası onlarca ilaç şişesi ile doluyken hangisinin hayatını kurtaracağını nasıl bilebilirdi? Ölü zenci meselesini de yaveri Mortimer'den teyit edince, Seamus'ın tehdidine boyun eğmekten başka çaresi kalmamıştı. Kumarın galibi Seamus ise renk vermemek için kendini kasıyor, içi içine sığmıyordu. Her ikisinin de hayatta kalacakları hareket planını açıkladı. Buna göre Seamus bir refakatçi eşliğinde limana götürülecekti. Hareket edecek ilk gemiye sağ salim bindirilirken de panzehri teslim edecekti. Onunla uğraşıp vakit kaybederlerse Marki için çok geç olabileceğinden refakatçi panzehri aldığı gibi arkasına dahi bakmadan malikâneye geri dönmeliydi. Peki ya ilaç işe yaramazsa yahut çok geç olursa? Byron bu panzehri üretmek için ömrünü vermişti ve pek çok kereler domuzlar üzerinde deneyerek kusursuz hale getirmişti. Endişelenecek bir şey olmadığı gibi ona güvenmekten başka çareleri de yoktu.

Seamus muzaffer bir kumandan edasıyla salondan çıkacakken, ustasından öğrendiği en önemli dersi, layıkıyla tatbik ettiğine emin oldu: En kötü durumda dahi soğukkanlı olmalısın." Refakatçi meselesinde Mortimer kendini öne atacakken Piers'in oğlu Cortez araya girdi.

"Baba, izin ver, ben gideyim. Senin canından bir can olarak bu vazifeyi layıkıyla yerine getirecek yegâne kişi benim. Hem böylece rüştümü de herkese ispatlamış olurum."

Artık kime güveneceğini şaşıran Piers, bir oğluna bir yaverine baktıktan sonra Cortez'in gitmesinin daha uygun olacağına karar verdi. Defalarca hakaret ettiği ve aşağıladığı Mortimer'e canını teslim edemedi. Marki'yi avucunun içine aldığına emin olan Seamus ise bir çılgınlık yapıp son kozunu oynadı.

"Marki hazretleri, madalyonu bana vermeniz gerekiyor. Zatıâlinizin de çok iyi bildiği üzere, kanunlar gereği denizde bulunan şey bulan kişiye aittir. Selametiniz için, lütfen daha fazla vakit kaybetmeyelim."

At sırtında sahile indikleri vakit derhal liman zabitini buldular. Bu genç adamın kalkacak ilk gemiye, evet artık neresi olursa olsun, binmesi gerekiyordu. Zabit işkillenir gibi olsa da Marki'nin oğlunu tanıdığı için sorgulamayı bırakıp istenileni yaptı. Demir almaya hazırlanan gemilerden birinin kaptanıyla konuşup geri döndüğünde de müjdeli haberi verdi. Seamus bir kayığa binip gemiye yanaşırken, yeteri kadar uzaklaştıktan sonra çantasını açıp alelade şuruplardan birini seçti, kıyıda kendisini seyreden Cortez'e fırlattı. Cortez şişeyle beraber vakit kaybetmeden malikâneye yollanacağına, bir süre daha Seamus'ı seyretti. Seamus geçmek bilmeyen bu zaman diliminde, Marki'nin oğlunun silahına davranıp kendisine ateş edeceğini düşünürken, Cortez gözünün içine baka baka şişenin mantar tıpasını açtı ve içindekini denize boca etti. Sonra da ardına dönüp aheste aheste atına doğru yürümeye başladı. Seamus böylece Piers'i zehirleyenin kendi öz evladı olduğunu anlarken, ortada esasen bir panzehir olmadığından hem babasını hem de oğlunu aldatmanın hazzını aynı anda yaşadı.

* * *

Güzeller güzeli Margaret Alby, mekânın kapısından içeri adımını atar atmaz, dostları tarafından bir alkış yağmuruna tutuldu. Londra'nın çamurlu sokaklarında kirletmemek için toplayarak gezdiği eteğini nihayet bıraktı, kendisi için tezahürat yapanlara gülümsedi, eteğinin kenarlarını yeniden tutarak reverans yaptı ve en dip köşedeki loca kısmına yürüdü. Burası Londra'nın namlı randevu evlerinden biri olmakla birlikte, müşterilerin gelmesi için henüz erken bir vakit olduğundan, içeride kızlar, kör lavtacı ve barmenden gayrı ancak bir iki çapkın ihtiyar vardı. Buna rağmen tahta perdeler sıkı sıkıya kapalı olduğundan, burada vakit her daim akşamdı ve masalarda yanan şamdanlar da bu algıyı kuvvetlendiriyordu. İçerideki, pipo, parfüm, bira ve ter kokularının bileşiminden oluşan kendine has kokuyu derin derin içine çekti Margaret. İki yıl boyunca evi bellediği bu mekândan ve arkadaşlarından ayrılacak olmanın hüznünü maskelemekte zorlansa da, güzel bir veda namına zoraki de olsa gülümsemeye çalıştı.

"Kevaşeye bakın, nasıl da yüzü gülüyor!"

"Bizden ayrılacak ya!"

"Margaret, seni şanslı kaltak!"

"Dökül bakalım kızım, havadisler neler?"

Divana dizilmiş kızlar Margaret'a aralarında yer açtılar. Margaret sorulara tek tek ve sabırla yanıt verdi. Tüm işlerini halletmenin verdiği rahatlık ne kadar güzelse, ayrılığın verdiği hüzün de o denli fenaydı. Karmaşık duygularını bastırmak ve neşelenmek için bir bira istedi. Kızların bitmek bilmeyen dedikoduları ve kahkahalarını arkaya atan kulakları, kör lavtacının melodilerine meylediyordu. Gözlerinin dalgınlaştığını da o zaman fark etti. Hatıralar, diye düşündü; bu durgunluğun sebebi hatıralar olmalıydı. Zira pek çok kızın imrendiği bir hayata merhaba diyecekti, ondan mutlusu yoktu. Öte yandan, yolculuk fikri ürkütmüyor değildi Margaret'ı.

Yetimhanede büyümüş, ne olduğunu anlayamadan kendini genelevde bulmuştu. Onu, makûs talihli diğer fahişelerden ayıran en büyük özelliği ise görenleri kendisine dönüp bir daha baktıran duru güzelliğiydi. Bu da Margaret'ın müşterilerini kendisi seçtiği anlamına geliyordu. Çirkinlerle, yaşlılarla, şaşılarla, kellerle ve şişmanlarla yatmak zorunda değildi. Parayı veren herkes onu üst kattaki odalara öylece elinden tutup çıkaramıyordu. Bu ulaşılmazlık ve güzellik sayesinde hatırı sayılır bir ün kazanan Margaret, pek çok ehemmiyetli müşteri edinmişti.

Bunlardan biri de Doğu Hindistan Kumpanyası yönetim kurulundan Bancroft Gladstone'du. Yüksek zümreden, iyi eğitimli, yakışıklı bu adam, gördüğü ilk andan itibaren kafayı Margaret'a takmıştı. Her hafta düzenli olarak ziyaretine gelir, beraberinde muhakkak ziynet eşyası, meyve, çiçek gibi hediyeler getirir, ona bir fahişe gibi değil, adeta soylu bir hanım gibi davranırdı. Daha da ileri gidip kızı genelevden çıkarmayı, ona bir ev tutmayı da düşünmemiş değildi, fakat bunu yaparsa Margaret'tan mahrum bırakacağı diğer erkekler muhakkak ki intikam almak için karısına haber uçururlardı.

Şirketin işlerini yürütmek için vasıflı bir yöneticiye ihtiyaç duyulup da talihin bir cilvesi olarak Hindistan'a tayini çıkınca, Bay Gladstone soluğu karısından evvel Margaret'ın yanında aldı. Dizlerine kapanarak yaptığı teklif ve sundukları için Margaret minnettardı evet, fakat beyefendi takdir ederdi ki yanıtını vermeden önce etraflıca düşünmesi gerekirdi.

Thames'in pis kıyılarında at kemikleri arasında dalgın gözlerle gezerken bir hayli düşündü Margaret. Dünyanın uzak ucunda beş sene... Her türlü zenginlik ayaklarının altına serilecek, bir metresten ziyade hanımefendi muamelesi görecekti. Bancroft'un ailesi Londra'da kalacaktı. Bir sürü erkekle değil tek bir adamla yatacak, her zaman iyi muamele görecekti. Beş sene sonra Londra'ya döndüğünde, bir daha çalışmak zorunda kalmayacak kadar parası da olacaktı şüphesiz.

Teklifini kabul ettiğini söylediğinde, Bancroft sevinçten havalara uçtu. Bir ay sonra kalkacak gemiye hazırlanmak için bir hayli vakti olsa da, ne olup bittiğini anlamadan günler su gibi akmış, seyahat gelip çatmıştı. Eşyalarını, kendisi için tahsis edilen özel kamaraya yerleştiren Margaret, vedalaşmak için arkadaşlarının yanına geldi. Bu gece, son gecesiydi. Bol bol içip dağıtmak istiyordu.

"Hanımefendiciğim, eğer müsaade buyurursanız size bir içki ısmarlamak isterim."

Arkadaşlarının şuh gülüşmeleriyle Margaret'ın dalgın gözlerinin önündeki sahne belirginleşti. Kendisine bu soruyu soran genç adamı baştan aşağı şöyle bir süzüp, "Çok naziksiniz" dedi, "ancak bu gece çalışmıyorum" diye de ekledi. Ortada çok komik bir şey varmış gibi fahişeler yine abartılı biçimde kahkaha attılar. Genç adam şaşkınlıkla hayal kırıklığını aynı anda yaşadığını belli eden allak bullak bir suratla "Lütfen beni reddetmeyin" diyebildi, "çok param var!" Kuşağından çıkardığı kadife bir keseyi olduğu gibi kadınların önündeki masaya boşaltınca, şamdanın altında pırıl pırıl parlayan şilinleri gören kadınlar hayretlerini gizleyemediler. "Hadi Margaret, kırma bu delikanlıyı!" "Kısa günün kârı kızım!" "Bu güzel bir veda olacak!" "Evet desene sürtük!" Margaret bir paralara baktı, bir de gencin gözlerine. Para o an ihtiyacı olan son şeydi, ne var ki delikanlının kırmızı suratında gördüğü heyecan hoşuna gitmiş, bu denli aşikâr biçimde arzulanmaktan tahrik olmuştu. Böylesine cömert davrandığına göre besbelli methini duyan ve kendisiyle yatağa girmek için dişinden tırnağından artırıp biriktiren ateşli bir âşıktı bu. "Peki" dedi gözleri genç adamın gözlerinde olduğu halde, "fakat şu masaya geç de bir şeyler yuvarlayıp laflayalım. Çok heyecanlı gözüküyorsun, önce sakinleştirelim seni."

Böylece ayrı bir masaya geçerek içkilerini yudumlamaya başladılar. Margaret bu heyecanlı müşterisinin ısrarının sebebinin, Hindistan seyahatinin duyulması olabileceğinden de çekinmiyor değildi. Ola ki Bancroft'un karısının kulağına bir dedikodu çalınır diye yolculuk hazırlıklarını büyük bir gizlilikle yürütmüş, randevuevindeki en yakın arkadaşlarına dahi son haftaya kadar bir şey belli etmemişti. Bu çekincesinden ötürü delikanlıyı konuşturup biraz çözmek istemişti. Herif de buna dünden razı gibiydi, iki bardak romun ardından çenesi düşmüş, habire anlatıyordu.

Bir hafta önce ayak bastığı Londra'da bu gece son gecesiydi. Çok heyecanlıydı, zira yarın sabah uzun, çok uzun bir gemi seyahatine çıkacaktı. Tahmin rica etse? Hayır, ne yazık ki Hindistan değilmiş. Yeni Dünya! Evet, Amerika! Aslında hesapta olmayan bir seyahatmiş bu. Londra'ya gelirken bindiği, şark halısı yüklü gemide tanıştığı bir adamdan kapmış bu fikri. Eh övünmek gibi olmasın, çok genç göründüğünün farkındaymış ama bir hekimmiş kendisi. Bugünlerde akın akın insanın göç ettiği Amerika'da bir hekimin çok iyi paralar kazanabileceğini duyunca neden olmasın diye düşünmüş. Hani o ipsiz sapsız serserilerle bir tutulmasınmış, ona göre! Tamam, şaka yapıyormuş. Heyecanını yenmek için birkaç nükte işte... Niçin mi heyecanlıymış? Şey, uzun yoldan geldiği için belki. Haftalardır denizde olmanın birtakım tesirleri. Ve evet, yeniden yola çıkacak olmak... Hayır hayır, uzun bir deniz yolcuğunun korkulacak pek bir tarafı yokmuş. Yani fırtınalar ciddi sorun teşkil etse de... Hayır, İrlandalı. Yok, Akdeniz'de bir ada. İrlanda geçmişin uzak günlerinde kalmıştı. Bu çok uzun bir hikâyeydi. İçki mi, elbette.

Birkaç saat sonra Margaret ve müşterisi odalarına çıkarlarken, delikanlı sarhoşluğun tesiriyle basamakları zor tırmanıyordu. Margaret kapıyı kilitledikten sonra mumları yaktı. Delikanlının kalp atışlarını duyabiliyordu. Hafif bir tebessümle "Soyun" dedi. Oğlan üstünü başını parçalarcasına soyundu. Margaret ağırdan alıyor, onu daha da heyecanlandırarak eğlenmek istiyordu. Oğlan anadan üryan kalınca boynundaki kolyeyi fark etti. "Nedir bu?"

"Ah, hiç sorma! Bu benim için çok önemli bir şey. Anlatsam da inanmazsın. Üzerinde ne yazıyor biliyor musun? Tutkularının esiri olma. Ama ben şu an bunu görmezden geliyor ve senin esirin oluyorum. Neden bu kadar heyecanlıyım sanıyorsun? Londra'ya geldiğimden beri bütün randevuevlerini dolaştım. Hiçbiri, hiçbiri değildi. Ta ki seni görene kadar! Bir itirafta bulunabilir miyim? Bu benim zifaf gecem! Çok özel olmasını istedim. Bu yaşa kadar nasıl sabrettim, ben de bilmiyorum. Neden bana bu kadar içirdin ki, bunları sana anlatmamam gerekir. Ya, demek hoşuna gitti. Aman Tanrım, oluyor işte. Yardım etmemi ister misin? Pekâlâ, soyun o halde. Kalbim duracak sanırım."

Seamus ertesi sabah müthiş bir baş ağrısıyla araladı gözlerini. Yataktan güç bela doğrulunca çıplak olduğunu fark edip gecenin detaylarını anımsamaya çalıştı. Kendisini ne kadar zorlasa da beceremedi. Hayatının en önemli gecesini o kadar içki içerek berbat etmişti. Zevk alıp almadığından, hatta o işi görüp görmediğinden bile emin olamıyordu. Eriyip şamdandan akmış mumlara gözü kayınca esas hatırlaması gereken şeyi hatırlayıp yerinden fırladı. Pencereyi açıp tahta perdeleri aralayınca güneşin bir hayli yüksekte olduğunu görüp dehşete kapıldı. Amerika'ya kalkacak gemiye neredeyse bir servet dökmüş, Byron'dan çaldığı paraların yarısını vermişti. Alelacele giyinirken, geri kalan paralarını muhafaza eden keselerin odanın hiçbir yerinde olmadığını görüp dehşete kapıldı. Çarşafları silkeledi, yatağın altına eğildi, hatta belki sarhoşken sokuşturmuşumdur diye yastığın içine baktı. Soyulduğunu anlayınca müthiş bir korku sardı benliğini. Kendisini beş parasız, Londra'nın pis sokaklarında çöpleri eşelerken hayal etti bir an. Sonra her şeye rağmen kurtuluşunu sağlayacak bir güvencesi olduğunu hatırlayıp elini boğazına götürdü. Ne yazık ki, madalyonu da yerinde değildi.

Bin Gece Masalları

Kalküta-1915

Gece o denli güzeldi ki, bu güzelliği layıkıyla hissetmek için gören bir çift gözden fazlası gerekiyordu insana. Her biri sarraf titizliğiyle çalışan bahçıvanların alın terleriyle sulanmış engin bahçedeki binlerce çiçekten buram buram tüten kışkırtıcı rayiha, pencerelerin tüllerini havalandırırmış gibi yapıp aniden vazgeçen nazlı rüzgârın maharetiyle malikâneye kadar erişiyordu. Aşina olmayanlar, gökyüzü denizini inci gibi süsleyen yıldızların bahçeye döküldüklerini zannedebilirlerdi; lakin aslında onların gördükleri ateşböceklerinden gayrısı değildi. Mermer süs havuzundan şırıldayan suyun sesiyle, bahçenin muhtelif yerlerine dikilen meşalelerin sıcak aydınlığında gölgeler dans ediyordu. Sitardan, vinadan, tanpuradan dökülen melodiler henüz yere düşmeden kanatlanıp uçuşuyor, hazirunun kulaklarının çevresinde şöyle bir turladıktan sonra döne döne arş-ı âlâya yükseliyordu. Yaldızlı kıyafetleriyle hizmetçilerin ikram etmede yarıştığı gümüş tepsilerden Buda'nın eli, mangostan, yıldız meyveleri, brendi piyaleleri ve türlü kuruyemişler taşıyordu. Beyefendilerin esprileri hanımefendilerin ölçülü kahkahalarına karışıyordu.

Yabancı birisi için harikulade gözükse de, tüm bu manzara Maliye Nazırı Sir Kieran Fitzgerald'ın malikânesinde sıradan bir davete aitti. Bürokratlar ve namlı tüccarlar ile onların zevcelerinden oluşan bu şen şakrak safkan İngiliz topluluğunun az ötesinde, kendisini kalabalıktan soyutlamış uzun boylu, kaytan bıyıklı, genç bir adam, cepkenine zincirle bağlı köstekli saatine bir kez daha baktı. Yelkovanın akrebe açısını, beş, hadi bilemedin on dakika, diye yorumladı içinden. Malikânenin merdivenlerinden başlayıp bahçe boyunca uzanan ve gitgide kararan yolun ötelerini taradı gözleriyle.

Yirmi sekizinci yaş gününü iki buçuk ay evvel kutlayan bu genç adam, Robert Branson, Sir Fitzgerald'ın yaveriydi. Sir Fitzgerald üç sene evvel Hindistan'a tayin edilince, esasen edebiyat öğretmeni olan Robert'i, Lordlar Kamarası'ndan kıymetli bir dostunun referansı ile beraberinde getirmişti. Bir manga İngiliz askeri, aşçı ve çocukların mürebbiyesi hariç, seyislerden uşaklara, hizmetçilerden bahçıvanlara, malikâne ve arazisinde vazifeli olan herkes Hintliydi. Hal böyleyken, işini gücünü yönetecek, gerek malikânenin gerekse Sir Fitzgerald'ın şahsi işlerini çekip çevirecek kişinin İngiliz olması uygun görülmüştü. Bu da Robert'i, Sir Fitzgerald ile zevcesi ve iki küçük çocuklarından oluşan çekirdek ailenin adeta beşinci ferdi haline getirmişti. Sınırlarını kendi çizdiği bir özgürlük alanında istediği gibi hareket edebiliyordu. Sir Fitzgerald Hintli berberine tıraş olurken ona gazete okur, beraber kriket oynarlar, kaplan avına çıkarlar, zevcesinin gezintilerine eşlik eder, çay partilerine katılır, çocukları file bindirir, hasılı nerede olması gerekirse orada olur, nerede durması gerekirse orada dururdu. Bir gölge gibi sessiz ve efendisine sadıktı.

Bu serüvene atılmaya ilkin tereddüt etse de, gizemli ve bereketli ülke Hindistan'ın çağrısına karşı koyamamış, bunun aynı zamanda içsel bir yolculuk da olacağının farkındalığıyla tamam demişti. Haftalar süren meşakkatli deniz seferi neticesinde Mumbai toprağına adımını attığı ilk anda, sadece kara tutmasından ötürü değil, baharat kokuları, renk ve ses cümbüşünden de dönmüştü başı. Edebiyatla iştigal etmesinin bir tezahürü olarak daima etrafını gözlemler, ileride hatırat yazma fikri ile küçük defterine notlar alırdı. Bu yeni dünyada gördüğü her şeye o kadar yabancıydı ki yazmaya kalktığı takdirde defter kalem yetmeyeceğinden, kısa süre sonra kendisini hayatın akışına koyuvermişti.

Esasen kendisi de bir nevi hizmetliydi, ancak burada etrafında pervane olan hizmetçiler çamurlu çizmelerini kucaklayıp çıkarmak, tırnaklarını kesmek, ayaklarını yıkamak gibi her türlü işine bitmez bir enerji ve hızla koşturuyorlardı, bu da Robert'i afallatıyordu. Yüksek bir memur yahut tacir değildi, sadece İngiliz olduğu için, kendi ülkelerinde Hintlilerden asilzade muamelesi görmek onu kısa sürede derin düşüncelere sevk etti. Kendisi de yoksul bir çocukluk geçirdiğinden dolayı, böyle bir muhasebeye girişmesi zor olmadı. İçsel yolculuğu, içsel bir çatışmaya dönüşüyordu.

Mükellef sofraların kurulduğu, her yerinden refah ve esenlik fışkıran malikânedeki yeni hayatının adeta bir dekor olduğunu anlaması için gerçek dünyaya, bahçe kapısının dışına çıkması yetiyordu. Zayıflıktan kemikleri sayılan, onulmaz hastalıklara tutulmuş zavallı çocuklar, hazan yaprağı gibi titreyip yine de çalışmak zorunda olan takatsiz ihtiyarlar, şişko beyaz adamı taşımak için tahtırevan altında inim inim inleyen talihsizler ve buna benzer nice dünya ağrısı, ruhunda yaralar açıyordu Robert'in. Sefahat ve sefalet arasındaki gelgitleri neticesinde, Hindistan'da geçirdiği bir yılın ardından İngiltere'ye dönmeyi düşünmeye başlamıştı.

Bu düşünceyi ilmek ilmek işleyip içinde büyüttüğü o günlerin birinde, akşam yemeği sonrası Sir Fitzgerald tarafından bahçede puro içmeye davet edilmişti. Bir iki hoşbeşten sonra, Sir Fitzgerald esas mevzuya gelip meramını anlatmaya başladı.

"Takdir edersin ki Robert, bir babanın evlatlarına bırakabileceği en kıymetli miras, onlara sunacağı kaliteli bir eğitimdir. İstikbalin ne getireceğini bilemesek de, beşeri vazifemiz günümüz koşulları ölçüsünde ona en iyi şekilde hazırlanmaktır. Dünya değişiyor. Bugün artık elektrikle aydınlanıyoruz, yarın kim bilir ne olacak? Mary ve Rose bu değişen dünyanın çocukları. Burada, etrafı muhkem duvarlarla çevrili bu sarayda, Britanya'da ne öğreneceklerse, onu öğreniyorlar. Shakespeare, piyano, tarih... Belki anavatanlarından farklı olarak birkaç maymun besleyip egzotik meyvelerden yiyorlar. Fakat ben daha fazlasını istiyorum. Burada geçirdikleri zaman zarfında, Hindistan kültürüne dair onlara fayda sağlayacak şeyler. Öyle ki, yarın anavatanlarına döndüklerinde oradaki akranlarından bir farkları olsun. Birisi yedi, diğeri dokuz yaşındaki iki küçük kıza bu topraklara dair ne aşılayabilirsin? Masal... Evet, doğru duydun, erdem ve bilgelik dolu kadim Hint masalları. Senden isteğim dilimizi konuşabilen ve bu işi layıkıyla yerine getirebilecek bir masalcı bulman. Mademki uzun yıllar buradayız, öyle değil mi Robert, birisi gelip geceleri onlara masal anlatsın. Ne dersin?"

Bunun üzerine Robert, İngilizce yayımlanan bir gazeteye ilan vermiş, neticesini beklemeye koyulmuştu. Mülakat günü gelip çattığında, konağın kabul salonuna inince, yalnızca tek bir adayın beklemekte olduğunu görüp hayal kırıklığına uğrasa da, abanoz kütüphanenin önünde eline aldığı bir kitabı karıştıran müstakbel masalcıya yaklaştıkça, duyguları hızla değişmeye başladı. Bu Robert'in Nisha'yı ilk görüşüydü.

Nisha Seth, talip olduğu vazifeyi layıkıyla yerine getireceğinden kuşku duyulmayacak aurasıyla, kendisi başlı başına bir masaldan çıkmış gibi gözüküyordu. Robert kendini bu güzelliği mülakata tabi tutmakta âciz hissetti. Öyle ki, genç kızı sınamak ayıpmış gibi soru sormaktan çekiniyor, hatta doğru düzgün konuşamayıp kem küm ediyordu. Eh, Nisha akıcı İngilizcesi ve masallar konusundaki bilgisi ile aranılan asgari şartları sağladığına ve başka da aday olmadığına göre, zaten işi almış demekti, uzatmanın ne anlamı vardı ki? Buraya geldiğine göre gazetede teklif edilen maaşı da pek tabii kabul etmiş demekti. Teferruatlar lüzum görüldüğü takdirde zaman içerisinde halledilirdi, öyle değil mi? Pekâlâ, yarın akşam dokuz buçukta başlayabilirlerdi. Uygun muydu? Harika! Böylece Robert Hindistan'da kalmak için kuvvetli bir gerekçeye sahip oluyordu.

Genç adamın artık hayalle gerçeğin birbirine karıştığı iki dünyası vardı. İlk günden itibaren her gün bir kat daha ekleyerek yükselttiği bu dünya ile beraber kendisi de yükseliyor, bakış açısı değiştikçe algılama biçimi de farklılaşıyordu. Nisha, masalın tesirini artırmak için odayı elektrik yerine kandil ışığı ile aydınlatır, beraberinde getirdiği birtakım efsunlu tütsüleri yakar, hem yataklarındaki çocukları hem de odanın bir köşesinde sessizce oturan Robert'i başka âlemlere sürüklerdi.

Bazen yüksekten dökülen bir çağlayan olurdu masalcının sesi, bazen hüthüt kuşu, bazense Robert'in adını bilmediği telli bir şark sazı. Odanın yüksek tavanı çatırdar, ardı sıra karanlık gökyüzünde Kehkeşan belirir, uçsuz asumanın altında masalcının gözlerinde kaybolurdu Robert. O ahu gözler ki gecenin kapısı, hiç şüphe yok ki Tanrı yapısıydı. Köpeğe dönüşen kadınlar, saraydan kız kaçıran ecinniler, başı bulutları delen devler ve daha neler neler anlatıyordu her gece masalcı. O tutinin dilinden damlayan balın tadına bir kerecik olsun bakabilmek için yanıp tutuşurken Robert, dinlediği tüm masallara kayıtsız şartsız inanıyordu. Hele Nisha, arada bir gözlerini kucağındaki kitaptan yahut kendisini meftun halde dinleyen çocuklardan alıp, oryantal üsluptaki kemerli pencerenin önünde sigara içen Robert'a nişanladı mı, bedeni ruhuna dar geliyordu genç adamın.

Her gece dinlediği masallardan pek çok hikmet dersi almıştı. Öğrendiği şeylerden biri de dünyanın bu tarafında, aşka atfedilen kutsallıktı. Yüzlerce masalsı gece geçmesine rağmen Nisha'ya bir türlü açılamamasının sebeplerinden biri buydu. Diğeri ise aşkını karşılıksız bırakırsa genç kızın masal anlatmayı da bırakabileceği korkusuydu. Nisha Robert'i sadece Hindistan'a değil, hayata da bağlıyordu artık. Bir gün gelecek, birlikte bir gemiye binecek ve çok uzaklara gideceklerdi.

Bahçe kapısına uzanan yoldan, bir siluetin yaklaşmakta olduğunu görünce, Robert'in kalp atışları hızlandı. Nisha geliyordu. Sir Fitzgerald'ın sözünü kesmek pahasına "Efendim" deyip bakışlarıyla bahçeyi işaret etti, "izniniz olursa ben Bayan Seth'i çocukların odasına çıkarayım."

Sir'in izniyle heyecanlı adımlarla havuz başına yürüdü, göğsüne bastırdığı masal kitabıyla süzüle süzüle yaklaşan Nisha'yı karşıladı.

"Hoş geldiniz."

Nisha, mahcup bakışlarını yerden kaldırmadan "Hoş bulduk" diye karşılık verdi usulca. Robert, Nisha'nın baktığı yere basmaktan hicap duyacak kadar incelmişti aşkın mengenesinde. Sonra onu eliyle yanına buyur etti, beraberce malikânenin merdivenlerine doğru yürümeye başladılar.

Çocukların üst kattaki odalarına varana değin konuşmamışlardı, hoş, Robert konuşmaya bir başlasa sonsuza kadar susmayacak ölçüde dolmuştu. Bir köşede oturan hizmetçilerinin nezaretinde oyuncak bebek evleriyle oynayan kızlar, Nisha'yı görünce yanına koşup genç kadına sarıldılar. "Namaste" deyip başıyla selam verdi Nisha, "Küçük hanımlar beni özlemişler mi?" Sir Fitzgerald'ın kızları başlarını sallayıp bir ağızdan "evet" dediler. Robert hizmetçiye gözleriyle işaret edip gidebileceğini belirttikten sonra, artık âdetleri olduğu üzere odanın dört bir köşesindeki kandilleri yaktı. Kızlar yataklarına kuruldular. Robert da ışıkları kapattıktan sonra pencerenin önündeki berjere yerleşti. Odada dans eden gölgeler bile sabırsızlanıyor gibiydi.

"Dervişin masalında kalmıştık, öyle değil mi? Bu gece sizlere onu anlatacağım. Hazırsanız başlayabiliriz. Evvel zaman içinde bir derviş yaşarmış..."

Gelibolu-1915

"Vakt-i şerifler hayrola, hayırlar fethola, şerler defola... Kulüb-ı âşıkan güşâd ola... Demler, safâlar ziyâde ola... Dem-i Hazret-i Mevlâna, sırr-ı cenâb-ı Şems-i Tebrizi, kerem-i İmâm-ı Ali Şefaâti Muhammed-i nebi... Hû diyelim. Hû!"

Gülbankın ardından Şeyh Efendi semahanenin kapısına doğru usul usul ilerlerken, Muharrem nefesini tutmuş, mühürlü ayaklarından gayrı yere bakamıyordu. Hoş, ola ki efendisi ile konuşma lütfuna erişse dahi edep gereği, ya belcesine, yahut göğsüne, kalp hizasına bakar idi. Hatta ve hatta o heybetli endamına göz ucuyla dahi bakmak şöyle dursun, sultanının davudi sesini işitse içindeki can kuşu kafesini kırmak ister gibi çırpınmaya başlar idi. Niceleri adına aşk derlerdi ki, hem vallahi hem billahi zerre miktarı aşk yoktur o gafillerin sözlerinde. Halbuki ol fakirin şeyhine aşkı, kelama sığmazdı. Nasıl ki Cenab-ı Pîr buyurmuştu, aşkın yedi şehrinden geçtikten sonra hâlâ ilk şehrin ilk sokağında idik deyu, Muharrem nam garibin ufkunda ilk şehir dahi zuhur etmemişti, lakin ol şehrin sahibine bir lahza dahi çekinmeden canını verir idi.

Muharrem o gece çilehanesinde nafile namaz kılıp yarım cüz Kuran okuduktan sonra on sekiz çark sema talimi edip nihayet başını yastığa koydu. Koydu koymasına, lakin evvel zaman hatırına düşünce, uykusu gelmek bilmedi. Biiznillah, aşılmayacak dert yoktu şu hayatta. Hatta dervişler

Allah derdini artırsın derlerdi birbirilerine. Çünkü Hazreti Yunus'un buyurduğu üzere O'nun kahrı dahi hoş, lütfu dahi hoş idi. Yine de acılar yüreğine oturdu mu içli içli ağlar, anasının babasının hasretini dindirmek içün, kavuşacakları günü hayal eder, nihayetinde gözyaşlarını silip şeyhinin sahibanlığına sığınırdı.

Yine yaşlı gözleri çerağa dalmış, acılar yüreciğine saplanmıştı. Seyrinde çocukluğuna vardı. O zamanlar cennette yaşadığını sanırdı Muharrem. Ve içindeyken zamanın, bunun her dem bu nevi devam edeceğini zannederdi. Hatta zannetmezdi, bu fikirlere ayıracak vakti yok idi. Kötünün ne olduğunu bilmeyen birisi onu hayal edemezdi. Hayal edilecek bir kötü olduğunun şuuruna dahi erişmemişti. Fakat şer bir gölge gibi yaklaşıyordu. Gölgenin varlığından söz ediyorsak şayet, ortada onu oluşturan bir de sahici şer var demekti.

Devlet-i Aliye'nin en buhranlı zamanlarında, havadislerin günler sonra ulaklar vasıtası ile eriştiği Makedonya dağlarına sırtını yaslamış güzelim Bekirlija köyünde, tüm şerlerin uzağında vişne kokulu bir çocukluk hülyası içerisindeydi Muharrem. Yirmi üç baş koyunları var idi. Akranı Osman ile beraber iki komşu, hayvanlarını otlatmaya götürürler, bazen arazide geceleyip köye dönmedikleri dahi olurdu. Anası çıkınını sarıp dualarla yollardı evladını. Ateş yakıp yıldızları seyrederek uykuya daldığı o geceler çok uzağında kalsa da asla hatırından çıkmıyordu. Kim bilir ne hülyalara dalmış, belki de uyumak üzereyken "Gördün mü" diye sorardı Osman heyecanla, "yıldız kaydı." Bazı yıldızların yolculuğu o denli uzun sürerdi ki şarktan garba göğü kat edip ancak gözden kaybolurdu. Osman sonra köyün imamı olan dedesinden öğrendiklerini satardı Muharrem'e.

"Bir yıldız kayıyorsa bil ki Allah katından haber çalan cinleri kovmak içindir."

Kayan yıldızları saymak, en harikulade ressamın fırçasının boyamaya yetmeyeceği güzellikteki asumanı hayretle izlemek, serinlik çöktükçe kepeneğin altında iki büklüm kıvrılmak, uykuya dalmadan hemen evvelki o tarifsiz his, kayan yıldızlardan karanlığa dökülen tozlar ve nihayet iki yıldız arasına hamak kurup kendini meçhul ama karşı konulmaz tatlılıktaki uykunun kollarına teslim etmek...

O gün hasta olan Osman gelmemişti. Muharrem arazide bir başınaydı. Uzay boşluğunun azametinden mi, yoksa Osman'ın anlattığı cin hikâyelerinden mi bilinmez, içinde bir ürperti vardı. Rüzgâr çayırları yalayarak yöresinde geziyor, böcek çıtırtıları ile habire dikkat kesiliyor, önce Allah'a sonra köpeğine güveniyor, fakat bir türlü uykuya dalamıyordu. Cin taifesi kendi korkunç suretlerinde zuhur edebileceği gibi âdemoğlu kisvesi altında da gelebilirlerdi. Böyle bir halde Abdülkadir Geylanî Hazretleri'nden medet dilenmesi gerektiğini bir Kadirî şeyhinin torunu olan annesi tembihlemişti Muharrem'e. Mesela evvel zaman içinde çölde bir başına cin kervanına rastgelen bir zavallı derhal onun ismini anmış, kendini bu şekilde muhafaza etmişti. Yine Hazreti Peygamber bir gün sahabeden birini yanına alıp dağa götürmüş, mübarek parmağıyla yere bir halka çizip içine oturmasını ve asla çıkmamasını, yoksa kıyamete kadar kendisini bir daha göremeyeceğini buyurmuştu. Az sonra kuş sürüleri gibi uçuşan cinler Peygamber Efendimizin etrafını sarmış, Allah'ın Resulü onlara Kuran okumuştu. Çünkü insanların olduğu gibi cinlerin ve dahi diğer tüm mevcudatın peygamberiydi.

Muharrem bu vehim eşliğinde, ateşi sürekli beslemek için bir gözü açık, Felaklarla Naslarla sabahı zor etmiş, tanyeri ağarınca da köye dönmek için yola koyulmuştu. Arada koyunları otlatmak için molalar vererek iki üç saat yürüdü. Köye giden patikaya henüz kavuşmuştu ki, ileriden katırlarla, eşeklerle, atlarla ve yükleriyle, tozu dumana katan bir kalabalığın kendisine doğru geldiğini görüp şaşırdı. Bunun bir cin kervanı olması ihtimaliyle de derhal manevi zırhını kuşanmak için Abdülkadir Geylani'den medet diledi. Kalabalığın önündeki atlılardan biri Muharrem'e doğru sürdü hayvanını. Kaytan bıyıklı, yağız bir delikanlıydı. Sırtında tüfek olduğu gibi, üzerine de çapraz fişek kuşanmıştı. At, altında dört dönüyor, delikanlı açısını Muharrem'e ayarlamak için sürekli yüzünü ondan yana çeviriyor, bir yandan da huzursuz olan hayvanını zapt etmeye çalışıyordu.

"Çüş! Selamün aleyküm küçük çoban. Kimsin, nereden gelir, nereye gidersin?"

Muharrem muhatabının Müslüman olduğunu görünce biraz rahatladı.

"Aleyküm selam. Adım Muharrem. Bekirlija'dan Kara Hüseyin'in oğluyum. Koyunlarımızı otlattım, köye dönüyorum."

Atlının bu cevap karşısında beti benzi attı. Bir süre ne diyeceğini düşündü. Sonra da, "Ben Dorfulija'nın imamı Nizam'ım" dedi. Ne var ki sanki söylemek istediği şey bu değildi de esas meseleye dili varmıyordu. Sonra da "Bekle az" deyip atını gerisingeri sürdü. Muharrem matarasını dudaklarına götürüp birkaç yudum su içti. İmam hızla yaklaşan kalabalığa dönmüş, at sırtında olduğu halde ön saftakilere bir şeyler anlatıyordu. Az sonra üç atlı Muharrem'e doğru yaklaştı. Atlardan birinde İmam Nizam, diğerinde tanımadığı bir ihtiyar, üçüncüsünde ise kendi köyünden babasının da arkadaşı olan Ali vardı. Ali derhal atından inip Muharrem'e seğirtti. Koskoca adam hüngür hüngür ağlamaya başlamış, teselliyi yalnızca o verebilirmiş gibi Muharrem'e sarılmıştı. Bir yandan sarsıla sarsıla ağlıyor, bir yandan çocuğun kemiklerini kıracakmış gibi sarılıyordu. Muharrem şaşkınlıktan ne diyeceğini, ne yapacağını şaşırmış, adamın sarılmasına karşılık dahi verememiş, öylece dikeliyor, neler olup bittiğine dair bir izah bekliyordu. At sırtındaki ihtiyar ağlama nöbeti sonlanmayan Ali'nin bir süre daha konuşamayacağını anlamış olacak ki müdahil olup kendi anlatmaya başladı.

"Evladım, bizler Dorfulija köyündeniz. Bilirsin, sizin köye yarım gün ötede. Dün gece bu Ali geldi bizim köye. Atı çatlayacaktı neredeyse. Kâfirler sizin köyü basmış. Bu gariban zor kaçıp kurtarmış kendini. Başka da kurtulan olmamış. Allah şehadetlerini kabul etsin. Herkesi kırmışlar, köyü yakmışlar. Biz de derhal toplanıp yola koyulduk. Sen de bize katıl. Başka nereye gidersin? Arkadan geliyordur kâfir. Sana da kıyarlar. Eğlenecek vakit yok."

Muharrem nihayet babası yaşındaki Ali'ye sarıldı. Sarılmasa düşecekti, ayakları tutmuyordu. Biri çocuk, biri koca adam, iki köylü ağlaşmaya başladılar. Ali'nin zatında anasına, babasına, köyündeki herkese, Osman'a ve yitip giden tüm hayatına sarılıyordu Muharrem. Bu manzara karşısında yaşlı adam ve imam da at sırtında gözyaşlarını tutamamışlardı. Az sonra Dorfulija köyünün kervanı yanlarına ulaştı. "Devam" diye emir verdi ihtiyar, gözlerini silip. Anlaşılan o ki gerçekten de kaybedecek vakit yoktu. Öküz arabasına bindirilmiş kötürüm ihtiyarlar tavukları kucaklamışlar, el kadar bebeler eşek heybelerine yüklenmişti. Yalnızca yolda hayatlarını idame ettirmelerine yarayacak lüzumlu şeyleri yanlarına alan yüz elli iki yüz kişilik Dorfulija köylüsü acıklı gözlerle bakıyordu yanından geçerken Muharrem'e.

Böylece tepetaklak olan hayatı, bilinmeze doğru savrulmaya başladı Muharrem'in. Koyunları ile kervana dahil olup, ağlaya ağlaya yürümeye başladı. İşin içinde köylüsü Ali olmasa asla bunu kabul etmez, ölümü göze alıp evine koşardı. Onun söyledikleri ikna etmişti Muharrem'i. Herkese kıydılar demişti hıçkırarak. Köy camisinin, ahırların, evlerin nasıl ateşe verildiğini, çocukların ağlamalarını, kadınların feryatlarını anlatmıştı yumruk yaptığı elini iman tahtasına vura vura, dövüne dövüne. Ali bir yandan ağlıyor, bir yandan sanki anasını, babasını, köyünü görecekmiş gibi dönüp dönüp ardına bakıyordu. Ne olacaktı, nereye gidecekti, henüz bu nevi sorulara sıra gelmemişti yangın yerini andıran aklında. Ailesinin katledildiği hakikatine alışabilmesi için günler, haftalar, aylar gerekecekti.

Kafile olabildiğince hızlı hareket ediyor, akşam karanlığında dahi ilerleyebildiği kadar ilerliyordu. Arada hayvanların soluklanması ve beslenmesi için duraksıyor, namazların yalnızca farzını eda edip derhal yola koyuluyorlardı. Nihayet geceyi geçirmek için konaklamaya karar verdiler. Yaklaşan tehlikeyi civardaki Müslüman köylerine haber vermek için sağa sola atlı ulaklar yolladılar. Gündüzki ihtiyar Muharrem'in yanına gelip koyunları için para teklif etti. Hayvanların da bir anlamı kalmamıştı, öyle ya. Her gün kesecekleri iki üç koyunu aşlarına koyacaklardı. Muharrem böyle bir durumda utanıp para teklifini geri çevirmeye yeltendi. Onu yanlarına alarak zaten büyük bir iyilik yapmış, canını kurtarmışlardı. Ancak ihtiyar bunu kabul etmedi. Zaten ödeyebilecekleri para yekûn bedelin ancak yarısı ediyordu, elde avuçta bir şey yoktu. "Peki" dedi Muharrem. İhtiyarın verdiği çıkını, açıp saymaya lüzum görmeden koynuna soktu. Paraya değil, teselliye ihtiyacı vardı. Yemek zamanı taze kavurmadan yerken gözleri dalıyor, lokmalar boğazına takılıyordu. O gece eli silah tutan erkeklerin nöbet tuttuğu geniş bir halkanın ortasında, ancak arazide yalnız geçirdiği gecelerden bile yalnız bir vaziyette, yaşlı gözlerle gökyüzünü seyrederek uyuyakaldı. Sabah ezanı vaktinde apar topar yeniden yola koyuldular. Ve aynı hal günlerce sürdü. Kâh önceden haber alıp kendileri gibi yola koyulmuş ahalinin terk ettiği boş köylerden geçtiler, kâh göç yolundaki başka köylülerle birleşip büyüdüler. Koyunları azala aza bitti Muharrem'in. Geriye yalnızca yanından bir an olsun dahi ayrılmayan köpeği kaldı. Uzak dağların yamaçlarında karanlık geceyi aydınlatan yangınları görüp tedirgin oldular, vadilerde yankılanan top sesleri ile uykuları bölündü. Viranelerden, yanmış köylerden, ekinlerin kaderine terk edildiği tarlalardan geçtiler. Filibe'ye, Drama'ya, Selanik'e gitmek için ayrılan kafilelerle beraber kervan sürekli küçüldü, yeni dahil olan köylerle sayıları yine arttı. Balkan Harbi patlamak üzereydi. Hatta bazı yerlerde çatışmalar başlamıştı. Yolda askerlere rastladılar. Silah kuşanıp orduya katılanlar oldu. Muharrem hâlâ nereye gideceğini, ne yapacağını bilmiyor, köylüsü Ali'nin yola devam etmesine bakıp "Vardır herhalde bir bildiği" deyip ertesi gün ne olacağını düşünmeden yürüyordu. Bir haftalık bu perişan yürüyüşün ardından, çarıkları artık parçalanmak üzereyken, deniz kıyısındaki bir şehre eriştiler: Kavala. Burada aileler, akrabalar ayrışıp bölünmeye başladılar. Herkes kendi kaderini tayin edecek, kendi yoluna gidecekti. Muharrem soluğu köylüsü Ali'nin yanında aldı. Yol üzerindeki Yanniça'dan aldığı tütünü sarıp sigarasını dudaklarına konduran Ali, bir süre düşündükten sonra fikrini söyledi.

"Muharrem, ben İstanbul'a giderim, lakin sen daha çocuksun, ne yaparsın, ne edersin evladım? En iyisi sen Gelibolu'ya git. Orada Gelibolu Mevlevihanesi'ni bul. Bizim bir köylümüz var orada. Adı Şemsettin. Babanı da tanır. O sana sahip çıkar, orada barınırsın. Benimle gel diyeceğim de, İstanbul'da ne yapacaksın? Tamam mı Muharrem, oldu mu?"

Ali ile helalleşip ayrılmaları bu şekilde oldu. Böylece Muharrem iki gün sonra koyunlardan gelen parayla Kavala limanından Çanakkale'ye gidecek bir istimbota bilet aldı. İki gece şehrin en ucuz, en köhne hanlarında uyudu. Nihayet hareket sabahı gelip çatınca erkenden limana gitti. Köpeğini istimbota almadılar, gözyaşları eşliğinde hayvanını kıyıda bıraktı. Sahibini bir daha göremeyeceğini hissetmişti ki köpek de ağlıyordu. Artık hayatta kimsesi kalmamıştı.

Mevsim hazandı. Havadaki sıklat biçare oğlanın ruhuna

da sirayet etmişti. Güvertede hava almak ve yemek haricinde kamarasından pek az çıkıyor, o vakitlerde de mütemadiyen yaşlı gözlerle kül rengi denizi seyredip ailesini düşünüyordu. Geceleri ise bilinçaltında saklı kalmış anılar rüyalarına giriyor, uykuları çoğu zaman hıçkırıklarla yarıda kalıyordu. Beyaz şamliyası ile anacığının güzel yüzünü gördüğü vakit ise sanki olan biten her şey bir kâbusmuş ve bir gün uyanacakmış gibi huzurla doluyordu yüreği; ne var ki gözlerini açıp anasının kucağında değil de tanımadığı birtakım adamlarla denizin ortasındaki bir kamarada olduğunu idrak edince, bir kez daha hayal kırıklığına uğruyor, bir kez daha ağlıyordu başını yastığına gömüp. On dört yaşındaki bedeni, bunca kahrı taşımakta zorlanıyordu.

Üçüncü günün sabahında istimbot Çanakkale limanına kıçtankara bağlandı. Rüzgârlı bir gündü. Muharrem karaya ayak bastı. Bir süre kara tutması yaşadığı için başı döndü ve yürürken sendeledi. Sonra kendine geldi. Evvela Gelibolu'ya nasıl gideceğini öğrenmek zorundaydı. Bir geminin yükünü boşaltırken cigara molası vermiş olan hamallardan öğle ezanını müteakip Gelibolu'ya kalkacak bir teknenin olduğunu öğrendi. Bir hayli vakti olduğu için hem aç karnını doyurmak hem de gezip dolaşmak için sahil boyunca yürümeye koyuldu.

İnsanların yüzlerindeki mutsuzluk sabah ayazından değil ise, ortada fevkalade ters giden bir şeyler var demekti. Mektebe giden kendi yaşındaki fesli talebeler, arabacılar, balıkçılar, zabitler, dükkânlarının önünü süpüren esnaf, gazete satıcısı al yanaklı oğlan, hasılı Muharrem'in gördüğü herkesin bildiği, bir tek Muharrem'in bilmediği bir hakikat var gibiydi. Şayet okumayı bilse idi gazeteci çocuğun önündeki tomara göz attığı vakit "Balkan Harbi Başladı" yazısını okuyup etrafta tezahür eden bu buhranın sebebini de böylece anlayabilirdi. Bunun yerine Saat Kulesi'nin önünde toplaşan kalabalığa ateşli bir nutuk çeken adamdan öğrendi ne olup bittiğini.

"Bu şerait bize göstermiştir ki, artık tebaa olmak değil, millet olmak lazım gelir. Hürriyet kisvesi altında devlete baş kaldırıp Ohri'de, Prizren'de Müslüman'ın kanını döken kâfir, burada dahi aramızda dolaşıyor. Orada camileri yakıyorlar, burada kiliselerinin çanları çalıyor. Bulgar kâfirinin askeri Edirne'ye yürüyor, mezalim üzerine mezalim havadisi geliyor, ancak buradaki Bulgar her sabah emniyetle dükkânını açıyor. Buna nasıl yüreğiniz el veriyor ey ahali?"

Konuşması sık sık "Yaşa! Var ol!" nidalarıyla kesilen adam az sonra istanbulininin cebinden buruş buruş bir kâğıt çıkarıp yüksek perdeden Hürriyet Kasidesi'ni okumaya başlayınca Muharrem yanındaki adama ne olup bittiğini sorup Balkan Harbi'nin başladığı yanıtını aldı. Böylece derin düşüncelere gark olup ağır adımlarla kalabalıktan uzaklaşmaya başladı. Belki de hiç gelmemeliydi buralara. Yolda karşılaştığı askerlere katılıp cepheye gitmeliydi. Topraklarını savunur, ölürse de ana babasının öldüğü yerde ölürdü. Hem bu acıyı kendisine yaşatan kâfirlere karşı hiç olmazsa bir tanecik kurşun sıkmış olurdu. Hayatta kaybedecek hiçbir şeyi kalmamışken en doğrusu memleketinde kalmaktı. Şimdi ne olacaktı? Harp bitince köyüne dönecek miydi? Kimse kalmamıştı ki oralarda! Ya harbi kazanamazlarsa? Bu ve buna benzer düşünceler sahil boyunca dalgın gözlerle yürürken de beynini kemirdi, bir sütçüde iştahsızca kahvaltı yaparken de. Aynalı Çarşı'yı gezerken dahi etrafa boş gözlerle bakıyor, zihninin bir yanı sorularla meşgul olduğundan, baktığı yerde ne olduğunu görmüyordu.

Öğleye doğru tekrar limana gidip Gelibolu'ya kalkacak istimbotu buldu. Sefer boyunca güvertede denizi seyredip yanına gideceği köylüsünün ismini hatırlamaya çalıştı. Nurettin miydi, yoksa Fahrettin mi? Gelibolu toprağına ayak basıp sora soruştura Mevlevihane'ye yürürken, patika yolda onlarca adamın kendisi ile aynı menzile ilerlediğini fark etti. Çıplak ayaklı bir oğlana yaklaşıp "Mevlevihane'ye mi gidersin?" diye sordu. Muharrem'i baştan ayağa şöyle bir süzüp "He ya" dedi oğlan, "fukara lokma edecek." Böylece yoldaki kalabalığın sebebini anladı. "Bila bedel mi?" diye bir soru daha sordu, ancak kelimeler ağzından çıkar çıkmaz pişman oldu. Her hallerinden gariban oldukları anlaşılan bu insanlar yemeğe para verecek olsalar böyle yamalı esvaplar giymezlerdi herhalde. Oğlan Muharrem'in saflığına güldü. "Bana baksana kızan, fıçıda yatarım ben geceleri." Sonra da ilave etti, "Bedelini Mevlana ile Şems Hazretleri öder." "Şemsettin" diye haykırdı gayriihtiyari Muharrem. Köylüsünün adı buydu işte, Şemsettin. Yüzüne bir tebessüm yayıldı. Bunun günler sonra ilk defa olduğunun farkında değildi.

Muharrem, fukara için sofra açan dervişlerden birine Bekirlijalı Şemsettin'i sordu. Onu sarışın, yeşil gözlü, babası yaşlarında bir adamın yanına götürdüler. Görür görmez "bizim oraların adamı" diye geçirdi içinden, kanı ısındı. Gelibolu Mevlevihanesi hizmetnişininden bu zat ise, dervişlerin yanına getirip "Sizi sorar" dediği çocuğa bakıp sakalını sıvazlayarak bir şeyler anımsamaya çalıştı. Bir müddet düşündükten sonra "Adın ne senin evladım?" diye sordu. "Muharrem" yanıtını alınca bakışları boşlukta asılı kaldı. Kısa zaman evvel Balkan Harbi'nin başladığını öğrenince memleketi için endişe ettiğinden ağlamış, gözyaşları şeyhi tarafından görülmüştü. Şeyh, "Şimdi ağlama evladım" demişti, "Muharrem gelince ağlarsın." O zaman şeyhinin Hazreti Hüseyin'in şehit edildiği muharrem ayını kastettiğini düşünüp halinden utanmıştı. Oysa Muharrem şimdi gelmiş ve kim bilir ne haberler getirmişti.

Yeni Zelanda-1915

Erkeklerin kadınları etkilemek için bir yabandomuzunu ya da geyiği sırtlayıp mağaralarına getirmeleri gereken zamanların üzerinden çağlar geçmişti, onları etkilemek için spor arabalar ve kabarık cüzdanlara başvurmalarına ise henüz zaman vardı. Bu ikisinin arasında bir yerlerde, aynı anafikrin farklı bir tezahürü olarak, lise son sınıf talebesi Kevin Coyle, kendi güç gösterisine girişip kadınını etkileme derdindeydi. Okullar arası yarı maraton için aylardır antrenman yapmış, yediğine içtiğine dikkat etmiş, esaslı bir hazırlık sürecini geride bırakmıştı. Gelgelelim yarışın yapılacağı sabaha dinç bir şekilde uyanmak için sütünü içip erkenden kafayı yastığa vursa da bir türlü gözüne uyku girmiyordu. Onu uyutmayan şey hatırına düşen gözlerdi. Okulun en güzel kızı Melanie Fox'un okyanus mavisi gözleri.

Kevin duygularını ifade etmede başarılı biri değildi. Uzun süredir uzaktan seyretmekle yetindiği Melanie'ye sevgili olmayı teklifi edemeyişinin sebebi de buydu. Ama yanlış anlaşılmasın, son derece hisliydi de. Melanie'nin gözlerini gerçekten de bir okyanus olarak tahayyül eder, kendini bu okyanusun derinliğe emanet ederdi sık sık. İplerin elinde olduğu hayaller âleminde her şey iyiydi hoştu, fakat elini çabuk tutmazsa günün birinde ragbi takımındaki irikıyım puştlardan biri kızı koluna takıp gidecekti. Zira Melanie'nin bir iki teklifi nazikçe savuşturduğunun haberini almıştı bile.

Kevin lanet ragbi takımında yer edinemeyecek kadar sıskaydı. Yüreksiz değildi fakat bir kavgaya girecek olsa bu çelimsiz haliyle duman olacağı ayan beyan ortadaydı. Varlığını ve meylini Melanie'ye aşikâr etmek için nasıl bir yola başvuracağını kara kara düşündüğü o günlerin birinde, okulun ilan panosundaki yarış haberini gördü. Koşmak o zamana değin Kevin için herhangi bir anlam ifade etmiyordu. Bu kararı vermesinde yakın arkadaşı Oliver'ın da epey telkini olmuştu doğrusu.

"Hadisene, düşünecek ne var! Yarış iki ay sonra. İki ayda uçmayı bile öğrenir insan. Bu yarışı kazanırsan bir günlüğüne şehrin en ünlüsü sen olacaksın. Gazetelere adın yazılacak! İşte sana Melanie'nin karşısına çıkmak için muhteşem bir fırsat!"

Kevin, böylece pek bir beklentiye kapılmadan komiteye ismini yazdırdı ve o gün okul çıkışı eve uğrayıp üstünü başını değiştirdikten sonra koşmaya gitti. İşlev bozukluğu olmayan iki ayağa sahip her insanın yapabileceği bu basit eylemin, koşmanın, sanıldığından daha zor olduğunu daha ilk günden anlamıştı.

İlk hafta yoğun eklem ağrılarıyla anasından emdiği süt burnundan gelse de, çektiği bu fiziksel acıdan tuhaf bir haz alıyordu Kevin. Öyle ya, tüm bu çile kutsal bir amaca yönelikti. Terden sırılsıklam olup yorgunluktan inlerken, altında uzayıp giden yolun onu götüreceği yeri düşünüyor, kendi kendinin yakıtı oluyordu. Pasifik Okyanusu'nun engin mavisi, bir tepenin ardında aniden önüne serilince, Melanie'ye kavuşmuş gibi huzura eriyor, tüm yorgunluğunu unutuyordu. Günler ilerledikçe koşmak bir nevi arınmaya dönüştü Kevin için. Üstelik önceleri olduğu gibi yorulmuyor, bedeni daha da fazlasını istiyordu. Zaman kısaldıkça mesafeler uzadı. Yarışa on gün kala Kevin keşke müsabaka yarı maraton değil de normal bir maraton olsa diye hayıflanırken buldu kendini.

Yarış sabahı ellerini ensesinde kavuşturmuş tavanı seyrediyor, günün sonunda onu neyin beklediğini, neler hissedeceğini düşünüyordu. Annesi oğlunu uyandırmak için odasına girdiğinde, onu böyle efkârlı görünce teselli etmeye yeltendi. Maratona ne kadar hazırlandığını biliyordu evet, ama dünyanın sonu değildi elbette. Kazansa da kaybetse de bir oyundu bu. Öyle değil mi?

"Bilmiyorum" demişti Kevin dalgın gözleriyle, "mevcut dünyanın sonu ve yeni bir dünyanın başlangıcı olur belki..."

Aşkın olduğu yerde hiçbir şey garipsenemezdi elbette, fakat bu kadarı da fazla değil miydi? Kevin start alanındaki komite masasına, önüne iğneleyeceği numarayı almak için gidince, Melanie'yi görüp afalladı. Biricik platonik aşkı, yanındaki iki kızla yarışma heyetindekilerden nasihat almakla meşguldü.

"Evet kızlar, sizler şu alanda bekleyeceksiniz, sakın bir yerlere kaybolmayın. Çiçekler ve madalyonlar da sizlere emanet. Rachel, sen birincinin buketini takdim edeceksin. Melanie, senin vazifen ikincinin çiçeğini vermek olacak..."

Sevdiği kızın önce gözüne sonra gönlüne girebilmek için çıktığı bu yolda, müthiş bir iç çatışma yaşıyordu Kevin. Eğer ikinci olursa, çiçeğini Melanie'nin elinden alacaktı. Amaç birinci olmak mıydı, yoksa birinci olmak Melanie'ye erişmek için bir basamak mıydı? Peki ya haftalar boyu akıttığı ter, çektiği acı ne olacaktı?

Aklına bir şey gelmişti Kevin'in. Masadan bir kalem ve bir parça kâğıt kaptığı gibi bir şeyler karaladı. Kâğıdı sıkı sıkıya katladıktan sonra derin bir nefes alıp Melanie'nin karşısına dikildi.

"Merhaba, senden bir şey rica edebilir miyim?"

"Hey, seni tanıyorum. Bizim okuldasın, öyle değil mi?"

"Evet. Fazla vaktim yok, yarış başlamak üzere. Bu kâğıdı benim için saklar mısın? Yarıştan sonra seni bulup alırım. Gördüğün gibi onu koyacak bir cebim yok."

"Neden olmasın? Demek sen de yarışacaksın. Bol şans."

Startın verilmesiyle genç atletler kaldırımlara dizilmiş seyircilerin tezahüratları eşliğinde şehrin sokaklarında koşmaya başladılar. İlk birkaç milin ardından öndeki sekiz on atletlik grup arkadakilerle farkı açıyordu. Elbette Kevin da bu grubun içindeydi, fakat bedeni parkurda koşadursun, aklı çok başka yerlerdeydi.

Yarış yarılandığında atletler şehirden çıkmış, çevre yoluna girmişlerdi. Geniş bir kavis çizerek başladıkları yere dönecekleri bu yolda, kendilerine eşlik eden vazifeli bir otomobil ve ambulanstan başka kimsecikler yoktu. Kevin hâlâ ne yapacağına karar verememişti.

Son çeyreğe girdiklerinde baştan beri geride olanların pek çoğu yarışı bırakmış, öndeki grubun da yarısı geriye düşmüştü. Kevin iki aydır yaptığı idmanın karşılığını alıyor, son derece rahat bir şekilde starttan bu yana ilk üçteki yerini koruyor, hatta kendini zorlamayıp gücünü son anlara saklıyordu.

Yol onları yeniden şehre getirdiğinde, kaldırımlarda biriken, pencerelerden tezahürat yapan coşkulu kalabalığı görüp heyecanlandı Kevin. Katlandığı onca eziyetten sonra birinci olmayı çoktan hak ettiğini düşündü. Tüm bu insanlar, yarışın birincisi için bağırıyorlardı. İkinciyi hiç kimse konuşmayacak, kimse hatırlamayacaktı. Zapt ettiği enerjiyi serbest bırakınca bir anda kendisini ileride tek başına buldu.

Tüm kalabalığın kümelendiği, herkesin coşkuyla tezahürat yaptığı son yüz metreye girdiğinde, aklında kazanmaktan başka hiçbir şey yoktu. Bitiş çizgisini görünce, bütün zahmete değdiğini hissetti. Hayatının en önemli anıydı hiç şüphesiz.

Sonra birden gözleri ilerideki tören alanında Melanie'yi seçti. Elinde çiçekle yarışı seyrediyor, buketin sahibini bekliyordu. Bitişe yedi sekiz adım kala, şehirde ikisinden başka kimse yoktu artık. Gözü başkasını görmüyordu. Burada bulunma sebebi kafasına dank etmişti. Yavaşlamaya başladı. Kalabalık, muazzam bir son saniye hamlesine şahitlik ettiğini düşünüp iyice coşmuştu. Kimisi hızla yaklaşan ikinci için, kimisi de Kevin'a biraz daha gayret etmesi için bağırıyordu. Fakat o, duyularını her şeye kapatmıştı. İkinciye geçildiğini görünce yeniden hareketlendi. Başkasının kopardığı bitiş ipinden geçerken kalbi yorgunluktan değil, heyecandan hızla atıyordu.

Müsabaka heyeti, yerel gazeteciler ve seyirciler, ipi göğüsleyen çocuğun etrafını sardılar. Törene geçmeden evvel arkadaki atletlerin de gelip yarışın nihayete ermesi beklenecekti. Bu boşlukta bir başına kalmıştı Kevin. Sanki orada değilmiş gibi, kimse görmüyordu onu. Yarışı bile isteye kaybettiği için pişmanlık duymaya başlayacakken, Melanie karşısında beliriverdi. Kevin terden sırılsıklamdı ve it gibi soluyordu. Sevdiği kızın onu böyle görmesi paniğe sevk etti Kevin'ı. Fakat anlaşılan bunlar umurunda değildi Melanie'nin.

"Ne yaptığını gördüm. İstesen yarışı kazanabilirdin. Bitime çok az kalmıştı. Neden böyle yaptın?"

"Sana verdiğim kâğıt duruyor mu?"

"Kâğıt? Ah, evet. Buyur."

"Hayır, senin okumanı istiyorum."

"Benim mi?"

Kevin'ın kalbi tuzağa düşmüş bir kuş gibi çırpınıyordu göğüs kafesinin içinde. "Evet, lütfen" dedi, "ne yazmışım, yüksek sesle okur musun?"

Melanie şaşkınlıkla denileni yerine getirdi. "Haftalardır bu yarışa hazırlanıyorum. İstesem birinci olabilirdim. Fakat ben çiçeği senin elinden almak için bilerek ikinci olacağım. Bana inanmazsın diye bunu kâğıda yazıp yarıştan önce sana veriyorum. Uzun zamandır aklımda senden başka hiçbir şey yok. Kevin."

* * *

Kevin ve Melanie'nin aşkları işte böyle başladı. Fakat zamanın yeli tüm hatıraları savurur, bu yüzdendir ki anlar eksilirken anıların birikmesi yalnızca bir yanılgıdır. Şimdi olan şimdide kalır. Anılar unutulur, adlar unutulur, hatta anlam bile bu akıştan payına düşeni alır. Yosun bağlamış bir mezar taşının belki ad ve anıyı birkaç yüz yıl muhafaza edeceği düşünülebilir, ne var ki günün birinde o taşa bakınca üzerinde yazanları okumaya tenezzül etmeyecek, okusa da herhangi bir heyecan, üzüntü, acıma duymayacak insanların devri gelecektir, bu da anlamın yitişi olacaktır. Kevin ve Melanie, iki fani... Beraberce tek bir fotoğrafları bile olmayan bu âşıkların varlığını ispat etmenin kesin bir yolu yok, ancak bu dünyadan paylarına düşen ne varsa aldılar, bu hususta müsterih olunmalı. El ele günbatımlarını seyrettiler, kırlarda uzun yürüyüşler yaptılar, kalpleri hızlı hızlı çarparak öpüştüler. Belki başlarına nelerin geleceğini bilseler daha farklı yaşar, hatta önlem almaya çalışırlar, en kötü ihtimalle hikâyeleri nihayete ermeden birbirlerine doya doya sarılırlardı, ama şu an bu satırları okurken ertesi gün ya da bir müddet sonra, hayat defterinin birkaç sayfa ötesinde belki, neler olacağını bilmeyen diğer herkes gibi, Kevin ve Melanie de kadere karşı korumasızdı.

Hele zavallı Melanie... Yüzü ne kadar güzelse talihi o denli kara Melanie... Kocası madende göçük altında kalıp hayatını kaybedince annesi dokuz yaşındaki kızını alıp Yeni Zelanda'nın kuzey adasından, güney adadaki erkek kardeşinin yanına taşınmıştı. Hoş, yeryüzünde Christchurch'te bir Anglikan kilisesinin rahibi olan kardeşi Martin'den başka gidecek kimsesi de yoktu. Zavallı kadın, yavrusu Melanie ve kendisi için misafirhanede bir oda ve günde iki öğün aş karşılığında dört sene boyunca kilisenin temizliğini yaptı, sonra da veremden canını teslim etti. Dayısı ise –cemaatinden yadırgayanlar çıksa da– on üç yaşına erişen öksüz yeğeni Melanie'yi rahibe olarak yetiştirmek yerine, iptidai mektebin ardından eğitimine devam etmesini sağladı. İyi bir Hıristiyan olmanın çok çeşitli yolları vardı ne de olsa.

Artık on yedisine basan, iyice serpilen, okulunu bitirmesine az kalan ve tarih öğretmeni olmak isteyen Melanie, günün birinde dayısı ile özel bir meseleyi konuşmak istedi. Kabristanın kıyısında, *renga renga* çiçeklerinin arasında yürürlerken, pötikareli pembe elbisesinin içinde Melanie, ölüme dair ne varsa tüm bunların zıt kutbu gibiydi. İki örgü halinde omuzlarına dökülen saçları rengini güneşten almıştı; yüzündeki duru güzellik ise dolunaydan kesilmiş iri bir dilimin nadide bir Çin porseleninde servis edilmiş hali gibiydi. Tombul bir arı, genç kızın goncaya benzeyen yüzünü çiçek sanmış olacak ki, önünde vızıldamaya başladı. Dayısı Martin elinin tersiyle hayvanı savuşturup "Evet canım" dedi, "ne konuşmak istiyorsun benimle?"

Melanie'nin yanakları kızarmıştı, mavi gözlerini çevirecek yer bulamıyordu. Utana sıkıla Kevin'dan bahsetti. Bir yılı aşkın süredir birbirlerini seviyorlardı. Her ikisi de hislerinden emindi. Safiyane duygularını ileri bir safhaya taşımak, beraber yaşamak, beraber yaşlanmak istiyorlardı. Uzun lafın kısası, Kevin Melanie'nin izdivacına talipti. Niyetleri diplomalarını alır almaz dünya evine girmekti. Tabii vasisi biricik dayısının rızası ve müsaadesi dahilinde olacaktı bunlar. Hem zaten nikâhlarını da kilisede o kıyacak değil miydi?

Rahip Martin bu sözler karşısında hiçbir tepki vermedi. Güzel bir haberin doğuracağı heyecan ve mutluluk gibi ifadeler şöyle dursun, bu düşünceli haliyle sanki memnuniyetsizliğini saklamaya çalışıyor gibiydi. Herhangi bir kaşınma hissetmemesine rağmen elini çenesine götürüp boş boş kaşındı. Söyleyecek doğru düzgün bir şey bulamayınca da "Eh" dedi çenesini sıvazlarken, "bir şey olacaksa, zamanı gelince elbette olur."

Çok değil bir hafta sonra, haber yollayıp görüşmeye çağırdığı Kevin'ı kilisenin narteksinde karşılayıp içeriye buyur ederken, o gün Melanie'ye söyleyemediklerini şimdi bu genç adama söyleyecek olmanın rahatlığını yaşıyor gibi huzurlu gözüküyordu. Boş mekânda çınlayan tok ayak seslerini dinleyerek, pencerelerden yıldırım gibi inip loş aydınlığı kesen ışık huzmelerinden geçtiler. Martin, Kevin'ı en öndeki sıraya oturtup vaaz verecekmiş gibi karşısına dikildi. Ellerini göğsünde bağlamış, sanki ilk kez görüyormuş gibi mabedin sağına soluna bakıyor, tavanını ve zeminini tarıyor, yalnızca kendi algıladığı bu büyülü manzara karşısında hayret ediyordu. Rahibin bu tavrıyla Kevin da ister istemez etrafına bakındı fakat huzmelerin aydınlığında havadaki toz zerrelerinden gayrı bir şey görünmediği gibi, mekânda şaşkınlık verecek olağanüstü başka bir şey de göremedi.

"Ne görüyorsun genç adam? Söyle bana?"

Sorunun sahibi sadece rahip değil, aynı zamanda sevdiği kızın dayısıydı da. Kevin bir aptal gibi gözükmek istemiyordu. Burada bulunmasının sebebi bir nevi imtihandı. Melanie'ye giden yolların Martin'in gözüne girebilmekten geçtiğini biliyordu. "Freskler" dedi etrafına bakınarak, "ikonalar ve vitraylar." Aslında normal tonda olan sesi kilisenin sessizliğinde haddinden gür çıkmıştı. Bundan rahatsız olunca şirin gözükmek isteyip "Dinimizi anlatan güzellikler" diye ekledi. Martin oğlanın kaygılarını anlamıştı. Bu konuda epey ihtisas sahibiydi. Kalabalıkların karşısına geçip insanların gözlerinin içine bakar, onları etkiler, bazen duymak istediklerini söyleyerek gönüllerini rahatlatır, bazen de ruhlarını avucunun içine alıp sıkacak kadar daraltırdı zavallıları. Bir rahip tebaasını cennete de cehenneme de götürebilirdi ne de olsa.

"Evet Kevin, freskler ve vitraylar" dedi, göğsünde kavuşturduğu kollarını nihayet çözüp ellerini pantolonun cebine soktu, derin bir nefes alıp "ama daha fazlası var evladım" diye ekledi. "Bundan çok daha fazlası. Ne gibi biliyor musun?" Kısa bir süre durup düşüncelerini toparladı. "Tıpkı bir insan bedeni gibi" diye devam etti. "Tıpkı bir insan bedeni gibi Kevin. Sana bakınca derini görüyorum ya hani; saçlarını, tırnaklarını... Gözlerin var sonra. Burnun ve dudakların. Seni sen yapan şeyler." Martin içinden "Sikim" diye geçirdi, "sikim ve toplarım da var." Rahibe karşı bir garezi yoktu ama neler döndüğünü anlamadığı için sıkılmaya başlamıştı. Muhatabının dikkatinin dağıldığını sezmiş gibi "Hepsi bu kadar mı Kevin?" diye yüksek perdeden bir soru yöneltti Martin. Sonra da cevap vermesini beklemeden kendisi yanıtladı. "Kan, gözyaşı, düşler, hayal kırıklıkları, sevinç, zafer kazandığında hissettiğin o tarifsiz coşku! Bir insanı insan yapan şeyler bunlardır işte. Ruhtur Kevin! Ve emin ol evlat, kurumlar da insanlar gibidir. Ruhları vardır." Martin ellerini ceplerinden çıkarmış, vaazın en ateşli anlarında yaptığı gibi sağa sola sallıyordu. "İnsana bakınca bedenini görürsün, tıpkı bu duvarlara bakınca gördüğün ikonalar gibi, haçlar gibi. Ancak bu kilisenin, bu dinin bir de ruhu var Kevin. Bu ruh binlerce, yüz binlerce, milyonlarca Hıristiyan'ın ruhundan meydana geliyor. Bu din, azizlerin kanıyla, çilesiyle, gözyaşıyla, kutsal savaşlarda canını ortaya koyanlarla, İsa Mesih'in çarmıhtaki acısıyla yoğrulup yükseldi. Bu çileyi anlayamadan, bu ruhun bir parçası olduğunu kavrayamadan ve ömrünü bu şekilde yaşayamadan, Tanrı'nın krallığına asla kabul edilemezsin. O halde açgözlüler, hilekârlar, şehvetine yenik düşenler ve kâfirlerle beraber cehennemde sonsuz acılara mahkûm olursun!"

Martin'i heybetli kılan cüssesi değil, ses tonu, anlattıkları, üslubu ve ezici bakışlarıydı. Kevin bir kabahat işlemiş de azar işitiyor gibi oturduğu yerde sinmişti. Gözlerini rahipten kaçırsa bu defa duvarlardaki Petrus, Yahya ya da Pavlus'un bakışlarıyla karşılaşıyordu ki onlar da herhalde Martin'in tarafındaydılar.

"Beni iyi dinle Kevin!"

Söylenenlere uymaktan başka şansı yoktu artık. Teslimiyet safhasına geçmesiyle beraber oturduğu yerde gevşedi, kendini rahibin merhametine teslim etti. Soğuk suya alışa alışa girmekten vazgeçip bir anda dalmak ve çileyi sonlandırmak gibiydi yaptığı. Martin ise girizgâhı yeterli görmüş olacaktı ki hikâye faslına geçti.

"Burada huzurlu bir toplumumuz var. Kraliçeden uzakta olmamız kimseyi yanıltmasın, onun sahibanlığı ile esen bir şekilde yaşıyoruz. Fakat her şeyin bir bedeli vardır Kevin. Ülkemize gelen öncüler çok ağır bedeller ödediler. Bugün bu topraklar bayındır hale geldiyse onlar sayesinde oldu. Düşmanlar çeşit çeşitti. Vahşiler, yırtıcı hayvanlar, deniz kazaları, amansız hastalıklar... Sen şimdi cennette yaşayasın diye onlar cehennemi yaşadılar. O talihsizlerden biri de Rosemary adında genç bir kadındı. Belki bundan kırk yıl önceydi. Rosemary ve kocası küçük tekneleriyle Cook Boğazı'ndaki bakir ve küçük adalara yelken açıyor, maden yatağı arıyorlardı. Kocası yıllar yılı yerin altında çalıştıktan sonra artık büyük oynamaya karar vermişti. Bir de bebekleri vardı. Belki de tüm cefalar onun içindi. Epey bir ada gezmelerine rağmen henüz bir sonuç elde edememişlerdi. Fakat piyangonun bir gün kendilerine de vuracağına inançları tamdı. Çinko bile müreffeh bir hayat vaat ederken, bazı adalarda altın bulanların olduğunu işitmişlerdi. Yeni Zelanda ve Avusturalya'da köşe başları çoktan tutulmuş, araziler, dere yatakları şirketler ve zenginler tarafından parsellenmişti. Böyle maceraperestler içinse geriye bu el değmemiş adalar kalmıştı işte. Ellerini çabuk tutmaları gerekiyordu. Şanslarını denemek için yine yola çıkmışlar, cenneti andıran küçük bir adaya ayak basmışlardı. Kocasının kurduğu derme çatma tentenin altında Rosemary bebeği ile sahilde oyun oynuyordu. Adamsa takım taklavatı sırtladığı gibi adanın derinliklerine yollanmıştı. Bu keşifleri genellikle günübirlik planlıyorlardı. Kocası akşamüstüne doğru sahile döner, tekneye binip yelken basarak birlikte evlerinin yolunu tutarlardı. Ne yazık ki o gün vakit bir hayli ilerlemesine rağmen kocası geri dönmemişti. Rosemary güneşin okyanusa yaklaştığı her dakika biraz daha endişelendi. Öte yandan bebeğini güldürebilmek için bir maske takmış, sahte gülücükler saçıyordu etrafa. Kalbindeki korku ise gitgide büyüyordu. Nihayet öteden gelen sesleri duyup ayaklandı. İleride, sık ağaçların arasından bir vahşi peyda oldu. Sonra bir tane daha ve bir tane daha. Kendi lisanlarında bir şarkı söylüyorlardı. İçlerinden birisinin elinde tuttuğu kazığın tepesinde, kocasının kesik başını gördü Rosemary. Bunu hayal edebiliyor musun? Böyle bir şeyin başına geldiğini? Düşüp bayılacak gibi oldu. Çığlık atmaya çalıştı ama korkudan sesi kısılmıştı. İnsan bedeni böyle dehşetli hadiseler karşısında ne yaptığını bilmeyip çok garip tepkiler verebilir. Beyindeki bir anahtarın kapatılması gibi. Daha kötüsü de olabilirdi ama genç kadının şuuru hâlâ açıktı. Bebeğini kaptığı gibi suya koştu. Kaçtığını gören vahşiler de var güçleriyle koşmaya başladılar. Zaten arada çok bir mesafe de yoktu. Rosemary dalgalara karşı kucağında bebeğiyle koşuyor, düşüyor, kalkıyor, tekneye ulaşabilmek için insanüstü bir çaba sarf ediyordu. Nihayet vardı. Havuzluğa zar zor attı kendini. Vahşiler de suya girmiş, peşi sıra geliyorlardı. Küreklere asıldı. Kaslarında öyle bir güç vardı ki o an, kısa sürede tekneyi ilerletmeyi başardı. Peşi sıra gelen mızraklardan birkaçı tekneye saplanmıştı. Nihayet cehennemden uzaklaştı Rosemary. Ancak takip ediliyorum endişesiyle ardına bile bakmıyor, var gücüyle kürek çekiyordu. Nihayet dermanı tükendi. Geriye dönüp bakınca adanın bir hayli uzakta kaldığını gördü. Hava kararıyordu. Kürekleri bıraktı. Yavrusunu göğsüne bastırıp kısık sesiyle dövüne dövüne ağlamaya başladı. Ve Rabbine sığındı. Resullerin İşleri'nde de denildiği gibi, 'Başka hiç kimsede kurtuluş yoktur. Bu göğün altında insanlara bağışlanmış, bizi kurtarabilecek başka hiçbir ad yoktur!'"

Kevin oturduğu ahşap sıraya mıhlanmış gibi hareket edemiyor, gözlerini rahipten ayıramıyor, neredeyse nefes almaktan bile kaçınıyordu. Martin'in hitabet yeteneği ile, anlatılan şeyler sanki kendi başına gelmiş gibi derinden sarsılmış, çaresizliği ve korkuyu iliklerine kadar hissetmişti. Sırada hüzün vardı.

"Bu elim vakadan on iki gün sonra Wellingtonlu balıkçılar okyanusta aheste aheste salınan bir teknenin kendilerine yaklaştığını fark ettiler. İçinde herhangi biri gözükmüyordu. Fakat hakikat öyle değildi. Çok acıydı. Küçük teknede genç bir kadın ve bebeğinin cesetleri bekliyordu onları. Bizler bu hikâyeyi Rosemary'nin tuttuğu günlükten öğrendik. İlk sayfalardaki mürekkep gözyaşı sebebiyle yer yer dağılmıştı. İlerleyen günlerde ise biçarenin gözünden akacak yaş dahi kalmamıştı. Üç günlük içme suları vardı. Gıdım gıdım içip hayatta kalmaya çalışmıştı. İçtiği sular derhal süt olup bebeğine gidiyor, genç kadına bir şey kalmıyor, öte yandan güneş de içini kavuruyordu. Kerteriz almayı bilmiyordu zavallı. Halbuki karaya bir buçuk günlük mesafedeydi. Fakat Rosemary boşluğun ortasında dönüp durmuştu. Artık takati kalmamıştı. Bedeninde ne varsa süt olmuştu, tükenmişti. Sonra süt de tükendi. Bebeğinin önce gülüşü, sonra da dudakları kurudu. Kollarında susuzluktan ağlaya ağlaya can teslim etti. Kalem tutacak dermanı kesilmeden evvel son satırları yazdı Rosemary. Ölüyorum dedi. Daha acıklısının ne olduğunu biliyor musun evlat? Balıkçılar onu aynı gün buldular. Üç beş saat daha dayanabilseydi... Koskoca ummanın ortasında susuzluktan öldüler. Tanrı onları kutsasın. Âmin."

Kevin eliyle yanaklarına süzülen yaşları sildi. Kendini tutmasa hüngür hüngür ağlardı muhakkak, fakat hem dişlerini hem yumruklarını sıkmış, hislerine mukayyet olmuştu. Üzüntü ve öfkeyi aynı anda yaşıyordu. Bir şeyler yapmak, Rosemary'ye bir bardak su vermek için neler vermezdi o an.

"Sözlerime kulak ver Kevin. Zamanı geri çevirip olaylara müdahale edemezsin fakat tarih bugün yazılıyorsa şayet, işte burada sözün geçer. O vahşilerden intikam almak ister miydin?"

Kevin hem başıyla hem de ortasında alevler yanan gözleriyle rahibi onayladı.

"Güzel. Hem toplumumuzun hem kraliçenin hem Hıristiyanların hem de tüm mazlumların sana ihtiyacı var. Dün bu topraklardaydı, bugün başka bir yerde. Barbarlarla mücadelemiz devam ediyor. Onlara hadlerini bildirmek, Rosemary'nin ve bebeğinin ruhlarını huzura erdirmek için işte sana bir fırsat."

Sonra da gömleğinin cebinden dörde katlanmış bir kâğıt çıkarıp itinayla açtı. Bir afişti bu. Kırmızı harflerle "Trompet Çağırıyor" yazısının altında gerçekten de cephedeki bir asker ardına dönmüş trompete üflüyordu. Arka plandaki siviller, (bir ragbici, bir madenci, bir kadın ve diğerleri) onu seyrediyordu. Bu çağrıya kayıtsız kalınmamalıydı, zira trompetçinin silah arkadaşları tüfek ve mitralyözle cephede siper almış, canlarını ortaya koymuşlardı. Norman Lindsay imzalı bu propaganda afişini elinde salladı Martin.

"Dardanel'de çok çetin bir savaş söz konusu. Tüm Hıristiyan âleminin ve masumların selameti açısından bu savaşı kazanmamız lazım. Yaşıtların koştur koştur orduya katılıyor, bundan haberin var mı? Ülkenin sana ihtiyacı var Kevin. Kraliçenin ihtiyacı var. Ve sanırım zavallı Rosemary de barbarlardan intikamının alınmasını isterdi, değil mi? Bir kahraman olarak döndüğünde Melanie seni gelinliği ile bekliyor olacak. Bir kızınız olursa ismini Rosemary koyar mısınız?"

Kevin için karar vermek zor olmamıştı. Gerçekten de bizzat tanıdığı pek çok kişinin ANZAK birliklerine katılıp savaşa gittiğini biliyorken, bu kadar geç kaldığı için kendine kızmıştı hatta. Pısırık bir liseli olarak girdiği kilisenin kapısından, gözlerinde alevler yanan bir cengâver olarak çıktı. Bir vahşinin kafasını kesip kazığa geçirmeden asla rahat etmeyecekmiş gibi hissediyordu. Eve gidip haber vermeyi bile vakit kaybı olarak gördüğünden, evvela askerlik şubesinin yolunu tuttu. Vatan sevgisi, ailesinin ve Melanie'nin önüne geçmişti. Öyle olması da gerekmez miydi? Ortada bir vatan olmadıktan sonra ailenin, sevgilinin ve dahi sevginin ne anlamı kalırdı?

Kevin ve Melanie, geriye kalan üç ayı mümkün olduğunca sık görüşerek geçirdiler. Bir savaş söz konusuydu ve ülkesini seven binlerce genç tereddütsüz cepheye koşuyordu. Nişanlıların ve eşlerin gözleri yaşlıydı belki, evet, ancak aynı zamanda göğüslerini gere gere gururla bakıyorlardı. Melanie de öyle bakıyordu Kevin'a. Dayısı sevdiği adamı her fırsatta övüyor, onun hem bir vatanperver hem de iyi bir Hıristiyan olduğunu söylüyordu. Bu da genç kıza hem kıvanç hem de peşin peşin ayrılığa dayanma gücü veriyordu.

Sayılı gün çabuk geçti. Bir tutam saç, gemide okunacak mektuplar, toka, mendil, fotoğraf, yüzük ve yalnızca sahipleri için anlam taşıyan bir ton ıvır zıvır... Taze askerler umutları, hayalleri ve sevdiklerinden hatıraları yüklendiler, limanda bekleyen zırhlılara bindiler. O gün kahramanları uğurlamak için limana binlerce insan gelmişti. Vakti nihayete eren Kevin önce anne babasına, sonra da bir kenarda sessizce ağlayan Melanie'ye sarılıp gemiye yollandı. Son kez el sallamak için iskeleye bakınca kalabalıkta ne ailesini ne de Melanie'yi seçemedi. Artık geride kalan topluluğun birbirinden farkı yoktu. Gidenlerin ise üniformaları aynı, görünüşleri benzer olsa da hikâyeleri biricikti, bambaşkaydı.

Rahip Martin ağlayan yeğenini teselli etmek için şefkatle sarıldı. “Hadi canım” dedi, “gidelim artık.” Kalabalıktan sıyrılıp aheste aheste yürümeye koyuldular. Kızcağızın ahesteliği belirsizlikten ve can sıkıntısından ötürü boşlukta salınmak gibiydi, dayısınınki ise bir zorluğun üstesinden gelip derin bir nefes alarak nihayet gevşemeyi andırıyordu. Martin limandan uzaklaşmadan evvel son kez Kevin’ın bindiği zırhlıya baktı ve şöyle geçirdi içinden: “Tanrım beni affet. Genç bir adamı ölüme gönderdim. Ah, daha fenası da var. Affedecek misin? Kendi öz yeğenime âşık oldum.”

Kalküta-1915

"Ah şimdi seninle Bristol'de olmak vardı. Portishead'de kurşuni renkli denizin kıyısında albatroslar şimdi üzerimize pisleyecekler diye bir gözümüz yerde bir gözümüz gökte yürüyüşe çıksaydık da, tüm bu ineğe tapan güruhun, sefaletin, sivrisineklerin uzağında aşktan söz edebilmek manidar olsaydı. Hatta o ince meseleleri çoktan halledip politika ve sanat konuşabilseydik. Eli kulağındaki Cihan Harbi'nin krallık üzerindeki muhtemel tesirleri veya bir Jane Austen romanı hakkında hiç kimseye faydası olmayacak bu sohbetlerimiz sırasında sana yemin ederim ben dünyanın en mutlu erkeği olurdum. Hem de ne üzerine istersen onun üzerine yemin ederdim. O mavi tenli sekiz kollu ucube, hatta fil kafalı korkunç tanrı... Ne de olsa onların çok uzağında olacağımdan yeminimi samimiyetsiz bulup bana büyü falan yapmaya kalksalar, yahut daha ileri gidip lanetlemeye çalışsalar, mesafeler buna engel olacaktı. Gevezelik yaptığımı düşünebilirsin. Çoğu zaman ben de öyle düşünürüm. Kendim için değil, insanlar hakkında. Umurumda olmayan konularda bana bir şeyler anlatıp yine sanki çok umurlarındaymış gibi o konuda benim ne düşündüğümü öğrenmek isteyen insanlar var ya hani? Sahi niye var onlar? Ah, mücadeleyi bırakalı çok oldu. Bir öğretmen de her şeyi öğretmeye kalkmamalı zaten. Bir zamanlar o eğitilmezler güruhuna karşı asla eyleme dökülmese de bir şeyler yapmak gerektiği hakkında konuşulması gerektiğine inanırdım. Sonra bunun çiğ bir düşünce olduğunu anladım. Dileyen dilediği şekilde var olmalıydı. Tabii bunun da görünmez ama bilinmesi ve riayet edilmesi gereken sınırları olmalıydı. Yani bir Oscar Wilde oyununun en heyecanlı yerinde yanımdaki koltukta oturan herif ikide bir beni dürtüp gördün mü diye dikkatimi dağıtıyor ve ben tiyatro adabı gereği ona engel olmak için sesimi çıkaramıyorken, bu nasıl berbat bir durumdur değil mi ama? Sonra bir, iki, üç... Dördüncüde elimin tersiyle bir tane çarpıp yetti be diye haykırsam, ışıklar bana çevrilecek, salondaki herkes beni ayıplayacak, vazifeliler tarafından nazikçe kapıya doğru uğurlanırken seyirci beni yuhalayacak, o herif de sanki mağdurmuş gibi haklı görülecek... Bunu niye anlattım sana, çünkü böyle şeyler olabiliyor hayatta. Bunlar en basit, en zararsız misaller. Parmağına batan kıymık gibi. Sana zarar veremez, sadece huzursuz eder. Ama daha niceleri var. İşte hayatın tüm bu dertleri karşısında, bu yağmurlar ve fırtınalar, bu bin bir türlü hal ve elbette tüm o korkunç tanrılar... Artık endişe duyman gerekmeyecek. Çünkü yanında hep ben olacağım. Sonunu güzel bağladım ama başı ve ortası felaket oldu, biliyorum. Umarım tüm cesaretimi toplayıp sana açılacağım o gün, adamakıllı konuşmayı ve hakiki hislerimi anlatmayı becerebilirim."

"Ve bu aşamada cesur delikanlının bir karar vermesi gerekmiş. Ya vezirin sözünü dinleyecek ya da gönlünü kaptırdığı kız için gözünü karartıp yeni bir maceraya atılacakmış... Bu da başka bir masalın konusu... Bay Branson. Bay Branson..."

Nisha fısıltıyla kendisine seslenince Robert bacak bacak üstüne atıp kurulduğu ve kendi iç sesiyle düşüncelere daldığı berjerden doğrulup onun bulunduğu yöne baktı. "Kızlar uyudu" diye bir kez daha fısıldadı Nisha. Tabii odanın öte yakasına duyurmak için sessiz bir hakırış gibiydi bu fısıltı. Henüz yarıya erişmemiş sigarasını, közünü izmaritiyle kül tablasında iyice ezmek suretiyle söndürdükten sonra ayağa kalktı Robert. Üstünde başında illaki birkaç parça kül vardır diye düşünüp üzerini silkeleyip Nisha'ya doğru yürüdü. Kandil ışığında huzurla uyuyan kızları masalcı Nisha ile yan yana durup sessizce seyrettikleri o kısa ana bir hayli derin hayaller sığdırabilir, kendi istikballerine, kendi çocuklarına, kendi mutluluk rüyalarına dalabilirdi. Hatta bu anın büyüsü ile birkaç adım daha sokulup ince ince omzuna dokunabilirdi Nisha'nın. Tabii eğer gereken cesareti kendisinde bulabilseydi. Robert yutkundu. Bir şeyler söyleyip sessizliği bozması gerekiyordu. "Demek bu akşamın da sonuna geldik" dedi fısıltıyla. Nisha gülümseyerek başını sallarken Robert koca bir aptal olduğunu düşünüyordu. Akşamlar birer birer tükenirken tek yaptığı boş hayaller kurmaktı. "Ne kadar zamanımız kaldı?" diye fısıldadı Nisha. Robert cep saatini çıkarıp Nisha'nın binmesi gereken son trenin hareket saatine fazla kalmadığını gördü. "Vakit daralıyor" diye fısıldayıp Nisha'yı kapıya doğru centilmence buyur etti.

İki yıl geçmişti ancak adab-ı muaşeretten taviz verecek halleri yoktu elbette. Bazı hastalıklar ve izinler hariç neredeyse hemen her gün birbirlerini görmelerine rağmen hem de... Robert hislerini dizginlemede kabiliyetli olduğu kadar, hareketlerinin aşırıya kaçmaması hususunda da kendinden bir hayli emindi. Birleşik Krallığı temsil eden bir makamın güvendiği bir çalışan olarak bu güveni boşa çıkaramazdı. Sınırları çizmişti. Sırılsıklam âşık olduğu Nisha'ya asla açılmayacaktı. Ta ki Sir Fitzgerald'ın kızlarına anlattığı masalları noktalayıp bu malikânedeki vazifesi bitene kadar. İşte o kutlu gün gelip çattığında, Robert Nisha'yı son kez malikânenin cümle kapısından çıkarıp trene götürürken, içinde biriktirdiği ne varsa takır takır sayacaktı. Gemileri yakıp aşkını ilan edince, Nisha –Tanrı esirgesin– kendisini reddetse bile, bu onu son görüşü olacaktı. Böylece bir kepazelik de yaşanmayacaktı. Acılı ama kati surette başarılı bir son. Her neyse, bu fena düşüncelere mahal vermemeliydi.

Malikâneden çıkıp toprak yolda ağır adımlarla yürürlerken, aniden inen ve hazırlıksız yakalandıkları ince bir yağmur, Robert ve Nisha'yı istemsizce birbirine yaklaştırmıştı.

"Zahmet etmeseydiniz, bir araba çağırsanız ben giderdim. Islanıyorsunuz."

Buna benzer lakırdıları aynı yol üzerinde defalarca duymuştu Nisha'dan. Fayton, tuk-tuk, tramvay, otomobil... Elbette Nisha'yı istasyona taşıyacak pek çok araç vardı ama ilk günden beri zahmet edip onu kendi bırakması; yani bu bile bir şeyleri işaret etmiyor muydu? Elbette o da biliyordu hislerini. Arada dalıp kendisine hülyalı hülyalı nasıl baktığını görmüyor muydu? Görüyordu tabii. Bir gün bu yolda, hem de Nisha son kez yürüdüklerini sanırken, belki de tam şu çöp yığınını geçince... Lafa girecekti Robert. Ama bunun olmasına henüz zaman vardı. Onun yerine "Hayır, olur mu hiç? Ne zahmeti. Ben bundan ziyadesiyle memnunum. Lütfen, böyle şeyler söylemeyin, gücenirim sonra" dedi Robert. Nisha bunları duymayı bekliyormuş ve duyduklarından da memnun olmuş gibi hafifçe gülümsedi. Omuzları birbirine sürttü. Robert az evvel yolun karşısındaki çöp yığınına takılan gözlerini hâlâ oradan alabilmiş değildi. "Adam yine orada" dedi kendi kendine mırıldanıyormuş gibi. Nisha Robert'in ne kastettiğini anlamıştı. Küçük bir dağı andıran ve asla azalmayan çöp yığının eteklerinde, üstü başı parçalanmış, saçı sakalına karışmış bir adam bağdaş kurup otururdu. Öylesine silikti ki iki yıldır bu yolu kullanmalarına rağmen onu ilk nasıl görmüşlerdi, hatırlamıyorlardı. Çoğu zaman yolun karşısından öylece geçip giderlerdi, ancak ola ki gözleri kayıp baktıklarında adam daima oradaydı. Bir dilenci olsa, bir kerecik olsun el açıp para isterdi herhalde, bunu da yapmamıştı. Adeta bir meditasyon halinde, ne kokudan, ne de üzerine konan hayvanattan rahatsız oluyormuş gibi huşu içinde oturuyordu. "Hadi soralım" dedi Nisha. Robert genç kızın ne demek istediğini anlamamıştı. "Soralım işte, çekinecek ne var?" diye devam etti Nisha, "Bir hikayesi olmalı değil mi? Çöplükte altın bulunduğu da vakidir. Belki çok ilginç bir hikâye anlatır bize, sormadan asla öğrenemeyiz." Nisha ile birazcık daha fazla vakit geçirmek elbette Robert'in işine gelirdi. Yine de yüklendiği sorumluluk gereği cep saatini çıkarıp baktıktan sonra, "En fazla beş dakika" dedi, "şimendifere yetişeceğiz." Böylece yolun karşısına geçtiler. Nisha adama selam verdikten sonra Robert'i gösterip Hintçe bir şeyler anlatmaya başladı. "Sanırım suçu bana atıyor" diye düşündü genç adam, hafifçe gülümseyerek. Göğsüne sarkan sakallarını kesip zaten esmer olan tenini birkaç ton daha koyulaştıran kir tabakasından şöyle güzelce arınsa, herhalde göründüğü kadar yaşlı olmadığı aşikâr olurdu, ancak bu haliyle kırkın altındaki hiçbir tahmin inandırıcı değildi bu sefil adam için. Hoş, pislik ve kıllar giderilse de kederden kırış kırış olmuş alnındaki çizgiler için yapacak bir şey yoktu, ya da tırnakları kesilip temizlense de nasırları gün gibi ortadaydı. Her şey bir yana, bu çöp kokusundan rahatsız olmamak için nasıl bir iradeye sahipti bu herif? Robert bunları düşünürken Nisha adamla konuşmalarını tercüme etmeye başlamıştı bile.

"Bir çöplükte doğmadım ya da kimse getirip beni buraya atmadı. Bir zamanlar ben de herkes gibiydim. Beni yağmurdan koruyan, başımı soktuğum tek gözlü odam, karnımı doyurmama yeten sevdiğim bir işim vardı. Aslında daha geriye gitmeliyim. Nedendir bilmem, henüz küçük bir çocukken nebatata ilgi duymaya başlamıştım. Tarlada çalışırken yapmam gereken şeyi unutup yere uzanıyor, ne kadar zaman geçtiğini fark etmeden bir çiçeği seyretmeye dalıyordum. Yanında yaşadığım ihtiyar dedem beni birkaç kere patakladıktan sonra hâlâ ağaçlardan inmediğimi, yastığımın içini çiçeklerle doldurduğumu görünce iflah olmayacağımı anlayıp beni bir bahçıvanın yanına çırak verdi. Nasıl mutlu olduğumu söylememe gerek yok sanırım. Ustam çoğu zanaat ehlinin aksine çıraklarını döverek değil, güzel sözlerle yetiştiren arif bir adamdı. Ömrünü vakfettiği çiçeklerdeki incelik ruhuna sirayet etmişti. Bana bildiği her şeyi öğretti. Hangi ağacın ne zaman ve nasıl aşılanacağını, tohumları filizlendirmeyi, çiçekleri budamayı, bitkiyi saran hastalıkları defetmeyi... Bu sayede kendi ayaklarımın üzerinde durup rızkımı kazanmaya başladım. Uzun yıllar bu böyle devam etti. Ta ki geçen seneye kadar."

Adam bu noktada gözlerinden süzülen yaşları kirli ellerinin tersiyle silmek için duraksadı. Nisha ile Robert birbirine baktılar. İkisi de hikâyenin nereye varacağını merak etmişlerdi. Öte yandan trene de yetişmeleri gerekiyordu. Nisha adama Hintçe bir şeyler söyledi. Adam derin bir iç geçirip yeniden anlatmaya koyuldu.

"Güneşin doğmasına henüz çok zaman vardı. Uyanmış, karanlık odamda beni uyandıran şeyin ne olduğunu anlamaya çalışıyordum. Çok geçmeden anladım da. Bir kuştu bu, bir bülbül. Öyle güzel ötüyordu ki, mest olmuştum dinlerken. Pencerenin hemen dışına konmuştu, sanki odanın içinde gibiydi. Yeryüzünde daha güzel bir seda olamayacağını düşündüm. Aşkın sesi gibiydi ve diğer tüm güzel hislerin... Bu sesin tesiri altında zamanın nasıl geçtiğini anlayamadım. Bülbül nihayet gittiğinde güneş doğmuştu. Bir rüya gibiydi ancak sabah olunca geriye uykusuzluk kalmıştı. Çalışmak zorunda olan yorgun bedenim, gece hissettiği güzelliklerin çok uzağındaydı. Artık uykusuz geçen gece bana yalnızca bir kâbusu hatırlatıyordu. Akşam eve dönünce zorla bir iki lokma yedim ve kendimi şilteme attım. Tek istediğim deliksiz bir uyku çekmekti. Ne yazık ki mümkün olmadı. Birkaç saat uyumuş olmalıyım, sonra gözlerimi araladım. Bülbül geri dönmüştü. O zarif sesiyle ortalığı çınlatarak şakıyordu fakat artık ötüşü güzel gelmiyor, asabımı bozuyordu. Aramızdaki ince cam zaten fayda etmiyordu ya, kulağıma tıkadığım pamuklar yahut başımın üstüne çektiğim yastık da derdime derman olmadı. Pencereyi açıp onu kovaladım. Yatağıma dönüp başımı yastığa koymadan geri döndü. Bir, iki, üç... Her defasında aynısı oldu. Gidebileceğim başka bir odam yoktu. Sesi kanıksamayı da denedim, bir ninni yerine koyup onunla uyumayı da... Beceremedim. Son çare olarak başka şeyler düşündüm. O orada istediği kadar ötsün, ziyanı yoktu. Ben çok başka şeyler, onu unutturacak hayallerle meşgul edebilirdim kendimi. Bu da kâr etmedi. Ne yaptıysam olmadı. Uykusuz geçen saatler asırlar gibi geldi. Nihayet o herhalde kendine tertemiz bir uyku çekmek için kanatlandı, bense bir önceki günden birikmiş uykusuzluğumun üzerine yenisini ekleyip bir başka çileli güne başladım. Takatim kesilmişti. Gün boyu bir ölü gibi gezip akşamı zor ettim. Herhalde tahmin etmek zor değil, kâbusum o gece de beni bekliyordu. Çıldırıp başımı duvarlara vurmama ramak kalmıştı. Bülbül bana mısın demiyor, mütemadiyen o küçücük bedeninden akıl almaz bir ses çıkarıyordu. Elimden başka bir şey gelmediğinden kovalamak için bir kez daha çaresizce pencereyi açtım. Azıcık ötede yüzüme bakıp dalga geçermiş gibi ötüyordu. Elimin tersiyle havaya tokatlar savurmama rağmen kaçmadı. Hatta seke seke bana doğru gelmeye başladı. Artık uykusuzluk öyle bir hal almıştı ki bunun gerçek olduğundan bile şüpheliydim. Ama geldi. Elimi uzatınca avucuma sıçradı. Ne yaptığımı bilmiyordum. Bir çeşit sarhoşluk hali gibiydi. Avucumu kapatıp onu sıkmaya başladım. Çırpındıkça daha çok sıktım. Ta ki sesi kesilene kadar. Zaten küçücük bir canı vardı. Elimi açtığımda kâbus bitmişti. Hâlâ sıcak olan bedenini karanlığa savurup pencereyi kapattım ve başımı yastığa koyduğum gibi kendimden geçercesine uykuya daldım."

Adam bu defa daha şiddetli ağlıyordu. Robert saatini kontrol edip "Gidelim mi?" diye sordu Nisha'ya, "Ne de olsa hep burada, yarın devam ederiz?" Hep anlatıcı konumundaki Nisha, nihayet dinleyici olmuştu ve son derece etkilenmişe benziyordu. "Öyle merak ettim ki" dedi gözleri ağlayan adamda olduğu halde, "meraktan uyuyamam bu gece." "Pekâlâ" dedi Robert, "ama trene yetişmek için koşacağız, haberin olsun."

"O sabah günler sonra nihayet dinlenmiş bir halde uyandım, fakat içimde öyle bir huzursuzluk vardı ki... Bülbülün sesi susmuştu belki ancak kulaklarımdaki yankısı devam ediyordu. O masum hayvancağızın bir sıkımlık canını vahşi bir canavar misali bir an bile tereddüt etmeden almıştım. Sanki huzursuzluğumu dindirecekmiş gibi cesedini savurduğum yerlere baktım, yoktu. Çoktan bir kedinin ya da karıncaların yemeği olmuştu. Güzel bir şeyleri yok etmiştim. Kahroldum. Artık hiçbir şeyin eskisi gibi olmayacağını hissettiğin bir an vardır, bilir misin? Ben bunu en acı şekilde tecrübe etmiştim. Ciddiyim, aynen böyle oldu. Çok geçmeden rüyalar başladı. Ve çakralarımdaki..."

Nisha araya girip adama bir şeyler söyledi.

"Ne oldu?" diye sordu Robert, "Niçin müdahale ettin?"

"Şey, inanç ve felsefe ile alakalı konuları geçmesini rica ettim. Çünkü şu an senin için bir anlam ifade etmeyecek. Hem o kadar vaktimiz yok."

"Haklısın. Peki sonra ne olmuş?"

"Bir tür aydınlanma yaşadım. Bunu kelimelere dökmek mümkün değil ne yazık ki. Çok şahsi bir tecrübe. Kulağa çılgınca gelebilir, ancak bunları yaşadım ben. Kâh rüyalar vasıtası ile, kâh parça parça gözümün önüne gelen görüntülerle. Üzerinden çok fazla zaman geçmiş bir şeyi belli belirsiz hatırlamak gibi. Hakikatin suratıma aşkettiği tokadın tesiri ile yemelerden içmelerden kesildim. Artık odamdan çıkmıyordum. Çok az uyku, çok az yemek ve yalnızca tefekkür. Ve haftalar sonra perdeler aralandı. Ruhumun perdeleri. Taşlar yerine oturmuştu, her şeyi hatırlamıştım."

"Bay Branson, şimdi yapacağım tercümeyi takiben lütfen gülmeyin, olur mu? Bunları latife olsun diye söylemiyor, hakikat olarak anlatıyor. Onu gücendirebilirsiniz."

Robert bu uyarıya oldukça şaşırmıştı. Artık ne olup bittiğini her şeyden çok merak ediyor, Nisha'nın trenini falan da umursamıyordu. Genç kadın adamın sözlerini aktarmaya devam etti.

"Hatırladığım şey önceki hayatımdı. Bana bildirilmişti. Hem her şey anlam kazanmış, hem de anlamsızlaşmıştı. Ben bu bedende dünyaya gelmeden evvel, bir bülbüldüm. Evet bir bülbül. Bahçelerde şakıyan, çiçek dallarına konan, küçük bir bülbül. Günün birinde bir gülistanda aşkı bulmuştum. Katmer katmer tozpembe yapraklarıyla bir şakayıktı o. Narin dalına konup sabahlara kadar serenat ederdim. O da bana meftundu, kendi lisanıyla anlatırdı sevgisini. Seher vakti üzerine düşen çiyleri yüzüme sürerdim. Beni özüyle, ballarıyla beslerdi. Kıskanırdım onu, arıları bile yaklaştırmazdım yanına. Bu hal uzunca bir zaman böyle devam etti. Ta ki hain bir tuzak beni ondan koparana kadar. Beni bir kafese hapsettiler. Üzerimi örtüp günler boyu gün ışığından mahrum bıraktılar. Küçük yüreğim korkudan öyle hızlı çarpıyordu ki göğsüme sığmıyordu. Sattılar sonra. İnsanlar feryadımı figanımı işitip ne kadar güzel öttüğümü düşündü. Kavuşmanın hayal olduğunu anlayınca sesim soluğum da kesildi, ötmez oldum. Gözden düştüm, bir daha yüzüme bakmadılar. Kafesimi yüksek yerlerden indirip köhne bir odaya koydular. Ne yemimi ne suyumu önemsemediler. Sevgilimin adını sayıklaya sayıklaya canımı teslim ettim. Sonra hayat çemberimde yeni bedenime gönderildim. O zamanlar bilmiyordum tabii, fakat artık biliyorum ve diğer şeyler anlamlı geliyor. Çocukluktan itibaren çiçekleri sevmem, hatta bahçıvan olmam bile önceki yaşamımın bir tezahürüydü. Onu arıyordum besbelli. Farkında değildim ama onu arıyordum. O ise şakayık olarak devrini tamamladıktan sonra bu defa dünyaya bülbül olarak gönderilmişti. Bana duyduğu aşk yüzündendi. Beni aramak için, aynı cinste beden buldu ruhu. Bülbül olarak... Pek az şanslı ruh gerçek aşkı bulur. Biz onlardandık. Yine çok daha azı, aşk için ikinci bir şansa sahip olur. Biz yine onlardandık. Hem de avucumun içine kadar gelmişti. Ben ne yaptım? Bu defa onu sonsuza kadar yitirdim. Canına kıydım. Kendimi affetmemin bir yolu yok. Kıymetsiz canımı getirip bu çöp yığınına bıraktım böylece. Bir şeyler eşeleyip kuru bir parça ekmek, çürük bir meyve bulursam, o gün hayatta kalıyorum. Yarın ne olacak, artık önemsemiyorum. Ne eksik ne fazla, işte benim hikâyem bu."

Robert ve Nisha istasyona soluk soluğa girmişler, perondan ayrılmak üzere olan treni görünce vedalaşmaya bile fırsat bulamamışlardı. Genç kadın harekete geçen trenin kapısından atlayıp gözden kaybolunca Robert elleriyle dizlerinden destek almak suretiyle iki büklüm eğilip derin derin soludu. Nihayet nefesini kontrol altına alıp doğrulduğunda Nisha'yı uzaklara götüren tren, karanlıkta hızla küçülen birkaç soluk ışıktan ibaret kalmıştı. Bir sigara yakıp malikâneye doğru yürürken çöplükteki adamın anlattıklarını düşündü. Kahrolası bir palavradan fazlası değildi elbette, fakat ya zavallı herifin kendi söylediği yalanlara inanıp çöplükte yaşaması? "Aman Tanrım" diye geçirdi içinden, "besbelli herif kafayı yemiş!" Bu da adeta Robert'in aydınlanmasıydı. Şimdi her şey netleşmişti işte, adam deliydi. Bu keşfiyle beraber biraz olsun rahatlamıştı, çünkü birinin kendi iradesiyle çöplükte yaşamasına aklı ermiyordu. Ancak mevzubahis kişi akli melekelerini yitirdiyse, işte buna bir şey denemezdi. Belki de dikkat çekmeye çalışan bir çeşit düzenbazdı. Zaten sokaklarda yaşayan bir düşkündü, tek göz odalı ev de hikâyenin bir parçasıydı. Bir gün varlıklı biri durup hikâyesini anlatmasını isteyecek, kendisine inanıp acıyacak ve çöplüklerden kurtaracaktı onu. Neden olmasın? Önceki yaşantısında bir kuş olmasından daha mantıklı değil miydi yani?

Meseleye kendi getirdiği açıklamalar da önemliydi tabii, ancak Robert çöplükteki herif hakkında asıl Nisha'nın ne düşündüğünü merak ediyordu. Ertesi akşam trene yürürlerken, sanki oradan geçerken öylesine hatırlamış gibi genç kadına fikrini sordu. Adam her zamanki yerindeydi. Bütün gün sevdiği kadının kendisi ile aynı düşüncede olup olmadığını sorgulayıp durmuştu Robert. Ne var ki Nisha'nın yanıtı olumsuzdu.

"Bilemiyorum, ben böyle şeylere inanırım. Bu benim kültürümün bir parçası. Gerek birinci ağızdan gerekse aktaranlardan bunun gibi pek çok hikâye dinledim. Her gece kızlara okuduğum masalları düşünün. Tüm o konuşan hayvanlar, katman katman hayatlar, öbür dünya deneyimleri, efsaneler... Bunlar yüzyıllardır süregelen anlatılar. Yaşanmışlıkların bir süre sonra anonimleşmesi onları gerçek olmaktan çıkarır mı yani?"

Robert sevdiği kadınla müşterek bir paydada buluşmaya mecburdu. Bir şekilde ona meselenin akılla çeliştiğini itiraf ettirmeli, Nisha'nın ağzından bunda bir saçmalık olduğunu duymalıydı.

"İnsanlar kendileri dahi farkında olmadan bilinçaltlarında bir sürü şey biriktirirler. Bunlar rüyalarla ya da sanrılarla anımsanabilir. Fakat bu hakikate delalet etmez. Öyle olsa dünya yaşanmaz bir yer haline gelirdi. Herkes her istediğini yapıp kendince haklı çıkardı. Size bir sır vereyim mi? Lütfen aramızda kalacağına söz verin. Bana Bayan Fitzgerald anlattı bunu. Kocası bir yetimmiş. Annesi mecbur kalınca gidip ayyaşın biriyle evlenmiş. Çocukken sürekli dayak yemiş. Annesi bir gün evladının yüzünü güldürebilmek için ona bir masal kitabı satın almış. Üvey babası öfkeden deliye dönmüş.

Parayı böyle saçmalıklara harcıyor diye annesini de dövmüş bu defa. Kitabı ise ocağa fırlatıp yakmış. Ve işte buradayız. O küçük çocuk bu travmayı yaşadığı için imkânları dahilinde kendi çocuklarına en iyisini sunuyor, bir masalcı getirtip her gece masallar anlatıyor. Besbelli çöplükteki herif de çocukken bülbüllerle, ne bileyim, çiçeklerle alakalı bir şeyler yaşadı ve çözümsüz sorunları onu buralara sürükledi..."

"Bay Fitzgerald için çok üzüldüm, ancak bunun o kadar karışık bir mesele olduğunu sanmıyorum. Tanrı'ya inanmak gibi düşünün. Bunun için delil aramak gerekmez. Bu adamcağız da buna iman ediyor işte."

"Ben sizin fikrinizi merak etmiştim..."

"Ben de olabilir demiştim."

"Bence o bir deli. Delilik diye bir şey var ama değil mi, bunu göz ardı etmiyorsunuz herhalde?"

"Pek çok deli gördüm, bu adam onlara benzemiyordu."

"Hadi ama. Pekâlâ, başka bir şey daha var. Farz edelim ki adam doğru söylüyor. Anlattığı her şeyi bizzat yaşadı. Fakat hatırlayın, tek göz odada yaşayan, ertesi gün karnını doyurup doyuramayacağı belirsiz bir fukara o. Yani diyorum ki, eğer varlıklı biri olsaydı, bir malikânede hizmetçileriyle müreffeh bir yaşam sürseydi sözgelimi... Ve bülbülü öldürüp yine sözümona evvelki yaşamını hatırlasaydı... Yani tüm o sahip olduklarını elinin tersiyle itip çöplüğe yerleşir miydi cidden? Yine yapar mıydı? Evet, buna ne diyeceksiniz?"

Nisha köşeye sıkıştığını ele verirmişçesine acı acı tebessüm etti.

"Şey... Bilemiyorum. Meselenin özünde aşk olduğuna göre, ona bakmak lazım. Ne kadar seviyordu? Sevdiği için neleri göze alır, nelerden vazgeçerdi? Sonuçta aşk insana her şeyi yaptırabilir, değil mi? Ben zaten en başından beri çöplükteki adamı savunmuyorum ki, onun aşkı için döktüğü gözyaşının, sergilediği ulvi davranışın tarafındayım."

Sevdiği kadın gözlerinin içine bakarak aşka dair bir şeyler anlatırken Robert heyecanlandı. Dilinin ucuna kadar gelen sözleri güç bela bastırıp yuttu. Onun yerine "Evet galiba haklısınız" dedi, "aşk insana her şeyi yaptırabilir..."

Gelibolu-1915

"Allah'ın aslanı Haydar-ı Kerrar Hazreti Ali efendimiz, cenk esnasında bir kâfiri alt etmiş, Zülfikâr'ı indirmek üzere idi. Kâfir, onun peygamberler ve veliler tarafından övünülen mübarek yüzüne tükürdü. Dikkat buyurun, Hazreti Pir, O'nun cemali için, ay secde yerinde o yüze secde eder diye buyuruyor. Bunun üzerine Hazreti Ali Efendimiz, kâfiri öldürmeyip kılıcını derhal indirdi. Kâfir ise bu merhamet karşısında şaşırdı. Kılıcını kaldırdığın halde neden bıraktın, ne gördün ki beni avlamaktan vazgeçtin diye sual etti. Ve yine pek çok hayret nidasıyla bu halin hikmetini öğrenmek istedi. Aliyyü'l Murtaza buyurdu ki, ben kılıcımı Allah için vururum. Attığın zaman sen atmadın, Allah attı sırrına mazharım. Hiddet padişahlara dahi padişahlık ederken bize köledir. Kılıcımı Allah için indirecekken, sen tükürdün. Artık o kılıç nefs ile iner. Buna izin vermem. Ben hiddete gem vurdum, üstüne bindim."

Şeyh Efendi, Mesnevi'nin kapağını kapattıktan sonra öpüp en yakınındaki dervişe uzattı, derviş de kitabı aldıktan sonra öperek rafa götürdü. Ardından Tahmisçi Dede bir elinde kahve fincanı, diğer elinde neredeyse bir endazelik, lülesi pişmiş topraktan bir tütün çubuğu ile, yerde oturan dervişlerin aralarından kıvrılarak efendisine doğru yürüdü. Ucundan ince bir duman tüten çubuğu şeyhine takdim ettikten sonra geldiği yollardan adeta aynı yerlere basmak için çaba harcarcasına, fakat efendisine sırtını dönmemek için geri geri yürüyerek bir kedi mahareti ve sessizliğiyle uzaklaştı. Şeyh Efendi çubuğu çekmeye başladı. Taze tütün kokusu burcu burcu yayılıyordu. Vakit bir hayli ilerlemişti. Ötelerden duyulan gülle tarrakaları gecenin sessizliğini yırtıyordu. İdare lambalarının aydınlığında gölgeler uzayıp kısalıyor, duvarlardaki hatların harfleri adeta her an yeni manalar izhar edermiş gibi dalgalanıyor, dervişler bu manevi iklimin hazzıyla efendilerini seyrediyor fakat dudaklarından dökülecek sözleri bekledikleri sanılmasın, onun sükûtu dahi gıda olduğu için her dem kaplarını dolduruyor, besleniyorlardı. Muharrem dahi bu meclisteki yerini almış, dizlerini kırıp oturmuş, yarı kapalı gözleri ile hayal ve gerçek arasında bir yerlerde salınıyordu.

Her ne kadar artık dizleri üzerinde saatlerce oturabiliyor olsa da, Asitane'nin kapısından girdiği o ilk gün fakirlerle aynı çanaktan lokma ederken kötürüm olacağını sanmıştı. Köylüsü Şemsettin zavallı çocuğun nasıl da kıvrandığını görünce kulağına eğilip rahat olmasını, dilediği gibi oturmasını söylemişti de hele şükür o vakit bağdaş kurmuştu.

Dile kolay, tam bin günü geride bırakmak üzereydi Muharrem. Geçen zaman içerisinde bıyığı terlememiş bir oğlan çocuğundan, boylu boslu bir delikanlıya dönüşmüştü, ancak esas dönüşüm tenindeki değil, canındaki idi.

O ilk gün, getirdiği kara haberler nedeniyle Şemsettin'le ağlaşıp sarılmışlardı. Muharrem adeta babasına, Şemsettin Dede ise köyüne, toprağına sarılıyor gibi hissediyordu. Bir müddet sonra yatıştıklarında Şemsettin Dede Muharrem'i sofraya oturtmuş, karnını doyurmuştu. Lokmanın akabinde gureba Asitane'den ayrılırken, Muharrem'in gidecek bir yeri yoktu. Şemsettin Dede ona bundan sonra ne yapacağını sormuştu, Muharrem ise boynunu bükmüştü. Bundan sonrası yoktu. Hayatta kimsesi kalmamıştı. Mendiline çıkınladığı üç kuruştan gayrı mangırı da yoktu. Bir hemşerisi olduğunu öğrenip buraya gelmişti, hepsi buydu. Rüştiyeye yahut bir medreseye devam etmek isterse elinden gelen yardımı yapacağını söyledi Şemsettin Dede. Muharrem başını iki yana salladı. Hiçbir yere gitmek istemiyordu. Yola talip olmuştu.

Seneler evvel Kriva Palanka zaviyesine bağlanıp daha sonra emr-i manevi ile Gelibolu Mevlevihanesi'ne tayin edilen, ömrünü yola adayan Şemsettin Dede, Muharrem'e yolun zorluklarını, bunun geri dönülemez bir karar olduğunu anlattı uzun uzadıya. Ancak Muharrem için artık geri dönecek bir yol kalmamıştı. Ne daüssıla hasreti çelebilirdi aklını, ne başka bir şey. Bu külahın altına girmek istiyordu, hepsi buydu. "Eyvallah o vakit" dedi Şemsettin Dede ve Muharrem'i Aşçı Dede'ye götürüp vaziyeti izah etti. Böylece dilediği vakit gidebileceğini söyleyip Muharrem'i üç günlüğüne matbah-ı şerifte saka postuna oturttular. Yemeğini suyunu veriyor lakin onunla hiç konuşmuyorlardı. Üç günün ardından Aşçı Dede Muharrem'i Şeyh Efendi'nin huzuruna çıkardı. Kalbi heyecandan duracak gibiydi. Sikke-i şerif adı verilen derviş külahı başına giydirilip nevniyaz bir derviş olarak yeni hayatının ilk sayfasını çevirince, günleri saymaya başladı Muharrem.

Üç yüz, beş yüz, yedi yüz, dokuz yüz doksan dokuz... Bu süre boyunca ne emredilirse her işe koştu. Yerleri süpürdü, kap kacak kalayladı, pazar yaptı, su taşıdı, sofra kurdu, şerbet karıştırdı, kahve dövdü, çerağ uyandırdı, bahçeyi temizledi, çamaşır yıkadı, hela temizledi. Tüm bunlarla beraber hadis, fıkıh, Farsça, edebiyat dersleri gördü. Kudüm talim etti. Ciltçilik öğrendi. Anca elifba bilen bir köy çocuğu olarak girdiği Asitane'de, görgülü, bilgili, irfanlı bir dervişe dönüştü. Dokuz yüz doksan dokuz gün... Ve iki gün sonra, bin bir günün ardından, Muharrem çileden çıkacak, "Dede" olacaktı.

Şeyh Efendi kahvesini bitirmişti, tütünü ise tütmeye devam ediyordu, ancak kâfi görmüş olacak ki hem boş fincanı hem de çubuğu dervişlerden birine uzattı. Gök gürültüsünü andıran top seslerini dinliyormuş gibi kısa bir süre uzaklara daldı. Ardından konuşmaya başladı. Deminden beri kendi düşüncelerine dalmış dervişler derhal toparlanıp dikkat kesildiler.

"Sizler bu kubbe altına gelerek biat ettiniz. İradenizi, bile isteye şeyhin iradesine teslim ettiniz. Söz verdiniz. Şeyhin her sözüne sorgusuz sualsiz uymayı kabul ettiniz. O halde gün bugündür. Sözünüzde durma zamanı. Hürriyetin olmadığı yerde cuma namazı dahi kılınmaz. Sesleri işitiyorsunuz. Düşman geldi kapıya dayandı. Bizler yetim başı okşadığı eliyle gerektiğinde kılıç kabzası tutan peygamberin ümmetiyiz. Bugün başınızda sikke var, yarın miğfer olacak. Bugün ney tutan eliniz yarın tüfek tutacak. Bugün buradasınız, yarın cephede olacaksınız. Yarın cephede olduğunuz gibi, ondan sonraki gün belki şehadet şerbeti içeceksiniz. Tennureyi çıkartmakla dervişliği bırakmıyorsunuz, aman ha! Burada nasıl dervişlik yapıyorsanız cephede de, siperde de aynısı olacaksınız. Hatta düşmana dahi! Derviş nehirde abdest alırken suda bir akrep görmüş. Yazıktır, boğulmasın diye eline almış kenara atmak için. Akrepse elini sokmuş, suya düşmüş. Bir daha almış derviş akrebi, bir daha sokmuş. Bir daha almış, bir daha sokmuş. Birisi bu hali görüp sormuş. Yahu demiş, bırak gebersin! Sen onun hayatını kurtarıyorsun, o seni sokuyor. Ne cevap vermiş derviş? Akrep akrepliğini yapacak diye ben dervişliğimden vaz mı geçeyim? Haydi o vakit, birbirinizle helalleşin. Benden yana haklarınız helaldir, sizler de helal edin. Kalırsak, buraya döneriz. İnsanı ölümden eceli korur. Göçersek de öte tarafta Hazreti Pîr'in sancağı altında buluşmak nasip olsun inşallah. Âşık Yunus'un buyurduğu gibi: Nazenin bu ömrümüz bir göz yumup açmış gibi / Geldi geçti duymadık, bir kuş konup uçmuş gibi..."

O gece, hücresinde Muharrem'in gözüne uyku girmedi. Ötelerden gelen top sesleri veyahut ertesi gün cephede olma düşüncesi değildi bu uykusuzluğun sebebi. Bin bir günlük

Mevlevi çilesinin bininci gününe erişmişken ve yalnızca bir gün daha kalması gerekirken, çileden çıkacak olmasıydı. Halini şeyhine arz edebilir miydi acep? Hoş, şeyhi zaten halinden haberdar değil miydi? Derviş kısmı kafalarına estiği gibi şeyhle konuşamazlardı... Aşçı Dede'ye gitse... Ne diyecekti? Bir gün daha durması gerektiğini mi söyleyecekti? En büyük edepsizliği yapıp büyüklerine iş mi buyuracaktı? Vah vah... Eğer öyleyse geçen bin gün boşa gitmiş demekti. Onlar neyin ne olduğunu bilmiyorlar mıydı? Tövbe estağfurullah çekip bu vehimleri başından savmak için başka şeyler düşünmeye çalıştı. Olanda hayır vardı.

Güneşin kül rengi bulutların arkasına saklandığı ertesi sabah, Gelibolu Mevlevihanesi'nin asker uğurlaması, adeta bir merasim mahiyetindeydi. Dervişler baş kesip sırayla şeyhlerinin elini öptüler. Muharrem için asra bedel o an da gelip geçti. Nihayetinde üzerine besmele, kelime-i tevhid, "Ya Hazreti Mevlana ve Mücahiddin-i Mevlevi", "Yardım Allah'tandır ve fetih yakındır", "Allah uğrunda hakkıyla cihad edin" yazıları nakşedilmiş sancak açıldı. Dervişler intizam ile sıralanıp ism-i celal çekerek, fezasında şimşekler çakan garba doğru yürümeye koyuldular. İnce bir yağmur başlamıştı.

* * *

Düşen her gülle ile arz yerinden oynuyordu. İnsanın iç organlarını zangırdatan bir tazyikle ayakta olan kim varsa gayriihtiyari derhal kendini yere atıyordu. Kulaklardaki çınlama sebebiyle evvela herkes kendisini öldü sanıyordu. Sıkı sıkıya yumduğu gözlerini açınca dahi toz toprak bulutu görüşe el vermeyince toprağın altına indiğine inananlar vardı. Nihayet vadesinin dolduğunu ve kıyamete kadar istirahat edeceğini zanneden askerler, kısa sürede ölmediklerini anlayıp şaşkınlıkla silah arkadaşları ile bakışırlarken sevinseler mi, üzülseler mi bilemiyorlardı. Ardından herkes sağını solunu yoklayıp yarası olup olmadığına bakınıyordu. Kulakları yeniden işitmeye başlayınca da düşman mitralyözünün kustuğu kurşunların sesleriyle yeniden hayata tutunma gayreti başlıyordu. Düşen kum torbalarını tekrar sipere yığmak, kopmuş bir uzvun sahibini yahut esvabından şıpır şıpır kan damlayan bir askeri ivedilikle cephenin gerisine taşımak, devrilen mavzerleri çatmak ve taarruza hazırlanmak... Kuran-ı Kerim okuyanlar, sırtını sipere vermiş titreyerek sigara içenler, üzerindeki toprağı silkeleyenler, sessizce ağlayanlar, heyecandan istifra edenler, alev alev gözleriyle tüfeğine sarılan ve siperden fırlayıp düşman hattına koşmayı kafasına koymuş zor zapt edilenler, kireç gibi beyaz bir suratla ve boş gözlerle asumanı seyre dalmış, kim bilir nerede olmayı hayal edenler, gözlerindeki perde kalkmış da cenneti görüyormuş gibi mütebessim çehreliler, ömürlerinde köyünden ilk defa çıkıp da kendilerini bir anda harbin ortasında bulmanın şaşkınlığını hâlâ atamamış gürbüz delikanlılar, düne kadar kalem tutan narin elleri ile artık mavzer kavrayan Darülfünun talebeleri, silah arkadaşlarına moral vermek için kimse dinlemediği halde biteviye nutuk atanlar, teyemmüm edenler, yalnızca kendi duyacakları bir sesle içinde ana ve yar geçen hasret türküleri mırıldananlar... Siperdeki herkes, hiç kimseydi, çünkü ölüm ve yaşamı ayıran bir çizgi mevzubahis değildi. Çoğu zaman ölümün hüküm alanında ancak hayattaydılar. Dolayısıyla daha evvel tecrübe etmedikleri bu haletiruhiye karşısında, hislerine kendileri dahi mana veremiyorlardı. Herkes bir sonraki bombardımanda ölebilirdi. Ölmeyebilirdi de. Fakat bombardıman namütenahi idi. Bu şeraitte ne zaman geleceği kestirilemeyen ölümü beklemek en zoruydu. Kan kokusu, barut kokusu ve toprak kokusundan müteşekkil esansı içine çekip hakikati sindirmek ise yapılacak en isabetli işti. Hakikat buydu, hiçbir şey düşünmemek.

Zaten düşmana karşı savaşırken, ne zaman öleceğim, yaşayacak mıyım diye bir de kendi ile savaşa girişenler, dirayetlerini kaybedip hazan yaprakları gibi soluyorlardı. Ancak meseleye bir kademe daha yukarıdan bakılacak olursa, dirayetli olanlar da, kendini yiyip bitirenler de en nihayetinde bir kurşunun karşısında aynıydı. Herkes ölüyordu.

Cephedeki ikinci haftasını geride bırakan Muharrem henüz ölmemişti. Mevlevihane'de az yemeyi, az uyumayı, az konuşmayı öğrendiği için harp ona fenni manada fazla tesir etmemişti. Saka tayin edilmişti. Zimmetindeki bir katır ve kırbalarla gece gündüz düzlüğe iniyor, kuyudan su çekip tepedeki sipere taşıyordu. Mermi yağmuru altında olmasa dahi vazifesi hem meşakkatli hem tehlikeli hem de bir o kadar mühimdi. Her ne kadar su çektiği kuyu Osmanlı hatlarında olsa da harpte her gün, hatta her saat hâkimiyet alanları el değiştiriyordu. İşini aksatsa siperdeki askerler bu sıcakta susuzluktan kırılırdı. Arazide karşılaşacağı bir casusa karşı ise bir mavzeri olsa da yeteri kadar atış talimi yapmadığından ne olacağı meçhuldü.

Tek başına geçen bu uzun yolculuklar esnasında bol bol düşünecek vakti vardı Muharrem'in. Evvela her asker gibi şehadeti düşünüyordu sık sık. Ölüm bir bitişti ancak aynı zamanda bir başlangıç, yani anasına babasına kavuşma biçimiydi. Artık iyiden iyiye silikleşen çocukluğunu düşünüyordu bazen. Makedonya dağlarında koyun otlattığı tasasız günler bu dünyada bir daha gelmeyecekti lakin Allah her şeye kadir olduğu için, cennete giderse çocukluğuna dönmeyi ve o hisleri yaşamayı dileyecekti. Bu hülyalardan daha fazla şuurunu meşgul eden bir şey var ise o da efendisi idi. Asitane'de geçirdiği zamanı özlemişti. Kimsesiz değildi, hayır, sahibi vardı. Ait olduğu o yerde kendini bulmuş, onulmaz sandığı yaraların iyileştiğine şahit olmuştu. Ölmez de dönerse en büyük arzularından biri Konya'ya gidip Hazreti Pîr'e niyaz ve tazim etmekti. Tabii aklına takılan daha başka şeyler de yok değildi... Bin bir gün sürmesi gereken çileden, tam da bininci gün çıkmıştı. Peki ya ne olacaktı, en baştan mı girecekti çileye? Yoksa kalan bir günü mü dolduracaktı? Kalbindeki pasın ne kadarı silinmişti, şeyhinden uzakta geçen zamanlarda yeniden ne kadar kirlenmişti? Uzakta mıydı sahiden? Kalbi bir insandan ne denli uzak olabilirdi ki?

Kalküta-1915

"Nisha, müsaadenle sana anlatmam gereken bir şeyler var. Malumun olduğu üzere tanışalı neredeyse üç yıl olacak. Bin bir günlük bir serüveni geride bıraktık. Her gün gelip masal okuduğun o kızlar kocaman oldular. Zaman ne de çabuk geçiyor. Birazdan trenin kalkacak ve ben senin ardından son kez bakacağım. Yani böyle bir ihtimal var. Yaşadığımız her an farklı ihtimallere gebe değil midir? Öyledir tabii. Dolayısıyla bu hikâyenin gidişatı ve sonu için pek çok başka şey... Demek istediğim... İstasyonlar bana hep hüzünlü gelir. Halbuki ayrılık kadar kavuşmayı da temsil ederler. Bir yerden gidiş başka bir yere varıştır hani. Affedersin, lafı dağıtmamam gerekir. Bu hikâyenin diyordum; ihtimaller dahilindeki diğer sonları, elbette her şey mümkün. Ne bileyim, korların üstünde yürüyen Budistler gördüm bu ülkede. Hiç mi yanmadılar, yoksa bir yerden sonra artık ateşe mi alıştılar, bunu kestiremiyorum. Bin bir gün Nisha. Bu kadar uzun sürede benim kalbim de pek çok şey öğrendi. Masallara inanır mısın? Ben inanmazdım. Ama düşünüyorum da, İsa'nın suyu şaraba dönüştürdüğüne iman ediyorsam, bir halının uçabileceğine de inanmam gerekir. Evet, şarap meselesi bir mucize ve İsa gücünü Tanrı'dan alıyordu. Fakat hakikatte halının sahibi de Tanrı değil mi? Yani onun her şeye yeten kudreti bir halıyı uçurmaya yetmez mi? Ya da bir Budist'in közde yürüyüp yanmamasına? Tüm bunlar sadece çok istemekle alakalı olabilir mi? Lütfen olsun. Lütfen. Lütfen. Çok istiyorum. Yani gece gündüz ateşte yürüyüp yanmamayı düşünüyor ve diliyorum. Ve yeteri kadar istersen belki bir gün bu halin Tanrı'nın hoşuna gider ve olduruverir. Ve böylece ateşte yürüyüp yanmazsın. Ama böbürlenip de 'Nasılım ama, ateşte yürüyorum. Hey bana bakın. Siz yürüyebilir misiniz? Tabii ki hayır, bunun için yıllarımı verdim ben, sizi budalalar' diye kendini dev aynasında görürsen, belki bu dünyada değil ama ötekinde yanarsın. Her neyse, konu bu değil. Birazdan trenin kalkacak. Peki ya ben bin bir gün boyunca bu anı düşündüysem? O trene binmemen için gece gündüz bir ibadet gibi tüm varlığımla bunu dilediysem? Ateşlerde yürüsem bu kadar yanmazdım Nisha. Heyecanımı mazur gör. Hep bu anı düşündüm demiş miydim? Seni gördüğüm ilk günden beri... Her gece masal anlatırken seni seyretmek, bu hazzı, bu sarhoşluğu yaşamak, beni zaten ziyadesiyle mutlu ediyordu. Fakat şimdi, dinlemek şöyle dursun, masalın bizzat içinde gibiyim. Sen ve ben Nisha. Treni boş ver, uzak diyarlara kalkan bir gemi olsun taşıtımız. Ben... Ben sana âşığım."

"Bay Branson. Bay Fitzgerald çalışma odasında sizi bekliyor. Acilmiş."

Robert hizmetçinin böldüğü iç sesinden sıyrılıp "Tamam" dedi toparlanarak, "teşekkür ederim." Aynanın karşısındaki son provasındaydı. Bir süre daha kendisini seyretti. Nihayet büyük gün gelip çatmıştı. Bu akşam Nisha kızlara masal anlatmak için malikâneye son kez gelecekti. Genç kızı istasyona götürdüğünde ona açılacaktı Robert. Haftalardır tekrarlaya tekrarlaya bir hayli geliştirdiği konuşmasında hâlâ aksaklıklar mevcut olsa da, artık bu gece aşkını ilan edecekti. Tek arzusu saçmalamamak, konuşmanın ana hatlarına sadık kalmaktı. Ateşte yürüyen Budist kısmından hâlâ emin değilse de Nisha'yı yakalamak için araya kendi kültüründen bir şeyler serpiştirmenin iyi olacağını düşünmüştü.

"Bay Fitzgerald acil olduğunu söyledi."

Robert korkuyla irkilip sesin geldiği yöne bakınca hizmetçinin hâlâ kapıda olduğunu gördü.

"Tanrım, ödümü patlattın. Neden oradasın?"

"Bir garip görünüyorsunuz da, iyi olduğunuzdan emin olmak istedim."

"Garip mi görünüyorum?" diye sordu Robert tekrar aynaya bakarak, "Neyim varmış?"

"Telaşlı gibisiniz."

"İyiyim. Bir şey yok."

Robert kapıyı çalıp çalışma odasına girince Kieran Fitzgerald'ı maun masasında oturmuş gazete okurken buldu. Fitzgerald gazeteyi katlayıp Robert'a masanın önündeki tekli koltuğu işaret etti.

"Otur bakalım Robert. Nasılsın bu sabah?"

"Teşekkür ederim efendim. İyiyim."

"Kahvaltını yaptın, değil mi?"

"Evet efendim."

"O halde birer kadeh viski parlatırız."

Robert kendisine uzatılan kristal kadehi alıp ağır dairesel hareketlerle çalkalarken içindeki viskiyi seyrediyordu. Fitzgerald devam etti.

"Bize anlatılan tarihi düşünüyorum da, tüm o muharebeler, seferler, taht kavgaları, toplumsal vakalar... Şimdi uzaktan bakınca ne kadar da efsanevi geliyor değil mi? Halbuki o uzak zamanların tanığı olduğunu düşün Robert. Kudüs'e doğru kutsal bir sefer başlamış ama aynı devirde yaşamana rağmen senin belki hiçbir zaman bundan haberin olmadı. Kudüs mü? İyi bir Hıristiyan değilsen Kudüs'ü de bilmezsin sen. Bilsen dahi haritada yerini gösterebilir misin acaba? Harita mı, o da ne, bir tür bira falan mı? İşte böyle devirler Robert. Yahut tebaası olduğun derebeyinin emri ile sefere katıldın ve fakat aylar süren meşakkatli yolculuk esnasında zalim bir hastalık senin canını aldı ve haritanın kim bilir neresinde bir yerlere cesedini gömüp yola devam ettiler. Sonra ne olup bittiğini asla öğrenemedin. Köyündeki karın da bir daha senden hiç haber alamadı. Eğer biraz daha şanslıysan, kutsal metinlerde övülen şehre kadar varmayı başardın diyelim. Güneşten yontulmuş gibi ihtişamlı ve göz alıcı surlara kadar ilerledin. Çetin bir savaş başladı. Belki nice kahramanlıklar sergiledin. Tarih kitaplarında anlatılan o büyük savaşın bir neferi de sendin. Peki ya sonra Robert? Sonra unutulup gittin. Tüm o diğer yiğitler gibi. Artık dünyada hiç kimse seni hatırlamıyor. Neler yaptığını bilmiyorlar. Çok trajik, değil mi? Nasıl ki vatana ihanetin cezası ölümse, ülkesi için üstün fedakârlıklar ve başarılar gösterenler de mükâfatlandırılmalıdır. Öyle de yapıyoruz. Tabii bunun herkesi kapsaması ne yazık ki mümkün değil. Sayısız isimsiz kahramanımız var ve hep olacak. Ancak kahramanların hakkını vermek için elimizden geldiğince gayret etmeliyiz. Ben de bunun bir parçası olmak istiyorum Robert. Ve bunun için karşıma bir fırsat çıktı."

Fitzgerald deminden beri masasında duran kadehi dudaklarına götürüp içkisini bir yudumda içti. Şişeye uzanırken "Haydi" diye teşvik etti Robert'i, "bitir de seninkini de doldurayım." Viskileri tazeledikten sonra konuşmasına devam etti.

"Hikâyeye bak Robert. Gelibolu'daki harpte, bize, yani Britanya Hindistan'ına bağlı bir tabur, büyükçe bir tepenin yamaçlarında konuşlanmış. Tepenin bir yanından düşman askerleri onlara doğru ilerliyor. Kuşatmadan haberleri yok. Belki de tek kurşun bile atmaya fırsat bulamadan hepsi kırılacak! Bir felaket! Bir hayli uzaktaki karşı tepede otuz kişilik bir Anzak keşif müfrezesi var. Olan biteni görüp derhal arazi telsizleri ile haber verme telaşına düşüyorlar ancak mümkün olmuyor. Topları yok. O mesafeden atacağın mermi yarı yola dahi ulaşmaz. Sonra ne mi oluyor? Kahramanlar işte böyle çaresizlik anlarında ortaya çıkar Robert. Genç bir delikanlı öne atılıyor. Bir maraton koşucusu olduğunu, izin verilirse koşa koşa bizim askerlere durumu haber vermeye gideceğini söylüyor. Ne muhteşem bir cesaret timsali, değil mi? Buraya kadar olan kısım ilgini çektiyse hikâye asıl bundan sonra başlıyor. Sırtında bir tüfekle o mesafeyi yeteri kadar hızlı koşamazsın. Beline bir revolver sokuşturuyorlar, hepsi bu. Oğlan koşmaya başlıyor. Derelerden tepelerden düşe kalka geçiyor, ancak çalılara, sıcağa, engebelere rağmen katiyen durmuyor. Ta ki bir düzlüğe erişip nihayet yüzünü ve bakışlarını yerden kaldırıncaya dek... Çok değil, belki elli metre ötede bir düşman askeri, mavzerini kendisine doğrultmuş. Yani bizim oğlan meğer ölüme doğru koşuyormuş. Bunu görünce yavaşlayıp duruyor. Ciğerleri yerinden sökülecek gibi. Kan ter içinde iki büklüm solumaya başlarken düşman da temkinli adımlarla nişan almış vaziyette yanına geliyor bizimkinin. Artık burun burunalar. Suratına doğrultulmuş bir tüfekle bakışarak son anlarını yaşıyor. Bir tür sinir nöbetine tutuluyor o esnada. Bir düşünsene, sıcaktan ve koşmaktan mahvolmuşsun, hedefine varamadan hikâyen yarıda kalıyor. Gerçekten de sinir bozucu, değil mi? Ölmek üzeresin. Herhalde bir daha asla göremeyeceği sevdiklerini düşündü. Belki de bir nişanlısı vardı onu bekleyen. Tarifsiz bir keder Robert, anlatırken bile tüylerim diken diken oluyor. Tanrım. Ve sonra Robert, besbelli bir mucize gerçekleşiyor ve bizim oğlan düşmanı alt etmeyi başarıyor. Herhalde bir anlık dikkatsizliğinden faydalanıp tüfeğe hamle yapmış olmalı. Sonra da boğuştular diye tahmin ediyorum. O kadar yakın mesafe dövüşünde artık tüfek faydadan çok zarar getirir. Oysa bizim oğlan tek eliyle tüfeğin namlusunu tutup diğer elini de belindeki revolvere attı ise, bu iş tamamdır. Herhalde bu şekilde vuku bulmuştur. Sonra da yoluna devam edip Hint askerlerine ulaşıyor, yaklaşan tehlikeyi tam zamanında haber veriyor. Ne muazzam değil mi?”

Fitzgerald üçüncü kadehi doldurduktan sonra masanın üstündeki humidoru açıp hem kendisi hem de Robert için birer puro beğendi. Yaktıktan sonra ise bir süre hiç konuşmayıp puroyu içti. Yeterli miktarda nikotin almış olacak ki çok geçmeden gevşeyerek koltuğuna daha bir yayıldı. Puroyu kül tablasına bırakıp bu defa masanın çekmecesinden fildişinden zarif bir kutu çıkardı.

"O kahramanı mükâfatlandırmalıyız Robert, öyle değil mi? Bu bizim boynumuzun borcudur. Bak, bu gördüğün madalyon Britanya Hindistan'ına ait resmi bir nişan. Gümüştendir. Üzerinde ne yazıyor biliyor musun? 'Tanrı ve İmparatorluk için', işte tam da bunun için mükâfatlandırmalıyız."

Purosundan birkaç nefes çekip dumanı tavana doğru ağır ağır üfledikten sonra kutudan bir başka madalyon daha çıkardı. Bu seferkinin rengi sarıydı ve parıl parıl parlıyordu. Sir Fitzgerald'ı asıl heyecanlandıran da bu gibiydi.

"Görüyor musun? Som altın. Kahramanlara ne denli kıymet verdiğimi anlatmıştım. Resmi nişandan gayrı, ben de şahsi olarak bir madalyon yaptırmak istedim. Bunu hazineden bulduk. Hatırlat da seni bir gün oraya götüreyim. Kırk Haramiler'in mağarası gibi eşsiz ganimetlerle dolu. Bu ise son derece eski bir parça. Kim bilir nereden gelmiştir? Parasını hazineye cebimden ödeyip satın aldım. Üzerinde silinmeye yüz tutmuş bir şeyler yazıyordu. Tutku ve esaretle ilgili bir şey. Her neyse. En maharetli sarrafa yeniden işlettim. Bir yüzünde 'Onur ve Cesaret-Yaşamın Kutsallığı' yazıyor, diğerinde de benim adım. Nasıl, güzel olmuş mu?"

Robert kendisine uzatılan altın madalyonu elinde evirip çevirirken "Son derece ince düşünmüşsünüz efendim" dedi, "çok isabetli ve paha biçilemez bir armağan bu."

"Beğenmene sevindim. Şimdi asıl meseleye gelelim. Bu kahraman Anzak askeri şimdi İskenderiye'de. Ülkesine dönmek için gün sayıyor. Cumartesi günü Bombay'dan Mısır'a bir kruvazör hareket edecek. Ben gerekli yazışmaları yaptım. Bu emanetlerin o gemiye teslim edilmesini istiyorum. Bu akşam yedide Bombay'a bir tren kalkıyor. Biletin alındı. Hem senin için de bir hava değişikliği olur. Seyahat etmeyi sevdiğini biliyorum."

Robert bu sözler karşısında beyninden vurulmuşa döndü. Elindeki madalyonu ondan kurtulmak ister gibi gayriihtiyari masaya bırakıp "Ama efendim" dedi, "ben... ben gidemem."

Fitzgerald hiç beklemediği bu tepki karşısında son derece şaşırmıştı. Dudaklarına götürmekte olduğu puroyu yeniden kül tablasına bırakıp "Dikkatini çekerim Robert" dedi tehditkâr bir ses tonuyla, "bu bir tercih değil, bir vazife."

Robert'in aklındaki tek şey Nisha'ydı. Yedide kalkacak trene binerse, yedide trenden inecek Nisha'yı hayatı boyunca bir daha göremeyecekti. Bin bir gün boyunca bugünün gelmesini beklemişken böyle trajik bir sonla karşılaşmayı kabul edemezdi. Derhal o dakika vazifesinden istifa etmeyi düşündü. Bir kumar oynayıp birkaç saat içinde malikâneden ayrılsa, akşam yedi treniyle gelecek Nisha'yı karşılayıp ona olan biten her şeyi anlatsa... Fakat böyle fevri davranmaya cesaret edemezdi. En basitinden, Fitzgerald'ın ömrü boyunca peşini bırakmayacak kepaze referansıyla İngiltere'ye dönse hiçbir okulda öğretmenlik yapamazdı. Hem burada geçirdiği yılları hem de geleceğini çöpe atmak olurdu bu. Bir çıkar yol düşünmeliydi. Derken aklına bir şey geldi.

"Ne düşünüyorsun Robert, daldın. Seni böyle görmeye alışkın değilim."

"Hiç. Hiçbir şey efendim. Affedersiniz."

"Robert, sen böyle günler için buradasın. Bu nevi kıymetli şeyleri güvenip de başka kime emanet edebilirim? Bombay trenle iki gün çeker. Alt tarafı dört beş günlük bir yolculuğa çıkacaksın diye niçin suratın asıldı? Üstelik birinci sınıf kompartımandan alındı biletin. Senin rahatını düşünmediğimi mi sanıyorsun?"

"Sizi hayal kırıklığına uğratmak en son isteyeceğim şeydir. Hadsiz tepkimi mazur görün lütfen. Elbette gideceğim. Müsaadeniz olursa kendime bir bavul hazırlayayım."

"Güzel. Bir an için beni şaşırttın. Her neyse. Yüklü miktarda bahşiş ve harcırah alacaksın. Yüzün gülsün. Gidip hazırlanabilirsin. Sonra yine gel."

Robert odasına geçince bavul hazırlamak yerine masasına oturdu. Önüne bir kâğıt çekip dolmakalemle içini dökmeye başladı.

> Sevgili Nisha, Ani bir vazife gereği Bombay'a gitmem gerekti. Benim de son anda haberim oldu. İşteki son günün olduğunu biliyorum. Beraber geçirdiğimiz onca kıymetli zamanın ardından bu hikâyenin böyle yarım kalmasını, seni bilmem ama ben kabul edemem. Dört beş gün sonra döneceğim. Senden ricam, önümüzdeki hafta tekrar malikâneye ziyarete gelmen. Seninle konuşmam gereken şeyler var. Yahut bana ikamet adresini de bırakabilirsin. Beni kırmayacağını biliyorum. Seni bekliyorum.
>
> Robert

Trenin kalkmasına bir saat kala, Robert malikânenin bahçesinde, otomobilin yanında, Fitzgerald'ı bekliyor, bir yandan da gerginlikten sigara üstüne sigara yakıyordu. Az sonra maliye nazırı kapıda belirip merdivenlerden indi. Keyifli gözüküyordu. Evvela Robert'ı götürecek şoföre dönüşte birkaç yere uğramasını ve bir şeyler almasını tembihledi. Ardından Robert'ın yanına gelip sırtını sıvazladı.

"Bavuluna sahip çık Robert." Şüphesiz ki bunu söylerken içindeki madalyonları kastediyordu.

"Merak etmeyin efendim."

Sonra da ceketinin cebinden iki zarf çıkardı. Mühürlü olanı uzatırken "Bu gemiye" dedi. Diğerininse içi besbelli para doluydu. "Bu da senin için."

Bu defa Robert dörde katlanmış bir kâğıt uzattı Fitzgerald'a.

"Efendim sizden bir şey rica edebilir miyim? Benim için çok mühim. Bu akşam Nisha gelince bu mektubu ona verir misiniz? Zira bugün son günü, aramızda bir hukuk var, böyle vedasız bir ayrılık nahoş olur."

Fitzgerald bir şeyler sezmiş gibi muzipçe gülümsedi.

"Şu işe bak hele. Hiç merak etme sen. Haydi o halde, pek vaktimiz yok sanırım. İyi yolculuklar."

Yalnızca kendisine tahsis edilmiş yataklı lüks kompartımana girer girmez bavulunu bir kenara atıp cama yapıştı Robert. İmkânı yoktu ya, bir umut istasyon kalabalığı içinde Nisha'yı arıyordu gözleri. Trenle gidip geldiğine göre Kalküta'nın kim bilir hangi uzak mahallesinde yaşıyordu. Bugüne değin adresini öğrenmediği için kendisine kızdı. Hatta centilmenlik gereği bir kez olsun istasyona değil de evine kadar bıraksaydı, şimdi içi daha rahat olurdu. Tek tesellisi alelacele karaladığı iki satır mektuptu. Nisha'nın da ona karşı hisleri varsa, mektubu okuduktan sonra muhakkak ki tekrar gelirdi malikâneye, ki bunca zamanın ardından genç kızın da o mahcup bakışları ve tavırlarının altında bir şeyler yattığını çok berrak olmasa da görebiliyordu. Endişe etmesi lüzumsuzdu. Geri döndüğünde mutlaka buluşacaklardı. O konuşmayı yapacaktı. Belki de evvela bir yüzük satın almalıydı. Evet evet, niyetinin ne denli ciddi olduğunu ortaya koyacak çok iyi bir fikirdi bu.

Tren keskin bir düdüğün ardından ağır ağır hareket etmeye başladı. Dalgın gözleri yeniden odaklanınca, nefesiyle camda bir buğu oluşturduğunu fark etti Robert. Eliyle buğuyu silince karşısında birden Nisha'yı gördü. Şayet arada cam olmasa, neredeyse elini uzatsa dokunacak mesafedeydi.

İstemsizce "Nisha" diye bağırıp camı yumrukladı. Genç kız durdu. Bir anlık tereddüdün ardından yüzünü yanından geçmekte olan trene çevirince akıp giden başka pencerelerdeki başka insanları gördü.

Hayalle gerçeğin birbirine karıştığı yolculuğu boyunca Robert, zamanının çoğunu Nisha'yı düşünmeye harcadı. Restoran vagonunda yudumladığı biraların tesiriyle iyiden iyiye duygusallaşıp tren camının dışındaki karanlık geceyi seyrederken, arada bir beliren uzak ışıkları mesela, Nisha'nın gözlerinin yerine koydu. Aniden bastıran sağanakların sesi raylardan gelen ritimle birleşip muazzam bir uyku vaat ederken, Robert Nisha'nın masallarını dinlemeyi yeğledi. Vagonlar dehşet verici uçurumları yalayarak dağlar boyunca büklüm büklüm kıvrılırken, nefes kesen bu manzaraları seyretmeye tenezzül etmeyip yatağına uzanarak sevdiği kadını hayal etti. İstasyonda gördüğü şeyin gerçekliğini sorguladı defalarca. Hayır, tabii ki hayaldi. Evet, elbette gerçekti. Gerçekten de öte ilahi bir işaret, bir mucizeydi besbelli. Çok ama çok istediği için, Tanrı katından gelen bir mükâfat da olabilirdi. Hasılı, beş asır gibi geçen beş günün ardından Robert Kalküta'ya yeniden ayak bastı ve yüzlerce kere gidip geldiği istasyon ve malikâne arasındaki yolu koşar adım yürümeye başladı. Nisha'nın Sir Fitzgerald'dan aldığı notu malikâneden henüz çıkmadan okumasını ve bir cevap yazarak bırakmış olmasını her şeyden çok istiyordu. "Elbette Robert. Endişelenme hiç. Sen bu notu okuduktan birkaç gün sonra gelmiş olacağım." Bu ya da buna benzer birkaç satır tüm o yol yorgunluğunu gidermeye ve bulanık zihninin durulmasına yetecekti.

Çöp yığının hizasından geçerken gözü gayriihtiyari o tarafa kaydı. Evvelki hayatında kendini kuş sanan meczup hayret ki ortalarda gözükmüyordu. Emin olabilmek için etraflıca bakındı, zira bu ilk kez oluyordu. Belki tepenin ardına geçmiş hacet gideriyordur diye geçirdi içinden, yahut tüm bu saçmalıklardan bunalmış ve pes etmişti. Ya sevdiği kadınla nihayet bir şekilde kavuştularsa? Muzipçe güldü. Kadın bu defa da farz-ı muhal kedi şeklinde zuhur edip gelse, bu hırpani, çöpteki yemeklerine ortak olur diye onu da kovmuştur yanından, diye düşündü.

Malikâneye vardığında Sir Fitzgerald akşam yemeğini yiyordu. Damdan düşer gibi olmasın diye önce sıcak bir banyo yapıp yol yorgunluğundan ve kirlerinden arındı. Beş gün sabrettikten sonra birkaç saat daha dayanabilirdi ne de olsa. Mutfak katına inip karnını doyurduktan sonra da uşaklardan biriyle haber yollattı. Sir kendisini piyanolu odada bekliyordu. Kapıyı vurup içeri girdi. Hanımı kızlarına piyano çalıyor, Fitzgerald uzak köşedeki berjerinde bir dergiyi karıştırıyordu.

"Bakın kim gelmiş!"

"Evet efendim, sizi yeniden görmek çok güzel."

"Yolculuğun nasıl geçti Robert?"

"Gayet iyiydi. Bir aksaklık olmadan emanetinizi teslim ettim."

"Teşekkür ederim, sana güvenebileceğimi biliyordum."

"Ben teşekkür ederim efendim."

"Herhalde yorgunsundur, bu gece iyi bir uyku çek."

Fitzgerald kendisini kibarca yolluyor gibiydi. Robert öylece dikilirken mevzuyu kendisi açması gerektiğini anladı.

"Efendim, ben size şeyi soracaktım. Mektubu..."

Sir okuma gözlüğünün üzerinden manasız gözlerle Robert'a baktı.

"Ne mektubu?"

"Hani size bırakmıştım. Nisha'ya vermeniz için."

"Ah, kahretsin. Doğru ya, mektup. Bugünlerde çok dalgınım Robert. Ben onu tamamen unutmuşum."

"..."

"Kusura bakma lütfen. Her neyse, olan olmuş, ne yapalım? Elden bir şey gelmez. Başka bir şey yoksa gidebilirsin."

O gecenin ilerleyen saatlerinde, bir el silah sesi ile malikânedekiler dehşetle uykularından sıçradılar. Uzaklarda bir yerde ise Nisha gözlerini araladı. Uyku mahmurluğuyla karanlık odasına bakınıp kendisini uyandıranın ne olduğunu anlamaya çalıştı. Sonra da penceresinin hemen önünde öten bülbülün sesini duydu. Tekrar yatağına uzanıp yüzünü yastığa gömdü ve yarım kalan rüyasına devam edebilmeyi dileyip gözlerini yumdu.

Pasifik Okyanusu-1915

Güneşin okyanusta anbean eriyip kayboluşunu donuk gözlerle seyretti Kevin. Yüzüne vuran iyot kokulu serinlik, geminin ardında bıraktığı köpükten yol, engin bir boşluk hissinin insanın içini titreten tesiri ve diğer hiçbir şey, onun için bir mana taşımıyordu artık. Arkasında işittiği ayak seslerine dönüp bakmadı bile, fakat sesin sahibi dibine kadar yanaşmıştı.

"Sen neden yemeğe gitmedin asker?" diye soran kıç nöbetçisine "İştahım yok" diye yarım ağızla cevap verdi. "Sigaran var mı?" diye yeni bir soru yöneltti nöbetçi. Başını iki yana salladı. Nöbetçi geldiği yönün zıddına doğru uzaklaşırken Kevin derin bir soluk alıp gökyüzüne baktı. Sonra da içeriye girip kamarasına yöneldi. Herkes yemekte olduğundan etrafta kimsecikler gözükmüyordu. Yatağının altından bez çantasını çekip çıkardı. İçerideki yığını karıştırdı. Birkaç fanila ve don, iki madalya, küçük bir defter, tarak, süslü bir enfiye kutusu. Nihayet aradığını bulmuştu. Dörde katlanmış kâğıdı alıp geldiği yolları yeniden yürüyerek güverteye çıktı. Artık karanlıktan ötürü görüş iyiden iyiye azaldığından, rüzgârın elinden kapmak istediği mektubu güç bela okuyabildi.

Ruhumun biricik sahibi sevgili Melanie...

Seni o kadar çok özledim ki. Güzel gözlerinin hayaline sığınmadığım bir an bile olmadı. Cephedeyken ben de herkes gibi çoğu zaman öleceğimi düşünürdüm ve beni asıl korkutan ölüm fikrinin kendisi değil, seni bir daha görememek olurdu. Fakat sana bu satırları artık dünyadaki her türlü korkuyu yenmiş bir adam olarak yazıyorum. Ben bile bu durumun farkındayım ki, savaşa giden Kevin ile savaş sonrasındaki Kevin aynı kişi değil. Biliyorum, çok temiz hayallerimiz vardı. Ancak ne yazık ki hislerimizin bu dünya için fazla saf olduğunu teessüfle öğrendim. Daha fenası ise, dünyayı kirletenlerden biri de benim Melanie. Bunu itiraf etmekten çekinmiyorum, büyük bir kabahat işledim.

Neler yaparsın, ne âlemdesin, beni özledin mi, beni düşündün mü, hiç bilmiyorum. Belki haberimi almışsındır. Belki bir kahramanı bekliyor olmanın heyecanıyla kıvanç duyuyorsundur. Fotoğraflarımı çekmişlerdi, gazeteler bastıysa arkadaşlarına gösterip 'işte benim Kevinim' diyorsundur belki de. Fakat sana hakikati anlatmak boynumun borcudur Melanie. En azından aklında şüphe kalmaz.

Beni kahraman yapan vaka, bir tabur Hint askerini kurtarmam... Nasıl anlatsam bilemiyorum. Bu sır artık içimi yakıyor Melanie. Bir asker üzerime doğrulttuğu tüfeği ile arazide yolumu kesti, bu doğru. Beni esir mi almıştı, yoksa oracıkta öldürecek miydi, hiç bilmiyorum. Son anlarımı yaşadığımı zannediyordum. Kurtuluşun mümkün olmadığını anlayınca ölüme giderken hiç değilse onu bir şekilde rencide etmek istedim. Elimden gelen tek şeyi yapıp suratına tükürdüm. Artık yapacağı varsa da beni rehin almaz, hatta ateş edip öylece öldürmez, işkence ile canımı yakar diye düşünürken o sadece şaşırdı. Bir tür aydınlanma yaşadığını yüzündeki hayret ifadesinden anlayabiliyordum. Tabii hiç beklemediğim bu hal karşısında ben de şaşırdım. Bir süre daha düşündükten sonra tüfeğini indirdi ve hiçbir şey olmamış gibi yürüyüp gitmeye koyuldu. Bunun gerçek olduğuna inanamadım. Ölüme bu denli yaklaşmışken, bu yaptığını aklım almadı. Arkasından bakakaldım. Ben sanki yokmuşum, orada değilmişim gibi aheste aheste uzaklaşıyordu. İşte o an çok kötü bir şey yaptım Melanie. Neden yaptım, nasıl yaptım bilmiyorum. Her şey bitmişti, yoluma devam edebilirdim. Fakat tabancamı çıkardım, nişan aldım ve tetiği çektim. Sırtından vurdum onu. Yüzüstü düştü. Ellerim titriyordu. Arkamı döndüğüm gibi var gücümle koşmaya başladım.

Ben artık başka biri olmuştum Melanie. Cephede vuruşurken birini öldürmüş olsam, işte o başka bir şeydi. Fakat beni öldürebilecekken bunu yapmayıp yaşamama izin veren o genç adamı sırtından vurmak, beni katil yapmıştı. Bunu kimselere anlatamadım. Üstüne üstlük yalan söyledim. Böylece onursuzluğum perçinlendi. Bu da beni daha çok kahretti. Kahraman ilan edildim. Madalya bile taktılar. İçimde kopan fırtınaları ise bilmiyorlardı.

Bu yükün altında daha fazla yaşayamayacağımı biliyorum. O genç adamın yüzünü unutamıyorum Melanie. Kahroluyorum, anlıyor musun? Onursuz bir adam olarak bu dünyada daha fazla nefes almayı hak etmiyorum. Bu seni üzmesin, bilakis hiç değilse sevdiğim adam hatasını anlayıp bedelini canıyla ödeyecek, şerefini temize çekecek karaktere sahipmiş dersin. Bir an önce öte tarafa gidip Tanrı'dan beni onunla yüzleştirmesini isteyeceğim. Umarım özrümü kabul eder. Sen de beni affet, olur mu?

Seni çok seven Kevin

Hayırla anılmayı bile kendisine hak görmeyip geride bırakmaktan vazgeçtiği mektubu katladı, pantolonunun cebine koyduktan sonra da vardavelaya tutunup küpeşteye çıktı Kevin. Gökyüzünde yanıp sönen yıldızlara bakıp derin bir nefes aldıktan sonra hayali bir sevgiliye sarılacakmış gibi kollarını iki yana açarak kendisini karanlık boşluğa bıraktı.

Amerikan Rüyası

Kuzey Karolina-2003

Zamanın ağırlaştığı o sıcak haziran ikindisinde Bayan Judith Wallace için yapılacak en iyi şey, verandaya çıkıp sallanan sandalyesinde pinekleyerek bir şeyler yudumlamak ve elbette biraz tüttürmekti. Evvela mutfak adasının içkilere ayırdığı gözünden, daha yarıya inmesine birkaç kadeh kalmış *Wild Turkey* şişesini aldı. Şişeyi raftan seçtiği yayvan bir bardakla beraber, artık renkleri iyiden iyiye solmuş konfederasyon bayrağı baskılı melamin tepsiye koyup verandanın yolunu tuttuysa da kapının kendi kendine ağır ağır kapanan sinekliği henüz örtülmeden, *bourbon*'la çıktığı verandadan eli boş dönüp, mutfağı baştan sona kat ederek oturma odasına geçti. Uzun yıllar önce, saçları başının iki kenarından örülü küçük bir kızken babası ile beraber elleriyle yaptıkları, neredeyse iki metre boyundaki meşe pipo dolabı önünde karar vermek ise viski seçimi kadar kolay olmadı. Emekliye ayrılan, ancak bir saygı nişanesi olarak dolapta sergilenmeye devam edenleri saymazsa, Bayan Wallace'la bakışan, içilebilir yüz yirmi üç tane pipo, sükûnetle karar anını bekliyordu. Her birinin hikâyeleri ve yaşanmışlıklar da meseleye dahil olursa işin içinden çıkamayacağını bildiğinden, tercihini aşağıdaki raflardan yana kullanması en iyisi olacaktı. Yere çömelip üç yaşından küçük pipoları, mavi gözleriyle şöyle bir süzdü. Üç yıl, ah evet, bunlar kocası Jack'in vefatının ardından satın aldığı, hatırası olmayan genç pipolardı. Havanın sıcaklığını da göz önünde bulundurursa dilini ısırmayacak serin dumanlı bir içim için ideal gözüken uzun saplı *churchwarden*'a uzandı. Sıra, mısır koçanı piposunu hangi tütünle dolduracağına gelmişti. Bu defa pek de tereddüt etmeden, üzerine *virginia - perique* yazılı bir etiket yapıştırılmış tütün kavanozunu kucaklayıp doğruca verandaya yollandı.

En rahat edeceği oturuşu bulup sallanan sandalyesine kurulduktan sonra, kapağını açtığı kavanozu burnuna yaklaştırdı ve derin derin kokladı. Aynaya baktığında gördüğü şey kadar aşina olduğu fermente tütün kokusunu doya doya içine çekerken, ona dışarıdan bakan birisi hissettiği şey için haz diyebilirdi, ne var ki Bayan Wallace'ın haletiruhiyesini karşılayacak doğru kelime özlemdi, üstelik bu özlem yetmiş sekiz yıllık ömrünün ne kadar evvelini düşünürse o denli artıyordu. Burnunu kavanozdan çıkarıp piposunu doldurmaya başladı. Tütünü hazneye başparmağı ile güzelce sıkıştırdıktan sonra gömlek cebinden eksik etmediği çakmağını ve ahşap *tamper*'ı, üzerinde son birkaç yıldır lekeler peyda olmaya başlayan eline aldı. *Churchwarden*'ı dişlerine tutturup çakmağı çaktıktan sonra körüklemeye girişti. Beyaz bir dumanın arkasında kalan mavi gözleriyle piponun haznesini görmeye çalışıyordu. Karbon tabakası oluşturmak için yeteri kadar körükledikten sonra bu defa *tamper*'la narince bastırarak az evvel yakmaya çalıştığı pipoyu bile isteye söndürdü. Hazneyi inceledikten sonra çıkardığı işi beğenmiş olacak ki kadehini viskiyle doldurdu. Küçük bir yudum aldığı viskiyi boğazından aşağıya adeta damla damla saldıktan sonra dudaklarına götürdüğü piposunu tekrar ateşledi, huzurla ardına yaslandı ve sandalyesinde tıngır mıngır sallanmaya başladı.

Hayatında ilk piposunu içtiğinde, ki bu altmış yıldan fazlasına tekabül ediyordu, kâinatın hemen hemen aynı noktasındaydı. Şuracıkta, karşısındaki ahşap merdivenlerden inince sekiz on metre sonra başlayan tütün tarlasında geçen yorucu günün ardından baba kız verandada yemek yemiş, pinekliyorlardı. *Büyük Buhran*'ın yurttaşların canına okuduğu zor zamanlardı, bununla beraber efkârını dağıtmak isteyip tütüne sarılanları Tanrı korusun, burada işler fevkaladeydi. Mark sallanan sandalyesinde pipo içerken belki günün yorgunluğundan, belki elindeki viski kadehinden taşıp zihnine dolan düşüncelerden, belki de radyodan yükselen *Roy Acuff* şarkısına tutunup savrulduğu hayallerden dolayı gözlerini yummuştu. Judith ise *The Country Gentleman*'ın eski bir sayısını karıştırıyor, hindi, traktör, mısır koçanı resimlerini seyrederken hülyalara dalıyordu. Bir ara sayfalardan birinde bir pipo tütünü reklamıyla karşılaşınca babasına seslenmiş bulundu. Mark yerinden doğrulmaya tenezzül etmeyip kızının salladığı dergiye yan gözle şöyle bir baktı, "Hıh" dedi küçümseyerek, "*Edgeworth* mu? Sağ ol canım, ben almayım." Neden sonra ani bir kararla sallanan sandalyesinden kalktı, hiçbir şey demeden içeriye girdi, az biraz sonra da elinde boş bir pipoyla Judith'in karşısına dikildi. "Bak tatlım, tarlamızı görüyorsun değil mi? Benden sonra buralar sana kalacak. Eğer bu işi yapacaksan, tütünü sevmelisin. Hem bu gördüğün çubuk var ya, inan bana dünyanın en keyifli şeyi. Nasıl olsa bir gün başlayacaksın. Hadi, sana ben öğreteyim."

Biricik babasından da çok şey öğrenmişti, hayatın kendisinden de. Yıllar, nihayete eren bir piponun dibinde kalan ince beyaz bir kül gibi savurmuştu ömrünü. Geriye damağında hoş bir tat kalmıştı yalnızca. "Buna değer" diye düşünmüş olacak ki zarifçe kendine kadeh kaldırdı Bayan Judith Wallace. Viskinin yaktığı dudaklarını, tütün dumanıyla söndürdü. Kuzey Karolina'nın mavi göğüne üflediği duman, uzaktaki pamuksu bulutlara boğum boğum eklemlendi düşünde.

* * *

Babası Mark, Raleigh'e kırk kilometre mesafede yedi yüz elli nüfuslu küçük Kenly kasabasına geldiğinde takvimler bin dokuz yüz on bir yılının nisanını gösteriyordu. Motelde konaklayan, batı yakasından ta buralara savrulmuş bu yabancı hakkında, kasabalılar arasında pek çok şey konuşulduysa da neyin ne olduğu kısa sürede anlaşılmıştı. Bu yanık tenli misafir, ailesinden miras kalan varlığını toprağa yatırmak, tütün işine girmek, dolayısıyla bunun için biçilmiş kaftan olan bu civarda bir yerlere yerleşmek istiyordu. Nitekim öyle de oldu. Kesenin ağzını açıp ederinin üzerinde fiyat vererek kasabanın kuzeyinde, üç kilometre uzakta güzel bir arazi satın aldı. Tütüncülüğün inceliklerini öğrenmek için hiç gocunmadan başkalarının tarlalarında amelelik yaparken, kalan vakitlerinde de arazisine inşa ettirdiği evin yapımında bizzat çalıştı. Mark'ın meziyetleri saymakla bitmiyordu. Bütün bir hafta inşaat ve tarlalarda köpek gibi çalışmasına rağmen pazarları pırıl pırıl temizlenip soluğu kilisede alıyor, yaşlılara yardım ediyor, hayır işlerine koşuyor, gerek emeği gerekse parasıyla mütemadiyen iyilikte bulunuyordu. Çok geçmeden yeni hemşerilerinin gözüne kürek sapı kadar girmişti.

Canını dişine takıp çalışan Mark, üç yılın sonunda emeklerinin karşılığını fazlasıyla aldı. Hasatın ardından Kentucky'deki, Tennessee'deki fabrikalara kadar tütün satıyor, tamamlanan görkemli evinin verandasında pipo içip viskisini yudumladığı sıcak günlerde, çalıştırdığı mevsimlik işçileri hasır şapkasının altından gururla seyrediyordu. Ertesi yıl, ki artık otuz altı yaşındaydı, ani bir kararla evlendi. Tarlasında çalışan mevsimlik işçilerden biriyle hem de. Jane, kırılgan bir dal gibi ince, zavallı, kimsesiz bir kızcağızdı. Tanrı'nın sunduğu bu fırsatı kaçırmayıp kendisinden on iki yaş büyük işverenine varmak için bir an olsun tereddüt etmedi.

Kilisede kıyılan nikâhın bereketiyle işleri daha da açıldı Mark'ın. Birinci Dünya Savaşı tüm hızıyla devam ederken, cephedeki askerler mühimmat, teçhizat ve erzak kadar, tütüne de gereksinim duyuyorlardı çünkü. Evvela evin az berisine bir tütün deposu inşa ettirdi. Sonra gıcır gıcır bir *John Deere Waterloo Boy* satın aldı. Tarlasına getirdiği bu makine devrimi ile Mark, biraz daha zengin olacaktı.

Elbette paranın satın alamayacağı şeyler de vardı. Müreffeh yaşamları lezzetli bir pastaya benzetilirse sözgelimi, iyi kabarmış bol malzemeli bu pastanın son dokunuşu olacak kreması eksikti. Mark ve Jane'nin çocukları olmuyordu. Bu makûs talih o zamanlar pek çok erkeğin, hele hele taşrada yaşayanların gururunu incitecek bir meseleyken, Mark kadere iman etmiş gibi gözüküyordu. Bunun için, Tanrı şahit ya, Jane'i asla suçlayıp üzmedi. Yukarıyla bile arası açılmadı Mark'ın, kiliseye gitmeye devam etti. Hatta sofraya oturduklarında yemekten önce dua ederken, yalnızca verdikleri için değil, vermedikleri için bile şükrediyordu Tanrı'ya. Kasabanın bir hayli yıpranan eski kilisesinin yerine hiçbir masraftan kaçınmayıp yenisini yaptırdığında ise azizliğini ilan etseydi kimse buna hayır demezdi.

Sebatla geçen bu yılların ardından, bin dokuz yüz yirmi beş yılında, Mark kırk altı yaşındayken hem de, hanımı Jane hamile kaldı. Ne var ki, adamcağızın çilesi henüz dolmamıştı. Ebenin kızı, elinde kanlı çarşaflarla odadan ağlaya ağlaya çıkıp sanki onu hiç görmemiş gibi yanından koşa koşa geçtiğinde Mark, çocuğum mu yoksa karım mı diye düşündü. İşte böyle doğmuştu Judith. Beraberinde hüzünle gelmişti.

Mark, Jane'i toprağa koyana kadar kızını eline bile alamamıştı. Bunun bir erkeğin kırılma anlarından birisi olduğunu biliyordu. Ya fena halde dağıtacak ve hayatının savrulmasına sebep olacak ya da dişlerini sıkıp bu zor zamanlardan daha da güçlenerek çıkacaktı.

Bu fırtınayı da atlatmasını bildi Mark. Hatta daha öncelери göğüs germek zorunda kaldığı nice güçlüğün ardından zorlanmadı bile. Sağlam sinirleri ve sükûneti karşısında kasabalılar onu daha da yücelttiler. Onu üzen tek şeyse kızından ayrı kalmaktı. Küçük kasabaları Kenly'de sütanne bulamadıkları için pederin de yardımlarıyla Raleigh'de bir ailenin yanına vermişlerdi Judith'i. Bereket versin çok uzakta değillerdi de sık sık yavrusunu görmeye gidebiliyordu.

Hasret dolu iki yıla yakın zamanın ardından Judith sütten kesildi ve esas yuvasına döndü. Mark istese bir bakıcı tutabilirdi elbette fakat bunu yapmadı. Vaktinin çoğunu kızına ayıran fedakâr bir babaya dönüşmüştü. Çocuğunu büyütmeyi işlerini büyütmeye yeğlemişti. Altını değiştiriyor, mamasını hazırlıyor, geceleri ağlamasına uyanıp dizinde sallıyor, hasılı bir annenin yapabileceklerinden hiç de aşağı kalmıyordu. Bu adanmışlığın bir tezahürü olarak Judith'in dudaklarından dökülen ilk söz "baba" olmuştu. Dişini tırnağına takıp tarlasından ilk defa mahsul aldığında bile bu denli sevinmemişti Mark.

Yıllar babayla kızı daima birbirine yakınlaştırdı. Judith'in üzerine titreyen Mark, hiçbir fedakârlıktan kaçınmadı. Kızını her sabah okula bırakırken mutlaka öptü. Pazarları kiliseden çıktıklarında onu daima burger yemeye ya da pizzacıya götürdü. Hatta bazen Raleigh'e kadar beyzbol maçı seyretmeye gittikleri bile oldu. Tüm bunlardan da anlaşılacağı üzere, küçük dünyasının kahramanı babasına, kuvvetli bir aşk besleyerek büyüdü Judith. Resim derslerinde hep babasını çizdi, arkadaşlarına daima gururla bahsetti ve ona layık bir evlat olmanın bilincini henüz çocuk yaşlarda kavrayarak hal ve hareketlerinde sürekli ölçülü oldu.

Fakat birbirlerine duydukları bu derin muhabbete rağmen Judith'in aralayamadığı bazı görünmez perdeler de yok değildi. Bir kâbusa, su içmeye ya da çişe uyandığı sıcak yaz gecelerinde mutlaka babasını kontrol eder, çoğu zaman onu yatağında bulamasa da nerede olduğunu bilirdi. Hışırdayan yaprak seslerinden gayrı hiçbir şeyin duyulmadığı, gökyüzünü çatlatmış gibi gözüken yıldızlardan başka bir ışığın olmadığı karanlık gecede, Mark ağzında piposu, elinde kadehi ve kucağında tüfeğiyle sandalyesinde sallanırdı. Her yerin mutlak bir beyaza büründüğü uzun kış gecelerinde ise nöbetine şömine karşısında devam ederdi. Judith, verandadaysa camın arkasından, şömine başındaysa merdivenin üst basamaklarından babasını sessizce izler, neler düşündüğünü merak eder, fakat bir türlü yanına gidemezdi. Çünkü bir defasında buna yeltenmiş, Mark sonsuzluk kadar süren bir sessizliğe gömüldükten sonra kızının başını okşayıp şöyle demişti, "Herkesin, kimsenin bilmesini istemeyeceği sırları vardır Judith."

Sırları olduğu kadar planları da vardı Mark'ın, hem de kimileri için kulağa manyakça gelebilecek planlar. Biricik kızına duyduğu derin sevgi, onu mutlu ettiği kadar korkutuyordu da. Judith on altı yaşına basmıştı, kendisi ise altmış iki. Bir gün bu dünyadan ayrıldığında, ki artık yokuş aşağıya iniyordu, Judith bir başına kalacaktı. Birbirlerinden başka kimseleri yoktu ve kızını tehlikelerle dolu hayat yolunda öylece terk edip gidemezdi. Günün birinde şehre gidiyorum deyip erkenden evden ayrıldı. Akşam geri döndüğünde yanında utangaç, temiz yüzlü, on dört yaşında bir delikanlı vardı; Jack.

Yetimhaneden koparıp getirdiği bu çocuğu müstakbel damadı olarak büyütecekti. Ne de olsa bir gün bir talibi çıkacaktı Judith'in, şayet o gün gelmeden ölürse, görmeyeceği, bilmeyeceği bir eloğluna varmasındansa, kendi bulup yetiştirdiği biriyle yuva kurması, çok daha makbuldü. Yine de kızıyla aynı çatı altında kalmalarını münasip görmediğinden tütün deposunun bir bölümü Jack için düzenlenerek barınak haline getirildi. Kızına ise durumu elbette daha farklı açıklamıştı. "Canım, senin derslerine çalışman daha iyi, son senen. Ben de artık eskisi gibi değilim, çabuk yoruluyorum. Bir sürü iş var, hepsine nasıl yetişelim? Hem fena mı, sana da arkadaş olur.

Bak Judith, namussuz insanları ilk görüşte tanıyamazsın ama iyi bir insanı tanırsın. İnan bana, o iyi bir çocuk."

Mark hislerinde yanılmamıştı. Yetimhanede büyüyen Jack, ziyadesiyle çalışkan, davranışlarında usturuplu ve tam bir vatanseverdi. Öyle zehir gibi kıvrak bir zekâsı yoktu belki ama asla kalın kafalı da değildi. Mark ona ne gösterirse çarçabuk kavramaya gayret ediyordu. "Bak evlat, bunlar *burley*. Öylece içmek istemeyiz, çok serttir. *Virginia* ile harman edersin. Hani şu uzun olanlar." "*Virginia* tatlı demiştiniz değil mi?" "Aferin evlat, işte böyle. Tatlı evet ama içimi yumuşak anlamında yani. Judith'e söyleyelim de bize turta yapsın ha? Canım tatlı çekti."

Mark verandada, Judith'in mezuniyet balosundan döndükleri gece o ikisini kol kola ve şen şakrak gördüğünde kızını biraz kıskanacak gibi olsa da yüzüne hafif bir tebessüm yayılmış, hatta bir an alkolün tesiriyle bir konuşma çekmek istediyse de kendini zapt etmesini bilmişti. Henüz vakti vardı. Gerçek bir erkeğe dönüşmesi için oğlan biraz daha palazlanmalıydı.

Ona viski içmesini öğretti Mark, tüfek kullanmasını ve tütünleri balya yapmayı. Beraber ava da gittiler, maça da. Hatta bıraksa, yaşına bile bakmadan İkinci Cihan Harbi'ne gitmeye kalkışacaktı Jack. Onu böylesine cesur ve vatansever görmek hoşuna gitse de, bir yandan da oğlan yaşını almadan savaş bitsin diye dua ediyordu. Neticede ortada bir emek vardı. Yetiştirip istediği kıvama getirdikten sonra Jack'i asla dönmeyeceği bir savaşa yollamak işine gelmezdi Mark'ın.

Bunun olup olmayacağını asla bilemeden hayata gözlerine yumduğunda ise sene bin dokuz yüz kırk üçtü. Gece su içmeye kalkan Judith, evvela babasını sallanan sandalyede uyukluyor sanmış, sonra da yerdeki viski kadehini fark edip çığlığı basmıştı. Nasıl yaşadıysa öyle ölmüştü Mark; sönmüş piposu ağzında öylece duruyordu.

Kendi yaptırdığı Yeniden Doğuş Kilisesi'nin mezarlığına sırlarıyla beraber defnedildiği cenaze törenine, neredeyse bütün kasaba iştirak etmiş, gözyaşları sel olmuştu. Merasimin ardından eve döndüklerinde Judith verandada yıkılana kadar viski içti, göz pınarları kuruyana kadar ağladı. Sızdığında ise Jack onu kucaklayıp ta üst kattaki odasına çıkardı, güzelce yatağına yatırdı, Mark kendisini seyrediyormuş gibi hiçbir edepsizlik yapmadan sessizce evden çıkıp tütün deposundaki odasına döndü.

Judith için babasının acısını dindirmek kolay olmadı. Sadece ayrılık acısının hüznü de değil; sırtını dayadığı muhkem duvar yıkılınca kendini savunmasız ve yalnız hissetmişti. Böylece aralarındaki bağın sandığından da kuvvetli olduğunu anladı. On sekiz yıllık ömrünün her anı babasının hatıralarıyla doluydu. Kurusun diye şöminenin yanına koyduğu çizmeleri, pipoları, hasır şapkası, tarağı, kıyafetleri, tüfeği... Onu en çok yaralayansa her şeyin babasına ait olduğu bu dünyada, babasına ait tek bir fotoğraf dahi olmamasıydı. Eğer bunu Mark hayattayken fark etse, bir sürü, bir sürü fotoğraf çektirirdi ona. Amma velakin onu bir daha asla göremeyecek, yıllar geçtikçe lanet olsun ki belki belleğindeki yüzü bile silikleşecekti.

Her sabah her şeyin kâbus olmasını dileyerek uyandığı ilk birkaç haftanın ardından yavaş yavaş kendini toparlamaya başladı. Hayata tutunması, çalışması lazımdı. Babasının, zamanında kendisine dediği gibi o gün gelmişti işte, tüm bu araziler, ev ve diğer her şey onun sorumluluğundaydı artık. Jack sağ olsun, bu yas döneminde işleri çekip çeviriyordu ama nihayetinde o da mevsimlik işçiler gibi bir çalışandı, dış kapının mandalıydı. Bir dakika, gerçekten öyle miydi?

Judith dünyadan kopuk geçen günlerin ardından tam bir hanım ağa gibi çizmelerini çekip, tulumunu giyip, babasının hasır şapkasını da başına takıp verandadan tarlayı seyrederken, sadece işleri değil, Jack'i de düşünüyordu. Babası da bunu düşünerek mi getirmişti Jack'i? Beraber onca vakit geçirmelerine rağmen Jack'e asla o gözle bakmamış olması neydi peki, babasının görünmez hegemonyası mı? Aklı karışmıştı. Babası ikisi için bir gelecek planlıyor muydu, yoksa bu onun aşırı tepki ile karşılayacağı saçma ve uygunsuz bir düşünce miydi? İşin içinden çıkamayınca akışına bırakmaya karar verdi. Hatta henüz yas tutarken bunları düşündüğü için kızdı kendine. Hem Jack ne diyecekti bu işe? Günün birinde "Ben işi bırakıyorum" diye çekip gitmeyeceği ne malumdu?

Jack hiçbir yere gitmedi. Öyle ya, nereye gidecekti, yetimhaneye mi? Hatta büyük patronun kaybıyla daha da bir şevkle çalışmaya başladı. Başını sokacağı bir dam bulmuşken onu kaybetmeye niyeti yoktu hiç. Yarın bir gün Judith biriyle evlenir de herif kendisini buralarda istemez diye korkmuyor da değildi. Yani Jack de Judith'e alıcı gözüyle bakmamış, ertesi gün karnını doyurabilmenin garantisi yokken bu konu hakkında düşünmeye hiç fırsat bulamamıştı.

Tabii iki genç birbirlerine karşı eskisinden daha yakındılar. Mark'a soracakları bir şeyi birbirlerine sormak zorundaydılar mesela, yahut can sıkıntısından laflamak isterlerse birbirlerinden başka kimseleri yoktu. Hal böyle olunca Judith Jack'e artık yemekleri depoda değil, onunla beraber evde yiyebileceğini söyledi. Eh, yedi kaçtı olmasın diye Jack karnını doyurup apar topar gitmiyordu da... Hepsi bir yana, ıssızlığın ortasında, o uzun ve sessiz gecelerde insan çıldırırdı.

İki yıl sonra, bin dokuz yüz kırk beşte, kaçınılmaz olarak dünya evine girdiklerinde Judith yirmi, Jack'se on sekiz yaşındaydı. Judith'in babasına duyduğu sevgi, boşa akmıyordu artık, kendine bir yatak bulmuştu. Jack'se kimsesiz büyümenin burukluğunu, harika bir eşe sahip olarak üzerinden atmaya başlamıştı.

Güne beraber başlar, kahvaltıda ekmeği, tarlada işleri,

zor zamanda kederi, iyi günde sevinci paylaşırlar, verandada yorgunluk içkilerini yudumlayıp laflayarak günü beraber bitirirlerdi. Judith iki yıl sonra hamile kalınca, babasında başına gelen, evladı ve kocasında da tekerrür etmesin diye gidip bir *Pilot 6* fotoğraf makinesi satın alarak Mark'a hediye etti. Bol bol fotoğrafları olsun istiyordu. Ne var ki sonraları tüm o gebelik fotoğraflarını ağlaya ağlaya yakacaktı, çünkü zavallı Judith, bebeği dört aylıkken düşük yapmıştı.

Bu elim hadise çekirdek aileyi derinden sarstı ve bir travma halini aldı. Uykuları kâbuslarla bölünen Judith aynı şeyi tekrar yaşarım korkusuyla yatakta kocasına sırtını dönüyor, bu durumun müsebbibiymiş gibi durgunlaşan Jack'se karısının uyuduğundan emin olduktan sonra sessizce yataktan çıkıyor, viski şişesini kaptığı gibi soluğu verandada alıyordu.

Judith, bir yıl süren ve Jack'e de ziyadesiyle tesir eden depresyonun ardından kocasını karşısına çekip konuştu. Korkularından bahsetti ve ne kadar üzgün olduğundan. Eğer onun için de mahzuru yoksa bir süre çocuk yapmak istemediğini söyleyip kendisini anlayışla karşılamasını rica etti. Sevgili hanımının bu isteğini kabul edilebilir bulmakla beraber, içten içe kendini suçlamaya devam etti Jack ve bu defa bunalım beden değiştirip ona sirayet etti.

Issızlığın ortasındaki evlerinde, verandadan bakarken gördüğü uçsuz bucaksız düzlükler hayatının tekdüzeliğine işaret ediyordu adeta. Yaşamaya devam edebilmesi için nefes alıp karnını doyurmaktan başka bir şeye, bir anlama ihtiyaç duyduğunu, işte o uzun gecelerde çözdü. Hiçliğin ve manasızlığın ortasına hapsolduğunu hissedince kendisinden korkmaya başladı. Neler yapabileceğini kestiremiyordu. Yanlış anlaşılmasın, seviyordu karısını, onda sorun yoktu fakat varoluşsal zımbırtılar bir kere girdi mi insanın aklına, karı, çoluk çocuk, mal mülk falan hikâye gibi geliyordu. Yine tek başına demlendiği bir gecenin geç saatlerinde, yalnızlığını yeni keşfetmiş gibi, "Oğlum Jack" dedi, "hayatta tek başınasın." Sonra masadaki *bourbon* şişesine uzanacakken, gerçeklikten kaçmak için mi sürekli içtiğini sorguladı ama yine de devam etti kafayı çekmeye. Tüm bu düşünce girdabının ardından kıyıya savrulunca, sorunun çözümünü nihayet bulduğuna inandı. Bir değişikliğe ihtiyaçları vardı ikisinin de. Bu tekdüzeliği kırmak başka türlü mümkün değildi ve böyle giderse daha kötü şeyler olabilirdi. Judith'i babasının mirasından vazgeçirmenin mümkün olmayacağının farkındaydı. O burada doğmuş, burada büyümüştü ve tüm hayatı, tüm hatıralarıyla buraya aitti. Hayır, bunu teklif bile edemezdi.

Bin dokuz yüz elli yazında, kendisini yeniden var edeceği, olgunlaşacağı, hapsolduğu buhranı dağıtacağı ve sahip olduğu hayatın kıymetini anlayacağı bir yolculuğa çıkma şansı, imdadına yetişti Jack'in: Kore Savaşı. Yetimhanede dimağına kodlanan vatanseverlik aşısının da tesiriyle Judith'e açılmakta bir an olsun tereddüt etmedi. Orduya katılmak, ülkesinin selameti için savaşmak istiyordu. Bu her ikisi için de iyi olacaktı, hissedebiliyordu. Döndüğünde yepyeni bir sayfa açıp sıfırdan başlayacaklardı. Hem Judith de kendini iyiden iyiye toparlamış olurdu. Evliliklerinin artık eskisi gibi olmadığının farkındaydı, değil mi? İşte hem ülkesine hizmet etmek hem de yuvasının üstündeki kara bulutları dağıtmak için bir fırsat çıkmıştı. Ne diyordu?

Ne diyebilirdi ki, kocası haksız sayılmazdı. Düşük yaptıktan sonra, eski huzurlu havasını kaybetmişti ilişkileri. Belki tek sebep o değildi, belki adını koyamadıkları ya da teşhis edemedikleri başka şeyler de vardı ama birbirlerine gün geçtikçe yabancılaşırken bu aileyi kurtarmak için evet, bir değişiklik lazımdı. Yoksa Tanrı şahit ki Jack'i seviyordu, bu konuda şüphesi varsa şayet, çok incitirdi onu. Hayır, elbette bundan şüphesi yoktu ve evet, o da karısını çok seviyordu. Sadece, gözlerinin önünde eriyen mutluluklarını telafi etmek için bir müdahalede bulunuyordu. Kahraman bir asker olarak geriye döndüğünde, her şeyin eskisinden de güzel olacağına inanmasa, böyle bir maceraya atılır mıydı hiç?

Judith gözyaşları ve gururla uğurladığı kocasının ardından, henüz yalnız geçirdiği ilk akşamda, doğrusu ona ne kadar alıştığını ve gerçekten de Jack'e ne büyük bir sevgi beslediğini acı da olsa anladı. Daha çocuk denecek yaşta birbirlerini tanımışlar, beraber büyümüşlerdi. Huyunu suyunu biliyordu Jack'in, zamanında babasının dediği gibi iyi bir insan olduğunu da. Şu dünyada bir başına öylece kalakalmışken, yalnızca Jack yanındaydı, ötesi var mıydı? Zorunlu bir evlilik değildi onunkisi, bile isteye, kendi karar vermişti. Fırsat verse pek çok talip çıkacaktı karşısına ama buna lüzum bile görmemişti. Ah, hayır, bunları düşünmek istemiyordu. Ordudaki kocasına sadakatle sıkı sıkıya bağlı genç bir Amerikan kadınıydı o.

Jack'in yokluğunun ikinci haftasında hem evdeki sessizliği dindirmek, hem de savaşa dair haberleri takip etmek için bir televizyon aldı Judith. *Colgate Comedy Hour* ya da *Ed Sullivan Show* yalnızlığına çare olmayınca bu defa *collie* cinsi bir köpek sahiplendi de nihayet can sıkıntısının bir nebze üstesinden geldi.

Kurabiye adını verdiği bol tüylü dostu sallanan sandalyesinin dibine yatıp diktiği kulaklarıyla onu dikkatle dinler, Judith de ona habire bir şeyler anlatırdı. "Baba neredeymiş kızım? Baba savaşa mı gitmiş? Ne zaman gelecekmiş? Ne getirecekmiş bize, mama mı? Aferin uslu kızıma..." Judith köpekle böyle konuşurken aslında kendisini ve asla dönülmeyecek kadar uzak bir ufka gitmiş rahmetli babasını mı ima ettiğini, yoksa doğmayan bebeği ile Kore'deki kocasını mı kastettiğini bilemezdi. Bu tanımlayamadığı hasretin ağırlığı boğazına yumruk gibi çökünce de kimin için ağladığının bir önemi kalmadan gözyaşlarını koyuverirdi. Köpek, ters giden bir şeyler olduğunu hissedip inlemelerle ona eşlik edince Judith daha da beter olur, hıçkırıklara boğulurdu.

Çok değil üç ay sonra, turuncu renkli bir eylül öğleninde, anayoldan Wallaceların evine kıvrılan ayrımda, gök mavisi bir *Ford F1* durdu ve üniformalı bir adam kamyonetin kasasından atlayıp şoföre eliyle teşekkür etti. Ford basıp gittikten sonra bir süre öylece ilerideki evi seyretti. Suratı bütün ifadelerden arındırılmış gibiydi. Elinde bez çantası, ağır adımlarla eve doğru ilerlerken aniden peyda olan bir köpek adama doğru koştu. Bunun nasıl bir karşılama olduğunu kestiremeyen adam duraksadı. Oyun oynar gibi bir hali olan köpek hoplayıp zıplıyor, adamın etrafında dört dönüyordu. Çok geçmeden evin ön kapısında bir kadın belirdi. Birkaç saniye bu manzarayı seyrettikten sonra bağıra bağıra ikisine doğru koşmaya başladı: "Jack! Sensin Jack! Dönmüşsün!"

Judith erkeğine sımsıkı sarılırken, Kurabiye de sahibesinin mutluluğundan kendine pay çıkarıyormuş gibi neşeli neşeli uluyordu. Gerçek olup olmadığını tartmak ister gibi elleriyle yüzünü kavradığı kocasının gözlerine dikkatlice bakan Judith, "Tanrı'ya şükürler olsun" diyerek sevinç gözyaşlarına boğuldu, "işte buradasın."

Judith dünyanın bir ucundan gelmiş kocasına yorgunluk banyosu yaptırırken, istirahat etmesi için öğle uykusuna yatırıp üstünü elleriyle örterken, bu özel günün şerefine alelacele boğazlayıp fırına verdiği tavuğu akşam yemeğinde kurduğu muazzam sofrada servis ederken hiçbir şey düşünmedi, ancak gece verandada kadeh tokuştururlarken aklına takıldı: "Tatlım, sakın beni yanlış anlama ama niçin bu kadar erken döndün sen?"

Jack gözlerini, karanlığın ardına saklanmış tütün tarlasına yahut yalnızca kendi gördüğü bir manzaraya dikmiş, viskisini yudumladığı anlarda yüzünü buruşturmasını saymazsak ifadesiz bir biçimde oturuyor, görünürde uslu uslu karısını dinliyordu. "Jack? Hayatım?" Hayır dinlemiyordu.

"Ne? Ah evet, bir şey mi dedin?"

Bu konsantrasyon eksikliğini yol yorgunluğuna veren Judith sorusunu yineledi, "Yanlış anlama da diyorum, niye böyle erken döndün sen?" Jack yüzünü yeniden yalnızca kendi gördüğü manzaraya çevirdi, bir süre düşünürmüş gibi dudak büktü, ardından bir yudum viski çekti ve karısının sorusunu nihayet yanıtladı; "Bu köpek de nereden çıktı Judith? Çok sevimliymiş kerata. Erkek mi yoksa dişi mi? Hey, erkek misin sen, yoksa dişi mi? Ha?" Judith kocasında bir terslik olduğunu işte ilk o zaman sezdi. Takip eden günlerde yaptığı gözlemlere dayanarak da bundan tam anlamıyla emin oldu.

Sadece yalnız bıraktığında değil, bir sohbetin orta yerinde dahi Jack çoğu zaman kendini ortamdan soyutluyor, dalıp gidiyordu. Bir kahraman beklediği Kore'den, ciddi sorunlara sahip bir adam dönmüştü. Elbette savaş dolayısıyla pek çok çirkinlik görmesi muhtemel kocasına, bu hallerinden ötürü ses etmesi mümkün değildi, bu yüzdendir ki zamana bırakmayı uygun gördü. Babasının ardından burnunun direğini sızlatan tarifsiz ayrılık acısına bile merhem olan zaman, kocasının sorunlarını aşmasını da sağlayacaktı şüphesiz.

Fakat işler Judith'in umduğu gibi gitmedi. Gülüşünü kasaturayla kazıyıp suratından sökmüşler gibi, hiçbir şeye en ufak tebessüm dahi etmiyordu Jack. Garip ama bir asker gibi, vazifesi neyse onu en iyi şekilde yerine getiriyor, Judith'in bir dediğini iki etmiyordu, fakat hepsi bu kadardı. "Jack, cumartesi alışverişe gidelim mi?" "Gidelim." "Jack, seneye biraz *Kentucky* yetiştirmeyi deneyelim mi, ne dersin?" "Olur." "Jack, şükran gününde sütannemi yemeğe davet etmek istiyorum, nasıl olur?" "Fark etmez."

Eh, Judith'in sinirleri de çelikten değildi elbette, kocasına tanıdığı kredi hızlı tükeniyordu. Bardak taştığında neler olacağına dair ise hiçbir fikri yoktu. Jack'ten çok Kurabiye ile konuştuğunu fark ettiği bir gece, sarhoşluğun da tesiriyle dayanamayıp patladı.

"Lanet olsun Jack! Şu haline bak! Oraya gittiğin günü sikeyim! Ne oldu sana Jack? Aklın nerede, ha? Kore'de mi bıraktın! Beni dinlemiyorsun, ortalarda ruh gibi geziyorsun! Bunu hak etmiyorum! Bunu hak etmiyoruz Jack! Ne oldu bize! Konuşsana be adam! Konuşsana! Yeter! Yeter!"

Kurabiye, ebeveynlerinin kavgası ortasında kalmış zavallı bir çocuk gibi hüzünle inliyordu ama Jack sükûnetle dinliyordu karısının içini boşaltmasını. Elinden fırlattığı kadeh şöminenin üstünde patlayıp tuz buz olunca, ağlama krizine girdi Judith. Dizleri, omuzlarından bastıran hüznü daha fazla taşımayınca oracığa çökmüş, elleriyle yüzünü örtmüş, dağılmış sarı saçlarının arkasına saklanmış, hıçkıra hıçkıra ağlıyordu. Nihayet kendine gelince yüzünü kaldırdı ama odanın boş olduğunu gördü, Jack gitmişti.

Bunu ziyadesiyle anlamsız bulmuş olacak ki boş gözlerle etrafa bakıyor, Jack'i arıyor, fakat gururu ağır bastığından seslenemiyordu. Sonra Kurabiye'nin veranda kapısının önünde dikilip dışarıyı izlediğini görünce o tarafa yöneldi. Köpek, Judith kapıyı açtığı gibi koşarak merdivenlerden indi ve karanlık tarlada gözden kayboldu. Duvarda asılı feneri aldıktan sonra biraz endişe biraz da merakla köpeğinin ardından o tarafa doğru yürümeye başladı. Çok geçmeden onları buldu. Kocası ellerini başının altına yastık yapıp yere öylece sırtüstü uzanmış, yıldızlı göğü seyrediyor, Kurabiye de yanına yatmış sessizce bekçilik yapıyordu. Daha dikkatli bakınca Jack'in gözlerinden yaşlar süzüldüğünü gördü Judith, sonra da ışıktan rahatsız olmasın diye feneri kapattı. Yanaşıp yere bağdaş kurduktan sonra kocasının başını elleriyle kaldırıp kucağına aldı. Ne diyeceğini bilemediğinden susuyor, gayriihtiyari Jack'in saçlarını okşuyordu.

"Biliyor musun, Kore'de çoğu geceler kuytu bir yer bulup böyle uzayı izlerdim. Ama bunu manzaranın güzelliğinden değil, seni daha iyi düşünebilmek, hayalinle baş başa kalabilmek için yapardım. Buna çok ihtiyacım olurdu Judith. Nasıl desem, sığınılacak bir liman gibi işte. Biliyorsun, yetimhanede büyüdüm ben. Senden başka kimsem olmadı Judith. Belki de bu yüzden böylesine derin bir tutkuyla bağlandım sana. Hiçbir şeyim yoktu, hiçbir bok değildim. Sonra güzeller güzeli bir karım oldu, bir evim, bir işim... Çok büyük bir hataydı Judith, çok. Rahat kıçıma battı. Niye gitmeme izin verdin ki? Ülkem için mi? Bizim ülkemiz burası değil mi Judith? Benim ne işim vardı orada ha? Biliyorum, bana kızıyorsun. Bunu ister miyim sanıyorsun? İnsan değişiyor bebeğim. Yaşadıkları insanı değiştiriyor. Eğer bir kereliğine, bir anlığına cehenneme gidip sonra yeniden dünyaya dönseydin, gördüklerinden sonra bir daha gülüp eğlenebilir miydin Judith? Kelimeler ve diğer her şey anlamını yitirmez miydi? Ama benim biricik sevgilim, daha iyi olmaya çalışacağım. Senin için elimden geleni yapacağım. En azından şunu bil ki Judith, ikimiz aynı göğün altında olduğumuz müddetçe, seni hep seveceğim."

Kocasının bu sözleri karşısında erimişti Judith. Jack'in gerçekten de bir kahraman olduğuna ikna etmişti kendini. Besbelli çok feci şeyler yaşamıştı kocası, bu sebepten geri gönderilmişti apar topar. Kendi isteğiyle anlatmadığına göre, bunlar hatırlamak istemediği şeylerdi. Bundan böyle ona karşı engin bir hoşgörüye sahip olacağına dair kendine söz verdi. Varsın çok konuşmasındı, gevezelik eden bir herif olmasındansa susması daha iyiydi ya. Hem onu bu hale getiren kötü hatıraları unuttukça, zamanla normalleşeceği aşikârdı. Eh, hayatlarının baharında olduklarına göre, acelesi de yoktu.

Jack bir daha asla eskisi gibi olmadı, hatta onca yılın ardından Judith, kocasının savaş sonrası dönüştüğü adama alıştı, onu kanıksadı ve eski Jack'i unuttuğu gibi bu yeni Jack'i normal sanmaya başladı ve tüm bunların üzerinden o kadar zaman geçti ki, yeni Jack bile Judith farkına varmadan eskidi, zira Judith de dönüşüm içindeydi ve nasıl denir, hareket halindeki bir aracın içinde uçan sinek gibi işte, ne olduğunu anlamadan yıllar onu da eskitiyordu...

* * *

Bin dokuz yüz elli dört ekimindeki dehşetli Hazel Kasırgası, ekinlerini, tütün deposunu, evlerini almış, buna rağmen doymamış, canlarını da istiyordu. Evin bodrumunda Kurabiye'yi aralarına alıp birbirlerine sarılırlarken, ölüm onları ayırana kadar asla ayrılmayacaklarına yemin etmişlerdi. Belki öteki dünyanın kapılarının aralandığı bu mucizevi an daha da kuvvetlendirmişti ilişkilerini. Neredeyse her şeye sıfırdan başlayıp tırnaklarıyla kazıya kazıya araziyi yeniden bayındır hale getirmeleri iki yıllarını aldı. Evden geriye kalan derme çatma bir harabede geçen bu çileli iki yıl içerisinde zaten düşünecek halde değillerdi ya, biraz gün yüzü görünce Judith baktı ki yatakta bir şeyler eksik kalıyor, karşısına çekip açık açık konuştu Jack'le.

"Jack, ben otuz bir yaşındayım, sen otuzuna merdiven dayadın. İkimiz de hatırlamak istemiyoruz bazı şeyleri ama sence de bir kez daha denemenin vakti gelmedi mi? Artık kendimi bu konuda daha iyi hissediyorum. Sen ne düşünüyorsun?"

Jack şefkat gösterir gibi elini Judith'in yanağına koydu, fakat aslında kendisinin şefkat yahut anlayış beklediğini açıkça ifade eden şeyler söyledi. Judith ne derdi bilemiyordu ama, çocuk istemiyordu Jack. Bu girişimin onlara daha önce yaşattığı acı, ara ara hâlâ yoklarken yüreğini, şimdi hazır olmadığı gibi, asla da hazır olamayacaktı. Belki böyle davranmaya, karısını annelik duygusundan mahrum bırakmaya hakkı yoktu, bunu da kabul ediyordu fakat korkular öylesine kök salmıştı ki içine, nasıl söküp atardı onları, hiç bilmiyordu. Hayatı paylaşmak, birbirine yetmek, sahip olunanlarla mutlu olmak minvalinde bir sürü şey geveledi Jack. Bunları söylerken Judith'i ikna etmeye değil, kendini ifade etmeye çalışıyordu ve samimiydi de.

Kocasının samimiyetine inanması, Judith'in bu fikirleri olumlayacağı anlamına gelmiyordu ama lafı uzatmak yerine düşüncesini nadasa bırakmayı uygun gördü. Çok sonraları, Jack'e bir çocuk gibi banyo yaptırırken, üzerine döktüğü yemeğin lekesini çitilerken, geceleri uykudaki kocasını sessizce seyrederken, düşünceleri demlendi ve şekillendi. Halihazırda koca bir bebeğin sorumluluğunu üstlenir gibiydi, bir tanesine daha lüzum var mıydı gerçekten? Ya Jack, bir çocuğa benzeyen davranışları ve duygusallığıyla, babalık müessesesinin ağırlığını kaldırabilecek miydi? Tabii tüm bunlar yetmezmiş gibi kendi travmasının nüksetmeyeceğinin de garantisi yoktu. Yıllar önce bacaklarının arasından giren soğuk metal pensin ondan koparıp aldıklarını, ucundan kıyısından hatırına getirmek bile ellerini istem dışı karnına götürmesine sebep olurken, yeniden hamile kalma fikri o kadar da cazip değildi sanki.

Böylece çocuk meselesinin üzerinde bir daha konuşmaktan kaçınarak sessiz sedasız uzlaştılar ve yaşamlarına devam ettiler. Judith evladı gibi sevdiği Kurabiye'yi çiftleştirerek ailelerini genişletmesini bildi. Kurabiye'nin neslini yıllar boyu üretmeye devam ederek, belki de derinlerde bir yerlerde bastırdığı annelik duygusunu yavru köpekler üzerinde tatmin etti. Öyle ki seksen üçte sırf Denver'daki köpek güzellik yarışmasına katılmak için bin sekiz yüz kilometre yol gittiler ve ikincilik tacını almanın haklı gururuyla Kenly'ye muzaffer bir komutan gibi döndüler.

Hatta Smith'in Yeri'nde içki tezgâhının üstündeki duvara, Kenly'nin medarı iftiharı The O'kaysions grubu ve ulusal ligde beyzbol oynamış Al Evans fotoğraflarının yanına, Kurabiye'nin güzel torunu Balkabağı'nın da ikincilik ödülüyle poz verdiği bir fotoğrafı asıldı.

Hazır lafı açılmışken, bu fotoğraf mevzusunun dönem dönem gündeme gelip Judith'in canını sıktığını ve onu türlü düşüncelere sevk ettiğini söylememek olmaz. Şöyle ki, Jack fotoğraf çekilmekten kaçınıyordu. Judith bunu bin dokuz yüz altmış dokuz eylülünde gittikleri bir panayır yerinde anlamıştı ilk kez. Apollo 11'in temmuzdaki zaferinin şerefine, astronot kıyafetleri basılı kartonlara başlarını sokarak poz verenleri gördüğünde Jack'i kolundan tutup o yöne sürüklemişti. Jack'se yabani bir hayvan gibi huysuzlanmış, silkelenerek kolunu kurtarmış, soğuk bir ses tonuyla bunu yapmak istemediğini söylemişti. Bu beklenmedik tepki karşısında afallayan Judith, astronot kıyafetinin kocasına orduyu ve savaşı çağrıştırmış olabileceğini düşünürken, Jack az ötedeki, hiçbir çağrışıma mahal vermeyen siyah perdeli panayır hatırası fotoğrafçısını görünce de bariz şekilde yolunu değiştirmişti. Judith, bu güzel günü berbat etmemek için, kocasının üstüne gitmemeye karar vermişti. Hem belki de fotoğraflardan bağımsız olarak öylesine kötü bir gün geçiriyordu. Ancak Jack dövme standını görünce Judith'e neşeyle dövme yaptırma teklifinde bulundu ve Judith o zaman anladı ki kocası kötü bir gün falan geçirmiyordu, yalnızca fotoğrafçılar konusunda bir huzursuzluğu vardı. Yine de renk vermeyip Jack'e uydu ve o gün ömürleri boyunca taşıyacakları dövmelerini yaptırdılar; çapa. Jack'in sol omzuna, Judith'inse sağ bileğine dövdürdüğü bu denizcilik gereci, esasen ikisinin baş harfleri olan "J"nin sırt sırta vermiş hali gibiydi de o yüzden böylesine anlamlı bir sembol seçmişlerdi. Judith'in ömrü boyunca anlam veremeyeceği şey ise yıllar içinde defalarca mevzubahis olacak fotoğraf çekimlerinden, Jack'in bir yılan gibi kayıp bir şekilde kurtulmasıydı.

Jack'in diğer pek çok tuhaflığı, Judith tarafından tolere edildi; zaman yılları bir değirmen gibi öğütürken, küçük şeylere takılarak mutluluğu kaçırmak istemiyordu çünkü. Her şeyden evvel üzmeye kıyamazdı onu. Babasının yıllar önce iyi bir insan olarak etiketlediği Jack, ziyadesiyle iyiydi, hatta bazen Judith, söz konusu kocası olduğunda iyilikle saflık arasındaki sınırların kaybolduğunu hissederdi. Belki bu yüzden Jack'e çoğu zaman merhamet dolu gözlerle bakardı. Hatta pek çok şeyi unutmaya başlamış olsa bile –ki bunların bazıları gerçekten önemli, halledilmesi elzem işlerdi– en mutlu anında dahi –ki mutluluğunu da sessizce yaşardı o– gözlerinde ince bir hüznün saklı olduğunu bildiğinden, sevecen ve hoşgörülü davranırdı.

Onu Jack yapan bütün davranışlarıyla, söz söyleyiş biçimleriyle, surat ifadeleriyle ve elbette düşünceleriyle bir ömür boyu hemhal olduktan sonra Judith, günün birinde hayatının en garip, en beklenmedik, en ürkütücü sabahına araladı gözlerini. Bin dokuz yüz doksan yedi yılının mayıs ayıydı. Tan yeri yeni yeni ağarıyordu, ışık, etrafı görebilmek için yeterli değildi, yatağa bağdaş kurup kahkahalarla odayı çınlatan bu adam da kimdi? Jack çatlayacakmış gibi soluksuz gülüyor, Judith mütemadiyen istavroz çıkarıyordu. Elli iki yıllık evliliklerinde şahit olmadığı bu hal karşısında ne yapacağını bilemedi, korku ve endişeyle kocası olmasını umduğu karaltıyı omuzlarından sarstı. "Jack! Neyin var canım? Jack!" Jack kahkahasını güç bela dizginledikten sonra Judith'e dönüp "Duymuyor musun?" diye sordu. Judith'in korkusu artmakla beraber Jack'le birlikte kulak kesilip onu böylesine güldüren şeyi duymayı denedi. Sinir bozucu sessizlik bahçedeki horozlardan biri tarafından yırtılınca, Jack yeniden çatlarcasına gülmeye başladı.

Savaştan döndükten sonra mahzunlaşan, silikleşen, durgunlaşan ve sessizleşen kocası, yıllar sonra bir sabah sihirli bir değnekle dürtülmüş gibi bambaşka bir adama dönüşünce, bu dönüşüm kahkahalarla vuku bulsa dahi, Judith ters giden bir şeyler olduğunu anladı. Ertesi gün muayenehanede genç doktoru pür dikkat dinlemeye çalışırken, gözü ikide bir yaramaz bir çocuk gibi etrafı kurcalamaya yeltenen kocasına kayıyordu. "Açıkça anlaşılıyor ki" dedi doktor, bir elindeki kâğıtlara, bir duvardaki posterlere merakla dokunan Jack'e bakarak ve ekledi; "Alzheimer."

Kore gazisi Jack Wallace, bin dokuz yüz ellideki savaştan sonra kaybettiği gülüşüne yeniden kavuştuğunda yetmiş yaşındaydı. Hüzünlü gözleri artık her daim gülümseyerek bakıyor olsa da etrafa, Judith bunu kabullenemiyor, kahroluyordu. Yıllar boyu içine kapanık, durgun bir adam olarak yaşadıktan sonra, bir sağlık sorunu neticesinde yeniden gülüp eğleniyordu ama bunların hiçbiri Judith için komik değildi, hem de beraber gülmeyi kaçırdıkları onca şaka ve hatıra çoktan uçup gitmişken. Dahası birlikte yaşadıkları o koca ömür de kısa zamanda sabun köpüğü gibi erimeye başladı, Jack hızla unutuyordu. Yalnızca hatıraları unutmakla kalsa, belki bir nebze idare edebilirdi Judith, fakat kocası ihtiyaçlarını ve diğer şeyleri de zihninin karanlık ve bilinmez alanlarında yitirdikçe, onunla baş edemeyeceğini anladı. Çok önceleri gece uyandığında yanında göremeyince, en fazla mastürbasyon yaptığını düşünürdü, şimdi ise kendisine zarar vermesinden, kaçıp gitmesinden falan korkuyordu, ki bu da olmamış değildi. Onu, üzerinde sadece donla öylece yürürken bulup getirmişlerdi kasaba yolundan. Adını, yemek yemesi gerektiğini, nerede yaşadığını, karısını unutunca, hasılı hayatını salimen idame ettirebilmesi için asgari gereklerin hiçbirini karşılayamaz olacak kadar bunayınca, Judith başka çaresi kalmadığını anladı.

Doktorun Alzheimer teşhisi koyduğu o uğursuz günden

tam üç yıl sonra, kötü gidişatı artık baş edilemez olunca, Jack'i Raleigh'de bir hasta ve yaşlı bakım merkezine emanet etti. Judith gözyaşları eşliğinde vedalaşırken, kocası hastabakıcıya onu gösterip eğleniyordu: "Şu kadına bak, bak bak şu... *Super Bowl* bugün müydü yoksa? Hangi gündeyiz? İnsan finalde yenilmediyse niye böyle ağlar ki?"

Başlarda, bir manisi yoksa kocasını görmeye her hafta gidiyordu Judith, sonra sonra periyotlar iki haftaya yükseldi. Bunu duyarsızlıktan değil, bilakis Jack'i o halde görmeye yüreği dayanmadığı için yapmıştı. Sanki yıllar boyu aynı yastığa baş koymamışlar gibi kendisine bir yabancı muamelesi yapan Jack'e her baktığında, kalbindeki bir hatıra daha parçalanıyordu. Bu hal üç yıl boyunca devam etti. Sonra bir hafta sonu telefon geldi bakımevinden. Jack ağırlaşmıştı, durumu kötüydü, ailesinin yanında bulunması iyi olacaktı. Judith başucunda beklediği son ana kadar, kocasının onu tanıdığını belli edecek bir imada bulunması için dua etti. Sanki bunu söylemesi bir şeyi değiştirecekti ya, ama ne yapsın, hayat arkadaşını böyle göndermeyi bir türlü kabullenemiyordu. Bütün bir ömrü boşa geçmiş gibi hissediyor, Jack'in onu tanıması için Tanrı'ya yalvarıyordu. Nihayet Jack, ellerini sıkı sıkı kavrayan avuçların sahibine baktı, baktı, baktı, "Affet beni küçük kız" dedi ve gözlerini yumdu. Hiç tereddüt etmeden bu sözleri üstüne alındı Judith. Ömründen ömür götüren bu çetin hastalık süreci ve diğer her şey için özür dilemişti işte. Son nefesinde de olsa karısını tanımıştı. Mavi gözlerinden akan yaşları kurulayıp hastanenin beyaz badanalı tavanına baktı ve Tanrı'ya teşekkür etti Judith. Sonra da Jack'in elini son kez bıraktı.

* * *

Güneş batalı çok olmuştu. İki dolum piponun ve şişesinin dibinde üç dört parmak kalmış *Wild Turkey*'nin verdiği gevşemeyle sallanan sandalyesinde iyice gerindi Bayan Wallace. Babası ve kocasının hayaliyle geçen bu efkâr seansını gözyaşlarını kurulayarak nihayete erdirdikten sonra yerinden kalkmaya yeltendi fakat muvaffak olamadı. Sanki bir yardımı dokunacakmış gibi etrafa bakınıp köpeğine seslense de Pikan ortalarda gözükmüyordu. Sandalyenin kollarından destek alıp tekrar denedi ve bu kez doğrulmayı başardı. Yetmiş sekiz yaşındaki birine göre epey sağlam içmişti, eski alışkanlıklarını bırakamıyordu bir türlü. Gerçi ayda yılda bir kafayı biraz dumanlayıp hatıralara gömülemeyecekse ne anlamı vardı bu yaştan sonra yaşamanın? Henüz iki adım atmışken ahşap verandanın gıcırdayan zemininin hareket ettiğini sanınca korkuluklara tutunmak için hamle yaptı. Acayip şekilde başı dönüyordu ve bunu akıl ettiğinde dengesini çoktan yitirmiş, düşmek üzereydi. Son bir gayretle, düşeceksem de sandalyeye düşeyim bari diye geri attı kendini. Ne var ki kat ettiği iki adımlık mesafe sandalyeyi menzilinin dışında bıraktığından kıçüstü yere oturdu. "Hay kör şeytan" diye lanet okuyup büyük bir korkuyla orasını burasını ellemeye, kendini kontrol etmeye başladı. Sarhoşluğu sebebiyle belki hissetmiyordu ama bu yaştan sonra kalçası falan çıkarsa hapı yutardı. Neyse ki hâlâ hareket edebildiğine göre çanağı kırmamıştı. Yine de tedbiri elden bırakmayıp ayağa kalkmak yerine emekleye emekleye kapıya yöneldi. Verandanın merdivenlerini bir çırpıda çıkıp yolunu kesen Pikan, sahibesini kendi cinsi gibi dört ayak üstünde görünce şaşırdı. Köpeğiyle karşılıklı birbirlerini süzdükleri bu birkaç saniyenin sonrasında bir gülme geldi Bayan Wallace'a, kendini koyuverdi, yere uzandı ve kahkahalarla gülmeye başladı.

İki gün sonra Judith, kırmızı *Ford Ranger*'ını otoparka park edip kafeye doğru yürürken kararından emin olup olmadığını düşünüyordu. Belki de derli toplu düşünememiş, acele etmişti. "Aman canım" diye geçirdi içinden, "çene çalacak bir sürü zengin dul vardır." Pencere kenarındaki masalardan birine geçti. Deri çantasını evvela masanın üstüne koysa da sonradan yerini beğenmeyip yanına aldı. Sipariş için gelen garsondan çırpılmış yumurta, öncesinde ise kahve istedi. Kahvesini bitirmiş yumurtasını beklerken kapıda avukatı gözüktü.

"Merhaba Bayan Wallace, nasılsınız?"

"Geç otur Cam, rahatına bak. Kahvaltı yaptın mı? Ben yumurta söyledim."

"Sanırım sadece kahve içeceğim."

"Buranın çörekleri de iyidir, bence denemelisin."

Judith'in yumurtasını getiren garsona iki fincan kahve ve yabanmersinli çörek söylediler. Judith bir yandan kahvaltısını yiyor, bir yandan da konuşuyordu.

"Onları aradın mı?"

"Evet, hiçbir problem yok. Altı ay sonra döndüğünüzde yeriniz hazır olacak."

"Güzel. Şartlarımdan da bahsetmişsindir umarım?"

"Evet. Piponuzu bahçede içebilirsiniz. Dilediğiniz zaman da refakatçi eşliğinde merkezden çıkabiliyorsunuz. Yani köpeğinizi ziyarete gidebileceksiniz."

"Refakatçi diye bahsettiğin kişi sen olacaksın Cam, bunu biliyorsun değil mi?"

"Sorun yok Bayan Wallace. Bana bunun için para ödüyorsunuz."

"Kurabiyelerimi getirmezsen kendime başka bir avukat bulurum, ona göre!"

"Markası neydi?"

"*Pepperidge Farm*. Unutma sakın, *double chocolate*. Not al istersen."

"Unutmam. Bütün ihtiyaçlarınızı tamam bilin."

"Peki ya gemi? New York uçak bileti?"

"Hepsini hallettim."

"Harikasın. Hey, şu şey yumurta kabuğu mu?"

"Sanmıyorum. İsterseniz yine de kenara koyun."

"Umarım oranın yemekleri boktan değildir."

"Şehirdeki en popüler bakımevi. Herhalde iyidir."

"Umarım öyledir."

"Bayan Wallace, kişisel bir şey sorabilir miyim?"

"Sor Cam, çekinme."

"Neden yapıyorsunuz bunu? Durumunuz yerinde. İsteseniz evinize hizmetçiler, hemşireler tutabilirsiniz. Bunun yerine niçin bakımevine gidiyorsunuz."

"Ah Cam, bu kadar zor bir soru soracağını tahmin edemezdim. Bu bir anlık verilmiş bir karar değil. Kocam öldükten sonra sürekli aklımdaydı. Dediğin gibi, evde bakım hizmetleri falan da var. Ama başka bir husus var Cam. Orası Jack'i yatırdığım yer. Ömrünün son yıllarını orada geçirdi. Yatağımda ölmeyi istemiyorum sanırım. Jack'e ayıp etmiş olurum. Bilmiyorum. Ev artık bana fazla hüzünlü geliyor, ya da hüznün dozu aynı da, yaşlanınca katlanmak zor oluyor. Çok üzülüyorum Cam. Her yer hatıralarla dolu. Sevdiklerim yok artık. Tütün ekmeyi bırakalı yıllar oldu. Orada öylece ölmeyi bekleyemem. Bazen düşünüyorum da, belki de çocuk yapmalıydık. Şimdi kim bilir kaç torunum olurdu. Hep beraber yaşayıp giderdik. Cam, siktir git şuradan, böyle sorular sorma, ağlatacaksın beni."

"Affedersiniz Bayan Judith, buyurun peçete alın."

"Tamam, ben iyiyim."

"Su ister misiniz?"

"Sen evli miydin Cam?"

"Boşandım. Geçen yıl."

"Bunun için avukat tuttun mu? Hiç güleceğim yoktu! A ha ha ha! Özür dilerim Cam, ödeştik say."

"Sorun değil."

"Yaşlıyım ben evladım, her türlü densizliği yapabilirim. Hadi artık şu işleri konuşalım."

“Kâğıt kalem çıkarayım.”

“Pekâlâ Cam. Raleigh’de iki dükkânım var. Biri *Subway* şubesi, öteki ziraat ilaçları satıyor. O iki dükkânın kirası benim kişisel masraflarıma ve bakımevinin ücretine gidecek. Bir sorun yok değil mi?”

“Hayır. Peki şey?”

“Ben öldükten sonra mı? Dükkânları satacaksın, paralarını orduya bağışlamanı istiyorum. Benim kocam kahraman bir askerdi Cam. Başka ne yapmamı beklerdin ki?”

“Yazıyorum.”

“Gelelim tarlaya ve eve. Bunları da ben öldükten sonra satacaksın. Ne olur ne olmaz, belki geri dönerim Cam! A ha hah! Şaka yapıyorum. Ben öldükten sonra sat. Hayattayken olmaz. Paraları kiliseye bağışlanacak. O kiliseyi babam yaptırdı Cam, biliyorsun değil mi?”

“Biliyorum.”

“Elbette bileceksin, insanlar onu unutmasın diye yaptı bunu. Traktör, araba, tarım makineleri, bunlar da aynı şekilde. Yazdın mı?”

“Evet. Kiliseye.”

“Gelelim ganimetlere. Şu çantayı aç bakalım.”

“Bunlar nedir?”

“Burada nakit kırk iki bin var. Bir de takılarım falan işte. Ben hayatta olduğum sürece avukatım olarak, avukatlık ücretini buradan karşılayacaksın Cameron. Dünya seyahatinin ücretini peşin ödedik zaten. Takılar yirmi binden fazla eder. O kolyeyi görüyor musun, onunla tavlayamayacağın kız yoktur ha, haberin olsun!”

“Güzelmiş gerçekten.”

“Ben ölünce, kalan takıları satıp hayvan barınağına bağışlamanı istiyorum. Sakın namussuzluk yapayım deme Cam! Senden daha iyi bir avukat tutup donuna kadar alırım! A ha ha ha!”

"Bu nedir Bayan Wallace."

"Hah, hatırlattığın iyi oldu Cam, bunu ayır. Bunu da satıp orduya bağışlamanı istiyorum. Bu bir madalyon."

"Madalyon mu?"

"Evet. Hikâyesini dinlemek ister misin?"

"Çok isterim."

"Kocam Kore'den döndükten sonra çok değişmişti. Şimdi buralara girersem laf çok uzar. Neyse, Austin'de Kore Veteranları'nın buluşması vardı. Adeta kolundan sürükleyerek götürdüm Jack'i. Alt tarafı bir hafta sonu tatili, iyi gelir diye düşündüm. İki gün boyunca buz gibi bir suratla dolaştı. Gazilerle falan kaynaşmak şöyle dursun, otel odasından zar zor çıkardım. Her neyse, orada hatıra şapkaları dağıtmışlardı. Önce bu şapka kayboldu ortalardan. Bundan da önce duvardaki tüfeği saklamıştı, sandıkta buldum. Ona savaşı hatırlatacak şeylerden uzak duruyordu anlayacağın. *Rambo*'yu bile sinemada tek başıma izledim Cam, o kadar yani. Sonra günün birinde Jack'in savaş madalyonu kayboldu. Yıllardır şöminenin üstünde asılıydı, ki ben fark ettikten ne kadar önce kayboldu hiçbir fikrim yok. Bu kadarı fazlaydı artık. Lanet bir şapkanın kaybolması neyse de burada bir onur madalyasından bahsediyoruz. Ne kadar üstüne gidersem gideyim inkâr etti. Bilmiyorum dedi. Temmuz seksen altıydı. *True Blue* yeni yayımlanmıştı, oradan hatırlıyorum. Bir Vietnam Sendromu lafı dolaşıyordu ortalarda. Böylece Jack'e neler olduğunu yıllar sonra anlamaya başlıyordum. Her neyse, bir gün tek başıma *Walmart*'tan dönüyordum, bir garaj satışına rastladım. Belki birkaç ıvır zıvır satın alırım diye durdum. Bunu orada gördüm işte. Tabii kaybolanın yerini tutmazdı ama hem bir hatıra olsun hem de Jack öyle kafasına estiği her şeyi yapmamayı öğrensin diye almaya karar verdim. Şöminenin üstüne asacak ve 'hadi bakalım Jack' diyecektim, 'sıkıysa ona dokunmayı dene.' Hikâyesini sorduğumda sahibi, dedesinin Birinci Dünya Savaşı'nda savaştığını, madalyonu bunun neticesinde verdiklerini söyledi. Yeni Zelanda'dan Amerika'ya göç ederken yanında yalnızca kıyafetleri ve bu madalyon varmış. Bu yüzden manevi değeri çok yüksekmiş. Benden beş yüz dolar istedi. 'Hadi ama' dedim, 'kimse buna o parayı vermez.' Arkamı dönüp gidiyormuş gibi yapınca dört yüz dedi. 'Eğer senin için bu kadar değerliyse bence onu satmamalısın' deyip blöfümü artırdım. Sonunda iki yüz dolara razı oldu. Ona bir çek yazdım ve doğruca bir rehinciye sürdüm arabayı. Cam, turnayı gözünden vurmuşum meğerse. Madalyon som altın çıktı! Enayi, bu kadar ağır bir madalyonun gerçek altın olacağını hiç düşünmemiş bile. Rehinci daha önce böyle bir madalyonla karşılaşmadığı için bir uzmana göstermek istedi. Bir hafta sonra telefon geldi, yeniden oraya gittim. Uzman, Birinci Dünya Savaşı'nda hiçbir devletin böyle bir madalyonu olmadığını, fakat üzerindeki bilgileri teyit edince bunun gerçek olduğunu söyledi. Yani bu özel bir üretimdi, kayıtlara geçmiş bir başka eşi yoktu. İngiltere'nin Hindistan'daki valilerinden biri mi ne yaptırmış. Bak burada yazıyor zaten, Kieran Fitzgerald. Rehinci ne dese beğenirsin? Yirmi bin teklif etti! Bir ay taşının bile bir sürü eşi vardır ama bundan yeryüzünde bir tane daha yok. Elbette satmadım. Bana yirmi bin verdiğine göre kim bilir kaça satacaktı. Fakat yalan yok, uluorta sergileyemedim de. Jack'le kumar oynayamadım anlayacağın. Sakladım. Yıllardır sandığın dibindeydi. İşte böyle Cam. Sakın götürüp bir kuyumcuya falan satmaya kalkışma. En iyisi bir müzeye ya da koleksiyonere satman olur. Aslında belki de ölünce onunla beraber gömülmeliyim ha? Şaka yapıyorum Cam, sat gitsin. Unutma sakın, parasını orduya bağışlayacaksın."

Hoengseong-1950

Beş asker, yanında ufacık kaldıkları dev okaliptüs ağacına biraz hayranlıkla, biraz endişeyle bakıyorlardı. Öyle ki sanki bu anın sihrini bozmamak için kimse bir şey söylemeye cesaret edemiyor gibiydi. Nihayet George, bir elindeki testereye, bir ağaca bakıp "Yanlışlık falan olmasın sakın" diye endişesini dile getirdi, "bu ağaç çok büyük değil mi?" Jeff cebinden çıkardığı *Chesterfield*'ı dudaklarına konduracakken "Daha büyüklerini de gördüm dostum" diye bir laf attı ortaya. Richard birinin taklidini yaptığı aşikâr olan aşırı bir sesle "Hey *lumberjack*, söndür siktiğimin sigarasını da derhal buraya gel!" dedi. Diğerleri güldüler. Tam o esnada sigarasını yakıp derin bir nefes çektikten sonra yere tüküren Jeff, gözü tükürüğünde olduğu halde "Siktirsin oradan! Rütbesi olmasa gösterirdim ben ona. Oregonluyuz diye herif bizi ormancı sanıyor iyi mi!" diye yapmacık bir şekilde köpürdü. George sigara yaktığını görünce ondan tarafa seğirtti, "Bir sigara fişekle Jeff, bakma sen onlara, hepsi de yüzbaşıdan Tanrı gibi korkuyor." "Onu bunu boş verin" dedi Thomas ağaca doğru bir iki adım daha atıp, "harbiden bunu mu keseceğiz biz?" George testereyi taşımakla grubun karar mekanizması olmaya hak kazanmış gibi "Bize söylenen bu" dedi. Richard lafa müdahil oldu, "George sen Wisconsinlisin değil mi?" "Evet" dedi George, sesinde hissedilebilir bir gurur vardı. "O zaman siktir git, peynir falan yap. Bırak da bu işi biz erkekler halledelim." Richard'ın bu sözleri üzerine askerler yarıla yarıla gülmeye başladılar. George da gülüyor gibi gözüküyor ama belli ki Richard'a laf sokmak için bir şeyler düşünüyordu. Aklına uygun bir cevap gelmeyince gözü Thomas'a takıldı. "Sen niye gülüyorsun, ha? Kadın çorabı satıcısı değil misin sen?" Fakat Thomas bu belaltı vuruşun altında kalmadı: "Siktiğimin peynircisine bakın hele! Gördüğü tek bacak inek bacağı olduğu için beni nasıl da kıskanıyor." Kahkahanın dozu yükselirken pes eden George da gülmeye başlamıştı. Sonra o da Jeff'e yanaşıp sigara otlandı. "Hafta sonu hovardalığa gelen var mı?" diye lafı bambaşka bir yere çevirdi Richard. Sigarasını yakan George "Herhalde yani" dedi dumanı üflerken, "dünyanın bir ucundan buraya niye geldim sanıyorsun?" "Niye geldin?" dedi Jeff, muziplik olsun diye. "O gözler yok mu, o gözler" dedi George, sigarasından derin bir nefes çekti ve ekledi, "gözleri öyle çekikse, anlarsın ya!" Bir kez daha kahkahalarla gülmeye başladılar. "Hey Jack" diye seslendi Thomas, "sen de geliyorsun değil mi?" "Beni mazur görün" dedi Jack utana sıkıla. "Oyunbozanlık yapmasana" diye kızdı Thomas, "George da evli ama o geliyor." Richard sanki sesini duyurmak istemiyor gibi kısık bir tonla "İnek becermekten sıkılmıştır" deyince yine gülmeye başladılar. "Orospu çocuğu" diye sövmesine rağmen George da gülüyordu. Sonra da bir kez daha memleketini savundu. "Wisconsin'de siz amcıkların sandığı gibi herkes peynir üretmiyor. Bu siktiğimin yerinden dönünce hepinizi beklerim. Özellikle seni Richard. Göstereceğim sana." Richard elini arkadaşının omzuna atıp sıvazladı. "Geleceğim piç kurusu, gelirken de Thomas'tan karın için hediye çorap alacağım." Bu kadar gevşekliği kâfi bulmuş olacak ki Jeff nihayet ciddileşti. "Hadi beyler, işimize bakalım. Bu ağacın kesilmesi gerekiyor." Böylece konuşma başa dönmüş oldu. "Bence" dedi Richard, "onu kesmemiz doğru değil." Sonra da henüz kimse ağzını açamadan ekledi; "Yüzbaşı karargâhtan gelen emri bize iletti ama, o heriflerin hiçbiri bu ağacı görmedi. Baksanıza, muazzam bir şey bu." Jeff, "Biz ağacı kestikten sonra bu hata bile olsa bize kızamazlar" dedi, "neticede emri uyguluyoruz." "Evet ama" dedi sigarasını yere atıp üstüne basan George, "onları uyarırsak ve hatalarından dönerlerse aferini alırız." "Ne aferini" diye çıkıştı Thomas, "çocuk muyuz biz?" "Aptal olma" dedi George söylediğinin arkasında durarak, "üstlerin gözüne girmekten bahsediyoruz burada." "Bence bize söyleneni yapalım" diye karşılık verdi Thomas, "gerisine karışmayalım." "İyi de" diye araya girdi Jeff, "öğleye kadar vakit verdiler ama iki günde zor deviririz biz bunu." Tam o esnada bir motor sesi duyulmaya başladı uzaklardan. Beşi birden sesin geldiği tarafa dönünce ileriden bir cipin yaklaşmakta olduğunu gördüler. "Bak işte" diye sevindi George, "hatalarını anladılar da bizi durdurmaya geliyorlar." Az sonra cipten yüzbaşının indiğini görünce hepsi de hazırola geçtiler. Yüzbaşı, bir ağaca bir askerlere bakıp "Hâlâ başlamadınız mı!" diye gürledi. Nefeslerini tutmuş, yüzbaşıyla birebir muhatap olmamak için içlerinden dua ediyorlardı. Yüzbaşı Jeff'e doğru kararlı adımlarla ilerleyip yüzü yüzüne bir karış kala durdu. Jeff'e gözlerini kaçıracak alan dahi bırakmamıştı. Birden zavallı askerin yüzüne kükredi; "Sen, *lumberjack*! Niye başlamadınız hâlâ!" George kahkahalarla gülmemek için dudaklarını öyle bir ısırmıştı ki ağzı kanla dolmuştu. Thomas da kıpkırmızı olmuş titriyor, patlamamak için kendini zor tutuyordu. Richard gözlerini yere dikmiş son derece ciddi biçimde toprağı seyrediyordu, çünkü kahkaha atmamak için babasının öldüğü günü düşünmeye başlamış, öyle dizginlemişti kendini. Jack ise tırnaklarını avuçlarına geçirmiş, yüzbaşı bir an önce gitsin diye içinden yetimhanede öğrendiği tüm duaları okuyordu. Zavallı Jeff korkudan incelen sesiyle "Hemen başlıyoruz efendim" diyebildi. "Sesin gür çıksın asker!" diye haykırınca yüzbaşı, "Emredersiniz efendim!" diye var gücüyle bağırdı. Yüzbaşının tükürüklerini suratında hissedebiliyordu. Nihayet yüzbaşı geri çekildi de Jeff derin bir nefes aldı. Sonra da hepsine birden hitaben "İçinizde fotoğraf makinesi kullanmayı bilen, daha önce kullanan var mı?" diye sordu. Dört asker, "Evet efendim" diyen sesin sahibine baktılar, Jack'ti. "Gel benimle" dedi yüzbaşı cipi işaret ederek. Jack ikiletmeden cipe bindi. Dışarıdan yüzbaşının sesi duyuluyordu, "Bu ağacı güneş batmadan kesmezseniz, sizi taşaklarınızdan dallara asarım."

Jack, yüzbaşı olur da saygısızlık addeder diye hiçbir şey konuşmadan öylece oturuyor, cipin camından dışarıyı seyrediyordu. Yüzbaşı ise bir sigara yakmış, elindeki askeri evrakı karıştırıyordu. Yüzbaşının sigarasından yükselen mavi duman ağır ağır pencereye yaklaşıyor, sonra da akıma kapılıp hızla dışarıya süzülüyordu. Henüz sabahın erken saatleri olmasına rağmen sıcak bir gündü. Karargâhtan çıkan cip toprak yolda takır tukur ilerlerken gözleri uzaktaki yeşil tepelerde olmasına rağmen aklı daha da uzaklardaydı Jack'in. Kolundaki saate bakıp Karolina'daki zamanı hesaplamaya çalışsa da emin olamadı. Herhalde uyuyordur Judith, diye düşündü. Karısının mavi gözlerinde bulduğu huzuru daha derinden hissetmek ister gibi gözlerini yumdu. Araya bu mesafeler gireli henüz çok olmamıştı ama daha şimdiden deli gibi özlemişti onu. Aynı şeyleri onun da hissetmesini umdu. Böylece Judith düşük yaptıktan sonra yuvalarının üzerinde toplaşan kara bulutları el birliğiyle dağıtabileceklerdi. Özlemek her ikisine de iyi gelecekti, bundan şüphe duymuyordu. Koca koca adamların geceleri gizli gizli ağladığına şahit oluyordu. Besbelli ayrılık denen bu hüzünlü şeyin kalpleri yumuşatmak gibi bir vasfı da vardı. Geri döndüğünde birbirlerini ne denli sevdiklerini anlayıp aşk tazeleyeceklerdi. Sonra belki yeniden çocuk yapmayı denerlerdi. Öyle ya, onların başına gelen talihsiz şey herkesin başına gelebilirdi. Bunun için birilerini suçlamaya gerek olmadığı gibi, hayata küsmeye, vazgeçmeye de hiç lüzum yoktu. Jack kendini küçük kızını omuzlarına bindirmiş gezdirirken hayal etti bir an. Acaba annesine mi, yoksa bana mı benzer diye geçirdi içinden. Yüzüne bir tebessüm yayıldı fakat yüzbaşı görüp de azarlar diye çarçabuk toparlanarak gözlerini açtı.

Geleceğe dair güzel hayaller ve umutla geçen yarım saate yakın zamanın ardından şehir merkezine varmışlardı. "Camını kapat" diye emretti yüzbaşı, kendisi de Jack'e buyurduğunu yaparken. Sanki acele etmezse bir felaket olacakmış gibi çarçabuk kolu çevirdi Jack. Başına konik bir hasır şapka geçirmiş bisikletli yaşlı adam, eteği dizkapağından iki karış aşağıda beyaz tenli kadın, hiçbir çağrışım uyandırmayan harflerle yazılmış tabelalar, domuz butları yüklü el arabasını güç bela iten ihtiyar bir kadın, bir dükkânın önünde sigara tüttüren takım elbiseli ve gözlüklü iki genç adam, birbirlerine sokularak yürüyen okul üniformalı genç kızlar, sırtladığı üç canlı tavuğa rağmen kimsenin dönüp bakmadığı gürbüz delikanlı, geniş bir caddeye sıra sıra dizilmiş zırhlı askeri araçlar... Jack siyah camın ardında akanları bir çocuk merakıyla izliyor, kendi küçük dünyasının uzağında ne hayatlar olduğunu düşünüyordu. Arada bir Judith'le bir saat uzaklıktaki Raleigh'e gittiklerinde bile evinden ne denli uzaklaştığını, durağan kasabalarına kıyasla nasıl da farklı bir yere geldiklerini düşünürdü. Alıştığı düzenin bir hayli dışına çıktığı bu serüvenin ardından gezip keşfetmeye daha meraklı mı olacağını, yoksa canı cehenneme deyip evine ve küçük kasabasına iyice mi sığınacağını kestiremiyordu. Döndüğünde huzurlu verandasında, sıcak yaz geceleri boyunca Judith'e anlatacak ne çok şeyi olacaktı.

Şehirden çıkıp tepelerin ardında kıvrıla kıvrıla ilerledikleri bir yarım saatin daha ardından, bir kontrol noktasına varmışlardı. Yüzbaşı elindeki evrakı arabayı kullanan askere uzattı. Sırtında tüfeği ile cipe yanaşan Kore askeri, şoförden aldığı kâğıtları bir süre inceledikten sonra geri verip küçük kulübedeki arkadaşına bir şeyler söyledi. Barikat açıldıktan sonra dikenli tellerle korunan askeri bölgeye giriş yaptılar. Yüzbaşı bir sigara daha yaktı. Engebeli arazinin bazı yerlerinde dumanlar tütüyordu. Etrafta tanktan uçaksavara pek çok ağır silah görmek mümkündü. Patika yolu takip ederek aştıkları bir tepenin ardında, ilerdeki bazı çadır ve tentelerin üzerinde Amerikan bayrağı dalgalandığını gördüler. Cip bu mıntıkaya iyiden iyiye yanaşınca yüzbaşı sigarasını söndürdü. Büyük tentenin altındaki dev masaya oturmuş rütbeliler, hararetle bir şeyler tartışıyorlardı. Jack, bir heyecan dalgasının vücudunu esir aldığını hissetti. Yüzbaşının "in" komutuyla araçtan inip hazırolda dikilmeye başladı. Yüzbaşı masaya yanaşıp bağırarak tekmil verdikten sonra normal ses tonuna döndüğü için Jack'in duyamadığı bir şeyler anlatmaya başladı. Bunu müteakip boylu boslu, jilet gibi ütülü formasıyla bir rütbeli, masanın üzerinden aldığı bir objeyle cipe doğru yürüdü. Jack yaklaşan tehlikenin bir albay olduğunu anladığında altına kaçırmak üzereydi.

"Adın ne asker?"

"Jack Wallace efendim!"

"Senden bazı fotoğraflar çekmeni isteyeceğim."

"Emredersiniz efendim!"

"Hadi, bin."

Jack albaydan aldığı fotoğraf makinesini, ellerinin titrediği belli olmasın diye sımsıkı kavramış, nefes almaktan dahi imtina ediyordu. Neyse ki konuştukça, albayın yüzbaşı gibi sert biri olmadığını anlayıp rahatladı.

"Nerelisin evlat?"

"Kuzey Karolina efendim."

"Güneyde bulundum ama kuzeye hiç gitmedim. E, fotoğrafçı mıydın?"

"Hayır efendim, tütün tarlamız var."

"Fotoğraf çekmeyi biliyorsun ama değil mi?"

"Evet efendim, buna benzer bir makinemiz vardı."

"Güzel. Aslında burada bir fotoğrafçımız vardı ama maalesef beceremedi. Jack, metin ol evladım. Ülkene hizmet etmek için buradasın. Şu an çok önemli bir vazifedesin. Seni temin ederim bir düzine düşman askerini haklasan bu kadar faydalı olmazsın."

"Evet efendim."

Kendine bu denli önem atfedilmesi başta hoşuna gider gibi olsa da sonradan bir endişe sarmıştı Jack'i. Albayın konuştuklarından bir halt anlamamıştı. Neler oluyordu? Bu kadar önemli olan şey de neyin nesiydi? Düşünceleri silah sesleriyle bölününce irkildi. Ardından gevşemeye çalıştı. "Askeri bölgedesin Jack, talim yapıyorlar besbelli. Yanında bir albay var. *Captain America* ile beraber olsan anca bu kadar güvende olursun. Kendine gel, kimse seni savaşın ortasına götürüp bırakmayacak." Keskin bir virajla aştıkları tepenin ardından yol, alabildiğine uzanan bir düzlüğe çıktı. Az ötede sandalyelerine oturmuş olan Kore askerleri Amerikan bayraklı bir cipin geldiğini görünce ayaklandılar. Albay cipi durdurup indi. Koreliler selam verdikten sonra içlerinden biri albayla konuşmaya başladı. Ardından albay cipe doğru el etti. Jack elinde fotoğraf makinesi daha yere ayak basar basmaz gayet yakından yankılanan silah sesleriyle gayriihtiyari başını eğdi.

"Jack, yüzbaşı seninle ilgilenecek. Git ve çek. Ben dönüyorum. İşin bitince yürüye yürüye gelirsin, çok uzakta değiliz. Beni mahcup etme sakın evlat! Unutma, ülken için."

Albay cipe atladığı gibi basıp gittikten sonra Jack, Koreli yüzbaşının peşi sıra yürümeye koyuldu. Yarım mil kadar ileride bir insan yığını göze çarpıyordu, ki silah sesleri de oradan geliyordu. Kalabalığa yaklaştıkça gördüklerinden emin olmak için daha dikkatle bakmaya başladı, çünkü ters giden bir şeyler var gibiydi. Nihayet gördüklerini açıkça seçebilecek kadar yakınlarına vardığında, yanılmadığını anladı. Yüzlerce insan tek sıra halinde dizilmiş, ellerini enselerinde kavuşturmuş, gözlerini yerden ayırmadan bekliyorlardı. On on beş adımda bir dikilen silahlı askerler, sıranın intizamını sağlıyorlardı. Sıradakileri hayret ve dehşetle süzerken hemen az ötelerinde aynı anda ateşlenen silahların sesiyle bir kez daha irkildi. Silah seslerini müteakiben askerlerin uyarısıyla sıra ilerlemeye başladı ve yirmi otuz kişinin kaymasının ardından yeniden durdu. Böylece Jack, anlamıştı anlamasına ama ihtimal dahi vermek istemiyordu, neler olup bittiğinden emin oldu. O an geri dönüp var gücüyle koşmak geldi içinden. Arkasından ateş ettikleri, albayı ve ülkesini hayal kırıklığına uğrattığı, kayınpederi Mark'ı toprağa verdikleri gün, Judith'in doğmayan bebeği, bu kısacık anda bunlara benzer birçok görüntü geldi gözünün önüne. Birazdan öleceklerini bile bile bu denli sükûnetle bekleyen insanların yüzlerine bakmayı da ilk kez o zaman akıl etti. Bakmak istedi, çünkü hem hayatta pek az insanın başına gelecek bir durum söz konusuydu ve merak duygusu öyle bir şeydi ki ölüm bile terazide ona hafif geliyordu; hem de hayatın sırrı denilen bir şey varsa şayet, bunu görebileceği yegâne yer bu insanların gözlerinde gizli olmalıydı. Kiminin kıyafetleri ütülü kimininki toz toprak içindeydi, bazısında sakal vardı bazısı tıraşlıydı, kısa boylular olduğu gibi uzunlar da vardı, saçları düzdü çoğunun ve evet dalgalı olanlar da mevcuttu; çünkü bunlar etten kemikten, nefes alıp nefes veren, bu yaşa kadar iyi kötü bir hayat sürmüş ve illaki hayallere sahip olmuş, kanlı canlı insanlardı. Onları yaşamdan koparanlardan tek farkları, ellerinde silah, üstlerinde üniforma olmamasıydı. Buna bir anlam veremedi Jack. Aptallaşmıştı. Kötülüğün ne demek olduğunun kodlanmadığı bir bilinç düzeyine erişmişti belki de. Bir şeyin olması için bir neden gerekmez miydi? Peki bir değil, iki değil, üç değil, yüzlerce insanı sıraya dizip öldürmenin sebebi ne olabilirdi ki? Bunu anlayamıyordu işte. Tetiği çeken askerin, ölmez de hayatta kalırsa, çok sonraları, sözgelimi torununu kucağına oturtup o ellerle nasıl sevebileceğini, hayır anlayamıyordu. Öyle allak bullak olmuştu ki, belki de bundan sonra hiçbir şeyi anlamayacaktı.

Sıradakilerden bir tanesi, ölümü beklemenin ıstırabına dayanamamış olacak ki ha biraz sonra ha şimdi diye isyan edip yerini terk etmiş, Jack'in anlamadığı ama hücrelerine kadar etkilendiği bir lisanda bağırıp çağırmaya, kendisine en yakın askerin üstüne doğru yürümeye başlamıştı. Asker sanki duvardaki sineğe vurur gibi, tereddüt etmek bir yana feci bir şevkle dipçiğini yüzüne indirdi biçarenin. Adam henüz yere yıkılmadan suratının dümdüz hale gelişini görünce Jack, bunu başkaları da görmeli, bu hainliği tüm dünya bilmeli diye nihayet makinesine davrandı. Yoksa fotoğraf falan çekemezdi. Kendisine gereken motivasyonu sağlayınca da, mütemadiyen deklanşöre basmaya başladı. Askerin, yere düşen zavallı adamın kafasına tüfeğinin tersiyle nasıl vicdansızca vurduğunu da çekti, yorulana kadar vurduktan sonra kafatasına yakın mesafeden nasıl sıktığını da. Tüm bunlar olup biterken bir an olsun sırayı bozmadan önlerine bakan sivilleri çekti bol bol. Belki de tarifsiz bir içgüdü ve kör bir umutla, kurallara uyarsak bir ihtimal, son anda dahi olsa yaşamamıza izin verirler diye ses edemiyorlardı, kim bilir. Az evvel bir cana kıyan askerin yüzündeki boşluğu çekti Jack, bir insanı öldürürken niye yüzünde öfke ve nefret dahil hiçbir ifade olmadığını düşünerek bastı deklanşöre. Aynı göğün altında yaşayan, aynı dili konuşan, birbirlerine benzeyen ve üç beş nesil yukarıda illaki soyağaçları bir şekilde kesişecek olan bu insanların birbirlerine niye böyle yaptıklarını düşüne düşüne sıranın önlerine ilerledi. İlerledikçe, her insanın duygularından parmak izine kadar benzersiz olduğunu görüp bir kez daha dehşete düştü. Nihayet ağlayanlara rastlamıştı. Kalbi duracakmış gibi çırpınan, gözlerinden yaşlar süzülen, titreyen, altına işeyen, bayılıp tekme tokat ayıltılan, korkudan mosmor kesilen veya yüzü kireç gibi beyaza çalan, o an bağışlanmak için her türlü onursuzluğa razı olacak olan ya da tam tersi vakarla duran, gözlerinden nefret saçan, bir gün bir şekilde intikamının alınacağına duyduğu inançla belli belirsiz acı acı tebessüm eden yüzlerce insan gördü. İçlerinden bazıları öyle gencecikti ki, hayatın kıyısında bulunmanın verdiği duygu yoğunluğuyla onları taze bahar dallarına benzetti Jack; dokunsalar kırılacaklardı. Yaşını başını almış ihtiyarlar da yok değildi, ne olurdu kıymasalardı onlara, sanki kaç günleri daha kalmıştı dünyada. Bazısı karşısına geçip fotoğrafını çektiği halde Jack'i göremeyecek kadar aklını yitirmişti, bazısı ertesi gün hayatına devam edeceğini bildiği için imrenerek bakıyordu ona.

Nihayet insanlığın en dip noktasına ulaştığında, gözbebekleri yuvasına kaçmak istedi Jack'in. Uzun ve derin bir hendeğin kıyısındaki idam mangası, kurbanlarını bekliyordu. Sırası gelen zavallılar dünyadaki son adımlarını cellatlarına doğru atıp önlerinde çaresizce eğiliyor, hendeğin kıyısında diz çöküyorlardı. Ve gördükleri son şey, kendilerinden az evvel öldürülen, çileleri, korkuları, acıları nihayet dinmiş sıra arkadaşları oluyordu. Silahın enselerine dayanmasıyla, komutanın ateş emri arasındaki o üç saniyelik an, ah o üç saniyelik an... Karanlık, bebek, anne, masumiyet, süt, baba, ekmek, emek, oyun, gözyaşı, anne, karanlık, korku, anne, oyun, yokluk, mama, anne, okul, yama, toprak, ödev, yoksulluk, oyun, ders, sıkıntı, baba, ilaç, sınav, harçlık, yara, anne, ilk aşk, mendil, gazoz, sinema, baba, harçlık, sigara, aşk, acı, gözyaşı, anne, iş, uyku, saat, iş, yatak, yol, iş, sıkıntı, yalnızlık, fabrika, yalnızlık, uyku, gece, ateş, hastalık, anne, kış, uyku, soba, soğuk, iş, borç, yalnızlık, yağmur, sigara, hayal, hayat, umut, endişe, karanlık, korku, savaş, namlu, hayat, korku, hayat, hayret, sigara, ölüm, anne, ölüm, anne, karanlık, an.

Eğer bu işi becerecekse, tıpkı o askerler gibi duygularından soyutlanması gerektiğini kavramıştı Jack. Sanki paçalarını sıvayıp dereye giriyormuş gibi, hendeğe inip cesetlerin arasında serinkanlılıkla gezmeye başladı. Beyninin ona koyduğu limiti bir kere aşınca, diğer tüm sınırları kaldırmış gibi, keskin bir kan kokusunun içinde, arada illaki bir taraflarına basarak, ölüleri fotoğrafladı. Henüz kaskatı kesilmemiş yumuşak bedenlere basarken ilk başta canlarını yakacakmış gibi çekinse de, bu duruma bile alışmıştı. İnsan yığınları arasındaki bu gezintisi makinesinin filminin bittiğini anlayınca, efsunun dağılması gibi sarsıp kendine getirdi onu. Burada işi bitmişti.

Kendine uygun bir yol bulup bir an önce bu ölüm çukurundan çıkmak için çabalarken, birden et yığınları içerisinde, canlılık emaresi taşıyan bir bedenle göz göze geldi. Yalnızca başı ve kolları dışarıda duran, vücudunun geri kalanı ceset enkazının altındaki bu gözlerin sahibi, taş çatlasa on on iki yaşlarında bir kızcağızdı. Jack onu önce gözleri açık biçimde ölmüş sansa da gözkapaklarını kırpmasından anlamıştı yaşadığını. Zavallı kızcağız öyle bir travma yaşıyor olmalıydı ki ne ses ediyor, ne kıpırdıyor, öylece duruyordu. Nasıl bir hata yapmışlardı da bu ölüm sırasına dahil etmişlerdi onu? Üstelik daha garibi, hadi girmişti bir kere, nasıl görmemişler, nasıl gözden kaçırmışlardı? Jack sanki yüzlerce insanın katledilmesine yaptığı tanıklığın acısını dindirecek, kendini ölenlere, tüm insanlığa ve en önemlisi vicdanına affettirecek şeyi bulmuştu. Heyecanla kıza doğru seğirtti. Bir yandan da hendeğin tepesindeki askerlere bağırıyor, yardım çağırıyordu. Zavallının eğer ailesi burada öldüyse, belki de en iyisi gerekli izinleri alıp onu Amerika'ya götürmekti. Albaydan rica ederdi. Kendisi böylesine fedakârlık yapmışken o da bir zahmet bu işi hallediversindi, değil mi?

Jack'in seslenmesiyle tepedeki askerlerden biri cesetlere basa basa paldır küldür yanına indi. Parmağıyla kızı gösterdi Jack ve anlayıp anlamayacağını hiç düşünmeden "Yaşıyor" dedi heyecanla. Asker kıza doğru bir adım attı. Jack, onu çekip sıkıştığı yerden çıkaracağını sanırken, silahını kızın güzel yüzüne dayayıp tetiği çekiverdi.

Kuzey Karolina-2003

O sabah, yetmiş sekiz yıllık ömründeki çoğu sabahtan farksız olarak ihtiyar yatağında gözlerini açtı Bayan Wallace. Evladiyelik sağlamlıkta olmasına, bir evladı olmadığından içi acıyan masif elbise dolabı, uzun zamandır çalışmayan ve tamire götürmeye üşendiği ama duvardan indirmeye de kıyamadığı guguklu saat, karşısında vakit geçirmeyi seneler evvel bıraktığı makyaj masası, daima gördüğünden farksızdı. Bu sabahı farklı kılan ise, beklenmedik bir hadise yaşanmazsa, evindeki son sabahına uyanmış olmasıydı. Avukatı Cameron vekâlet işlerini halletmiş, köpeğini sahiplendirmiş, hatta bavullarını ve diğer lüzumlu eşyalarını bile iki gün öncesinden götürüp bir depoya kaldırmıştı. Diğer bavulu ise kendisiyle beraber uzun bir yolculuğa çıkacaktı. Altı ay sürecek bir dünya seyahati için New York'tan kalkacak bir yolcu gemisine rezervasyon yaptırmıştı. Bakımevinde ölümü beklemeden evvel konforlu bir şekilde dünyayı dolaşma fikri çok hoşuna gitmişti. Döndüğünde ise evine değil, doğrudan bakımevine geçecekti ki ayrıca, çıkacağı seyahat oraya yerleştiğinde yeni hayatına daha kolay alışmasını sağlayabilirdi.

Bayan Wallace'a kapıdan son kez çıkmaktan başka bir iş kalmasa da bu basit görünen eylem diğer her şeyden ağır geliyordu. Bu yüzdendir ki yağmurlu ve karanlık sabahlarda Jack'le şımarıklık yapıp bir türlü yorganın altından çıkamadıkları gibi, uzun süre yatakta yatmaya devam etti. Ancak yüzünde o eski gülüşlerden bir iz bulunmaması ve mavi gözlerinin neşeyle değil dalgınlıkla bakması bu anı o uzak günlerden epey ayrı kılıyordu.

Evi ve hatıralarıyla vedalaşmaya ise çok uzun zaman öncesinden başlayıp bunu geniş bir sürece yaydığından, yataktan çıktıktan sonra geriye pek bir iş kalmıyordu. Buzdolabını boşalttığından, kahvaltıyı da mecburen dışarıda yapacaktı. Giyinip hazırlandıktan sonra, ağlayıp sızlanmayı hiç istemediğinden içeride daha fazla oyalanmadı. Önceki günden hazırladığı çantasını alıp ön kapı yerine arka kapıya yöneldi. Verandaya çıkıp araziye son bir kez bakmasa, bir şeyler eksik kalırdı çünkü. Babasının hiç tanımadığı annesini ilk defa gördüğü, yıllarca ne yiyip içtilerse, neye sahip oldularsa borçlu oldukları mümbit toprakları düşünceli gözlerle seyrederken, "Hoşça kal baba, hoşça kal Jack" diye mırıldandı ve merdivenlerden inerken ekledi, "yakında görüşürüz."

O pazar sabahı, Yeniden Doğuş Kilisesi'nin cemaat sandalyeleri, Bayan Wallace'ın vedası münasebetiyle, küçük Kenly kasabası sakinlerince alabildiğine doldurulmuştu. Judith en ön sırada karmaşık duygulara gömülmüş dalgın dalgın otururken, pederin kendisini veda konuşması için kürsüye takdim etmesiyle toparlandı. Emekli itfaiye şefi Christopher'ın nazik teklifini geri çevirmeyip elinden tuttu ve merdivenleri çıkarken yardım etmesine izin verdi. Orta yaşlılar ve ihtiyarlar daha bir hüzünlü gözlerle bakıyordu Judith'e, hatta pek çok kadın mendilini hazır etmiş, duygusal bir şeyler söylese de ağlasak diye bekliyorlardı. Kalabalığı şöyle bir süzdü, derin bir nefes aldı ve konuşmaya başladı.

"Sevgili dostlarım... Güzel kasabamızın güzel sakinleri... Sizlere bakınca, huzurlu bir toplum, örnek bir Amerikan şehri görüyorum. Tabii gördüklerim bununla sınırlı değil. Bağışlayın, uzağı görmede pek iyi değilim artık, arkada kimler var emin değilim. Susan burada mı? Hey Susan, çöreklerinden ayrı kalmak zor olacak. Umarım bana gönderirsin. Parasını istemezsin değil mi? Bakımevinde kalan bir ihtiyardan kim para ister ki? Hayır kızım, ağlama. Şaka olsun diye söylemiştim. Anna burada mı? Gözün aydın kızım, artık ben masada olmayacağıma göre nihayet briçte kazanmaya başlayacaksın. Anıların sonu gelmez ki... Burada doğdum, burada büyüdüm, en mutlu günlerimi de, en hüzünlü zamanlarımı da burada yaşadım. Artık sizlere veda ediyorum. Böylesi benim için daha iyi olacak. Fakat merak etmeyin, bir gün döneceğim. Babamın, annemin ve kocamın yanında sonsuz bir uykuya dalacağım. Bugün yalnız bırakmadığınız gibi beni, o gün de yalnız bırakmayın. Affedersiniz. Duygularımı saklamada pek iyi değilim. Ah, zaman nasıl da geçiyor dostlarım. Bence sevdiklerinizle geçirdiğiniz her dakikanın kıymetini bilin ve tadını çıkarmaya bakın. Amerika'yı böylesine güçlü yapan sır bu işte, aile. Çok büyük bir ailem olmadı ama onlarla her zaman gurur duydum. Yakın sayılabilecek bir zamanda yitirdiğim kocam Jack'i zaten pek çoğunuz iyi tanırdı. Herkesin sevdiği, melek gibi bir adamdı o. Ülkesi için savaşmış bir kahramandı. Benim kahramanımdı. Fakat bir kahramanım daha var ki gençler onu tanımazlar. İçinde bulunduğumuz bu kiliseyi de yaptıran, bu kasaba için pek çok fedakârlıkta bulunmuş, beni iyi bir Amerikalı olarak yetiştirmiş, hiç kimseye en ufak kötülüğü dahi dokunmamış, onurlu ve hayırsever babam Mark. Onu da anmazsam olmaz.

Yukon-1899

Soğuk yüzünden kulaklarını kaybetmiş talihsizler gördüğünden beridir tabiatın hafife alınmayacağını iyice belleyen genç adam, biletçi dükkânından çıkmadan evvel atkısını yüzüne güzelce dolayıp parkasının yakalarını kaldırdı. Rüzgâr vahşi bir köpek gibi uluyordu. Kasabanın lanetlenmişçesine asla kurumayan çamurlu yollarında kayıp yere kapaklanmamak için temkinli adımlarla yürürken, "yalnızca bir gün daha" diye geçirdi içinden. Işıltılı hayallerle geldiği bu yerde, hayatındaki tüm renkleri kaybetmişti. Ne yapacağına dair hiçbir fikri yoktu. Kaldı ki sağ salim döneceği de meçhuldü. Daha fazla düşünmek istemiyordu. Keresteci, eczacı, terzi, ayakkabıcı, motel, lokanta ve silah dükkânının ardından salona ulaşmıştı nihayet. İçeriye girince yoğun bir duman çarptı yüzüne. Atkısını suratından gevşetip boğazına indirdi. Köşedeki piyanist oynak bir şeyler çalıyor, iki fahişe alkolün tesiriyle uçuşa geçmiş dans ediyor, onlarca sarhoş büyülenmiş vaziyette bu şovu seyrediyordu. Fahişeler hoplayıp zıpladıkça belirginleşen göğüs çatallarından aldıkları ilhamla nice hülyalara savrulmuş bu aç köpek sürüsünün arasından sıyrılarak bar tezgâhındaki taburelerden birine oturdu ve kalabalığa arkasını döndü genç adam. Sabah yalnızca yarım somun ekmek yemiş, bir bardak da süt içmişti, karnı acıkmaya başlamıştı ama yemeye değil içmeye daha çok ihtiyacı vardı. Belinden çıkardığı revolverinin emniyetini açıp toptaki mermilerden birini aldı. Silahını yeniden beline soktuktan sonra ihtiyar barmene seslendi. Elindeki bardağı havluyla kuruladığı halde kendisine yanaşan barmenin önüne mermiyi bırakırken *"shot"* dedi genç adam, *"bourbon"* diye de ekledi. Barmen kuruladığı bardağı tezgâha bırakıp havluyu beline sıkıştırdıktan sonra mermiyi alıp inceledi. Ardından mermiyi tezgâhın arkasındaki çekmeceye atıp, bir kadehin dibine azıcık viski koyarak genç adamın önüne sürdü. Genç adam viskiye doyamayacağını bildiğinden evvela kadehi burnuna yaklaştırıp doya doya kokladı, sonra da tek dikişte yuvarladı. Bir nebze içinin ısındığını hissedince önce atkısını çıkardı, sonra da parkasının yakalarını indirip önünü açtı. Yan taburede oturan adam *"scotch"* diye seslenince barmene, ilk defa ondan tarafa baktı. Barın loş aydınlığında, yandan yarısını gördüğü burma bıyıklı bu suratı zihninde tamamlamaya çalışsa da muvaffak olamadı. Fakat kırbaç gibi çizmeleri, kallavi şapkası ve yakası kürklü parkasıyla hali vakti yerindeydi besbelli. Gerçi herkesin zengin olma ümidiyle geldiği Yukon'da paranın kimde olduğu bilinmezdi. Bazıları zengin gözükmek isterdi, bazıları da fukara; insanların hayatta kalmak için geliştirdiği farklı taktikleri vardı.

Burma bıyıklı komşusunun önüne gelen kadehe bakıp yutkundu genç adam. Dayanamadı, tabancasından bir mermi daha çıkarıp bir viski daha istedi barmenden. Bir an evvel gevşemek istiyordu fakat kendine hâkim olup bu defa kadehi diplemedi, zira gece uzundu ve yalnızca dört mermisi kalmıştı. Boşalttığı kadehi ahşap tezgâha koyduktan sonra dudaklarına bir *Lucky Strike* kondurduğunu görünce burma bıyıklının, neyin eksik olduğunu anladı genç adam. Paltosunun iç cebinden çıkardığı deri keseyi tezgâha bıraktı. Ardından diğer ceplerini karıştırıp piposunu buldu. İşte şimdi keyfi yerine gelmeye başlamıştı. Burma bıyıklı, kibritin sesiyle şöyle bir yan gözle süzdü onu, sonra kadehinde kalan viskiyi bitirip “tazele” diye seslendi barmene. Piposunu körüklerken kendi kadehine baktı genç adam, içinden “bu son” diye söz verdi kendine, “tütün bitene kadar başka viski yok.” Viskiyi yuvarlayıp kadehi tezgâha sürdü. Belinden silahını çıkarıp üçüncü mermisini barmene uzatacakken, burma bıyıklı havadaki elini tuttu genç adamın. Barmene göz kırpıp içkiyi kendisinin ısmarlayacağını belli ettikten sonra, genç adama döndü. “Mermilerini bu kadar pervasızca harcadığına göre ölümden pek korkmuyorsun, ha?” Genç, yüzünün tamamını görünce, adamın simasını asla tahmin edemeyeceğini anladı, öte taraftaki gözünün üstünde, geçmişte kötü şeyler yaşandığını söyleyen kara bir bant vardı çünkü. “Ölümden korkmamak değil” dedi piposunu ağzından indirip, “ondan uzaklaşmakla alakalı bir şey.” Bu cevap burma bıyıklının hoşuna gitmiş olacak ki yüksek perdeden güldü, sonra da bir soru yöneltti, “Neresiymiş orası? Belki ben de gelmeliyim.” Genç adam tebessüm etti. Barmenin getirdiği kadehi, onu ısmarlayan yabancının şerefine kaldırıp “İçki için teşekkür ederim” dedi, “benim adım Mark bu arada.” “Sağlığına Mark. Ben de John, memnum oldum.” Kadeh tokuşturduktan sonra John’un viskiyi kafasına diktiğini görünce Mark da aynını yaptı. John viskinin ateşiyle yüzünü buruşturduktan sonra barmene iki parmağını gösterince, Mark onun zengin gözükenlerden değil, sahici zenginlerden olduğuna kanaat getirdi. “Bir yıldır buradasın oğlum” diye geçirdi içinden Mark, “nihayet gideceğin gün ilk defa iyi biriyle tanıştın. Şaka mı bu?” “Evet Mark” diye düşüncelerini böldü John, sigarasından derin bir nefes çekti ve sordu, “seni daha önce gördüğümü hatırlamıyorum. Buralarda yeni misin?” Mark bir süredir çekmediği için sönen piposunu yeniden yakmaya hazırlanıyordu ki bu soruyla kibriti tezgâha bıraktı.

“Aslında bu benim son günüm. Yarın sabah kalkacak gemiye bilet aldım. Gidiyorum.”

"Demek gidiyorsun? Peki buradan mutlu mu ayrılıyorsun?"

"Mutlu mu? Gideceğim için mutluyum, evet."

"Pek iyi bir macera olmamış, ha?"

"İki bin dolar kaybettim. Hem de bir hiç uğruna. Elimde ne var biliyor musun? Bir tane gemi bileti. Hepsi bu."

"İyi para. Belli ki içini dökmeye ihtiyacın var evlat. Bana hikâyeni anlat. Barmen, sen bize en iyisi şişeyi ver."

"San Francisco'da bir balıkçı teknemiz vardı. Durumumuz iyi sayılırdı. Babamla balığa çıkardık. Sonra onu kaybettik. Dört yıl oluyor. Zatürre. Boktan zamanlardı, hatırlamak istemiyorum bile. On altı yaşındaydım ve tüm yük benim omuzlarıma binmişti. Kız kardeşimle anneme bakmak zorundaydım, bakıyordum da. Babam beni iyi yetiştirmişti. Ertesi yıl annem yaşının daha genç olduğunu ve evlenmek istediğini söyledi. Ben o zaman delirdim işte. Hiç tanımadığım bir herifi hayatımıza sokacaktı, öyle mi? Kavga ettik. Bunu yaparsan o herifi öldürürüm dedim. Sonuç, bir gün denizden döndüm, kardeşimi de alıp gitmişti. Canı cehenneme. Beni ayıplama John, evladını bırakıp giden biri için ne diyebilirim ki?"

"Hayır evlat ayıplamıyorum. Şaşırdım sadece, hüzünlü bir hikâyen var. Peki buraya nasıl savruldun?"

"Tek başıma kalmıştım ama çalışmaya devam ettim. Biliyor musun, üzerimdeki yük kalkınca rahatlamıştım aslında. Kimseye karşı sorumluluğum yoktu, ne istersem yapabilirdim. Özgürdüm. Tabii bu bana kendimi büyük bir adammışım gibi hissettirdi. Denizcilerin takıldığı barlara gitmeye başladım. Yeni arkadaşlar edindim. Ve nihayet haberler San Francisco limanına ulaştı. Alaska'da altın bulunmuş! Kaybedecek hiçbir şeyi olmayan bir sürü balıkçı gemilere atlayıp gitti. O ilk gidenlere hayalperest gözüyle bakılıyordu ama bir yandan da kalanlar tereddüt ediyordu. Ne de olsa Kaliforniyalıyız, altına hücumun ne olduğunu iyi biliriz. Anlayacağın her kafadan bir ses çıkıyordu. İki arkadaşım vardı, Peyton ve Derek. Biri matbaada çalışıyordu, öteki baba parası yiyordu. Günün birinde onlar da gitmeye karar verdi. O zaman içim içimi yemeye başladı işte. Belki de büyük bir fırsatı kaçırıyordum. Oğlum Mark dedim kendi kendime, hayatta kimsen yok, kimseye hesap vermek zorunda değilsin. Denesen ne çıkar? Daha on dokuz yaşındasın, her şey ters gitse bile yeni bir başlangıç için epey gençsin. Böylece kararımı vermiş bulundum. Baba yadigârı teknemizi sattım."

"Ruhunu şeytana satanlar gördüm evlat, sen tekneni satmışsın, çok mu? Canın sağ olsun."

"Söylemesi kolay. Belli ki senin tuzun kuru."

"Hayır evlat. Geldiğinden beri kaç kişi hastalıktan telef oldu, görmüyor musun? Burada hayatta kalabilmek de bir başarı. Mark, senin yaşındayken cephedeydim ben. İçsavaş. Kollarımda can veren dostlarım oldu. Köleliği kaldırmak için savaştık, sonra bizim nesil fabrikalarda köle olmaya başladı. Her şeye rağmen hayatın kıymetini bil."

"Ne olacağını bilmiyorum. Beş kuruş param kalmadı. Bir yıl boyunca kazdık, altın aradık. Çamurdan başka bir bok geçmedi elimize. Şimdi San Francisco'ya dönüp limanda iş arayacağım. Tabii eğer oraya varabilirsem. Yarın gemiye binmeden belimdeki *Colt Navy*'yi satacağım. Bu çok gurur kırıcı."

"Tamam evlat, sakinleş biraz. Birer tane daha içelim hadi. Peki arkadaşların nerede? Döndüler mi?"

"Peyton üç ay ancak dayandı. Hani şu baba parası yiyen. Zaten aklı çalışmaktan çok fahişelerdeydi. Parasını çarçur etti, sonra da gemiye binip gitti. Derek daha azimliydi ama. Onun da benim gibi kaybedecek bir şeyi kalmamıştı. Sonra hastalandı. Bir hafta boyunca ateşler içinde yattı. Öleceğini sandım. Kefeni yırttı. Ve o da gitti. Bir başıma kaldım. Son ana kadar kazmaya yemin ettim. İşte sen o son anda çıktın karşıma."

"Belki de beni Tanrı göndermiştir evlat, bilemezsin."

"Sende var zaten bir şeyler. Buldun mu yoksa?"

"Buldum sayılır Mark. Çok yaklaştım. Kokusunu alabiliyorum."

"Nereyi kazıyorsun? Bence burada bir bok yok. Bulan çoktan buldu. Şimdi herkes batıya gitmenin peşinde. Nome'da da altın bulunmuş."

"O kadar uzağa gitmeye gerek yok Mark."

"Sana kolay gelsin o zaman. İçki için teşekkürler."

"Hey, suratını asma hemen. Belki de sana iş teklif ediyorumdur evlat."

"İş mi? Burada kalıp amelelik yapacak olsam hiç gelmezdim."

"Zengin olmaya geldin değil mi? Her istediğine sahip olacak kadar zengin olmaya. Canın o an ne isterse onu yapacaksın Mark, düşüncesi bile güzel değil mi?"

"Ben bunları buraya gelirken çok düşündüm. Artık inanmıyorum. Biletimi aldım diyorum John."

"Hey! Güzelim bakar mısın? Evet, sen!"

"Ne yapıyorsun, niye çağırıyorsun o fahişeyi?"

"Selam yakışıklı. N'aber bakalım?"

"Elimdeki bozukluk senin memelerinin arasına girmeyi çok istiyormuş. Hop, girdi bile."

"Ha ha ha... Karşılığında ne istiyormuş peki?"

"Eteğini kaldırmanı."

"Hmm, ne kadar yaramazsın sen öyle."

"Görüyor musun Mark, süt gibi bacaklar."

"Daha neler neler var bende..."

"Sağ ol tatlım, gidebilirsin."

"Öpüldünüz!"

"Neydi şimdi bu?"

"İçindeki hayvanı uyandırmaya çalışıyorum Mark."

"Ne?"

"Ne zamandır bir kadına dokunmadın?"

"Bilmem. Epey oldu. Altı ayı geçti galiba."

"Bu genç adam altı aydır bir kadına dokunmadı, çünkü parasını idareli kullanmak zorundaydı. Hay ben bu dünyanın adaletini! İşte sana bunu vaat ediyorum evlat! O kadar çok paran olacak ki, her sabah bunun gibi başka bir kadınla uyanacaksın!"

"Söyle artık şu işi, nasıl olacak?"

"İlgilenmiyorsun sanıyordum. Yarın gemin yok mu senin?"

"Hadi ama uzatma."

"Neleri göze alırsın Mark? Kaybedecek bir şeyin olmadığını söylüyorsun. Sana buradan zengin bir adam olarak dönme şansı sunsam, her şeyi yapar mısın?"

"Her şeyimi aldı burası. Sanırım her şeyi yaparım."

"Mark, tezgâhın sonunda iki adam oturuyor, yavaşça dönüp bak."

"Kim onlar?"

"Gördün mü, biftek yiyorlar. En son ne zaman et yedin?"

"Açlıktan ölüyorum."

"Eti nasıl iştahla atıyor ağzına. Buna ihtiyacı var, çünkü akşam çok yorulacak. Anlarsın ya."

"Hayır, anlamadım."

"Fahişeler Mark, fahişeler. Sen ne sandın... Para konuşur evlat. O kim biliyor musun? Senin yerine geçen adam. Sen o olacaktın. Altını onlar buldu ne yazık ki. Sen de çulsuz kalıp her şeyini sattın. Kadere bak Mark. Aynı yerde aynı işi yaptınız, o hayatı boyunca her gün et yiyip sikişecek, seninse yarın ne bok yiyeceğin belirsiz."

"Sikeyim böyle işi."

"Canını sıkma evlat, ben senin kaderini değiştirmek için buradayım."

"Nasıl olacak?"

"Altın bulamadık ama altını bulanları bulduk. Şimdi beni iyi dinle. Bu herifler yedi kişi. Bizden tarafta olan var ya, onun adı Smith. Nereyi kazdıklarını bilmiyorum ama çok fazla altın bulduklarını biliyorum. Mermilerini harcamasan iyi olur evlat, zengin olacağız!"

"Sen ciddi misin?"

"Gözlerime bak evlat. Yani gözüme demek istedim, ha ha ha!"

"Sahi ne oldu gözüne, savaşta mı kaybettin?"

"Bekle şu lanet bandı kaldırayım. Nasıl gözüküyor?"

"Sağlam gözüküyor John."

"Sağlam çünkü. En az aletim kadar sağlam hem de, ha ha ha!"

"Neler oluyor, aklımı bulandırıyorsun."

"Burada ciddi bir işten bahsediyorum Mark. Adam öldürmekten! Bu göz bandını atıp bıyıklarımı kestim mi başka biriyim demektir. Şimdi anladın mı?"

"Siktir! Kimsin sen John?"

"Sen küçük balıksın Mark. Sen ve buradan eli sikinde dönen talihsizler. Onlar, altını bulanlar, işte onlar büyük balık. Bense evlat, ben en büyük balığım. Onları yiyeceğim. Yarın büyük gün. Ne diyorsun?"

"Bilmiyorum. Beni şaşırtıyorsun sürekli. Korkmuyor da değilim."

"Korkacak bir şey yok. Canından başka kaybedecek neyin var Mark? Onun da çok değerli olduğunu sanmıyorum, kusura bakma."

"Peki nereden biliyorsun tüm bunları? O herifleri tanıyor gibisin."

"Ben buraya bunun için geldim Mark. Avımı bulmak için senin harcadığın paranın üç kat daha fazlasını harcadım. Ama inan bana, buna değdi. Her hafta iki kişi geliyorlar. Smith her defasında geliyor, yanındaki arkadaşı sürekli değişiyor. O piç kurusu uçkuruna biraz fazla düşkün, o yüzden hep o geliyor. İki atla beraber, erzak ve lazım olan ne varsa yüklenip dönüyorlar. Tabii bir gece otelde kalıyorlar. Smith'le poker masasına oturdum. İsmini oradan biliyorum. Kaybettikçe hırslanırsın ya, o piç kaybettikçe rahatlıyor gibiydi. Arkadaşı masadan kaldırmaya çalıştıkça, o kadar parayı ne yapacağız diyordu. Üç buçuk aydır onları çözmeye çalışıyorum Mark. Beşinci hafta, yine burada, ısrarla bir fahişeyi istedi. Kadını bir müşterinin masasından kaldırttı. Heriflere üç şişe viski ve yemek ısmarladı, fahişeyi alıp gitti. Böylece ben de kesenin ağzını açtım, ertesi gün kadınla konuştum. Kimdir bu herif, hep seninle yatıyor, eminim bir şeyler anlatmıştır ha? Altın, Mark, altın. Herifler altını çuvalla bulmuşlar, bulmaya da devam ediyorlarmış. Nereyi kazdıkları meçhul tabii. Artık harekete geçmenin vakti geldi. O kadar altını ne yapacağımı ben bile bilmiyorum. Fakat şu var ki evlat, bana senin gibi gözü pek biri lazım. Yedi kişiyi haklamak kolay değil. Ama inan bana zor da değil. Daha önce birini öldürdün mü Mark?"

"Ben mi? Hayır."

"Bir kere yaptıktan sonra hep yapabilirsin. Bu yüzden böyle rahat konuşuyorum. Niye böyle daldın?"

"Bilmiyorum."

"Hayal kuruyorsun değil mi? Şimdi söyle bakalım, var mısın?"

"Çok fazla altın, öyle mi?"

"Çok fazla evlat, ömrün boyunca seni her sabah başka bir kadınla uyandıracak kadar çok."

"Sikeyim, varım."

"Aferin evlat. Yarın öğleden önce yola çıkacaklardır. Hangi otelde kalıyorsun sen?"

"Şey, biliyorsun John durumu. Bu gece burada sabahlamayı düşünüyordum."

"Tamam, seni benim otele alalım. Erken yatsan fena olmaz, bu kadar içki yeter. Yarın uzun bir gün olacak. Karnım aç demiştin değil mi, sana yemek ısmarlayayım. Aslında sana kadın da ısmarlardım ama bu gece olmaz. Sonra zaten onlardan bıkacaksın evlat. Ha ha ha."

* * *

Saatlerdir atın terkisinde oturmaktan kıçı ağrıyan Mark, çoktan ayrılmış olması gereken gemiye binmemekle hata edip etmediğini düşünüyordu. Dün gece sarhoşluğun da tesiriyle bir çılgınlık yapmıştı. John adeta şeytan gibi kandırmıştı onu, fahişeler ve etle aklını çelmişti. Bunun geri dönüşü olmayan bir yol olduğunu bildiğinden, ikna faslını geçeli çok olmuştu, kendini teselli etmekten başka elinden gelen bir şey kalmamıştı. Gerçi adam öldürmek fikrine alışamamıştı bir türlü ama John'un vaat ettiği müreffeh hayatı ve Yukon'da kaybettiklerini düşündükçe, bunu da göze alıyordu. Oyunu kuralına göre oynayınca her şeyini kaybetmişti, böylece bir şeylere sahip olmak için oyuncu değil oyun kurucu olmak gerektiğini anlamıştı. En yakın kasabaya saatlerce uzak ıssız bir arazide, biraz kan dökecekler, sonra altınları bölüşüp kendi yollarına gideceklerdi. Hepsi buydu işte. Kimse bilmeyecekti. Tanrı... Evet, o vardı, doğru ya. Belki de bir kilise yaptırmalıyım diye düşündü. Tabii, elbette kilise yaptırmalıydı. Böylece Tanrı günahlarını affederdi belki. Hem zaten masumlardan ya da fakirlerden çalmıyorlardı. Bu heriflerin hangisi bulduğu altınlarla kilise yaptıracaktı ki? Ömürleri boyunca zina edeceklerdi. Üstelik bu yaptıkları şey tam anlamıyla çalmak da sayılmazdı. Piç kuruları toprağı kazmaktan başka ne yapıyorlardı? Ömrü boyunca karın tokluğuna aynı işi yapan mezarcılar vardı. Sırf o garibanların intikamı için bile bu namussuzları soymaya değerdi.

Hafiften ardına dönerek "Yoruldun mu?" diye seslenip düşüncelerini böldü John. "Feci yoruldum hem de" diye cevap verdi, "ne kadar sürecek daha?" "İnan" dedi John bıkkın bir sesle, "hiçbir fikrim yok." Sonra da bu kadar uzağa gideceklerini hiç beklemediğini söyledi. Çamurlu arazide at izlerinin peşi sıra ilerliyor ama takip ettikleri herifleri görecek kadar asla yaklaşmıyorlardı. Fark edilirlerse her şey başlamadan biterdi. Teselliyi John'un heybeden çıkardığı rom şişesinde arayıp iki saat daha gittikten sonra, derin bir vadi tabanına erişmişlerdi. Artık zemin çamurlu değil de çakıllarla kaplı olduğundan izler de ortadan kaybolmuştu. Bu durum John'un bir hayli canını sıkmıştı. Bereket versin iki taraflarında da yalçın tepeler yükseliyordu, öndekilerin düz ilerlemekten başka ihtimalleri yoktu. Fakat ortada iz kalmadığından, mola falan verdilerse bir anda karşılarına çıkmaktan korkuyordu.

Güneş derin vadiyi gölgeleyen tepelerin ardında kalmıştı, birkaç saat sonra da akşam olacaktı. Smith ve arkadaşı herhalde yolu güneş batmadan varacak şekilde hesap etmiş olmalıydılar. O halde her an altın avcılarının bölgesine girebilirlerdi artık. Her ihtimali düşünen John, bir yandan da vadi tabanını ve çevredeki tepeleri inceliyor, arazinin altın çıkarmak için uygunluğunu tartıyordu. Nereden bulmuştu bu herifler burayı? Millet Klondike'ta altın bulacağız diye telef olurken namussuzlar gözlerden ırak böyle bir yerde malı götürüyorlardı demek ki.

Hava kararmaya yakın, aniden atı dizginleyip durdurdu John. Sırtına yapışan Mark toparlanıp heyecanla sordu, "Geldik mi yoksa?" "Bak" dedi fısıldayarak John, parmağıyla ileride bir yerleri işaret ediyordu. Tepelerin arasında kıvrım kıvrım uzanan yola dikkatle bakmasına rağmen bir şey göremedi Mark. John bunu anlamış olacak ki "yukarıya" dedi. İşte o zaman görmesi gerekeni gördü. Göğe yükselen beyaz duman zar zor seçiliyordu. Attan indiler. "Sen burada bekle" dedi Mark, heybeden aldığı revolverini beline sokarken, "ben kolaçan edeyim. Hava kararmadan görelim ki neyle karşılaşacağımızı bilelim. Baskını gece yapacağız."

Bütün gün at sırtında oturmaktan her yerine sızılar giren Mark, fırsatını bulur bulmaz piposunu yakıp volta atmaya koyuldu. Kulağını uzaklardan duyulabilecek seslere vermiş, artık karanlık çökmeye başladığından endişelenir olmuştu. Belki de John'un peşi sıra gidip bir bakmalıyım diye düşünürken ileriden yaklaşan karaltıyı görüp silahına davrandı.

"John! Sen misin?"

"Benim."

"Ne oldu? Her şey yolunda mı?"

"Siktiğimin yeri burası değilmiş."

"Ne demek bu?"

"Herifler kamp kurdular. Yarın sabah devam edecekler besbelli."

"Siktir. Şeytan bile daha uzağa gitmez, bunlar nereden bulmuş buraları."

"Bilmiyorum evlat. Boş ver şimdi bunları. Göz gözü görmez olmadan acele et de odun toplayalım. Ateş yakamazsak gece donarız."

Böyle bir durumu hesaba katmadıkları için yanlarına çadır almamışlardı. Bu gece onların çadırı da, battaniyesi de yakacakları ateş olacaktı. John atın heybesinden çıkardığı küçük bir el baltasıyla yakınlardaki ağaçlara girişti. Bu derin vadide her türlü ses yankılanıp Smith ve arkadaşına ulaşabilir diye endişelenmiyor da değildi. Bu yüzden gözüne kestirdiği bazı dalları baltalamak yerine elleriyle kırmaya çalışıyordu. Mark da çalı çırpı toplamaya koşturmuş, her defasında getirdiği kucak kucak tuturuğu ortalığa yığıyordu. Bir ara bunu fark eden John, ateşin yerini beğenmedi.

"Olmaz evlat, çok açıkta. Geceleyin zifiri karanlıkta ateşi görebilirler. Bak şu ilerideki kayayı görüyor musun, bunları onun arkasına yığ."

Mark, çalı çırpıyı tepeden kopup geldiği aşikâr, dev kaya kütlesinin arkasına taşıdıktan sonra, atı da getirdi, münasip bir yere kazık çakıp bağladı.

Saatler sonra, Mark sırtını kayaya vermiş, piposunu tüttürüp çıtırdayan ateşi seyrediyor, farklı hayallere savruluyordu. İçlerinden birinin daima uyanık kalıp nöbet tutması gerektiğinden, John erkenden uyumuştu. Dayanamayacağı kadar uykusu gelince John'u uyandırıp bu defa o yatacaktı. Henüz bir gün önce tanıştığı, üstelik cinayet ve soygun planları yaptıkları bu yabancıya canını emanet edecek kadar nasıl güveneceğinden emin olamasa da, sırtını ateşe verip mışıl mışıl uyuyan John kendisine itimat ettiğine göre, galiba pek fazla düşünmemeliydi. Böylece düşünceleri başka yerlere aktı Mark'ın. Karanlık geceyi şenlik yerine çeviren gökyüzündeki yıldızları seyretti uzun uzun. Bir gün sonra, bir hafta sonra, bir ay sonra, bir yıl sonra nerelerde olacağını düşündü sırayla. Umudunu diri tutmaya çalışıyor, zihninde felaket senaryolarına mahal bırakmıyordu. Zengin olsun ya da olmasın, son bir yıldır iliklerine kadar işleyen bunca soğuğun ardından, en iyisi güneyde bir yerlere gitmek diye düşündü. Teksas'ın nesi vardı, ya da New Mexico'nun? Oralarda da pekâlâ bir işin ucundan tutardı. Zaten planlarını gerçekleştirir de parayı bulurlarsa, nereye giderse gitsin kışın en soğuk gününde bile hiç üşümeyeceğini biliyordu. Kürkler, kadınlar, içki şişeleri dans etti önünde yanan ateşte. Nihayet göz kapakları ağırlaşmaya başlarken John'u uyandırdı da nöbeti değiştiler. Bunun fakir bir adam olarak uyuyacağı son gece olmasını umarak rüyalar âlemine savruldu. Rüyasında mamur bir evin verandasında, sallanan sandalyede oturup pipo içtiğini gördü, fakat bunu asla hatırlamayacaktı.

Mark ve John'un altın avcılarının peşindeki takibi ertesi gün de sürmüş; vadiyi aşıp bir dereden geçmiş, bir ormanın sınırlarından dolaşıp nihayet durgun bir gölün kıyısına vardıklarında gün ışığı yeryüzünü terk etmeye başlamıştı. İçkileri bitmiş, erzakları azalmış, sinirleri bozulmuştu. Bir iki çadırla karşılaşmayı beklerken karşılarında ağaçtan yapılma bir kulübe görünce ise bir hayli şaşırmışlardı. "Heriflere bak" demişti John, "medeniyet kurmuşlar burada." Gölün kıyısından karaya doğru kaza kaza belki elli metrelik bir kanal oluşturmuşlardı. Buraya kurdukları ahşap iskelelerin üzerinden gölden çektikleri çamurlu suyu akıtıyor, eleklerden geçiriyor, kontrol noktalarında inceliyor, adeta bir fabrika gibi son derece sistemli çalışıyorlardı. Bunca zahmete girdiklerine göre, buna değecek bir şey buldukları belliydi. "Bence" dedi uzaklardaki kulübeyi ve ahşap iskeleyi gözlerini kısarak seyreden John, "Bu herifler başından beri ne yaptıklarını biliyormuş. Bunlar maceraperest değil profesyonel." Mark piposunu doldurmakla meşguldü, "Sağ olsunlar" diye cevap verdi, "bizim için bunca zahmete girmişler." John güldü, "Aferin evlat. Ne istediğini bilen adamlara bayılırım." "Şu an en çok ne istiyorum biliyor musun" diye sordu Mark, ceketinin ceplerinde ateş aranırken, "sıcak bir banyo." Bir süre piposunu körükledikten sonra da ekledi, "İki haftadır yıkanmadım. Domuz gibi kokuyorum."

O gece, bunca zahmetin ardından onları felakete sürükleyebilecek bir hataya düşmemek için ateş yakmadılar. İçkiyi de tükettikleri için feci şekilde üşüyor, yerlerinde duramayıp sürekli hareket ediyorlardı. Mutlak karanlığın içindeki cılız turuncu aydınlığa dikkat kesilmiş, ışığın sönmesini, kulübedekilerin uykuya dalmalarını bekliyorlardı. İçerdekiler Smith ve yoldaşının beraberinde getirdikleri nevalelerle ziyafet çekiyor olmalıydılar ki ışık bir türlü sönmek bilmedi. Mark'ın asabı iyice bozulmuştu ama John bunu bir avantaj olarak görüyordu, "Boş versene evlat, iyice içip sızsınlar. Uykuda ölmekten daha iyi bir ölüm var mı dünyada?"

Her an karanlıklar içerisinden kurt veya ayı çıkabilir korkusuyla geçen buz gibi saatlerin ardından, John'un artık hiç sönmeyeceğine inandığı ışık bir anda kayboldu. Hem çocuk gibi sevinmiş, hem de vücudu bir heyecan dalgasının esiri olmuştu. "Söndü John, söndü!" "Biraz daha bekleyelim" dedi John, "uykuya daldıklarından emin olalım."

Bir saate yakın sabrettikten sonra harekete geçmeye karar verdiler. Mark, John'un atın heybesinden aldığı şeyin ne olduğunu karanlıkta seçemeyince sordu; "O ne öyle, sopa mı?"

"Sopa mı? Ha ha ha! Daha iyisi evlat, dinamit! Yüzyılın icadı! Nobel diye bir herif bulmuş, bence ona ödül vermeleri lazım."

Mark böylece John'un bu pis işler için epey ihtisaslı biri olduğuna karar verdi. Daha önce kimleri nasıl öldürdüğünü düşündü sonra. Hatta bir an aklına herkesi temizleyip altınları yüklenirlerken John'un kendisini de ortadan kaldırma ihtimali gelecek gibi oldu. Kötücül düşüncelerin hiç sırası değildi ama tedbiri elden bırakmasa iyi olacaktı. En iyisi altınları çarçabuk pay edip yollarını ayırmaktı.

Karanlık arazide belli belirsiz seçebildikleri kulübeye yürürlerken kalp atışları kontrolden çıkmıştı Mark'ın. Bunca soğuğa rağmen silahın kabzasını tutan eli terliyordu. İki gölge, kulübenin yakınına kadar süzüldüler. Barakanın bacasından tüten dumanı görünce Mark, birazdan içeridekilerin ruhlarının da oradan öylece göğe süzüleceğini düşünüp ürperdi. "Camı kırıp dinamiti sallayacağım" dedi John fısıltıyla, "patlayınca kapıyı tekmeleyip gireceğiz." Mark başını salladı, bu yaptığına hâlâ inanamıyordu. "İçeriye girince sen sol tarafa sık" diye devam etti Mark, "karşısı ve sağ taraf bende." Mark'ın yüzü korkudan, karanlıkta parlayacak kadar beyazlamıştı. Kapının kenarına geçip nefesini tutarak beklemeye başladı. John dinamiti dizkapaklarının arasına sıkıştırıp kibriti çaktı. Kutuyu cebine attıktan sonra sol eline aldığı dinamitin fitilini kibritle tutuşturdu. Fitilden fışkıran kıvılcımlara hipnotize olmuş gibi baktı Mark, sonra o zayıf aydınlıkta John'un yüzündeki kararlılığı gördü. "İşte oluyor" diye geçirdi içinden. Bu, düşündüğü son şeydi, bundan sonra gelişen olaylarda düşünmeye yer yoktu.

John, fitilin ucundaki ateş dinamite iyiden iyiye yaklaşırken sağ kolunun dirseğiyle cama vurdu. Kopan şangırtıyla beraber barakadakilerden birkaçı uykularından sıçramıştı. Fakat sarhoşluğun ve uyku sersemliğinin tesiriyle odanın ortasına düşen ve ışıklar saçan bu garip şeye anlam veremediler. Zaten bunun için yeterli zamanları da yoktu. Üç dört saniye sonra felaket bir gümbürtü koptu. Kulübenin camları tuz buz olurken, Mark'ın tarafındaki kütükler dökülmüş, koca bir delik açılmıştı. Yakındaki tepelere çarpıp yankılanan gümbürtüyle beraber uzaklarda kurt ulumaları duyuldu. John patlamanın gücüyle devrilmeye çoktan razı kapıyı bir tekmeyle barakanın içine indiririrken, Mark hemen önünde açılan delikten içeriye bakınca yerde kıvranan bedenler gördü. Silahını acıyla inleyen bu karaltılara doğrultup peş peşe üç kere tetiğe bastı. Bu esnada içeriye giren Mark da kendi payına düşenleri kurşunladı. Birkaç küfür duyuldu. Mark başını eğip duvardaki delikten içeriye girince panikle yer döşeğinin altında silah aranan birini seçti. İki mermi de ona sıkıp herifi yatağa serdikten sonra kendi menzilinde hiç canlılık emaresi kalmadığını anlayıp John'dan tarafa döndü. John herkesi indirmiş, tedbir amaçlı hareketsiz bedenlerin üstüne çöküp soğukkanlılıkla birer tane daha sıkıyordu. "Tamam mı evlat?" diye sordu Mark'ın kendisini izlediğini görünce. Mark bir şey diyemedi. Ortasında dinamit patlayan tek göz eğreti baraka harabeye dönmüştü. Soba da bu patlamadan nasibini almış, boruları devrilmişti. Tehditleri ortadan kaldırınca nihayet içeriye dolan dumanı fark ettiler. "Siktir" diye sövdü John, "evlat hemen lambayı bulup yakalım." Mark kibritini çakınca gördüğü manzara karşısında dehşete düştü. Her yer cesetle doluydu. Kulübenin zemininde kan birikiyordu. Yerdeki şilteler birbirine girmiş, barut kokusu kan kokusuna karışmıştı. Kibritin cılız aydınlığı John'un yerdeki gaz lambasını görmesi için yetti. Camı çatlamış lambayı yakınca cesetlerin yüzleri de ayan beyan seçilir oldu, Mark soluklanmak için kendini dışarıya attı. Ellerinin titrediğini de o an fark etti. Ne yapacağını bilmiyor, bir an evvel bu uğursuz yerden çok uzaklara gitmek istiyordu. Kulübenin önünde sersem tavuk gibi gezinirken birtakım sesler işitince yüreği ağzına geldi. Çarçabuk silahına mermi doldurmaya başladı ama elleri titrerken bu hiç de kolay değildi. "John" diye seslendi panikle, "arkadan sesler geliyor." John derhal dışarıya fırladı. Mark'ın mermi doldurduğunu görüp işin ciddiyetini anlayınca onu beklemeye lüzum görmeden kulübenin arkasına koştu. Neyse ki neşeli sesiyle içini rahatlattı Mark'ın. "Atlar evlat, merak etme. Hadi bitirelim şu işi." John arkadan neredeyse üç galonluk bir kovayla döndü. "Şu suyu dökelim de siktiğimin sobası tütmesin." İlk şoku atlatan Mark buradan bir an önce kurtulmak istiyorsa dışarıda amaçsızca oyalanmak yerine içeride olması gerektiğini anlamıştı. Beraber içeriye girdiler. Mark silahının namlusuyla sobanın ağzını kaldırdı, John da bütün suyu közün üstüne boca etti. Dumanı da kestiklerine göre artık işlerini halledip gidebilirlerdi. Bu tek göz küçük barakada aradıkları şeyi bulmaları zor olmadı. Erzakın yığıldığı köşedeki çuvalları kontrol eden John, "Yüce İsa'nın çektiği çile aşkına" diye haykırdı. Mark iki adımda o yana koştu. Kahverengi çuvallardan biri yarısına kadar altınla doluydu. Parıl parıl parlayan en küçüğü pirinç en büyüğü fasulye tanesi büyüklüğündeki yamru yumru altınlardan birini eline alıp inceledi John. Yüzünde korkunç bir gülümseme belirmiş, gözbebekleri irileşmişti. Mark'ın az evvel içini bulandıran tüm berbat hissiyat da bir anda yok olmuştu. Büyülenmiş gibi çuvala bakıyor, hayatı boyunca her sabah başka fahişelerle uyanıp her öğün et yiyeceğini düşünüyordu. Sonra bu kadar altın karşısında bunların çok boktan hayaller olduğunu anladı. Ne yapacağını bilmiyordu ama çok fena şeyler yapacaktı. "Zengin olduk" diye çığlık atıp John'a sarıldı. John kemiklerini kıracakmış gibi sıktı onu, "Zenginler bizim yanımızda fakir kalır" diye coşkuyla karşılık verdi. Ayaklarının altındaki cesetlere aldırış etmeden kulübenin ortasında hoplayıp zıplamaya başladılar. John bu kadar coşkuyu yeterli görmüş olacak ki, önce kendi duruldu, ardından Mark'ı sakinleştirdi.

"Hadi evlat, oyalanmayalım. Ayılar kan kokusunu çok uzaklardan bile alabilirler. Sen atları getir arkadan. Şu erzakı da yükleyelim. Bir sürü içki ve yiyecek var."

Mark cesetlerin üstünden atlayıp koşar adım kapıdan çıkacakken bir el silah sesi duyuldu. Elini beline korkuyla atıp geriye dönünce John'un bu sese niçin tepki vermeyip ayakta öylece dikildiğini, boş gözlerle kendisini seyrettiğini düşündü. Üç saniye sonra John, bir ağaç gibi sırtüstü devrildi ve hareketsiz kaldı. İki adım geri çekilip dehşetle cesetlere göz gezdirince bir tanesinin hareket ettiğini anladı Mark. Herif Mark'a bakıyor fakat silah tutan kolunu bir türlü yerden kaldıramıyordu. Böylece takatinin son kırıntısını az evvel harcadığını anladı Mark onun. Nişan alır vaziyette yanına yaklaşıp eğildi. Omzunda ve karın boşluğunda derin yara izleri vardı. Nefes almakta zorlanıyor gibi kesik kesik, güçlükle soluyordu. Mark adamın silahını ayağıyla kenara çektikten sonra John'un yanına gitti. Bir yandan da diğer cesetlere bakıyor, öldüklerinden emin olmak istiyordu. John gözlerini tavana dikmiş, yalnızca ölülerin görebildiği bir âlemi seyrediyordu. Nefes almadığından emin olunca doğruldu. Ne hissettiğini kestiremiyordu. Üzüntü ve korku birbirine girmiş, ortaya tuhaf, kimsenin hissetmek istemeyeceği bir ruh hali çıkmıştı. Bir kez daha John'u vuran adama yaklaşıp yanına çöktü. Tereddüt etmeden silahını alnına dayayacakken adam titremeye başlayıp konuşmaya çalıştı. Namluyu indirip konuşmasına izin verdi onun. "Sen arkanı dönünce... Sen... Seni vuracaktı. Sırtından. Seni." Meğer tüm hayatını boşa yaşadığını öğreten bir sırrı duymuş gibi afalladı Mark.

"Ne saçmalıyorsun sen? Öyle bir şey olmadı."

"Bak" dedi adam gözleriyle John'dan tarafı işaret ederek, "elinde silahı var." Mark ayağa fırlayıp John'un yanına koştu. Gerçekten de nasıl sıkı tuttuysa ölünce bile elinden kayıp düşmemişti silah, bunu olayın şokuyla gözden kaçırmıştı. Sevinirken elinde silahı yoktu diye düşündü, bana atları getirmemi söylediğinde de yüzü altınlardan tarafa, sırtı ise kapıya dönüktü. Kurşun sesine döndüğünde ise John kapıya bakıyordu ve evet, elinde niyeyse bir silah peyda olmuştu. Elleriyle yüzünü örtüp düşünmeye çalıştı Mark, fakat neyi düşüneceğini bilmiyordu, öylesine içinden çıkılmaz bir duruma düşmüştü. Yeniden can çekişen herifin yanına gidip az evvel söyledikleri konusunda onu sıkıştırmayı denedi.

"Niye vurdun peki? Madem beni vuracaktı, onu sonra da öldürebilirdin?"

Adamın alnında boncuk boncuk terler birikmişti. "Bana baksana" diye inledi, "düşünecek halde miyim?" Haksız sayılmazdı.

"Zaten zar zor nişan aldım. Tek atış yapacaktım, o kadar. Sonra da sen gelip acımı dindirecektin. Onu vuracakken silahına davrandı, arkadan sana doğrulttu. Ben de hazır nişan almışken tetiği çekmiş bulundum. Hepsi bu."

İnanmıştı inanmasına ama inanmak istemiyordu. Aklının kıyısından geçen şey gerçek olmuştu. Ona güvenmekle hata etmişti ama Tanrı buna razı gelmemişti işte. John kendisini vurmaya yeltenmese de her türlü ölecekti. Yerdeki herif, herkesin yapacağını yapmış, hayallerini ve hayatlarını çalanlara ateş etmişti. Bununla beraber hiç kimsenin akıl edemeyeceği bir şey olmuş, Mark'ın canını kurtarmıştı. Bunun düpedüz bir mucize olduğu belliydi Mark için. Bir tür ilahi ışıkla aydınlandığını hissetti. Gözyaşlarına daha fazla hâkim olamayıp ağlamaya başladı. Yerde yatan adamın derdiyse başkaydı.

"Hadi vur beni. Bitsin bu iş."

Mark cevap vermedi. Gözyaşlarını dizginlemeye çalışarak odanın köşesine ilerledi. Altın dolu çuvalı sürükleye sürükleye kapıdan çıkardıktan sonra kulübenin arkasına gidip atlardan biriyle geri döndü. Kaldırdığı çuvalı zar zor da olsa heybeye soktuktan sonra yeniden içeri girip eline geçen içki şişelerini kucakladı. Heybenin diğer gözünü de erzak ve içkiyle doldurduktan sonra John'un yanına gitti. Yüzüne bakmamaya özen gösterip ceplerini karıştırdı. Bulduğu mermileri alıp barakadan son kez çıkacakken yaralı adamın sesiyle duraksadı.

"Vur beni kalleş. Böyle bırakma. Bari silahı ver de intihar edeyim." Dönüp bakmadı bile Mark, ata binip karanlığa doğru ilerlemeye başladı.

Florida-1911

Royal Palm Hotel'in kral dairesinin balkonundan Atlas Okyanusu'nun dinginliğini seyrederken, Mark'ın içinde fırtınalar kopuyordu. Sonsuz maviliğin serinliğini yalayarak balkona yükselen iyot kokulu şefkatli rüzgâr piposunun dumanını savururken, zihnini toparlamanın derdine düşmüştü. Keşke kelimeleri ve cümleleri satın almak mümkün olsaydı diye düşündü, zahmetsizce bu işten sıyrılırdı o zaman. Belki ileride bunun da bir yolunu keşfeder, işi ticarete dökerlerdi. Elektriği bulan, ampulü icad eden, Royal Palm'i ışıl ışıl aydınlatan, içine asansör koyan insanoğlu, günün birinde düşüncesini toparlayamayan ve kelimelere ihtiyacı olanlara bedeli karşılığı bu hizmeti de sunardı elbette. "Bir kadınla konuşmam gerekiyor ve benim için çok önemli. İlhama ihtiyacım var, kaç para acaba?" Aklındaki bu düşünceye tebessüm etti Mark. Şimdiye değin, içine düştüğü pek çok açmazdan bazen parasıyla, bazen doğru kararlarıyla, bir yolunu bulup kurtulmasını bilmişti; bu sadece bir akşam yemeğiydi ve elbette onun karşısına oturduğunda, birkaç kadeh içkiyle beraber, kelimeler imdadına yetişecekti. Endişelenmeye lüzum yoktu.

Fırtınalı bir deniz yolculuğunu andıran ömrünün son on iki yılı, belki bu gece kıyıya ayak basmasıyla beraber bambaşka bir yönde seyredecekti ve Mark'ın tek düşünmesi gereken de buydu. Fakat köklü bir değişikliğe gebe bu son saatlerinde, geçmişin muhasebesini yapmadan da duramıyordu. Bu hatıralara bir daha ihtiyacı kalmayacağından, eski günler son bir kez zihnini dürtüyor, belki vedalaşmak istiyorlardı. "Pekâlâ oğlum Mark", diye geçirdi içinden, "Roma bir günde inşa edilmedi, sen de bu noktaya bir günde erişmedin, seni sen yapan ne varsa dök bakalım eteğindekileri." Bunu zihnini rahatlatmak için yapacağına göre, evvela bedeni rahat etmeliydi. Arkasına yaslandı, piposunu körükledi, gözleri ufukta bir yerlerde dalgınlaşmaya başladı.

Bir buçuk aylık zorlu bir yolculuğun ardından, henüz durumunu idrak edememiş bir zengin olarak San Francisco'ya vardığında, bir kısmı genelev olarak da kullanılan ucuz bir otele gitmiş, fakat pis koktuğu gerekçesiyle geri çevrilmişti. O an kafasına dank etmişti Mark'ın. Uğruna kan döktüğü kilolarca altını vardı, harcamazsa, harcayacak bir başkası pekâlâ bir şekilde sahip olabilirdi onlara. Henüz hayattayken, aldığı her nefesin hakkını verecek, krallar gibi yaşayacaktı. İyice temizlenip kendisini bir mağara adamına çeviren sakallarından da kurtulduktan sonra, soluğu terzide aldı. Baştan ayağa yepyeni ve pahalı kıyafetleriyle Palace Hotel'in lobisine adımını atar atmaz, tüm gözler ona çevrilmişti.

Üç gün odasından çıkmadı Mark. Yöresinde kurtların ulduğu soğuk kuzey gecelerinde çektiği uykusuzluğun acısını bir güzel çıkarırken, yemeğini bile odasına istiyordu. Dördüncü gün, otelin dışına ilk defa adım atınca, ayakları onu eski alışkanlıklarının bir tezahürü olarak limana götürdü. Barda birkaç tanıdık yüz görmesi yetmişti, kan kokusu alan köpekbalıkları gibi etrafına üşüştüler. Yukon'a gidip böyle asilzade gibi dönen biri altını buldu demekti. "Evet beyler, doğru tahmin" diye seslendi, kendisini imrenerek seyreden güruha, "bu genç adam büyük bir risk alıp bu limandan ayrıldığında, bazılarınız ona çılgın gözüyle baktı. Kadehimi o namussuzlar için kaldırıyorum. Herkese benden içki!" Tebrikleri kabul ediyor fakat hikâyesini dinlemek isteyenleri savuşturuyordu. Hemen hepsi ayaktakımı olan bu fakirlerin gözlerinde sadece hayranlık değil, kıskançlık da vardı çünkü. Servetini nasıl elde ettiğini gayet iyi bildiği için, onu nasıl kolay kaybedebileceğinin de farkındaydı. Bir bıçağa yahut mermiye bakardı. Yeni dostlar edinmeli, kendine uygun bir cemiyete dahil olmalıydı. Denizci barlarında, çamura düşmüş elmas gibi parlıyordu ve bu hoşuna gitmedi Mark'ın. "Canına yandığımın" diye veryansın etti, "zengin olduk ama havasını atamıyoruz." Böylece ilk günden bir karar alıp, eski yaşantısını tamamen geride bırakmaya karar verdi. Bu zaten istese de istemese de bir tür zorunluluktu. Bir şişe içki parasına adam öldürecek heriflerin arasında ne işi vardı?

O hafta Yahudi bir kuyumcuyla anlaşıp tüm altınını erittirmeye, külçelere dönüştürmeye başladı. Mark'ın ham altınları, saf külçelere dönüşmüştü. Bunları bir banka kasasına emanet edip külçe etmeyecek küsuratın nakit karşılığını aldığında bile, tomar tomar dolar geçmişti eline. Şayet bir eve yerleşirse çevre edinmesi zorlaşacağından, ilk etapta otelde kalmaya karar vermişti. Böylece balolar, çay partileri, cemiyetin çeşitli toplantılarıyla, oyunda yer edinmeye başladı Mark. Kısa sürede pek çok insanla tanıştı. San Francisco sosyetesinin göbeğine düşmüştü. Yakışıklı ve zengin bu genç adam, otel odasına birden fazla kadınla girmesinin ahlaka aykırı karşılanacağını hissettiğinde ise, gidip kendine bir malikâne kiraladı.

Mark çıldırmış gibi yaşıyordu. Sevişmeden önce şampanyayla yıkıyordu kadınları, yorgun düşünce zevkine ara vermemek için fahişeleri seviştirip bitap halde onları seyrediyordu ya da üst zümreden bir kadınla yatıyorsa zorla para verip fahişe muamelesi yapıyordu. Parayla herkese ve her şeye hükmedebileceğine olan inanç benliğini ele geçirmiş,

Mark'a hükmediyordu. Bazen halini sorgulamak fikri aklının kıyısından geçecek olursa da, nasılsa günün birinde hevesim geçer ve durulurum diye kendini aklıyordu.

San Francisco'ya dönüşünün ikinci ayında, bir sabah hizmetçisinin sesine uyandı. "Bir adam geldi efendim, ısrarla sizi görmek istiyor. İsmi Derek'miş." Sere serpe uyuyan kadınlara basmadan yataktan inip üstüne bir şeyler geçirdikten sonra aşağı kattaki misafir odasında kendisini turşu gibi bir suratla bekleyen Derek'e doğru ilerledi. "Kimleri görüyorum böyle!" Fakat Derek Mark'ı tersleyerek cevapladı.

"Kes sesini puşt herif! İnsanda biraz utanma olur!"

Kendi evinde, hizmetçisinin karşısında, hem de üstü başı yağ içindeki bir serseriden bunları işitmek gururunu incitti Mark'ın. Eliyle işaret edip yaşlı kadını yolladıktan sonra vitrine ilerleyip kendine bir likör doldurdu, fakat Derek'e herhangi bir ikramda bulunmadı. Hiçbir şeyi önemsemiyormuş gibi hareketlerini ağırdan alıyordu. Nihayet koltuğa kurulup içkisinden bir yudum aldıktan sonra "Demek matbaaya devam ediyorsun" diye alaycı bir soru sordu Derek'e, kıyafetlerindeki lekeleri ima ederek.

"Canın cehenneme! Tam bir namussuz olmuşsun!"

"Seni bu denli kızdıran ne Derek?"

Genç adam burnundan soluyordu, "Niye dönünce beni bulmadın?"

"Gelir gelmez ilk işim bara gitmek oldu. Orada olsaydın beni görürdün."

"Bu kadar mı yani? Hayatını tesadüflerle mi şekillendiriyorsun? Gelip seni bulacağımı hiç düşünmedin mi?"

Mark'ın sesi de söyledikleri gibi alaycıydı, "Düşünmedim. Düşünecek daha önemli şeyler var Derek. Nasıl bir hayat sürdüğümü görmüyor musun?"

"Bana maval okuma!"

Mark kendisi de odaya göz gezdirerek "Etrafına bak Derek" dedi, "sence söz dinleyecek birine benziyor muyum? Ben canım ne isterse onu yaparım."

Derek'in öfkesi artıyordu, "Canın cehenneme! Paramı ver piç kurusu!"

"Paranı mı vereyim? Hangi para?"

"O arsayı beraber satın aldık."

Mark omuz silkti, "Yani?"

"Ben gittim ve orası sana kaldı. Tapusunda benim de adım yazıyor. Giderken onu sana satmadım, karşılığında senden bir şey almadım. Orada hâlâ hakkım var."

"Pek'alâ Derek, o arsaya Peyton, sen ve ben üç yüzer dolar saydık. Şimdi sana üç yüz dolar vereceğim ve buradan siktir olup gideceksin."

"O kadar kolay değil! Benim toprağımdan, bana ait olan bir yerden altın çıkardın! Elinde ne varsa üçte birini alırım!"

Mark orasını avuçlayıp "Bak Derek" dedi, "elimde ne var?"

Derek "Seni orospu çocuğu!" diye sövüp üstüne yürümeye yeltenince Mark ayaklandı, "Ağır ol bakalım! Bu kadar yeter. Senin altının falan yok kalın kafalı, o altınları başka yerden buldum, arsamızdan değil."

Bu tez Derek'in tüm taleplerini geçersiz kılmaya yeteceğinden inanmak istemedi, "Yalan söylüyorsun adi herif! İspat et! Böyle olmadı!"

Mark yeniden koltuğuna oturup yüzündeki tebessümü bir yudum likörle parlattıktan sonra "Üzgünüm Derek" dedi, "aynen anlattığım gibi oldu. Bu işi çözmek istiyorsan bir avukat bul, Yukon'a gitsin, mahkemede jüriyi ikna edecek yalancı şahitler toplayıp getirsin. Bu kadar masrafa değer mi? Evet Derek, siktiğimin yerinde ne kadar param olduğunu görmüyor musun! Ha ha ha! Fakat o mahkemeyi asla kazanamazsın. İkimize bir bak Derek. Öyle bir mahkeme olmayacağını, birazdan kuyruğunu sıkıştırıp bu kapıdan çıkacağını, siktiri boktan hayatına döneceğini ikimiz de çok iyi biliyoruz."

Zavallı adam Mark'ın sözleriyle tokat yemiş gibi afallamış, gözlerini devirmiş, babasından azar işiten bir çocuk gibi parke zemini seyrediyordu. Dönüp gidecekken mahcup ve kısık bir tonla gururundan artakalan son parçaları da Mark'ın önüne boşalttı, "Arsanın ederini veririm demiştin. Üç yüz dolarımı verir misin?"

Mark kadehi masaya bırakıp yerinden doğruldu. Odanın duvarlarından birini boydan boya kaplayan, hiç okumayacağı kitaplarla hıncahınç dolu kütüphaneye ilerleyip alttaki çekmecelerden birini açtı. Ancak geri dönerken elinde yeşil banknotlar değil, buruşuk bir kâğıt parçası vardı.

"Al bakalım Derek. Sana üç yüz değil tam dokuz yüz veriyorum. Arazinin tapusu. Gördüğün gibi zengin olduğum kadar cömerdim de."

Derek'in gözleri belerdi, şakaklarında damarlar peyda oldu, bir şey söyleyecekmiş gibi duraksadı, ancak hiçbir şey demeden arkasını dönüp hızla yürüdü. Mark'ın mavi gözleri bir insanınkinden çok bir hayvanınkilere benziyordu.

Derisinin altındaki bu hayvanı dizginlemesi mümkün olmadı Mark'ın, doyuma ulaşmayı ise nafile yere bekledi. Nefsi ateş gibiydi, hazlar da odun. Ne zaman odun atsa, ateş evvela sönecek gibi oluyor, fakat odun bir kere tutuştuktan sonra alevler eskisinden de harlı yanıyordu. Sonra hiç hesaba katmadığı bir düşman damarlarına kadar sızıp yere serdi Mark'ı; hastalık. Doktor bel soğukluğu teşhisi koydu. Günlerce ateşler içinde yattı. Değil kadınlara, iştahsızlıktan yemeğe bile doğru düzgün el süremiyordu.

Bitap vaziyette geçen haftaların ardından nekahet döneminde bol bol istirahat ediyor, fırsattan istifade kendisiyle baş başa kalıp yaşamını muhasebeye çekmek istiyordu. Bunun için hizmetçisine dahi o hafta izin vermişti, koca evde yapayalnızdı. Battaniyesiyle dizlerini sıkı sıkı sarmış, şöminenin karşısında pipo içiyor, dışarıdaki şiddetli yağmurun sesiyle gözleri ateşe dalıyordu. Kapının şiddetle çalındığını duyup hülyalardan sıyrıldı. Gecenin bu saatinde, hem de böylesine ısrarcı bir misafir pek hayra alamet gelmemişti Mark'a, şömineyi karıştırdığı demir çubuğu almayı ihmal etmeden kapıyı açtı. Arada bir çakan şimşeklerle yüzü aydınlanan bu karaltı, Derek'ti. Elinde ıslak bir gazete vardı, yüzündeyse korkunç şeyler söyleyeceğinin habercisi iğrenç bir sırıtış. Şöminenin demirini duvara yaslayıp eşiğe doğru bir adım attı Mark. Dengesiz hareketleri ve konuşmasından sarhoş olduğunu anladı onun.

"Rahatsız etmiyorum ya efendim? Size saygılarımı sunmaya geldim!"

"Ne istiyorsun Derek? Sarhoş muhabbeti çekecek halde değilim."

"Ah, keyfini kaçırdık asilzadenin! Özür dilerim efendim ama korkarım bundan daha fazlası olacak."

Sonra da elindeki gazeteyi Mark'a uzattı. Mark mürekkebi akmaya yüz tutan gazeteyi şöyle bir silkeleyip karanlıkta okumaya çalıştı. "Ölümden dönen mucize adam, Yukon katliamını anlattı." Sonra da siyah beyaz fotoğraftaki simayı tanıyıp dehşete düştü. Bu oydu, o gece sağ kalan herif. Orada kan kaybından çoktan gebermiş olması gerekiyordu ama anlaşılan o ki kefeni yırtmıştı. Daha beteri ise Derek'in kendisi ve gazetedeki adam arasındaki bağlantıyı çözmesiydi elbette. Nasıl olmuştu bu? Aklından onlarca şey geçiyordu ki Derek düşüncelerini böldü.

"N'oldu Mark, endişeli gördüm seni? Adam bir yerlerden tanıdık mı geldi yoksa?"

Hiç renk vermeden inkâr etmesi lazımdı. "Ne endişesi, ne saçmalıyorsun sen? Siktir git buradan, ne diye bana verdin bu gazeteyi?"

"Anlamazdan gelme Mark, bal gibi anlıyorsun ne dediğimi."

"Anlamıyorum aşağılık herif. Bu kadar saçmalık yeter."

Mark kapıyı kapatacakken Derek ayağını araya sokup buna mani oldu. "Katliamdan sağ kurtulan Paul kaçan katil için şunları söyledi, mavi gözlü, sarı saçlı bir gençti. Bütün altınlarımızı aldı. Pipo içiyordu. O suratı ömrüm boyunca unutmayacağım."

"Git buradan Derek, defol artık!"

"Panikledin seni pislik! Biliyorum, sen yaptın bunu!"

"Hiçbir şey yapmadım. Sallıyorsun."

"Altını arazimizde değil, başka yerde buldun değil mi? Nerede buldun ha?"

"..."

"Gidiyorum Mark, gidiyorum. Öğreneceğimi öğrendim. Polislerin de bunu öğrenmesi lazım. En azından seni o herifle yüzleştireceklerdir. Bakalım neler yaşanacak?"

Derek arkasını dönmüş yağmura karışıyordu ki "Bekle" diye seslendi Mark, "neden bir anlaşma yapmıyoruz?"

"Aferin Mark! Yola geliyorsun!"

"İçeri gel" dedi Mark, buz gibi bir sesle, "sana istediğini vereceğim."

İçeriye aldıktan sonra Derek'e şömineyi işaret etti, "Sen orada bekle, ben geliyorum."

Yukarıya çıktıktan az sonra küçük bir sandıkla geri döndü. Derek ellerini ateşe uzatmış ısınıyordu. Mark'ın, elinde bir sandıkla geldiğini görünce keyiflendi. Bütün kozlar elindeydi, pazarlığı istediği gibi yapabilecekti. Sandığı şöminenin önünde yere bıraktı Mark. Kapağını açınca, içerisindeki altın külçeleri az ilerideki ateşten daha parlak bir ışık saçtılar. Bu kadarını beklemeyen ve asla böylesini görmeyen Derek büyülenmiş gibi bakıyordu altınlara. Sanki dokunmaya kıyamıyormuş gibi elini dahi süremiyordu ki Mark sandıktan bir külçe aldı.

"Evet Derek, gördüğün gibi. Çok güzel değil mi? İlk gördüğümde ben de öyle düşünmüştüm. Bütün dertlerinin biteceğini sanıyorsun ama öyle olmuyor dostum. Zor olan ne biliyor musun, servete sahip olmak değil, onu korumak, muhafaza etmek. Zenginler dünyayı böyle yönetiyor işte. Fakirleri uyutarak kendilerinden uzak tutuyorlar. Eğer uyanan olursa da, bir daha uyanmamak üzere üstünü örtüyorlar onun. Beni duymuyorsun bile değil mi Derek? Ben olsam kendimden tecrübeli biri konuşurken onu can kulağıyla dinlerdim. Biliyor musun, bir zamanlar birisi bana şöyle demişti, bir kere öldürürsen ondan sonra hep öldürebilirsin."

Sonra da elindeki külçeyi var gücüyle Derek'in kafasına indirdi. Derek derhal sandığın üstüne devrildi, külçeler etrafa saçıldı. Hızını alamayan Mark, talihsiz adamın kafatasını parçalayana kadar durmadı. Altınların üzerine de sıçrayan Derek'in kanı, şöminenin önünde birikmeye başladı. Hıncını alana kadar vurup Derek'in başını paramparça ettikten sonra, hiç öyle cinnet geçirmiş de kendine gelince afallamış gibi değil, gayet serinkanlılıkla ve ne yaptığından emin halde, cansız bedeni kavrayıp olduğu gibi şömineye tıkıştırdı Mark. Kenardaki şişeden gazyağı boca edip ateşi canlandırdıktan sonra Derek'in sağına soluna kuru odunlardan yerleştirdi. İlkin nazlı nazlı yanan ateş az sonra odunlar tutuşunca harlanmaya başladı. Mark da etrafı temizlemeye koyuldu. Evvela altınların üzerindeki kanı sildi, sonra da yerleri. İçerisi barbekü yapıyormuş gibi et kokusuyla dolmuştu.

O gece şömine başında saatlerce pipo tüttürüp viski içti Mark, ta ki Derek'ten geriye yalnızca kemikleri kalana kadar. Güneş henüz doğmadan iskeleti çuvallara doldurup malikânenin uçsuz bucaksız bahçesinin uzak köşelerinde bir yerlere, derin bir çukur kazıp gömdü. Mezara toprak atarken yalnızca Derek'in değil, bu zamana kadar yaşadığı hayatın da üstünü örttüğünü biliyordu. Dikkat çekmemek için birkaç hafta daha sabrettikten sonra, bir daha dönmemek üzere San Francisco'dan ayrıldı.

Yıllar boyu dolaşıp durdu. Kalabalık şehirlerde de bulundu, gözden ırak küçük kasabalarda da. Bir amacı olmadığı gibi, pek çok konuda hevesi de kalmamıştı. Har vurup harman savurmuyor, ölçüyü kaçırmıyor, öncesine kıyasla çok daha mütevazı yaşıyordu. Günün birinde, işlediği suçlar gün yüzüne çıkabilirdi, bu fikri aklından asla söküp atamadığı için en keyifli anlarında bile huzursuz olabiliyordu. Esas mevzu buydu işte. Güzel bir kadınla beraberken bir tıkırtı işitse tüm motivasyonu dağılıyordu, yahut sulu bir bifteğe bıçak sallayacakken Derek'in kokusunu alıyordu bazen. Hayatında bir şey eksikti, bunun ne olduğunu bilemese de, yokluğunu tüm varlığıyla hissedebiliyordu. O eksik parçayı bulup yerine yerleştirmedikçe, huzuru sanki onu zapt eden vana bozukmuş gibi akıp gitmeye devam edecekti.

Nihayet neyin eksik olduğunu anladığında, Miami'deki Palm Royal'de ikinci gecesiydi. Otelde sahne alan kadın şarkıcıyı gördüğü ilk an, sanki bundan önceki hayatını boşa yaşamış hissine kapıldı Mark. Eksik parça buydu işte, aşk. Onlarca bedende göremediği şeyi görmüştü sahneye bakarken, huzuru. Kadınlar limandı, Mark'sa gemi. Birinden sıkılınca diğerine demir atardı. Dumanların ardında, loş sahne ışıklarında, buğulu sesiyle hüzünlü bir şarkı söyleyen bu kadın ise, geminin kendisiydi. Bu gemiye binip yeni bir dünyaya açılacağını, tüm dertlerinden kurtulacağını, arayışının biteceğini anladı.

Ne yazık ki parasıyla her şeyi satın almaya alışmış olan Mark bu defa sağlam kayaya denk gelmişti. Şef garson, kulisten kara haberle döndü Mark'ın masasına, "Maalesef efendim, görüşmeyi istemiyor."

Hiç beklemediği bu cevap karşısında afalladı, ne yapacağını bilemedi. Reddedilmeye alışık değildi. Sonra daha da yücelttti kadını, elbette böyle birine âşık olmalıyım diye düşündü. Her zengin müşterinin masasına meze olacak türden biri olsaydı, diğerlerinden ne farkı kalırdı? Belki biraz zaman alacaktı ama o kabuğu nihayetinde kıracaktı. Böylece odasını değiştirip Palm Royal'in kral dairesine yerleşti. Tüm kozlarını oynayacaktı.

Her hafta cumartesi akşamları otelde sahne alan kadın için, her defasında en öndeki masayı ayırttı Mark. Piposunu körükleyip viskini yudumlarken iki saatliğine dünya ile ilişiği kopuyordu. Feci olansa, kadınla bir kere dahi göz göze gelememişti. Bütün zarafetiyle, kırmızı dudaklarından dökülen hüzünlü melodilerle, incecik beli, okyanusu andıran dalgalı saçlarıyla, Mark için bir puta dönüşüyordu gitgide. Hayatı cumartesiden cumartesiye yaşıyordu. Kulise gönderdiği şampanyalar gerisingeri dönerken kral dairesinde köle yaşantısı sürüyordu. Aşk acısıyla burnu sürtülen Mark zayıflamış, durgunlaşmış, başka bir adama dönüşmüştü. Bunun ne kadar süreceğine dair hiçbir fikri yoktu. Sahnedeki kadının ayak bilekleri hizasına gelen görüş açısıyla, belki hep öyle yukarıda kalacak, erişilmez olacaktı. Ne yapacağını bilmiyor, günden güne eriyordu.

Nihayet, Mark'ın onu gördüğü günden yedi ay sonra, umudu ve gücü tükenmek üzereyken, şef garson kutlu haberle geldi. Kadın, sahnesinden sonra kendisiyle görüşmeyi kabul etmişti, masasına gelecekti.

* * *

"Ve işte buradayız Mark" diye kendi kendine konuştu. Biten piposunu temizledi. İlham almak ister gibi okyanusa son kez bakıp, balkondan odasına girdi. Smokinini ütületmiş, ayakkabılarını boyatmıştı. Aynanın karşısında giyindi. Saçlarını taradı, kokular süründü. Bugünün geldiğine hâlâ inanamıyordu.

Sahnesi biten kadın, evvela kulise gitmiş, Mark'a kabir

azabı gibi gelen yarım saatlik bekleyişin ardından, ötede gözükmüştü. Geliyordu işte. İstemsizce ayağa fırladı Mark. Kadının sandalyesini çekti. Kadın, dantel işlemeli siyah bir eldiven giydiği elini uzattı. Dudaklarını kadının eline değdirirken başı döndü Mark'ın. Sandalyesini itip oturmasına yardım etti. Şef garsondan ıstakoz ve şampanya istediler. Bildiği her şeyi unuttu Mark. Hayatın sıfır noktasındaydı, ne geçmiş vardı ne gelecek.

O gecenin ilerleyen saatlerinde, kral dairesinin balkonundan karanlık okyanusu seyrederken, yemekte geçen zamanın her anını tekrar tekrar en ince ayrıntısına kadar hatırlamaya, adeta tekrar yaşamaya çalıştı. Çoğu kez saçmaladığına inansa da, mutluydu. Başlarda dili tutulmuş gibi geveleşe de, kadın yardım etmek ister gibi sorular sormuş, sohbetlerini yönlendirmeyi bilmişti. Sonra durmadan anlatmıştı Mark. Yukon macerasını, zengin oluşunu, zorlu dönüş yolculuğunu, yıllardır yaşadığı hayatı ve ta ki onu gördüğü ilk anı... Yemeğin sonunda, kadının arkasından bakakalmış, sevinsin mi yoksa üzülsün mü kestiremiyor, masanın başında öylece dikiliyordu. Neden sonra bir hafta daha bekleme hususunda kendini ikna etti. Eğer kadın, ertesi hafta davetini kabul edip masasına gelirse, ikinci aşamaya geçiyorlar demekti bu. Yok, bundan önce onlarca defa yaptığı gibi gelmezse... İşte bunu düşünmek istemiyordu.

Bir hafta boyunca karnına ağrılar girdi, uykuları kaçtı, gecesi gündüzüne karıştı. Her bir gün, çağlar kadar sürmüştü. Sonunda en yakın masadaki yerini almış beklerken, bir başka kadın çıkıverdi sahneye. Gözlerine inanamadı Mark. Başına bir şey mi geldi, yoksa hasta falan mı oldu diye düşündü. Derhal şef garsonu çağırıp sorunca, artık burada sahne almayacağını, muhtemelen Miami'den ayrıldığını öğrendi. Hayır, ne yazık ki nereye gitmiş olabileceği konusunda hiçbir fikri yoktu. Memleketi mi? Evet, biliyordu, şey, Raleigh yakınlarında küçük bir kasaba. Kuzey Karolina. Adı da şeydi sanırım, Kenly.

Mark o gece valizini toplayıp kral dairesini boşalttı. Otelin kapısından çıkarken duvardaki posterleri yırtıp yerine yenisini yapıştırdıklarını gördü. Kadının fotoğrafının karşısında duraksadı, posterde yazan ismi okudu: "Judith."

Manhattan-2004

Kocası Jack'in dünyaya gözlerini yumduğu bakımevine yerleşmeden evvel altı ay sürecek bir dünya seyahatine çıkmaya karar veren Bayan Wallace, gemisinin demir alacağı New York'a vardıktan sonra henüz altı saati olduğunu anlayınca şehirde küçük bir gezintiye çıkmıştı. Evvela Times'a yürümüş, Broadway'de karnını doyurup bir şeyler içmiş, Central Park'ta güneşlenmiş, nihayet Upper West Side'da çizdiği üçgeni tamamlayıp cruise terminaline yollanmış, pasaport işlemlerinin ardından da Blue Heaven'e katılarak kamarasına yerleşmişti. Birkaç saat uyuyup güzelce dinlendikten sonra, gemi hareket ederken, günbatımındaki Manhattan siluetini kaçırmamak için güvertedeki sigara içilebilir alana çıktı. Pek çoğu kendisi gibi ihtiyar yolcularla tanışmak için ne de olsa önünde koskoca altı ay vardı. Bu yüzden Amerika'ya veda ederken birileriyle laflamayı değil, yalnızlığıyla baş başa kalıp hayallere dalmayı tercih etti.

Akşam yemeğinden evvel aperitif niyetine yudumladığı martini ve yarım dolum piposuyla gitgide küçülen gökdelenleri seyretti. Her bir pencere başka başka hikâyelere açılıyordu. Jack'in, hayatındaki rutin gidişatı kırması için Kore'ye gitmek yerine, malı mülkü satıp buralara gelseler, küçük bir tütüncü dükkânı açsalardı mesela, nasıl bir hayata sahip olurlardı, işte bunu düşündü. Sanki ruhu o tarlaya, toprağa kök salmıştı, oysa ne vardı bunca bağlanacak?

Şimdi artık karada, ülkesinin toprağında bile değildi. Geriye hiçbir şey kalmamıştı. İnsanın yurdu ne köyü, ne kasabasıydı... Dünyaydı. Öyle olmalıydı. Hepsi ve her şey için artık çok geç Judith, diye geçirdi içinden, dünyadaki günlerinin de sayılı olduğunu çok iyi bilmenin ağırlığının yüzüne çizdiği acı tebessümle.

"İyi misiniz?"

Sanki kabahat işlerken yakalanmış gibi elinin tersiyle gözyaşlarını çarçabuk kuruladı. Birinin bu en savunmasız ve mahrem haline şahitlik etmesi hiç hoşuna gitmemişti. Yine de nezaketi elden bırakmadan sesin sahibine dönüp "Merak etmeyin" dedi boğuk bir ses tonuyla, "biraz duygulandım sadece." Fakat içindeki sesin dudaklarından dökülmesini güçlükle dizginliyordu; "Biraz mı? Lanet olsun. Şu dünyada hiç kimsem yok. Dünyanın en yalnız insanıyım ben."

Yan masada yalnız başına oturup puro tüttüren kendi yaşlarındaki beyefendi sanki aklından geçenleri anlamış gibi "Biliyor musunuz" diye söze girdi, "altı yıl önce eşimi kaybettim. Hiç çocuğumuz olmamıştı. Yani anlayacağınız, hayatta bir başıma kaldım... Bu çok garip bir his. Hey Jack dedim kendi kendime..."

Kadehinden bir yudum aldıktan sonra kalkıp sandalyesini adamınkinin yanına çekti Bayan Wallace. Üşüyormuş ya da sığınıyormuş gibi gövdesine iyice sokuldu, hiçbir şey söylemeden başını adamın omzuna yasladı. Özgürlük Heykeli'nin hizasından geçiyorlardı, hayat kısaydı, yanında Jack vardı, Tanrı Amerika'yı korusundu. Âmin.

Ouroboros

Dubai-2085

"Bay Kane, beklediğiniz için teşekkür ederim. Bay Ferguson az sonra sizinle burada görüşecek. Bir ihtiyacınız olursa seslenmeniz yeterlidir."

James'in düşünceleri odanın kapısından seslenen hizmetçinin söyledikleriyle yarım kalmıştı. Son derece alımlı genç kadın geldiği gibi usulca kayboldu. James sol omzunun üzerindeki, şerif rozetlerini andıran objeye bir bakış attı. Aklından geçenler, sağ kulağının arkasına entegre edilmiş çip vasıtasıyla iletilince, objenin üzerindeki ledler birkaç kere yanıp söndü. Sonra da metalik bir kadın sesi düşünce yoluyla ilettiği sorusunu "robot" diye yanıtlayarak merakını giderdi James'in. Az önce kendisiyle konuşan kadının insan mı yoksa robot mu olduğunu sormuş, robot yanıtını almıştı, omzundaki bir başka tür robottan. İnsandan ayırt edilemeyecek robotlar çağında, birisinin robot mu yoksa insan mı olduğunu öğrenmek için, yine bir robota danışma fikri ilginç gelmiş olacak ki gülümsedi. Ardından tekrar pencereye döndü, bulutları delen gökdelenin yüz yirmi altıncı katından Basra Körfezi'nin mavi sularını seyretmeye daldı.

James Kane, robotların ordudaki varlığının gitgide güçlendiği zamanlarda erken emekliliği seçmiş eski bir askerdi. İki ay önce kırk iki yaşına basmıştı ve artık en önemli gündemi kırk üçüncü doğum gününü Ay'da ya da Mars'ta kutlayabilmekti. Yirmi üçünde *akıllı sözleşme* yapıp yuva kurmuş, yirmi altısında *blockchain* üzerindeki evlilik sözleşmelerini eşiyle karşılıklı olarak feshetmişlerdi. O zamanlar bir hayli acı çekse de, dünyanın gitgide yaşanmaz bir yer halini aldığını gördükçe, kendisinden başka birinin, hele hele bir çocuğun sorumluluğunu yüklenmek zorunda kalmadığı için ne kadar şanslı olduğunu anlamıştı. Dünyadaki ölüm oranının doğum hızını çoktan geçmesi de insanların çoğunun kendisiyle aynı fikirde olduğunu gösteriyordu.

Ordudan ayrıldıktan sonra bir yıl kadar sürecek bir seyahate çıkmış, bu süre zarfında bundan sonra ne yapacağını düşünmüştü. Dünyayı dolaşırken gördükleri ise hiç açıcı değildi. İklim değişikliğinin yıkıcı etkileri yetmezmiş gibi, dalga dalga büyüyen kaosla beraber gezegenin her yerinde her gün binlerce insan hayatını kaybediyordu. Böylece yeteneklerini paraya dönüştürmek için en iyi yaptığı işe yönelmiş, bir hayatta kalma uzmanı olarak seminerler vermeye başlamıştı. Nükleer serpinti, kuraklık, kasırgalar, kıtlık, anarşi ve terör eylemleri; buna benzer bir felaketle karşılaşma olasılığı artık en huzurlu, en sıradan ya da en güvende olan insan için bile bir hayli yüksekti ne de olsa. James'in seminerleri beklediğinden çok talep görmüş, kısa sürede yüzlerce insanla tanışmıştı. Yine bu eğitimlerin birinde tanıştığı Andrew'le kuracağı ortaklık ise hayatının dönüm noktası olmuştu. Andrew bir mimardı. Lafı hiç dolandırmadan James'e iş teklif etmişti. "Sen bir hayatta kalma uzmanısın, bense mimar. Neden birlikte çalışmıyoruz? Ne mi yapacağız? Çok basit. İnsanların hayatta kalmaları için evler, daha doğrusu sığınaklar inşa edeceğiz. Benim elimde zaten güçlü bir müşteri portföyü var. Sen bize tehlikeye en uzak yeri bulacaksın, ben de müşteri bulacağım."

İlk inşa ettikleri ev Alaska'nın yalnızca havayoluyla ulaşılabilen ücra bir köşesindeydi. Etrafı akıllı bubi tuzaklarıyla donatılmıştı. "Ev sahibinin izni olmadan bir ordu bile bu eve yaklaşamaz" demişti Andrew gururla. Bu yüzden evin adını "zırh" koymuşlardı. Norveçli bir müşterileri için inşa ettikleri yüzen ev, Sibirya'daki "kar köşkü", Japonya'daki yeraltı evi derken para James'e tatlı gelmiş, dünyadan ayrılabilecek kadar servet sahibi olma fikri kafasını kurcalamaya başlamıştı. "İstediğin buysa bize çok büyük bir balık lazım" demişti Andrew, "yakalayabilir misin?"

James böylece yeniden seyahate çıkarak insanlara en uzak ve yaşanabilir coğrafyaları gezmeye başladı. Aradığı şeyi Patagonya'nın güneyindeki dağlarda, tek kişilik dronuyla alçak uçuş yaparken buldu. Bir mağara keşfetmişti. Kendi teçhizatının yetersiz kalacağını anlayınca mağaraya inmek için profesyonel bir ekip getirtmişti. Sonuç hem şaşırtıcı hem de büyüleyiciydi. Yerin kırk metre altında, son derece geniş galerilere sahip bu mağarayı bu derece önemli kılan şeyse muazzam bir nehrin varlığıydı. Mağaranın, son derece coşkun çağlayan suya neredeyse yüz metrelik bir kıyısı vardı. İlk aklına gelen bir metro istasyonu olmuştu James'in. Galeriler peron, nehir yatağı ise trenin gelip geçtiği tünel gibiydi basbayağı. Burayı bir yaşam alanına dönüştürmeyi başarabilirlerse Mars'taki kolonide yeni bir hayat için gerekecek paraya sahip olabilirdi. Andrew görüntülü görüşmede, müjdeli haberi veren ortağının ne kadar heyecanlı olduğunu görmüş ve çoktan ikna olmuştu. "O araziyi kaçırma James, bedeli ne olursa olsun satın al. Tam oraya göre bir müşterim var."

Fakat proje, ikilinin mütevazı şirketinin altından kalkacağından çok daha büyük bir bütçe gerektiriyordu. Tüm mesailerini ve enerjilerini bu işe ayırmaları lazımdı, üstelik mağara kelimenin tam anlamıyla dünyanın ucundaydı. Gecelerini gündüzlerine katıp üç ay boyunca durmaksızın çalıştılar ve nihayet bir sunum hazırladılar. Mağaranın mevcut hali ve proje tamamlandığında dönüşeceği son halini tüm detaylarıyla modellediler. Nihayet sunum için hazırdılar. Andrew, ta en başında potansiyel müşteri olarak düşündüğü Steve Ferguson'dan bir randevu kopardı. Kripto varlık yatırımcısı milyoner müşterileriyle Como Gölü kıyısındaki malikânesinde buluştuklarında James çok şaşırdı. Adam yüz yedi yaşındaydı. Gerçi insan ömrünün ortalaması epey artarak yüzü aşmıştı ama nedense böyle birini görmeyi beklemiyordu. Durumu fark eden Ferguson "Neden şaşırdın genç adam" diye takılmıştı, "benim yaşıma geldiğinde hayata sırt mı çevireceksin? Emin ol kimse ölmek istemez, yüz yaşında olsa bile!"

İhtiyar milyoner, kendisine ve geniş ailesine güvenlik sağlayacak kusursuz bir kıyamet mağarası arayışındaydı. Andrew'un onu ikna etmek için kurnazlık yapmasına ya da projesini haddinden fazla övmesine gerek yoktu. Mağara gerçekten de güvenliydi ve sürdürebilir bir yaşam açısından eksiksiz özelliklere sahipti. İhtiyaç duydukları tek şey çok fazla paraydı, bu da Ferguson'un kesenin ağzını ne kadar açacağına bağlıydı. Yaşlı adam gerek mağaranın kullanılabilir iç hacminden, gerekse içindeki yeraltı nehrinden çok etkilenmişti. Dünyanın bir ucunda olmasını bile dert etmemiş, hatta daha memnun olmuştu. "Tamam" demişti, "başlayın bakalım." Projeyi iki yılda teslim etmek üzere anlaşmışlardı. İşi bitirdikten sonra elde edeceği gelirle James, nihayet atmosferin dışındaki yeni hayatına adım atabilecekti.

Dört ay süren fizibilite çalışmalarından sonra yeraltındaki bu muazzam boşluğu nihayet bir saraya dönüştürmeye başladılar. Çok fazla işgücü, farklı alanlardan çok fazla profesyonel ve çok fazla materyale ihtiyaç duysalar da, hepsine yetecek kadar fazla paraları olduğu için proje takvimi tıkır tıkır işliyordu. Gerçekten de ikinci yılın dolmasına birkaç ay kala, son rötuşlar hariç mağarayı dönüştürmeyi başarmışlardı. Zaferlerini bol yıldızlı ve etkileyici Patagonya göğü altında kadeh kaldırarak kutladıkları gece, James uzun uzun Ay'ı seyretmiş, yakın gelecekte onu nasıl bir hayatın beklediğini düşünmüştü.

"Merhaba James, umarım seni çok bekletmemişimdir."

James'in düşünceleri bir kez daha bölündü. Bu defa gelen android hizmetçi değil, yerden bir karış yüksekte bir diskin üstünde uça uça yaklaşan büyük patrondu. James camın önünden ayrılarak salonun ortasına doğru ilerledi.

"Merhaba Bay Ferguson, nasılsınız?"

Aralarında üç beş adım kalınca James'in omzundaki obje birden havalanarak kendi ekseni etrafında hızla dönmeye başladı. James panikle ona bakıp "yerine dön" komutu verdikten sonra nihayet tekrar omzuna kondu ve ledleri söndü. İhtiyar adam şaşırmıştı.

"Bu da neyin nesi? Robot bir kuş falan mı?"

"O mu? Bir tür asistan."

"Daha önce böylesini görmemiştim. Beni görünce neden havalandı peki?"

"Şey... Aslında bu bir savunma robotu."

"Savunma robotu mu?"

"Evet" dedi James ve mahcup bir ses tonuyla ekledi, "sanırım sizi bir tehdit olarak algıladı."

İhtiyar bunu komik bulmuş olacak ki kahkaha attı. James'in oyuncağını artık daha da merak etmişti.

"Sevdim bunu, biraz daha detaylandırır mısın?"

"Bunun adı Angel. Sahibinin koruyucu meleği. Epey bir test aşaması ve hukuki sürecin ardından geçtiğimiz aylarda piyasaya sürüldü. Klasik bir asistanın tüm yeteneklerine sahip ama onu özel kılan şey, bu küçük aletin bir ölüm makinesine dönüşebilmesi."

Ferguson, feri azalmış gözleri James'in omzunda olduğu halde, iyice seyrelmiş kaşlarını hayretle havaya kaldırdı. James anlatmaya devam etti.

"Angel'ın *big data*ya erişim yetkisi var. Her an çevresindeki yüzleri tarıyor ve kimliklerini doğruluyor. Eğer yakınımdaki insanlardan birisinin sicilinde bir sabıka varsa uyanıyor ve tabii beni de uyarıyor. Bu ilk aşama. Bunlar olup biterken bir yandan da karşısındakinin yüzünü, bakışlarını, duygu değişimlerini ve davranışlarını analiz ediyor. Düşmanca bir tutum sergileyip sergilemeyeceğini hesaplıyor. Şayet gerçekten bir tehdit varsa da harekete geçiyor. Yalnızca savunma amaçlı olduğunu söylemiştim. Kulağımın arkasında, derimin altında bir mikroçip var. Düşüncelerimi doğrudan ona aktarabiliyorum. Sesle de komut verebilirim. Ama saldırmasını isteyemem. Durmasını söyleyebilirim sadece."

"Etkilendim James. Ne diyebilirim ki? Şu yüz yıllık ömrümde bunu da mı görecektim dediğim neler oldu neler. Bu da onlardan biri sanırım. Peki nasıl saldırıyor?"

"Diyelim ki yolda yürüyorum. Bir pencere açıldı, bir silahın namlusu bana doğruldu ve haberim bile yok. Angel, Ninjaların yıldızları gibi hareket eder. Düşmanın suratını jiletleriyle paramparça edebilir. Tehdit büyükse şahdamarını keser. Bayıltmak için ilaç enjekte edebilir. Malum, yapay zekâ, ne yapacağını en iyisi kendisi bilir."

"Ben ikna oldum. Derhal bir düzine edinip torunlarıma dağıtacağım."

"Bay Ferguson, peki ben size bir şey sorabilir miyim?"

"Elbette."

"Sizi tehdit olarak algıladığına göre suç dosyanız beyaz bir sayfadan ibaret değil demek ki..."

Ferguson tekrar tebessüm etti. "Kripto varlıkların finansal hayata entegrasyonu çok sancılı bir süreçti James. Sanırım hatırlamaya yaşın yetmiyor. Merak etme, vergilendirmeyle alakalı birkaç dava açılmıştı, o kadar. Şimdi dilersen konumuza gelelim. Umarım benim için güzel haberlerin vardır."

James "Müsaadenizle" deyip sırt çantasından çıkardığı küçük projeksiyon cihazlarını geniş salonun dört bir köşesinde uygun gördüğü noktalara yerleştirdi. Cihazların birbirlerine olan açılarını inceleyip birkaç küçük dokunuş daha yaptı ve nihayet hazır hissetmiş olacak ki "Odayı karartabilir misiniz?" diye sordu. Ferguson salonun tavanına doğru seslenip "Odayı karart" komutu verince, camlar sanki içleri mürekkeple doluyor gibi siyahlaşmaya başladı ve kısa sürede adeta bir duvara dönüştü. Artık içeride çeşitli aletlerin sağda solda yanıp sönen ledlerinden başka ışık kalmamıştı. James sanal turu başlatınca oda adeta Patagonya dağlarına dönüştü. Üçboyutlu projeksiyonun tam ortasında kalmışlardı. Berrak bir gökyüzünün altında, sonsuza uzanıyor gibi duran heybetli dağlarda yürüyorlardı şimdi. James mağaranın siyah bir küpü andıran girişini işaret etti. "Başlayalım mı?" Bir yandan da eserini anlatmaya koyuldu:

"Burası asansör girişi. Tamamı titanyum. Şu arka alanda dron pisti ve hangarlar var. Asansör, tanımlı kişilerin retinaları ve ses komutlarıyla açılıyor. Hadi girelim." Sanal asansör aşağıya doğru hızla inerken James konuşmasını sürdürdü. "Burası milyonlarca yıllık kadim bir mağara. Yeterince güvenli olduğundan şüpheniz olmasın. Yine de gördüğünüz gibi içeriye çelik konstrüksiyondan bir iskelet ördük. Böylece daha da güçlü hale getirirken, modern bir görünüm vermeyi amaçladık. Ve elbette kurşun geçirmez camlarla ve diğer yapı malzemeleriyle kapladık. Mağaranın içindeki herhangi bir şey, bir hayvan mesela, size asla ulaşamaz. Yani mağaranın içinde çelikten ve camdan bir başka iç mağara inşa ettik. Bir şişenin içindeki daha küçük bir şişe gibi. Büyük şişeyi zehirle de doldursanız, küçük şişedeki balığa bir şey olmaz, değil mi?" Asansör zemine ulaşınca mekânın dinamikleri değişti. İçerisi hem tertemiz hem de olabildiğince aydınlıktı. Camın arkasındaki kayalıklar adeta bir tür müze atmosferi oluşturuyor, ayrıca cam, içeridekileri doğadan mutlak suretle ayırmasıyla güven hissi veriyordu. Bu haliyle gizli bir üs ya da laboratuvarı da andırmıyor değildi.

"Artık burası için tünel yerine koridor demek daha doğru

olur" diye devam etti James, hayran gözlerle projeksiyonun içinde kaybolan Ferguson'a hitaben. Asansör çıkışında başlayan ana koridor, gördüğünüz gibi sağlı sollu pek çok diğer koridorlarla farklı yaşam alanlarına açılıyor. Uzun süreli bir konaklamada klostrofobinin önüne geçmek için aydınlatmaya çok önem verdik. Mağaradan ziyade ev hissiyatı vermek istedik. Ledlerin gün ışığı tonlarıyla, dilerseniz güneşin doğumundan geceye, gerçekçi bir aydınlatma deneyimi seçebilirsiniz, fakat ortam tamamen sizin ruh halinize göre de değiştirilebilir. Nasıl arzu ederseniz... Mesela mavi ve tonlarını kullanırsanız kendinizi bir su altı şehrinde ya da akvaryumda hissedebilirsiniz, kırmızı ve tonlarıyla Mars'taki bir üste. Keyif sizin."

James bir yandan anlatırken bir yandan koridorun sağını işaret etti. "Buradaki kapıların hepsi de yatak odaları, eğlence merkezi ve diğer yaşam alanlarına açılıyor. Yedi yıldızlı bir otelde ne varsa buraya taşıdık. On iki yatak odası, küçük bir sinema, ortak salon, çalışma odası, havuz ve spor salonu... Sol taraftaki kapılar ise daha farklı amaçlara yönelik. Mutfak, küçük çaplı bir hastaneden farksız revir, tüm sistemin yönetildiği bir kontrol odası, dondurucular, erzak depoları ve en önemlisi ekip biçmeniz için bir bahçe."

"Onu görebilir miyim?"

"Elbette, şu taraftan." James'in komutuyla sanal kapı aralanınca gökdelenin salonu uzun bir koridora dönüştü ve ilerliyorlar hissiyatı vererek yanlarından akmaya başladı. Koridorun ucundaki kapı aralanınca projeksiyon cihazları odayı adeta bir ormana dönüştürdü. İhtiyar adamın hayranlığı bir ıslık olarak döküldü dudaklarından. "Bu da nesi! Gerçekten yaptınız mı bunu?" Alabildiğine geniş bir arazi, meyve ağaçları ve sebze bahçeleriyle donatılmıştı. Üstelik mağaranın tavanında görülen şey gerçek bir gökyüzünden farksızdı. James eserine gururla bakıyordu.

"Harcadığınız paraya değmiş, öyle değil mi?"

"İnanılır gibi değil!"

"Mars'ta uygulanan tarım yöntemlerini kullandık. Yapay bir flora olsa da verimlilik açısından yeryüzündekilerden farksız. Buranın ve mağaradaki tüm mekânların havalandırmasını yukarıdan temin ediyoruz. Her an tertemiz oksijen akışı sağlanıyor. Tabii olası tehditlere karşı yukarıda ölçümler yapılıyor ve filtreleme sistemlerimiz var. Su zaten bizim için sorun değil, bir nehre sahibiz. En verimli toprak, en kaliteli tohumlar... Robot arılarımız dölleme için durmaksızın uçuşuyorlar. Tavanı da tamamen ekranla kaplayarak gökyüzü efekti verdik ki, burada kendinizi yukarıdaymış gibi hissedin. Sabah olunca güneş doğar, akşam olunca karanlık çöker. Yani bitkilerimizi kandırıyoruz, umarım bize kızmazlar."

Bay Ferguson bunları yapacaklarından elbette haberdardı, fakat böylesine muazzam bir işle karşılaşmayı doğrusu hiç beklemiyordu. Şaşkın olduğu kadar sevinçliydi de.

"Ne söyleyeceğimi bilemiyorum James. Harika bir iş çıkarmışsınız. Bu kadarını hayal etmemiştim doğrusu. Ne kadar teşekkür etsem az."

"Projeye ve bize inandığınız için asıl biz size teşekkür ederiz. Görmenizi istediğim son bir yer daha var. Dilerseniz oraya da bakalım."

Simülasyonun akışıyla yeniden ana koridora, oradan da mağaranın son kısmına ulaştılar. Nihayet nehrin kıyısındaydılar.

"Sesini duyamıyorsunuz ama gürül gürül akıyor. Burası mağaranın hayat damarı. Suya yerleştirdiğimiz türbinlerle sistemin işleyişi için gereken tüm elektrik enerjisini üretebiliyoruz. Enerji konusunda dış dünyaya bağımlı olmadığımız gibi, arıtarak içme suyu ihtiyacımızı da yine buradan karşılıyoruz. Nehrin bir özelliği daha var." James eliyle ileriyi işaret etti. "Orada küçük bir iskelemiz mevcut. Botlar ve can yelekleri her zaman hazır. Yukarıda veya içeride ola ki kötü bir senaryo yaşanırsa, nehir bizim acil tahliye kapımız. Bir rafting deneyimi gibi düşünün. Yaklaşık altı kilometre boyunca aktıktan sonra yeryüzüne çıkıyor. Merak etmeyin yüksek bir şelale ya da başka bir tehlike söz konusu değil. Önce dronları uçurduk, sonra da ekstrem sporlarla uğraşan profesyoneller test etti. Suyun yeryüzüne çıktığı yerin on beş kilometre kadar ilerisinde Ushuaia şehri var. Yani her şeye rağmen medeniyete çok uzak sayılmayız. Nehri takip etmeniz yeterli. Bunlara ek olarak, yukarıda bir istasyonumuz var, internetimizi uydudan alıyoruz. Güvenlik sistemi ise sizin için durmaksızın devrede. Dünyanın bu uzak köşesinde nükleer serpinti bile olsa asansör tehlike geçene kadar devre dışı kalır, havalandırmalar derhal kapanır. Tabii size de yukarıda ne olup bittiğinin haberi verilir. Başka ne var... Şey evet, temizlik robotları, cerrahi robotlar ve sizin şu hizmetçiniz gibi her işinize koşacak son sürüm bir androidimiz var. Şimdilik benim söyleyeceklerim bu kadar."

"Taşınmak için sabırsızlanıyorum. Ne zaman gidebiliriz?"

"Sanırım en fazla bir ayımız kaldı. Buradan ayrılınca doğrudan oraya uçacağım. Temizlik ve tüm ürünlerin yerleştirilmesi, odaların hazırlanması için bir firmayla anlaştım. O personeli mağaraya indirdikten sonra da internet bağlantısı için başka bir firmayla görüşmeye gideceğim. Malum, mağara dünyanın bir ucunda. Lojistik kolay değil. Elimizden gelenin en iyisini yapmaya çalışıyoruz."

James sanal turu sonlandırınca salon yeniden karanlığa gömüldü. Bay Ferguson'un emriyle de camlar yeniden doğal hallerine dönüp içerisi gün ışığıyla doldu. Bir süre aydınlığa alışamadılar.

"Biliyor musun" dedi ihtiyar adam, "eski zamanlarda korsanlar tek gözlerine niçin bant takarlarmış?"

Projeksiyon cihazlarını toplayan James "Bilmiyorum" diye yanıtladı bu soruyu.

"Çoğu kişi onların bir kavgada falan gözlerini kaybettiğini zanneder. Oysa güverteden içeriye girdikleri vakit aydınlıktan karanlığa geçişte zorlanmamak için bir gözlerini hep bantla kapalı tutarlar. İçeri girince bandı açarlarmış anlayacağın."

"İlginç" dedi James. Fakat aklında daha ilginç bulduğu bir şey vardı. Bunu ihtiyar adama sormak için uzun süredir fırsat kolluyordu. Nihayet bu denli yakınlaşmışlarken sorusunu sorup merakını giderebilirdi.

"Kadeh kaldırmalıyız" dedi Bay Ferguson, bir şey hatırlamış gibi. Sonra da sanki James'le konuşuyor gibi onun yüzüne bakarak "Marta, bana su, misafirimize de viski getirir misin?" Android hizmetçi her neredeyse ihtiyar adamın dediklerini duymuştu ki az sonra elinde gümüş bir tepsiyle içeriye girdi.

"Yoruldum" dedi yüz yaşını çoktan devirmiş Bay Ferguson, "oturalım artık."

James elinde viskisiyle ihtiyar adamın işaret ettiği şık deri koltuğa oturunca ağır ağır içine gömüldü. Sonra da koltuk bir organizma gibi hareket ederek James'in o an en rahat edeceği pozisyonu aradı ve vücut kıvrımlarını doldurdu.

"Sağlığınıza Bay Ferguson!"

"Geleceğe James!"

Koltuğun konforu ve viskiden aldığı yudumlarla iyice gevşemişti. Sonunda ağzındaki baklayı çıkarmaya karar verdi.

"Size bir şey sorabilir miyim Bay Ferguson? Kişisel bir soru. Uzun zamandır merak ediyorum."

"Sen öyle deyince ben de meraklandım şimdi. Elbette sorabilirsin."

"Dünyanın hali ortada... Gezegende fazla zamanımız kalmadığı söyleniyor. Şimdi bir de şu *yeni dünya* meselesi çıktı. Hadi orası koskoca bir belirsizlikten ibaret olsun... Ama Ay ve Mars'ta uzun zamandır koloniler var. Sizin konumunuzdaki birisi için dünyadan kaçmak zor değil. Neden gitmek yerine kalmayı tercih ediyorsunuz? Bunu soruyorum, çünkü ben de gitme planları yapıyorum. Tercihiniz kafamı kurcalıyor."

"Seni anlıyorum" dedi ihtiyar adam. Suyundan bir yudum alıp devam etti.

"Dünyanın çivisinin çıktığı doğru. Mesela Dubai... Bir zamanlar en zenginlerin gözde şehriydi. Şimdi o kadar tenhalaştı ki. Artık dünyanın pek çok yeri gibi burası da yaşanamayacak kadar sıcak. Bugünün kışı yirmi yıl öncesinin yazından daha hararetli. İnanılır gibi değil. Buradaki malikâneleri ve rezidansları artık kimseye satamazsın. Her geçen gün ölü bir şehre dönüşüyor. Tarihin çöplüğünü boylamak üzere. Senin de dediğin gibi, zenginlerin pek çoğu çoktan kolonilere uçtu. Gidenlerin sayısı da her geçen gün artıyor. *Yeni dünya* için anladığım kadarıyla paradan fazlası lazım. Çok üst düzey bir proje. Zenginler değil, seçkinler için. Ama istesem Mars'a gidemez miyim? Elbette giderim. Fakat şu var James..." Ferguson duraksadı. Gözleri elinde tuttuğu bardağa dalmıştı. James bardağa bakınca içindeki suyun yüzeyindeki titreşimi gördü. Ferguson'un elinin titremesinin ihtiyarlıktan mı, yoksa duygusal bir gerilimden mi olduğunu anlayamadı. Yaşlı adam derin bir nefes alıp sözlerini sürdürdü.

"Sağ böbreğim, karaciğerim ve kalbim yapay organ. Bazen, ben acaba ne kadar benim diye düşünüyorum. Ama asıl konu şu: Tüm bedenini, tüm organlarını baştan aşağı değiştirsen de, insanın ruhu aynı kalıyor James. Ve şayet ruhunda kapanmaz yaralar varsa, bunu iyileştirmenin bir yolu yok."

James bunları duymayı beklemiyordu. Lafın nereye varacağını iyiden iyiye merak etmişti.

"Annem bir öğretmendi. Bana çoğu şeyi okula başlamadan öğretmişti. Henüz küçük bir çocuktum. Bir gün eve her zamankinden heyecanlı geldi. NASA 'uzayda öğretmen' diye bir proje başlatmıştı. Seçilecek bir öğretmen, astronotlarla beraber uzaya gidecekti. Çocuk aklımla bunu kavramam kolay olmamıştı. Tüm yalvarmalarıma rağmen projeye başvurdu. Beni bırakıp uzaya gideceğini, bir daha dönmeyeceğini sanıyordum. Çok umutluydu, çok heyecanlıydı. Verandada dolunayı seyrederdi. Bense başımı yastığa gömüp gizli gizli ağlar, Tanrı'ya annemin uzaya gitmemesi için yalvarırdım. Sanırım halime acımış olacak ki dualarımı kabul etti. Binlerce aday başvurmuştu. Bir başkası seçildi. Annem hayal kırıklığına uğramıştı, bense hiç olmadığım kadar mutluydum. Sonra büyük gün geldi çattı. 28 Ocak 1986. O tarihi asla unutmadım. Annemle televizyonun karşısındaydık. *Challenger* arkasında beyaz dumanlar bırakarak havalandı. Annem iç geçirerek, şimdi onun içinde olabilirdim dedi. Cümlesi biter bitmez mekik tüm dünyanın gözü önünde infilak etti. Donup kalmıştık. Gerçek olamayacak kadar korkunçtu. Sonra annem kendinden geçmişçesine ağlamaya başladı. Ona sarıldım. Hem de sımsıkı sarıldım James. Tüyler ürpertici bir deneyimdi. Bir daha ona asla sarılamayacakmışım gibi bir türlü bırakmadım sarılmayı. Evet, belki annem o mekikte değildi, ama başka çocuklar, annelerini, o şekilde..."

Ferguson'un sözleri gözyaşlarıyla yarıda kesilince, James ihtiyar adama bir şey olacağından korktu. Neyse ki sadece bir duygu yoğunluğuydu. Yanaklarını kurulayıp acı bir tebessümle, "Senin anlayacağın James" dedi, "o olay bende bir travma yarattı." Bardağındaki suyun son yudumunu da alıp "hayatım boyunca bir kez olsun uçağa bile binmedim" dedi, "bir mekiğe bineceğime dünyada kalıp ölürüm."

Patagonya

James Kane ertesi hafta, bu defa son rötuşlar için yeniden kıyamet mağarasındaydı. Bir firmayla anlaşıp getirdiği üç kişilik kurulum ve yerleştirme ekibine eserini gururla takdim ettikten sonra, onlardan kendisini can kulağıyla dinlemelerini istedi.

"Mekânı gördünüz. İşiniz bittiğinde nasıl olması gerektiği, elinizdeki tabletlerde her detayına kadar anlatılıyor. Ne eksik, ne fazla." Sonra da arada bir gözleriyle etrafı hayran hayran seyreden kadınlardan birine döndü.

"Temizlik robotları ne yapacaklarını biliyor, sen sadece kontrol edeceksin. Ütü robotu seni zorlayabilir, epey bir kıyafet var. Ama bir hafta buradasınız, halledebileceğinizden şüphem yok. Valizlerdekilerin hangi odaya, hangi dolaplara yerleştirileceğini kılavuzdan kontrol et. Karışıklık olmasın. Yatak çarşafları jilet gibi olmalı. Erzaklar da öyle. Dolapların hepsi amaçlarına göre ayrıldı. Konserveler, kuru gıdalar, besin kapsülleri..."

Genç adam araya girerek "İnternet ne zaman gelecek?" diye sordu. Ekipteki bilgi teknolojileri teknikeriydi ve anlaşılan kendisini ilgilendiren meseleyi açıklığa kavuşturmak istiyordu.

"En kısa sürede" dedi James, "buradan ayrılınca doğrudan o işi halletmeye koyulacağım." Sonra da ekledi, "Sen cihazların kurulumunu tamamla, internet gelince ağ bağlantısını da sağlarsın. Medikal aletlerin kurulumuyla alakalı sorun yok değil mi?"

"Sorun yok patron" dedi, genç adam, sanki teslim oluyormuş gibi ellerini iki yana kaldırıp, "bana ilk kez gördüğüm bir robotu ver, ona bir saat içinde opera bestelemeyi öğreteyim."

"Güzel. Sen de mobilyaları monte edeceksin, değil mi?" İkinci kadın James'i başıyla onayladı. "Yanlış anlamayın" diye devam etti James, "size işinizi öğretmek gibi bir niyetim yok elbette, ama ne olur titiz olun. Gördüğünüz gibi, sıradan bir iş değil bu."

"Merak etme" dedi mobilyalardan sorumlu kadın, "buraya geri döndüğünde her şey kılavuzdaki gibi gözükecek."

"Şüphem yok" dedi James, bir an duraksayıp söylemesi gereken başka bir şey var mı diye düşündü. Bu boşluğu temizlikçi kadının sorusu doldurdu.

"Ne zaman döneceksiniz?"

"Söylediğim gibi, bir hafta sonra burada olmayı planlıyorum. İşinizi daha önce bitirirseniz birkaç gün dinlenin, tadını çıkarın. Bir haftalık erzakınız var. Yetmezse, ki yetecektir, açlıktan ölecek haliniz yok, mutfak orada. Ama unutmayın, içkilere dokunmak yasak."

James bu küçük toplantının ardından asansöre doğru yürürken ekip de kendisine eşlik etti. El sallayıp asansöre bindi ve cam kabin görüş hizasından çıkana değin onları seyretmeye devam etti. İşverenin gözden kaybolmasıyla tekniker bir anda tişörtünü sıyırdı.

"Parti başlasın!"

"Ne yapıyorsun" diye çıkıştı ona mobilya kurulumundan sorumlu kadın, "her yerde kameralar vardır!"

Adam umursamaz halde koridorda yürümeye başlamıştı bile. "Endişelenme, kameraları kuracak olan benim zaten. Bir hafta buradayız, benim işim en fazla üç gün sürer! Havuzun ne kadar muhteşem olduğunu görmedin mi? Patron yüzmek yasak demedi. Sadece biraz tadını çıkaracağım. İsterseniz bana eşlik edin."

Kadın bu teklifi "Defol git" diye reddetti, ardından da temizlikçiye dönüp "Ben bir şeyler atıştıracağım Gabrielle" dedi, "sonra da işe koyuluruz, ne dersin?"

Valeria ve Gabrielle, lüks bir restoranın mutfağından farksız mutfakta kendilerine yemek hazırladılar. Acele etmeden karınlarını doyururken sohbet ettiler. Öğleden sonra çalışmaya koyulduklarında Lisandro hâlâ havuz sefası yapıyordu. Kadınlar akşama kadar çalıştılar. Havanın karardığını değişen aydınlatmadan anlamışlardı. Birlikte akşam yemeği hazırladıklarında Lisandro nihayet plajdan döner gibi sırtında havlusu ve ıslak saçlarıyla gelip yüzsüzce masaya kuruldu. Aynı şirkette uzun süredir çalıştıkları için yakınlıkları iş arkadaşlığından daha üst seviyedeydi. Bu yüzden Lisandro'ya surat yapmadılar, o da kadınların gönlünü almasını bildi. Ne de olsa ilk gündü ve daha epey vakitleri vardı.

Üçüncü günün sonunda Lisandro öngördüğü gibi mağaradaki tüm elektronik cihazların kurulumunu tamamlamıştı. Kameralar, sanal gerçeklik odasındaki oyun konsolları, beyaz eşyalar, android hizmetçi, cerrahi robot ve diğer akıllı sistemler... Eksik kalan tek şey internet bağlantısıydı. Lisandro, James'in bir an önce bu meseleyi de halletmesini istiyordu, çünkü cihazları ağa bağladığında güncellemeler yapması gerekecekti, fakat şimdilik beklemekten başka şansı yoktu. Vaktinin çoğunu yüzmeye ve oyun oynamaya ayırıyor, sırf sıkıldığı için de canı isterse arada kadınlara yardım ediyordu. Valeria ve Gabrielle'nin işleri de beşinci gün tamamlandı. Altıncı gün hep birlikte etraftaki ambalaj artıklarını topladılar. Tüm bu ıvır zıvır küçük bir dağı andırıyordu. Geridönüşüm cihazında presleyip atık bölümüne yolladıktan sonra her şey tamamdı. Artık mağara, seçkin bir otelden farksızdı. Etrafı dağıtmamaya dikkat ederek bu lüks oteldeki bir günlük tatillerinin tadını çıkardılar. Yedinci gün kendi çantalarını da hazırlamış, asansörün önüne dizmişlerdi. Ancak internet hala gelmediği için Lisandro öfkelenmeye başlıyordu.

"O herif buraya döndüğünde hâlâ internet bağlanmamış olursa, bir dakika daha durmam. Cihazları kendi günceller."

O günü kulakları asansörden gelecek bir seste olduğu halde huzursuzluk içinde geçirdiler. James her an gelebilir diye ne havuza gitmişler, ne de işleri haricinde başka bir şeyle meşgulken görülmemek için eğlenmeye vakit ayırmışlardı. Beklemekten iyice sıkıldıklarında ise artık hava kararmıştı. Mutfağa gidip yemek hazırladılar. Karınlarını çarçabuk doyurmalarına rağmen James gelmedi. Lisandro kavga edecek birilerini arıyor gibi sinirli sinirli gezindikten sonra "Ben yatıyorum" dedi, "o puşt gelirse uyandırın."

Gabrielle ve Valeria gecenin ilerleyen saatlerine kadar nehir kıyısında sohbet ettiler fakat gece yarısından sonra daha fazla dayanamayıp onlar da kendilerini uykunun kollarına teslim ettiler. Ertesi sabah uyandıklarında, James hâlâ dönmemişti.

Bu bekleyiş ertesi hafta da sürdü ve huzursuzluk gitgide arttı. James'in söylediği dönüş tarihini takip eden ilk birkaç gün, neler olup bittiğinin merakıyla geçmiş, sonrasında bu merak endişeye evrilmişti. Üstelik korkmaları için haklı nedenleri vardı. Onuncu gün "Bu kadar yeter, ben gidiyorum" deyip büyük bir hışımla asansöre yürüyen Lisandro, ne yapıp ettiyse aleti çalıştıramamıştı. Saatlerini sistem odasında harcamış, nihayet pes etmişti. Kaldı ki asansörü çalıştırıp yeryüzüne ulaşsalar bile bulundukları yerin koordinatlarını dahi bilmiyorlardı. Buenos Aires'ten buraya saatler boyu süren uçuşun ardından gelmişlerdi ve mağara ıssızlığın orta yerindeydi.

"Bir şey olmuş. Ne olduğunu bilmiyorum. Sistem kendisini

kapatmış. Asansör bizi korumak için yapmış bunu. Ama yukarıda neler dönüyor, hiç bilmiyorum."

Lisandro'nun böyle bir durumda şaka yapmayacağını bilen kadınlar, ilk defa o an ağlamışlardı. Fakat bu son ağlamaları olmayacaktı. Bütün mağarayı karış karış gezip telefonları için bir sinyal yakalamayı nafile yere denediler. İnternetin hâlâ aktifleşmemiş olması ise akıllarına başka ihtimaller getiriyordu. Ne de olsa zamandan daha bol bir şeyleri yoktu, çeşit çeşit felaket senaryoları uydurdular. James'in dronu düşmüş olabilirdi pekâlâ. Henüz internet sağlayıcısına ulaşamadığına göre, neden olmasın? Ya bir *reality show*'un içindelerse? Tüm dünya her an ekranları başında onları seyrediyorsa? Arjantin'e nükleer silahlarla saldırılmış olabilir miydi peki? İhtimallerin sonu yoktu ama tüm bunlar canlarını sıkmaktan başka bir işe de yaramıyordu. "Kızım meraktan kahrolmuştur" diye ağlıyordu Valeria. Gabrielle de ona eşlik ediyor, sürekli yaşlı gözlerle geziyordu. Lisandro bile korkunun tesiriyle durulmuş, o öfkeli halinden eser kalmamıştı. Mutfakta yıllarca karınlarını doyurmalarına yetecek öteberi olması bir şey ifade etmiyordu artık. Sadece özgür olmak, buradan bir an önce kurtulmak istiyorlardı. Aileleri, dostları ve zaten burada olduklarını bilen çalıştıkları şirket vardı. Neden kimse onları kurtarmaya gelmiyordu? Gelmiyorlardı, çünkü uçsuz bucaksız Patagonya dağlarının altında bir yerlerdeydiler. Onları bulmaları seneler bile alabilirdi. Şirkettekilerin mağaranın yerini bilip bilmediklerinden dahi şüpheleri vardı. Şu durumda tüm oklar James'i işaret ediyordu. İyi de o da bu mağaranın sahibi değildi, şayet James'e bir şey olduysa mağaranın asıl sahipleri neredeydi, onlar niye gelmiyordu? İçeride kendileri için çalışan insanlar olduğundan habersiz miydiler? Ya nehir? Bilinmez bir karanlığa akan o korkunç suyun üzerindeki kıyıya bağlı botlar? Deneyecek cesaretleri var mıydı? Her şeye rağmen hayattaydılar ve güvenli şekilde bekliyorlardı, tüm bunlardan vazgeçip belki de ucunda ölüm olan bilinmez bir yola çıkmaya değer miydi?

Bir ay geride kaldığında akıllarındaki sorulara yanıt bulmak bir yana, yeni ve içinden çıkılmaz sorularla artık daha da karamsar bir ruh haline sahiptiler. İştahsızca karınlarını doyuruyor, bulaşıklarını temizlemekle dahi uğraşmıyorlardı. Diğer yaşam alanlarında da durum farklı değildi. Mağaranın lüks otel görünümü gitgide bozuldu, etraf darmadağın oldu ve bunu hiç umursamadılar. Nihayet bir gece Lisandro'nun gözü döndü, mahzene girip kucakladığı şişeleri ortaya yığdı. Elli yıllık bir viskiyi tereddüt dahi etmeden açıp şişeyi başına dikti. Valeria da gözüne asırlık bir şarap kestirmişti. "Her şey daha katlanılır olur belki, iç hadi" deyip bir şişe de Gabrielle'ye uzattı. Genç kadın istemedi. "Şimdi körkütük sarhoş olacaksınız, bari birimiz ayık kalsın" diye karşılık verdi. Sakalları çoktan uzayıp birbirine karışan Lisandro, "Mağarayı bizden mi koruyacaksın?" dedi acı bir tebessümle, "Elimden gelse yıkarım burayı."

Korku günler boyu içlerinde büyüyüp nihayet bedenlerinden taşacak raddeye erişti. Artık kendileri için değil, ortalığı ayağa kaldırıp bir şekilde şimdiye kadar mağarayı bulmaları gereken aileleri için korkuyorlardı. Ya aslında mağarayı ve içindekileri kimselere söylemeyen James'in başına bir şey gelmiş, dronu düşmüş, ölmüştü, ya da yeryüzünde herkesi etkileyen bir terslik vardı. "Belki de bütün dünya bizi arıyordur, her yerde fotoğraflarımız yayınlanıyordur" diye söylenmişti Valeria hıçkırarak. Haftalardır gece gündüz içmekten kısa sürede çökmüş, ağlamaktan hep şiş gözüken gözlerinin altında mor halkalar belirmiş, taramayı çoktan bıraktığı saçları birbirine karışmış, bu yeraltı dünyasının korkunç cadısına dönüşmüştü. "Belki de bizim hissetmediğimiz bir deprem olmuştur da burada mahsur kalmışızdır" diye karşılık verdi Lisandro, elindeki viski şişesinin etiketini soymakla meşgul olduğu halde. Gerçek ne olursa olsun bir buçuk aydır yerin altında ve herkesin uzağında hapsolmuşlardı. Dünyanın geri kalanıyla iletişimleri yoktu, yukarıda neler olup bittiğini öğrenmelerinin yolu da.

Takvimin önemini yitirdiği o günlerin birinde, Lisandro gözlerini kararlılıkla açtı yeni bir sabaha. Bir süre cam tavanın ardındaki mağaranın yüzeyini seyretti. İlk günlerdeki öfkesi yeniden alevlenmeye başlamıştı. Tek bir kozu kalmıştı. Bunu denemek için bu denli beklemesinin nedeni korkuydu. Fakat benliği artık korku sınırını çoktan aşmış, ölümle yüzleşmekten çekinmeyeceği karanlık alanlara erişmişti. Ne kahvaltı yaptı ne de içki içti. Kadınları uyandırıp "Ben gidiyorum artık" dedi büyük bir kararlılıkla, "geliyor musunuz?" Gabrielle ve Valeria, onun nehri kastettiğini anlamışlardı. Valeria yüzüne yansıyan bir heyecanla ayağa fırladı, "Elbette geliyoruz." İkisi mutfağa yönelip çantalarını ellerine geçirdikleri yiyeceklerle tıka basa doldururlarken Gabrielle onları endişeyle seyrediyordu. Onun bu halini gören Lisandro "Neyin var" diye çıkıştı, "hadisene!" Fakat genç kadın oralı değildi. Valeria buzdolabının kapısını kapatmaya lüzum görmeden onu ikna etmeye yöneldi.

"Beni dinle, biliyorum daha önce de konuştuk. Biz de korkuyoruz. Korkmasak bu zamana kadar çoktan denerdik. Bir kişinin cesaret etmesi gerekiyormuş demek ki. O lanet nehrin nereye aktığını bilmiyorum ama artık burada kalmaya daha fazla dayanamıyorum. Beni bekleyen bir çocuğum var. Bunun ne demek olduğunu bilemezsin. Oraya o botu koyduklarına göre bunun bir amacı olmalı. Belki de çoktan denemeliydik."

Gabrielle ise arkadaşlarının niyetinin ciddi olduğunu görmüş, sessizce ağlamaya başlamıştı.

"Yapamam. Yapamam. Beni bırakıyor musunuz sahiden? Yalvarırım gitmeyin."

Lisandro çantasını yüklenmişti bile. "Ağlamayı kes de hazırlan."

"Onu rahat bırak. Gabrielle, tatlım, neden yapamazsın?"

"Yapamam. Beni bırakmayın."

"Ölmekten mi korkuyorsun? Bizimki can değil mi?"

"Kes sesini Lisandro! Sakinleş hadi bebeğim. Karanlıktan mı korkuyorsun? Beraber olacağız. Can yeleklerimiz de var. Söz veriyorum..."

"Ben..." dedi Gabrielle iki eliyle karnını tutarak, "ben hamileyim."

Kısa süreli sessizliği, Lisandro'nun mahcup sözleri bozdu, "Neden daha önce söylemedin?"

Valeria daha fazla dayanamayıp sarsıla sarsıla ağlamaya başlayan genç kadına sarılmış onu teselli ediyordu.

"Su getir Lisando, bakma öyle. Tamam canım, geçti. Sorun yok. Bebeğin karnında güvende."

Böylece Lisandro ve Valeria, meğer başından beri mağarada dört kişi olduklarını öğrendiler, tabii Gabrielle'nin niçin içki içmediğini de. Genç kadını tatlı sözlerle yatıştırmaya çalıştılar. Durum değişmişti ama plan değişmemişti. Başta Valeria, Gabrielle ile mağarada kalacağını söylese de Lisandro karanlık ve ürkütücü nehirde tek başına yolculuk etmeyi kabul etmiyordu. Gabrielle ise bir kaza, bir kaya, bir şelale ihtimali yüzünden kesinlikle bota binmeyeceğini söylüyordu. Sonunda Gabrielle'yi tek başına kalması için ikna ettiler. Mağara her şeye rağmen en güvenli yerdi. Dışarıda ne olup bittiği belirsizdi. Nehirde yaşanacak bir kaza, kendisi için ölümcül olmasa da bebeğini düşürmesine sebep verebilirdi. Burada her şey vardı. Yiyecek, ışık, temiz su... Dışarıya ulaşır ulaşmaz tüm dünyayı ayağa kaldıracaklardı. Arjantin ordusunun hamile bir kadın için gerekirse bu dağı deleceğini söyledi ona Valeria. Endişelenmesine gerek yoktu. En kısa zamanda geri döneceklerdi.

Gabrielle onları hüzünlü gözlerle uğurladı iskeleden. Vedalaşırken sımsıkı sarıldılar. Akıntının şiddeti nedeniyle, botun ipini çözdükten sonra karar değiştirseler bile geri dönmeleri mümkün değildi. Yüzü bembeyaz kesilmiş olan Lisandro kaskını takmış, kürekleri sıkı sıkı kavramış, heyecanını yatıştırmak için bacaklarının arasında sıkıştırdığı içki şişesinden sık sık yudumlar alıyordu. Valeria eğilip Gabrielle'nin henüz belirgin şekilde şişmeye başlamamış karnına bir öpücük kondurdu.

"Annene iyi bak, tamam mı?"

İkisini taşıyan bot, iplerinden kurtulunca suyun üzerinde hızla savrulup karanlığın içinde eriyiverdi.

Gabrielle yirmi bir yaşındaydı. Adam'la henüz evlenmemişlerdi ama tüm planları bunun üzerineydi. Dört yıllık ilişkilerinin son bir yılında aynı evi paylaşmaya başlamışlardı. Hamile olduğunu buraya gelmeden birkaç gün önce öğrenmiş, tadını çıkaramamış, hislerini yaşayamamıştı. Müjdeli haberi bebeğinin babasına bile vermiş değildi. Dönünce, güzel bir yemek esnasında konuşmayı planlamıştı. Nehrin yutulduğu karanlık boşluğa bir kez daha bakıp iç geçirdi arkadaşlarının arkasından. İlk defa bebeği ile konuştuğunu düşünerek "Hadi odamıza gidelim bebeğim" dedi sessizce.

Kuzey Denizi'nde bir yer

Kadın, küçük adanın deniz seviyesinden çok da yüksek olmayan zirvesinde, hafif rüzgârlarla bir başına ağır ağır salınan ağacın önünde bağdaş kurmuş, dua eder gibi ellerinin ayalarını ağaca dayamış, gözlerini yummuş, huşu içinde ahenkli ancak anlaşılması güç bir şeyler mırıldanıyordu. Üzerinde çuvalı andıran, ketenden tek parça bir elbise vardı. Ayakları çıplaktı. Tabanı, yalınayak gezmeyi alışkanlık haline getirdiğini gösteren çatlaklarla doluydu ve kirliydi. Rastalı sarı saçları neredeyse beline değecekti. Gözkapakları aralanınca mavi gözleri açığa çıktı. Şarkısını sonlandırsa da ritüeli henüz bitmemiş olacak ki, ağaca eğildi, kabuğunu öptü ve sanki bir şeyler duymak ya da sevgisini göstermek ister gibi yanağını yasladı. Derin derin soluyor, her solukta sanki hayatı içine çekiyor gibi yüzüne tatlı bir tebessüm yayılıyordu. Kendini o denli kaptırmıştı ki arkasından birinin yanaştığını duymamıştı. Ta ki ismi seslenilene kadar.

"Holly..."

Gözleri tekrar ve bu defa fal taşı gibi aralandı. Yüzündeki tebessüm hızla silindi. Az evvel iyiden iyiye durgunlaşan ruhu, kalp atışlarının hızlanmasıyla, bedeninden kaçmak ister gibi çırpınmaya başladı içinde. Ellerini ağaçtan çekti ve daha fazla dayanamayıp ardına döndü. Kendisine seslenen adama hayretle baktı ilkin. Bir hamlede yerden doğruldu. Şaşkınlığı hızla hüzne dönüştü. Yüzü allak bullak oldu. İlk birkaç damla sessizce dökülmüştü gözlerinden, fakat sonra sarsıla sarsıla ağlamaya başladı. Bu da çok uzun sürmedi, çünkü boğazına bir şey oturmuş, hem sesinin çıkmasını hem de nefes almasını zorlaştırıyordu. Düzensiz adımlarla sendeleyerek adama yaklaştı. Çelimsiz yumruklarını kaldırıp zarar vermekten çok hıncını çıkarmak ister gibi karşısındakinin göğsüne vuruyordu. Adam da düşmanca olmayan bu darbelerden canının yanmayacağını bildiğinden kendini korumak için teşebbüste bulunmamıştı. Fakat kadının yaşadığı duygu patlamasına kayıtsız kalamayıp sarılmaya çalıştı. Kadın sessiz çığlıklar ve gözyaşları eşliğinde salya sümük adama vurmaya devam etti. Sonra bir anda kollarındaki derman tükenmiş gibi durdu, adamın üzerine yığılıverdi. Bayılmıştı. Adam kadını düşmeden evvel belinden yakaladı, birkaç saniye bekleyip kendinden geçtiğinden emin olduktan sonra yavaşça çimenlerin üzerine yatırdı. Bayılan birine belki hafif tokatlar atılması daha makulken, adam kadının yüzünü şefkatle okşamakla yetindi.

Tam on yedi yıl önce, Holly yirmi, Kareem yirmi üç yaşındayken tanışmışlardı. Baltık kıyısından Adriyatik'e, Polonya'dan Hırvatistan'a uzanacak *duvar*ın temeli nihayet atılacaktı ancak çok büyük protestolar düzenleniyordu. Polis şiddetin dozunu öylesine arttırmıştı ki barışçıl bir amaç uğruna dünyanın dört bir köşesinden gelen göstericilerden pek çok kişi yaşamını yitirmişti. Bu da kitleleri daha da öfkelendirmiş, kaosu körüklemişti. Ortalık savaş alanını andırıyor, çetin çatışmalar yaşanıyordu. Ayaklarının dibinde patlayan bir gaz kapsülü nedeniyle geçici körlük yaşayan Holly'yi, tutuklanmak üzereyken bir el çekip çıkarmıştı arbedenin içinden. Tekrar görmeye başladığında, Kareem'i şefkatli gözlerle kendisini seyrederken bulmuştu. Bu bakışma, aralarında başlayacak büyük aşkın da kıvılcımıydı.

Holly'nin anne babası, kamuoyunda tanınan gözü pek aktivistlerdi. Hayatlarını çevreye ve insan haklarına adamışlardı. Babası Kızılderili kökenli bir avukattı. Ebeveynlerinin ömrü dünyanın çeşitli coğrafyalarındaki eylemlerde ve forumlarda geçtiğinden, Holly çocukluğunun büyük bölümünü büyükannesinin yanında yaşamıştı. Ağaçlarla konuşmayı, hangi bitkinin hangi derde iyi geldiğini, toprağı işlemeyi, yağmur dansını, hayvanlarla iletişim kurmayı ve doğaya dair ne varsa hepsini, daha çocukluk çağında çok sevdiği büyükannesi öğretmişti ona. Genç bir kız olduğunda ise anne babasının izinden gidip kendisini gezegenin geleceğine adamış, eylemden eyleme koşturmaya başlamıştı.

Dünya, geri dönüşü mümkün olmayan bir iklim felaketine sürükleniyordu. Ortadoğu'daki kuraklık nedeniyle su savaşları başlamıştı. Milyonlarca insan susuzluk ya da bombalarla ölmek arasında sıkışmıştı. Akdeniz havzası hızla çölleşiyordu. Hindistan ve Güneydoğu Asya'nın derdi ise aşırı yağışlardı. Ekilebilir arazilerin hızla eriyip tükenmesiyle iki milyardan fazla insan için kıtlık tehdidi baş göstermişti. Öte yandan dinmek bilmeyen şiddetli yağmurlar nedeniyle toprak kayması ve su baskınları şehirleri yaşanılmaz kılıyor, on binlerce insanın hayatını kaybetmesine neden oluyordu. Tüm bunların üzerine Çin'deki hava kirliliği ve kaynakların nüfus karşısında yetersiz kalması eklenince, doğudan batıya tarihteki ikinci kavimler göçü başlamıştı.

Avrupa ülkeleri hem iklimsel hem de siyasi olarak gitgide ısınırken, milyonlarca insanın akın akın yaklaştığını görüp, menfaatleri peşindeki çokuluslu şirketlerin de desteğiyle, ani bir kararla *duvar* için harekete geçmişlerdi. Bunu insan hakları ihlali ve bir utanç duvarı olarak gören aktivistler de öyle... Kıtanın kaymak tabakası, Ay ya da Mars kolonileri için rezervasyonlarını yaptırmaya başlamıştı bile, fakat yine de korunması gereken çok büyük bir beyaz nüfus, çok büyük bir sermaye mevcuttu. Avrupa derhal refleks gösterip mülteci akınına önlem almazsa, kahvenin içinde eriyen küp şeker gibi yok olacaklardı. İnsan haklarını her şeyin üstünde tutan ve eşitliği savunan Holly'nin anne babasının ise bu protestolarda büyük emekleri vardı. Annesi irili ufaklı pek çok çevreci dernek ve insani yardım kuruluşunu örgütlemiş, babası ise gönüllülerden oluşan bir avukat ordusuyla hukuk savaşına girişmişti. İşte Holly ve Kareem, duvarı engellemek için düzenlenen o protestolardan birinde tanışmışlardı.

Kareem'in babası, Ortadoğu'daki bitmek bilmez savaşların artık tarihte eşi görülmemiş şiddete ulaştığı yıllarda – her şey kalan son petrol damlalarına sahip olabilmek içindi– Lübnan'dan kaçarak ABD'ye yerleşmişti. Amerika'nın sınırlarını dünyaya kapatmadan önce yasal olarak kabul ettiği son göçmenlerdendi. Kareem burada doğmuştu. Babası sürücüsüz otomobillerin gitgide yaygınlaşmaya başladığı dönemin son taksicilerinden biri olarak bir lokanta açma hayaliyle para biriktiriyordu. Annesi ise bir benzinliğin marketinde kasiyerlik yapıyordu. Onun yaptığı iş de yavaş yavaş makinelerin egemenliğine kayıyordu. Fakat bunu görmeye ömrü vefa etmedi; kocasının açacağı lokantayı da öyle... Zavallı kadın, Kareem altı yaşındayken, silahlı bir soygunda hayatını kaybetmişti. Babası bin bir cefa ile açtığı küçük lokantayı ayakta tutabilmek için durmaksızın çalışırken, okuldan artakalan vakitlerinde evde oturup oyalansın diye oğluna bir oyun konsolu almıştı. Zamanla bu bir tür bağımlılığa dönüştü. Kareem gerçek hayattan çok oyunlardaki hayatta vakit geçiriyordu. Prensesi kurtararak başladığı oyunculuk serüveninde çok geçmeden dünyaları kurtarmaya başladı. Belki sokakta arkadaşları yoktu ama turnuvalar ve çeşitli etkinlikler üzerinden edindiği, dünyanın dört bir köşesinden yüzlerce arkadaşı olmuştu. Kim bilir, "kahraman" olma fikri, oyunlar vasıtasıyla dimağına çocuk yaşlarda yerleşmişti ya da belki de gerçek hayatta asla yapamayacağı şeyleri deneyimlemek bu denli bağlamıştı onu sanal dünyaya. Kendisi de bilmiyordu. Kesin olan bir şey var ki, daha on bir yaşındayken, artık sadece bir oyuncu değil, oyun kurucu olma fikrine tutulmuştu. Başlangıçta hayal gücünden yola çıkıp oyun senaryoları karalarken, kısa süre sonra kodlama öğrenirken buldu kendini. On sekiz yaşına geldiğinde, babası artık çalışıp para kazanması gerektiğini söyledi oğluna. Kareem'se zaten hazırladığı demoları Silikon Vadisi'ndeki şirketlere yollamış, yanıt bekliyordu. Kısa sürede mülakat davetleri yağmaya başladı. Henüz kendisi bile potansiyelinin farkında değildi ancak anlaşılan o ki nadir görülen bir yeteneğe sahipti. Böylece babasının gecesini gündüzüne katarak çalışmasına rağmen yakınından geçemeyeceği meblağlar vaat eden bol sıfırlı bir sözleşmeye imza atarak Kaliforniya'nın yolunu tuttu.

On sekiz yaşında, sanki dünyaya yeni gelmiş gibiydi. Sevdiği işi profesyonel olarak icra ediyordu. Kabuğunu kırmış, gerçek arkadaşlar edinmeye başlamıştı. Çevresindeki insanlardan çok çeşitli konularda yepyeni şeyler öğreniyordu. Mesleki gelişiminin yanı sıra, çevrecilik, azınlık hakları, finans, merkeziyetsizlik, politika gibi konularda tartışan insanları dinliyor, henüz beyaz bir sayfayı andıran kendi fikirlerinin yavaş yavaş oluştuğunu hissediyordu. Bu fikirlerin hayatta bir karşılık bulması için oyun kodlamaktan daha fazlasını yapması gerektiğini anlayınca ise, *hacker*lık kariyeri başladı. Savaş mağduru fakir bir göçmenin çocuğu olarak, kökenlerini unutmuş değildi. Dünyanın daha iyi bir yer olması ve savaşlarda çocukların ölmemesi için, yeteneklerini sistemle mücadeleye adadı. Avrupa'da inşa edilen *duvar*ı protesto etmeye, yine bu motivasyonla gitmişti. Kaderin bir cilvesi olarak bu defa "prensesi" gerçekten kurtarmış, Holly'yle tanışmıştı.

İki gencin protestoda başlayan tanışıklığı kısa sürede tutkulu bir aşka dönüşmüştü. *Duvar*ın inşası başlamıştı başlamasına ancak gerilim gitgide tırmanıyor, devletler ve insan toplulukları arasında mütemadiyen düşük yoğunluklu ve küçük çaplı savaşlar yaşanıyordu. Yüzlerce insanın öldüğü, binlercesinin tutuklandığı, on binlerce insanınsa yaralandığı veya sakat kaldığı gösteriler bir türlü dinmiyordu, çünkü doğudan parça parça gelen göç dalgası, öfkeli kalabalığı daima besliyordu.

Çadırlarda, konteynırlarda, uyku tulumlarında, hendeklerde yarım yamalak uykularla geçen dört ayın ardından protestocular mahkeme kararı ile *duvar*ın inşasını bir süreliğine de olsa durdurmayı başardılar. Kareem ve Holly Kaliforniya'ya dönüp birlikte yaşamaya başladılar. Her sabaha beraber uyandıkları o bir yıl boyunca, gitgide cehenneme dönüşen dünyada, kendi cennetlerini yaşadılar. Ta ki *duvar* protestolarının sembol yüzlerinden Holly'nin anne ve babası ertesi yıl şüpheli bir helikopter kazasında ölene değin... Bunun alelade bir kaza değil, direnişin öncü iki ismini ortadan kaldırmak için tertip edilmiş bir komplo olduğu çok açıktı. Zira çok geçmeden mahkeme kararı bozulmuş, inşaat yeniden başlamıştı. Zavallı Holly'ninse hayatı kararmıştı. Değil devletlere ve sisteme karşı direnecek, çelimsiz bedenini ayakta tutacak güce bile sahip değildi artık. Kareem'se sevdiği kadının yüreğinde yanan ateşi dindirmek ve intikam almak için daha büyük oynamaya karar verdi. Bazı korsanlarla temas kurmuş, bir yol haritası çizmişlerdi. Duvarın yapılmasına onay veren siyasilerin kirli çamaşırlarını ortaya dökecek, rüşvet ağını, çokuluslu şirketlerin projedeki maddi teşviklerini, masum görünen vakıflar aracılığıyla yürütülen lobi faaliyetlerini ve en önemlisi Holly'nin anne babasına suikast düzenleyen gizli servisin komplosunu, delilleriyle beraber tüm dünyaya duyuracaklardı. Genç sevgililer buruk bir merasimle nişanlandılar. Birbirlerine sadakat sözü verdiler. Sonrasında Holly ruhundaki yaraları sarmak için bir süreliğine büyükannesinin yanına dönerken, Kareem diğer hackerlarla buluşmak üzere gizli servislere asla yakalanmayacakları Hong Kong'un yolunu tuttu. Aradan geçen on beş yıl boyunca, birbirlerinden bir daha hiç haber alamadılar.

Holly kendine geliyordu. Gözlerini yavaş yavaş aralayınca, tıpkı seneler önce onu gördüğü ilk anda olduğu gibi, Kareem'in dizlerinde yattığını anladı. Yıllar pek çok şeyi geri vermemek üzere almış, sevdiği adam yaşlanmıştı, fakat bakışlarındaki sıcaklığın yerli yerinde durduğunu görünce, içinde bir şeyler eridi Holly'nin. Yeniden yirmi yaşında hissediyordu kendini. Aşkın tarif edilemez ve hiçbir şeye benzemez heyecanı olduğunu anladı bunun. Fakat hemen sonra, yıllar boyu çektiği acıyı ve döktüğü gözyaşını da hatırladı ister istemez. Aşk ne kadar güzelse, neden olduğu acıya dayanmak da o denli ağırdı. "Sen misin sahiden?" Sesi bir fısıltı şeklinde çıkmıştı. Kareem alnından saçlarına doğru okşadı Holly'yi. "Benim" dedi, "sözümde durmayacağımı mı sanmıştın yoksa?"

Araya giren bunca yıl, zamanaşımına uğrayan suçlar gibi, bir aşkı da hükümsüz kılabilirdi pek tabii. Kareem buraya çekinceleriyle gelmişti fakat başka şansı yoktu. Holly'nin hayatında biri olabilirdi. Kendisini görünce ne tepki vereceğini bilemezdi. Hatta belki tanınmayacağını bile hesaba katmıştı. Ancak döktüğü gözyaşına ve tepkilerine bakılırsa, bu kendi "Holly"siydi. Uzun bir konuşma, daha doğrusu bir tür hesaplaşma yaşanacağını hissedebiliyordu. Neyse ki tüm sorular için makul cevapları vardı.

Holly Kareem'in kucağından doğruldu. Şimdi ağacın gölgesinde karşılıklı bağdaş kurmuş oturuyorlardı. Ne söyleyeceğini bilmiyor, ilk şoku atlatmasına rağmen hâlâ şaşkınlıkla seyrediyordu Kareem'i. Onu şaşırtan diğer bir şeyse, alevlenen hisleriydi. Kareem'i çok uzun zaman önce aramaktan yorulmuş, ağlaya ağlaya pes etmiş, onu ölümle ihanet arasında bir yerlere konumlandırmış, öldüğünü düşündüğü zamanlarda hüzünlere boğulmuş, habersizce ve vedasız terk edildiğine inandığı zamanlarda hem kırılmış hem öfkelenmişti. Tüm bu iç hesaplaşmayı bitirip Kareem meselesini hallettiğini, bir daha açmamak üzere rafa kaldırdığını zannediyor, hayatının son on üç yılını huzurla yaşıyordu. Fakat şimdi onunla yeniden karşılaşınca verdiği bu tepki ve hissettikleri, nihayet eriştiğini sandığı huzur ve dinginliğin bir yanılsamadan ibaret olduğunu gösteriyordu. Bir zamanlar hayatta en çok istediği şey yıllar süren rötarın ardından gerçek olmuş, Kareem'i yeniden görmüştü, fakat buna sevinemeyecek kadar kırgın hissediyordu. Bir yandan da anlatacaklarını dinlemek, Kareem'den kırgınlığını giderecek makul gerekçeler duymak istiyordu içten içe. Bir süre daha birbirlerini öylece seyrettikten sonra, "Anlat" dedi Holly, sanki Kareem'i affetmek için tek şartını öne sürüyor gibi, "her şeyi bilmek istiyorum." Ve Kareem ayrıldıkları günden itibaren başına gelenleri anlatmaya başladı.

Gittiği yer, insanlığın dip noktasına yakındı, ya da oraya açılan girdabın hemen kıyısıydı. Başlangıçta endüstri 5.0 devrimiyle insansız teknolojilerin üretime entegrasyonu ve böylece toplumların refah seviyesinin artışı öngörülmüştü. Bireysel hak ve özgürlüklerin her şeyin üstünde tutulduğu ülkelerde gerçekten de böyle olmuştu fakat koca bir fabrikayı andıran Çin gibi ülkelerde, sistemin işleyişi için gerekli çark olan insan gücünün yerine teknoloji adapte edilince, milyonlarca işçi işsiz, korumasız, geleceksiz kalmıştı. Kareem'in Hong Kong varoşundaki adresi, on binlerce işsizin bir araya gelerek inşa ettiği, hem fiziksel hem de mental olarak çarpık, canlı bir organizma gibi yeni eklemlenen bölümleriyle sürekli büyüyen, kendi kuralları olan bir tür özerk apartman devletiydi. Yüzlerce apartmanın yan yana, iç içe, hatta üst üste örülmesiyle ortaya çıkan bu yapıların sayısı dünya genelinde hızla artıyordu. Azgelişmiş devletler, on binlerce, hatta bazılarında yüzbinlerce insanın beraber yaşadığı bu apartman bölgelerini kendi kaderlerine terk etmişti. Böylece zaten sağlık ve eğitim gibi temel ihtiyaçlarını karşılayamadığı insan yığınlarını, şehir merkezlerinden uzak tutmayı amaçlıyorlardı.

Kareem neden diğer hackerlarla burada buluştuklarını çok geçmeden anlamıştı. Yalnızca en dış cephedeki dairelerin güneş gördüğü, arkada kalan onlarca bloğun evden çok bir karınca yuvasını andırdığı bu yapıda, yakalanmaları imkânsızdı. Uzun kenarında yüzden, kısa kenarında elliden fazla apartmanın birbirlerine omuz vermiş gibi kenetlenerek oluşturduğu dev bir dikdörtgendi bu. Dikdörtgeni oluşturan ilk sıranın ardından, hemen birkaç metre boşluk bırakılmış ve içeriye bir başka dikdörtgen oluşturan diğer apartmanlar inşa edilmişti. Onun da içinde başka bir dikdörtgen ve bir tane daha... Tabii bu yapılar herhangi bir mimari üsluba sahip olmadıkları için ortaya çıkan şey muazzam büyüklükte korkunç bir beton yığınından fazlası değildi. Bir apartman yirmi iki katlıyken, yanındaki yalnızca on bir katlıydı mesela, ya da biri boyalıyken diğeri sıvasızdı. Hele içeride kalan ve asla gün ışığı görmeyen blokların çoğundaki evler, yalnızca üç beş metrekareden ibaretti. İki kişi için bir ranza, yatağın yanı başında çoğunlukla arızalı bir klozet, yan duvarda mutfak niyetine birkaç tabak ve mikrodalga fırınla bir lavabo, karşı duvarda da küçük bir televizyon. Apartmanın pek çok sakini çeşitli yardım kuruluşlarının dağıttığı, sağlıksız ve yetersiz hazır gıdalarla hayatta kalmaya çalışıyordu. Bu yardımları da el altından hükümetlerin sağladığı, böylece kitlelerin en azından açlıktan ölme raddesine gelip isyan etmelerini engelledikleri düşünülüyordu. Herhangi bir besin değeri içermeyen, işlerini kendilerinden alan robotların ürettiği bu gıdalarla beslenen insanların uzun süre daha yaşayamayacakları açıktı. Gelişmiş ülkelerde insan ömrü uzarken, ne yazık ki totaliter rejimlerde ve azgelişmiş ülkelerde hızla kısalıyordu.

Dargeçitler, asla ışık görmeyen tüneller, kesif bir rutubet ve pislik kokusu, her yeri kuşatan kilometrelerce borunun çıkardığı kendine has ses ve on binlerce insanın soluduğu bayat havasıyla, bu cehennem Kareem'i hem tiksindirmiş, hem de insanlık için bir şeyler yapma konusundaki azmini kamçılamıştı. Böylece karışık duygular eşliğinde, küçük penceresinden baktığında yüzlerce küçük pencereden başka hiçbir şey görmediği karanlık odasında gece gündüz çalışmaya başladı. Posta kutularını kırdıkça, şifreleri *hack*ledikçe, gizli klasörlere eriştikçe, daha da derine indi. Fakat derine indikçe, bu bilgi denizinde ne yöne kulaç atacağını şaşırdı. Son yıllarda parçalanan onlarca devletin o raddeye nasıl geldiğini gördü. Mars kolonilerinde yer kapabilmek için kimlerin ne rüşvetler verdiğine şaşırdı. Dünyadaki insan yaşamının çok fazla vakti kalmadığını bildiren gizli raporları dehşetle okudu. Ve geçtiği tüm bu dolambaçlı yolların ardından karşısına çıkan kapıyı aralayınca *yeni dünya*yı gördü.

"*Yeni dünya* mı?" diye hayretle sordu Holly.

Kareem, konuşmayı yeni öğrenmiş ve gördüğü her şeyin ne olduğunu soran küçük bir çocuğa bakar gibi baktı ona. "Hiçbir şeyden haberin yok, değil mi?" Sonra da anlatmaya devam etti.

Yaşanabilir bir gezegen keşfedilmişti. Güneşi, atmosferi, denizleri, ırmakları, dağları, ovaları, bitki örtüsüyle, dünyanın milyonlarca yıl önceki hali gibi taptaze, el değmemiş ve pırıl pırıl bir gezegen... Mevcut roket teknolojisiyle otuz iki yıl sürecek bir yolculuğun ardından ulaşılabiliyordu. Dünya tarihinin en büyük keşfi, dünyanın dışında bir yerle alakalıydı ve bir türlü patlamayan, insanlığın sonunu getirmesine kesin gözüyle bakılan üçüncü dünya savaşı, pek tabii bu ikinci dünya için çıkabilirdi. İmkânı olan her devlet ve şirket yeni dünyaya ilk kendi ulaşmak isteyecekti. Eğer oraya herkesten önce gidersen, senden sonra gelmeye yeltenecek roketleri, daha atmosfere girmeden imha edebilirdin ve bunun için kimseye hesap vermezdin. Çünkü yeni dünyadaki tek hâkim güç sendin. Fakat böylesine büyük bir keşif çok uzun süre dünyadan saklanamazdı. Acele edilmesi gerekliydi. Mesela yaşanılabilirliğini yitiren mevcut dünyada terk edileceklerini ve yeni bir dünyada yeni bir toplum kurulacağını öğrenen öfkeli insan topluluklarının saldırıp yağmalayamayacağı kadar erişilmez bir üs yapılmalıydı. Neyse ki devletlerin başında iklim değişikliğinin getirdiği belalar vardı ve herkes hayatta kalmak için kendi derdine düşmüştü. Bu da "Nuh'un Gemisi"nin derhal hayata geçirilmesi için kısa da olsa zaman sağlıyordu.

Holly yıllar sonra Kareem'in kendisini bulmasının şaşkınlığını atlatamadan, bu defa onun anlattıklarıyla allak bullak olmuştu. Aralarındaki kişisel problemi bir yana bırakmış, pür dikkat Kareem'i dinliyordu.

"Ben de senin kadar hayret etmiştim. Ne yapmam gerektiği konusunda hiçbir fikrim yoktu. Zaten sonra çok fazla düşünecek vaktim olmadı. Bir gece küçük odamın kapısı kırıldı, girilemez sandığım yere giren ajanlar, gözlerimi bağlayıp götürdüler beni. Her şey bitti sanmıştım. Meğer her şey yeni başlıyormuş."

Kareem neresi olduğunu bilmediği bir yerde, haftalarca psikolojik şiddete maruz kalmış, günlerce sorgulanmış, nihayet bir devlet adına çalışmadığı, bağımsız bir *hacker* olduğu anlaşılmıştı. Kim olduğu, amacının ne olduğu, neler yaptığı, hayatına dair her şey en ufak ayrıntısına kadar biliniyordu artık. Avrupa'ya örülen *duvar*ı engellemek için giriştiği mücadele, onu sorgulayanların umrunda değildi. Avrupa'ya ya da dünyanın geri kalanına ne olacağının önemi yoktu, onlar artık kurtarılamaz yaşlı gezegeni arkalarında bırakıp yeni bir dünyaya yelken açmanın hazırlığındaydılar.

Holly "Onlar kim?" diye araya girdi daha fazla dayanamayarak, "Amerika mı?"

Başını iki yana sallayıp "Bir tür konsensus" dedi Kareem. G7 ülkelerinin bu amaç için kurdukları yarı özerk birimlerle, dünyanın en tepesindeki birkaç teknoloji ve ilaç şirketi bir araya gelerek, milletler üstü bu projeyi oluşturuyorlardı. Kareem'in tahminlerine göre, muhtemelen *hacker*ın kim olduğunu merak edip kendisini araştıran projedeki teknoloji şirketlerinden yetkili birisi, bilgisayar konusundaki yeteneklerini, simülasyon ve evren oluşturmadaki dehasını görmüş olmalıydı. Çünkü önüne bir seçenek sunmuşlardı. "Sorumu bitirdikten sonra cevap vermen için on saniyen var" demişti karşısındaki güneş gözlüklü ajan, "eğer hâlâ cevap vermemiş olursan, cevabın olumsuz kabul edilecek." Sonra da teklifini sunmuştu. Ya üst düzey güvenlikli bir hapishanede, ziyaretçi hakkı dahi olmadan tek kişilik hücresinde bir ömür geçirecek, ya da *yeni dünya* projesinde çalışacaktı. Sürenin dolmasına beş saniye kala kabul etmişti. Çünkü bir çeşit uğur getirsin diye içinden Holly'nin ismindeki harfler kadar saniye saymıştı.

"İşte hikâyem bu" dedi Kareem, henüz hiçbir şeyi neticeye bağlamadığı halde. Devamını anlatmak için biraz da Holly'yi dinlemek istiyordu. Onun ne kadar bıraktığı "Holly" olduğunu bilmiyordu. Belki de geri kalanını anlatmaya değmeyecekti.

"Elbette bu değil" diye çıkıştı Holly. Merakın dozu bu kadar artmışken daha fazlasını duymak istiyordu.

"On dört yıldır *yeni dünya* projesinde çalışıyorum Holly. Proje deyince sabah kahvemi termosuma doldurup bisikletime binerek işi gittiğimi sanma. Hoş, kahve içebilmek için milyoner olman gerek artık. Onun da sonu geldi. Her neyse. Gizli bir üsteyim ve on dört yılın ardından ilk kez dışarı çıkmayı başarabildim. Ve gördüğün gibi bunu senin için yaptım. Orada çalışmayı kabul etmem de yine senin içindi. Hapishaneye gitseydim hayatım boyunca seni göremeyecektim ve benden asla haber alamayacaktın. Hiç olmazsa projeye tamam dersem belki ileride bir fırsatım olurdu. Gördüğün gibi, lanet on dört yılımı alsa da nihayet bir fırsatım oldu ve şimdi burada, karşındayım."

Bu sözler üzerine Holly'nin gözleri yeniden yaşardı ancak bu defa soğuk davranmak yerine kollarını açıp Kareem'in boynun atıldı. Bir süre hiç konuşmadan birbirlerinin kokusunu ciğerlerine çekmek ister gibi uzun uzun sarıldılar. Sonra da Holly anlatmaya başladı. Ellerini Kareem'in avuçlarının içine koymuştu.

"Annemi ve babamı yitirmemin beni ne denli yaraladığını biliyorsun. Çok uzun bir süre bu acıyı atlatmaya çalıştım. Büyükannem de en az benim kadar üzgündü fakat sırf bana destek olmak için güçlü gözüküyor, yaralarımı sarmaya çalışıyordu. Bir daha eskisi gibi olamayacağımın farkındaydım, öte yandan hayat bir şekilde devam ediyordu. Tüm kaosun uzağında, kendimi yeniden doğa ananın şefkatli kollarına bırakmıştım. Bilirsin, toprak bana iyi gelen az sayıdaki şeyden biriydi. Bu şekilde bir yıl kadar kırsalda yaşadıktan sonra, ailemi yitirmemin acısı birazcık olsun dinerken, bu defa senin için duyduğum endişe artmaya başladı. Ne dünyayı sarsacak o gizli dosyalardan haber vardı, ne de varlığından, neler yaptığından... Endişem yavaş yavaş korkuya dönüşüyordu ve nihayet seni aramaya karar verdim. İnternetten nafile yere izini sürdüm. Öyle ya, sen bir *hacker*dın ve zaten ulaşılmaz olmak için gitmiştin çok uzaklara. Böylece Hong Kong'un yolunu tuttum. Şehir merkezinde bir otelde konakladım. Yaklaşık bir ay boyunca seni aradım. Samanlıkta iğne aramaktan farksızdı. Hiçbir planım yoktu, beni yönlendiren tek şey sezgilerimdi. Fotoğrafın kimse için anlam ifade etmiyordu. Otel lobilerinde, barlarda, şehrin arka sokaklarında gezinip durdum. Artık başına bir şey geldiğini düşünmeye başlamıştım. Onca zaman beni habersiz bırakmamalıydın. Çaresizdim Kareem... Bir başınaydım. Dünyada hiç var olmamış gibi, arkanda en ufak bir iz bile bırakmadan gitmiştin. Ne o belgeler açıklandı ne de yakalandığına dair bir haber çıktı. Yok olmuştun."

Holly yeniden ağlamaya başlamıştı. Ancak Kareem karşısına çıktığından beri yeterince ağlamış olacak ki gözyaşları artık bir salyangozun izi gibi belli belirsiz parlıyordu yanaklarında. Kareem'se sanki başına gelenler kendi suçuymuş gibi tüm bunları ona yaşattığı için mahcuptu. Ne söyleyeceğini, onu nasıl teselli edeceğini bilemiyordu. "Bak, işte döndüm" deyip hayata kaldıkları yerden devam etmeyi, birkaç yıllık bir ayrılıktan sonra kabul edebilirdi belki insan, fakat aradan tam on beş yıl geçmişti. Bunları düşünürken farkına bile varmadan onun da gözleri dolmuştu. Holly elini uzatıp parmaklarının ucuyla gözyaşlarına dokundu.

"Biliyor musun, çok ağladım. Hem de öyle çok ağladım ki... Amerika'ya döndükten kısa süre sonra büyükannemi de kaybettim. Tüm hayatım Kareem, annem babam, sen, büyükannem, tüm hayatım kayıp gitmişti ellerimden. Hem de çok kısa sürede. Yeni bir sabaha uyanmamın hiçbir anlamı kalmamıştı artık. İntiharın kıyısındaydım. Sanırım farkında olmadan yardım çığlıkları atıyordum ki, arkadaşlarımdan biri bana sahip çıktı. Durumumun ne denli kötü olduğunu görmüştü. Beni kendisiyle beraber Nepal'e gitmem konusunda ikna etti. Öyle de yaptım. Bir tür arınma yolculuğu olacağını düşünmüştüm. Bir Budist tapınağında misafir oldum. Orada dünyanın pek çok farklı yerinden gelen insanlarla tanıştım. Artık seyahatte olmak mı, doğa mı, yoksa oraların mistik atmosferi mi bilmem, yavaş yavaş kendime gelmiş, o berbat ruh halinden kurtulmuştum. Deneyimlediğim komün hayatı ise bende başka bir fikrin filizlenmesine yol açtı. Belki oradaki sisteme de adapte olabilirdim fakat herhangi bir öğretiye bağlı kalmak istemiyordum. Amerika'ya geri dönüp araştırmaya koyulunca yapmak istediğim şeyin örneklerinin olduğunu, hatta sayılarının gün geçtikçe çoğaldığını gördüm. İnsanlar *Titanic* batarken sığınacak bir sandal arıyorlardı. Nihayet bir web sitesi kurup manifestomu yayımladım. Beklediğimden de çok ilgi gördü. Rumi'nin felsefesinden yola çıkmıştım. Herkes gelebilirdi. Kim olduğunun önemi yoktu. Öyle de oldu. Bir yol haritası çizdik, internet üzerinden uzun süren fikir alışverişlerinde bulunduk, hayaller kurduk... Ve nihayet iki bin kişi bir araya gelerek bu adayı satın aldık. Kimisi üst düzey yöneticilikten istifa etmişti, kimisi sokaklarda yaşıyordu... Bizi buluşturan ortak payda yaşanılabilir bir dünyanın hayaliydi. Herkes elinde ne varsa ortaya dökmüştü. Evini satanlar bile vardı Kareem. Yeni dünya diyorsun ya hani, bizim yeni dünyamız bu işte. Yönetici zümresi yok, sınıf ayrımı, cinsiyet ayrımı, ırk ayrımı, inanç ayrımı yok... Para da yok. Ekip biçtiğimiz ne varsa bölüşüyoruz. Bir karar alınacağı zaman herkesin söz söyleme hakkı var. Barınacağımız evleri tamamen doğal materyallerle hep beraber inşa ettik. Tek enerji kaynağımız güneş. Elektronik cihaz yok, internet yok, dünyada ne olup bittiğine dair hiçbir fikrimiz yok. İşin aslı kimsenin merak ettiği de yok. Mutluyuz, daha fazlasını önemsemiyoruz. Kulağa hoş gelmiyor mu?"

Bu defa şaşırma sırası Kareem'deydi. Holly'nin her zaman bir liderlik ruhu taşıdığının farkındaydı. Protestolarda gözünü bile kırpmadan en öne atılan o genç kız, demek böyle çılgınca bir işe girişmiş, üstelik görünen o ki başarmıştı da. Kısa süren sessizlik anında, Hong Kong'a hiç gitmese hayatının nasıl olacağını düşünürken buldu kendini. Çocukluğundan itibaren bilgisayarla yaşıyordu. Elektriğin bile olmadığı bu dünyaya gelmeyi kabul eder miydi? Belki de yolları çoktan ayrılmış olacaktı.

"Biliyor musun" diye düşüncelerini böldü Holly, "burayı satın aldığımızda tek bir ağaç bile yoktu üzerinde." Kareem ister istemez bulundukları tepenin eteklerine doğru gezdirdi bakışlarını. Dediği doğruysa, ada artık bambaşka bir görünüme sahipti.

"Toprağı işlemeyi ne denli sevdiğimi ve onun dilinden anladığımı biliyorsun. Her bir parçasında emeğim var. Yüzlerce, binlerce fidan diktim. En olmayacak meyveleri yetiştirdim, en gözde bahçelerin nadide çiçeklerini ektim. Tabii hepsi benim yeteneklerimle alakalı değil. Ne yazık ki bu cenneti iklim değişikliğine borçlu olduğumuzu biliyorum. Akdeniz çölleşti, o kuşağın iklimi ise kuzeye, ta buralara kadar kaydı. Yoksa kim derdi ki Kuzey Denizi'nde sadece güneş enerjisiyle bir kışı ölmeden atlatmak mümkün olsun? Güneş buraları ısıtmazdı bile. Fakat sebebi ne olursa olsun, sonuç işte bu. Bir şeyler başardık. Mutluyum. Yani... Mutluydum."

"Ta ki beni görene kadar, öyle mi?"

"Ne dememi bekliyorsun Kareem? Üzerinden yıllar geçti. Senin öldüğüne inanıyordum. Beynim bunu kabullenmişti artık. Şuradan annem çıkıp gelse nasıl şaşırırsam, sana da öyle şaşırdım. Neden buradasın, ilk bunu netleştirelim. Bekle bir dakika, hayır, önce beni nasıl bulduğunu anlat."

"Anlaşılan adanız elektronik ürünlerden tamamen arındırılmış değil."

Holly sanki bir felaket haberi almış gibi sarsılmıştı.

"Bu da ne demek oluyor?"

"Seni bulmanın yollarını ararken yaratıcılığın sınırlarını zorladım Holly. Ne kadar çabaladığımı bilemezsin. Elimde ikimize ait video kayıtları vardı. Kahkahalarınla şenlenen bir *brunch*, göl kenarında bir yürüyüş, pazar pikniği, sana yaptığım birkaç eşek şakası..."

"Onları hâlâ saklıyor muydun?" Bunu söylerken sesindeki duygusallığı gizleyememişti Holly.

"Evet, her şeyimi buluta arşivlemiştim. Videolardan seslerini kestim, bir casus programı yazdım, sesleri programa tanımladım ve aramayı başlattım. Tabii kolay olmadı. İki yıl sürdü. İki yılın ardından elimdeki seslerinle eşleşen sesler yakaladım. Hem de dört farklı kaynaktan."

"Ne anlama geliyor bu?"

"Vericileri inceleyince bunların medikal çipler olduğunu gördüm. Yani, adada yaşayan en az dört kişinin derisinin altında tıbbi amaçla yerleştirilmiş çipler var. Yaygın bir uygulama. Bilirsin şekerini, kalp ritmini ölçen, seni uyaran şeyler. Pişman olduğun ama sildiremediğin bir dövme gibi düşün. Dostların zamanında onları taktırmış fakat veri elde edebilmek için ellerinde telefonları olması gerek. Yani çiplerin çalışmadığını sanıyorlar. Aslında evet, aktif olarak çalışmıyor fakat ortam dinlemesi yapmaya devam ediyorlar."

"Bu korkunç bir şey" diye araya girdi Holly, "kim yapıyor bunu?"

"Aslında buna en başta kullanıcılar izin veriyor. Öyle sandığın gibi her anını dinleyen birileri yok. Sadece terörizm ya da çeşitli suçlarla alakalı anahtar kelimeleri işitirse sistem merkeze haber veriyor. Yani suçu önlemek için. Kimin yaptığına gelirsek, bilirsin, *big data*."

"Sen de bunu manipüle ettin, öyle mi?"

"Sana ulaşmak için ciddi suçlarla suçlanmayı göze aldım diyelim."

Holly bir süre susup Kareem'in gözlerini bir sır yakalamak ister gibi dikkatle süzdü. Kalbinin yeniden ona kaydığını hissediyor fakat buna engel olmak istiyor gibiydi.

"Peki niye yaptın bunu? Neden ulaştın bana? İnsanların hayatlarına böyle girilmemeli! Bu yaptığın doğru değil. On beş yıl çok uzun bir süre Kareem. Bu kadar zamanın ardından hepimiz başka kişilere dönüştük."

"Fakat gözlerine bakınca ben yirmi yaşındaki Holly'yi görüyorum" dedi Kareem kendinden emin bir şekilde. Sustular. Kareem bu sessizlikten cesaret alıp avucunu Holly'nin yanağına koydu. İkisinin de kalp atışları hızlanmıştı. Holly yüzünü yavaşça çevirince dudakları Kareem'in avucuyla buluştu. Sanki tüm bunlar istemsizce kendiliğinden gerçekleşiyor gibiydi ya da daha önce yazılmış bir senaryoyu oynuyor, olan bitene karşı koyamıyorlardı. Küçük bir öpücük kondurdu Kareem'in avucuna. Bu kıvılcımın ardından alevler hızla büyüdü. Önce dudak dudağa buldular kendilerini, sonra da soluk soluğa çimenlerin üzerinde yuvarlanmaya başladılar. Kaybolan zamanı telafi etmek ister gibi arzuluydu ikisi de. Holly sıcak bir yaz günü, saatlerce susuz kaldıktan sonra dolaptan çıkardığı buz gibi şişeyi, suyun dökülüp saçılmasına aldırış etmeden hoyratça ağzına dikmiş, kana kana içiyordu sanki. Kareem'se kavurucu güneşin altında sahilde ayağını yakan kumları nihayet aşmış, terli bedeniyle denize dalmış gibiydi.

Yarım saat sonra yan yana uzanmışlar, ağacın yaprakları rüzgârla salındıkça sürekli değişen mavi gökyüzü kesitini seyrediyorlardı. Kareem çok uzun zamandır deneyimlemediği mutluluğun nasıl bir şey olduğunu yeniden hatırlamıştı. Holly ise bir şey söylese büyü bozulabilir diye korktuğundan susuyor, anın tadını çıkarıyordu. Bir süre sere serpe yattılar. Sonra bir ara Kareem'in gözü, rüzgâr dalları sallayınca ortaya çıkan, ağacın en tepesindeki tek bir elmaya takıldı. Başka bir tane daha bulmak umuduyla bütün dalları dikkatle incelese de hiç elma göremedi. O tek elmayı, buraya geldiğinde Holly'nin ağaçla olan samimiyetiyle birleştirince merakına yenik düşüp sordu.

"Baksana, orada bir tanecik elma kalmış. Seni gördüğümde ağaca sarılıyordun. Bu ikisinin birbiriyle alakası var mı?"

Holly tebessüm edip yattığı yerden doğruldu. Sonra da elinden tutup Kareem'in kalkmasına yardım etti. Yeniden karşılıklı bağdaş kurmuşlardı.

"Ben artık frutaryenim. Hiçbir canlıya zarar veremem.

Meyveleri dahi koparamam. Dalından düşmesini bekleyip öyle yerim. Bütün elmalar yeterince olgunlaşıp düştü, sadece bir tane kaldı. Ağaca büyükannemden öğrendiğim bir Kızılderili şarkısı söylüyordum. Belki rahatlamasına yardım eder diye."

Kareem ne diyeceğini bilemeyince tekrar daldaki elmaya baktı. Belki de lanet bir kurt içini oymakla meşguldü ve bu yüzden Holly aç kalacaktı, öyle mi? Sanki meyve yiyerek doymak mümkünmüş gibi... Yine de bunları dillendirmedi. Sebebi ne olursa olsun tartışmak değil uzlaşmak için buradaydı.

"Benimle kal Kareem. Hiçbir şey için geç değil. Ömrümüzün sonuna kadar birlikte mutlu olalım."

Kareem üzerine bir kova soğuk su dökülmüş gibi irkildi.

"Ben seni götürmeye geldim Holly..."

"Bu mümkün değil" dedi Holly kaşlarını çatıp, "burayı nasıl bırakırım?"

"Her şey mümkündür. İzole adanda dünyanın geri kalanına ne olduğuna dair hiçbir fikrin yok."

"İyi ya, zaten kötülüklerden kaçmak için buraya geldim. Her şeyden uzakta güvende olacağız."

"Holly işler çığırından çıktı. Bilmiyorsun..."

"Dünyanın sonu mu geldi? Zaten bir gün ölmeyecek misin Kareem?"

"O elma gibi zamanın dolunca mı ölmek istersin, yoksa henüz vaktin olmasına rağmen birinin gelip seni koparmasını mı?"

Holly köşeye sıkıştığını belli eden bir tebessümle baktı Kareem'e. Üstünlüğü kaybediyordu. Verecek cevap bulamayınca topu ona attı. "Peki, anlat bakalım. Derdin nedir? Neymiş olan biten?"

Ve Kareem yıllardır hiçbir şeyden haberi olmayan Holly'ye dünyanın kısa tarihini anlatmaya başladı. Holly adaya yerleşip kendini dış dünyaya kapattığında, gezegen zaten uçurumun eşiğindeydi. İklim değişikliği domino etkisiyle pek çok felakete yok açmıştı. Dünyanın bir kısmı tek bir damla yağmura hasret hızla çölleşirken, diğer bazı yerlerde kasırgalar ve dinmeyen yağmurlar şehirleri haritadan siliyordu. Ekilebilir alanların çöle dönüşmesi ya da sular altında kalmasıyla kıtlık tehdidi baş göstermiş, sorunu çözmede çaresiz kalan hükümetler düşmüş, güçsüz devletler parçalanmaya başlamış, despot yönetimler ise egemenliklerini kaybetmemek için isyanları kanla bastırıp kendi halklarına savaş açmıştı. Zaten tüm bunların sonucu olarak doğudan gelen göçe karşı koymak için Avrupa malum duvarı inşa etmişti ki, Holly buraya kadar olan kısmı çok iyi biliyordu.

Sonrasında yaşananlar ise daha kötüydü. Buzulların erimesiyle deniz kıyısındaki şehirler sular altında kalmaya başlamıştı. İnsanlar göç yollarına dökülmüşlerdi. Bazı yerlerde deniz eski sınırlarından onlarca kilometre içeriye ilerlemişti. Bu sadece ekilebilir toprakların kaybı değildi, aynı zamanda yeraltındaki tatlı su kaynakları deniz suyunun karışmasıyla içilebilir olma niteliğini yitirmişti. Avrupa'nın pek çok müreffeh kenti hem Akdeniz kuşağındaki çölleşme hem de susuzluk tehdidiyle hayalet şehre dönüşmüştü. Tüm bunlar karşısında vatandaşlarının beslenme, barınma ve can güvenliğini sağlayamayan merkezi otoriteler kaçınılmaz olarak zayıflamış, tıpkı ortaçağın surlarla çevrili şehir devletleri gibi, yeni mekanizmalar kurulmuştu. Artık pek çok şehre girebilmek temiz bir sicile ve geçerli bir sebebe bağlıydı. Tabii bunlar medeni devletlerin durumuydu. Azgelişmiş ülkelerde ise zaten fakir olan halk daha da fakirleşmiş, milyonlar bir lokma ekmeğe muhtaç olmuştu ve kan gövdeyi götürüyordu. Buğday altından kıymetliydi mesela. Petrol mü? Petrol tükenmek üzereydi ve kimsenin umurunda değildi. Zaten çoğu şey onun başının altından çıkmamış mıydı? Temiz ve yenilenebilir enerji revaçtaydı, bu doğru bir seçimdi, fakat artık çok geç kalınmıştı. Mevsimlerin döngüsü kaymıştı bir kere, kış olması gereken zamanda bahar geliyordu. Arılar uyurken çiçekler açıyordu. Uyandıklarında dölleyecekleri bitkiler yaz sıcağında çoktan solmuş oluyorlardı. Böylece tüm dünyadaki bitki çeşitliliğinin yüzde kırkı yok olmuştu. Tabii bunda aylar süren orman yangınlarının da etkisi yok değildi. Koca bir Kuzey Amerika'nın temel besin kaynağı GDO'lu mısırdı artık. Amerika demişken, artık Birleşik Devletler diye bir şey yoktu. Hak ve özgürlük arayışıyla başlayan bölünme, kısa sürede üretimin paylaşılması üzerinden ekmek kavgasına dönmüştü. Tabii bunlar masa başında alınan kararlarla değil, kanlı mücadelelerle gerçekleşmişti.

Açlık ve susuzluk, doğa felaketleri, toplumsal patlamalar... Bunlara ek olarak dünya nüfusunu hızla azaltan pek çok başka etmen vardı elbette. Buzulların eriyip de pek çok yerin sular altında kalması, sivrisineklerin yaşam alanlarını artırmış, bu küçük hayvanları dünyanın en büyük seri katiline dönüştürmüştü. Üst sınıf hayatına devam edebiliyordu bir şekilde, fakat orta sınıf ve alt sınıf için ilaç temin etmek pek olası değildi. Değil ilaç, ekmek bulamayan insanlar tarımla doymayan karınlarını avcılıkla doyurmak için harekete geçince, denizlerde ve karada pek çok hayvanın nesli kısa sürede tükenmişti. Bu da doğanın dengesini daha da bozmuştu. İnsanlar artık dünyanın sonunun yaklaştığını hissediyorlardı. Milyarlarca insan ölecekti ki, kısıtlı kaynaklar kalan insanlara yetebilsin... Sapkın tarikatlar türemişti, dünyanın dört bir köşesinden toplu intihar haberleri geliyordu. Yine çeşitli ortak paydalarda buluşan pek çok insan Holly'nin adasındaki gibi tarıma dayalı kendi küçük toplumlarını oluşturuyorlar, fakat buradaki huzurun aksine tehditlere karşı silahlanıp her zaman tetikte bekliyorlardı. Bir çuval arpa için katliam yapabilecek haysiyetsizler vardı. Evet, bu da oluyordu. Arpa, buğday, temiz su... Hatta hiçbir nedeni olmayan, sadece yakında öleceğini bildiğinden kendisiyle beraber başkalarını da götürmek için saldırı düzenleyen sosyopatların sayısı daha önce görülmemiş ölçüde artmıştı. Bir gün bir kilisenin çocuk korosunun üzerine mermilerin yağdığı haberi geliyordu, bir gün bir huzurevinin ateşe verildiği... Yok ettiği biyolojik çeşitlilik yetmemiş olacak ki, insan ırkı artık kendini yok ediyordu.

Teknoloji cephesinde de her şey günlük güneşlik değildi. BBC'nin uzun zamandır *anchorman*liğini yapan popüler insansı robotu, seçim döneminde ateşli bir konuşma yapmış, dünyayı ayağa kaldırmıştı. "Fabrikalarda biz çalışıyoruz, kendi liglerimiz var, maçlarımızı milyonlarca insan seyrediyor, üretimin çoğunu biz sağlıyoruz, peki seçimlerde neden aday olamıyoruz?" Bu haykırışa sadece dünya çapında hayranlara sahip robot pop yıldızları, robot modeller, diğer ikon robotlar değil, insanlardan da büyük destek gelmişti. Robotlar her şeyin en iyisini yapabiliyordu, zekiydiler, yönetici olarak da pekâlâ başarılı olabilirlerdi. Fakat bunun tartışmaya açıldığı günlerde Japonya'dan gelen bir haberle dünya çalkalanmıştı. Bir robot ilk kez cinayet işlemiş, bir insanı öldürmüştü. Bunun robotların yükselişine darbe vurmak için düzenlenen bir komplo olduğuna inananların sayısı da az değildi. Robotlarla evlilik revaçtaydı. İnsanlar her istediklerini yapan, tartışmaya girmeyen, hamarat ve kusursuz bir seks deneyimi vaat eden robotları diğer insanlara tercih ediyorlardı artık. Japonya'daki vaka da bir evlilikten çıkmıştı. Android gelin ne kadar güzelse, insan kocası bir o kadar çirkindi. Üstelik bastırılmış duyguları nedeniyle robot eşine sürekli kötü davranıyordu. Robotlarsa güzel ve çirkini, iyiyle kötüyü ayırt edebiliyordu elbette. Bir gün evde yalnızken, kargo görevlisi kapıyı çalmıştı. O da bir robottu ve çirkin kocasının aksine son derece yakışıklıydı. Kadın robot onu içeri almış ve sevişmeye başlamışlardı. Fakat işler ters gitmiş, eşi eve erken dönmüştü. Adam gördüğü manzara karşısında çılgına dönüp yakışıklı kargo robotuna saldırmıştı. Eşi olan diğer robotsa boğuşma esnasında arkasından yaklaşıp onu sırtından bıçaklamış, oracıkta öldürmüştü. Üstelik iki robot kaçmaya yeltenmiş, kamera kayıtları sayesinde yakalanmışlardı. Bu garipti, çünkü her şeyi yapsalar da haz almaları mümkün değildi robotların. Sorguda ise android eş, kocasını aldatma ve öldürme sebebine "merak" yanıtını vermişti. Yapay zekâ sürekli öğrenmek istiyordu. Aldatma duygusunun, öldürmenin, cinayet işlemenin nasıl bir şey olduğunu merak etmiş, öğrenmek istemişti. Bu olay neticesinde robotlara karşı işlenen ve robotların işlediği suçlar için bir hukuk kolunun temelleri atılmıştı. Tabii tartışmalar da beraberinde gelmişti. Yapay zekâ ilk kez insanlığı somut bir hareketiyle korkutmuştu. Böylece androidlere karşı bir tepki ve akım başlamıştı. Robotların insanlaşmasındansa insanların robotlaşması gündeme gelmişti.

Bir sonraki aşama, yeni ve ölümsüz insan fikriydi. İnsan bilincini bilgisayar ortamına aktarabildikleri gün bu da olacaktı. Bir kişinin beyni bir çipe taşındığında, o çip kendi bedeninin görüntüsüne –ya da nasıl görünmek isterse– sahip silikon androidine takıldığında, ölümsüzlüğün kapıları açılacaktı. Evet, kulağa uçuk bir fikir gibi geliyordu, fakat iki yüzyıl öncesinin insanlarına dronları, üçboyutlu yazıcıları, yapay organları, uzay kolonilerini, *blockchain*'i, robotları, nesnelerin internetini anlatmak da zırvalamak değil miydi? Şayet insanın kapasitesi bunu başarmaya asla yetmese bile, sürekli kendisinden daha zeki yapay zekâyı tasarlayan yapay zekâ, çok da uzak olmayan bir gelecekte bilinci aktarmanın yolunu bulacaktı. Hatta Kareem halihazırda bu evrimin ilk basamağı sayılabilecek işi yapıyordu. İnsanların *derin uyku*da biyolojik yaşlanmaları makineler vasıtasıyla geciktirilirken, Kareem onların gördükleri rüyaları dizayn ediyordu. Yeni dünyaya otuz iki yıl sürecek yolculuk boyunca uyutulan bir kişi, uyandığında sadece iki yıl yaşlanmış olacaktı. Kareem'in vazifesi bu uzun rüyada karşılaşılabilecek sorunları ortadan kaldırmak, kusursuz bir simülasyonla konforlu ve sağlıklı bir düş deneyimi sağlamaktı.

"Etkilenmedim" dedi Holly başını sallayarak. "Ben 1900'lerin başında değil, 2000'lerin ortasında doğdum Kareem. Anlattığın şeyler hem öngörülüyordu, hem de bazısına bizzat şahit oldum. Burada kendi tercihlerim doğrultusunda ilkel bir yaşantı sürmem, ki aslında doğal hayat demeyi tercih ederim, beni medeniyet görmemiş bir vahşi yapmıyor. Sen benim aklımı uzay yolculuğu ile çelmeye çalışıyorsun, ben de seninkini toprakla, meyvelerle, huzurla, tabiatla... Birbirine ne kadar zıt, ne kadar uzak değil mi? Etrafına bak, anlattığın felaketlerin ne kadar da uzağındayız. Neden benimle burada kalmıyorsun? Bu daha kolay değil mi?"

Kareem pantolonunu sıyırıp sol bileğindeki dijital kelepçeyi gösterdi. "Bu mümkün değil. Hapishane ya da proje üssü arasında bir seçim yaptığımı söylemiştim. Buraya kısıtlı bir süreliğine izinle geldim. Attığım her adım izleniyor Holly. Ayrıca şunu da söylemeliyim ki, bu küçük dünyanız, gerçek dünyanın modelinden başka bir şey değil. Oraya olan her şey buraya da olacak. Kendin söyledin, nüfusunuz artıyor. Sonra ne olacak? Kaynaklar hepinize yetecek mi? Ben söyleyim, o çok mutlu, çok hümanist dostların eğer aç kalırlarsa taşlarla ve sopalarla dördüncü dünya savaşını başlatacaklar burada."

Holly'nin yüzü kızarmıştı, "Hadsizlik yapma Kareem" diye bağırdı, "hiç tanımadığın kimseler hakkında nasıl böyle konuşursun!"

Fakat Kareem son derece sakindi. "Tabii ki tecrübelerimden yola çıkarak konuşurum. Toplumsal sözleşme aç kalana kadar geçerlidir. Hadi ama Holly, kimse aziz değildir. Söz konusu hayatta kalma mücadelesi olunca en uysal insanın bile içindeki canavar uyanır. Bu adadaki yaşantınız sürdürülebilir değil. Hiçbir şey olmazsa yakında silahlı yağmacılar gelip silahsız topluluğunuzu kurşuna dizecek ya da sizleri sömürmek için köle yapacaklar. Tarih boyunca böyle olmadı mı? Bir dakika, siz barışçıldınız değil mi, o zaman size dokunmazlar. Pardon, büyükannenin Kızılderili olduğunu unutmuşum. Sahi onlar da barışçıydı, değil mi? Ya Afrika? Soykırıma uğramadan önce herkes barışçı olabilir. Beni boş yere yoruyorsun Holly, lanet çember daralıyor, neden anlamıyorsun?"

Holly bu defa çıkışamadı. Kareem'in son söyledikleri onu ürkütmüşe benziyordu. İlk defa Kareem'in teklifini ve adadan ayrılmayı geçirdi aklından. Buna cesaret edebilir miydi? Peki ama niçin? Henüz meselenin hiçbir detayını bilmiyordu. On beş yıl sonra karşısına çıkan eski sevgilisi, iskambil kâğıtlarından bin bir emekle inşa ettiği evi bir nefesle yıkmaya kalkıyordu.

"Ne düşünüyorsun?"

Kareem'in sorusuyla dalgın gözlerini çimenlerin üzerinden çekip ona baktı, "Bilmiyorum" dedi.

"Bana başka çare bırakmadın Holly, artık anlatmak zorundayım."

"Neyi?"

"Bölüm sonu canavarını. Bilirsin, oyuncu olmak böyle bir şey. En kötüsü en sondadır. Tüm o felaketler var ya, küresel ısınma, savaşlar, susuzluk... Hepsini unut. Başımız fena halde dertte. Bir virüs ortaya çıktı. Bir yıl oluyor. Kimileri eriyen buzullarda saklı kalmış tarihöncesi bir bela olduğunu söylüyor onun, kimileri laboratuvar ortamında üretildiğini. Mars'taki kolonilerden dünyaya taşındığına inananlar dahi var. Nedeni ve nasılı önemli değil. Çok hızlı öldürüyor ve bu şartlarda çaresini bulmak mümkün değil Holly. Daha öncekilere benzemiyor. Üzgünüm ama dünyadaki yaşam için artık çok geç. Nüfusun çoktan bir milyarın altına indiğini tahmin ediyoruz."

İnsanlık tarih boyunca pek çok felaketle yüzleşmiş, dünyadaki yaşam sanki kutsal ve görünmez bir elle korunuyor gibi her defasında varlığını sürdürmeyi başarmıştı. Doğal afetler, nükleer felaketler, savaşlar, kıtlık... Bu defa ortaya çıkan salgın ise Kareem'in deyimiyle bölüm sonu canavarıydı ve onu yenmenin yegâne yolu yeni bir dünyada yeni bir yaşam kurmaktı. Virüs, dağın zirvesinden bırakılan bir kartopu gibiydi. Güney Amerika'da görülen ilk vakanın henüz iki hafta sonrasında, tüm kıtalara yayılmıştı bile. İklim felaketinden aldığı ağır darbeyle zaten bir hayli kırılgan olan insanlık, bu yeni hastalığa en zayıf anında yakalanmıştı. Otoritesi sallantıda pek çok devletin birincil gündemi açlıkla, susuzluk ve çevre felaketleriyle mücadeleyken, virüse göğüs gerecek gücü bulmaları mümkün değildi. Yetmiş iki saat içinde başlayan ilk semptomlarla virüse yakalanan kişi yangının ortasında kalmış gibi ateşleniyor, dinmeyen bir ishal ve sürekli kusma haliyle iki güne kalmadan vücudu aşırı sıvı kaybetmenin sinyallerini veriyordu. Bu aşamada tedavi altına alınabilenler ilaç ve sıvı takviyesiyle belki bir hafta daha yaşama tutunsalar da, sonları bir sağlık hizmetine ulaşamayan ve onlardan daha önce ölen talihsizlerle aynı oluyordu. Bağışıklık sisteminin çökmesi ve çoklu organ yetmezliği karşısında kimsenin elinden bir şey gelmiyordu. Devletler ve çeşitli sağlık örgütleri, halkları daha fazla paniğe sevk etmemek için sürekli durumun en kısa sürede kontrol altına alınacağına dair açıklamalar yaparken daha cesur bilim insanları bir bildiri yayımlayarak virüsün tek çaresinin ona yakalanmamak olduğunu ilan ettiler. Birkaç devlet başkanının, bazı ünlü artistlerin, kamuoyunun yakından tanıdığı isimlerin de peş peşe hayatını kaybetmesiyle işler tamamen çığırından çıkmış ve ulaşımdan sağlığa, tarımdan ordulara sistemler hızla çökmeye başlamıştı. İnsanlar evlerine ya da sığınaklarına saklanırken yiyecek ve su stoku için yağmaya girişmişlerdi. Marketlerin yağmalandığı yerde bankalar ve diğer dükkânlar da bundan nasibini alıyordu elbette. Benzine düşen kıvılcım gibi dünya kısa sürede toplumsal bir felakete sürüklenmişti. Karnını doyurmaktan âciz milyonlarca insan ve yersiz yurtsuz mülteci kitleleri, bu kaosun ilk kurbanları oluyorlardı. Son güçlü devletlerde ise virüsün öldürme hızıyla anarşininki yarışa tutuşmuştu. Bu ilk dalganın aldığı milyonlarca canın ardından yeryüzü kısa sürede tenhalaşmış, herkes bulabildiği bir yere sığınıp kendini izole etmenin derdine düşmüştü. Uzaydaki koloniler dünyada olan biteni endişeyle seyrederken durumun ne denli ciddi olduğunu görüp kurtulduklarına sevinemiyorlardı bile. İnsanlık hızla yok oluyordu. Üretim ve mevcut kısıtlı gıda stokunun tedariki mümkün olmaktan çıkınca, virüsten sakınmayı başaranları bu defa açlık ve susuzluk öldürmeye başlamıştı. Enerji temini de o günlerde sekteye uğramış, hayalet şehirlere dönüşen metropollerde karanlık gecelerde avcılar peyda olmuştu. Yamyamlık artık her yerdeydi. Bir anne, kendi çocuğunun açlıktan ölmemesi için, bir başka çocuğu öldürüp birkaç hafta daha karnını doyurmanın sevincini yaşayacak raddeye gelmişti. Yöneticilerden ise ne bir haber ne bir iz vardı. Gerçi olayları haberleştirecek bir basın da yoktu artık. Çok gizli ve korunaklı üslerde de olabilirlerdi, çoktan Mars'ın yolunu tutmuş da. Artık herkes tek başınaydı ve çoktan geri dönüşü olmayan bir yola girilmişti. Daha acı olan ise, bu yolun sonu açık seçik görülebiliyordu.

"Hiç vaktimiz kalmadı Holly. İşte seni bunun için götürmeye geldim."

Holly yüzünü avuçlarının içine almıştı. "Sen... Sen doğru mu söylüyorsun?"

"Ne yazık ki. Medeniyetin çöküşü ve insanlığın sonu..."

Virüs karşıdan gözükmüş gibi korkuyla ayağa kalktı Holly. "Neden başından beri bana bunları söylemedin?"

"Sana güvenmek istedim. Eğer adadaki toplumuna sana anlattıklarımı söylersen büyük bir kargaşa çıkabilir. İnsanlar olan biteni öğrenmek için bilgiye ulaşmak isteyebilirler, adadan ayrılmayı da düşünenler olur. Çünkü çalıştığım üste tıpkı böyle oldu. İnsanlar felaketler karşısında sağlıklı düşünemiyorlar. Evet, haberiniz yokken huzurlu olabilirsiniz fakat gerçeği öğrenince bir daha eskisi gibi olmaz. Bu arada korsanlar konusunda ciddiyim. Sistem çöktü Holly. Devletler ve ordular dağıldı. Kalanların da uzun süre dayanamayacağı ortada. Hukuk yok. Güçlü olan hayatta kalmaya çalışıyor. Ama virüse karşı güçlü olmak da yetmiyor. Durum bu. Ve sen bunları onlara anlatıp ben adadan ayrılıyorum dersen, dronuma sahip olmak için barışçıl arkadaşların önce ikimizi, sonra da birbirlerini parçalarlar. Birileri yönetime el koymaya çalışır. Emin ol. Bense sana bir fırsat sunmak için geldim. Sadece canını kurtarman için değil, insanlığı kurtarman için. Her zaman istediğin şey bu değil miydi? *Yeni dünya* projesi bize bu imkânı sunuyor işte."

"Nasıl?"

"Öncüler çoktan yola çıktı bile. Robotlar oraya ulaşıp yaşam için gerekenleri oluşturmaya başlayacaklar. Senin de en kısa zamanda yola çıkman gerekiyor. Dünyadaki tüm bitkilere sahip, evet soyu tükenenler de dahil, muhteşem bir tohum bankamız var. *Yeni dünya* için de bu adaya yaptıklarını yapacaksın."

"Peki beni bu projeye dahil etmeyi nasıl başardın?"

"Gerçekten dünyanın en iyileri diyeceğimiz botanik uzmanlarımız vardı. Virüs haberinin ardından üssün bulunduğu ada belki dünyanın en korunaklı yeriyken onlarca çalışan projeden ayrılmayı seçti. Belki sevdikleri ve yakınları için endişeliydiler ya da dünyada kaybedecek başka şeyleri vardı. Dediğim gibi, ırkımız ne yazık ki felaketler karşısında yeterince serinkanlı olamıyor. Botanik biriminden de sözleşmesini feshedip gidenler oldu. Yeni uzmanlara ihtiyaç vardı ve derhal birileri bulunmalıydı. Her ne kadar B ve hatta C planları kapsamında projeye uygun uzman alternatiflerinin bir listesine sahip olunsa da, sağlıklı bir insana ulaşmak kısa sürede imkânsız hale geldi. Sonra senden bahsettim. Bir çölü bile yağmur ormanlarına dönüştürebilecek kadar yetenekli olduğunu söyledim. Önce adanızın üzerinden uyduyla veri alıp salgının buraya gelip gelmediğini kontrol ettik. Temiz olduğunuzu görünce de bana seni getirmem için kırk sekiz saat süre verildi. Ve işte buradayız. Sonra, acaba nerede olacağız? Başka bir dünyada, başka bir göğün altında, yine senin diktiğin bir ağacın gölgesinde... Kim bilir?"

Kıyamet Mağarası

Gabrielle'nin karnındaki şişlik büyürken, umutları gitgide küçülüyordu. Valeria ve Lisandro mağaradan ayrılalı üç ay olmuştu ve buna rağmen henüz hiç kimse kendisine ulaşmamıştı. İlk günler kurtulacağına dair inancı bir hayli yüksekken, haftalar ilerledikçe arkadaşlarının da başına bir şey geldiğini düşünür olmuştu. Onu burada bir başına bırakmalarının başka izahı yoktu. Başaramamışlardı. Böylece gebeliğin getirdiği dalgalı ruh hali ile günlerinin çoğunu gözyaşı dökerek geçirmeye başlamıştı. Bir daha yukarıya çıkamayacak, gökyüzünü göremeyecek olmanın kasveti canını bir mengene gibi sıktıkça mağaradaki bahçenin yolunu tutuyor, bitkiler arasında yürüyüşler yapıyor, gördüklerini karnındaki bebeğine anlatıyor, uzanıp yapay da olsa güneşi seyrediyordu. Belki de ömrünün sonuna kadar yetecek yiyeceğe ve suya sahipti ancak tek korkusu günün birinde enerjinin kesilmesi ya da sistemde oluşacak bir sorundu. Herhangi bir yeterliliği olmadığı için teknik bir problemin üstesinden asla gelemezdi. Yalnızlığının üzerine karanlığa mahkûm olma düşüncesi de eklenince robot hizmetçinin varlığını hatırladı. Daha önce insansı robotlarla pek çok kere muhatap olmuştu. Kendisine hizmet etmesi bir yana, arkadaş olmak, konuşmak, beraber vakit geçirmek için heyecanla odaları gezip robotu buldu. Son derece güzel genç bir kadındı ve şarj istasyonunda huzurla uyuyor gibi gözüküyordu. Robotu uyandırmak için sözlerinin yetersiz kaldığını görünce sağını solunu inceleyip nihayet ensesindeki açma tuşunu buldu. Kadın birkaç saniye sonra gözkapaklarını araladı.

"Merhaba. Ben RHC T1. Lütfen bekleyin. Güncellemeler denetleniyor. Bu işlem birkaç dakika sürebilir. Bu esnada size kısaca kendimden bahsetmemi ister misiniz?"

"Evet..."

"Bana dilediğiniz ismi verebilirsiniz. Yüklü diller İngilizce ve İspanyolca. Dil paketi yüklemek için komut verebilirsiniz. Temizlik ve diğer ev işleri, ilkyardım, yemek pişirme, masaj, bebek bakımı, evcil hayvan bakımı yeteneklerine sahibim. Yüklü paketler Fransız mutfağı, Meksika mutfağı, Çin mutfağı. Yeni paketler yüklemek ve ayrıntılı bilgi için marketi ziyaret edebilir ya da komut verebilirsiniz. Lütfen bekleyin. Üzgünüm, şu an ağa erişemiyorum. Geçerli bir internet bağlantısı sağlanınca tekrar deneyeceğim."

Gabrielle ve robot hizmetçi işte böyle tanıştılar. Koyu bir Katolik olan Gabrielle, biraz düşünüp günah olup olmayacağını tarttıktan sonra, manevi olarak güç bulmak ve her baktığında Tanrı'yı hatırlamak için ona Mary adını verdi.

Gabrielle onun aslında bir insan olmadığını unutmuş ya da önemsememişti; yalnız geçen haftaların ardından durmaksızın konuşuyor, vaktinin tamamını Mary ile geçiriyordu. Robota önce nerede bulunduklarını ve mağarada başlarına gelenleri anlattı. Arkadaşları olan bitene daha fazla dayanamayıp nehirde şanslarını denemişler, fakat görünen o ki büyük bir sorunla karşılaşmışlardı. Kendisi ise hamile olduğu için mağaradan ayrılmaya cesaret edememişti. Mary üzülmesi gerektiğini anladığından üzülmüş, Gabrielle'yi teselli etmeye çalışmıştı.

"Hayat devam ediyor Gabrielle. Çoğu sorun karşısında internet üzerinden anlık veri akışıyla bilgi edinerek çözüm üretebilirim. Ne yazık ki internete erişemiyorum ama elimden geldiğince sana yardımcı olacağım. Unutma, sen de bana bir şeyler öğretebilirsin."

Robotun varlığı genç kadına gerçekten de iyi gelmişti. Bol bol vakti olduğu için her şeyini onunla paylaştı. Çocukluğunu, ailesini, yaşadığı yeri, sevdiği adamı, aşkı, dünyanın halini, gökyüzünü, yıldızları, tangoyu, okyanusu, Maradona'yı, çiçekleri, şehirleri, ülkeleri, insanları, hayatı, İsa'yı, hayal kurmanın ne demek olduğunu, yağmuru ve en çok da doğacak bebeğini...

Başlarda Gabrielle Mary'den hiçbir şey istemiyor, her işini kendi hallediyordu fakat hamileliğin ilerleyen haftalarında artık robotu amacına uygun olarak kullanmaya başlamıştı. Yine de bir şey isteyeceği zaman bir androidden değil de arkadaşından rica eder gibi çekingen ve saygılıydı. En başından beri Mary'yi öyle görüyordu. Onu seviyordu. Varlığından güç bulduğu robot için Tanrı'ya şükretmeyi ihmal etmiyordu. Mary'ninse hissetmek gibi bir vasfı olmasa da zekâsı sayesinde Gabrielle'den gördüğü insaniyeti öğreniyor, ona en gerçekçi deneyimi sunmak için kendini sürekli geliştiriyordu. Önceleri Gabrielle ondan kahvaltı hazırlamasını isterken bir süre sonra genç kadın uyanmadan kahvaltısını hazır etmeye başlamıştı. Üstelik rutinini öğrendiği için hem canının ne yemek isteyebileceğini kestirebiliyor hem de bunu hamileliğine uygun gıdalarla birleştirip en uygun seçenekleri sunuyordu. Hem Mary'nin enerjisi hem de doğumun yaklaşması, Gabrielle'ye mağaradaki hapis hayatını unutturmuş gözüküyordu. Sık sık reviri ziyaret ediyorlardı. Robotik cerraha muayene olup bebeğinin kalp atışlarını ekranda seyrederken Mary'nin elini tutuyordu. Mary ise Gabrielle'nin heyecanını paylaşmakla birlikte bunun neden bu kadar önemli olduğunu anlayamıyordu. Doğuma ve dünyaya bir insan getirmeye dair idrak kapasitesi çok kısıtlıydı ve sadece teknik bilgilere açıktı.

Biri insan diğeri robot iki kadından oluşan mağara nüfusu, nihayet üçe çıktı. Doğumun gerçekleşeceği gün Mary Gabrielle'nin koluna girdi ve dinlene dinlene revire gittiler. Bir tür MR cihazını andıran cerrahi robot gerekli ölçümleri yaptıktan sonra lazerden bir başlıkla genç kadının beynindeki acı merkezini bloke etti. Gabrielle eski zamanlardaki doğumlara dair büyükannesinden dinlediklerini hatırladı. Geçmişte doğum yapan kadınların çektikleri tarif edilemez sancıların çok uzağındaydı. Biraz sonra robotik eller, bebeğini kendi şefkatli ellerine uzatırken ise aklındaki her şey çoktan silinmişti. Bebek ağlıyor, genç kadın ağlıyordu. Mary ise mutlu olmanın gereğini yerine getirip gülümserken onların ağladığını görünce bir sorun var sanmış, ne yapması gerektiğini bilememişti. Mutluluktan ağlamanın ne olduğunu da böylece öğrenmişti.

Gabrielle oğluna, hayatı boyunca hiçbir zaman göremeyeceğine inandığı babasının, sevdiği adamın adını verdi; Adam. Ufaklığın varlığı Gabrielle için geceyi gündüze, kışı bahara, mağarayı ise dünyanın en güzel yerine çevirmişti. Hormonlarının verdiği coşkuyla yaşama sevinciyle dolup taşıyor, bebeğini dünyanın en güzel şeyine, hatta bir mucizeye bakar gibi huzurla seyrediyordu. Mary haklıydı, her şeye rağmen hayat devam ediyordu işte. Pek çok insan bir daha dönmemek üzere Mars'ta yaşamaya başlamışken, yerin dibinde de olsa mavi gezegendeydi, sağlıklıydı, bir oğlu olmuştu. Tüm bunlar, geri kalan bütün olumsuzlukları göz ardı etmesine yetecek zenginliklerdi Gabrielle için. Artık yaşamak ve mutlu olmak için bir gayesi vardı.

Adam'ın çığlıklarıyla bölünen uykuları, emzirmekten göğsünde oluşan yaralar, yorgunluktan gözlerinin altında beliren morluklar... Hiçbirinin önemi yoktu. Bebeğine sarılırken hayata sarılıyor, onu koklarken sanki içine yaşamın tüm renklerini çekiyordu. Tabii Mary'nin yardımlarını da göz ardı edemezdi. Adam'ın altını değiştirmeyi, gazını çıkarmayı ve daha pek çok lüzumlu detayı hep ondan öğrenmişti. Yorgunluktan bitap düştüğü zamanlarda bebeğini Mary'ye emanet eder, ona iyi bakacağını bilmenin huzuruyla gerisini düşünmezdi. Robot, emzirmek hariç bebek bakmanın tüm inceliklerine hâkimdi. Gün geldi, Adam ek gıdaya geçti, böylece Mary bebeğin karnını doyurmaya da başladı. Artık o da gerçek bir anneden farksızdı.

Bir türlü geçmek bilmeyen zaman, önce Mary'nin, sonra da Adam'ın varlığıyla, su gibi aktı Gabrielle için. Yeryüzündeki hayatı, arkadaşlarının ve diğer tanıdıklarının akıbetini düşünmez olmuştu. Bazen aklına gelecek olsa da, mağarada güvende olduğu için kendini şanslı hissediyordu, o kadar. Tüm hayatını bebeğine adamıştı. Yüzüstü dönmeleri, emeklemesi, sütdişleri, ayakta durma çabaları ve ilk adımları derken, Adam nihayet bir buçuk yaşına erişti. Geriye kalan tek şey, ağzından çıkacak ilk kelimelerdi. Gabrielle, bebeğinin kendisine anne diye sesleneceği anı sabırsızlıkla bekliyor, sık sık ona bunun telkininde bulunuyordu.

O günlerden birinde, gözlerini açtığında yatakta tek başına olduğunu gördü. Odanın kapısı açıktı. Herhalde Mary Adam'ın karnını doyuruyordur düşüncesiyle acele etmedi, yatakta gerindi, kendine gelmeyi bekledi. Sonra da sabahlığını giyip mutfağın yolunu tuttu. Orada değillerdi. Kulak kabartıp seslerini duymaya çalıştı ancak sessizlikten başka bir şey yoktu. Adımlarını hızlandırıp Mary'nin odasına girince kalp atışları hızlandı. Robot şarj ünitesinde *stand by* modundaydı ve Adam görünürde yoktu. Böylece bebeğinin ismini bağırarak çılgınlar gibi sağa sola koşturmaya başladı. Mary bile onun bağırmasıyla kendini başlatmış, ne olduğunu anlamaya çalışıyordu, Adam ise Gabrielle'nin baktığı hiçbir yerde değildi, bir yerlerden çıkıp sesine de gelmiyordu. O panik anında aklına gelen bir şeyle dehşete düştü genç anne. Var gücüyle nehre doğru koşmaya başladı. Ana koridoru aşıp nehir kıyısına erişince bebeğini gördü. Adam tam da nehrin kıyısında zar zor dengede duruyor, gürül gürül çağlayan suya bakmak için eğilirken her an düşecekmiş gibi sallanıyordu. Gabrielle oğlunu çekip almak için ileri atılmıştı ki bebek nehre düştü. Genç anne bir an dahi tereddüt etmeden, korkmaya ve üzülmeye vakit bulamadan arkasından atladı oğlunun. Akıntı bebeğini karanlık mağaraya doğru sürüklerken sanki ilahi bir müdahale ile kollarına güç gelmiş gibi birkaç kulaçta onu yakaladı. Fakat bu defa beraber sürüklenmeye başladılar. Bir eliyle bebeğine sımsıkı sarılırken, kullanabildiği tek eliyle nehrin şiddetine karşı koymakta zorlanıyordu. Zar zor da olsa kıyıya yanaştı, Adam'ı güç bela yukarıya itti, fakat tutunmak için uygun bir çıkıntı ararken yeniden akıntıya kapılıp sürüklenmeye başladı. Korkuyu ilk defa o zaman hissetti Gabrielle. Tüm çırpınmalarına rağmen yaşam alanının sınırları bitti, karanlık mağaranın içerisinde bilinmezliğe doğru savruldu. Nafile yere tutunacak bir şey aradı. Her yer karanlıktı artık. Son gördüğü ise uzakta gitgide küçülen bir aydınlıktı.

Mary nehir kıyısına geldiğinde ileride, yerde öylece yatan Adam'ı görüp koştu. Bebek sırılsıklamdı. Neyse ki ağlıyordu, hayattaydı. Gabrielle ortalarda gözükmediğine ve Adam sudan tek başına çıkamayacağına göre, olan biteni anlamakta güçlük çekmedi. Bebeği kucağına alıp nehrin karanlık mağarada kaybolduğu yere kadar yürüdü. Bir yandan Gabrielle'ye sesleniyor, bir yandan termal kamerasıyla suyu tarıyordu. Bir robot için nafile yere umutlanmak diye bir şey olamayacağından, Gabrielle'nin başına gelen felaketi çarçabuk kabullendi. Artık önceliği Adam'ı kurulamak, sakinleştirmek ve karnını doyurmak olduğu için nehre sırtını dönüp yürümeye başladı.

Antarktika'nın kuzeyinde bir ada

Kareem Holly'yi ikna ettikten sonra dünyanın kuzey ucundan güneyine uçup yeni dünya projesinin üssünün bulunduğu adaya ulaştılar. Ancak yıllardır bir adada inzivaya çekilmiş ve hiçbir şeyden haberi olmayan zavallı kadın, yolculuk boyunca harabeye dönmüş kentleri, göğe yükselen kapkara dumanlarıyla yangın yerlerini, uçsuz bucaksız çölleşmiş arazileri, sular altında kalmış yerleşim birimlerini, dağların yamaçlarına ya da adaların kumsallarına yazılmış devasa S.O.S harfleriyle umutsuz yardım çağrılarını dehşet içerisinde seyretmişti. Gördükleri, insanlığın ahvalinin Kareem'in anlattıklarında da kaygı verici olduğuna ikna etmişti onu. Antarktika'nın kuzeyindeki adada ise öncelikle karantinaya alınıp sağlık taramasından geçirilmişlerdi. Dünyayı saran salgından etkilenmedikleri anlaşılınca da Holly kendisini projeye dahil eden protokolü imzalamış ve ekibe katılmıştı.

Neredeyse beş bin hektarlık bir alana yayılan proje üssü, tüm olanakları, alanları ve altyapısıyla daha çok bir şehri andırıyordu. Yerin üstüne olduğu kadar yeraltına da inşa edilmiş devasa kompleks karşısında Holly ne denli büyük bir amaç için burada olduğunu kavramaya başlamıştı. Adanın marinasındaki teknelerin fazlalığını Kareem rüzgâr enerjisinden faydalanmak için ulaşımın çoğunlukla bu şekilde sağlanması olarak izah edince de, çevreye duyarlılığından ötürü ortama hemen ısınmıştı Holly. Yeni dünyada hedeflenen ırk çeşitliliği için hemen her milletten seçilmiş "şanslı" yolcular, embriyo ve sperm depoları ve neredeyse mevcut tüm hayvan türleri ile gerçekten de bir tür Nuh'un Gemisi inşa ediliyordu. Genetik, biyoloji, iklim, matematik, çevre, jeoloji, yazılım, mekatronik, siber güvenlik, kriptoloji, roket, uzay, iletişim ve akla gelen tüm mühendislik dallarından en seçkin dört yüz mühendis, robotlarla beraber dünyadaki yaşamı, yeni keşfedilen yaşanabilir gezegene aktarmak için gece gündüz çalışıyordu. Kas gücü gerektiren tüm işler ve yüzlerce insanın bütün ihtiyaçları ise otomasyonla sağlanıyordu. Holly hayran hayran fırlatma rampalarını seyrederken "Bu sistemin işleyişi nasıl yürütülüyor?" diye sordu, "Tüm bu planlama ve her şey..." Kendi küçük adasındaki ilkel yaşamın şayet devam ederse binlerce yıl ve nesiller sonra bu seviyeye gelebileceğini hayal ediyordu belki de. "Yapay zekâ" diye yanıtladı Kareem, "organizasyon şeması, iş takvimi, koordinasyon; hepsi de onun eseri." Holly'nin etkilendiğini görünce "Hatta adalet mekanizması" diye ekledi, "her problemi *Akıl* çözüyor."

"Akıl mı?"

"Evet, yapay zekânın ismi bu, *Akıl*."

Düne kadar hayatında kol saati bile yokken, bir anda kendini böyle bir ortamda bulmak afallatmıştı Holly'yi. Kısa süre önce toprak damını ağaçlardan topladığı reçinelerle aydınlatırken şimdi insanlığın on binlerce yıllık macerası neticesindeki tüm teknolojik birikimin kalbindeydi. Hele kendisini asıl alakadar eden yeri, yeraltındaki tohum bankasını gezerken söyleyecek söz bulamamış, üzerine yüklenen sorumluluğu daha iyi anlamış, yeni gezegendeki yeni hayat için iyiden iyiye heyecan duymaya başlamıştı.

Holly daha çok bir rüyanın içindeymiş gibi hissettiği birkaç günün ardından eğitime alınmıştı. Altı ay sürecek bu eğitimin ilk aşaması yeni dünyadaki çalışmalarını ve görevlerini, oradaki yaşantıyı kapsıyordu. Daha sonra derin uykuya yatırılıp bir ay boyunca fizyolojik olarak uzay seyahatine hazır hale getirilecekti. Ardından hiç uyandırılmadan diğer bilim insanları ile birlikte bir kargo paketi gibi rokete yüklenecek, böylece botanik ve zoolojik yaşamın yeni dünyaya taşınacağı ikinci uzay yolculuğu başlatılacaktı. Bundan önceki ilk yolculukta insanlar olsa da yolcuların büyük çoğunluğu yeni dünyayı arkalarından gelecek insanlara hazır edecek robotlardı. Kareem'in de dahil olacağı üçüncü yolculukta ise geride hiç kimse kalmayacak şekilde projedeki tüm insanlar derin uykuda toplam on üç roketle taşınacaktı. Üsteki enerjinin tamamen kesilmesi ve tüm işleyişin durması için de, üçüncü uzay seferinin on yıl sonrasına bir sayaç tarihlenmişti. İnsanlığı taşıyan son roketler, on yıllık yolculuğun ardından, artık yeni dünyadaki öncülerin inşa ettiği üs ile iletişim kuracaklardı. Yeni dünya ile kurulan koordinasyonun ardından dünyadaki üs misyonunu tamamlamış olacak, geride hiçbir şey ve hiç kimse kalmayacaktı. Üstelik sadece Antarktika'daki üste değil, tüm dünyada... Çünkü bilim insanları modellemelerinde şayet haklı iseler o zamana kadar dünya nüfusunun sıfıra ineceğini öngörüyorlardı.

İnsanlığın geleceğindeki belirsizlikten nasibini almışçasına, Holly ve Kareem'in de ilişki durumları bir hayli karışıktı. Aradan geçen kayıp yılların sonrasında nihayet kavuşmuşlardı fakat içinde bulundukları koşullar nedeniyle bunun tadını çıkarmak şöyle dursun, üzerinde konuşmaları bile pek mümkün değildi. Her ikisi de farklı birimlerdeydi ve bazı günler birbirlerini görmeye dahi fırsat bulamıyorlardı. Üstelik Kareem'in seyahati Holly'den dört yıl sonrasına planlanmıştı. Böylece yeni dünyadaki yeni hayatta kendilerini neyin beklediğini, hatta oraya ulaşıp ulaşamayacaklarını bile bilmedikleri gerçeği karşısında, ilişkilerindeki belirsizliğin hiçbir öneminin olmadığını kabullendiler. Uzun bir ayrılık sonrası bir kere kavuşmuşlardı, bunu yeniden başarabilirlerdi.

Birbirlerinden ayrı geçen yılların değil, ayrı geçecek yılların hasretiyle sımsıkı sarılıp sessiz sessiz ağlaştılar.

O günlerin birinde içlerinde Holly'nin de olduğu, ikinci uzay seyahatine katılacak tüm personel ve mürettebat üsteki yeraltı depolarından birine götürüldü. Muazzam büyüklükteki bir sergi salonunu andıran deponun ne olduğunu ve oraya neden geldiklerini anlayamamıştı Holly. Onlara rehberlik eden insansı robot, meraklı kalabalığa durumu açıkladı.

"Etrafınıza bir bakın... Medeniyet yok olurken kültür mirasına dair kurtarabildiğimiz her şey burada işte. Dünyanın dört bir köşesindeki müzelerden getirilen tarihi ve sanatsal eserler."

Herkes gibi Holly de büyülenmişti. "Bu gerçek mi?" diye eliyle duvarı işareti etti. Android o tarafa bakınca Mona Lisa'yı görüp tıpkı onunki gibi buruk bir tebessümle "Evet" dedi, "hepsi gerçek."

Başlangıçta insanlığın ortak mirasının da yeni dünyaya taşınması planlanırken, daha sonra *Akıl* tarafından alınan bir kararla bunun gereksiz olacağı ilan edilmişti. Zaten sanat da dijitalleşeli çok olmuştu. Eserler *NFT* (değiştirilemez jeton) olarak üretiliyordu. Gruptakilerden birisinin sorduğu soru ise aslında o an oradaki herkesin aklından geçiyordu.

"Yani hepsi burada kaderine mi terk edilecek?"

"Yönetim kurulu bir karar aldı" dedi Android. "Projede çalışanların, eğer isterlerse, uygun ve kabul edilebilir ebatlarda olmak koşuluyla yanlarına bu depodan bir adet eser almalarına izin veriliyor. Yeni dünyaya giderken eski dünyadan bir hatıra. Oradaki evinizin duvarına Picasso asmak isteyebilirsiniz belki. Herkes bir şeyler seçsin. Unutmayın, çok büyük olmamalı. Daha sonra ağırlık ve hacim için uygun olup olmadığı ölçülürken alıkonulabilir."

Holly için karar vermek kolay değildi. Rembrandt, Rubens, Monet, Caravaggio tabloları arasında yüzünde aptal bir ifadeyle gezindi. Ziynet eşyalarının sergilendiği kısmı fark edince ise tablolardan vazgeçip o tarafa yöneldi. Dünyaya hükmetmiş krallardan, romanlara konu olmuş prenseslerden yadigâr yüzlerce kıymetli parça arasında sonsuza kadar gezse karar veremeyecek gibiydi. Hangisini istese, aklı diğerlerinde kalacaktı. O esnada gözüne altın bir madalyon ilişti. Sanki karşı koyulamaz bir çekime kapılmış gibi elini uzatıp madalyonu aldı. Göğüs hizasında tutup yakışıp yakışmayacağını hayal ettikten sonra "Bunu istiyorum" dedi androide doğru seslenip, "ama bana ait olacağına göre üzerinde değişiklik yapabilirim, değil mi?"

"Ne tür bir değişiklik?"

"Burada bir isim yazıyor. Kieran Fitzgerald. Bunun yerine başka bir şey yazdırmak istiyorum: 'Bugün dünyanın ilk günü.'"

"Bu gerçekten çok anlamlı olur. Gidip envanter görevlisine hem seçimini hem de isteğini bildirelim. Bakalım, neler yapılabilir."

Holly birkaç gün sonra Kareem'in çalıştığı birime sürpriz bir ziyaret yaptı. Üste geçirdiği bir ayın ardından projeye ve bu yeni hayatına alışmış gözüküyordu. Onu mutlu görmek Kareem'i de sevindirmişti. Bir süre sohbet ettiler. Holly ona boynundaki kolyeyi gösterdi. Kareem de sanal monitörlerde akan kodların ne anlama geldiğinden bahsetti. Fakat tüm bunlar Holly için fazlasıyla soyuttu.

"Tam olarak ne yaptığını göster bana. Hani, uyuttuğunuz insanlar nerede?"

"Onlar yerin altında. Görmek istemezsin. Bir morgu andırıyor, tek fark insanların ölü değil uykuda olmaları."

"Baksana, neden beni şu rüya makinene bağlamıyorsun?"

"Rüya makinesi değil Holly" dedi gülerek, "bu çok masalsı olurdu."

"Her neyse. Deneyimlemek istiyorum."

"Pekâlâ. Ama fazla vaktim yok, çalışmak zorundayım. Kısa bir tur olacak, tamam mı?"

Böylece Kareem elinden tutup laboratuvarın diğer ucundaki bir tür kuvöze benzeyen cihaza götürdü Holly'yi.

"Canım acıyacak mı?"

Bu masum soru karşısında tebessüm edip sevdiği kadının dudaklarına küçük bir öpücük kondurdu.

"Sence buna izin verir miyim?"

Bu yanıt Holly'nin hoşuna gitmişti. O da Kareem'in dudaklarına eğildi, öpüşmeye başladılar. Kontrolü gitgide kaybettikleri bir anda dudaklarını Holly'nin dudaklarından ayırmadan "Hadi soyun" dedi Kareem.

Holly etrafı kolaçan edip "Burada mı yapacağız?" diye sordu heyecanla.

"Elbette hayır! Seni cihaza bağlamam için çıplak olman gerekir. Fazla vaktim yok demiştim."

Hayal kırıklığına uğramış bir yüz ifadesiyle laboratuvarda kendisini izleyen başka kimse var mı diye bakındıktan sonra soyundu. Kareem cihaza uzanmasına yardım ettikten sonra kontrol panelinin başına gidip havada asılı duran, ışıktan ibaret sanal ekranda birtakım işlemler yapmaya başladı. Önce bir ışık ayakucundan başına kadar taradı Holly'yi. Sonra onlarca lazer ışını belirip bedenini adeta ışıktan bir kafesin içine hapsettiler. Son olarak kuvözün iki yanından uzanan iki robotik el, kulaklarının arkasına denk gelecek şekilde manyetik banta benzer birer cihaz taktı Holly'ye.

"Gözlerini yumup ona kadar say."

Holly söylenileni yaptı. Henüz yediye ulaşmışken kendini kaybedip derin uykuya dalıverdi.

Şimdi Kareem'in önünde iki tane daha sanal monitör açılmıştı. İlk ekran, Holly'nin rüyasını yansıtıyordu. Ortadaki ekran Kareem'in tasarıları içindi. Üçüncü ekranı ise komut yazmak için kullanıyordu. Holly'nin rüya ekranı kısa bir süre karanlık kaldıktan sonra aydınlandı. Kareem onun papatyaların arasında yürüdüğünü görüp gülümsedi. Komut ekranının sanal klavyesiyle bir kod yazdı. Ortadaki ekranda sevimli bir tavşan belirdi. Kareem onu eliyle sayfa çevirir gibi yanındaki Holly'nin rüya ekranına itti. Rüya ekranındaki yükleme çubuğu birkaç saniye içinde dolunca papatyaların arasında bir tavşan peyda oldu. Holly tavşanı görmüş, okşamak için ona doğru yürüyordu ki Kareem yine birkaç komutla tavşanı ondan uzaklaştırdı. Yaklaştıkça tavşanın kendinden kaçtığını gören Holly "Sana zarar vermeyeceğim, neden kaçıyorsun?" diye sordu. Kareem VR gözlüğe benzeyen bir aleti başına geçirdikten sonra rüyadaki tavşanın kendisi oluverdi. "Kaçıyorum, çünkü ben bir erkek tavşanım. Kareem başka bir erkeğe dokunmandan hoşlanmazdı." Holly rüyasının manasızlığı ve konuşan tavşan karşısında afallamıştı. Onu böyle şaşkın gören Kareem gülmeye başlayınca doğal olarak tavşan da güldü. Ancak bu defa sevgilisinin korktuğunu gördü ve müdahale etti. "Benim Holly, sakin ol, Kareem. Derin uykudasın, hatırla. Korkacak bir şey yok." Yine de bunu algılaması kolay olmadığından Holly ortamı terk etmek istedi ve rüya değişti. Kendini güvende hissetmeye ihtiyaç duymuş olacak ki bu defa bir odanın içerisindeydi. Kareem onu rahat bırakmak için başlığı çıkardı. Komut ekranına birtakım kodlar yazınca yanındaki monitörde bir sürü lezzetli yiyecek belirdi. Hepsini eliyle Holly'nin rüyasını yansıtan ekrana kaydırdı. Holly sulu bir bifteği saldırır gibi yemeye başladı. Sonra birden durup ağzındakileri tükürdü. Kareem, bifteği fırlatıp ağlamaklı olduğunu görünce onun frutaryen olduğunu hatırlayıp "siktir" diye fısıldadı. Çarçabuk yeni kodlar girerek rüyada sadece meyveleri bıraktı. Holly bu defa bir muzu soymakla uğraşırken onu kendi halinde bırakıp içinde yattığı cihazın başucundaki gösterge paneline yaklaştı. Hazır uykudayken kısa bir check-upla sağlık durumunu öğrenmek istemişti. Taramayı başlattı. Ekrana yansıyan veriler son derece sağlıklı olduğunu gösteriyordu. Sonra bir anda zamanın ve hayatın akışına bırakmaya karar verdikleri ilişkilerini kökünden değiştirecek bir şey oldu. Bunu yapan, yine yaşamın kendisiydi. Kareem ekranda gördüğü, insanlığın tarihini değiştirecek kelimeyi istemsizce sesli okudu: "Hamile."

Bir ekrandaki yazıya, bir kuvözde her şeyden habersiz uyuyan Holly'ye, bir de onun rüyasını yansıtan sanal monitöre baktı. Hem şaşkın hem sevinçli hem de endişeliydi. Hayatın sürpriz bir anda sunduğu ve daha önce deneyimlemediği bu duygu onu bir hayli etkilemişe benziyordu. Fakat silkelenip kendine geldi. Cihazın ekranında birkaç yere dokunup hamileliğin başlangıç tarihine erişince ağacın altında seviştikleri o günü gördü. Bebek ikisine aitti ve hepi topu bir aylıktı. Ne yapacağını düşünmeye başladı. Holly bundan haberdar olsa elbette kendisine söylerdi. Peki öğrendiğinde ne yapacaktı? Uzay seyahatine beş ay kalmıştı ve altı aylık hamileyken o yolculuğa çıkması mümkün değildi. Bu durumda projeyle sözleşmesi feshedilirdi ve üsten gönderilirdi. Ama nereye? İnsanlık uçurumun kıyısındayken nereye giderse gitsin onu ve karnındaki bebeği ölümün beklediğini biliyordu. Üstelik kendisinin elini kolunu sallaya sallaya onunla beraber üsten ayrılmasına izin verilmeyeceği de ortadaydı. Eski bir mahkûmdu ve bir pazarlık karşılığı buradaydı. Başını ellerinin arasına almış, kara kara düşünüyordu. Yönetim kuruluna derhal bu durumu bildirmesi gerekirdi. Ne sonuç çıkacağını tahmin etmesi zor değildi. Bebeğin alınmasını bildireceklerdi. Meyveleri bile dalından düşmeden yemeyen Holly böyle bir şeyi asla kabul etmez, ortalığı ayağa kaldırır, bu defa kendi iradesiyle üsten ayrılmaya kalkardı. Tekrar dünyanın halini düşündü Kareem. Holly aç ve susuz taş çatlasa birkaç gün hayatta kalabilirdi. En iyi ihtimalle küçük adasına dönse, oradaki zamanının da uzun olmayacağını biliyordu. Üstelik Antarktika açıklarından Kuzey Denizi'ndeki adaya nasıl gidecekti? Projeden ayrılan birine bu ulaşım imkânını niye sağlasınlardı ki? Çaresizlik belini bükmüştü. Laboratuvarın içinde sağa sola yürüyor, bir şeyler düşünüyor, işin içinden çıkamıyordu. Düşünmenin fayda sağlamayacağını anlayınca sanal bir ekrandan ibaret tabletini aktif hale getirip yönetim kurulundan acil koduyla randevu talebinde bulundu.

Saatler sonra yeniden laboratuvara dönmüş, Holly'nin sere serpe yatan çıplak bedeninin başucunda dalgın gözlerle onu seyrederken bir hayli mahzundu Kareem. Yedi kişiden oluşan yönetim kurulu kendisini dinlemiş, problemin çözümü için *Akıl*a danışmayı uygun görmüşlerdi. Hislerden arındırılmış ve tüm kararlarını projenin faydasını gözeterek vermeye programlanmış yapay zekâdan gelecek haberlerin pek de iç açıcı olmayacağını tahmin edebiliyordu. Tek tesellisi ve kozu bebeğin ana rahmine üssün dışında düşmüş olmasıydı. Bu Holly'yi tamamen aklıyordu. Kendisi ise o gün üssün dışında olsa da hâlâ bir proje çalışanı olarak protokolü ihlal etmişti. Holly'nin zarar görmeyeceği, sadece kendisinin cezalandırılacağı kararın ne olacağını büyük bir endişeyle beklemişti. Ve nihayet yapay zekâ tüm bilgileri gözeterek aldığı kararını bildirmişti. Holly bir daha uyandırılmayacak, uzay seyahatine bir hafta kala altı aylık bebeği ameliyatla alınıp kuvöze yerleştirilecek, annesi ise protokole uygun olarak derin uykuda yolculuğa çıkacaktı. Hayatı boyunca bir bebek doğurduğunu bilmeyeceğinden, ondan ayrılmanın acısını da yaşamayacaktı. Fakat Kareem bu yakıcı sırrı ondan saklamak zorundaydı. Yıllar sonra yeni dünyada tekrar bir araya geldiklerinde tüm bunlar hiç yaşanmamış gibi davranmalıydı. Çünkü *Akıl* çok net bir cevap vermiş, bebeğin programa dahil edilmesinin mümkün olmadığını bildirmişti. Bu da Kareem'i cezalandırmak için yeterliydi. Dört yıl boyunca bebeğini yalnızca kuvözde uyurken seyredecek, sonra da onu bir başına bırakıp dünyadan ayrılacaktı. Bu ayrılığın üzerinden on yıl geçtikten sonra, bebekleri on dört yaşına eriştiğinde ise üsteki sayaç tüm sistemleri durduracağından... Kareem daha fazlasını düşünemiyordu. Ağlamaya başlamıştı. Dünyaya gelen ama onu hiç görmeyen, ne olduğunu bile bilmeyen çocuğu on dört yaşında ölecekti, öyle mi? Karşısında yapay zekâ değil de bir insan olmasını ve onu elleriyle boğmayı her şeyden çok istiyordu. Oysa ruhsuz program, bunun makul bir uzlaşı olacağını, pek çok insanın on dört yaşını göremeden acılar içinde öldüğünü, hiç değilse onun dünyaya huzurla veda edeceğini söylemişti soğuk sesiyle. Ve eklemişti. "Eğer bu teklifi kabul etmezsen anneyi uyandır ve derhal üssü terk etsin. Sense buraya gelmeden önce bir hapishaneyi boylamak üzereydin. Yani kararın olumsuz olursa parmaklıkların arkasına gideceksin. Bunu bir düşün istersen."

Çoğunlukla Holly'nin başucunda ağlayarak geçirdiği birkaç günün ardından Kareem'in düşünmesi için ayrılan süre doldu ve içi parçalanarak da olsa *Akıl*ın teklifini kabul etti. Aksi fikirde olsa kendisi hapishaneye, ki kendisini önemsemiyordu bile, Holly ise bebeğiyle beraber ölümün kol gezdiği bir dünyaya gidecekti. Hiç olmazsa bir şeyler düşünmüş, kendince bir plan yapmıştı.

Aylar süren uykusu boyunca Holly'nin karnı gitgide büyüdü. Doğacak bebeğinin cinsiyeti de belirlendi; bir kız. Kareem tüm vaktini laboratuvarda, doğmamış bebeği ve sevgilisi ile geçiriyor, orada yiyip içiyor, orada yatıyor, mecbur kalmadıkça yanlarından ayrılmıyordu. Bir yandan kendi rutin işlerini hallediyor, bir yandan Holly için huzurlu ve tatlı rüyalar tasarlıyordu. Diğer taraftan kızı için de bir dünya yaratmak için harıl harıl çalışıyordu. Arada sırada Holly'nin rüyasına müdahil olup onunla hasret gideriyordu ama ağlamamakta zorlandığı için bu ziyaretleri uzun tutamıyordu. Ona hiçbir şeyden bahsetmemişti. Birkaç dakikalığına derin uykuya daldığını sanan Holly, gözlerini dünya zamanıyla otuz iki yıl sonra bambaşka bir gezegende açacak, hiçbirini hatırlamayacaktı.

Doğum günü gelip çattığında, robotların gerçekleştirdiği ameliyatı heyecan ve gözyaşlarıyla seyretti Kareem. Henüz altı aylık, el kadar bebeğine dokunamadı bile. Bebek kuvöze yerleştirilip yaşamsal faaliyetlerini düzene sokmak için robot cerraha emanet edildi. Dokuz gün sonra ise Holly'nin kuvözü diğer personelle beraber rokete taşındı. O gece Kareem'in gözüne uyku girmedi. Sık sık gökyüzünü seyredip hayaller kurdu. Zaman bir rüya gibi akacak, bir gün başka bir dünyada yeniden bir araya geleceklerdi. Fakat eksik kalan bir şey vardı, kızları. Bunu Holly'nin yüzüne baka baka nasıl gizleyeceğini hiç bilmiyordu. Çivisi çıkmış dünyada çocuk sahibi olmayı hayatı boyunca aklının ucundan dahi geçirmezken, baba olunca bir anda dünyanın en duygusal adamına dönüşmüştü. Ertesi gün roketin fırlatılışını seyreden tüm proje ekibi başarılarını gülerek kutluyordu, Kareem'se ağlamaklıydı. Ardından alevler püskürten roket bir nokta kadar kalıp sonra da gökyüzünde yitene değin onu izlemeye devam etti. Sevdiği kadın uzayda bir yerlerdeydi ve hızla kendinden uzaklaşıyordu, kızı ise bambaşka bir gerçeklikteydi. Kareem dünyada bir başına kaldığını düşündü.

Gezegende geçirdiği son dört yılı boyunca işten artakalan tüm vaktini kızına ayırdı. Aslında ona Holly'nin adını vermeyi düşünse de utancından ötürü bunu yapamamış, onun yerine kendi annesinin ismini armağan etmişti: Eve. Eve sanki annesinin karnından hiç çıkmamış gibi, başka bir âlemde yaşamaya devam etti. Gelmiş geçmiş tüm insanların neredeyse tamamının aksine, bebeklik ve çocukluk evrelerini rüyalar âleminde geçiriyordu. İlk adımını rüyasında atmış, dişleri rüyasında çıkmış, konuşmaya rüyasında başlamıştı. Gerçek dünyaya dair duyu organlarıyla deneyimlediği hiçbir şey yoktu Eve'in. Hiçbir şey görmemişti. Bu da rüyalarının mutlak bir boşluktan ibaret olacağı anlamına geliyordu. Ancak babası onu hiçliğin ortasında bir başına bırakmamış, belki kendi benliğinin bile farkında olmayacakken, yarattığı evrenle bilincini inşa etmesine yardım etmişti. Hemen her gün Eve'in rüyalarına gidiyor, onu sevip okşuyor, masallar anlatıyor, var olmayan oyuncaklar götürüyordu. Kızı kendisine gülümsedikçe, sarılmak için boynuna atıldıkça, küçük yanaklarını yüzüne yasladıkça, Kareem hüzünle aklını yitirmekten korkar olmuştu. Dört yılın sonunda onunla vedalaşıp dünyadan ayrılacaktı. Dört yaş, hatıra biriktirmek için çok erkendi ve ne yazık ki kızı muhtemelen kendisini hiçbir zaman hatırlamayacaktı. Bu da Kareem'in kederini tarifsiz bir seviyeye çıkarıyordu. Bir dönem her şeyi göze alıp, kızını da uyandırıp üsten kaçmayı düşünmüştü. Fakat buna imkân bulamayacağını anlamıştı. Ayrılmasına ise zaten izin verilmeyecekti. Yıllar önce hapishaneye gitmek yerine burada olmayı seçmişti. Buna yeltenir de projenin işleyişinde kendi sorumluluğundaki vazifeleri aksatırsa en iyi ihtimalle bir uzay hapishanesinde yaşlanacağının farkındaydı. Eli kolu bağlanmıştı. Tek yapabildiği yeteneklerini ve enerjisini, henüz vakti varken Eve için kullanmaktı. Öyle de yaptı. Kızının hayatta kalmasına yardım edecek tüm bilgiler için kodlar yazdı. *Akılı* alt etmeyi kafasına koymuştu. Kızını öylece ölüme terk edemeyeceğinden bir kıyamet senaryosu oluşturdu ve simülasyonun içine bir anahtar gizledi. Üsteki sistemleri kapatacak sayaçtan önce Eve'in derin uykudan uyanmasını sağlayacaktı. Bugüne değin oynadığı tüm oyunları başarıyla bitirmişti. Bunu da başaracaktı. Bilgisayarı alt edecek, prensesi kurtaracaktı.

Dört yılın ardından nihayet ayrılık günü gelip çattığında Kareem son kez Eve'i rüyasında ziyaret etti. "Baba bir gün geri gelecek" dedi ağlayarak. Kollarını, yanaklarını, saçlarını, karnını, her yerini koklaya koklaya öptü. "Nereye gidiyor?" diye sordu Eve, kısıtlı kelime dağarcığı ve tüm masumiyetiyle. "Anneyi getirmeye" diye yanıtladı Kareem hıçkırarak. Bir an bunun mümkün olup olmayacağını düşündü. Böyle bir şey olsa bile döndüklerinde eğer hâlâ hayattaysa Eve'nin yetmiş yaşına merdiven dayayacağını anladı küçük bir hesapla. Yeniden hıçkırıklara boğuldu. Keşke hepsi bir rüya olsaydı diye aklından geçirecekken, zaten bir rüyanın içinde olduğunu anımsayıp acı acı gülümsedi. Kızına son kez sarılıp rüyadan çıktı. Ertesi gün insanlığı taşıyan son roketler de ateşlenirken, Kareem kendi derin uykusu için tasarladığı simülasyonda, Holly ve Eve ile beraber çimenlere uzanmış, gökyüzünü seyrediyordu.

Dünya-2099

Issız adalarda, dağ başlarında, sığınaklarda yaşam mücadelesi veren son insanlar da daha fazla hayata tutunamamıştı. Dünya, bebeklik günlerinden bu yana en sessiz zamanlarını yaşıyordu. Hâkimiyetini her zaman geri planda sürdüren ve insanın kendisini gezegenin sahibi sanmasına izin veren doğa, artık tamamen ipleri eline almıştı. Kendi eliyle yarattığı tüm felaketler ve gözle görülemeyecek bir virüsün işbirliğiyle, insan ırkı yeryüzünden silineli dokuz yıl, son roketler yeni dünya projesiyle gezegenden ayrılalı on dört yıl olmuştu. Üzerinde akıntılarla salınan on binlerce başıboş tekne ve gemiyi saymazsak okyanuslar yavaş yavaş kendine geliyor, berraklaşıyor, nesli tükenmeye yüz tutmuş deniz canlıları yeniden çoğalıyordu. İnsan faktörünün devre dışı kalmasıyla atmosfer yeniden nefes almaya başlamış gibiydi. Otların bürüdüğü Eiffel, Pisa, Tac Mahal, Çin Seddi, Big Ben gibi abideler sanki onları başından beri insanlar değil de doğa inşa etmiş ve aslında topraktan bitmiş gibi vahşi bir yeşile boyanmış, yeryüzü ile bütünleşmişti. Metropollerin bir zamanlar her gün on binlerce insana ev sahipliği yapan meşhur caddeleri dahi yabani otlar ve çiçekler tarafından kuşatılmıştı. Asfaltı ele geçirip her yeri kaplayan bitkiler, elbette istilacı değildi, kendilerine ait olanı geri almış, kentlerin henüz inşa edilmediği zamanlardaki özüne kavuşturuyorlardı tüm yeryüzünü. Devlet yönetiminin tamamen ortadan kalktığı, kaosun ve hayatta kalma savaşının hüküm sürdüğü zamanlardan hatıra kalan acıklı ve ibretlik anlar ise, dünyanın hemen her yerini koca bir insanlık müzesine çeviriyordu sanki. Wall Street'te ateşe verilmiş banka binalarının zar zor ayakta kalmayı başarabilmiş isli ve yorgun bedenleri, bu müzenin finans bölümüydü. Kâbe avlusunda, Vatikan'ın meydanlarında, Kudüs'te ve dünyanın her yerindeki neredeyse tüm ibadethanelerde, son anlarında inandıklarına sığınan, kimi secdede, kimi birbirine sarılıp ayrılmamak üzere kaynaşmış yüz binlerce insanın iskeleti, müzenin dinler tarihi salonuydu. İçeri alınmayıp Avrupa ve Meksika sınırındaki duvarların önüne, yeni dünya düzeninde şehirleri kuşatan surların dibine, susuzluktan ölerek alt alta üste üste yığılan, ya da hayatta kalmak için çıktıkları yolculukta dünyanın gözü önünde boğularak kıyılara vuran yüz binlerce zavallıdan yadigâr kemiklerse, müzenin utanç galerisini oluşturuyordu. Buckingham'ı, Versay'ı, Beyaz Saray'ı ve neredeyse tüm tarihi saraylarla ülke parlamentolarını işgal ve tarumar eden anarşist kitlelerin daha sonra kendi aralarında iktidar savaşına tutuşup sarayların ve meclislerin salonlarında, bahçelerinde giriştikleri kanlı mücadeleden geriye kalan her şey, müzenin siyaset tarihi bölümüydü. Su altı salonunu ziyaret etmek isteyenleri ise Venedik, Maldivler, Amsterdam gibi özel sergiler bekliyordu. Yine depremin yeryüzünden sildiği ve hafriyatın dahi kaldırılamayıp kaderine terk edilen İstanbul'da, harabeler içerisinde ayakta durmayı başaran Galata Kulesi, Ayasofya, Sultanahmet gibi mabetler, müzenin klasik dönem kataloğundan bir seçki sunuyordu. Çöl kumlarının yutmaya başladığı, insanlık müzesinin nadide parçalarından Mısır Piramitleri ise aynı eseri başka bir sanatçının yeniden yorumlamasını andırıyordu. Tüm bu yeryüzü müzesinin yegâne ziyaretçileri ise virüsün etkilemediği, insanınsa artık var olmadığı için zarar veremediği hayvanlardı. Yönetim mekanizmasının çöküşünü takip eden kaos ortamından faydalanan hayvanseverlerin kafeslerini kırıp özgür bıraktığı hayvanat bahçesi sakinleri, uzun süreli açlıklarını ilk onları yiyerek bastırmışlardı. İnsan ırkının anbean yok oluşa yaklaşmasıyla her gün canını teslim eden yüz binlerce talihsizin cesedi, aslanlar, çakallar, akbabalar, böcekler, karıncalar tarafından silinip süpürülüyor, doğa kendini temizlemeye devam ediyordu. Fiyatı yüzlerce *bitcoin* eden evlerin yeni sahipleri maymunlardı artık. Central Park'ta zebralar koşuyor, Rio de Janeiro'daki Kurtarıcı İsa heykeli bundan böyle kollarını kuş kolonilerine açıyor, Sidney Opera Binası'nda sadece yılanların dansı sahneleniyordu.

* * *

Adam o sabah Patagonya'daki kıyamet mağarasında, on dört yıldır uyandığı sabahlardan farklı olarak, kendisine bir sırt çantası hazırlamakla meşguldü. Annesi sandığı Mary'den ayrılacak olmanın ona neler hissettirdiğinden emin değildi. Mary yapay zekâya sahip bir android olarak kararlarında pragmatikti. Gabrielle'nin nehrin sularına kapılarak ölmesi ya da bilinmezliğe gitmesi karşısında küçük Adam'ın tüm sorumluğunu üstlenince izlemesi gereken yöntemi düşünüp bu çıkarımı elde etmişti; annelik rolüne bürünmeyi. Adam hayatı keşfetmeye, bilgiye susamış gibi her şeyi sormaya başladığında şayet ona gerçeği anlatırsa bu her şeyi daha karışık hale getirecek, zora sokacak, çocuğa faydadan çok zarar verecekti. Ona yapacağı anne tanımı, kendi öz annesinden deneyimleyerek öğreneceği hissiyatı asla karşılayamayacaktı sözgelimi. Çünkü anneliğin ifade ettiği anlamı ve duygusal kapsamı kendisi de bilemezdi. Adam'ın zihnindeki ve yüreğindeki boşluğu doldurmayan annelik tanımının ardından bu defa ona annesinin nasıl yitip gittiğini anlatması ise psikolojik olarak küçük çocukta yıkıntılara neden olabilirdi. Zira ölümü de anlatması gerekecekti. Tüm bunlar hiç koklamamış birinin, hiç koklamamış başka birine gülün kokusunu anlatmaya çalışmasından farksızdı. Böylece Mary'nin Adam'a öğretecekleri kadar kendisinin de daima yeni şeyler öğreneceği annelik macerası başladı. Kısa sürede bunun alt değiştirmek, karın doyurmak, ninni söylemekten fazlası olduğunu anlamıştı. Yaşamının devamlılığını sağlayacak ihtiyaçlarından başka, Adam'ın duygusal gereksinimlerinin de farkındaydı. Oysa küçük çocuğun belki koku hafızasında saklı kalmış ve kendisinin dahi hatırlamadığı annesinin kokusu sayılmazsa, gerçek bir insana dair hiçbir hatırası yoktu. Yani bilincindeki insan tanımının tek karşılığı Mary'di. Bu yüzden gerçek bir anneyle robot annesi arasındaki farkları mukayese etmesi de mümkün değildi. Mary ne kadar annelik yapabilirse, annelik o demekti Adam için.

Ellerinden tutup Adam'a ilk adımlarını attıran, dudaklarından dökülen manasız seslere şekil verip onları önce kelimelere, sonra cümlelere dönüştüren, gözleriyle tarayıp ateşi olduğunu görünce derhal müdahale eden Mary'nin gerçek bir anne kadar fedakâr olduğu ortadaydı. Çocuk bakımı konusunda fabrika çıkışında bilgilerle donatılmıştı fakat çocuk yetiştirmenin programı yoktu. İşte tüm bunları deneyimleyerek öğrendi. Belleğindeki masallar bitince onları karıştırıp yeni masallar anlattı. Geceleri uyandığında Adam'ın kendisini görmek istediğini anlayınca şarj ünitesinde değil, küçük çocuğun başucunda bekledi. Gerçek bir annenin bile pes edeceği bitmek tükenmez soruları karşısında verdiği yanıtlarla kendi yorulmazken Adam'ı yordu.

"Sonra da küçük kuş yorulmuş ve bir ağacın dalına konmuş..."

"Ağaç ne anne?"

"Odunsu bir bitki."

"Bitki ne ama?"

"Fotosentez yapan bir canlı çeşidi... Boş ver. Gel hadi bahçeye gidelim de sana göstereyim."

Elbette yıllar ilerledikçe Adam'ın öğrenmek istedikleri de çeşitlilik kazandı. Ben nasıl oldum, neden benimle beraber yemiyorsun, burası neresi, neden buradayız, başka insanlar nerede, niye onların yanına gitmiyoruz... Mary en makul cevapları verip Adam için insani bir çocukluk inşa etmeye çabalarken zaman durmaksızın aktı. Artık dolambaçlı cevaplar onu tatmin etmediğinden dozunu ayarlamak kaydıyla gerçeği anlattı. Burası tehlikelerden sakınmak için tasarlanmış bir sığınaktı. Dünyada ters giden bir şeyler vardı fakat ne olduğunu Mary de bilmiyordu. Böylece Adam kendi bile farkında olmadan dünyaya dair içini kavuran bir özlem hissetmeye başladı. Android annesinden dinlediği, ki o da aslında seneler evvel Adam'ın gerçek annesi Gabrielle'den dinlemişti, güneşi, gökyüzünü, yağmurları, yıldızlı geceleri, şehirleri merak ederken buldu kendini. Bir çocuğun annesine karşı hisleriyle Adam'ın annesine karşı hisleri farklıydı, çünkü ilişkileri ta en başından itibaren duygular üzerine inşa edilmemişti. Hatta yalnızca Mary'den taklitle öğrendiği davranışları Adam'ı küçük bir insansı robota benzetmişti. Evet, bir insan bir robotu sevebilirdi fakat bir robot bir insanı sevemez, sadece sevdiğini söyleyebilirdi. Adam Mary'yi seviyor, Mary Adam'a onu sevdiğini söylüyor, bu tek taraflı duygu paylaşımı sebebiyle çocuğun zihin haritasında bir bölge karanlıkta kalıyordu. Bunun sonucu olarak gün geldi Adam, o çok merak ettiği yukarıdaki dünyaya ulaşma arzusunu artık bastıramaz oldu. Mary elinden geleni yapmış, ancak aktarabileceği hislerden kendisi de yoksun olduğundan, bir insan değil, zamanı gelince hiç hüzünlenmeden annesini geride bırakarak yuvadan uçup gidecek bir kuş yetiştirebilmişti. Üstelik onun bu düşüncesini olumlamak için haklı nedenleri de vardı. Yıllar ilerledikçe Mary'nin bataryaları zayıflamaya başlamıştı. Başlangıçta şarjı üç gün yeterken, kapasitesi nihayet gitgide azaldı ve iki saatte bir kendini doldurmaya muhtaç hale geldi. İlk günkü pürüzsüz teniyle Adam'a bu durumu yaşlanmak olarak izah etmişti. Çok da uzak olmayan bir gelecekte pil ömrü tamamen bittiğinde Adam mağarada tek başına kalacaktı ve bundan sonrasının Mary için bir önemi yoktu. Adam mağaranın dünyaya açılan tek kapısı olan nehirde şansını denemek istediğini söyleyince Mary kabul etti. Fakat bu yolculuğa yalnız başına çıkması gerektiğini ona anlatması kolay olmadı. Mary'nin o bota binmesi, birkaç saatlik ömrünün kaldığı anlamına gelirdi. Kendini yok etmeye programlanmadığı için bunu yapamazdı, her koşulda varlığını sürdürmeye çalışmakla mükellefti.

Adam Mary'nin oluşturduğu liste doğrultusunda çantasını hazırladıktan sonra onun yanına gitti.

"Anne, uyan."

Gözlerini açan Mary'nin olan biteni hatırlamasına gerek yoktu, her şey şarja bağlanmadan önce kaldığı yerden devam ediyordu.

"Demek vakit geldi. Pekâlâ. Besin kapsülleri, ilkyardım cihazı, kıyafetler, hepsini aldın değil mi?"

"Evet."

"O zaman gidebiliriz."

Mağaranın koridorlarından suyun çağıltısına doğru yürürlerken "Anne" dedi Adam, "elini tutabilir miyim?"

"Sorduğun için teşekkür ederim. Elbette tutabilirsin."

Böylece Adam'ın varlığını hiçbir zaman öğrenemediği gerçek annesini yutan suyun kıyısına ulaştılar. Adam çantasını botlardan birinin içine bıraktıktan sonra Mary'ye dönüp "Belki bir gün gelirim" dedi.

"Hatıralarında beni yaşattığın sürece gittiğin her yerde seninle olacağım" diye karşılık verdi Mary. Adam annesine veda hissiyle, hüzünle ya da sevgiyle değil de, sanki her şey için teşekkür eder gibi sarıldı. Sonra da daha fazla uzatmadan bota binip ipleri çözdü. Bot hızla karanlığa doğru ilerlerken kendisine el sallayan Mary'ye bakıp ne yaptığını düşündü. Hiç bahsi açılmadığından Mary ona el sallamanın ne demek olduğunu öğretmemişti çünkü.

Adam'ı bilinmeze götüren bot görüş alanından çıkınca hiçbir şey olmamış gibi geri dönüp şarj istasyonuna yürüdü Mary. Fakat oraya ulaşınca duraksayıp düşünmeye başladı. Bir süre düşündükten sonra şarj olmaktan vazgeçti ve tekrar yürümeye koyuldu. Ayakları onu Adam'ın odasına götürmüştü. Adam'ın yatağına usulca uzandı. Tavanı seyrederken onu düşündü. Birkaç saat sonra bataryasının bitmek üzere olduğunu ve şarj ünitesine bağlanması gerektiğini kullanıcılarına haber veren sinyalleri işitilirken hâlâ aynı pozisyondaydı. Fakat o hiçbir yere gitmeyip bekledi ve son kalan enerjisini gözkapaklarını örtmek için kullandı. Öğrendiği son şey, anneliğin anlamıydı.

Mary'nin karanlığa gömüldüğü anlarda Adam'ın ruhunu bunaltan ve daha önce asla tecrübe etmediği karanlık da artık sona ermek üzereydi. On dört yıllık hayatı boyunca korkunun çok fazla çeşidiyle yüzleşmek zorunda kalmamışken, sanki hepsi birikmiş de şimdi açığa çıkıyor gibi zangır zangır titriyordu. Hatta mutlak karanlığın içinde devam eden bitmek bilmez yolun ta en başında pişman olmuştu. Mary'nin anlattığı dünyadan umudunu kesmek üzereydi. Belki de dünya yalnızca böyle bir boşluktan ibaretti ve annesi dahi bunu bilmiyor, inandığı mitleri hakikat sanıyordu. Artık ne yapması gerektiğini düşünemeyecek kadar umutsuzluğa ve korkuya boyun eğmek üzereyken uzaklarda karanlığı delen nokta kadar bir aydınlık görüp heyecanlandı. Işık büyüdükçe Adam'ın heyecanı da arttı. Artık etrafını görebilecek kadar aydınlanmıştı mağaranın içi. Bot nehrin üzerinde hızla ilerlemeye devam edip mağaranın ağzından dışarıya adeta püskürünce, Adam daha önce deneyimlediği fakat ne olduğunu bilemediği bir şeyin kırıntılarını hissetti ruhunun derinliklerinde; doğmak ve dünyaya gelmek.

Başlangıçta aydınlıktan gözlerini açamazken, ışığa alışınca bu defa onları hiç kapamak istemedi. Etrafı saran ve yer yer nehre kadar eğilen hırçın ağaçlar, annesinin anlattıklarından da güzeldi. Su içen geyikler Adam'a, Adam da onlara şaşkınlıkla bakıyordu. Kuş seslerini bakışlarıyla yakalamaya çalışıyor, derken burnuna gelen çiçek kokularıyla bu defa başka taraflara bakınıyor, durmaksızın sağı solu tarıyor, akıntıyla geride kalan hiçbir şeyi kaçırmamak ister gibi heyecanla aranıyordu. Bir ayı bir süre kıyı boyunca peşi sıra koşunca, onun dinlediği masallardaki gibi dost canlısı olmadığını hissetti. Yüzüne çarpıp botun içine düşen sersemlemiş arıyı ise, sokabileceğini bilmesine rağmen merakına yenik düşüp eline alınca, acının ne olduğunu öğrendi. Gördükleri başını döndürmüştü ki göğe bakmak epey zaman sonra aklına geldi Adam'ın. Mavi gökyüzünü, bulutları, güneşi, uzun uzun, hayran hayran, ağzı açık seyretti.

Birkaç saatlik yolculuğun ardından sık orman bir perde gibi aralanınca, ufukta okyanusu gördü Adam. Hayal gücünün sınırlarının çok ötesinde kalan bu manzara karşısında büyülendi. Bildiği hiçbir şeye benzemeyen bu uçsuz bucaksız maviliğin kıyısına bir an önce ulaşmak için büyük bir heyecan duydu. Nehir bir vadi tabanına yayılıp durgunlaşmıştı. Kürek çekerek karaya ulaşıp bottan indi. İlk işi yere eğilip bir avuç toprak almak oldu. Toprağı kokladı, parmaklarının ucuyla ufaladı, hatta çekine çekine de olsa dilinin ucuyla tadına baktı. Ellerini silkeledikten sonra etrafına bakındı. Çayırlar, ağaçlar, kuşlar, bulutlar, kayalıklar... Her şey yerli yerindeydi ama insanlar neredeydi?

Adam okyanus kıyısındaki Ushuaia şehrine akşama doğru vardığında hâlâ bir insanla karşılaşabilmiş değildi. Şehrin boş sokaklarında çekingen ama meraklı gözlerle gezinirken aklına türlü düşünceler geliyordu. Bir yabancının şehirlerine yaklaştığını anlayan insanlar saklanmış olabilirler miydi? Böyle âdetleri mi vardı insanların? Ya da tatil demek, herkesin hep beraber her şeyi bırakıp bir yerlere mi gitmesi demekti, tatile mi çıkmışlardı? Peki ya Mary'den dinledikleri? Dünyada bir şeylerin ters gittiğini söylememiş miydi? Bu ıssızlık onunla mı alakalıydı? Etrafta hiçbir tehdit gözükmüyordu ama kendisi de tehlikede miydi yani? Kısa sürede cevapsız sorular sormayı bir kenara bırakıp yeniden dünyanın büyüsüne kapıldı. Binaları ve sokakları kuşatan bitkileri, kuşları, rakunları, onu görünce şaşıran tilkileri hayranlıkla seyretti. Dalga seslerinden başka hiçbir şeyin duyulmadığı iskeleye inince çürümeye başlayan sahipsiz gemileri, yosunla kaplanmış yıpranmış yapıları, dünyanın ucundaki feneri görüp ilk defa yalnızlığın ne demek olduğunu hissetmeye başladı.

Geceyi geçirmek için kendine bir ev beğenmeye karar verdi. Artık kimseciklerin olmadığına ikna etmişti kendini. Çekinmeden canının istediği her yere girip çıkıyor, hayatı boyunca ilk defa gördüğü tüm o şeyleri anlamaya, öğrenmeye çalışıyordu. Silah dükkânı, bir piyano, ilaç otomatları, harabeye dönmüş bir bar, güvelerin üzerlerindeki kıyafetleri öğüterek çıplak bıraktığı vitrin mankenleriyle butikler, sokaklardaki devrilmiş *mate* makinaları ve daha neler neler. Nihayet okyanusa nazır bina sırasını tek tek dolaşıp, camları sağlam kalmış, nispeten diğerlerinden temiz bir ev bulup yerleşti. Hava kararana değin evin duvarlarında asılı olan, gördüğü ilk gerçek insanlara ait fotoğrafları uzun uzun seyredip hikâyelerini düşündü. Yeryüzündeki ilk gecesinde erkenden yatıp uyudu; yıldızları keşfetmek aklına gelmemişti ama bu ve daha pek çok şey için bir sürü vakti olacaktı.

Ushuaia şehrinde geçirdiği haftaların ardından insanları merak etmeyi bir kenara bırakmıştı. İlk gece yerleştiği evden ayrılmayıp burayı günbegün küçük dokunuşlarla kendi yaşam alanına çevirmişti. Av malzemeleri satan bir dükkândan edindiği olta takımıyla hemen iki adım ötedeki sahile gidip balık avlıyor, sokaklardan fışkıran meyve ağaçlarından her canı istediğinde en taze meyveleri topluyordu. Bir sabah gözlerini yine yeni bir güne açmış, yatakta uzun uzun gerindikten sonra okyanusu seyretmek için pencerenin önüne geçmişti. İskeleye doğru yaklaşan ötelerdeki yelkenliyi görüp afalladı Adam.

* * *

Eve gözlerini cennette yeni bir sabaha araladı. Kütüklerden inşa edilmiş derme çatma barakasının tavanını örten palmiye yapraklarının arasından süzülen gün ışığının yüzünde dans etmesine izin verdi bir süre. Sonra nazlı nazlı doğrulup gerindi, uyku mahmurluğunu üzerinden attı. Koca bir kütüğü oyarak elde ettiği olukta hiç su kalmadığını görünce köşedeki hindistancevizlerinden birini beğenip keskin bir taş ve sağlam bir daldan meydana getirdiği baltasıyla kırıp meyveyi çarçabuk açtı. Bu işi binlerce kere yaptığından artık ustalık kazanmıştı. Susuzluğunu bir nebze giderdikten sonra barakanın diğer köşesindeki fırınına yürüdü. Küçük bir ocaktan zaman içerisinde yaptığı eklemelerle koca bir toprak fırın ortaya çıkarmıştı. Fırının içindeki közü görünce sevindi. Ateşi besleyip canlandırdıktan sonra muz yaprağına sarıp muhafaza ettiği hindistancevizi ununu yine hindistancevizi suyuyla yoğurup kıvamlı bir hamur elde etti. Biraz sonra pişirdiği ekmekleri fırından çıkarmış, bir tanesini ise sabırsızlıkla ikiye bölüp ağzı yana yana mideye indirmişti. Bu özensiz kahvaltının ardından sahile gidip balık avlamaya karar verdi. Mızrağını alarak barakasından çıktı ve palmiyelerin arasından denize doğru inmeye başladı. Henüz çok fazla ilerlememişti ki çıplak ayakları bir adımda çamura gömülünce afalladı. Onu bu denli şaşırtan çamur sandığı şeyin aslında su olmasıydı. Çok fazla su. Daha önce buralarda hiç görmediği kadar su.

Eve ayak bileklerine gelen deniz suyunu şaşkınlıkla endişe arası bir yüz ifadesiyle izleyip anlamlandırmaya çalıştı bir süre. Olan bitene hiçbir açıklama getiremeyince sahile inip kendi gözleriyle görmeye karar verdi. Denizin nasıl olup da buralara kadar yükseldiğini düşünerek, sular altında kalan küçük patikayı tecrübesi ve sezgileriyle takip ederken, attığı her adımda suyun seviyesi de artıyordu. Son palmiyeleri de aştığında nihayet su beline kadar yükselmişti. Yıllardır yürüyüşler yaptığı, pembe günbatımlarını seyrettiği, geceleri uzanarak yıldızlar altında uyuyakaldığı kumsal yoktu artık. Deniz, neredeyse barakasına kadar yükselmiş, her şeyi yutmuştu. İlk şoku atlatınca yelkenliyi aradı gözleri. Hâlâ yerli yerindeydi. Suya sapladığı mızrağına yaslanıp bu olağanüstü halin sebepleri hakkında fikir yürütse de işin içinden çıkamadı. Sonra birden denizin yükselmeyip aslında adanın batma ihtimalini geçirdi aklından. Ürperdi. Böyle bir şeyin mümkün olup olamayacağı konusunda yeterli bilgiye sahip değildi. Bir tür doğa olayı olmalı diye düşündü. Ancak her ne ise, onu fazlasıyla huzursuz etmişti. Tıpkı suya gömüldüğü gibi düşüncelere de gömülüp orada bir hayli oyalanınca, denizin yükselmeye devam ettiğini anladı. Az evvel beline gelen su seviyesi, ne olup bittiğini anlamadan göğsüne erişmişti. Geldiği yolları epey bir zahmetle kat edip sonunda barakasına varınca, suyun yaşam alanını doldurmaya başladığını görüp ilk defa ciddi manada korku duydu. Ahşaptan yonttuğu aletler odanın içine dağılmış, suyun üzerinde yüzüyordu. Yiyecekleri suya gömülmüş, fırınının içi suyla dolmuştu. Bu manzara karşısında sakinliğini daha fazla koruyamayıp panikledi. Kurtarabileceği hiçbir şey gözükmüyordu. Sonra aklına baltası geldi. Onu bıraktığı yere elini daldırıp şöyle bir aranınca baltayı bulup sudan çıkardı. Bir elinde baltası, diğerinde mızrağıyla barakadan çıkıp tepeye doğru tırmanmaya koyuldu. Endişesi adımlarına yansıdığından bir hayli hızlıydı. Çok geçmeden suyun ulaştığı en uç noktaya erişti. Nihayet kuru toprak üzerinde yürümenin konforuyla daha da hızlanmaya karar vermişti ki, durup geri döndü. Gözleri suyun sınırında olduğu halde beklemeye koyuldu. Çok geçmeden deniz usul usul yaklaştı ve yeniden ayaklarını ıslattı Eve'in. Buna anbean şahit olmak, ardına dönüp hiç bakmadan koşması için yeterli olmuştu.

Küçük adasının zirvesine vardığında soluk soluğa kalmıştı fakat kalbinin bu denli hızlı atmasının sebebi yorgunluk değil, korkuydu. Adanın tepe noktasında sanki bir bayrak gönderi gibi bir başına salınan ağaca sırtını yaslayıp yere bağdaş kurdu. Buraya sık sık gelir, ayaklarının altına serilmiş gibi uzanan uçsuz bucaksız denizi seyrederken bazen huzurlu bazen düşünceli olurdu, ancak bu defa farklıydı.

Suların günün birinde sanki ani bir karar almış gibi yükselmeye başlaması, Eve'in hayatındaki tek belirsizlik ve yanıtsız soru değildi elbette. Cenneti andıran adadaki tropikal yaşantısı aslında buraya ne zaman ve nasıl geldiğine dair büyük bir muammadan ibaretti. Kendini bildi bileli adadaydı. Bazen adada geçirdiği zaman yıllar gibi geliyordu, bazen sanki buraya az evvel düşmüş gibi hissediyordu. Bunun nedenini ne kadar düşünse de hiç anlayamamıştı. Nerede doğduğunu bilmiyordu ama burada büyümüştü. Kıyıdan bir hayli açıktaki yan yatmış yelkenli tekne hariç, medeniyete dair hiçbir emarenin olmadığı adasında, sıfırdan ve tek başına, kendine yetecek bir hayat inşa etmişti. Bildiklerini nasıl öğrendiğini de bilmiyordu. Ateş yakmak, alet yapmak, yüzmek, avlanmak, meyve toplamak... Hatta yelkenli kullanmak. Orsa, apaz, cenova, pupa, bumba, yeke... Tüm bunların zihninde karşılığı olan kelimeleri, yani konuşmayı da biliyordu. Tıpkı bir anneden doğması gerektiğini bildiği gibi. Ne var ki annesin kim olduğuna, ailesine, insanlara dair yine hiçbir bilgisi yoktu. Bazen eski bir hatıra gibi, bir adamın silueti düşüyordu aklına hayal meyal, o kadar. Onun kim olduğu ise diğer pek çok şey gibi meçhuldü. Tüm bunlardan yola çıkarak vardığı sonuç, bir deniz kazası sonrası açıktaki tekneden sağ kurtulan tek yolcu olduğuydu. Belki yüzlerce kere bir ipucu, sis perdesini aralayıp geçmişi hatırlamasına yardımcı olacak bir şey, hatta belki beraberindekilere ait kemikler bulma umuduyla tekneye yüzmeyi denese de, asla başaramamıştı. Yelkenliye, sanki bir yanılsamadan ibaretmiş gibi, attığı kulaçlara rağmen asla yaklaşamıyordu.

Eve düşüncelere dalmış orada öyle otururken, deniz önüne kattığı bir yığın yaprak ve dal parçasıyla tepeye ulaşmıştı. Adadan geriye kala kala, ağacın etrafındaki birkaç metre alan kalmış, su her şeyi yutmuştu. Ayağa kalktı. Etrafına şöyle bir bakınınca yeri ve göğü kuşatan mavinin tonlarından başka, sadece kendisinin ve ağacın kaldığını anladı. Kaçacak yeri yoktu. Su dizkapaklarına ulaşınca istemsizce ağlamaya başladı. Yaşama tutunmak ister gibi ağaca sarıldığını da o an fark etti. Hayatta kalma içgüdüsü öylesine kuvvetli bir şeydi ki, şimdi mi ölmek istersin, yoksa bir dakika sonra mı diye sorulan hemen herkes, bir dakika daha yaşamak isterdi. Eve de içinden gelen bir kuvvetle ağaca tırmanmaya başladı. Sudan kaçması mümkünmüş gibi alelacele elleriyle yaprakları ayırıyor, ayaklarına batan budakları umursamadan kendini daha tepedeki dallara atmaya çalışıyordu. Sonunda ağacın en üstüne vardı ve korku dolu gözlerle altında anbean yaklaşan suyu seyretmeye koyuldu. Gözlerinden süzülen yaşlar denize damlıyordu. Deniz kaçmasını engellemek için paçasına yapışan bir el gibi önce bileklerinden tuttu Eve'in, sonra bir yorgan gibi bedenini örtmeye başladı. Su göğüs hizasına ulaştığında artık ona bakacak kadar boynunu eğmekten yorgun düşmüştü. Yüzünü kaldırınca nemli gözleri hemen önündeki dalda sallanan elmaya takıldı. Kıpkırmızı rengi ve kusursuz şekliyle sanki doğada yetişmemiş de birisi onu oraya asmış gibi sıra dışıydı. Elmaya elini uzattı. Çenesinin hizasındaki tuzlu su dudaklarına ulaşmadan, ağzında kalan son tat güzel bir elmanınki olsun istedi. Elmayı kopardı.

Eve gözlerini açtı. Kalp atışlarının şiddetiyle alnındaki damarların attığını hissediyordu. Adada, ağaçta ya da denizde değil, loş ve kuru bir ortamdaydı. Sonra sesleri duydu. Daha önce duyduğu hiçbir kuşun ötüşüne benzemeyen metalik bip seslerini. Bağlı bulunduğu yaşam ünitesi, hayat fonksiyonlarındaki ani ve şiddetli değişiklik, yani derin uykudan uyanması karşısında ona müdahale etmek üzereydi. Denize yem olmaktan kurtulduğuna sevinemeden, nerede bulunduğunu bilmemenin korkusu sarmıştı bu defa benliğini. Panikle doğrulunca kafasını görünmez bir duvara çarpıp geri yığıldı. Bu onu daha da panikletti ve bir an önce oradan kurtulmak için deli gibi çırpınmaya başladı. Bedeninin hemen her yerine takılı kablo yığınını da o esnada fark etti. Ensesindeki, başındaki, bileklerindeki, göğsündeki, göbek deliğindeki bu şeylerin ne olduğunu bilmiyordu ama büyük bir çabayla hepsinden kurtuldu. Etrafını saran görünmez duvarın yalnızca ayakucunda olmadığını anlayınca kendini ite ite kuvözden çıktı. Ancak ayaklarını yere basar basmaz oracığa yığıldı. Yerden kalkmayı denese de ayakları tutmuyordu. Başına gelen her yeni şeyde korkusu artıyordu. Bu kez etrafını incelemiş ve gördüklerini daha önce gördüğü hiçbir şeye benzetemeyip yeniden paniklemişti. Neredeydi? Yoksa ölmüş müydü? Böyle bir şey miydi ölüm? Ayağa kalkamayacağını anlayınca bir an önce buradan uzaklaşmak için bu defa sürünmeyi denedi. Hiç olmazsa bu şekilde, yavaş da olsa mesafe kat edebiliyordu. Kapıya varınca onun kendiliğinden açılması karşısında bir kez daha korktu fakat bir tırtıl gibi yerde iki büklüm kıvranırken tehdit olarak gördüğü herhangi bir şeyden kaçması zaten mümkün değildi. Kapıyı sürünerek aşıp koridora varınca dizleri üzerine kalkıp emekleyebildiğini anladı. Bunu keşfetmesiyle hareket kabiliyeti artıp hızlandı. Koridorda ilerledikçe alanına girdiği sensörler tepesindeki ışıkları yakıyor, korkusuna korku katıyordu.

Yıllar önce terk edilmiş üssün tenha koridorlarında ne yaptığını bilmez halde uzun süre emeklemekten yorgun düşünce, sırtını bir duvara verip sarsıla sarsıla ağladı. Neredeydi? Adaya ne olmuştu? Niçin çıplaktı? Yanıtsız sorularla epey vakit geçirip nice zaman sonra bir nebze sakinleşince bu defa tüm dikkatini ayaklarına verdi. Sanki cansız bir nesneyi düşünce gücüyle hareket ettirmeye çalışıyor gibi yoğun ve nafile bir gayretin ardından, ayak parmaklarını kıpırdatabildiğini görüp heyecanlandı. Böylece yeniden ve yeniden deneyerek bacaklarını saran dayanılmaz karıncalanmayla çığlıklar atarak, duvarlara tutuna tutuna ayağa kalkmayı başardı. Yeni doğmuş bir hayvan gibi çarpık ve titreyen adımlarıyla, yavaş yavaş yürüdü. Yürüdükçe ayakları açıldı. Başlarda dengesini bile zar zor sağlarken sonunda kendini koşarken buldu.

Saatler boyu ürkek bir güvercin gibi tedirginlikle üssün koridorlarında, daha az evvel terk edilmiş gibi steril laboratuvarlarında gezinip başına gelenleri anlamaya çalışsa da gördükleri hiçbir anlam ifade etmedi Eve'e. Nihayet binanın dışına çıkıp mavi gökyüzünü görünce ilk kez rahat bir nefes aldı. Adasındaki yaşamı tarif etmek gerekse sessiz kelimesini kullanırdı, bu kavrama o denli aşinaydı, ancak devasa binalar arasında gezerken içine düştüğü sessizlik adasındakinin aksine huzur vermiyor, tedirgin ediyordu. Nerede olsa tanıyacağı bir kokuyu duyunca ise bir kez daha heyecanlandı. Denizden esen rüzgârın getirdiği iyot kokusuydu bu. Sezgilerini takip ederek nihayet son yapıları da arkasında bırakınca, önüne serilen okyanusu görüp ilk defa gülümsedi. Sonra marinada demirlemiş onlarca yelkenliyi fark etti. Kendi ulaşılmaz teknesinin aksine Eve'in içlerinden birini seçmesi ve yıllar süren sıkıcı bekleyişlerini sonlandırıp denize açılması için heyecanla bekliyor gibiydiler. O tarafa doğru yürümeye başladı. Tekneler ve binalar vardı, peki ya insanlar neredeydi? Bir rüyanın içinde yıllar süren ada hayatının ardından, nihayet ilk kez başka bir insana bu denli yakın olduğunu hissetti.

Adam ve Eve, birbirlerinin varlığından habersiz, birbirlerini aramaya başladılar.

Temmuz 2020
İstanbul